Elizabeth Musser

Eine Freundschaft in Atlanta

Über die Autorin:
Elizabeth Musser wuchs in Atlanta auf. Seit dem Abschluss ihres Studiums englischer und französischer Literatur an der Vanderbilt Universität in Tennessee ist sie als Missionarin tätig. Heute lebt sie mit ihrem Mann Paul in der Nähe von Lyon in Frankreich. Die beiden haben zwei Söhne.

Bibliografische Information Der Deutschen Bibliothek
Die Deutsche Bibliothek verzeichnet diese Publikation in der Deutschen Nationalbibliografie; detaillierte bibliografische Daten sind im Internet über http://dnb.ddb.de abrufbar.

ISBN 978-3-86827-452-3
Alle Rechte vorbehalten
Copyright © 2011 by Elizabeth Musser
Originally published in English under the title
The Sweetest Thing
by Bethany House, a division of Baker Publishing Group,
Grand Rapids, Michigan, 49516, USA
All rights reserved.
German edition © 2014 by Verlag der Francke-Buchhandlung GmbH
35037 Marburg an der Lahn
Deutsch von Julian Müller
Umschlagbilder: © shutterstock.com / Janna Bantan; lipmandarin
Umschlaggestaltung: Verlag der Francke-Buchhandlung GmbH /
Christian Heinritz
Satz: Verlag der Francke-Buchhandlung GmbH
Druck und Bindung: CPI Moravia Books Pohorelice

www.francke-buch.de

Perri

Ich lernte Dobbs an dem Tag kennen, an dem meine Welt zusammenbrach. Es war das Jahr 1933. Für die meisten von uns im guten alten Amerika war die Welt schon vor Jahren zusammengebrochen. Aber ich hatte die letzten vier Jahre nahezu unversehrt überstanden. Ich war davon überzeugt, dass mir die Weltwirtschaftskrise in meinem kleinen Paradies nichts anhaben konnte.

Aber dann kam meine Welt mit quietschenden Bremsen zum Stehen, zeitgleich mit Herbert Hoover – am letzten Tag seiner Präsidentschaft. Die Banken brachen zusammen und rissen um mich alles mit sich.

Eigentlich fing der Tag gut an. Eine positive Spannung lag an diesem Samstag in der Luft. Ich hatte lange geschlafen, war aber trotzdem noch müde von der Feier der Studentenverbindung an der Georgia Tech. Mama weckte mich wie gewünscht um zehn, und nachdem ich Frühstückseier und Maisgrütze hinuntergeschlungen hatte, setzte ich mich zum Rest der Familie ins Wohnzimmer, wo auf der Anrichte unser Radio stand.

Die Kommentatoren beschrieben voller Begeisterung die Szenerie in Washington, D. C. „Menschenmassen drängen sich auf dem gut vier Hektar großen Areal, stehen auf den Bürgersteigen und Rasenflächen und warten auf den zukünftigen Präsidenten …"

Mama, Daddy, meine jüngeren Geschwister Barbara und Irvin und ich rutschten so nah wie möglich ans Radio. Jimmy und Dellareen, unsere schwarzen Diener, waren mit ihren fünf Kindern auch da. Mama hatte sie eingeladen, damit sie hören konnten, wie Mr Roosevelt seinen Amtseid ablegte. Normalerweise arbeiteten sie nur die Woche über bei uns.

Es war, als hielte Amerika die Luft an und wartete darauf, dass dieser neue Präsident uns von uns selbst erlösen würde. Ich war vor

Anspannung ganz nervös und Mama hatte ihr Sonntagslächeln aufgesetzt, aber Daddy machte keinen Hehl aus seiner düsteren Stimmung. Daddy war Banker und an jenem Morgen des 4. März 1933 hatte selbst die letzte Bank in den Vereinigten Staaten ihre Türen geschlossen. Das ganze Land fürchtete sich – na ja, *war gelähmt vor Angst*, traf es vielleicht besser.

Während wir auf die Antrittsrede warteten, ging Mama zu Daddy und gab ihm einen Kuss auf die Wange. „Holden, glaub mir, Mr Roosevelt kriegt das Land wieder auf Kurs."

„Zu spät, Dot", war alles, was er sagte.

Typisch, dachte ich und ärgerte mich, weil er drauf und dran war, diesen historischen Moment zu ruinieren. Auch wenn er Grund hatte, pessimistisch zu sein. Als Vorstandsmitglied der Georgia Trust Bank hatte er angesichts der Wirtschaftslage wenig Hoffnung auf ein Wunder.

„Er wickelt die Leute mit seinen schönen Worten um den Finger, dieser Roosevelt", sagte Daddy. „Aber was er konkret machen will, hat er noch nicht ein einziges Mal gesagt. Seine Reden bestehen aus blumiger Rhetorik mit einem Schuss Humor. Aber was wirklich dahintersteckt, weiß kein Mensch."

Mama tätschelte Daddys Hand und zuckte verständnisvoll mit den Schultern. Im Hintergrund hörten wir Musik und dann und wann leitete der Ansager kurze Werbepausen ein, in denen für Coca-Cola, Sears, Roebuck and Company oder Haverty's Furniture geworben wurde. Schließlich kam die Rede des neuen Präsidenten. Dellareen ermahnte zwei ihrer Jungs, die auf dem Boden saßen und sich zankten. Ich saß auf dem Wohnzimmertisch, die Füße auf Irvins Schoß, und niemand scheuchte mich runter.

Ich glaube, wir beteten alle um ein Wunder. Ganz Amerika brauchte eins – vom Banker bis zur Haushaltshilfe. Republikaner, Demokraten, Alte und Junge. Ich war ziemlich froh, dass Herbert Hoover nicht mehr Präsident war. Ich hatte genug von den Elendsvierteln, die wir nur „Hoovervilles" nannten, und von hundert anderen Sachen, über die wir nur die Köpfe schütteln konnten. Der Gedanke an eine Veränderung ließ mein Herz höherschlagen.

Mr Roosevelts Stimme kam knisternd durch den Radiolautsprecher und wir beugten uns gespannt vor.

Dieses große Volk wird weiter durchhalten, wie es bisher durchgehalten hat, es wird wieder aufblühen und gedeihen. So lassen Sie mich denn als Allererstes meine feste Überzeugung bekunden, dass das Einzige, was wir zu fürchten haben, die Furcht selbst ist – die namenlose, blinde, sinnlose Angst, die die Anstrengungen lähmt, derer es bedarf, um den Rückzug in einen Vormarsch umzuwandeln.

Wir lauschten gebannt, verzückt – außer vielleicht Daddy –, ließen uns von seinem väterlichen Ton beruhigen und hörten die zuversichtlichen Ankündigungen, die in meinen Ohren wie der Startpunkt für ein Wunder klangen.

„Und Präsident Roosevelt demonstrierte diese Stärke und den Optimismus höchstpersönlich, indem er sich aus dem Rollstuhl erhob und trotz seiner Gehbehinderung über die Bühne zum Rednerpult schritt", verkündete der begeisterte Radiosprecher nach Roosevelts Rede.

Ich hoffte, dass die Rede des neuen Präsidenten auch Daddys Laune heben würde. Er war im Lauf der letzten Monate immer mürrischer geworden. Normalerweise vertraute mir mein Vater vieles an, was seine Arbeit betraf, die mich immer wieder faszinierte. Aber in letzter Zeit war er viel allein im Arbeitszimmer gewesen und gestern Abend hatte ich gehört, wie er sich mit Mama über die Situation in den Banken gestritten hatte.

Mama blickte mit einer Portion Optimismus auf das Leben, was meinen vor sich hin brütenden Vater oft besänftigte. Manchmal machte seine finstere Laune seinen Haaren alle Ehre – sie waren kohlrabenschwarz und es war nicht ein graues dazwischen. Komisch, dass mein Vater, der so oft melancholisch war, jung und frisch aussah, während Mama Ringe unter ihren hübschen grünen Augen hatte und alle zwei Monate ihr dunkelblondes Haar färben lassen musste, ein Luxus, den wir nie als Luxus angesehen hatten, bis Daddy letzten Monat wütend nach Hause gekommen war und der armen Mama den Besuch im Schönheitssalon untersagt hatte.

Aber Mama war erfinderisch und schaffte es auch so, einen neuen Schnitt und neue Farbe zu bekommen – Dellareen kannte sich zum Glück gut damit aus und hatte schon vielen weißen

Damen die Haare gemacht. Ich hatte Dellareen dabei zugesehen, wie sie ihr Gebräu anrührt hatte, und inständig gehofft, dass es funktionieren würde, damit meine Freunde aus Atlanta nicht auf den Gedanken kamen, bei den Singletons wäre die Armut ausgebrochen.

An jenem Samstag Anfang März hatte Präsident Roosevelt die Nation mit seinen Worten besänftigt und ich verspürte so etwas wie Hoffnung. Ich hatte Freunde, Partyeinladungen und Massen an Verabredungen, und der Präsident würde es schon irgendwie schaffen, die Wirtschaft wieder auf Trab zu bringen. Und die Banken. Oh, bitte, auch die Banken, vor allem die von Daddy.

„Perri, ich möchte, dass du mich nachher zum Bahnhof begleitest", sagte Mama nach dem Mittagessen. Irvin war schon wieder nach draußen entwischt, um mit seinen Freunden Baseball zu spielen. Barbara besuchte ihre Freundin Lulu und Daddy war im Arbeitszimmer verschwunden.

Ich wollte eigentlich meine Freundin Mae Pearl besuchen, um sie zu fragen, was sie von Roosevelts Rede hielt. Missmutig verzog ich das Gesicht. „Och, Mama. Warum?"

„Josephine Chandler holt ihre Nichte aus Chicago ab. Sie wird den Rest des Jahres bei den Chandlers wohnen und aufs Washington Seminary gehen."

„Sie fängt jetzt mit der Schule an? Im März?"

„Ich glaube, ihre Familie hat es ziemlich hart getroffen und Mrs Chandler hat angeboten, das Mädchen aufzunehmen und für eine ordentliche Schulbildung zu sorgen."

Alle hat es hart getroffen, dachte ich und ärgerte mich darüber, dass Mama gerade meine Nachmittagspläne durchkreuzt hatte. Aber dieses Mädchen hatte echtes Glück. Die Chandlers lebten im größten Haus in unserer Nachbarschaft und veranstalteten fast jede Woche irgendein Fest. Ich kannte jede Menge Mädchen, die ihren Eistee im August liebend gern gegen einen Besuch im Haus der Chandlers eingetauscht hätten.

„Holden, wir nehmen den Buick", rief Mama. Mein Vater musste wohl seine Zustimmung gegeben haben, denn kurz darauf fuhren wir schon in Daddys Zweitürer, dem Buick Victory Coupé, die Wesley Road hinunter in Richtung Peachtree Street zu den Chandlers. Daddy liebte sein Auto so sehr, dass er Mama eigentlich fast nie damit fahren ließ.

Dann hat er bestimmt wegen Mr Roosevelt gute Laune, dachte ich. Mama war wie immer etwas nervös beim Fahren, aber obwohl das auf mich abfärbte, ließ ich mir nichts anmerken. Mrs Chandler wartete schon auf uns und ihr Fahrer stand bereit, um uns im Pierce Arrow Cabriolet zum Bahnhof zu bringen. Oh, was für ein elegantes Auto! Mrs Chandler stieg auf der Beifahrerseite ein und Mama und ich kuschelten uns auf dem Rücksitz aneinander, während der Frühlingswind uns die Haare durcheinanderwirbelte.

„Das Mädchen heißt Mary Dobbs Dillard. Sie ist sechzehn oder siebzehn und wird in deine Klasse gehen, Perri." Mrs Chandler drehte sich beim Reden um und ihr perfekt frisiertes Haar wehte etwas durcheinander. „Ich hatte sie jahrelang nicht gesehen und als ich dann letzten Herbst in Chicago war, musste ich feststellen, wie schwer es meinen Bruder und seine Familie getroffen hat. Ich bestand darauf, dass Mary Dobbs hierherkommt. Sie ist ziemlich intelligent und hat eine gute Schulbildung verdient." Mrs Chandler sah kurz nach vorn.

„Mein Bruder Billy meint es natürlich gut. Er möchte wohltätig sein, aber ich hatte den Eindruck, seine Familie hungert, während er großzügig seine Almosen gibt. Ich wollte ja eigentlich die beiden jüngeren Schwestern auch herholen, aber Billys Frau Ginnie meinte, sie seien zu jung, um von zu Hause wegzugehen."

Ich stellte mir Mrs Chandlers Nichte vor – dürr, hohläugig, schüchtern und ausgehungert. Mrs Chandlers Bruder sah in meiner Vorstellung aus wie der Mann auf Dorothea Langes Foto mit dem Titel „White Angel Breadline". Darauf waren müde Männer zu sehen, die für Brot anstanden. In der Mitte war ein Mann der Kamera zugewandt. Er hatte einen abgewetzten Hut auf dem Kopf und lehnte sich über einen Holzzaun, auf dem eine Blechtasse stand, um die er die Arme gelegt hatte. Er sah bettelarm aus. Dorothea Lange war meine Heldin damals. Wie sie wollte ich auch fotografieren können.

Wir hielten vor dem stattlichen Bahnhof mit seinen Bögen und Türmchen. Mrs Chandler, Mama und ich beeilten uns, das Gleis ausfindig zu machen, an dem das arme Mädchen aus meiner Vorstellung gleich ankommen sollte. Ein paar Minuten später stieg Mary Dobbs Dillard in einer Wolke aus Rauch und Dampf aus dem Zug und es verschlug mir den Atem.

Ich war vom ersten Augenblick an von ihrer Erscheinung gefesselt. Mary Dobbs war das hübscheste Mädchen, das ich je gesehen hatte, aber auf eigenartige, unkonventionelle Art. Ihre Haut war leicht gebräunt – und stand damit in starkem Kontrast zu der vornehmen Blässe, die bei uns Mode war. Ihre dichten, schwarzen Locken, die bis zur Taille reichten, trug sie offen. Ihre Augen waren tiefschwarz – wie große, ovalförmige Onyxsteine – und ihr Gesicht war genauso oval, mit hohen Wangenknochen und einer Haut, die noch nie ein Pickelchen verunstaltet hatte, da war ich mir sicher. Sie war zierlich und nicht besonders groß, aber zugleich wirkte sie stark und entschlossen. Das ausgeblichene dunkelblaue Baumwollkleid, das sie trug, hing an ihr herunter.

Vielleicht hatte ihre Familie ganz schön zu kämpfen, aber Mary Dobbs sah weder schüchtern noch kleinlaut aus. Sie stand gerade, die Schultern zurückgeschoben und auf ihrem hübschen Gesicht spiegelte sich Erstaunen.

„Hallo, Mary Dobbs", sagte Mrs Chandler und legte ihr freundlich eine Hand auf die Schulter.

Mary Dobbs stellte ihren kleinen Koffer ab. Er war grauweiß, hatte etliche Schrammen und wies viele Gebrauchsspuren auf, um es positiv auszudrücken. Sie schlang die Arme um Mrs Chandler. „Ich freue mich ja so, endlich hier zu sein, Tante Josie!"

Etwas überrascht löste sich Mrs Chandler vorsichtig aus Mary Dobbs' Umarmung. „Na, na. Schön, dass du heil angekommen bist." Dann wandte sie sich an Mama und mich. „Mary Dobbs, ich möchte dir eine gute Freundin vorstellen. Das ist Mrs Singleton und das ihre Tochter Perri."

Mary Dobbs begutachtete uns, zeigte ihre perfekten Zähne und griff nach meiner Hand, um sie im nächsten Moment kräftig zu schütteln. „Freut mich", sagte sie, und fügte dann leise hinzu: „*Mary* sagt keiner zu mir. Ich heiße einfach *Dobbs*."

Ich wurde rot.

„Also schön, Mary Dobbs", sagte Mrs Chandler, „dann lasse ich den Chauffeur mal deine Taschen holen."

Sie gab dem Fahrer ein Zeichen, aber Dobbs schüttelte den Kopf und zeigte auf ihren alten Koffer. „Mehr habe ich nicht."

Mrs Chandler sah wieder ziemlich überrascht aus, aber nur für einen kurzen Augenblick. „Na schön, wenn das alles ist, dann können wir ja fahren." Der Fahrer nahm den Koffer und ging uns voraus.

Auf dem Weg nach Hause saß ich zwischen Mama und Dobbs. Fasziniert beobachtete ich, wie ihre lange schwarze Mähne wie eine Fahne auf der Maiparade im Wind flatterte. Ich kannte kein anderes Mädchen mit langen Haaren.

Mama stieß mich heimlich an, was wohl so viel bedeuten sollte wie *Sag irgendwas, Perri!* Also fragte ich: „Warst du schon mal in Atlanta?"

„Ein oder zwei Mal, vor langer Zeit. Ich kann mich nicht mehr an viel erinnern, aber mein Vater hat mir einiges über Atlanta erzählt."

„Dann kommt er von hier?"

Dobbs sah mich zweifelnd an. „Natürlich. Mein Vater ist doch Mrs Chandlers Bruder. Er ist in dem Haus aufgewachsen, in dem sie wohnt."

Mir wurde heiß. *Natürlich. Was für eine dumme Frage!*

Ich wollte ihr sagen, was für ein großes Glück sie hatte, in dieses riesige Haus zu ziehen, aber das wäre nicht höflich gewesen.Und egal, welche Fehler ich sonst haben mochte, ich wusste, wann ich höflich zu sein hatte, vor allem jetzt, wo Mama neben mir saß. Ich wollte Dobbs nach ihrem Leben in Chicago fragen, aber angesichts dessen, was Mrs Chandler erzählt hatte, wäre das wohl auch unhöflich gewesen.

Also herrschte Schweigen.

Mama versuchte ein Gespräch in Gang zu bringen. „Perri, Liebes, warum erzählst du Mary Dobbs nicht ein wenig von deiner Schule, von den Mädchen in deiner Klasse? Das interessiert sie bestimmt."

Ich machte ein finsteres Gesicht. Es schien sie nicht nur zu interessieren, sie schien geradezu gierig danach zu sein. Ihre Augen waren groß vor Erwartung und das störte mich. „Die Schule heißt Washington Seminary. Das weißt du bestimmt schon …"

„Oh ja!", unterbrach mich Dobbs. „Washington Seminary, dabei ist es gar kein Seminar. Es ist eine ‚erstklassige und schöne Schule für Mädchen' – oder so ähnlich. Es gibt dreißig gut ausgebildete Lehrer und vier Parallelklassen und es gibt einen Französischklub und einen Spanischklub und außerdem alle möglichen Sportarten: Basketball und Hockey und ein Schwimmteam und das Maifest wird groß gefeiert ..."

Ich starrte sie mit offenem Mund an. Sie klang wie eine Werbebroschüre und sprach mit einem Akzent, der definitiv nicht den Südstaaten entstammte.

Dobbs lächelte mich fröhlich an. „Tante Josie hat mir das letzte Jahrbuch geschickt. Ich hab's durchgelesen. *Facts and Fancies.*"

„Oh. Dann weißt du ja alles. Viel mehr kann ich auch nicht sagen."

Mama warf mir einen missbilligenden Blick zu, aber ich zuckte nur mit den Schultern.

„Nein, ich weiß noch längst nicht alles", meinte Dobbs freundlich. „Erzähl mir doch ein bisschen von dir."

Ich verspürte kein Bedürfnis, mit diesem überdrehten Mädchen zu reden, aber Mama versetzte mir einen Stoß in die Rippen. Ich verdrehte die Augen. „Ich bin siebzehn, vorletzte Klassenstufe, wir sind zweiunddreißig in der Klasse. Ich schreibe für *Facts and Fancies*, ich fotografiere. Ich bin Vorsitzende des Rotkreuzklubs, stellvertretende Klassensprecherin und in der Phi-Pi-Studentinnenverbindung. Mit meinen Freundinnen gehe ich zwei oder drei Mal in der Woche zum Tanz. Da treffen wir dann die netten Jungs von der Jungenschule, die den langweiligsten Namen der Welt hat – Boys High – und von den Colleges in Atlanta – Georgia Tech und Emory und Oglethorpe. In meiner Klasse gehen sogar schon einige Mädchen fest mit einem Jungen aus.

Nach der Schule gehen wir oft zu Jacob's Drugstore und bestellen uns eine Coca-Cola oder etwas anderes. Ich reite gern. Und ich liebe die Fuchsjagd. Sagen wir einfach, mir wird selten langweilig."

Dobbs hatte mich die ganze Zeit mit einem winzigen Lächeln auf den Lippen beobachtet. Jetzt legte sie den Kopf schief und sah mich mit ihren schwarzen Augen durchdringend an. Dann sagte sie: „Vielen Dank für diesen Monolog, Perri Singleton. Aber ich wette, zu dir gibt es noch viel mehr zu sagen. Ich freue mich schon darauf, dich *wirklich* kennenzulernen."

Ich funkelte sie wütend an, schob das Kinn nach vorn und drehte mich empört zu Mama um, die immer sagte, wenn ich wütend sei, würden aus meinen Augen Blitze schießen und jemanden suchen, den sie verbrennen konnten.

Dobbs schien das alles nicht zu merken. „Tante Josie, war Roosevelts Rede nicht grandios? *‚Das Einzige, was wir zu fürchten haben, ist die Furcht selbst!'* Er macht unser Land wieder ganz. Ich weiß es einfach! Es ist genau, wie er sagt: Wir haben genug, wir haben nur unsere Ressourcen falsch eingesetzt."

Dobbs saß da in ihrem Lumpenkleid und redete in einem fort über den „religiösen Unterton in Roosevelts Rede" und wie er das Gefühl des amerikanischen Volkes in Worte gekleidet habe. Mrs Chandler hatte sich zu ihr umgewandt, sah aber eher so aus, als würde sie sich mehr Sorgen wegen eines Krampfs im Nacken machen.

Sie will bloß Mrs Chandler beeindrucken, dachte ich.

Schließlich schoss ich einen meiner Blitze in Dobbs' Richtung, den sie mit einem Lächeln parierte. „Wie fandest du denn die Rede?" Ich reagierte nicht, selbst nachdem Mama mich zweimal mit dem Ellbogen angestoßen hatte und so fuhren wir schweigend weiter.

Gott sei Dank erreichten wir kurz darauf das Haus der Chandlers. Ich murmelte: „Hat mich gefreut", und Dobbs erwiderte: „Gleichfalls. Bis Montag in der Schule."

„Was für eine komische Person", meinte ich zu Mama, als wir mit dem Buick wieder in unsere Straße einbogen. „Sie ist so überdreht, findest du nicht auch? Plappert in einem fort über den neuen Präsidenten in ihrem Kartoffelsackkleid und mit diesem schäbigen Koffer. Ich bin so froh, dass wir am Washington Seminary Uniformen tragen. So bleibt den Mädchen ihr Kleiderschrank erspart."

„Shh, Perri. Ja, sie ist anders, aber ich glaube, sie freut sich einfach so, hier zu sein. Denk doch nur, woher sie kommt. Sie wird sich sicher gut eingewöhnen. Ich möchte, dass du sie am Montag ein paar der Mädchen vorstellst. Und fälle dein Urteil über sie nicht vorschnell, ja?"

Typisch Mama. Sie ergriff immer erst einmal Partei für jeden. Für mich war Dobbs jetzt schon ein rotes Tuch.

☙

Wir kamen zu Hause an und Mama stellte den Wagen in der Einfahrt ab. „Holden, Liebling", rief sie fröhlich, als wir im Flur standen. „Es ging alles gut mit dem Coupé. Kein Kratzer, keine Beule! Aber ich habe das Auto in der Einfahrt stehen gelassen, wie du wolltest. In die Garage manövrieren darfst du es." Sie erzählte munter weiter und ging in Daddys Arbeitszimmer.

Ich war gerade auf dem Weg nach oben, als Mama aufschrie. Mit einer Hand vor dem Mund und in der anderen ein Blatt von Papas Briefpapier kam sie zurück in den Flur getaumelt. „Dein Vater ... Wir müssen deinen Vater finden!" Sie stürzte aus dem Hinterausgang zur Garage.

Beim Anblick von Mamas verstörtem Gesicht wurde mir schwindlig und ich hörte mein Blut in den Adern pochen. Ich folgte ihr aus der Tür, rannte aber in die entgegengesetzte Richtung – über die Wiese hinter dem Haus zu den Ställen, wo Daddys Pferde waren. Reiten und die Fuchsjagd waren seine Lieblingsbeschäftigungen und ich dachte, er wäre vielleicht ausgeritten. Schwungvoll stieß ich die Stalltür auf. Der lange Gang war leer, abgesehen von ein paar Heuhalmen, die der Stallbursche wohl beim Füttern am Morgen verloren hatte. Die Pferde, alle fünf, traten in ihren Ställen nervös von einem Bein aufs andere und wieherten.

„Was ist denn los, mein Großer?", fragte ich Windchaser, Daddys Lieblingspferd, und streichelte ihm die Stirn. Plötzlich fiel mein Blick auf etwas Braunes in der Sattelkammer. Ich ging näher heran und erkannte Daddys feinen Quastenlederschuh, der auf der Seite lag, zwischen Heu und Spänen. Dann sah ich nach oben. Daddys lebloser Körper hing an einem der Dachbalken. Er hatte ein Pferdehalfter um den Hals. Seine langen Beine im dunkelgrauen Zwirn baumelten langsam hin und her, an einem Fuß fehlte der Schuh. Ich schrie und konnte nicht mehr aufhören.

Dann wurde ich ohnmächtig.

☙

So haben sie mich gefunden, Jimmy, Dellareen und Ben, ihr ältester Sohn. Ben spritzte mir Wasser ins Gesicht und ich kam wieder zu mir. Ich sah noch, wie Dellareen nach draußen zu Mama stürzte, sie an der Taille fasste und vom Stall wegzog. Mama versuchte sich frei zu machen, aber Dellareens starke Arme hielten sie fest und zogen sie fort, während Mama mich verzweifelt ansah und „Holden, Holden, Holden!" schrie.

Ich erinnere mich an die wilde Entschlossenheit in Dellareens Gesicht und wie sie „Das is nichts für Sie, Miz Dorothy" fauchte.

Dann hob mich Jimmy auf, der genauso schlank war wie Dellareen, trug mich zurück ins Haus und legte mich auf das Sofa im Wohnzimmer. Dellareen kam mit einem feuchten Tuch für meine Stirn.

Ich vermute, Jimmy und Ben holten Daddy runter.

Der Nachmittag verschwamm zu einer nicht enden wollenden Parade aus Menschen, die bei uns ein- und ausgingen. Ich war heilfroh, dass Barbara und Irvin noch nicht wieder da waren. Wie ein alter Holzklotz saß ich unbeweglich auf dem Sofa und sah die Leute wie im Nebel an mir vorbeiziehen. Mrs Chandler und ihr Diener kamen zuerst, dann Daddys Geschäftspartner aus der Bank. Später tauchte Mr Robinson, Daddys Freund und Steuerberater, auf und Mr Chandler kam vom Golfplatz in Knickerbocker und Polohemd. Mehr und mehr Menschen kamen, und mit ihnen Körpergeruch, Schweiß und Trauer, die sich vermischten und die untere Etage füllten.

Nach einiger Diskussion rief Mrs Chandler bei Lulu an, wo Barbara zu Besuch war, und danach den Trainer von Irvins Baseballteam, und bat darum, dass die Kinder noch bis nach dem Abendessen dortbleiben durften.

Später ging Mrs Chandler mit Mama nach oben und irgendwann hörte ich Mama wehklagen: „Die arme Perri! Und wie soll ich das erst Barbara und Irvin beibringen?"

Ich saß noch immer wie ein Klotz auf dem Sofa, die Arme um mich geschlungen und fühlte mich einfach nur taub, aber als ich Mamas Stimme hörte, erwachte ich zum Leben. „Ich sage es ihnen."

Dellareen sah mich erschrocken an und schüttelte den Kopf. „Oh nein, Miz Perri. Das ist nicht deine Aufgabe."

„Aber ich möchte. Ich *muss*. Mama schafft das nicht. Das weißt du." Ich hatte noch nicht eine Träne vergossen, aber mein Gesicht glühte und ich konnte die roten Flecken auf meinen Wangen spüren.

Dellareen drückte mir mit sorgenvoller Miene die Hand. Ihre Stirn glänzte und ihre Dieneruniform, die sonst stets tadellos war, hatte unter den Achseln Schweißflecken.

Dellareen kannte mich schon, als mich „noch eine Mücke umpusten konnte", wie sie immer sagte, und auch an diesem Tag konnte sie meine Gedanken lesen. „Das ist nicht deine Aufgabe, Miz Perri! Verstehst du? Ich weiß, du hast deinen Papa geliebt und er liebte dich, aber diese Last auf deinen Schultern, nein, das würde er nicht wollen."

Jetzt strömten die Tränen über mein Gesicht und ich ließ mich von Dellareen in den Arm nehmen. „Ich möchte zu Mama", presste ich schließlich an meinem Kloß im Hals vorbei.

Mama saß oben in ihrem Bett und Mrs Chandler war an ihrer Seite. Ihr hübsches gepudertes Gesicht war mit Wimperntusche verschmiert und sie weinte still. Als sie mich sah, streckte sie die Arme aus. „Perri, Perri." Dann flüsterte sie Mrs Chandler zu: „Perri hat ... Perri war diejenige, die ihn im Stall ..."

Mama zog mich zu sich heran und schlang die Arme um mich. Unbeholfen stand ich einige Zeit vornübergebeugt da, spürte ihre schmalen Ärmchen, das Gewicht ihres Körpers, der sich an mich klammerte, als ginge es um Leben und Tod. Ich hielt sie fest und schaffte es irgendwie zu sagen: „Es wird alles gut, Mama. Irgendwie wird alles wieder gut."

Nichts wird wieder gut, dachte ich, *es sei denn, ich sorge dafür. Von nun an hängt alles an mir.*

Kapitel 2

Dobbs

Manches weiß ich einfach. Keine Ahnung, warum. Ich weiß es eben. Von dem Augenblick an, als Mutter (und schließlich auch Vater) darauf bestanden, dass ich nach Atlanta gehen solle – Atlanta! Südstaaten! –, wusste ich, dass diese Entscheidung für meine ganze Familie Konsequenzen haben würde.

Zuerst war ich natürlich dagegen. Ich mache die Dinge eben gern auf meine Art. „Tante Josie meint es bestimmt gut", sagte ich zu meinen Eltern. „Und das mit der Schulbildung ist auf lange Sicht sicher auch toll. Aber was ist mit euch? Ich kann euch doch nicht hier mit Coobie und Frances in Chicago allein lassen und in Atlanta herumscharwenzeln, während ihr nicht wisst, wie das Essen auf den Tisch kommen soll!"

Vater sagte die Worte, die mich immer überzeugten. „Das gehört zu seinem Plan, Dobbs. Es ist richtig so."

Sein Plan! Ich liebte Pläne und vor allem diesen, den Vater meinte: Die Verkündigung der Guten Nachricht von Gott, bei der wir Menschen mitwirken dürfen. Also stieg ich brav in den Zug nach Atlanta, nur mit einem kleinen Köfferchen und einem Kopf voller Ideen, Abenteuerlust und der Aussicht auf eine neue Welt, die es zu erobern galt! Roosevelts Rede brachte meine Begeisterung zum Siedepunkt. Beim Umsteigen an jenem Morgen konnte ich sie im Radio hören. Der Schaffner ließ den Zug extra später abfahren, damit niemand etwas verpasste. *Franklin D. Roosevelt ist Gottes Mann für diese Zeit*, spukte es mir auf dem letzten Stückchen nach Atlanta durch den Kopf. *Er holt unser Land aus dem Schlamassel!*

Vater meinte immer, wir steckten in diesem Schlamassel – oder der Großen Depression, wie manche sagten –, weil der Mensch habgierig sei, Gott das bestraft habe und noch alles Mögliche andere. Wahrscheinlich hatte er recht, aber mit Roosevelt als Präsidenten konnte Amerika die Kurve kriegen und noch mal von vorn anfangen, da war ich mir sicher.

Also stieg ich mit einem breiten Lächeln aus dem Zug und freute mich auf den Neuanfang für mich und für Amerika. Tante Josie und ihr Chauffeur holten mich mit Mrs Singleton und ihrer Tochter vom Bahnhof ab.

Das Erste, was ich spürte, war dieser gewisse Blick. Zuerst kam er von Tante Josie, dann von Mrs Singleton und auch von Perri. Missbilligung. Erstaunen. Schließlich Mitleid. Aber sie fingen sich schnell und wir fuhren mit einem der schönsten Autos, das ich je gesehen hatte, nach Hause. Tante Josie saß vorn beim Fahrer, ich glaube, er hieß Hosea, und ich saß mit Mrs Singleton und Perri hinten. Wie immer musste ich gleich losplappern. Tante Josie hat höflich zugehört. Ich habe viel geredet, aber nebenbei merkte ich sehr schnell, was die anderen dachten. Von Perri Singletons Gesicht konnte ich es sofort ablesen – sie mochte mich nicht. Jedenfalls noch nicht.

Hosea bog irgendwann in eine Toreinfahrt ab, die von zwei Steinsäulen eingefasst war und gut auf eine römische Piazza gepasst hätte. Vater hatte ja versucht, mich auf das Haus der Chandlers vorzubereiten, er hatte mir alles beschrieben und sogar ein altes Foto gezeigt, aber als ich das Haus sah, fiel mir die Kinnlade herunter. Ich starrte auf ein großes, herrschaftliches Gebäude, das mit seinem weißen Putz auch dem englischen Adel hätte gehören können.

Hosea parkte rechts neben dem Haus unter einer Art Dach. Meine Tante nannte es die „porte cochère", was wohl Französisch sein musste, wie mir später auffiel, aber sie zog die Silben so lang – *portej coh-sheah* –, dass es mir absolut nichts sagte.

Als wir anhielten, sprang Perri förmlich aus dem Wagen. Vielleicht dachte sie, ich hätte Läuse oder sonst irgendeine schlimme Krankheit, die man bei Armut bekommt. Jedenfalls stieg sie mit ihrer Mutter in ein anderes Auto und die beiden fuhren weg, ohne sich noch einmal umzudrehen.

Ich stieg aus dem Cabriolet und folgte Tante Josie, die mit mir eine Runde auf dem Gelände drehte, um mir alles zu zeigen. Unzählige Morgen Land umgaben das imposante Haus. Links waren die Garagen für die Autos und dahinter Ställe, in denen Pferde, eine

Kuh und ein Schwein lebten. Noch weiter hinten gab es Felder, einen großen Gemüsegarten und weiter links die Unterkunft der Diener.

Tante Josie schirmte die Augen gegen die Sonne ab und zeigte in eine Richtung. „Den Hügel hinunter, dort rechts bei dem kleinen See, steht das Sommerhaus. Es ist wunderschön dort. Wenn wir im Sommer Gesellschaften geben, spielt dort immer das Orchester."

Sie sagte das ohne jeden Anflug von Überheblichkeit, also nickte ich, als fände ich es völlig normal, in einer herrschaftlichen Villa auf einem riesigen Landgut zu leben und Partys zu geben, bei denen eine echte Kapelle spielte.

In Atlanta war der Frühling in vollem Gang. Der Hartriegel und die Azaleen schlugen aus, die Luft war mild, die Osterglocken wiegten ihre gelben Köpfchen hin und her, der Himmel war pastellblau und der Duft der Hyazinthen kitzelte mir in der Nase. Ich streckte die Arme aus, wirbelte herum und sog alles auf. Frische Luft und Neubeginn! Ich konnte gar nicht mehr aufhören. Aber Tante Josie hatte gleich wieder diesen gewissen Blick, also lief ich mit ihr zurück zur porte cochère und wir gingen ins Haus.

Tante Josie war ziemlich drall. Oder sagen wir, ihre Bluse war wohlgefüllt. Oder eben, sie war vollbusig. Sie hatte die typische Dillard'sche Nase wie Vater, gerade und lang, und seine dunkelbraunen Augen, auch wenn sie nicht so strahlten und voller Leben waren wie seine. Ihr Haar war hübsch und haselnussbraun, etwa wie Vaters, bevor er die Hälfte verloren hatte und der Rest grau geworden war.

Alles in allem war Tante Josie eine große, beeindruckende Frau. Sie trug ein maßgeschneidertes Seidenkleid und Perlenschmuck und kam mir vor wie jemand, den man gern um sich hat, wenn man hundert Leute zu sich nach Hause einlädt und Eindruck machen will, aber weniger wie eine Freundin, mit der man von Frau zu Frau über einen Jungen sprechen konnte. Was sehr schade war, weil ich nämlich genau das sehr gern getan hätte. Ich platzte fast vor Verlangen, jemandem von Hank zu erzählen. Aber ich verkniff es mir.

Als Tante Josie uns im Oktober in Chicago besucht hatte, war ich ihr zum ersten Mal seit Jahren wieder begegnet. Der Besuch war ein einziges Desaster gewesen, um es milde auszudrücken. Sie hatte gesehen, wie ihr kleiner Bruder und seine Familie lebten, dass im

Eisschrank nichts zu essen war, hatte den Zustand unserer Kleidung gesehen und war wütend auf Vater geworden.

„Du predigst anderen Leuten und kümmerst dich noch nicht einmal um deine eigene Familie? Hast du deine Bibel nicht gelesen? Paulus nennt dich einen Ungläubigen!"

Vater war das ziemlich nahegegangen, aber Mutter hatte zu ihm gehalten und gemeint, Gott würde sie zu den Armen rufen, nicht zu den Reichen, und sie könnten wohl kaum den Opferteller bei denen herumgehen lassen, denen es sowieso schon schlecht ging. Gott würde sicher für sie sorgen.

Am Tag nachdem Tante Josie wieder abgefahren war, kam ein Mann und gab Vater einen Umschlag mit zwanzig Dollar darin. Wir jubelten vor Freude. Gott hatte uns nicht im Stich gelassen. Außerdem hatte Tante Josie einen ganzen Beutel mit Kleidung für Coobie und Frances und mich dagelassen und sie hatte genug Essen für zwei Wochen gekauft. Ob ihr wohl klar war, dass Gott auch durch sie für uns sorgte?

Die Eingangshalle im Haus meiner Tante war von oben bis unten mit dunklem, glänzendem Holz getäfelt und die Decke sah aus wie aus einem Geschichtsbuch über die Renaissance. Über der Feuerstelle prangte ein gewaltiger Kaminsims. Ich wollte stehen bleiben und alles auf mich wirken lassen, aber Tante Josie war schon nach rechts gegangen und auf dem Weg nach oben. Die Treppe war zweigeteilt und lief in geschwungenen Bögen über den Eingang mit der porte cochère. An den dunklen Wänden hingen große Ölgemälde, auf denen wohl Familienmitglieder abgebildet waren. Die meisten blickten ziemlich ernst drein, aber auf einem entdeckte ich Vater als Kind mit einem kleinen Hund auf dem Schoß.

„Also, hier ist dein Schlafzimmer, Mary Dobbs. Ich hoffe, es gefällt dir. Das Bad daneben gehört nur dir und es sind frische Handtücher und Bettbezüge im Schrank. Parthenia, das Dienstmädchen, wechselt alles zweimal pro Woche. Du kannst deine Kleider in die Kommode und den Schrank tun. Ich habe dort schon ein paar andere Dinge für dich hineingelegt. Das Telefon im ersten Stock ist in meinem Zimmer. Wenn du jemanden anrufen möchtest, sag mir Bescheid. Dein Onkel Robert sieht es zwar nicht gern, wenn wir allzu häufig Ferngespräche führen, aber du willst deinen Eltern bestimmt Bescheid geben, dass du gut angekommen bist." Sie kräuselte die Nase und ihre Mundwinkel gingen leicht nach unten. „Deine Eltern haben kein Telefon, oder?"

„Nein, leider nicht."

„Dann schicken wir ein Telegramm."

In diesem Moment klingelte das Telefon. „Entschuldige", sagte Tante Josie und eilte den Flur hinunter.

Ich ging in mein Zimmer und musste feststellen, dass Gott wieder einmal sehr gut für mich gesorgt hatte. Das Zimmer war fast so groß wie unsere ganze Wohnung in Chicago. Große Fenster gaben den Blick nach hinten raus frei. Ich konnte die Ställe sehen, das Quartier der Diener, und wenn ich ein Fenster öffnete und mich auf Zehenspitzen so weit wie möglich hinauslehnte – was ich natürlich sofort tat –, auch das Sommerhaus am kleinen See. Ich schloss das Fenster wieder, drehte mich lachend um meine eigene Achse, ließ mich schließlich auf das große Bett mit der weichen Daunendecke fallen und starrte an den weißen Baldachin.

Da fielen mir auf einmal Mutter und Vater und Coobie und Frances ein, die zusammengepfercht in unserer kleinen Wohnung hausten. Mutter hatte das letzte Huhn vor drei Tagen gekocht und bevor sie mich zum Zug gebracht hatten, hatten wir die Knochen für eine Hühnersuppe bis zum letzten Fetzen Fleisch geplündert und ausgekocht. Ich stellte mir vor, wie sie jetzt hungerten und wäre am liebsten in den nächsten Zug nach Chicago gestiegen.

Plötzlich tauchte Tante Josie wieder im Flur auf. „Hosea! Hosea! Schnell! Ja, komm. Es gibt ein Problem. Ein großes Problem." Fast als Nachsatz blieb sie vor meiner Tür stehen. Ihr rundes Gesicht war bleich. „Ich muss los. Es ist … etwas ganz und gar Schreckliches …" Sie ließ den Satz unvollendet und ich hörte ihre Absätze die Treppe hinunterklackern. Völlig verdattert blieb ich zurück.

☙

Gespannt wartete ich darauf zu erfahren, was passiert war, aber sie kam nicht mehr nach oben. Kurze Zeit herrschte im Haus Aufruhr und Tante Josie rief Hosea und noch jemandem etwas zu, dann hörte ich die Eingangstür zuschlagen. Ein Motor heulte auf und das Haus war still.

Ich versuchte mir angestrengt vorzustellen, was meine Tante so durcheinandergebracht haben könnte. Hatte Onkel Robert wieder Probleme mit dem Herzen? Ursprünglich hatte ich schon Anfang Januar nach Atlanta kommen sollen, rechtzeitig zum Schulbeginn am Washington Seminary, aber am zweiten Weihnachtsfeiertag war Onkel Robert vor dem Weihnachtsbaum ohnmächtig geworden. Herzinfarkt. Es hatte zwei Monate gedauert, bis er sich einigermaßen erholt hatte und ich kommen konnte.

Irgendetwas Schlimmes musste passiert sein, aber es hatte wenig Sinn, mir den Kopf darüber zu zerbrechen, also dachte ich an Hank. Meinen Hank! Tagsüber arbeitete er in einer Stahlfabrik, abends drückte er die Schulbank und predigte mit Vater in der kleinen Kirche. Ich fragte mich, ob er es tatsächlich ernst gemeint hatte – dass er auf mich warten würde. Ganz bestimmt. Bei manchen Dingen spürte ich einfach, dass es richtig war.

Ich hatte Mutter und Vater eigentlich noch von Hank erzählen wollen. Erst war ich mir sicher gewesen, dass sie schon etwas gemerkt hatten, aber dann wieder nicht.

Coobie, die kleine Göre, hatte natürlich etwas gemerkt. Kurz bevor ich in den Zug gestiegen war, hatte sie mir zugeflüstert: „Und? Hat er dich schon geküsst?"

Ich war rot geworden und mein Gesichtsausdruck musste mich verraten haben. Jedenfalls klatschte sie begeistert in die Hände und quiekte, wie nur sie es konnte: „Ich wusste es!"

Ich schloss die Augen und erinnerte mich an unser erstes Treffen. Hank stand in der Gasse hinter unserem Haus, in seinem weißen Baumwollhemd, Overall und mit einem breiten Lächeln. Das erste Mal, als er mich so anlächelte, bekam ich einen Hustenanfall. Ich konnte den Blick nicht von seinen lavendelblauen Augen abwenden, die so hübsch waren, als wäre der wolkenlose Himmel herabgeschwebt und hätte sie mit Lachen und Leben gefüllt. Seine dunkelblonden Haare waren glatt und hatten schon länger keine Schere mehr gesehen, aber durch die Stirnfransen, die ihm über die Augenbrauen hingen, wirkte er nur noch interessanter.

„Hallo, ich bin Hank Wilson", sagte er. „Ich suche Reverend

William Dillard." Er schaute auf einen Zettel und lächelte mich schon wieder so an.

Ich kicherte nervös und versuchte mich zusammenzureißen. „Da sind Sie hier ganz richtig. Kommen Sie rein, ich bringe Sie zu ihm." Ich winkte ihm und fügte hinzu: „Ich bin übrigens seine Tochter, Mary Dobbs."

„Freut mich sehr, Mary Dobbs."

Wir gingen in unser Haus und hoch in den ersten Stock. „Alle nennen meinen Vater Reverend Billy", erklärte ich, während ich die Tür zu unserer Wohnung aufschloss.

Achtzehn Monate war das nun her, ich war gerade sechzehn geworden und er schon zwanzig. Am liebsten hätte ich damals noch im Treppenhaus gesagt: „Ich werde dich heiraten." Aber ich hielt natürlich den Mund. Ich konnte schon immer gut meinen Mund halten, wenn es drauf ankam.

„Henry ‚Hank' Wilson", rief ich in das leere Haus der Chandlers hinein. Er hatte mir versprochen, mir sofort nach meiner Abreise zu schreiben, und ich fragte mich, wie lange wohl ein Brief von Chicago nach Atlanta brauchte.

Nachdem ich meinen kleinen Koffer ausgepackt hatte – der Inhalt passte in zwei Schubladen der Kommode –, öffnete ich den Kleiderschrank. Darin hingen drei Schuluniformen und zwei Kleider – hübsche, feminine Kleider von der Sorte, wie ich sie nie zu besitzen geträumt hätte. Hatte Tante Josie die etwa für *mich* gekauft? Ich befühlte den kühlen, teuren Stoff. Das eine war hellrosa mit kleinen weißen Blümchen, hatte ein enges Mieder, einen übergroßen Gürtel, einen weißen Rüschenkragen und umgeschlagene Ärmelbündchen nach der allerneusten Mode!

Ich nahm es vorsichtig vom Bügel, zog mich schnell aus und schlüpfte hinein. Es saß wie angegossen. Ungläubig schloss ich den Gürtel und betrachtete mich im großen Spiegel auf der anderen Seite vom Bett. War das wirklich ich? Ich sah aus wie eine Frau, mit weiblichen Kurven an den richtigen Stellen. Wenn Hank mich nur so hätte sehen können! Das Preisschild hing noch dran und ich bekam große Augen. Meine Familie hätte zwei Monate davon satt werden können, so teuer war das Kleid gewesen.

Am liebsten wäre ich in diesem Kleid wie ein Filmstar von einem

Zimmer ins andere getanzt, aber ich hatte Angst, jemand könnte mich dabei erwischen. Etwas beschämt schlüpfte ich wieder in mein altes Kleid, warf einen Blick in den Spiegel und verstand nun, warum die Singletons und Tante Josie mich so mitleidig angeschaut hatten. Mutter hatte mir das blassgrüne Kostüm aufdrängen wollen, das sie bei Vaters Erweckungsgottesdiensten trug, aber ich hatte mich geweigert.

„Du bist manchmal so stur, weißt du das? Tante Josie fällt in Ohnmacht, wenn sie dich in dem alten Ding da sieht", hatte Mutter gesagt, aber ich war hart geblieben. Nun, immerhin hatte sie fast recht behalten.

Ich schlenderte durch den breiten Flur mit den vielen Türen. Die Wände waren mit einer schönen Blumentapete verziert und rechts und links neben dem kleinen Tisch am Kopf der Treppe hingen goldene Wandleuchter. Über dem Tisch entdeckte ich ein weiteres Porträt und erkannte Grandma Dillard. Auf dem Tisch lag ein großes Buch mit dem Titel *Die Vogelwelt Amerikas* von John James Audubon. Ich blätterte darin und sah mir die prachtvollen bunten Zeichnungen an.

Später warf ich heimlich einen Blick in das Schlafzimmer meiner Tante und meines Onkels – es war noch größer als meins – und ging sofort zum Schminktisch mit dem kleinen Spiegel. Familienfotos in Silberrahmen standen sauber aufgereiht neben dem silbernen Kamm- und Bürstenset. Ich ging näher an eins der Bilder heran. Tatsächlich, dort saß Vater als Kind auf Tante Josies Schoß. Ich war etwas erleichtert, dass Tante Josie trotz ihrer Missbilligung für den Beruf meines Vaters offensichtlich genug für ihn empfand, um ein gemeinsames Bild in ihrem Zimmer stehen zu haben.

Langsam ging ich zurück in den Flur und über die Treppe in die große Eingangshalle mit den getäfelten Wänden. Zur Rechten lag ein Raum mit hohen Decken und einem Flügel, noch einem Kamin und mehreren edlen Möbeln – Ohrensessel und Sofas, die ich nur aus Romanen und Zeitschriften von meinen Klassenkameradinnen kannte.

Ich wanderte von Zimmer zu Zimmer, jedes auf seine eigene Art und Weise elegant, bis ich schließlich in die Küche kam. Und was für eine Küche das war! Der weiße Eisschrank war fast so groß wie ich, in den Backofen passten fünf Hühnchen nebeneinander und das Abwaschbecken war aus Porzellan! Niemand war zu sehen, obwohl man dem glänzenden dunkelgrünen Tisch schon die ersten Vorbereitungen für das Abendessen ansah.

Ich beugte mich gerade neugierig über das Waschbecken, als hinter mir eine Stimme ertönte. „Hallo. Sie sind Miz Chandlers Nichte, stimmt's?"

Ich drehte mich um und entdeckte ein schwarzes Mädchen, das mich anstarrte. Es war vielleicht acht oder neun, hatte viele kleine Zöpfchen mit bunten Schleifen und trug eine blaue Dienstmädchenuniform mit weißer Schürze.

„Hallo. Ja, stimmt. Ich heiße Mary Dobbs Dillard."

„Das weiß ich. Ich bin Parthenia Jeffries. Mama und Papa arbeiten hier für die Chandlers. Wir wohnen da drüben in dem Haus für die Diener." Sie deutete mit ihrem dünnen Ärmchen über die Schulter.

„Freut mich, Parthenia. Wo sind denn die anderen?"

„Haben Sie das nicht gehört?"

„Alles, was ich weiß, ist, dass meine Tante einen Anruf bekommen hat und dann völlig überstürzt losgefahren ist. Und alle anderen auch, wie es scheint."

„Mr Singleton ist dahin."

„Was?"

„Jep. Einfach so dahin, und Miz Chandler ist rübergefahren und Papa und mein Bruder Cornelius auch, und ich sollte hierbleiben, also bin ich hiergeblieben."

Langsam fiel der Groschen. „Du meinst, Mr Singleton ist *gestorben*?"

„Jep."

„Die Singletons, die eine Tochter namens Perri haben?"

„Ja, Ma'am, und Miz Singleton ist die beste Freundin von Miz Chandler. So traurig ist das, jawohl." Ich wusste nicht, was ich sagen sollte, und sie sah mich einen Augenblick schweigend an. „Dann mach ich lieber mal das Abendessen fertig." Mit diesen Worten ging sie zum Tisch, wo schon Mohrrüben und Kartoffeln lagen, öffnete den Eisschrank und holte ein Stück Fleisch heraus.

Ich stand da, völlig schockiert, und dachte an Perri Singleton mit ihren klaren grünen Augen und ihrer modischen blonden Kurzhaarfrisur, daran, wie sie mich von Anfang an nicht gemocht hatte, und sie tat mir leid. Plötzlich schossen mir Tränen in die Augen wegen einer jungen Frau, die ich eigentlich gar nicht kannte.

Gerade wollte ich die Küche verlassen, als Parthenia meinte: „Sie müssen nicht gehn. Stört mich nicht, wenn Sie weinen. Hab ja selbst grad erst aufgehört."

Sie reichte mir ein weißes Taschentuch, das sie aus ihrer rüschenbesetzten Schürzentasche holte. „Mista Singleton war der hübscheste, freundlichste Mann, den man sich vorstellen kann. Hat mir immer Kirschbonbons geschenkt, wenn er und Miz Singleton zum Bridge hier waren." Parthenia schniefte laut, als wolle sie beweisen, dass sie ebenfalls geweint hatte.

„War er denn krank?"

Parthenia bekam große Augen. „Nein. Kerngesund. Miz Singleton, die ist bisschen dürr. Aber Mista Singleton war überhaupt nicht krank." Sie zögerte. „Höchstens vielleicht im Kopf."

Ich wusste nicht, was ich mit dieser Aussage anfangen sollte. „Kann ich dir helfen?", fragte ich stattdessen. Sie starrte mich an, als wäre ich splitterfasernackt, und schälte weiter Mohrrüben. „Ich kann auch etwas tun. Ich weiß, wie man kocht."

„Gäste solln nicht helfen. Das ist unangemessen. Dafür sind wir da."

„Oh. Aber es sieht ja keiner."

Sie schüttelte ängstlich den Kopf. „Ist nicht angemessen."

Ich beließ es dabei. Parthenia konzentrierte sich auf jede ihrer Bewegungen und schälte Mohrrüben und Kartoffeln.

„Wie alt bist du eigentlich?"

„Acht und drei viertel", kam die stolze Antwort.

„Ich habe eine kleine Schwester, die ist sieben und zwei drittel."

Parthenia sah mich mit großen Augen an und versuchte, ernst zu bleiben. Es misslang ihr. „Wie heißt sie denn?"

„Coobie."

„Coobie? Ein Mädchen mit Coobie hab ich ja noch nie gehört."

Beinahe wäre mir herausgerutscht, dass ich auch noch nie ein Mädchen getroffen hatte, das Parthenia hieß, aber ich verkniff es mir. „Ihr richtiger Name ist Virginia Coggins Dillard, aber irgendwie wurde Coobie daraus."

„Ich hab keine Schwestern, aber meinen Bruder Cornelius. Er ist fast schon vierzehn und geschickt wie kein anderer, aber reden tut er nicht. Noch kein Wort hat er gesagt, sein ganzes Leben."

„Oh." Ich wusste wieder einmal nicht, wie ich auf ihre Worte reagieren sollte. „Also, ich habe noch eine Schwester, sie heißt Frances, ist dreizehn und geht auf die dreißig zu."

Parthenia lachte laut. „Mama sagt immer, ich bin acht und geh auf die achtzehn zu."

Von irgendwo hörten wir eine Uhr viermal schlagen. Parthenia sah erschrocken aus. „Oh. Bin spät dran. Das Wasser muss kochen."

„Bist du für das ganze Abendessen verantwortlich?"

„Na ja, eigentlich meine Mama, aber sie ist im Gefängnis, weil sie was gestohlen haben soll. Hat sie aber gar nicht und alle wissen das." Parthenia schob die Unterlippe vor. „Und ich wusste das am allermeisten."

„Sie ist im Gefängnis, obwohl sie unschuldig ist?"

„Na ja, das ist kein echtes Gefängnis, sondern wo die ganz Armen leben. Deswegen heißt es Armenhaus. Aber die Schwarzen, die da sind, müssen dableiben und die Felder bestellen. Meine arme Mama möchte so gern nach Hause. Jeden Tag betet sie, dass der Herr jemanden die Silbermesser finden lässt, damit sie wieder von dort wegkann."

„Silbermesser?"

„Die haben gedacht, Mama stiehlt die Silbermesser von Miz Chandler", erzählte Parthenia bereitwillig. „Aber hat sie gar nicht. Besondere Messer waren das, von Miz Chandlers Grandma, und die waren tausend mal tausend Dollar wert, und eines Tages waren die weg, nach einem Fest. Wir haben überall gesucht, aber sie waren nirgendwo. Und dann kam Miz Becca hier reinstolziert und hat gesagt, Mama hätte sie geklaut."

„Becca – meine Cousine? Die Tochter der Chandlers?"

„Ja. Ist die Älteste, aber ich mag sie kein bisschen."

„Oh."

„Überall haben wir gesucht und sie durften auch in unser Quartier und alles durchsuchen, und keins von den Messern war da, aber sie haben den silbernen Servierlöffel gefunden. Der fehlte nämlich auch. Also musste Mama trotzdem ins Armenhaus, weil eine weiße Lady sie beschuldigt hat und sie was gefunden haben."

„Wie schrecklich."

„Jawohl! Und dabei hat meine Mama von Anfang an geholfen, Miz Becca großzuziehen." Parthenia schüttelte enttäuscht den Kopf. „Sieht man mal. Keinem trauen darf man."

„Wie lange ist sie denn schon dort?"

„Fast einen Monat. Am Valentinstag, nach der großen Feier, sind die ganzen Sachen verschwunden."

„Wie lange muss sie denn noch bleiben?"

„Bis wir genug Geld verdient haben, damit wir die fünf Messer bezahlen können. Aber das schaffen wir nie. Die sind ein ganz dickes Bündel Scheine wert. Wir werden ewig arbeiten müssen, Cornelius und ich, und das mit der Schule können wir vergessen. Und dabei war Mama das gar nicht."

„Weißt du, wer die Messer gestohlen hat?"

Parthenia sah mich ängstlich an und ging ein paar Schritte zurück.

„Ich weiß nichts, Miz Mary Dobbs. Wirklich, das versprech ich." Sie wandte sich ab. „Muss das Abendessen machen."

Ich blieb neben dem großen Ofen stehen und fragte nicht weiter nach, aber die Geschichte ging mir nahe. Ich wollte Parthenia und ihrer Familie irgendwie helfen. Wie, das wusste ich nicht, aber vielleicht hatte Gott ja eine Idee.

„Papa und ich und mein Bruder, wir machen alles, so gut es geht", sagte Parthenia mit dem Rücken zu mir. „Ich kann ja schon ganz gut kochen. Hab Mama schon mit fünf geholfen." Sie holte einen schweren Topf unter dem Ofen hervor und stöhnte.

„Komm, ich helfe dir." Ich füllte den Topf mit Wasser, während Parthenia mit einem Streichholz die Gasflamme in Gang brachte, und bald darauf waren der Schmorbraten im Ofen und das Gemüse auf dem Herd. Der Duft von Essen füllte die Küche und mir lief das Wasser im Mund zusammen. Die Küche der Chandlers kam mir vor wie das Paradies.

Als um sechs noch immer niemand zurückgekehrt war, fragte Parthenia: „Soll ich Ihnen mal den Stall zeigen?"

Ich zuckte mit den Schultern. „Wieso nicht?"

Wir verließen die Küche durch den Hinterausgang, gingen an der Garage vorbei, in die bestimmt fünf Autos passten, und in den

Stall, wo die Pferde und Ponys ihre edlen Hälse und die samtigen Nasen über die Boxentüren streckten. Parthenia streichelte eins. „Das hier ist Red. Er ist mein Lieblingspferd."

„Reitest du ihn?"

„Nein!", erwiderte Parthenia schockiert. „Aber manchmal darf ich Cornelius beim Füttern helfen." Wir liefen durch den Stall, der nach frischem Heu und Hafer roch. „Und hier sind das Schwein und die Hühner und die Kuh."

Als wir gerade die Scheune verlassen hatten und uns auf den Weg zum See machten, hörten wir ein Auto. „Oh nein!", rief Parthenia. „Wir müssen zurück zum Haus, schnell!" Sie nahm die Beine in die Hand und ich gab mir Mühe, ihr zu folgen. Wir stürmten durch die Hintertür in die Küche und ließen die Moskitotür hinter uns zuklappen.

Kurz darauf trat der Mann ein, der uns vom Bahnhof nach Hause gefahren hatte. „Hallo, Miz Mary Dobbs", sagte er und nickte. Er sah sehr ernst aus und er war groß – nicht nur groß, sondern regelrecht stämmig. Sein kompletter Körper schien aus Muskeln zu bestehen. Ich nahm mir vor, Hosea niemals wütend auf mich zu machen. Aber dann kniete er sich hin und Parthenia rannte zu ihrem Vater und fiel ihm um den Hals. Plötzlich sah er nicht mehr so bedrohlich aus.

„Stimmt es, Papa? Ist er wirklich tot? Musstest du ihn runterholen? Mussten Cornelius und du das machen?"

Er warf mir einen besorgten Blick zu und strich Parthenia über die Zöpfchen. „Schh. Zu viele Fragen, und keine für ein kleines Mädchen. Mmh, riecht aber gut hier. Wer hat denn hier so lecker gekocht?"

Parthenia strahlte. „Ich war das!"

Er hob sie hoch, wirbelte sie herum und dann holte er den Braten aus dem Ofen, zerteilte ihn und belud zwei Teller mit Fleisch, Kartoffeln und Mohrrüben. „Der Rest kommt ins Auto. Die Singletons werden so viel Essen brauchen, wie sie kriegen können."

Innerhalb von fünf Minuten war er wieder verschwunden.

Ich verbrachte meinen ersten Abend im Haus der Chandlers am Küchentisch mit lustlosem Herumgestochere auf dem Teller. Parthenia saß neben mir. Ich hatte den Appetit verloren.

Später lag ich im Bett und musste an meine Freundin Jackie denken, an ihre braune Lockenmähne und die frechen Augen. Fast konnte ich ihr helles Lachen hören. Und unweigerlich stand mir wieder das Bild von ihrem Sarg vor Augen. Ich sah Mutter in Tränen augelöst, Vater am Grab, sein rundes Gesicht bleich, unfähig, auch nur ein Wort zu sagen, und Jackies Mutter in sich zusammengefallen vor Trauer.

Das Zimmer fing an sich zu drehen und ich hätte mich nicht gewundert, wenn der Baldachin heruntergeschwebt wäre und mich in seine luftigen Falten eingewickelt hätte, bis mir die Luft ausging. Mühsam setzte ich mich auf, hielt mir den Bauch und wartete, bis das Schwindelgefühl nachließ.

Als ich die Augen schloss, sah ich die hübsche Perri Singleton vor mir, aus deren Augen Missachtung blitzte – auch wenn es eine recht milde Form war – und heftiger Stolz. Sie schien mir eine junge Frau mit Mumm und Entschlossenheit zu sein. Ob das genügen würde, diese schlimme Tragödie zu überstehen? Als ich mir vorstellte, wie sie auf ihrem Bett saß und ihr die Tränen über die Wangen liefen, wurde mir ganz schwer ums Herz. Plötzlich wusste ich, was sie brauchte.

Schnell ging ich zur Kommode und zog die oberste Schublade auf, in der meine armselige Unterwäsche lag. Unter meinen Hemdchen holte ich ein dünnes, hellblaues Büchlein hervor. *„Hinter den Wolken ist der Himmel blau"*, las ich laut vor und dachte an den Augenblick vor einigen Monaten, als Hank es mir überreicht hatte. Schon der Gedanke daran ließ mein Herz höherschlagen.

Ich hatte in einer der hinteren Kirchenbänke gesessen und mich über mein Geschichtsbuch gebeugt. Nebenbei hatte ich einen kleinen Zopf mit meinen Haaren gemacht und ihn immer wieder aufgedröselt.

„Hey, Mary Dobbs!" Hank kam auf mich zu und blieb neben mir stehen. „Geht's dir gut?"

Ich zuckte mit den Schultern.

Er sah mich genauer an. „Du siehst nicht gut aus. Irgendetwas liegt dir auf der Seele. Möchtest du darüber reden?"

Hank half Vater seit knapp drei Monaten und wir hatten schon öfter Gespräche miteinander geführt. Aber was mich heute beschäftigte, passte nicht in die Kategorie Small Talk.

„Hast du jemals Zweifel?", fragte ich.

„Zweifel woran?"

„An allem. Am Glauben, am Leben, am Menschsein – an allem einfach."

Er setzte sich in die Bank vor mir und drehte sich in meine Richtung. „Nur jeden zweiten Tag etwa."

„Wirklich? Du? Ein Theologiestudent? Du hast Zweifel?"

„Natürlich. Gar nicht mal so selten."

Hank kam mir wie ein verlässlicher junger Mann vor. Er war kein Schürzenjäger, nicht übermäßig ehrgeizig, nicht anstrengend. Eben vernünftig. Wir saßen hinten in der Kirche und schwiegen. Ich weiß nicht, was ihm durch den Kopf ging, aber ich dachte an Jackie, wie sie mit gerade einmal achtzehn Jahren gestorben war und wie sehr das anderthalb Jahre später immer noch wehtat.

Schließlich sagte ich leise: „Eine Freundin von mir ist gestorben, viel zu jung, und das ist so unfair."

„Das tut mir sehr leid." Mehr sagte er nicht. Er blieb schweigend vor mir sitzen, eine halbe Stunde, ohne ein weiteres Wort. Aber seine Gegenwart tröstete mich.

Am nächsten Tag tauchte Hank wieder auf. Die eine Hand hatte er in der Hosentasche, mit der anderen hielt er mir ein Büchlein hin. „Das ist für dich."

„Was ist das?"

„Nur ein Buch, das dir vielleicht gefällt. Es gehörte meiner Großmutter."

Als ich es nahm, berührten sich unsere Hände. Ich wurde rot und zögerte. „Das kann ich nicht annehmen."

„Großmutter meinte, ich sollte es an jemanden weitergeben, dem es nicht gut geht, der innerlich verletzt ist."

„Oh." Ich sah zu Boden, damit er die Tränen in meinen Augen nicht sah. Ich hatte ihm von Jackie erzählt und er wollte helfen. „Danke", mehr brachte ich nicht heraus.

„Gott hat ihr mit diesem Buch geholfen, hat sie mir erzählt." Hank lächelte vorsichtig. „Du musst es nicht behalten, wenn es dir nicht hilft. Großmutter gab es mir, nachdem mein Vater starb. Ich konnte seinen Tod einfach nicht akzeptieren und war wütend auf alle und jeden. Vor allem auf Gott."

Ich umklammerte das Buch. „Danke", wiederholte ich.

Das war nun schon Monate her. Und jetzt war ich mir hundertprozentig sicher, dass Perri Singleton dieses Buch bekommen sollte. Da war es wieder, dieses Gefühl. Ich *wusste* es einfach. Vater nannte das „das Drängen des Heiligen Geistes" und Mutter lachte dann immer und meinte, es wäre eher weibliche Intuition.

Mir war es egal. Ich fühlte es nun mal.

Ich ging neben meinem Bett auf die Knie, sagte das Vaterunser auf und betete dann für meine Familie, Hank, die Chandlers und die Jeffries. Und am Schluss sagte ich: „Und sei bitte bei den Singletons und tröste sie."

Gerade wollte ich aufstehen, da fiel mir noch etwas ein. „Und lieber Gott, danke für Perri Singleton. Wir werden bestimmt gute Freundinnen. Amen."

Wieder so eine Sache, die ich einfach wusste.

Kapitel 3

Perri

Zuerst gab ich dem alten Präsident Hoover die Schuld an Daddys Tod. Ich brauchte einen Schuldigen, neben Daddy, damit ich die Wut und Trauer überhaupt aushalten konnte. Herbert Hoover war schuld und mit dieser Überzeugung machte ich mich daran, die unzähligen Details der Beerdigung zu klären.

Hochzeiten plant man ein Jahr im Voraus. Beerdigungen, zumindest die von Daddy, kommen von hinten angebraust und werfen einen um. Und während wir versuchten, wieder auf die Beine zu kommen, halfen mir diese dringlichen Aufgaben, den Hass hinunterzuschlucken.

Spät abends brachte Ben, der Sohn von unserem Diener, Barbara und Irvin nach Hause. Mama saß auf der geschlossenen Veranda im Schaukelstuhl. Wir drei Geschwister setzten uns ihr gegenüber auf das Rattansofa. Barbara baumelte mit ihren dünnen Beinchen. Meine Schwester war gerade einmal dreizehn, hatte strahlend blaue Augen und ihre goldbraunen Löckchen waren frisch frisiert. Sie schmollte. „Warum musste ich nach Hause kommen? Ich wollte doch bei Lulu schlafen."

„Ich weiß", flüsterte Mama. „Ich weiß, Barbara, aber es ist etwas Schlimmes passiert."

Irvin, zehn, Sommersprossen und zu klein für sein Alter, blickte mit verschränkten Armen finster drein. Er drückte die Zehenspitzen nach unten, wodurch seine Baseballschuhe gerade so den Boden berührten. „Hab ich gleich gemerkt", sagte er. „Ben hat uns abgeholt und keinen Ton gesagt. Auf der ganzen Fahrt hat er nur geradeaus gestarrt. Ben ist doch sonst nicht so."

„Was ist denn passiert?" Jetzt klang Barbara ängstlich.

Mama schloss kurz die Augen und ich dachte, sie würde zusammenbrechen. „Daddy ist ... gegangen."

Barbara und Irvin starrten sie ungläubig an.

Mama merkte wohl, dass ihre Wortwahl nicht besonders gut war. „Euer Vater ... euer Vater hatte einen Unfall."

Ich kaute auf meiner Unterlippe und merkte, wie mir die Tränen kamen.

„Wo ist er?", quiekte Barbara. „Was soll das heißen? Geht es ihm gut?"

Mama schüttelte den Kopf und Tränen rannen ihr über die Wangen.

Jetzt starrte Barbara entsetzt in meine Richtung. „Was ist passiert? Was ist mit Daddy?"

Ich stand auf, kniete mich vor Barbara und Irvin und drückte sie an mich, während Mama sagte: „Daddy war so traurig und erschöpft von dem ganzen Druck, dass er keinen Ausweg mehr gesehen hat und da hat er ..." Sie zögerte. „Er hat sich das Leben genommen."

Was sie danach sagte, weiß ich nicht mehr. Ich weiß nur noch, wie Barbara kreischte und Irvin sich aus meiner Umarmung wand. Sein Gesicht war so rot, dass ich dachte, er hätte Fieber. Mama versuchte uns zu trösten.

Und ich weiß noch, wie es in mir tobte. *Wie konntest du nur, Daddy? Warum hast du mir nichts gesagt?*

Ich glaube, ich blieb bei Mama und Barbara und Irvin, aber in Wirklichkeit war ich nicht dort. Stattdessen ging ich mit meinem Vater spazieren und sprach mit ihm über das Geschäft, über Aktien und Kurse. Ich tickte wie mein Vater und deswegen zog er mich oft ins Vertrauen.

Nur dieses Mal nicht.

Ich verdrängte den Gedanken, aber er kehrte immer wieder und bombardierte mich: *Jetzt bist du für die Familie verantwortlich.*

☙

Den nächsten Tag verbrachte ich wie im Nebel. Dellareen kochte und kochte und sortierte das Essen, das die Leute vorbeibrachten. Ich nahm abwechselnd die weinende Barbara und den weinenden Irvin in den Arm und half ihnen, die Taschen zu packen. Lulus Eltern hatten gefragt, ob sie Barbara für zwei Tage aufnehmen sollten und Irvin fuhr zu seinem Freund Pete. Damit blieben Mama, Dellareen, ich und ein Berg von Entscheidungen übrig, die zu treffen Mama nicht in der Verfassung war.

Wir hatten von den Börsenmaklern gehört, die in der Wall Street nach dem großen Crash von '29 aus dem Fenster gesprungen waren. Lisa Young, deren Vater eine Versicherungsfirma in Atlanta betrieb, hatte mir erzählt, dass über zwanzigtausend Menschen 1931 Selbstmord begangen hatten – viel mehr als noch vor zwei Jahren. Aber mein Vater?

Ich konnte mir nicht vorstellen, dass Mama bei all ihrer Naivität nichts von unseren finanziellen Sorgen gewusst hatte. Wahrscheinlich hatte sie sogar mehr gewusst als ich. Sie hatte in ihrer optimistischen, sonnigen Art versucht, Daddy seine düstere Stimmung auszureden, und ihn wahrscheinlich angefleht, zu einem der Ärzte in ihrem Freundeskreis zu gehen. Bestimmt hätte sie ihm sogar Opium verschafft, wenn sie der Meinung gewesen wäre, dass es geholfen hätte – auch wenn überall die Leute davon abhängig waren.

Aber Daddy hatte einen anderen Weg gewählt.

Am Dienstag, den 7. März, stand ich ganz in Schwarz in unserer Kirche – St. Luke's Episcopal – und weigerte mich, auch nur eine Träne rollen zu lassen. Die Kirche war bis auf den letzten Platz gefüllt. Mama gab sich Mühe, aber sie sah schrecklich mitgenommen aus. Ihre Lippen waren ein Strich, die Stirn eine einzige Ziehharmonika. Sie nickte, schüttelte Hände und dankte den Leuten in einem fort.

Das ganze Washington Seminary war da – die Schüler, die Lehrer, der Direktor.

Die Mädchen aus meiner Klasse kamen in einer Reihe zu mir und wussten nicht, was sie sagen sollten. „Tut mir leid, dass dein Vater sich umgebracht hat", klang ja auch nicht gerade mitfühlend. Peggy Pender drückte mir die Hand und flüsterte hinter ihrem schwarzen Hut mit Schleier: „Es ist so schrecklich." Mehr brachte sie nicht heraus und sie wandte sich schnell ab. Peggys Vater hatte vor zwei Jahren einen Schlaganfall gehabt und die Ärzte hatten das Chaos in der Finanzwelt dafür verantwortlich gemacht.

Mae Pearl McFadden umarmte mich fest. „Oh Perri! Was ist nur los mit dieser Welt?" Die sonst immer eher freche Emily Bratton sagte nichts, sondern hielt nur lange schweigend meine Hand. Macon Ferguson machte das, was sie immer tat – sie redete mit ihren Händen, drehte sie immer wieder hin und her und hoch und runter. Ich folgte ihnen mit meinem Blick. Von dem, was sie sagte, hörte ich kein Wort.

Auf dem Friedhof in Oakland, wo wir Daddy begruben, standen die Leute in kleinen Grüppchen zusammen und sprachen über den Bankfeiertag, den Präsident Roosevelt und der Kongress angeordnet hatten. Der komische Name klang, als wäre es etwas Schönes.

Wir haben auch Bankfeiertag, dachte ich. Daddy würde nie wieder durch die Tür der Georgia Trust Bank schreiten. Nie wieder würde ich nach der Schule zu ihm gehen, die Peachtree Street in Five Points überqueren und mit ihm durch Jacob's Drugstore schlendern, wo er mir immer eine Cola ausgab.

Am Grab kam Mrs Chandler zu Mama und schloss sie fest in die Arme. Ich war überrascht, Dobbs neben ihr zu sehen, ganz in Schwarz, Ton in Ton mit ihren Augen und Haaren, mit einem schwarzen Tuch auf dem Kopf. Sie kam direkt zu mir und legte ihre Hände auf meine Schultern. Ich dachte, sie würde mich jeden Moment schütteln. Stattdessen sagte sie leise: „Dein großer Verlust tut mir so unglaublich leid." Ihre Augen waren feucht und ich hatte das Gefühl, Trauer war ihr nicht fremd. Sie drückte mir ein kleines Buch in die Hand, flüsterte noch „Ich bete für dich" und war verschwunden.

Hinter den Wolken ist der Himmel blau stand vorn auf dem Buch. Ich sah nach oben. Blaue Flecken am Himmel zwischen großen Schäfchenwolken. Ein Sonnenstrahl brach hindurch und strahlte auf die Erde hinunter. „Danke", flüsterte ich leise. Für einen kurzen Moment keimte so etwas wie Hoffnung in mir auf. Aber einen Augenblick später war sie wieder verflogen.

☙

Am Tag nach der Beerdigung kam Mr Robinson, der Steuerberater. Er klopfte und als Mama öffnete, stand er mit gesenktem Kopf und dem Hut in der Hand schüchtern da. Mr Robinson war ein kleiner, hagerer Mann mit grauem Haar und einer dicken Drahtgestellbrille. Ich fand ihn eigentlich immer steif und langweilig, aber an diesem Tag schien er gebeugt vor Trauer und tief ergriffen zu sein.

Kaum hatte ich ihn erblickt, stieg Wut in mir auf. *Sie kannten Daddy doch. Sie wussten alles über seine Finanzen. Warum haben Sie ihm nicht geholfen? Sie wussten bestimmt, was er vorhatte. Sie sind schuld!*

Und Mama hätte ich am liebsten auch angeschrien. *Warum hast du immer so getan, als sei alles in Ordnung? Nichts war in Ordnung! Du bist genauso schuld!*

„Bill", sagte Mama mit Erleichterung in der Stimme.

Ich wusste sofort, dass dies kein Anstandsbesuch war. Mr Robinson war mit seiner Frau mehrere Male am Wochenende bei uns gewesen und hatte auch auf der Beerdigung nicht gefehlt. Er war geschäftlich hier. Ich wich Mama nicht von der Seite, denn wenn es ums Geld ging, musste ich dabei sein.

Mama hatte von Finanzen keine Ahnung. Zahlen verwirrten sie. Ich hingegen liebte Mathe. Daddy hatte mir immer beim Lernen für die Klausuren geholfen und als ich zwölf oder dreizehn gewesen war, hatte er mir zum ersten Mal die Geschäftsbücher gezeigt. Mich durchfuhr ein Gedanke. Hatte mein Daddy das alles etwa von langer Hand geplant? Hatte er mir deswegen Jahr um Jahr geduldig beigebracht, wie man mit Geld umging? Ich bekam Magenkrämpfe.

„Anne Perrin – alles in Ordnung?"

„Es ist nichts, Mama. Ich bin nur so traurig."

„Du musst nicht bei uns bleiben." Aber ihre Augen sagten etwas anderes.

Mr Robinson ging die Bücher mit uns bis aufs kleinste Detail durch, erklärte jeden Anteil, jede Aktie, jedes Grundstück. Und jedes Mal nahm er hinterher die Brille ab, sah uns mitleidig an und sagte denselben Satz: „Ich fürchte, das ist im Augenblick nichts wert."

Mama nickte immer nur, aber ich sah, dass sie ihm nicht folgen konnte. Ich schon. Ich verstand genau, was er versuchte, uns so behutsam wie möglich beizubringen. Wir hatten alles verloren. Alles.

Irgendwann legte er das Bestandsbuch hin und sah Mama an. „Dot, glaub mir, wir werden alles tun, was in unserer Macht steht, damit das Haus nicht zwangsversteigert wird."

Mir wurde flau im Magen. *Zwangsversteigert!*

Es klingelte. Kurz darauf kam Dellareen herein. „Miz Singleton", sagte sie leise und Mama stand wie in Trance auf und ging in die Diele.

„Wir sind ruiniert, nicht wahr?", fragte ich Mr Robinson.

Er runzelte verlegen die Stirn. „Die Besitztümer eurer Familie sind sehr in Mitleidenschaft gezogen worden."

„Was sollen wir machen? Mama kann nicht arbeiten. Sie hat nichts gelernt."

„Dein Vater war sehr beliebt und wurde von allen respektiert. Wir, seine Freunde, werden euch nicht im Stich lassen."

Ich glaubte ihm kein Wort.

Mama kam zurück und räusperte sich. „Perri, Liebes, Mary Dobbs Dillard möchte dich sehen."

„Mich?"

Mama nickte und ich ging in die Diele.

„Hey", sagte Dobbs.

„Hallo."

Sie trug eine gestärkte Bluse und Reithosen, die ihr zu groß waren – Mrs Chandler musste sie ihr geliehen haben. Die Haare hatte sie zu einem Pferdeschwanz zusammengebunden. Sie starrte auf ihre hohen Reitstiefel und griff plötzlich nach meiner Hand. „Ich wollte fragen, ob du mit mir reiten gehst."

„Reiten? Jetzt?"

„Ja. Tante Josie hat gesagt, wir dürfen ihre Pferde ausreiten. Sie brauchen Bewegung, sagt sie, und ich habe gehört, du bist eine gute Reiterin."

„Aber ..."

Mama trat neben mich und legte mir die Hände auf die Schultern. „Geh schon, Liebes. Es tut dir bestimmt gut, mal aus dem Haus zu kommen."

Ich ging mit, aber nur aus einem einzigen Grund. *Hinter den Wolken ist der Himmel blau.* Als ich am Vorabend das Buch zum ersten Mal aufgeschlagen hatte, war mir eine verblichene Eintragung im Umschlag aufgefallen: *„Durch die Augen eines Künstlers kann man den Himmel auf Erden erleben. Bedenke: Die Augen sind die Fenster zur Seele."* Ich hatte das Buch zugeklappt und meinen Tränen freien Lauf gelassen.

CB

Als wir an der Scheune der Chandlers ankamen, hatte der Stallbursche die Pferde schon gesattelt und aufgezäumt. Ich sprang auf Red, einen hübschen Fuchs, den ich schon kannte, und sah zu, wie Dobbs sich auf die braune Stute Dynamite quälte. Als sie es endlich geschafft hatte, warf mir der Stallbursche einen besorgten Blick zu – er konnte ja nicht reden.

Dobbs nahm die Zügel, gab dem Pferd einen leichten Tritt, und dann trottete Dynamite mit der kichernden und vor und zurück hüpfenden Dobbs davon.

Der Stallbursche schüttelte den Kopf und gestikulierte mit seinen großen Händen. Endlich begriff ich. „Sie kann gar nicht reiten, oder?" Er nickte.

Besorgt schnalzte ich mit der Zunge und setzte ihr nach. Dobbs war schon auf einem Waldweg verschwunden. „Dobbs!", rief ich. Ich fand sie hinter der Kurve, wie sie mit den Zügeln dem armen Pferd im Maul herumrührte und auf dem Sattel herumhüpfte. Plötzlich beugte sie sich vor und umklammerte Dynamites Hals.

„Dobbs! Was machst du da?"

„Wonach sieht es denn aus? Ich halte mich fest!"

„Warum hast du mir nicht gesagt, dass du nicht reiten kannst?"

„Ich wollte nicht, dass du dir Sorgen machst." Mit diesen Worten gab sie dem Pferd die Sporen. Die Stute trabte los und ging kurz darauf in einen Galopp über.

„Dobbs!" Wie ich sie in diesem Moment hasste. Sie war so was von ungestüm, töricht und anmaßend! „Du bringst dich noch um!"

Sie ignorierte meine Rufe und ließ mich ihr fünf Minuten im Zickzack hinterhergaloppieren, wobei ich mich unter tiefen Ästen hindurchducken musste.

Als ich schließlich um eine Biegung kam, wäre ich fast mit Dobbs zusammengeprallt, deren Füße aus den Steigbügeln hingen und deren Kopf erschöpft auf Dynamites Rumpf lag. Die Stute atmete schwer und graste auf einer Wiese, die aussah, als käme sie direkt aus einem Märchenbuch: ein sanfter Hügel voller Wildblumen, weiter hinten ein See mit einem hübschen weißen Haus, am Rand Schatten spendende Bäume.

Dobbs schirmte die Sonne mit der Hand ab. „Hübsch hier, nicht wahr?"

Ich war immer noch verärgert und sagte nichts.

Sie setzte sich wieder auf, stupste Dynamite an und führte sie weiter.

Ich ritt hinterher. „Ich war hier schon mal", sagte ich, als ich mich etwas beruhigt hatte. „Das ist das Sommerhaus der Chandlers. Woher kennst du den Weg?"

„Parthenia hat ihn mir gezeigt."

„Wer ist Parthenia?"

„Na, du weißt doch … Parthenia. Cornelius' kleine Schwester."

„Und wer ist Cornelius?"

Dobbs sah mich verwirrt an. „Du weißt nicht, wer Cornelius ist? Er ist der Stallbursche der Chandlers. Er hat doch gerade für uns die Pferde gesattelt."

„Ach so. Der Junge, der nicht redet. Er tut mir immer ein bisschen leid."

Dobbs führte Dynamite zum See und wir ließen die Pferde hineinwaten, bis das Wasser ihnen fast bis zum Bauch reichte. Und bevor ich begriff, was passierte, war Dobbs schon vom Pferd geglitten und planschte lachend herum, obwohl ihr schnell die Zähne klapperten. Ich brachte Red ans Ufer und sah verblüfft zu.

Sie schwamm im Kreis. „Wasser! Ist das nicht wundervoll?", rief sie fröhlich. „Muffiges Seewasser!" Dann kam sie auf mich zu und spritzte mir im hohen Bogen Wasser ins Gesicht.

„Wie kannst du es wagen!", quiekte ich. „Ich will nicht nass werden!"

„Zu spät." Ihre Augen blitzten.

Wütend gab ich Red die Sporen und führte ihn zurück in den See. Dort nahm ich meinen Reiterhut ab, tauchte ihn ins Wasser und schüttete ihr den ganzen Inhalt über den Kopf.

Dobbs schrie erschrocken auf und lachte dann aus voller Kehle und aus irgendeinem Grund glitt ich vom Pferd ins Wasser und spritzte sie von oben bis unten voll.

Es dauerte nicht lange, da waren wir nass bis auf die Knochen und ich hatte Seitenstechen vom Lachen. Wir ließen uns ans Ufer plumpsen und bibberten im kalten Märzwind. Dobbs' Augen strahlten vor Glück.

„Du bist der komischste Mensch, den ich je getroffen habe", sagte ich.

„Vielen Dank."

Kurz darauf holte Dobbs einen Beutel mit Essen aus der Satteltasche und breitete eine Decke aus. „Picknickzeit. Alles von Parthenia. Sie ist zwar erst acht, aber Essen zubereiten, das kann sie."

Wir genossen schweigend die Brote mit Käse-Pimentoaufstrich und die gefüllten Eiern. Aus dem Augenwinkel beobachtete ich Dobbs. Ihre langen schwarzen Haare hingen als nasser Pferdeschwanz über ihre Schulter, die schlanken Beine steckten in der klitschnassen Reiterhose. Sie legte sich auf den Rücken und sah in den Himmel.

„Du kannst reiten, oder?", fragte ich.

„Klar. Hat mir mein Vater schon als Kind beigebracht. Er hat mir erzählt, dass er als Junge hier überall durchs Gelände geritten ist."

„Und warum hast du dann so getan, als könntest du es nicht?"

Dobbs starrte weiter in den Himmel und ich fragte mich, ob ich noch eine Antwort bekommen würde. Aber schließlich sagte sie: „Ich wollte nur, dass du mal auf andere Gedanken kommst. Und ich wollte dich lachen hören."

Sie wartete auf eine Reaktion von mir, aber ich sagte nichts.

„Ich nehme deine Situation nicht auf die leichte Schulter, glaub mir. Überhaupt nicht. In der Bibel steht: ‚Freut euch mit den Fröhlichen und weint mit den Weinenden'. Aber meine Eltern haben oft denen geholfen, die Hilfe brauchten. Und weißt du, es ist eine gute Sache, einfach für den anderen da zu sein und ihn auf andere Gedanken zu bringen, wenn auch nur kurz."

Später wurde mir noch einmal bewusst, dass Dobbs Dillard genau zu wissen schien, was sie tat. Egal, wie impulsiv sie handelte, in ihrer wilden Fantasie hatte sie einen Plan. An diesem Frühlingstag hatte sie mich zum Lachen bringen wollen, und verblüffenderweise war ihr das auch gelungen.

Kapitel 4

Dobbs

Mutter sagte immer, ich sei mit grenzenlosem Optimismus und einem Faible für Spontaneität gesegnet. Vielleicht hatte ich deswegen die Idee, mit Perri am Tag nach der Beerdigung reiten zu gehen. Und wenn ich mal eine Idee habe, kann ich sehr überzeugend sein. Obwohl Perri mich ansah, als wäre ihr das Ungeheuer aus Loch Ness begegnet, kam sie letztendlich doch mit. Und wir ritten aus, lachten und machten uns gegenseitig so nass, dass ich sie unmöglich so nach Hause schicken konnte. Sie sah aus wie eine nasse Katze.

Cornelius nahm uns die Pferde ab und wir schlichen zum Haus. Das Wasser in unseren Stiefeln machte bei jedem Schritt lustige Geräusche. „Parthenia darf uns nicht entdecken", raunte ich Perri zu. „Die kriegt einen Anfall." Wir ließen die Stiefel am Hintereingang stehen und gingen die Treppe hinauf. Auf den Fliesen und den Holzstufen hinterließen wir kleine Wasserlachen mit schlammigem Seewasser.

„Deine Tante bringt dich um!", sagte Perri, aber dabei strahlte sie. Und ihre Zähne klapperten.

Ich ging in mein Bad, zog schnell die Reitsachen aus, die Tante Josie mir geborgt hatte und trocknete mich mit einem großen weichen Handtuch ab. Dann zog ich den dicken gelben Bademantel an. Wieder draußen reichte ich Perri ein Handtuch. „Du darfst zuerst baden. Ich suche dir solange was zum Anziehen."

Sie nahm das Handtuch und kicherte.

Ich ging die Kommode und den Kleiderschrank durch. „Ich fürchte, von meinen Sachen wird dir nichts passen", seufzte ich. „Du bist nicht so dürr wie ich." Wie zum Beweis hielt ich das rosafarbene Kleid hoch.

„Das sieht hübsch aus, aber du hast recht. Da passe ich nicht rein."

Ich ging zu den Zimmern der erwachsenen Töchter von Onkel Robert und Tante Josie. Perri folgte mir argwöhnisch. „Was in aller Welt machst du?"

„Wir müssen doch etwas für dich zum Anziehen finden. Sonst kriegst du Diphterie oder noch was Schlimmeres."

„Ja, aber wir dürfen doch nicht einfach in fremdem Eigentum wühlen. Das sind Privatgemächer, da geht man nicht rein."

Ich stemmte die Hände in die Hüfte. „Wenn meine Tante hier wäre, würde ich um Erlaubnis fragen. Aber sie ist nicht da und du zitterst wie Espenlaub. Also geh ins Bad und lass dir Badewasser ein und ich suche dir inzwischen trockene Sachen."

Perri gehorchte und verschwand in meinem Bad.

Kurz darauf entdeckte ich ein passendes Kleid im begehbaren Kleiderschrank meiner Cousine Becca, der doppelt so groß war wie das Zimmer, das ich in Chicago mit meinen Schwestern bewohnte. Außerdem war er mit den schönsten Kleidern und feinen Abendroben gefüllt. Ich wühlte mich durch Beccas Kommode und fand eine saubere Unterhose – meine mottenzerfressenen wollte ich Perri bestimmt nicht geben – und einen Büstenhalter, der ihr passen durfte. Für meine Hühnerbrust war er definitiv zu groß.

Ich hatte die Sachen auf Beccas Bett gelegt und suchte nach einem Paar Schuhe, als mir drei Fotoalben in die Hände fielen. Vorsichtig öffnete ich die knisternden Seiten des ersten. Es war eine Art Tagebuch mit wenigen Fotos, die in goldenen Ecken steckten. Mir fiel ein Foto von diesem Haus ins Auge. Davor standen eine Kutsche und eine Frau, meine Großmutter, die einen kleinen Jungen an der Hand hielt. Meinen Vater! Seine Kleidung war mit Spitze besetzt und passte irgendwie besser zu einem Mädchen, und er hatte sein typisches Lächeln aufgesetzt. Wie verzaubert sank ich zu Boden.

Wieso hatte mein Vater diesen Reichtum hinter sich gelassen? Wie konnten meine Tante und mein Onkel so viel haben und wir so wenig? Das ergab für mich keinen Sinn.

Ich weiß nicht, wie lange ich dort so saß, nur im Bademantel, Seite für Seite das vergilbte Album durchblätterte und versuchte, die Bildunterschriften zu entziffern. Irgendwann nahm ich ein Geräusch im Flur wahr, aber erst nach einer Weile begriff ich, dass Perri nach mir rief.

„Dobbs! Mary Dobbs Dillard! Haalloo! Wo steckst du denn bloß? Ich stehe hier nur im Handtuch. Beeil dich doch mal!"

Ich stellte das Album zurück, beschloss, es später noch einmal genauer unter die Lupe zu nehmen, holte Beccas Sachen und gab sie Perri, die in meinem Zimmer stand. Sie zog schnell die Unterhose und den Büstenhalter an. „Wo hast du denn das alte Zeug her?", kicherte sie. Dann schlüpfte sie in das Kleid und besah sich im Spiegel. „Ich sehe aus wie eine Vogelscheuche. Du liebe Zeit! Was wird Mama nur sagen? Sie hat doch schon genug um die Ohren."

„Ich glaube nicht, dass ihr das auffallen wird."

„Da kennst du meine Mama aber schlecht. Genau so etwas fällt ihr immer auf."

Jetzt huschte ich in die Badewanne und zog dann das blaue Kleid von meinem Anreisetag an. Vergeblich versuchte ich mit den Händen durch meine wirren Haare zu kommen.

Perri hatte kleine Haarklemmen im Mund und richtete murmelnd ihre Frisur. „Ich muss nach Hause!", stellte sie schließlich fest. „Such Mrs Chandlers Diener und sag ihm, er soll mich nach Hause fahren!"

„Ist das ein Befehl?"

Sie lächelte verlegen. „Eine Bitte. Sei doch so nett."

„Warum musst du denn nach Hause?"

„Warum? Jetzt stell dich doch nicht so an. Um Mama zu helfen! Um mich um Barbara und Irvin zu kümmern. Und tausend andere Dinge zu erledigen." Sie zwickte sich in die Wangen und sah wieder in den Spiegel. „Ich bin so bleich wie ein Gespenst. Und die Schule – ich muss das Jahrbuchtreffen vorbereiten, das Maifest, den Tee der Studentenverbindung und …"

„Bist du verrückt? Dein Vater ist gerade gestorben. Kein Mensch erwartet, dass du irgendetwas für die Schule vorbereitest. Und meine Tante und lauter andere Leute sind bei deiner Mutter. Es ist alles in Ordnung. Du solltest einfach hierbleiben."

Perri wirbelte herum. „Mary Dobbs Dillard, ich weiß nicht, von welchem Planeten du kommst, aber es wird nie wieder ‚alles in Ordnung' sein. Verstehst du das nicht?"

„Ich verstehe, dass du das glaubst."

„Was soll das wieder heißen?"

„Perri, du bist nicht für deine ganze Familie verantwortlich."

„Ach, und wer dann? Hast du dir meine Mutter mal angesehen? Sie ist hübsch und nett und sie weiß, wie man Tee serviert und die Beine übereinanderschlägt und Schmorbraten macht. Aber nichts davon wird uns auch nur einen Cent einbringen."

„Das wird wieder. Ich weiß es einfach."

„Du weißt es also, ja? Entschuldige, aber dein Vater hat nicht zugesehen, wie sich seine ganzen Besitztümer in Luft aufgelöst haben. Und dein Vater ist nicht tot. Du hast überhaupt keine Ahnung!" Ihre Wangen glühten. „Und jetzt hol den Diener!", befahl sie.

„Er heißt Hosea", erwiderte ich schroff und ging.

„Ich habe das gehört, Mary Dobbs Dillard!", rief sie mir nach. „Tu nicht so, als wärst du was Besseres, du in deinem Kartoffelsack da!"

Ich drehte mich erschrocken um und sah, dass Perri selbst nicht fassen konnte, was sie gerade gesagt hatte.

Jetzt waren nicht nur ihre Wangen rot. „Entschuldige! Es tut mir leid, ich weiß nicht, warum mir das rausgerutscht ist."

Ich ging auf sie zu, packte sie an den Schultern und brachte meine Nase fast bis auf wenige Zentimeter an ihre heran. „Aber ich weiß, warum. Weil es stimmt. Das hier *ist* ein Kartoffelsack. Ein wunderhübsches Kartoffelsackkleid Marke Idaho. Der allerletzte Schrei. Alle Mädchen tragen das heute." Ich ließ meine Hüften schwingen, malte mit der Hand über meinem Kopf Kreise in die Luft und summte die Melodie aus *Madame Butterfly*.

Perri gab so etwas wie ein Lachen von sich. „Du bist doch verrückt."

„Vielleicht."

„Willst du mich etwa wieder zum Lachen bringen?"

Ich schüttelte den Kopf und blieb stehen. „Nein. Dieses Mal denke ich, du solltest weinen."

„Weinen?"

„Um deinen Vater." Zu meiner Überraschung ließ Perri sich augenblicklich auf das Bett sinken und brach in Tränen aus. Mutter sagte immer, Tränen seien gesund und gehörten zur Trauer dazu. Ich wusste, was Trauer ist, von den ganzen Erweckungsgottesdiensten und den schweren Zeiten, die unsere Familie durchgemacht hatte. Ich konnte sehen, was bei Perri unter der Oberfläche brodelte. Ohnmächtige Wut. Entsetzen. Angst. Und alles andere, was eine Tragödie auslöst.

Natürlich konnte ich nicht jede Emotionswelle nachvollziehen, die über sie hinwegrollte, aber ich wusste, dass der Tod eines geliebten Menschen einen schier zerreißen konnte. Und wie ein Vater aussah, dessen Familie hungerte. Ich kannte die von Schmerz und Trauer gezeichneten Gesichter derer, die bei den Zeltgottesdiensten auftauchten, und ich hatte miterlebt, wie Mutter das fertig gekochte Essen quer durch die Stadt zu einer Familie getragen hatte, deren Tochter gerade gestorben war – während mein Magen knurrte.

Aber das war noch nicht alles. Ich hatte erlebt, wie Gott für einen sorgte, immer und immer wieder.

Aber ich kannte Perri noch nicht gut genug, um ihr das so sagen zu können. Also sagte ich: „Du hast recht, Perri. Was du durchmachst, kann niemand anderes so richtig verstehen. Ich würde dir nur so gerne helfen!"

Sie sah mich mit ihren rot geweinten Augen an, die sonst so klar und grün waren. „Ich hasse ihn!", flüsterte sie. „Wie ich ihn hasse! Warum hat er das getan? Warum hat er uns im Stich gelassen? Unser ganzes Leben liegt in Scherben."

Ich setzte mich neben sie. „Ich weiß es nicht. Es tut mir so leid."

Perri schlang die Arme um mich und fing wieder an zu weinen. „Ich h-hasse ihn dafür, dass … dass er uns das a-angetan hat", schluchzte sie. „Dass er uns … m-mit nichts z-zurücklässt. Das wird Mama umbringen." Sie ließ sich auf den Rücken fallen und umklammerte meine Hüfte. „Ich habe ihn so geliebt, Dobbs. So sehr. Er … er war ein toller Vater. Wirklich. Und jetzt werden alle nur noch schlecht von ihm denken. Das ertrage ich nicht!"

„*Schh*. Niemand denkt schlecht von ihm. Du tust ihnen einfach nur leid."

Perri hörte mich gar nicht. „Wir waren richtige Freunde. Ich habe ihn verstanden und er mich. Und nun ist er weg."

In dieser Haltung schlief sie schließlich ein. Ich saß eine lange Zeit da und streichelte ihr über den Rücken. Später befreite ich mich vorsichtig aus der Umarmung, stand leise auf und deckte sie mit einer alten Patchworkdecke zu.

☙

Perri verbrachte die Nacht im Haus der Chandlers, in meinem Bett. Ich verzog mich in Beccas Zimmer, blätterte in dem alten Fotoalbum und sah mir die Kindheit meines Vaters an. Wie wohl sein Leben in Atlanta gewesen war? Und warum hatte er diesen ganzen Reichtum, Status und die Sicherheit hinter sich gelassen? Ich begriff es nicht.

Als morgens die Post kam, stürzte ich als Erste aus dem Haus, noch bevor Parthenia unten in der Bibliothek den Staubwedel aus der Hand legen konnte. Ich rannte die Einfahrt hinunter und erreichte den Postboten bereits an der Straße. Er nickte mir lächelnd zu. Das war nun schon das dritte Mal, dass ich ihn voller Erwartung abgefangen hatte.

„Hallo, Miss Dillard."

„Hallo. Ist etwas für mich dabei?"

„Ich glaube schon."

Er gab mir einen Brief und ich erkannte sofort Hanks Schrift. „Oh, danke, Sir! Vielen Dank!"

„Gern geschehen, Miss Dillard." Der Postbote tippte sich an die Mütze. „Gern geschehen."

Noch bevor ich die porte cochère erreichte, hatte ich den Brief aufgerissen und ich verschlang ihn auf der Stelle Zeile für Zeile. Die Worte waren Balsam für meine Seele, und der Brief schloss mit einer wundervollen Liebeserklärung.

... Schon jetzt vermisse ich dich, dabei haben wir uns gerade erst verabschiedet ... Glaubst du, dein Vater ahnt etwas von meinen Gefühlen? Er hat noch kein Wort dazu gesagt. Coobie, die freche Göre, klebt natürlich an meinen Lippen. Sie ist eine perfekte Spionin ...
Ich glaube, ich sollte bald mit deinem Vater reden.
Meine Gebete begleiten dich.
In Liebe, dein Hank

„Was machst du da?"

Ich erschrak. Perri stand am Fuß der geteilten Treppe und trug den dicken gelben Bademantel aus meinem Bad. Ihre Füße steckten in zwei gelben Pantoffeln.

Dummerweise hielt ich den Brief reflexartig hinter meinen Rücken, als hätte sie ihn nicht längst gesehen und meinen verzückten Gesichtsausdruck bemerkt. „Ich habe nur die Post geholt."

„Das sehe ich. Und so, wie du guckst, hat dir Roosevelt persönlich geschrieben."

„Quatsch." Ich wusste nicht, was ich tun sollte und zuckte mit den Schultern.

Perri lachte hell. „Mary Dobbs Dillard, das sieht doch jedes Kind. Du hast Post von deinem Freund, oder?"

Ich kniff die Augen zusammen und überlegte, ob ich ihr trauen konnte.

„Ach komm schon, Dobbs! Ich habe mir vor dir die Augen ausgeweint, da kannst du mir doch verraten, was es mit dem Brief auf sich hat."

Langsam holte ich ihn wieder vor, betrachtete Hanks saubere Handschrift und fuhr mit dem Finger über das Papier, als könne ich so die Hand berühren, die diese schönen Worte geschrieben hatte. „Soll ich dir von ihm erzählen?"

„Na klar!"

Ich steckte den Brief in meine Rocktasche, ergriff Perris Hand und zog sie quer durch die Eingangshalle und den Flur bis in die Küche. Dort hatte Parthenia inzwischen zu kochen begonnen. Abrupt blieb ich stehen und ließ Perris Hand los. „Parthenia, ich möchte dir meine Freundin Perri Singleton vorstellen."

Parthenia bekam große Augen und machte einen kleinen Knicks. „Hallo, Miz Singleton."

Perri nickte. „Hallo."

Ich ging an einen Küchenschrank und holte zwei große Gläser heraus. „Ich hole nur etwas kalten Tee. Wir setzen uns auf die Veranda hinterm Haus."

Parthenia vergaß, ihre Zwiebel zu schneiden. „Aber Miz Dobbs, sie hat ja noch nicht mal gefrühstückt. Miz Singleton ist noch im Bademantel."

Perri lachte. „Ist schon okay, Parthene ... äh, Parthenia. Ich habe keinen Hunger. Eistee ist genau richtig."

Bevor Parthenia das Messer hinlegen und zum Eisschrank gehen konnte, hatte ich schon den Glaskrug herausgeholt. Ich zog die untere Schublade mit dem Eis auf, schlug mit einem großen Messer zwei Eisstücke ab und ließ sie klirrend in die Gläser fallen.

Auf dem Weg nach draußen hörte ich Parthenia vor sich hin murmeln: „Ist nicht angemessen, wenn die Gäste sich selbst bedienen."

Perri und ich setzten uns auf die geschlossene Veranda und kuschelten uns unter eine Decke. Man konnte die Ställe, das Haus der Diener und den Abhang zum Sommerhaus sehen. Wir schlürften unseren Tee schweigend, bis Perri schließlich fragte: „Wie heißt er denn nun?"

„Henry Wilson. Aber alle nennen ihn Hank. Ich habe ihn vor anderthalb Jahren kennengelernt, da kam er wegen meines Vaters zu uns. Vater ist Pastor und Hank hat am Moody Bible Institute studiert und wollte sehen, ob er Vater bei den Zeltversammlungen helfen kann."

„Oh." Perri sah verwirrt aus. „Dein Hank will also Prediger werden?"

„Ja. Er möchte gern selbst Zeltversammlungen abhalten."

„Warum?"

„Weil er dort das Evangelium verkündigen und die Welt für Christus verändern kann."

„Aha."

„Und in den Zeltversammlungen gibt es Aufrufe und dann kommen die Sünder nach vorn zum Prediger."

Perri sah mich ausdruckslos an. „Wenn du das sagst."

„Und Hank mit seiner tiefen Stimme und den hübschesten blauen Augen wird einmal ein großartiger Prediger sein. Er möchte die ganze Welt bereisen und die Menschen einladen, umzukehren."

Perri legte den Kopf schief. „Das macht dein Vater?"

„Na ja, nicht ganz. Er bereist nicht die Welt – nur die Vereinigten Staaten, hauptsächlich den Mittleren Westen und Südosten."

Perri rutschte näher heran. „Wie ist das denn so? Die Städte und die vielen Leute zu sehen?"

Ich schloss die Augen und stellte mir meinen Vater mit der großen schwarzen Bibel in der Hand vor, das Gesicht rot gepredigt, Schweißperlen auf der Stirn, wie er die Leute zu bekehren versuchte. Ich saß im mageren Publikum von zehn Leuten. Ein Mann war eingeschlafen, ein anderer murmelte ständig vor sich hin – Coobie hatte mir viel zu laut zugeraunt, dass er nicht alle Tassen im Schrank habe – und eine kleine hutzelige Frau suchte in ihrer Handtasche nach irgendetwas.

Ich wollte, dass die Leute Vater zuhörten, dass sie „Amen" riefen, aber nichts dergleichen geschah. Vater predigte trotzdem weiter, als stünde er vor fünfhundert Menschen.

Aber das wollte ich vor Perri nicht zugeben. „Es ist nicht leicht", sagte ich. „Die Leute haben kein Geld. Und sie sehen ausgehungert aus. Manchmal kommen sie nur wegen des kostenlosen Essens zu der Versammlung."

„Deine Eltern verteilen Essen?"

„Immer wenn es geht, ja."

„Also gehen sie vor der Versammlung einkaufen?"

„Oh nein. Mutter betet und bittet Gott, das in die Hand zu nehmen, und oft bringen die Leute Nahrungsmittel, weil sie kein Geld für eine Spende haben. Und was auch immer die Leute Mutter geben, gibt sie an die weiter, die es noch dringender nötig haben als wir."

„Du liebe Güte. Das ist … das …" Perri suchte nach Worten. „Das ist interessant." Sie trank einen Schluck Tee und ließ den Blick schweifen. Dann schloss sie die Augen, als würde sie sich vorstellen, wie meine Eltern das Essen unter den Armen verteilten. „Und was ist mit euch? Ich meine, wenn deine Mutter das ganze Essen verschenkt, das doch eigentlich der Lohn deines Vaters ist."

„Manchmal bleibt nicht viel übrig. Aber Gott sorgt für uns."

„Wirklich?"

„Jedes Mal. Wir sind bis jetzt jedenfalls noch nicht verhungert."

Perri schüttelte bedächtig den Kopf. „Ich könnte so nicht leben. Das würde ich nicht durchhalten. Nicht zu wissen, wo die nächste Mahlzeit herkommt."

„Wenn man muss, geht alles", platzte es aus mir heraus. „Na ja, du müsstest dich vielleicht erst einmal daran gewöhnen, weil ihr immer viel zu essen habt. Aber für mich ist das gar nicht so schwer."

Ich stand auf und breitete mit Blick auf das Anwesen die Arme aus. „Stell dir vor, du wärst ein Teil von etwas Großem und Wundervollem, Perri. Stell dir vor, du würdest allen armen Menschen in Atlanta etwas zu essen geben. Ja, du müsstest dafür einiges aufgeben, aber das wäre es wert. Stell dir vor, wie hier die Leute in langen Schlangen anstehen und wir ihnen Suppe und Brot und Pie und Kuchen und Eistee geben würden – stell dir vor, wie sie plötzlich wieder lachen könnten. Allein endlich wieder satt zu sein, würde ein Lächeln auf ihr Gesicht zaubern. Stell dir das doch mal vor!"

Perri stellte ihr Glas ab und sah aus dem Fenster, als würde sich dort tatsächlich abspielen, was ich gerade beschrieben hatte. „Ich muss zugeben, das, hm, das hört sich sehr liebenswürdig an."

„Liebenswürdig? Jesus hat uns geboten, Freiheit zu verkündigen den Gefangenen. Das ist nicht liebenswürdig; das ist die Wahrheit. Ich habe es schon in anderen Städten miterlebt. Ehrlich! Das ist unsere Aufgabe als Christen."

Perri machte einen Schritt zurück. „Du steigerst dich da ja richtig hinein. Mary Dobbs Dillard, du bist faszinierend."

„Letztens hieß es noch, ich sei die komischste Person, der du je begegnet bist."

„Stimmt ja auch beides. Komisch und faszinierend zugleich eben." Sie ging zur anderen Seite der Veranda und brachte Abstand zwischen uns. „Also das möchte Hank machen, ja? Den Armen helfen und nie Geld für die eigene Familie haben?"

„Er möchte nun mal leben, wie es in der Bibel steht. Und erleben, wie Gott ihn versorgt." Ich gebe zu, dass ich etwas verletzt war. Aber dann ging ich zu Perri und griff nach ihren Händen. „Deine Situation ist eine ganz andere, aber eines weiß ich genau: Gott wird auch für dich und deine Familie sorgen."

Sie zog ihre Hände zurück und verschränkte die Arme. Ihre Mundwinkel krümmten sich nach unten. „Ich habe noch nie jemanden so reden hören wie dich. Für mich klingt das alles verrückt. Eins sage ich dir: Dein Gott mag für dich sorgen, aber wir hier in Atlanta, wir arbeiten alle hart und sorgen für uns selbst. Und genau das werde ich jetzt tun."

In diesem Moment realisierte ich zwei Dinge: Ich hatte ihr noch überhaupt nichts über Hank erzählt. Und es würde eine Weile dauern, bis ich Perri Singleton davon überzeugt hätte, dass Gott auch für sie da war.

Während Tante Josie fast nur noch bei den Singletons war, blieb Perri mit mir im Haus der Chandlers. Dass ich die ganze erste Woche nicht ein einziges Mal in der Schule war, merkte Tante Josie gar nicht. All ihre Energie floss in die Unterstützung der Singletons. Sie tauchte gerade lang genug auf, um Hosea und Cornelius mit Aufgaben vollzuladen und verschwand dann wieder. Ich bewunderte meine Tante sehr für ihre schier endlose Kraft und Entschlossenheit.

9. März 1933

Liebste Mutter,
nun bin ich seit fast einer Woche in Atlanta, und wegen des tragischen Todesfalls, von dem ich dir berichtet habe, bin ich kaum vom Anwesen der Chandlers weggekommen.
Perri Singleton hat die vergangenen zwei Tage bei mir verbracht. Ich glaube, dass ich für sie eine gute Ansprechpartnerin bin, weil ich nicht aus Atlanta komme und quasi nichts über ihr Leben und ihre Familie und die Schule vor dem schrecklichen Tag weiß.
Ich habe versucht, ihr zu erzählen, wie Gott für uns gesorgt hat, aber sie sieht mich an, als käme ich aus einer anderen Welt, und dann fühle ich mich ziemlich dumm.
Aber glaubst du nicht auch, Mutter, dass der Herr an die Singletons denkt?
Bitte bete weiter für sie. Ich schreibe bald wieder.
Liebe Grüße an Vater, Coobie und Frances!
Deine Dobbs

Kapitel 5

Perri

Ich blieb zwei Tage bei Dobbs, und ganz ehrlich, manchmal gelang es ihr tatsächlich, mich von dem schrecklichen Ereignis abzulenken. Sie konnte endlos Geschichten von ihrer Familie erzählen, die ständig unterwegs war, von einer Stadt zur nächsten. Ihr Vater predigte und ihre Mutter gab Essen aus, das sie gar nicht hatte und das wie durch ein Wunder immer reichte. Kinder wurden geheilt und lauter andere unglaubliche Dinge passierten, von denen ich mir nicht sicher war, ob sie stimmten. Aber unterhaltsam war es auf jeden Fall.

Und Dobbs gab sich alle Mühe, mir zu helfen. Am Donnerstagnachmittag fuhr uns Hosea – dessen Namen ich mir langsam merken konnte, er war der Vater von Cornelius und Parthenia – zurück zu mir nach Hause, und wir holten meine Geschwister ab. Die beiden waren begeistert über die Fahrt im Pierce Arrow Cabriolet! Barbara war die ganze Fahrt über nur am Lachen und Irvin probierte alle Schalter im Auto nacheinander aus, was Hosea schweigend geschehen ließ. Irvin und Barbara blieben den Nachmittag über bei uns, ritten auf dem Pony der Chandlers – in unsere Scheune trauten wir uns nicht mehr – und spielten lustige Spiele, die sich Dobbs einfach so ausdachte.

So eine starke seelische Verbindung wie zu Dobbs hatte ich noch nie gespürt. Meine anderen Freundinnen kannte ich schon ewig, aber das zwischen Dobbs und mir entwickelte sich rasend schnell, fast verzweifelt, und wurde angefacht durch alles, was in mir aufgewühlt war. Sie konnte anscheinend in mich hineinsehen und meine Gedanken und Gefühle lesen. Irgendwie brauchte ich ihre Nähe.

Am Freitagnachmittag rief Dellareen bei den Chandlers an und sagte, dass Jimmy mit dem Buick auf dem Weg sei, um mich abzuholen. „Miz Perri, deine Mutter möchte, dass du wieder nach Hause kommst."

Als Jimmy ankam, hatte ich meine Sachen schon zusammengepackt und eine Entscheidung getroffen. „Dobbs, du kommst mit."

Sie stand gerade in der großen Eingangshalle und plauderte mit Jimmy, der Bohnenstange, als wären sie alte Freunde. Als ich meine Entscheidung verkündete, drehte sie sich strahlend zu mir um. „Ich wusste einfach, dass du mich einladen würdest! Ja, natürlich komme ich mit. Ich packe nur schnell ein paar Sachen." Sie eilte die Treppe hinauf.

Jimmy zog eine Augenbraue hoch, sagte aber nichts. Kurz darauf kam Dobbs mit ihrem jämmerlichen Koffer wieder herunter. „Ich fahre mit Perri zu den Singletons", rief sie in Richtung Küche.

Die kleine Parthenia kam mit einem Holzlöffel herbeigelaufen, die Hände in die Hüften gestemmt. Ich musste hinter vorgehaltener Hand lachen, wie das farbige Mädchen mit der Schürze sich vor Dobbs aufbaute – sie ging ihr nicht mal bis zu den Schultern – und sie empört ansah. „Ist nicht angemessen, sich bei einem Trauerfall einfach selbst einzuladen."

Dobbs blieb gelassen. „Das geht dich nichts an, Parthenia. Sag einfach Mrs Chandler Bescheid, wenn sie wiederkommt."

Als Jimmy in unsere lange, gewundene Einfahrt einbog, kehrte schlagartig die ganze Schwermut zurück. Ich starrte auf mein Zuhause, das als Sehenswürdigkeit in Atlanta galt. Daddy hatte als Jugendlicher seinem Vater geholfen, es zu bauen.

Als 1936 Margaret Mitchells *Vom Winde verweht* herauskam, sagten die Leute, unser Haus sähe aus wie das auf der Baumwollplantage Tara, aber es war ja erst 1933 und wir kannten zu diesem Zeitpunkt weder Tara noch Scarlett O'Hara.

Das Haus war oben auf einem Hügel hinter einigen Bäumen an der Wesley Road gelegen und sah aus wie einem Märchen entsprungen – ein dreistöckiges Herrenhaus aus weißem Stein mit sechs weißen Säulen davor und schwarzen Fensterläden, einer Terrasse vor dem Haus, einer dahinter, und mehreren Magnolienbäumen drumherum. Aber alles, was mir einst Geborgenheit und Schönheit vermittelt hatte, wirkte auf einmal grau, als wäre eine Aschewolke über unser Grundstück gezogen.

Mir wurde übel, als hätte mein kleiner Bruder mich in den Magen geboxt. Dobbs fiel es sofort auf – ihr entging eigentlich nichts – und sie hakte sich auf dem Weg zum Haus bei mir unter. „Danke fürs Fahren", rief sie Jimmy noch zu.

Mama stand schon in der Eingangstür und sah genauso grau aus wie das Haus. Keine Schminke dieser Welt konnte ihre Trauer übertünchen. Sie zog mich in ihre Arme und hielt mich fest, viel zu fest.

Nach einer Weile wand ich mich aus ihrer Umklammerung. „Mama, darf Mary Dobbs heute bei mir übernachten?"

Meine liebe Mama, dünn und völlig erschöpft, legte Dobbs die Hände an die Schulter. „Wir freuen uns sehr, dich als Gast bei uns zu haben, Mary Dobbs." Aus ihrem Gesicht sprach Dankbarkeit.

CB

Mit Dobbs in meiner Nähe konnte ich nicht lange trauern. Für sie war das Leben ein einziges Abenteuer und sie fand alles aufregend. Oben in meinem Zimmer, das sie als „sensationell" bezeichnete, tanzte sie sofort zu der Wand, wo vier Fotos von unserem Haus und Grundstück in Holzrahmen hingen, jedes zu einer anderen Jahreszeit aufgenommen. „Die sind ja toll. Was für eine Perspektive! Du hast die gemacht, oder?"

„Ja. Die sind von mir."

„Ich wusste es. Du hast Potenzial, das habe ich sofort gespürt."

„Potenzial?" Dobbs sprach wieder mal in Rätseln.

„Du siehst die Welt aus einer anderen Perspektive. Na, du weißt schon ... ‚Das Auge ist das Fenster zur Seele.'"

Ich nickte und dachte an das kleine blaue Büchlein. „Ich weiß, was du meinst." Aber ich wusste es nicht.

„Also hast du einen Fotoapparat? Einen richtigen Fotoapparat?"

„Ja. Mein ... mein Vater hat ihn mir zum vierzehnten Geburtstag geschenkt."

Dobbs ließ mir keine Zeit, darüber nachzudenken. „Darf ich ihn sehen?"

Ich öffnete meine kleine Kammer und zeigte auf das Regalbrett, auf dem der Apparat stand. Daneben lag ein Stapel Fotoalben, in die ich meine Aufnahmen einsortiert hatte. Dobbs strich über die kunstlederne Hülle des Fotoapparats.

„Das ist ein Eastman Kodak Rainbow Hawk-Eye", erklärte ich. „Ein gutes Modell für Anfänger."

„Er ist großartig. Und eine Anfängerin bist du doch gar nicht mehr. Du bist ja quasi schon eine Expertin. Sieh dir doch nur die vielen Fotoalben an! Du bist richtig gut organisiert, Perri." Sie betrachtete die Kleider auf meiner Stange. „Und du hast einen tollen Kleidungsstil."

Ich fragte mich, woher sie Ahnung von Kleidern hatte, aber ich sagte nichts. Nochmal wollte ich nicht in den Kartoffelsackfettnapf treten.

„Die Kammer ist perfekt und du hast sie wirklich gut eingeräumt."

Ich zuckte die Schultern. Dinge zu sortieren und in Ordnung zu halten fiel mir leicht, wozu auch immer es gut war.

„Hast du auch eine Dunkelkammer zum Entwickeln?"

„Nicht hier zu Hause. Mrs Carnes, unsere Kunstlehrerin, lässt mich die Dunkelkammer am Washington Seminary benutzen, weil ich auch fürs Jahrbuch Fotos mache."

Dobbs setzte sich in der Kammer auf den Boden und blätterte eins meiner Alben durch. „Du bist richtig talentiert", schwärmte sie.

Später merkte ich, dass Dobbs von fast allem schwärmte, aber an diesem düsteren, traurigen Tag glaubte ich ihr. Ihre Komplimente waren für mich, als hätte man mir frisches Wasser ins Gesicht gespritzt und die Aschereste abgespült.

Aber Dobbs hatte natürlich schon wieder Hintergedanken. Sie fing sofort an zu überlegen. „Mit so einem Talent solltest du eigentlich Fotos von der Realität machen."

„Der Realität?"

„Nicht nur von deinen Freundinnen fürs Jahrbuch und tolle Porträts vom Haus, sondern vom Leben. Vom echten Leben."

Ich sah sie verwirrt an und musste an „White Angel Breadline" denken.

„Du solltest den Leuten hier in Atlanta zeigen, wie der Rest der Welt lebt. Weißt du was?" In ihrem Kopf braute sich offensichtlich eine Idee zusammen. „Du könntest kleine Bildbände zusammenstellen zugunsten der Armen, der Gefangenen, ach, für tausend Projekte."

Ich setzte mich wütend aufs Bett. „Meinst du nicht, ich habe gerade schon genug Probleme? Ich muss Mama, Irvin und Barbara bei ihrer Trauer beistehen, zusehen, dass unsere Rechnungen bezahlt werden, zusehen, dass wir das Haus halten können. Ich habe keine Zeit für ein Wunderprojekt für die Armen. Verstehst du das? Die Armen, das sind jetzt *wir!*"

Dobbs kam mit einer Ausgabe von *Facts and Fancies*, dem Jahrbuch des Washington Seminary, aus der Kammer und ließ sich neben mir aufs Bett plumpsen. „Du hast recht, Perri. Ich und mein loses Mundwerk. Tut mir leid."

„Ist schon gut."

„Zeig mir mal ein paar Fotos, die du für *Facts und Fancies* gemacht hast."

Wir klappten das schwarze Jahrbuch mit dem festen Einband auf und ich blätterte rasch darin herum. „Die ganzen Porträtfotos hat ein professioneller Fotograf gemacht, und die vom Maifest auch. Aber die hier sind von mir."

Dobbs ging näher heran. „Du meinst die, wo die Leute sich bewegen? Die hast alle du gemacht? Die sind großartig! Du hast die Leute mitten im Leben festgehalten. Viel besser als diese ollen Standbilder."

Sie zeigte auf ein Foto in einer Collage, die ich von der zehnten Klasse gemacht hatte. Meine besten Freundinnen Peggy Pender, Mae Pearl McFadden und Emily Bratton standen zwischen den Säulen vor dem Washington Seminary, tratschten über irgendetwas und hatten überhaupt nicht gemerkt, dass ich sie fotografiert hatte.

„Du hast wirklich Talent", wiederholte Dobbs.

Ihre Bewunderung schmeichelte mir, aber seit ich wieder in meinem Zimmer war, spukte mir die ganze Zeit nur noch der Satz von Bill Robinson im Kopf herum, den er am Tag nach der Beerdigung zu Mama gesagt hatte: *„Wir werden alles tun, was in unserer Macht steht, damit das Haus nicht zwangsversteigert wird."*

Ich schreckte mitten in der Nacht aus einem Traum mit Schreien und baumelnden Füßen auf, völlig nass geschwitzt und mit frischen Tränenspuren im Gesicht. Mein Herz klopfte wie wild. Ich knipste die kleine Nachttischlampe an und war dankbar für das diffuse Licht, das mein Zimmer erhellte.

Noch nicht ganz bei mir kletterte ich aus dem Bett, ging zum Fenster und drückte meine Nase gegen die Scheibe. Warum musste alles so finster und trostlos sein? Da kam mir ein Gedanke. *Hinter den Wolken ist der Himmel blau.*

Ich suchte und fand das Büchlein schließlich auf meinem Schreibtisch unter einem Stapel Schulsachen. Wie einen Schatz nahm ich es mit ins Bett, als könnte das kleine Buch mich trösten, meine Albträume mit einem Sonnenstrahl verjagen. Noch einmal las ich den handschriftlichen Eintrag im Buchdeckel:

„Durch die Augen eines Künstlers kann man den Himmel auf Erden erleben. Bedenke: Die Augen sind die Fenster zur Seele."

Ich blätterte um. Direkt über dem Titel stand noch etwas in derselben Handschrift.

Für Hank, Ostern 1925
Alles Liebe, Grandma

Dobbs hatte mir Hanks Buch geschenkt.

Es war eine Zusammenstellung aus Gedichten und Bibelversen. Viele davon kannte ich. Dazwischen waren Fotos von Wolken, Blumen, einem erntereifen Feld, einem Kind im Schoß seiner Mutter – allesamt auserlesen und wunderschön. Ich blätterte mit zittrigen Fingern vor, hielt mich nicht mit den Gedichten auf, sondern sprang von Foto zu Foto.

Auf einer Seite sah ich den Nachthimmel voller Sterne. Beeindruckt strich ich darüber. Das war eine Fotografie von der realen Welt, wie Dobbs gesagt hatte. Irgendwie verkörperte dieses Bild meine ganze Sehnsucht nach einem Ausweg, nach Frieden. Ich wischte mir eine Träne aus dem Augenwinkel, starrte auf das Bild und wünschte mir, dass ich eines Tages auch einmal ein so schönes Foto schießen würde.

Schließlich las ich das Gedicht auf der gegenüberliegenden Seite. „Tausend Augen hat die Nacht" von Francis William Bourdillon. Den Namen hatte ich noch nie gehört, aber das Gedicht berührte mich.

Viel tausend Augen hat die Nacht,
Der Tag nur eins davon –
Doch stirbt der Erde ganze Macht
Mit dem Licht der einen Sonn'.

Das Hirn mit tausend Augen wacht,
Das Herz mit einem schon –
Doch stirbt des Lebens ganze Pracht
Läuft ihm die Lieb' davon.

Ich umklammerte das geöffnete Büchlein und legte mich wieder hin. „Oh Daddy, du fehlst mir so", flüsterte ich und schlief ein.

○₃

Als ich am nächsten Morgen aufwachte, war ich dankbar für den Sonnenschein in meinem Zimmer. Dobbs hatte in Barbaras Zimmer geschlafen – meine Schwester war wieder bei Lulu – und ich zog los, um sie zu suchen. Das Bett war gemacht und das Zimmer leer. Ich fand Dobbs unten im Bibliothekszimmer, das direkt an das Arbeitszimmer meines Vaters grenzte. Sie saß in seinem großen Ledersessel und las.

Sobald ich näher kam, schrak sie auf. „Ich hoffe, es ist nicht schlimm, dass ich hier bin. Es war noch niemand wach."

„Kein Problem. Möchtest du frühstücken?"

Sie zuckte mit den Schultern. „Hab's nicht eilig." Sie sah mich mit zusammengekniffenen Augen an. „Schlechte Nacht gehabt?"

Ich nickte.

„Hab Geduld. Das dauert seine Zeit."

Wieder kam es mir so vor, als wisse Dobbs, wovon sie spreche.

Ihr Blick fiel auf *Hinter den Wolken ist der Himmel blau*. „Hast du darin gelesen?"

„Heute Nacht. Es ist überwältigend – so einfach und doch so tiefsinnig."

„Ich wusste, dass es dir hilft."

„Aber woher? Als du es mir gegeben hast, waren wir noch nicht mal befreundet und du konntest gar nicht wissen, wie sehr ich Fotografien mag."

„Mutter nennt das weibliche Intuition und Vater das Wirken des Heiligen Geistes."

Ich tippte eher auf ihren Vater. Dobbs kam mir wie ein sehr spiritueller Mensch vor. Ich drückte ihr *Hinter den Wolken ist der Himmel blau* in die Hand. „Ich kann das nicht behalten. Hanks Großmutter hat es ihm geschenkt und das bedeutet, du hast es von ihm."

„Ja, das stimmt." Schmerz flackerte in ihrem Blick auf. „Hank hat mir das geschenkt, als ich eine schwere Zeit durchgemacht habe. Irgendwie haben mich die Gedichte, Verse und Bilder getröstet." Sie gab mir das Buch zurück. „Ich hatte gehofft, dass es dir ähnlich gehen würde. Hank hat bestimmt nichts dagegen. Ich möchte es nicht zurück."

Ich diskutierte nicht mit ihr. Ich war sogar erleichtert. Dobbs meinte, die Gedichte und Bibelverse konnten einen trösten und Trost konnte meine arme Seele jetzt wirklich gut gebrauchen.

Dobbs

Im Washington Seminary rechnete niemand mit mir – außer vielleicht Miss Emma, die Direktorin –, also vermisste mich in dieser ersten Woche auch keiner. Und in Anbetracht der Umstände erwartete auch von Perri niemand, dass sie zur Schule kam. Aber am nächsten Montag verspürte ich das brennende Verlangen, mit der Schule zu beginnen, und Perri brauchte wieder eine gewisse Routine. Sie hatte das ganze Wochenende mit ihrer Mutter und Mr Robinson die Finanzbücher gewälzt und ich machte mir Sorgen, dass sie depressiv werden könnte, wenn sie nicht wieder Anschluss ans Schulleben bekam. Perri willigte ein, unter der Bedingung, dass wir am ersten Tag gemeinsam zur Schule fuhren.

Jeder hat seine eigene Art zu trauern. Perri verfiel in stolzen Gleichmut. Als Jimmy uns an diesem Märzmorgen vor dem Washington Seminary absetzte, war ihr blasses Gesicht komplett ausdruckslos.

Ich hatte das Gebäude schon auf Fotos gesehen, aber jetzt, wo ich davorstand, war es noch viel eindrucksvoller. Es sah aus wie der herrschaftliche Sitz eines Gouverneurs – zwölf weiße korinthische Säulen erhoben sich vor dem roten Backsteinbau. Davor stand der Hartriegel in voller Blüte. Er leuchtete weiß und rosa. Den Schuleingang säumten Rhododendronbüsche. Ich fühlte mich schon allein beim Gang ins Gebäude völlig fehl am Platz. Gott sei Dank trug ich eine Schuluniform und nicht diesen Kartoffelsack! Aber ich fühlte noch etwas. Ich richtete mich auf, stand gleich etwas gerader und merkte, wie mich Feuereifer durchströmte. Es war meine Aufgabe, den Mädchen am Washington Seminary zu zeigen, wie der Rest der Welt lebte. Meine Aufgabe!

Ich dachte an die Highschool in Chicago – das rußgeschwärzte Backsteinhaus, die Jungs und Mädchen in undefinierbarer Kleidung, alle auf einem Haufen, da die eine Hälfte der Lehrer entlassen worden war ... und die andere Hälfte war seit Monaten ohne Gehalt. Die Mädchen hier in ihren gestärkten weißen Uniformen mit dunkelblauer Bordierung und Röcken, die nur bis knapp unters Knie gingen, sahen apart aus, fast schon wie Frauen. Sie wirkten wie eine Elite, die genau wusste, woher sie kam und wohin sie strebte. Das Washington Seminary durchzog ein frischer, verheißungsvoller Geruch, der in deutlichem Kontrast zu dem Gestank der Straßen in Chicago stand, der meine alte Schule erfüllt hatte.

Perri führte mich ins Zimmer der Schulleiterin, wo ich kurz auf Miss Emma traf, eine dünne, ernste Frau mit grauen Augen und grauen Haaren, die ihr bis knapp unter die Ohren reichten. Sie hieß mich herzlich willkommen, überreichte mir ein Heft mit meinem Stundenplan und anderen Informationen und ermunterte mich, bei Fragen zu ihr zu kommen.

Dann erklärte sie mir, dass hier jeder Schultag mit einer Andacht beginne, und wir liefen gemeinsam zu einem schönen Saal mit polierten Mahagonibänken, einer Bühne mit einem dicken samtig-grünen Vorhang und einem Kristallleuchter an der Decke. Perri wartete im hinteren Teil des Raums auf mich.

„Hör auf, hier alles anzustarren", raunte sie mir zu. Ich folgte ihr in eine Bankreihe, wo sie von einer Gruppe Mädchen mit ausgestreckten Händen und Küsschen auf die Wange begrüßt wurde. Nur in ihren Gesichtern spiegelte sich Hilflosigkeit. Kurz darauf ging Miss Emma auf die Bühne und stellte sich hinter ein massives Rednerpult.

„Liebe Schülerinnen, wir lesen heute aus Johannes 16, 33. ‚Solches habe ich mit euch geredet, dass ihr in mir Frieden habet. In der Welt habt ihr Angst; aber seid getrost, ich habe die Welt überwunden.' Wir freuen uns, dass Anne Perrin wieder unter uns ist." Miss Emma nickte in unsere Richtung. „Wir haben sie in dieser schweren Zeit in unsere Gebete eingeschlossen. Ich möchte, dass ihr besonders Rücksicht auf sie nehmt. Und im Namen des ganzen Washington Seminary möchte ich noch einmal unser tiefes Beileid aussprechen."

Zwei Lehrerinnen überreichten Perri einen schönen Strauß aus weißen Lilien und Rosen. Sie stand auf, nahm ihn etwas unbeholfen entgegen und murmelte ein Danke, das ihr halb im Halse stecken blieb. Ich konnte sehen, dass sie mit den Tränen kämpfte.

Miss Emma ließ eine Schweigeminute vergehen, bevor sie die nächste Ansage machte. „Wir freuen uns, eine neue Schülerin aufzunehmen, Mary Dobbs Dillard. Sie kommt aus Chicago und ist die Nichte von Josephine Chandler, deren beide Töchter vor einigen Jahren diese Schule besuchten. Mary Dobbs, würden Sie sich bitte erheben?"

Fast gelähmt vor Angst gehorchte ich.

„Ich möchte, dass ihr Mary Dobbs in eurer Mitte aufnehmt", betonte Miss Emma.

Die Mädchen applaudierten höflich, als ich mich wieder setzte, aber in ihren Gesichtern las ich einen vertrauten Ausdruck: Missfallen.

☙

Perri benutzte mich als Schutzschild vor den Blicken ihrer Klassenkameradinnen. Um keine schrecklichen Fragen über ihren Vater und ihre Familie beantworten zu müssen, schob sie mich vor sich her und stellte mich jedem Mädchen vor, das wir auf dem Gang trafen. In jeder Unterrichtsstunde stand sie auf und wiederholte ihre Vorstellung, wobei sie jedes Mal den Namen Chandler betonte, als ob meine Verbindung mit dieser Familie mir den nötigen Einfluss verschaffte, um diese Schule besuchen zu können. Und sie stellte mich als Mary Dobbs vor. Ich glaube, Perri hatte beschlossen, dass nur sie mich *Dobbs* nennen würde – als sei es ein Geheimnis, ein Privileg, eine Ehre, die sich sonst noch niemand verdient hatte. Ich ließ es geschehen. Wahrscheinlich gehörte das zu ihrem Trauerprozess.

Obwohl wir alle dieselbe Schuluniform trugen, stach ich aus vielerlei Gründen heraus. Erstens war die Schule so klein, dass jeder jeden kannte. Ich war die Neue. Außerdem redeten die Mädchen ganz anders, zogen die Worte in die Länge und fügten an den unmöglichsten Stellen Silben ein. Und dann waren da meine langen Haare. Kein anderes Mädchen am Washington Seminary hatte lange Haare. Sie trugen alle Kurzhaarfrisuren, sahen vornehm, frech und selbstbewusst aus und bewegten sich mit traumwandlerischer Sicherheit in ihrer Welt.

Ich wusste noch, wie meine Mutter sich die Augen abgetupft hatte, als das Geld nicht mehr für ihren Besuch im Schönheitssalon gereicht hatte. Sie hatte ihr dickes, glänzend schwarzes Haar lang wachsen lassen und nun waren lauter graue Strähnen darin. Sie musste einen Haarknoten tragen. Wie hätte sie diese Frisuren geliebt! Mutter wusste, was guter Stil war, auch wenn sie ihm nicht folgen konnte. Sie hatte eben ein Auge dafür.

Mittags brachte mich Perri zum Speisesaal und blieb im Türrahmen stehen. Sie zeigte auf einen der runden Tische, wo die drei Mädchen saßen, die sie schon bei der Andacht begrüßt hatten. „Voilà – meine Clique. Wir machen eigentlich alles zusammen. Die Linke ist Emily Bratton und meistens ziemlich frech." Perri ließ kurz ihre Zähne aufblitzen. Emilys dunkelbraune Haare waren so kurz, dass man sie fast für einen Jungen hätte halten können. Sie sah ziemlich stark aus – markiges Gesicht, breite Schultern und Arme, deren Muskeln man selbst unter der Schuluniform erahnen konnte. „Sie ist die Beste im Basketball und kann auch richtig gut schwimmen. Wir sind sozusagen schon seit unserer Geburt Freundinnen. Sie ist ziemlich verrückt und hat vor nichts und niemandem Angst. Und sie hat lauter alte Witze auf Lager. Sie wird dir gefallen. Daneben sitzt Mae Pearl McFadden."

Ich fragte mich, ob Mae Pearls Eltern schon bei der Namensgebung geahnt hatten, wie schön sie einmal werden würde. Ihr Gesicht war geformt wie eine Perle – vollkommen rund und gänzlich weiß, porzellanweiß, noch weißer als das von Perri. Es schimmerte, glänzte und war beinahe durchsichtig. Auch ihre Haare waren fast weiß, platinblond – alles Natur, versicherte mir Perri. Sie trug es glatt am Kopf und hatte blassblaue Augen.

„Ihre und meine Mutter sind seit Jahren gemeinsam im Garden Club – Vorsitzende und stellvertretende Vorsitzende – und natürlich auch in der Junior League", erklärte mir Perri auf dem Weg zum Tisch. „Sie sind zusammen in die Gesellschaft eingeführt worden und wir gehen schon ewig in dieselbe Kirche. Sie wohnt nicht weit von uns und wir machen eigentlich alles gemeinsam. Mae Pearl kann tanzen und hat eine Stimme wie ein Engel. Wir sind ja der Meinung, sie könnte ein Filmstar werden oder in einem dieser Broadway-Musicals mitspielen, aber sie glaubt uns nicht. Und neben Mae Pearl sitzt Peggy Pender. Der Schein trügt, sage ich dir. Sie sieht ganz brav und anständig aus, aber das täuscht. Peggy hat ihren eigenen Kopf!"

Ich fand, Peggy sah sehr kultiviert aus. Ihre dunkelbraunen Haare kräuselten sich leicht unter ihren Ohren und einige Strähnen kitzelten gerade so ihre rechte Augenbraue.

„Na, ihr", sagte Perri, zog sich einen Stuhl heran und forderte mich mit einer Handbewegung dazu auf, mich neben sie zu setzen.

Die Mädchen winkten und murmelten „Hallo, Mary Dobbs" in meine Richtung.

Der Speisesaal kam mir nicht wie eine Schulkantine vor, sondern eher wie ein elegantes Esszimmer. Die Wände waren mit rosafarbener Tapete und Vorhängen dekoriert und auf den etwa zwanzig runden Tischen lagen weiße Tischtücher. Unser Essen – Fleisch, Gemüse, Brötchen und Nachtisch – wurde uns auf Porzellantellern gebracht und es schmeckte köstlich. Aber wie bei jeder Mahlzeit in Atlanta musste ich an meine Familie in Chicago denken, die jetzt wahrscheinlich auf Knien um etwas zu essen für morgen betete.

Also genoss ich mein Essen voll tiefer Dankbarkeit und mit einem leichten Ziehen im Herzen.

Emily, Mae Pearl und Peggy plapperten über irgendeine Hausaufgabe, die Perri verpasst hatte, und eine Teegesellschaft, die sie besucht hatten – ohne Perri. Ich hörte nur mit halbem Ohr zu. Plötzlich drehte sich Mae Pearl zu mir um und fragte: „Möchtest du mit uns zur Samstagsmatinee ins Kino gehen?"

„Samstagsmatinee? Was ist das denn?"

„Du kennst Samstagsmatineen nicht? Das ist das Beste seit der Erfindung der Eiscreme. Alle gehen da hin. Wir gucken Filme wie *Betty Boop* oder *Tarzan*. Kostet nur fünf Cent für den ganzen Vormittag." Als ich nicht sofort reagierte, raunte sie: „Ich glaube, Perri darf nicht wegen der ganzen Trauergeschichte, aber ich komme vorbei und hole dich ab. Wir nehmen einfach die Straßenbahn."

Mein ganzes Leben lang hatte ich Vaters Predigten über Versuchungen gehört. Dazu gehörten solche Dinge wie Alkohol, Zigaretten, Tanzen … und Kino. Meine Eltern gingen nie ins Kino und Frances, Coobie und ich durften das auch nicht.

Es hatte mich nie gestört. Aber an diesem Montagmittag, als Mae Pearl mich mit ihrem Porzellangesicht und den blassblauen Augen ansah und mir alles beschrieb, verspürte ich ein echtes Verlangen. Ich zögerte, wirklich nur kurz, und schüttelte dann den Kopf. „Danke für die Einladung. Das bedeutet mir wirklich viel, aber ich kann nicht mitkommen."

„Und warum nicht?", ging Emily dazwischen.

„Ich gehe nicht ins Kino."

Die Mädchen starrten mich an, als hätte ich chinesisch gesprochen. „Wie? Überhaupt nicht?", brachte Perri mühsam hervor.

„Überhaupt nicht", antwortete ich.

Mae Pearl runzelte die Stirn und zuckte mit den Schultern. „Wie du meinst, aber es ist wirklich toll."

„Die Leute in Amerika gehen ins Kino, zum Tanzen und lauter solche Dinge und vergessen in der Bibel zu lesen und zu beten. Die böse Unterhaltungsmaschinerie zieht uns alle in ihren Bann", sagte ich, ohne nachzudenken, und merkte, dass ich wie Vater klang. Meine Stimme verlor sich. Mae Pearl sah aus wie die Unschuld in Person und ich konnte mir nicht vorstellen, wie das Kino sie verdarb.

Peggy grinste höhnisch. „Also wenn du meinst, dass *Betty Boop* und *Tarzan* böse und gefährlich sind, dann hast du eine Schraube locker."

Mae Pearl lächelte versöhnlich. „Wir wollen uns nicht streiten. Jeder hat ein Recht auf seine Meinung." Sie nahm einen Bissen von ihrem gebratenen Hühnerfleisch. „Also ich finde ja deine langen Haare traumhaft, Mary Dobbs. Sie sind wunderschön. Ich kenne kein einziges Mädchen mit langen Haaren. Du bist so mutig, einfach gegen den Trend zu gehen."

„Ich hatte keine Wahl. Wir hatten ja nie Geld für den Besuch eines Schönheitssalons."

Auf Mae Pearls Porzellanwangen entstanden zwei hellrosa Flecken. Aber sie fing sich schnell. „Oh. Das war sicher nicht leicht. Aber du hast Glück, dass dir die langen Haare so gut stehen."

Perri sah mich nur genervt an. Es herrschte betretenes Schweigen, bis sie ein ungefährlicheres Thema anschnitt. „Ich habe ja noch gar nicht gehört, wer als Schönheitskönigin für das Maifest nominiert ist. Nun sagt schon!" Und schon plauderten sie über irgendein Ereignis, von dem ich keine Ahnung hatte.

☙

Am Ende des Schultags war ich völlig erschöpft. Alle hatten mich wie eine Außerirdische angestarrt. Ich floh aus dem Schulgebäude, ohne mich von Perri zu verabschieden, und war heilfroh, Hosea mit dem Pierce Arrow zu sehen, der am Bürgersteig auf mich wartete. Er fuhr mich schweigend nach Hause und sobald wir dort waren, sprang ich aus dem Wagen, murmelte ein Dankeschön und rannte die Treppen hoch, bevor mich jemand sehen konnte. In meinem Zimmer fiel ich aufs Bett und brach in Tränen aus.

Ich vermisste meine Familie. Ich vermisste es, samstagmorgens im Bett zu lesen, bevor Mutter und ich den Leuten auf der Straße etwas Warmes zu essen brachten. Ich vermisste, wie Coobie mir sonntags vor dem Gottesdienst die Haare flocht, obwohl ihre Hände fast immer von Mutters leckeren Zimtschnecken klebten. Meine ständige Ermahnung wurde allmählich zum Scherz: „Coobie, Himmel noch mal, wasch dir die Hände, bevor du mir in die Haare fasst." Wenn sie es tatsächlich tat, war ich jedes Mal überrascht.

Ich erwog kurz den Gedanken, einfach in den nächsten Zug nach Chicago zu springen und nach Hause zu fahren. Aber dann fiel mir ein, wie Mutter mich überzeugt hatte, das Washington Seminary zu besuchen. „Die Arbeitslosenrate in Chicago liegt bei vierzig Prozent, Mary Dobbs. Hunderttausend Familien sind auf Wohltätigkeit angewiesen. Die Schulbehörde hat eintausendvierhundert Lehrern gekündigt. Es gibt hier keine gute Bildung für dich. Später vielleicht, aber jetzt nicht. Du bist intelligent, Mary Dobbs. Dein Vater muss seine Bitterkeit und den Stolz eben herunterschlucken und das Angebot seiner Schwester annehmen. Und mehr gibt es dazu nicht zu sagen."

Ich saß auf dem edlen Bett mit dem hübschen Baldachin, komplett in Weiß gekleidet, und fühlte mich trotzdem schmutzig. Ein Schandfleck in der gehobenen Gesellschaft Atlantas, der seine Familie und seine Stadt im Stich gelassen hatte. Ich ging zu dem kleinen Schreibtisch, nahm einen Bogen Briefpapier heraus und griff nach einem Stift, um Hank mein Herz auszuschütten.

Plötzlich musste ich an Vater denken, wie er predigte, das Gesicht gerötet, die Bibel in der Hand, vor sich die müden Zuhörer: „Es ist sehr viel leichter, die Hand eines Menschen zu ergreifen, wenn man in Not ist. Gott, der Herr, stellt uns in Zeiten der Not Brüder und Schwestern an die Seite. Aber wir dürfen niemals vergessen, niemals, niemals, …" – seine Stimme wurde dabei immer lauter, bis sie vor Leidenschaft ganz rau und sein Gesicht puterrot war – „… dass wir zuerst zum Herrn gehen sollen! Beim Menschen sucht ihr Antworten vergebens. Gott hat die Antwort! Hier" – er pochte auf den schwarzen Ledereinband seiner Bibel – „hier hinein sollt ihr zuerst sehen!"

Ich legte mein Schreibzeug beiseite und nahm meine Bibel zur Hand, die unter den neuen Schulbüchern begraben war. Sie klappte dort auf, wo ich die kleinen Fotografien hineingelegt hatte. Mutter und Vater vor der Kirche, ein breites Lächeln auf dem Gesicht. Frances und Coobie und ich neben unserem Schneemann im Park. Und eins mit meinen Schwestern, mir und Jackie. Wir saßen auf unserem alten Sofa und hatten vor Lachen alle den Mund weit offen.

Ach, Jackie, du fehlst mir.

Ich starrte auf das Foto und vergaß meinen Vorsatz, in der Bibel zu lesen.

Jackie Brown war ein weiterer Beweis für die Wohltätigkeit meiner Eltern. Ich weiß nicht genau, wann sie Jackies Mutter kennenlernten, wahrscheinlich bei einem der Erweckungsgottesdienste, aber an meine erste Begegnung mit Jackie erinnerte ich mich sehr gut. Ich war vier oder fünf gewesen, Frances noch ein Kleinkind und Coobie noch nicht auf der Welt. Mutter war eines Abends in unser Zimmer gekommen und hatte gesagt: „Mary Dobbs, ich möchte dir jemanden vorstellen." Und da stand Jackie. Sie war acht oder neun, dünn wie ein Bleistift, hatte lange, ungepflegte braune Haare und dunkelbraune Augen, die viel zu groß für ihr schmales, blasses Gesicht waren.

„Macht es euch etwas aus, euer Zimmer mit Jackie zu teilen? Ihre Mutter arbeitet in einer anderen Stadt und kann sich nicht um sie kümmern." Über Jackies Vater verlor sie kein Wort.

Ich hatte immer davon geträumt, eine große Schwester zu haben und war begeistert.

Jackie, die von ihrer Mutter als „kränklich" beschrieben worden war, blühte dank Mutters Pflege und gutem Essen auf – damals litten wir noch keinen Hunger. Zuerst fand ich, Jackies Mutter hätte ihr Manieren beibringen sollen – ihre vulgäre Sprache und die konsequente Missachtung von Regeln störten mich. Aber Jackie lernte schnell und bald sang sie mit ihrer tollen Stimme begeistert die Gemeindelieder mit und half Mutter beim Kochen und Nähen.

Ich folgte ihr auf Schritt und Tritt und sie behandelte mich wie eine echte Freundin.

Wir wurden unzertrennlich.

Manchmal kam ihre Mutter und war entschlossen, sich wieder um ihr Kind zu kümmern. Aber auf mich machte Mrs Brown noch nicht einmal den Eindruck, als könnte sie sich um sich selbst kümmern. Sie war genauso dünn wie Jackie, hatte ihr Gesicht überschminkt, trug enge, schlecht geschnittene Kleidung und redete schnell und nervös, während ihr Blick zwischen Mutter, Vater und Jackie hin- und hersprang.

Immer wenn sie Jackie holte, brach für mich eine Welt zusammen. Mutter und Vater und Frances vermissten sie genauso.

Aber einige Wochen oder manchmal auch Monate später brachte Mrs Brown Jackie immer zurück und Jackie gehörte wieder zur Familie. Jackie war zwar oft krank – sie hatte eine schwache Lunge –, aber innerlich war sie stark. Sie war ein Wildfang und wollte alles im Leben ausprobieren. Mehr als nur einmal schlich ich mich als Elf- oder Zwölfjährige nachts mit ihr aus dem Haus. Mein Gewissen meldete sich aber immer, bevor wir zu weit weg waren, und ich drehte um, obwohl Jackie protestierte und mir vor Augen hielt, wie viel ich verpassen würde. Sie selbst kam immer erst ein, zwei Tage später wieder. Meine Eltern wurden jedes Mal fast verrückt vor Sorge. Wo Jackie gewesen war, sagte sie mir nie, aber die Gesichter meiner Eltern verrieten mir, dass es nichts Gutes gewesen sein konnte.

Jackie schloss die Highschool in Chicago ab und fand sofort Arbeit. Den größten Teil ihres Lohns schickte sie Mrs Brown. Sie fühle sich nun einmal verantwortlich für ihre Mutter, erzählte sie mir. Ich war damals vierzehn und begriff, was mir niemand erklärt hatte. Mrs Brown gehörte zu denen, die Vater in seinen Predigten „Frauen von üblem Ruf" nannte. Jackie hoffte, irgendwann genug zu verdienen, damit ihre Mutter einen anderen Beruf ergreifen konnte.

Aber es kam anders.

Als Jackie erneut krank wurde, verlor sie ihre Arbeit. Mutter kümmerte sich Tag und Nacht um sie. Aber dann kam sie ins Krankenhaus und ich musste zusehen, wie diese hübsche, lebendige junge Frau äußerlich verdorrte und wieder zu dem ausgehungerten Kind mit den zu großen Augen für das schmale, verhärtete Gesicht wurde.

Ununterbrochen saß ich an ihrem Bett. Ich las ihr aus der Bibel vor und betete leise mit ihr, und am Tag bevor sie starb, berührte sie meine Hand und flüsterte mit ausgedörrten Lippen: „Mary Dobbs, mach dir keine Sorgen um mich. Gott wartet auf mich. Er hat mir vergeben." Das waren ihre letzten Worte.

Zuerst tröstete mich das Wissen, dass sie erlöst war, aber dann kamen die Wut, die Fragen und schließlich tiefe, tiefe Trauer. Deswegen konnte ich Anne Perrin Singleton so gut verstehen. Ihre Zweifel an Gottes Fähigkeit, für sie zu sorgen, wollte ich aber nicht hören, weil ich, obwohl ich es mir nicht eingestehen konnte, genauso nagende Zweifel im Hinterkopf hatte. Ich hatte Angst, dass sie eines Tages herauskommen und meinen ganzen Glauben ersticken würden.

Kapitel 6

Perri

Vier Tage nachdem ich wieder zur Schule ging, hakten sich Mae Pearl und Peggy nach Französisch plötzlich bei mir ein, führten mich nach draußen und zogen mich zu einer Steinbank.

Mae Pearl redete als Erste. „Perri, du weißt, dass du mir alles bedeutest. Wirklich, du bist wie eine Schwester für mich." Sie sah besorgt aus. „Ich habe dich die letzten zwei Wochen vermisst. Du hast eine schreckliche Zeit durchgemacht und, na ja, du warst wirklich sehr nett zu Mary Dobbs, aber ich finde, du solltest dich nicht für sie verantwortlich fühlen. Nicht bei allem, was du durchgemacht hast."

Sie blieb förmlich stecken, und ich wusste, wie sehr es sie quälte, überhaupt etwas Negatives über jemand anderen zu sagen. Schnell drückte sie meine Hand und fügte hinzu: „Ich hoffe, du kommst morgen mit zum Lunch im Piedmont Driving Club. Die sollen ein großartiges Buffet haben."

Bevor ich irgendetwas darauf erwidern konnte, sagte Peggy auf ihre direkte Art: „Hör zu, Perri. Mary Dobbs ist eine interessante und sehr lebendige Person, aber wir wollen nicht, dass sie dich über den Haufen rennt mit ihrem ..." Sie suchte nach dem richtigen Wort. „Ihrem *Eifer*. Weißt du, heute in Geschichte – wieso warst du eigentlich nicht da? –, da sprach Miss Spencer über das Frauenwahlrecht, als Mary Dobbs plötzlich einfach aufstand und damit anfing, wie Frauen 1913 in Illinois das Wahlrecht bekamen und dass Chicago die erste Stadt östlich des Mississippi gewesen sei, die so etwas erlaubte und dass wir uns alle für die Rechte der Frau einsetzen sollten. Sie redete und redete und das war uns allen furchtbar peinlich und Miss Spencer wurde ganz nervös und Mary Dobbs schien davon überhaupt nichts mitzubekommen, bis Emily sie endlich am Rock zupfte. Da kam sie wieder zu Sinnen und setzte sich hin. Also, eins sage ich dir: So wird sie niemals Freunde finden."

„Sie ist eben ein bisschen übereifrig." Ich passte auf, was ich sagte. Emily hatte mir schon von Dobbs' Stegreifrede in Geschichte erzählt. Ich hatte die Stunde geschwänzt, weil ich trotz meines Entschlusses, stark zu sein, dringend hatte allein sein und weinen müssen. „Tut mir leid, dass ich gerade nicht ich selbst bin, Mae Pearl. Natürlich besuchen wir den Driving Club."

Aber mehr hatte ich nicht zu sagen. Ich verkniff es mir, weil ich meine besten Freundinnen sehr verletzt hätte, wenn ich ihnen die Wahrheit gesagt hätte. Wie hätte ich ihnen gestehen können, dass ich jede Minute mit Dobbs Dillard genoss, dass ich ihren Eifer bewunderte, und dass sie mir, obwohl ich sie erst seit zwölf Tagen kannte, schon jetzt vertrauter war als alle anderen Freundinnen?

○○

Am Samstagmorgen kam Mr Robinson wieder vorbei und wir beugten uns mit Mama über die endlosen Papiere. Aber ich wollte nicht, dass Mr Robinson geschäftlich zu uns kam. Ich wollte, dass alles wieder so war wie früher.

Mama und Daddy hatten die Robinsons, die Chandlers und die McFaddens oft zum Bridgeabend eingeladen. Ich fand immer, die vier Männer waren ein lustiges Quartett – Daddy groß, schlank und dunkelhaarig, Mr Chandler kräftig, laut und mit einem dicken Bauch, Mr McFadden mit hellblondem Haar, noch schlanker und größer als Daddy, und der kleine Mr Robinson, frühzeitig ergraut, ein richtiger Bücherwurm mit einer dicken Brille. Sie lachten, spielten mit ihren Frauen Bridge und zogen sich dann ins Bibliothekszimmer zurück, wo sie bestimmt Zigarren rauchten, Brandy tranken und über die wirklich wichtigen Dinge sprachen. Mama, hübsch wie immer, saß derweil mit Josephine Chandler, Patty Robinson und Ellen McFadden im Garten. Sie plauderten fröhlich, nippten an ihren Gläsern und ließen dann und wann ihr melodisches Lachen erklingen.

Oh, wie sehr wünschte ich mir diese lauen Sommerabende zurück, an denen Daddys tiefes rollendes und Mamas helles klingendes Lachen durch meine weit geöffneten Fenster hereinströmten. Es kam mir vor wie ein ganz anderes Leben, eine entfernte Melodie, die ich nie wieder hören würde.

Aber Mr Robinson war nun mal geschäftlich bei uns und wie versprochen fest entschlossen, Mama nicht nur über den Stand der Dinge zu unterrichten, sondern ihr auch bei der Suche nach Lösungen behilflich zu sein, vor allem für unser Haus.

„Ich werde arbeiten gehen", verkündete Mama plötzlich. Mr Robinson und ich waren gleichermaßen erschrocken. Mir fiel der Bleistift aus der Hand.

„John McFaddens Bruder arbeitet im State Capitol und hat mir eine Arbeit in der Zulassungsstelle verschafft." Mama sah besorgt aus, aber dann räusperte sie sich und richtete sich auf. „Ich werde das schon schaffen. Es ist keine schwere Arbeit, vielleicht ein wenig monoton, aber ich bin froh, so schnell eine Stelle in Aussicht zu haben." Sie tätschelte mir die Hand. „Und wenn wir den Buick verkaufen müssen … nun, ich kann auch mit der Straßenbahn in die Stadt fahren. Du kannst mich sogar mit Irvin und Barbara nach der Schule besuchen, wenn du möchtest."

Ich konnte mir beim besten Willen nicht vorstellen, wie Mama arbeiten ging, aber Mr Robinson sah sehr erleichtert aus. „Dot, das sind ja wundervolle Nachrichten!", rief er aus und nahm seine Brille ab.

„Ja, nicht wahr? Ich werde so schnell wie möglich anfangen." Mama klang so aufgeregt, als hätte man sie gebeten, den gesamten Blumenschmuck für die jährliche Benefizveranstaltung des Garden Clubs zu organisieren – eine ihrer Lieblingsbeschäftigungen.

„Jetzt sieh mich nicht so an, Perri. Das wird schon werden. Du und Barbara, ihr könnt weiter aufs Washington Seminary gehen, und Irvin bleibt auf der Boys High. Allerdings musste ich Ellen McFadden sagen, dass ich für einige Zeit den Vorsitz des Garden Clubs abgeben werde. Sie war natürlich enttäuscht, aber sie meinte, ich täte genau das Richtige, gemessen an den Umständen."

Ich war stolz auf Mama und irgendwie auch erleichtert. Zugleich hoffte ich, dass wegen ihrer neuen Arbeit niemand auf uns herabschauen würde. Wir würden es schon irgendwie schaffen, unser Haus zu behalten, die Mitgliedschaft im Country Club, unser Auto und unsere gesellschaftliche Stellung. Wir stammten aus einer sehr angesehenen Familie und Daddys schrecklicher Tod würde aus uns keine Familie machen, die man bemitleidete. Das würde ich nicht zulassen.

Als ich vom Lunch mit Mae Pearl im Piedmont Driving Club zurückkam, wartete Dobbs schon auf der Veranda auf mich. Sie hatte das hübsche rosafarbene Kleid an und sah so frisch und strahlend aus, als würde sie gleich selbst zum Driving Club fahren. Kaum hatte ich die Autotür geöffnet, stürmte sie die Treppen hinunter quer durch den Garten. „Oh Perri! Ich dachte schon, du kommst gar nicht mehr nach Hause. Ich habe großartige Neuigkeiten! Die besten auf der ganzen Welt."

„Was redest du denn da? Und warum bist du so herausgeputzt?"

„Tja, außer meiner Schuluniform und dem Kartoffelsack habe ich nicht viel." Sie griente mich an. Ich dachte schon, sie würde sich gleich wieder im Kreis drehen, stattdessen griff sie nach meiner Hand und zog mich zurück zum Auto. „Jimmy, würdest du uns bitte zu den Chandlers bringen?", säuselte sie.

Jimmy sah sie argwöhnisch an, nickte aber.

Wir kletterten in den Fond des Buick und Dobbs fing sofort an zu erklären. „Also. Es fiel mir gestern mitten in Französisch ein. Und danach konnte ich mich überhaupt nicht mehr konzentrieren. Als ich zu Hause war, habe ich gleich Tante Josie davon erzählt und sie fand die Idee fabelhaft, und wir haben Hosea und Cornelius schon in der Scheune an die Arbeit geschickt, und sogar Onkel Robert hat gelächelt, als ich ihm davon erzählt habe. Du weißt ja, was für ein Griesgram er sein kann. Er meinte: ‚Mary Dobbs, das ist eine sehr sinnvolle Idee und könnte sogar eine finanzielle Entlastung bedeuten' und so weiter, und jedenfalls ist die ganze Sache geritzt. So, und ich …"

Sie hätte wohl noch länger geredet, aber ich war nicht in der Stimmung für wirre Gedankengänge. „Dobbs, langsam! Wovon in Gottes Namen redest du?" Mir fiel Peggy ein, die sich über Dobbs' Stegreifrede beschwert hatte.

„Die Dunkelkammer!", sagte sie.

„Welche Dunkelkammer?"

„*Deine* Dunkelkammer! Damit du deine Fotografien entwickeln kannst." Sie klang, als müsste ich sofort wissen, worum es ging.

„Ich habe dir doch erzählt, dass ich die Dunkelkammer in der Schule benutzen darf."

„Aber das ist doch viel zu umständlich. Du kannst immer nur

hingehen, wenn die Schule geöffnet ist. Und diese Kammer wird nur dir gehören! Ein kleines Zimmer in der Chandler'schen Scheune, gleich neben Dynamites Stall. Ich habe mir das alles gut überlegt. Bald kannst du deine Abzüge für fünf Cent das Stück verkaufen, und dann, wer weiß? Du machst dir einen Namen hier in der Gegend und das Geld hilft deiner Familie. Das funktioniert, ich weiß es einfach!"

Ich wollte wütend auf Dobbs sein. Ich wollte sie fragen, für wen sie sich eigentlich hielt, dass sie einfach so in mein Leben getanzt kam und Pläne für mich schmiedete. Pläne schmieden konnte ich sehr wohl allein, und ich mochte es, wenn die Dinge ihre Ordnung hatten. Aber wie sie so in einem fort über ihre absurde Idee mit der Dunkelkammer in der Scheune der Chandlers plapperte und dass ich dort arbeiten könne, wann immer ich wolle und dass ich meine Fotografien doch wirklich *verkaufen* könne, da lebte irgendetwas in mir auf. Als wir bei den Chandlers ankamen, war ich längst genauso aufgeregt wie sie und ließ mich bereitwillig zur Scheune ziehen. Mit Schmetterlingen im Bauch sah ich Hosea und Cornelius fleißig hämmern. Sie bauten eine kleine Kammer direkt neben dem Stall der braunen Stute. In diesem Moment spürte ich ein kleines Pflänzchen Hoffnung in mir aufkeimen.

◌3

Zwei Wochen, nachdem Daddy sich das Leben genommen hatte, erlaubte Mama, dass ich wieder Herrenbesuch bekommen durfte. Bis zu Daddys Tod hatte ich mittwochs nach der Schule bei kaltem Wetter im Salon oder wenn es warm war auf der Veranda gesessen und junge Männer von der Boys High oder von den Colleges der Gegend, Emory und Oglethorpe und Georgia Tech empfangen. Viele meiner Klassenkameradinnen hatten sonntagnachmittags ihre Veranda voller Jungs. *Stippvisiten* nannten wir das. Das Ganze waren keine Verabredungen; die Jungs kamen nur auf einen Sprung vorbei.

An diesem Sonntag hörte ich die Hausglocke und beugte mich vorsichtig aus meinem Fenster – so, dass ich etwas sehen konnte, selbst aber verborgen blieb –, während Mama zur Tür ging. Mein

Herz machte einen kleinen Satz, als ich den jungen Mann erkannte. Es war Spalding Smith, Student im dritten Semester an der Georgia Tech. Er überreichte Mama einen riesigen Strauß Blumen. „Ihre Tragödie hat uns erschüttert, Mrs Singleton."

„Danke, Spalding. Die sind wunderschön. Ihre Mutter ist ein Engel. Sie hat so viel mit dem Essen geholfen und Telefonanrufe getätigt. Kommen Sie herein, ich rufe Perri."

Nachdem ich noch einen prüfenden Blick in den großen Spiegel in meinem Zimmer geworfen hatte, ging ich langsam die Treppe hinunter. Ich wollte gut aussehen für Spalding Smith. Fast alle Mädchen vom Washington Seminary schwärmten heimlich für ihn. Er hatte einen modischen Seitenscheitel, schwarze Haare, dichte Augenbrauen, dunkle Augen und ein Lächeln, bei dem einem die Knie weich werden konnten. Er war Quarterback und einer der Stars der Collegemannschaft und er war einundzwanzig! Ich hatte ihn beim Tanz am Valentinstag bei den Chandlers kennengelernt und wir hatten uns ein wenig unterhalten, aber ich hatte nicht damit gerechnet, dass er uns seine Aufwartung machen würde. Ihn auf unserer Veranda sitzen zu sehen, machte mich leicht benommen.

Er stand auf. „Hallo Perri."

„Hallo Spalding. Wie nett von dir, dass du vorbeikommst." Ich setzte mich auf die kleine gusseiserne Bank, die Mama mit einem hübschen rotgelben Kissen gepolstert hatte. Sie hatte es von einer ihrer vielen Reisen mitgebracht. Ich strich meinen Rock sorgfältig glatt.

Spalding setzte sich wieder in einen der hölzernen Gartensessel. „Ich wollte unser Beileid persönlich aussprechen. Ich hoffe, meine Karte ist angekommen."

Wir hatten fast vierhundert Karten mit Beileidsbekundungen bekommen und ich hatte längst nicht alle gelesen. „Ja, danke", sagte ich. Mein Mund war plötzlich staubtrocken.

Gott sei Dank tauchte Mama auf und bot uns Eistee an, von dem ich gierig mehrere Schlucke nahm.

Nachdem wir einige Höflichkeiten ausgetauscht hatten, fragte Spalding plötzlich: „Perri, möchtest du mich auf den SAE-Ball am 15. April begleiten?"

Ich war sprachlos. Wir alle hatten von dem Ball gehört – es

war ein besonderer Tanzabend, den Sigma Alpha Epsilon, eine der besten Studentenverbindungen der Georgia Tech, veranstaltete –, aber keine von uns hatte damit gerechnet, dorthin eingeladen zu werden.

Ich setzte mich gerade hin, räusperte mich und versuchte, sehr gebildet zu klingen. „Oh, vielen Dank, Spalding, das wäre entzückend."

☙

Ich konnte es kaum erwarten, Dobbs davon zu erzählen. Sobald es ging, rief ich bei den Chandlers an und hoffte inständig, Mr Chandler nicht beim Mittagsschlaf zu stören. „Hallo, hier ist Anne Perrin Singleton", piepste ich, als er abnahm. „Es tut mir sehr leid, Sie am Sonntagnachmittag zu stören. Ob ich wohl Mary Dobbs einmal sprechen dürfte?"

Mr Chandler murmelte irgendetwas, wahrscheinlich zu seiner Frau, und sie nahm den Hörer. „Perri? Ja. Hör zu, Liebes. Bleibst du einen Augenblick dran? Ich glaube, Mary Dobbs ist in ihrem Zimmer. Ich sage ihr, sie soll oben ans Telefon gehen."

Während ich wartete, klopfte ich ungeduldig mit dem Fuß auf den Boden und kaute auf meinem Fingernagel. Endlich hob Dobbs ab. „Perri? Alles in Ordnung?"

„Hi! Ja, alles prima. Einfach prima! Ich hoffe, ich störe dich nicht. Kriegst du gerade Stippvisiten?"

„Kriege ich gerade was?"

„Hast du gerade Herrenbesuch?"

„Herrenbesuch? Die einzigen Herren hier sind Onkel Robert, Hosea und Cornelius, und ich weiß nicht, was du mit Stippvisiten meinst."

Wegen der ganzen Situation hatte ich vergessen, Dobbs über diese wichtige Verhaltensregel zu informieren. „Na ja, so wird das hier gemacht ..." Ich holte mit meiner Erklärung weit aus. „... Und wenn das Wetter gut ist, dann sitzt ihr auf der Veranda und trinkt Limonade oder Eistee, oder sogar Kaffee, wenn du das darfst. Aber ich wette, Mrs Chandler erlaubt es dir. Ich biete Kuchen und Kekse und lauter leckere Dinge an, die Dellareen für uns backt. Manchmal heißt es in der Klasse, das Haus mit dem besten Essen kriegt den meisten Besuch."

„Also, hier ist niemand, und ich kann mir auch nicht vorstellen, dass jemand unangekündigt auftaucht. Und außerdem habe ich überhaupt kein Interesse. Ich habe Hank."

Ich hatte mich schon an Dobbs' direkte Antworten gewöhnt, aber trotzdem zog ich die Mundwinkel nach unten. „Ja, natürlich, aber er ist doch nicht hier und das sind doch keine richtigen Verabredungen. Das ist ein harmloser Spaß. Bist du gegen jeden Spaß?", fügte ich etwas kleinlaut hinzu.

„Natürlich nicht, du Dummerchen! Du hast doch gesehen, wie viel Spaß ich habe. Wir haben eben verschiedene Interessen."

„Und die Jungs interessieren dich nicht?"

„Das habe ich doch schon gesagt! Ich habe Hank."

„Aber du wirst dich schrecklich langweilen, wenn du niemals ins Kino gehst oder zum Tanz oder dich von den Jungs besuchen lässt. Du Arme."

Dobbs antwortete nichts. Ich stellte mir vor, wie sie mit einem Buch auf dem Bett saß und die Augen verdrehte.

Irgendwann platzte ich mit dem heraus, was ich eigentlich hatte sagen wollen. „Also ich mag Jungs, und mich hat gerade der hübscheste Junge des Footballteams der Georgia Tech zum Ball eingeladen. Ist das nicht großartig?"

„Oh, Perri! Ich freue mich für dich!" Dobbs war sofort begeistert. „Wie heißt er denn?"

„Spalding Smith. Sein Vater ist Millionär. Hat sein Vermögen mit Coca-Cola gemacht. Und die Wirtschaftskrise ist wohl an ihnen vorbeigezogen. Na jedenfalls ist Spalding unglaublich süß und ich kann mein Glück noch gar nicht fassen. Aber jetzt muss ich ein passendes Kleid finden. Ich kann unmöglich in einem Kleid gehen, das ich schon einmal getragen habe."

Dobbs hörte mir geduldig noch eine Weile zu, aber ich hatte den Eindruck, dass sie mit den Gedanken meilenweit entfernt war, vielleicht sogar in Chicago.

Dobbs

Nach dem Telefonat ging ich in die Küche und holte mir ein Glas Tee. Parthenia stand mitten im Raum und hielt einen weißen Korb umklammert. Sie hatte ein kleines Häubchen auf dem Kopf und trug ein Kleid anstelle der Dienstmädchenuniform.

„Wo gehst du denn so herausgeputzt hin?", fragte ich.

„Zu meiner Mama ins Armenhaus."

„Oh, wie schön. Da wird sie sich sicher freuen."

„Jawohl. Papa bringt uns sonntags immer hin, nach dem Gottesdienst, weil wir freihaben, und Mama auch. Den alten Ford, den lässt uns Mista Chandler nehmen. Und ich mache dann die Sachen, die Mama gern mag. Die letzten Sonntage, da konnten wir nicht wegen Mista Singleton, aber heute dürfen wir." Sie nickte heftig und lächelte schüchtern.

Ich sah ihr hinterher, wie sie die Küche durch den Hinterausgang verließ und über die Wiese zur Garage ging, wo Hosea und Cornelius schon im Wagen warteten. Parthenia stellte den Korb auf den Rücksitz und kletterte vorn ins Auto. Ich musste an ihren ängstlichen Blick denken, als sie mir zum ersten Mal von ihrer Mutter im Armenhaus erzählt hatte. Irgendetwas wusste sie, da war ich mir sicher, aber jemand hatte ihr so große Angst eingejagt, dass sie sich nicht traute, sich jemandem anzuvertrauen.

ଔ

Später am Nachmittag, als Onkel Robert im Salon schlief und leise schnarchte, während im Radio eine Folge *Amos and Andy* kam, wandte ich mich an meine Tante, die einen Pullover für einen ihrer Enkel strickte. „Tante Josie, was genau ist das Armenhaus?"

„Das Armenhaus im Fulton County gab es schon vor dem Bürgerkrieg, aber vor etwa zwanzig Jahren wurden an der Powers Ferry Road und der West Wieuca Road neue Gebäude errichtet. Für die Armen in unserem County. Ein Armenhaus für Weiße und eins für Schwarze. Aber beide sind derzeit hoffnungslos überfüllt – sehr verständlich, wie ich finde. Ich glaube, dieses Jahr ist das schlimmste seit Ausbruch der Wirtschaftskrise."

Sie kniff die Augen zusammen, als würde sie sich auf ihre Maschen konzentrieren. „Und erst kürzlich hat Mr Chastain dem Fulton County dort draußen gut hundertsechzig Morgen Land verkauft, und es wurde ein Gefangenentrakt bei den Armenhäusern errichtet. Die schwarzen Häftlinge wohnen im hinteren Teil. Mrs Clark, die Leiterin, kümmert sich um sie. Es müssen vierzig oder fünfzig sein und die Frauen sind fürs Kochen, Putzen und für die Gärten zuständig. Die Männer arbeiten auf der Farm gegenüber."

„Parthenia hat mir erzählt, dass ihre Mutter im Armenhaus ist, weil sie dein Silber gestohlen haben soll. Stimmt das?"

„Also daher weht der Wind." Tante Josie strickte weiter, ohne mich dabei anzusehen. „Das ist eine wahre Tragödie. Weißt du, Frauen wie Anna sitzen dort ein, weil sie Kleidung aus einem Geschäft gestohlen haben, bei der illegalen Lotterie mitgespielt haben oder von ihren Dienstherren beim Stehlen erwischt wurden. Die Frauen arbeiten im Armenhaus und auf der Farm, wo sie Gemüse für das Armenhaus und andere Gefangenenlager im County anbauen." Masche an Masche reihte sich an ihren fliegenden Nadeln aneinander.

„Augenblick! Halt, Tante Josie!" Ich sprang so schnell vom Sofa auf, dass sie erschrocken das Strickzeug sinken ließ. „Eine Sache verstehe ich nicht. Parthenia hat mir von dem gestohlenen Silber erzählt, und dass man es nie gefunden habe. Sie meinte, alle wüssten, dass ihre Mutter unschuldig ist, aber dass sie ins Armenhaus musste, weil eine Weiße sie beschuldigt hat."

Ich behielt absichtlich für mich, dass ich wusste, wer die Weiße gewesen war – Tante Josies Tochter. „Kannst du nicht irgendetwas tun? Ich meine, sind die fünf Messer wirklich so wertvoll für dich, dass sie monatelang dort gefangen sein muss?"

„Natürlich nicht." Aus Tante Josies Blick sprach Schmerz. „Lieber Himmel, Anna war doch diejenige, die es mir nach der Gesellschaft sofort unter Tränen gestand. Sie weiß genau, wie penibel ich darauf achte, dass nichts verloren geht. Und sie wusste, wie wertvoll die Messer mit Perlmuttgriff für mich waren. Die Lieblingsstücke meiner Großmutter. Soll ich dir sagen, woher sie kommen? Aus Frankreich, sechzehntes Jahrhundert. Unbezahlbar sind sie, ein kleines Vermögen wert. Ich hätte sie überhaupt nicht herausgeben sollen. Das war dumm von mir, aber wenn man so schöne Dinge hat und sie nur versteckt, was hat man davon?" Tante Josie seufzte. „Anna kam und hat es mir gesagt. Wir haben überall gesucht und Anna und Hosea haben selbstverständlich auch ihr Quartier durchsuchen lassen. Ich habe keine Polizei gerufen und niemanden eingeschaltet. Aber später fand Becca den silbernen Servierlöffel bei Anna. In einer Schublade unter ihrer Unterwäsche. Nur die Messer haben wir nie gefunden."

„Also hat Becca sie beschuldigt? Hat nicht Anna Becca großgezogen?"

„Ja. Es ist kompliziert, Dobbs. Schrecklich und kompliziert."

„Könntet ihr Anna nicht auslösen?"

„Das haben wir schon versucht."

„Parthenia sagt, sie wird erst wieder freikommen, wenn Hosea die Messer bezahlt hat!"

„Mary Dobbs", sagte Tante Josie streng, „du wirst doch wohl nicht alles glauben, was Parthenia dir sagt!"

Es fühlte sich an, als hätte Tante Josie mir eine Ohrfeige gegeben. Sie sah mich ernst an, öffnete den Mund, als wolle sie noch etwas sagen, wandte sich dann aber wieder ihrem Strickzeug zu. „Ich brauche deine Hilfe nachher beim Abendessen. Hosea und die Kinder haben den Abend frei."

Ich begriff, dass ich zu dieser Sache nichts mehr von Tante Josie hören würde. Jede Familie hatte ihre Geheimnisse, einen wunden Punkt, den sonst niemand kannte, den man für sich behielt und tief in der Familiengeschichte begrub. Aber so, wie Tante Josie Beccas Anschuldigung beschönigte und es nicht schaffte, mir dabei in die Augen zu sehen, wusste ich, dass es um mehr ging. Der Groschen fiel bei mir, als Tante Josie das Strickzeug ablegte und die Nadeln wie Schwerter in das gelbe Wollknäuel stieß. Das Geheimnis der Chandlers war größer. Es ging nicht nur um eine Tochter, die ihre Dienstmagd des Diebstahls bezichtigte.

☙

Als ich am Montag von der Schule heimkam, lagen drei Briefe auf meinem kleinen Schreibtisch. Natürlich riss ich den von Hank als Erstes auf.

> *„… Du wirst dich freuen zu hören, dass ich gestern all meinen Mut zusammengenommen und mit deinem Vater gesprochen habe. Er hat es schon einige Zeit geahnt und hat mir seinen Segen gegeben, obwohl er mich auch daran erinnert hat, dass du noch minderjährig bist und kein Grund zur Eile besteht. Du sollst die Highschool in Atlanta beenden und hoffentlich noch aufs College gehen.*
> *Ich habe mir vorgenommen, dich am letzten Maiwochenende in Atlanta zu besuchen. Das Geld für die Zugfahrt habe ich schon zusammen. Und ich habe versprochen, Frances und Coobie mitzunehmen. Mach dir keine Gedanken wegen deiner Eltern und der Fahrkarten, auch dafür habe ich gespart. Wir freuen uns schon auf Atlanta und darauf, dich dann wieder nach Chicago mitzunehmen.*
> *Roosevelts Kamingespräch letzten Sonntag hat uns allen neuen Mut gegeben. Ich war beeindruckt, wie einfach er die Bankenkrise und den Bankfeiertag erklären konnte …*

Ich lächelte still vor mich hin. Hank hatte mit meinem Vater gesprochen und kam mich in zwei Monaten besuchen.

Hallo Schwesterchen,
danke für deine Briefe. Wir lesen sie immer und immer wieder. Wie schön sich alles anhört! Na ja, außer das mit dem Tod von dem Vater des armen Mädchens.
Gestern Abend hat Hank mit Vater über dich geredet. Ich war nicht zu Hause, aber du kennst ja Coobie. Sie ist ihnen in die Kirche nachgeschlichen und hat sich unter einer Bank versteckt. Sie hat alles gehört! Aber mach dir keine Sorgen. Sie meinte, Vater habe sich gefreut.
Ich kann es kaum erwarten, Atlanta zu sehen.
Du fehlst mir!
Frances

Coobie hatte mir in der Krakelschrift einer Siebenjährigen auch einen kurzen Brief geschrieben.

Ich faltete die Briefe zusammen, schloss die Augen und wünschte mir, bei Hank, Frances und Coobie zu sein. Wenigstens würden sie mich im Mai besuchen kommen und dann wartete der ganze Sommer in Chicago auf mich.

Onkel Robert und Tante Josie hatten am Sonntagabend gespannt Roosevelts Rede im Radio gelauscht und als das erste Kamingespräch vorbei gewesen war, hatte Onkel Robert sich zurückgelehnt, an seiner Zigarre gezogen, die Unterlippe nach vorn geschoben und mit den Händen auf seinem füllgen Bauch gesagt: „Hat das Herz am rechten Fleck, der Mann. Gott helfe ihm."

Kurz nachdem ich die Briefe gelesen hatte, kam Perri vorbei und wir plauderten einige Zeit über die Regeln der Stippvisiten. „Darf ich dich was fragen?", meinte Perri irgendwann. „Auch wenn es nicht sehr höflich ist?"

Ich grinste sie an. „Du meinst also, du müsstest höflich sein? Zu mir, dem ungezogenen Großmaul, das alle deine Freundinnen innerhalb einer Woche vor den Kopf gestoßen hat?"

Damit hatte Perri nicht gerechnet.

„Jawohl, ich weiß, was sie über mich sagen, und sie haben sogar recht. Ich habe ein großes Mundwerk. Aber egal, ich möchte dich gern mal unhöflich erleben, wenn du das überhaupt kannst."

„Es ist nur sehr persönlich." Perri versuchte sich vergeblich an einem Lächeln. „Ich frage mich nämlich die ganze Zeit: Wieso hat dein Vater nicht so viel geerbt wie deine Tante? Ich weiß noch, wie meine Mutter Mrs Chandler geholfen hat, ihre Eltern zu pflegen. Sie hat alles für sie getan. Und als sie gestorben sind, meinten alle, Mrs Chandler sei ein Engel gewesen und sie wären froh, dass sie das Haus behalten dürfe und mehr als genug zum Leben habe. Haufenweise Geld, haben die Leute gesagt.

Aber wo war dein Vater und warum hat er nichts geerbt? Ich verstehe ja, dass er genügsam leben will und predigen und Gottes Werk tun in seinen Zeltversammlungen oder wie das heißt, aber ich verstehe nicht, warum er seine Familie hungern lässt, wenn er doch Geld haben könnte. Hast du dich das je gefragt?"

Sie atmete tief ein und sah aus, als würde sie gleich losweinen.

„Tut mir leid, dass ich das frage. Es geht mich ja nichts an, aber ich begreife nicht, wieso ihr mit so wenig auskommen müsst."

Perri hatte es gewagt, die Frage auszusprechen, die in mir seit Tagen vor sich hin gärte. *Wieso* hatte Vater kein Geld? Ich konnte verstehen, warum er der feinen Gesellschaft in Atlanta den Rücken zugekehrt hatte, aber hatte er deswegen das Erbe ausschlagen müssen? Mit dem Erbe hätte er uns gut versorgen und außerdem noch viel wohltätiger sein können.

Vom vielen Darüber-Nachgrübeln bekam ich jedes Mal Bauchschmerzen.

„Das habe ich mich schon hundertmal gefragt", bekannte ich. „Und ich weiß es nicht, Perri. Das ist wohl eins von den Dingen, die ich nie verstehen werde."

„Wie die Frage, warum mein Daddy sich das Leben genommen hat", flüsterte Perri.

Ich biss mir auf die Lippe. „Ja, genau so."

Kapitel 7

Perri

Mama blieb dabei und fing tatsächlich in der Zulassungsstelle an. Sie sortierte die Neuzulassungen. Das klang wie der langweiligste Job der Welt, aber es gab Geld dafür und wir brauchten Geld. Mama kam müde und launisch nach Hause und Dellareen gab sich besondere Mühe, ihr zu kochen, was sie mochte und es fertig auf dem Tisch zu haben, wenn sie heimkehrte.

Ich passte auf, dass Barbara und Irvin sich nicht stritten, wenn Mama zu Hause war, was normalerweise bedeutete, dass ich ihnen etwas zu naschen gab und sie um viertel vor sechs vors Radio setzte, weil dann *Little Orphan Annie* kam.

Ich war stolz auf Mama, wusste aber auch aus unseren Finanzbüchern, dass das Geld von der Zulassungsstelle niemals ausreichen würde, um das Haus zu halten. Mr Robinson versicherte uns, dass die Bank uns einen Aufschub gewähren würde, weil Daddy so ein angesehener Angestellter gewesen war. Aber wie viel Zeit blieb uns? Ich machte mir Sorgen, dass wir Jimmy und Dellareen nicht mehr würden bezahlen können und sie mit ihren fünf Kindern auf die Straße zu setzen, kam nicht infrage.

Also dachte ich viel über die Dunkelkammer in der Scheune der Chandlers nach und entlieh drei Bücher über Fotografie aus der Bibliothek. Bald wusste ich genau, was ich alles an Ausrüstung brauchte. Ich brauchte Entwicklerschalen, ein Vergrößerungsgerät, einen Lichtkasten und ein tiefes Behältnis für mehrere Filmrollen. Einmal pro Woche sprach Mrs Carnes mit mir darüber, wie man Filme entwickelte, und sie freute sich über meine Idee mit der eigenen Dunkelkammer, fragte sich jedoch, wie ich die ganzen Zutaten bezahlen wollte.

☙

Abgesehen von Dobbs gab es noch etwas, das mir half, mich von meinem Daddy und unseren Problemen abzulenken: die Komitees und Clubs am Washington Seminary. An vielen nahm ich nicht nur teil, sondern war sogar Vorsitzende. Ich verbrachte das Frühjahr 1933 also in der Schule, die Nachmittage mit Treffen und Sitzungen, empfing später zu Hause die jungen Männer und setzte meine Geschwister abends vors Radio.

Nach außen hin sah es wahrscheinlich so aus, als hätte ich mein früheres Leben wieder aufgenommen. Meine Schulfreundinnen waren erleichtert, dass ich wieder an allem teilnahm. Wir vermieden es tunlichst, über die „Tragödie" zu reden. Aber innerlich zerfraßen mich Sorge, Schmerz, Wut und andere Gefühle, die ich nicht erklären konnte.

Ich fühlte eine Distanz zu Mama. Sehr nah hatten wir uns nie gestanden, weil ich immer schon Daddys Töchterchen gewesen war. Aber sie war eine gute Mutter und hatte stets das Richtige für ihren Mann und uns Kinder getan. Und nun musste ich mit ansehen, wie aus ihr eine gereizte ältere Frau wurde, mit verhärmtem Gesicht, ohne Funkeln in den Augen, zähe Entschlossenheit im Blick.

Wenigstens kamen Patty Robinson, Josie Chandler und Ellen McFadden noch oft zu Besuch. Zwar war Mamas melodisches Lachen nicht mehr zu hören, aber ihre Freundinnen hielten zu ihr. Es tat gut zu sehen, dass sie Freunde hatte, auf die sie sich verlassen konnte.

Solange Mama zu Hause war, redeten wir nicht über Daddy, aber abends, wenn sie Irvin ins Bett gebracht hatte, ging ich oft zu ihm. Er lag meistens eingekuschelt zwischen einer Horde Stofftiere, deren Aufgabe es zu sein schien, ihn zu beschützen. Ich wollte die Stofftiere am liebsten wie eine Mauer um ihn bauen, dabei war er schon fast elf und seine Freunde hatten ihre Teddys längst gegen Baseballkarten eingetauscht.

„Perri", sagte er fast jeden Abend, „Daddy fehlt mir."

„Mir auch", erwiderte ich dann und hatte sofort einen Kloß im Hals.

Aber eines Abends war ihm das nicht genug. „Ist Daddy im Himmel?", fragte er.

„Natürlich ist er im Himmel, Irv. Gleich bei Grandpa und den Engeln."

„Pete hat gesagt, das stimmt nicht. Wenn sich jemand das Leben nimmt, sagt Pete, ist das die schlimmste Sünde der Welt. Und dann kommt man in die Hölle." Irvin versuchte nicht zu weinen, aber die Tränen rannen trotzdem über seine Sommersprossen.

Ich drückte ihn fest an mich. „Oh, Irvin. Pete hat doch keine Ahnung. Hör nicht auf ihn." Ich hielt ihn noch eine Weile fest und spürte seinen Atem. Dann gab ich ihm einen Kuss auf den Kopf, zog die Bettdecke zurecht, stellte die Stofftiere auf und ging nach draußen.

Ich sah nach Barbara, die ihre Fingernägel lackierte und nebenbei ein Comicbuch las. Wie üblich tat sie so, als würde sie mich nicht bemerken. Ihr Blick allerdings verhieß nichts Gutes. Die finstere Miene passte nicht zu einer Dreizehnjährigen und das machte mir Sorgen. Hinter ihrer Fassade schien es genauso auszusehen wie bei mir. „Gute Nacht, Schwesterchen", raunte ich und sie murmelte irgendetwas Unverständliches zurück.

Müde schleppte ich mich in mein Zimmer. Irvins Frage verfolgte mich und ich wusste keine Antwort darauf. Bis zu Daddys Tod hatte ich kaum einen Gedanken an das Jenseits verschwendet. Ich stand mit beiden Beinen fest im Leben. Einerseits wünschte ich mir, ich hätte in der Kirche besser zugehört, wenn der Pastor über den Himmel sprach, andererseits graute mir davor. Dobbs hätte ich Irvins Frage sicher stellen können, aber auch vor ihrer Antwort hatte ich Angst.

Dobbs

Ich weiß nicht, wie Perri das anstellte, aber Peggy Pender lud mich zu ihrer Pyjamaparty ein, obwohl ich wusste, dass sie mich nicht besonders leiden konnte. Hosea fuhr mich im Pierce Arrow zu den Penders. Peggys Familie wohnte außerhalb von Buckhead an der Powers Ferry Road in einem breiten weißen Backsteinhaus mit einer großen Eiche, Hickorybäumen und einigen Rhododendronbüschen im Vorgarten, die aber leider schon verblüht waren. Auf der anderen Straßenseite war nur Ackerland zu sehen.

„Dort drüben ist meine Anna", sagte Hosea, bevor ich ausstieg. Er nickte in Richtung der Felder, auf denen Schwarze arbeiteten.

„Da drüben? Steht dort das Armenhaus?"

„Noch weiter hinten. Aber arbeiten tut sie hier auf den Feldern. Alle möglichen Gemüsesorten pflanzen sie hier an, nicht nur Mais." Er seufzte. „Heute Nachmittag, da gehe ich zu ihr."

„Das mit deiner Frau tut mir so leid, Hosea. Weißt du, warum man ihr den Diebstahl in die Schuhe schiebt? Hat sie denn Feinde?"

Hosea schüttelte langsam den Kopf und ich bereute, ihn gefragt zu haben, weil seine Schultern ein wenig herabsackten und das fröhliche Leuchten aus seinen Augen verschwunden war. „Feinde hat sie nicht. Ich wüsste jedenfalls keine. Unser ärgster Feind ist wohl unsere Hautfarbe." Er sagte das ganz ohne Ärger in der Stimme, eher mit Resignation. „Viel Spaß mit Ihren Freunden, Mary Dobbs. Ich hole Sie morgen wieder ab."

Ich nickte und nahm mir vor, Hosea und Parthenia zu helfen, Annas Unschuld zu beweisen. Irgendwie musste ich das schaffen! Mit Gottes Hilfe.

꽃

„Wer kennt einen Witz?", fragte Peggy im geräumigen Gästezimmer in die Runde. Es war schon dunkel draußen und wir hatten etwas Feines gegessen und unsere Nägel lackiert, und einige der sechs Mädchen machten sich gegenseitig die Haare.

Die stämmige Emily hatte sofort einen parat. „Kommt ein Student zu seiner Freundin. ‚Kennst du den Unterschied zwischen einem Taxi und der Straßenbahn?' ‚Nein', sagt sie. ‚Gut', antwortet der Student. ‚Dann nehmen wir die Straßenbahn.'"

Die Mädchen kicherten und Lisa Young sagte: „Den können wir nehmen! Nicht schlecht, Emily." Lisa war ein zartes Geschöpf mit dunkelbraunem Haar und großen Augen. Perri hatte mir erzählt, dass sie für die Witzabteilung und die Werbung im *Facts and Fancies* verantwortlich war. Sie kritzelte den Witz auf ein Blatt Papier und steckte sich den Bleistift hinters linke Ohr.

„Oh, ich kenne einen!", rief Macon Ferguson. Sie war die Größte in der elften Klasse, hatte kurze rote Haare und gestikulierte beim Reden immer wild mit den Händen. „Kommt eine gute Fee zu Peggy und sagt: ‚Du hast drei Wünsche frei'. Sagt Peggy: ‚Also, als Erstes hätte ich gerne eine Schachtel Marlboro, die niemals leer wird.' Sie bekommt eine Schachtel, macht sie auf, nimmt sich eine heraus, und es sind immer noch 20 Zigaretten in der Schachtel. ‚Toll', sagt sie, ‚als Nächstes hätte ich gerne noch zwei davon.'" Macon zwinkerte Peggy zu und tat, als würde sie an einer Zigarette ziehen. Wieder brach Gelächter aus.

„Hat jemand eine Geistergeschichte?"

„Oh, ich habe gehört, Mary Dobbs kennt die besten Geschichten", meinte Mae Pearl und lächelte erst Perri und dann mich an. „Erzähl doch mal eine."

„Ja, warum nicht?", stimmte Perri ihr zu. „Alle ihre Geschichten sind übrigens wahr", fügte sie hinzu, als wolle sie die anderen überzeugen, dass ich irgendwie zu Recht dabei war.

„Aber es sind keine Geistergeschichten", warnte ich.

„Macht nichts. Erzähl uns irgendwas. Es sei denn, ihr wollt noch mehr Witze von mir hören", meinte Emily.

„Nein, danke, Emily!", hörte man aus mehreren Mündern. Dann waren alle Augen auf mich gerichtet.

Wir saßen auf dem gemütlichen alten Bett – groß genug für eine ganze Familie – mit lauter dicken Kissen und zwei Steppdecken um uns herum. Der Wind hatte die Fensterflügel aufgestoßen und der süße Duft der Heckenkirsche wehte herein. Ich wollte am liebsten aus dem Fenster klettern und mir einen langen Zweig mit weißgoldenen Blüten abbrechen, aber ich ließ es bleiben, überlegte und erzählte dann die perfekte Geschichte.

„Eines Tages vor etwa drei Jahren kamen wir im Sommer mit Mutter und Vater in eine kleine Stadt in Oklahoma. Die Leute in dieser Stadt waren so arm, dass sie seit zwei Monaten ihre Haustiere aßen."

Mae Pearl quiekte vor Schreck, Macon sagte: „Wie ekelhaft!", und Peggy sah mich mit hochgezogenen Augenbrauen zweifelnd an.

„Jeder Bewohner musste einen Hund oder eine Katze zum Überleben der Stadt beisteuern. Und alle taten es, weil sie in der Bibel gelesen hatten, wie manche sogar ihre Kinder opferten, und das wollten sie gewiss nicht tun.

Mein Vater, Reverend Billy, hatte von den schrecklichen Verhältnissen unter den verzweifelten Stadtbewohnern gehört und er predigte ihnen Gottes Gnade, Fürsorge und versuchte, sie auf seine Art zu trösten, als im Mittelgang eine alte Frau mit runzligem Gesicht und hängender Haut geradewegs auf das Rednerpult zuhielt. Sie wankte bei jedem Schritt, als würde sie gleich vornüberfallen. Neben ihr an einer Leine lief ein großer, räudiger Hund – der hässlichste Hund, den ich je gesehen hatte. Er war gelblich-braun, mit nackten Stellen im Fell, und so dreckig und ausgehungert, dass man die Rippen sehen konnte. Er konnte kein bisschen besser laufen als die alte Frau.

Vater predigte weiter, aber es fiel ihm immer schwerer, weil ihm niemand mehr zuhörte, sondern alle wie gebannt auf das alte Weib starrten. Als sie vorn angekommen war, genau vor der Bühne, blieb sie stehen und schwankte so sehr, dass ich damit rechnete, sie würde jeden Augenblick umkippen. Nachdem sie sich gefangen hatte, bückte sie sich zitternd, stöhnte laut auf, sodass jeder es hörte – es waren nur knapp fünfzig Besucher an diesem Abend gekommen – und hob den räudigen Hund hoch. Dann brüllte sie meinen Vater an: ‚Wenn Gott uns versorgt, wieso müssen wir dann heute Abend meinen Hund essen? Sagen Sie mir, was das für ein Gott ist, Mister Reverend! Sagen Sie's mir!' Und sie weinte und wehklagte und dann murmelte sie: ‚Er ist doch alles, was ich habe, mein einziger Freund, und jetzt sollen wir ihn opfern.'

Das ganze Zelt war sprachlos und mir war speiübel. Aber meine Mutter weiß immer, was zu tun ist, und sie eilte zu der Frau, nahm ihr den Hund ab und setzte ihn sanft auf den Boden. Er muss schon halb tot gewesen sein, denn er bewegte sich nicht mehr. Und dann sagte Mutter: ‚Sie werden dieses Tier auf keinen Fall heute essen! Sie und wer sonst noch Hunger hat, ist bei uns im Zelt zum Essen eingeladen.'

Man konnte genau sehen, wer diejenigen waren, die der alten Frau gesagt hatten, ihr Hund wäre dran. Ich sage euch, das waren die jämmerlichsten Leute, die ihr euch vorstellen könnt. Sie waren so hohläugig und ausgehungert, dass sie aussahen wie bekleidete Skelette.

Vater sah Mutter jedenfalls vom Pult aus an, als wäre sie genauso übergeschnappt wie die alte Frau. Er wusste, dass wir keinen einzigen Kanten Brot im Zelt hatten. Wir waren ja selbst halb verhungert. Aber Mutter lächelte nur und meinte: ‚Brote und Fische, Reverend. Brote und Fische.'"

Ich wartete einen Augenblick und ließ die Stille wirken. Die Mädchen – Mae Pearl und Peggy und Emily, Macon und Lisa und sogar Perri – waren wie gebannt. Ich stand auf. „Entschuldigt mich. Ich muss kurz auf die Toilette."

Als ich wiederkam, saßen sie immer noch genauso da wie vorher.

„Und was passierte dann?", bettelte Emily. „Was war mit der alten Frau und dem Hund und deiner Mutter? Hatte sie etwas zu essen im Zelt?"

Ich lächelte und zuckte mit den Schultern. „Wie Mutter sagte: ‚Brote und Fische.'"

Die Mädchen sahen mich genervt an. „Mary Dobbs", schalt Peggy, „das mit der biblischen Parallele haben wir alle kapiert. Aber was wir wissen wollen, ist, wie *deine* Geschichte ausgeht. Wie deine Mutter an Brote und Fische gekommen ist."

Zufrieden über ihr gespanntes Interesse fuhr ich fort. „Nach dem Gottesdienst drängten sich fünfzehn oder zwanzig der Allerhungrigsten um Mutter. Sie versuchte, sie mit Worten zu trösten und Frances, Coobie und ich spekulierten hinter vorgehaltener Hand, was wohl als Nächstes passieren würde.

Und plötzlich tauchte wie aus dem Nichts eine Lady auf – eine richtige Lady. Sie hätte eine von euren Müttern sein können, mit elegantem Kostüm und Hut und Handschuhen. Sie tupfte sich das Gesicht mit einem Taschentuch ab und man konnte sehen, dass sie ziemlich aufgewühlt war.

Dann sagte sie so laut, dass alle es hören konnten: ‚Mrs Dillard, ich würde gern alle diese Leute zu mir nach Hause einladen. Einige kann ich im Wagen mitnehmen und wer sonst noch ein Auto hat, kann die anderen fahren und wir werden ein schönes Essen haben für alle, die gute Landküche mögen! Ich würde mich freuen, wenn Sie mich alle beehren.'

Jetzt war es Mutter, die schwankte. ‚Das müssen Sie nicht tun, Ma'am.'

Aber die Frau erwiderte: ‚Doch. Doch, das muss ich. Ich habe schon länger keine richtige Predigt mehr gehört und auf das, was mir der Allmächtige sagt, habe ich viel zu lange nicht geachtet. Ich wollte nur meine Familie und meinen Besitz schützen und dabei möchte er von mir, dass ich die Armen versorge, mit denen ich Tür an Tür wohne.'

Und so kam es, dass wir uns alle einfach so in die Autos stapelten und zu ihrem großen Anwesen auf der Plantage fuhren. Alle packten mit an und bevor wir uns versahen, drehte sich ein Schwein auf dem Spieß und es gab viele Sorten Gemüse, Maisbrot, von dem die Butter tropfte, und Pfirsichauflauf mit frischer Schlagsahne. Es war vielleicht das beste Festmahl, das ich je erlebt habe! Der Abend wollte überhaupt nicht zu Ende gehen und als wir endlich gingen, waren alle satt und glücklich und lachten."

„Brote und Fische, und was für welche!", stellte Perri begeistert fest.

„War das wirklich so? Ist das eine wahre Geschichte?", wollte Macon wissen.

„Bis aufs letzte Wort. Ihr könnt meine kleine Schwester Coobie fragen, wenn sie mich besucht. Coobie kann es nicht ausstehen, wenn ich übertreibe. Fragt sie. Und das Beste an der Geschichte war, dass diese Lady immer weitermachte und zwei Jahre lang ihre armen Nachbarn mit Essen versorgte. Jedes Mal, wenn Daddy dort ist, kommt sie zum Gottesdienst, fein angezogen, und die alte runzlige Frau ist auch da, aber ihre Augen leuchten nun, und der räudige Hund ist immer noch so hässlich wie die Nacht, aber längst nicht mehr so dürr."

Die anderen standen auf und einige streckten sich und gähnten. Emily warf mit einem Kissen nach Perri und Mae Pearl ging ins Bad, um sich ihre Schminke abzuwischen und in ein Nachthemd zu schlüpfen. Zwischendurch lächelten sie mich nacheinander an und sagten Dinge wie: „Was für eine Geschichte, Mary Dobbs." Das Gefühl, nicht richtig dazuzugehören, war aber leider trotzdem noch da.

ɞ

Am nächsten Morgen, wir hatten gerade in Ahornsirup ertrunkene Pfannkuchen und frische Blaubeeren gegessen, ging ich nach draußen und ließ den Blick über die Maisfelder zum Armenhaus schweifen. Ich ging über die Straße aufs Feld, wo die Schwarzen arbeiteten. Eine Frau hatte die Haare mit einem dunkelblauen Tuch nach hinten gebunden. Sie hob die Hacke über die Schulter und ließ sie heruntersausen, immer wieder und immer wieder. Von der eintönigen Bewegung wurde mir schon beim Zusehen schläfrig.

Mutter besuchte in Chicago oft weibliche Gefangene. Sie erzählte mir Schauergeschichten von Weißen und Schwarzen, aber die meisten Gefangenen waren einfach sehr arm. „Mutter, warum sorgt Gott nicht für diese Leute?", hatte ich eines Tages wissen wollen und sie hatte geantwortet: „Liebes, es ist nicht an uns, Gott vorzuschreiben, wie er für die Menschen zu sorgen hat. In der Heiligen Schrift steht, wir sollen uns um die Witwen und die Waisen kümmern, die Gefangenen besuchen und den Geknechteten Hoffnung predigen. Das ist unsere Aufgabe."

Ich stand auf dem Feld, den Bauch voller Pfannkuchen, und betete laut. „Lieber Gott, hier sind Arme und Gefangene. Ich möchte ihnen gern helfen. Vielleicht hast du ja eine Idee. Ich bin bereit."

Als ich wieder über die Straße kam, warteten Peggy, Macon und Emily draußen. „Wo warst du denn?", wollte Peggy wissen.

„Nur drüben auf dem Feld. Hab mir die Gefangenen angesehen. Mrs Chandlers Dienstmagd Anna ist da und es muss sehr schwer für sie sein."

Peggy hob die Augenbrauen, wie üblich, und meinte: „Das ist ja auch richtig so. Sie hat bekommen, was sie verdient hat. Die Chandlers zu bestehlen, und dazu noch, nachdem sie so freundlich zu ihr waren! Ich finde, Mrs Chandler sollte sie auf die Straße setzen, und zwar allesamt!"

Ich wollte gerade etwas erwidern, als ich den Ausdruck auf ihren Gesichtern sah und wusste, dass es das nicht wert war. Ich würde nie wirklich zu ihnen passen.

༄

Eines Tages weckten Parthenia und ich gerade in der Küche Kirschen ein – im Obstgarten der Chandlers gab es Tausende davon – und schwitzten einen halben See zusammen, wie Parthenia meinte, als wir hörten, wie die Eingangstür zugeschlagen wurde.

„Mutter! Mutter, wo bist du?", erklang eine schrille Stimme.

Parthenia fiel fast das Glas aus der Hand. Sie bekam große Augen und flüsterte: „Oh oh. Jetzt gibt's Ärger." Von einem Augenblick auf den anderen versteifte sie sich. „Miz Becca ist da."

Becca kam mit hoch erhobenem Haupt in die Küche stolziert. Sie war groß und schlank und hatte die perfekte Figur für all die wunderschönen Kleider in ihrem Schrank. Die Schwangerschaften hatten daran nichts geändert – zwei Kinder, wie ich gehört hatte. Ihr rotblondes Haar steckte wohlfrisiert unter einem extravaganten Hut mit einer Pfauenfeder, und sie fächelte sich Luft zu.

Als sie Parthenia erblickte, wurde ihr Blick finster. „Wo ist meine Mutter?"

„Wie geht es Ihnen, Miz Becca?", sagte Parthenia und machte einen leichten Knicks. „Ist nicht da, Ihre Mama. Kann ich helfen?"

Erst jetzt bemerkte sie mich. Ich stand auf und lächelte. „Hallo Becca, schön, dich zu sehen. Du liebe Zeit, ist das schon lange her. Du kennst mich doch noch, oder? Ich bin's, Mary Dobbs."

Becca kniff kurz die Augen zusammen, bevor sich ihr Ausdruck entspannte. „Aber natürlich. Mutter hat gesagt, du seist hier und gehest aufs Washington Seminary. Willkommen."

Kaum wandte sie sich wieder Parthenia zu, wurde ihre Stimme eisig. „Und wann ist Mutter wieder da?"

„Dauert nicht mehr lange, Miz Becca."

„Na schön. So lange werde ich mich schon beschäftigen." Sie drehte sich um und ging davon. Bald darauf hörten wir ihre Absätze auf der Treppe.

„Ist in keiner guten Stimmung, Miz Becca", flüsterte Parthenia. „Irgendwas ärgert sie. Dann muss ich immer gut aufpassen. Am liebsten hätte sie mich auch ins Armenhaus geschickt. Widerspenstige und gemeine Person, jawohl."

Zehn Minuten später kam Becca wieder nach unten geklappert. Glücklicherweise kam genau in diesem Moment Tante Josie nach Hause. Ich gab mir Mühe, Parthenia mit dem Einwecken abzulenken, aber wir konnten Beccas aufgeregte Stimme aus der Eingangshalle hören.

„Genau wie ich es gesagt habe, Mutter! Jetzt fehlen noch mehr

Dinge. Großmutters Perlen und ihr Ring mit dem Smaragd und das Rubincollier. Der teure Schmuck! Verschwunden!"

„Oh nein. Bist du dir sicher, Liebes? Ganz im Ernst?"

„Ich wüsste nicht, wo er noch sein soll. Ich wollte Großmutters Perlen gestern zum Tanz tragen und konnte sie zu Hause nicht finden, genau wie den Ring und das Collier. Zuerst dachte ich, sie seien vielleicht im Safe. Aber da waren sie auch nicht!"

„Du lieber Himmel. Das höre ich überhaupt nicht gern."

„Wie konnte Anna das nur tun? Ich hätte gleich Verdacht schöpfen sollen, als sie damit prahlte, sie würde Cornelius zu irgendeinem Sprechspezialisten in New Orleans bringen. Ich wette, sie hat alles verschachert und das Geld irgendwo versteckt, und wir werden es nie wiederbekommen! Das wird sie mir büßen!"

„Becca. Jetzt beruhige dich. Du jagst dem Kind Angst ein."

Einen Augenblick war es still. „Was ist denn, Mutter?", hörten wir Becca fragen.

Tante Josie redete so leise, dass ich die Ohren spitzen musste. „Dein Vater meinte, es sei wieder jemand erhängt worden, in Columbus, letzte Woche. Eine Farbige wegen Diebstahls – ohne Beweise. Aber sie wurde gleich auf dem Grundstück an einem Baum aufgeknüpft. Stell dir das nur vor! Also, behalt es für dich, Becca, hörst du? Ich werde mit deinem Vater darüber sprechen."

Tante Josie führte Becca offensichtlich nach draußen, denn jetzt war alles still. Parthenia klammerte sich an mir fest und wimmerte: „Hängen die Mama jetzt auch?"

„*Schh*. Natürlich nicht."

„Sie war es aber nicht."

Ich kniete mich vor sie hin. „Weißt du denn, wer es war?"

Sie schüttelte heftig den Kopf. „Ich weiß es nicht, Miz Mary Dobbs!"

Ich war mir sicher, dass Parthenia mehr wusste, aber ich konnte sie nicht zwingen, es mir zu verraten, nicht jetzt, wo sie zitterte und so jämmerlich aussah wie die alte runzlige Frau, die gedacht hatte, ihr Hund würde im Kochtopf landen.

☙

Ich war an diesem Abend gerade in der Dunkelkammer, als Cornelius in die Scheune trat. Ich hörte seinen schweren Schritt und das Quietschen der Schubkarre. Vor Dynamites Box blieb er stehen. Die Stute war auf der Weide und Cornelius fing an, ihren Stall auszumisten. Ich hörte ihn schnaufen und grunzen. Seine Bewegungen, die sonst sanft und geschmeidig waren, klangen gehetzt und wütend.

Kurz darauf stürmte Parthenia in die Scheune. „Cornie! Cornie, wo bist du?"

Sie fand ihn im Stall. „Cornie, hör nicht auf Miz Becca! Ist nicht dein Fehler mit Mama und das weißt du. Mama würde nie was stehlen, niemals. Ganz egal, wie sehr sie sich wünscht, dass du reden lernst."

Cornelius grunzte etwas und ich hörte wieder die Mistgabel.

Dann hörte ich Parthenia nur noch leise reden. „Tut mir leid, dass ich dir davon erzählt habe. Es ist nur, ich hab so Angst. Weißtu? Ganz große Angst."

Cornelius setzte die Mistgabel ab, jedenfalls hörte ich sie nicht mehr. Als ich kurz darauf auf Zehenspitzen aus der Dunkelkammer schlich, sah ich Cornelius Jeffries mitten im Heu sitzen, mit Parthenia auf dem Schoß. Sie schluchzte und er wiegte sie und machte dazu tiefe, kehlige Geräusche, was wohl seine Art war, ein Schlaflied zu singen.

Perri

Ich vermute, Dobbs betete heimlich dafür, dass Gott uns half – oder zumindest mir –, denn eines Tages drückte mir Mrs Carnes zwei Entwicklerwannen und ein Vergrößerungsgerät in die Hand und meinte, das Washington Seminary würde seine Ausrüstung erneuern. Und als ob das noch nicht genügte, wartete auf mich eine weitere Überraschung, als mich Jimmy ein paar Tage später zu den Chandlers brachte.

Red und Dynamite wieherten leise, als Dobbs und ich in die Scheune gingen. Ich tätschelte kurz ihre Nüstern und ging weiter zur Dunkelkammer. Als ich die Kerosinlampe entzündete, fiel mir die Kinnlade herunter. Die ganze Kammer war fertig eingerichtet! Die Entwicklerwannen standen in einem niedrigen Regal, das Vergrößerungsgerät daneben, auf der anderen Seite des Raums standen der Lichtkasten und die kleine Entwicklungsdose, die Wanne zum Eintauchen der Negative, eine helle Lampe und ein Tisch. Und oben auf dem Regal erblickte ich eine ganze Batterie von Filmrollen. Ich berührte ein Utensil nach dem anderen und merkte, wie mir die Tränen kamen.

„Ist das nicht toll?", jubelte Dobbs. „Tante Josie hat Hosea losgeschickt, er solle den Rest der Sachen kaufen. Sie meinte, das wäre kein Almosen, weil die Kammer ja auf ihrem Grund und Boden ist und sie will keine Widerrede hören."

Mrs Chandler kannte mich gut. Wie mein Vater war auch ich zu dickköpfig, um Almosen anzunehmen. Wir hatten uns nichts schenken lassen, sondern uns unseren gesellschaftlichen Stand lang und hart erarbeitet. Aber jetzt lächelte ich Dobbs einfach nur an und meinte: „Danke. Ich weiß, dass das deine Idee war. Und jetzt kann ich fotografieren. So viel ich will."

Dobbs spürte wohl, dass ich am liebsten allein sein wollte, und ging zurück zum Haus. Ich nahm meine Eastman Kodak, die ich mitgebracht hatte, und dachte an Daddy. Schon früh hatte er mir beigebracht, dass von nichts nichts kommt. Nach einem langen Arbeitstag hatte mich Daddy oft mit in sein Arbeitszimmer genommen und ich war auf seinen Schoß geklettert. „Du arbeitest zu hart", hatte ich Mama nachgeahmt.

„Harte Arbeit ist der Grund, warum es uns gut geht, Perri." Dann holte er einen Penny heraus. „Wer den Penny nicht ehrt, ist den Dollar nicht wert. Dein Großvater hatte als Junge keinen Penny, aber er hat sich selbst das Medizinstudium erarbeitet und ist ein angesehener Arzt geworden. Und er hat sich auch selbst beigebracht, wie man Dinge baut. Wenn er nicht bei seinen Patienten war, baute er dieses Haus für deine Großmutter und ich war mit dabei, habe Stein auf Stein gesetzt und Mörtel angemischt. Er war ein tüchtiger Mann, dein Großvater."

„Aber so hart sollst du nicht arbeiten, Daddy. Grandpa hat sich kaputt gearbeitet und ist mit dreiundfünfzig gestorben." Auch das hatte ich von Mama aufgeschnappt.

„Ich weiß, Perri-Maus, aber ich bin anders. Nach einem langen Tag in der Bank komme ich nach Hause, das Essen steht auf dem Tisch, meine wundervolle Frau ist da und wenn ich Glück habe, krabbelt nach dem Abendessen ein kleiner Engel auf meinen Schoß." Er drückte mich an sich. „Wer kann schon lange müde sein, wenn er einen Engel auf dem Schoß hat?"

Ich dachte an uns als Familie, bevor meine Geschwister geboren worden waren. Nach der Arbeit hatte sich Daddy eine Latzhose angezogen und war entweder in die Scheune oder zum Basteln in die Garage gegangen. Daddy schaffte es, die praktischen Dinge des Lebens kindgerecht zu vermitteln. Deswegen beobachtete ich gespannt, wie er Zahlen auf das klein karierte Buchhaltungspapier schrieb, den Wasserhahn reparierte oder das Öl im Buick wechselte. Egal, was er tat, er tat es akribisch genau und fehlerlos – ob in der Bank oder zu Hause. Die körperliche Arbeit, das Sägen und Hämmern und Graben schien seine düstere Stimmung zu vertreiben und ihn abzulenken. „Man braucht Gleichgewicht im Leben, Perri", sagte er oft. „Wenn dir alles über den Kopf wächst, dann brauchst du irgendetwas, das dich wieder klar denken lässt."

Warum war dann sein ganzes Leben ins Wanken geraten?

Mr Robinson hatte uns kürzlich noch mehr schlechte Nachrichten überbracht, während er die ganze Zeit mit seiner Brille herumgespielt hatte. Daddys Versicherungsscheine und Aktien waren wertlos, das Sparkonto unauffindbar und das Haus längst noch nicht abbezahlt. Ich konnte kaum glauben, wie hart es uns traf, war Daddy doch der weiseste, achtsamste Banker überhaupt gewesen. Die Aktienkurse waren wegen der Wirtschaftskrise in den Keller gerauscht, aber was war mit all dem Geld passiert, das er so sorgfältig beiseitegelegt hatte?

Mit meiner Rainbow Hawk-Eye im Schoß und dem Geruch von frischem Heu und Hobelspänen aus Dynamites Stall in der Nase schloss ich die Augen. Ich dachte an „White Angel Breadline" und wie Dorothea Lange den verzweifelten Ausdruck auf dem Gesicht des Mannes eingefangen hatte. Ich fragte mich, ob ich eines Tages durch den Sucher gucken und genau den Augenblick einfangen könnte, an dem jemand aufhörte, an das Gute im Leben zu glauben. Irgendwie war ich das meinem Vater schuldig.

♣

Zwei Tage später kam Mama abends in mein Zimmer. Ich lernte gerade Geschichte und arbeitete an einem Artikel für *Facts and Fancies*. Barbara und Irvin waren schon im Bett. Mama gab mir einen Kuss auf den Kopf und setzte sich in meinen Sessel. So dünn hatte sie noch nie ausgesehen. Ausgemergelt. Ich bekam Angst. Was, wenn Mama eine Lungenentzündung bekam wie Macon Fergusons Mutter, nachdem sie in der Flaschenfabrik angefangen hatte? Sie hatte eine schreckliche Bronchitis bekommen, war ins Krankenhaus eingewiesen worden und fast gestorben. Als sie sich wieder erholt hatte, war ihr Platz in der Fabrik längst neu vergeben gewesen.

„Perri." Mama nahm meine Hand. Ihre war knöchrig und kalt. „Ich habe mit Bill – mit Mr Robinson – gesprochen und wir mussten eine schwere Entscheidung treffen."

Meine innere Reaktion ließ nicht lange auf sich warten. *Wie könnt ihr nur ohne mich entscheiden? Ich habe hier den besten Überblick!* Aber Mama redete einfach weiter.

„Wir werden das Haus verkaufen."

„Nein, Mama!"

„Wir haben keine Wahl. Wir müssen uns etwas Kleineres suchen. Wenn wir das Haus verkaufen, können du und Barbara weiter aufs Washington Seminary gehen, wir können das Auto behalten und Dellareen und Jimmy. Es wird alles gut werden."

„Und wie willst du jemanden finden, der das Haus kauft? Jetzt, mitten in der Wirtschaftskrise?"

„Die Bank kauft es uns ab. Mr Robinson hat alles geklärt. Sie machen uns ein sehr faires Angebot, Perri. Mehr als fair."

„Oh, Mama. Wir können doch nicht unser Haus verkaufen. Das geht doch nicht!"

„Ich weiß, wie viel es dir bedeutet. Das geht mir ja nicht anders." Sie schniefte und wandte sich ab und mir fiel auf, wie grau ihre dunkelblonden Haare schon geworden waren. „Manchmal hat man einfach keine Wahl."

Ich wollte nicht weinen. Ich wollte stark sein für Mama. Aber ich konnte nicht. Mir schoss der Gedanke durch den Kopf, dass ich mich in diesem Moment selbst hätte fotografieren können und genau das Foto gehabt hätte, das ich wollte: von dem Augenblick, in dem jemand aufhört, an das Gute im Leben zu glauben.

Nachdem Mama gegangen war, stellte ich mich vor die vier eingerahmten Bilder unseres Hauses. Dobbs hatte sie künstlerisch wertvoll genannt und mir Talent bescheinigt. Auch wenn unser Haus kleiner war als das Anwesen der Chandlers, fanden es die Leute doch genauso schön. Oft kamen irgendwelche Menschen vorbei und liefen oder fuhren die lange Einfahrt herauf, um einen Blick auf das Haus zu erhaschen. Das Grundstück hatte *„Jimmys Genie"* gestaltet, wie Daddy meinte, *„damit die Leute stehen bleiben und gucken und am liebsten auf die Veranda gehen und sich einfach hinsetzen wollen."* Ich hatte noch genau in den Ohren, wie Daddy das gesagt hatte, und mir kamen die Tränen.

Ich stellte mir vor, wie Daddy mit seinem Vater zusammengearbeitet hatte, der abwechselnd von der Heilkunst und vom Bauen sprach. Die beiden hatten zusammen mit den besten Bauleuten unser Haus entworfen und errichtet. Später, nachdem Grandpa gestorben und meine Großmutter in eine Wohnung gezogen war, waren Daddy und Mama hier eingezogen. Daddy hatte nach Feierabend weitergebaut, errichtete eine Terrasse, die Scheune, in die er fünf Vollblutpferde stellte, und baute einen Schuppen für das Werkzeug. Seine Freunde hatten ihn *„den Banker mit den Bauarbeiterhänden"* genannt.

Wenn wir das Haus verkauften, würden wir auch einen Teil von ihm aufgeben.

CB

Vor dem Schlafengehen holte ich die Finanzbücher von unten, legte sie auf meinen Schreibtisch und nahm Daddys kleine Handschrift unter die Lupe. Ich hatte mir die Zahlen schon oft angesehen, aber eine Position hatte ich nie weiter beachtet. Jimmys und Dellareens Gehalt. Da stand es, auf der Seite mit dem monatlichen Budget. Sie verdienten elf Dollar die Woche.

Daddy hatte mir schon als kleines Mädchen den sparsamen Umgang mit Geld beigebracht. „Wer den Penny nicht ehrt, ist den Dollar nicht wert", hatte er oft Benjamin Franklin zitiert. Er hatte mir sogar eine kleine Spardose geschenkt, in die ich jahrelang treu meine Pennys gesteckt hatte.

Ich ging auf die Knie und griff unters Bett. Vor Jahren war die Spardose zu klein geworden und ich hatte sie durch eine Blechbüchse in der Größe einer Hutschachtel ersetzt, die mir damals viel zu groß vorgekommen war. Jetzt bekam ich sie kaum unter dem Bett hervorgezogen, so schwer war sie.

Ich kippte die Dose auf die Seite und zog den Deckel ab. Ein Schwall Kupferpennys ergoss sich donnernd daraus. Mehrere kullerten unters Bett und einer rollte durch das ganze Zimmer bis zum Bodengitter der Heizung. Ich holte ihn schnell zurück, bevor er durch das Gitter fallen konnte. Mit klopfendem Herzen lauschte ich, ob meine Mutter oder Geschwister aufgewacht waren. Als alles still blieb, seufzte ich erleichtert und fing an, meine Pennys zu zählen und in Häufchen à hundert Stück aufzuteilen. Manche waren neu und glänzend, andere matt und abgenutzt, einige mit Grünspan bedeckt.

Im Laufe der Jahre hatte ich viele Träume gehabt, was ich mir mit diesem Geld einmal kaufen würde – ein Falbenpony mit hellem Langhaar, als ich neun war, bis hin zur teuersten Kodakkamera letztes Jahr. Aber ich hatte immer wieder beschlossen, das Geld zu sparen. Jetzt war ich dankbar dafür.

Als ich mit dem Zählen fertig war, musste ich weinen. Es waren zweitausendfünfhunderteinunddreißig Pennys in der Blechdose. Damit konnte man Jimmy und Dellareen noch nicht einmal einen Monat lang bezahlen! All die Jahre des eisernen Sparens, und was hatte ich davon?

Ich stand auf, ging zu meinem Schminktisch und sank auf die samtbezogene Bank davor. Der vergoldete ovale Spiegel zeigte ein rot geweintes Gesicht. „Wir werden trotzdem überleben", zischte ich durch die Zähne. „Daddy hat mir einen Überlebensinstinkt eingepflanzt." Da fiel mir Dobbs' bizarre Geschichte von den hungernden Menschen ein, die ihre Haustiere gegessen hatten. „Nein", rebellierte es in mir. „Wir werden nicht nur überleben. Ich finde einen Weg, wie die Singletons jedes Stückchen Respekt und Ansehen behalten, das ihnen in Atlanta gebührt."

Mit diesen Worten ging ich wieder zu meinem Bett, ließ mich auf die gelbe Steppdecke fallen und starrte Löcher an die Decke.

Mit meinen Schulfreundinnen redete ich nicht über die finanziellen Probleme meiner Familie, obwohl Mae Pearl, Emily und Peggy sicher ahnten, wie schlecht es uns ging. Sie hatten schließlich alle schlimme Zeiten durchgemacht. Aber dieses Thema war bei uns tabu. Ich überlegte, ob ich Dobbs davon erzählen sollte, aber dann dachte ich mir, auch wenn sie vielleicht mitfühlen könnte, könnte sie doch nie wirklich verstehen, was ich alles verloren hatte.

Wenn Spalding mir einen Besuch abstattete, tat ich so, als würde ich die Situation gut meistern, und sorgte dafür, dass Dellareen immer seinen Lieblingskuchen servierte. Aber ich hatte jedes Mal einen Knoten im Magen und fragte mich, ob Spalding Smith mich immer noch für lustig, wild und hübsch halten würde, wenn er wüsste, dass meine Familie keinen Penny mehr besaß.

Dobbs

Eines Sonntags ging ich mit Perri in ihre Kirche – ihre Familie ging in die St. Luke's, die Chandlers in die St. Philip's – und war anschließend bei ihr zum Mittagessen eingeladen. Ihre Mutter machte einen hervorragenden Schmorbraten und während ich jeden Bissen Fleisch und Kartoffelbrei mit Soße, die grünen Bohnen und die selbst gemachten, buttrig-herzhaften Biskuits genoss, dachte ich an das, was bei meiner Familie auf dem Tisch stand – oder nicht. Die Singletons mochten sich vielleicht arm *fühlen*, aber in Wirklichkeit waren sie ziemlich reich. Steinreich. Sie wohnten in einem prächtigen Haus, hatten rund um die Uhr zwei Diener und einen Stall voller Pferde. Ihr Haus war wie ein Museum und Mutter wäre mit „Oh!" und „Ah!" vor den antiken Möbelstücken und dem teuren Stoff auf Sofa und Sesseln stehen geblieben. Während ich aß und zusah, wie Perri Irvin neckte und Barbara finster dreinblickte und lustlos in dem mit Soße ertränkten Kartoffelbrei herumstocherte, stellte ich mir vor, meine Familie wäre reich, und für einen kurzen Augenblick gefiel mir die Vorstellung.

Gegen zwei Uhr nachmittags kamen die ersten jungen Herren zur Stippvisite vorbei. Perri bat mich, nach unten zu kommen und ihr Gesellschaft zu leisten, aber ich blieb lieber oben in ihrem Zimmer, las und sah mir das Ganze vom Fenster aus an. Ich konnte es nicht glauben. Da standen tatsächlich fünf junge Männer in ihren Sonntagsanzügen auf der Veranda, lachten und unterhielten sich mit Perri, die auf ihrer gepolsterten Bank saß und ein blaugrünes Kleid trug, das ihre Augen betonte. Sie hatte rote Wangen und nickte und plauderte und sah aus wie das blühende Leben, doch ich wusste, dass sie sich die ganze Zeit Sorgen um den angeschlagenen gesellschaftlichen Status ihrer Familie machte.

Als der letzte Besucher gegangen war, kam Perri die Treppe hinaufgestürmt. „Dobbs Dillard! Du ungezogenes Ding!" Sie stemmte die Hände in die Hüften. „Du hättest wenigstens den Anstand haben können, nach unten zu kommen und dich den Jungs vorzustellen. Himmel, du hast mich bis auf die Knochen blamiert!"

„Oh, Perri. Du warst so elegant und locker. Was hätte ich denn zu den jungen Männern sagen sollen? Ich habe doch Hank und kein Interesse daran, jemand anderen kennenzulernen. Ist das so schlimm?"

Perri seufzte und zuckte die Schultern. „Nein. Aber ich möchte doch, dass du dich hier in Atlanta wohlfühlst."

„Das tue ich, Perri. Ich habe ein Dach über dem Kopf, ein eigenes Zimmer, nette Verwandte, gehe auf eine gute Schule, habe Kleider und Essen und eine liebe Freundin, mit der ich Abenteuer erlebe. Mehr brauche ich nicht."

Perri schien zufrieden zu sein und wollte gerade etwas erwidern, da rief Mrs Singleton von unten: „Perri! Spalding Smith ist gerade gekommen."

Perris Wangen glühten sofort wieder und sie griff nach meiner Hand. „Bitte komm mit und sag Spalding Hallo. Das würde mir so viel bedeuten! Wir machen nachher eine Spazierfahrt und er kann dich bei den Chandlers absetzen."

Um Perris willen willigte ich ein.

Spalding Smith trug Leinenhosen, weiße feine Schuhe und einen blauen Blazer. Er überreichte Perri einen riesigen Blumenstrauß, der ein Vermögen gekostet haben musste, gab ihr ein Küsschen auf die Wange und wandte sich mir zu.

„Das ist Mary Dobbs Dillard", erklärte Perri. „Aus Chicago. Sie ist die Nichte von Robert und Josephine Chandler."

„Schön, dich kennenzulernen – Mary Dobbs." Er nahm meine Hand und drückte leicht zu. Gut aussehend war er, das konnte ich nicht bestreiten. Seine schwarzen Haare waren akkurat nach hinten gekämmt und auf die Seite gelegt, er hatte ein kantiges, männliches Gesicht und Grübchen beim Lächeln, und perfekt geschwungene Augenbrauen, die er genau einzusetzen wusste. Aber die Art, wie er sie leicht nach oben zog, verdutzte mich. Ich hatte sofort Vorbehalte. Irgendetwas kam mir komisch vor. Spalding Smith wirkte zu selbstsicher, zu glatt, zu überzeugt von sich selbst und seiner Anziehungskraft auf das weibliche Geschlecht. Es sprang mir geradezu ins Gesicht und ich fragte mich, wie Perri das entgehen konnte.

Nach dem ersten Schock darüber, dass er meine Hand länger als nötig hielt und mich ansah, als wäre ich sein Mädchen, wurde mir klar, was mich am meisten störte. Seine Augen. Ich konnte seinen Augen nicht trauen. Sie waren tiefbraun – „sagenhaft", würden die

Mädchen vom Washington Seminary schwärmen – mit einem verführerischen Funkeln darin. Seine Augen zogen einen förmlich in ihren Bann. Aber etwas fehlte in seinem Blick.

Freundlichkeit. Ein Blick in Hanks Augen dagegen und ich schmolz dahin. Hank hatte freundliche Augen. Augen, in die man sich fallen lassen konnte.

Mein Gefühl sagte mir, dass man Spalding Smith nicht trauen konnte. Dummerweise merkte ich aber auch, dass Perri sich längst in ihn verliebt hatte.

☙

Mir wollte der Kontrast zwischen Spaldings und Hanks Augen einfach nicht aus dem Kopf gehen. Als ich abends einen Spaziergang zum See der Chandlers machte, musste ich daran denken, wie Hank mich, Coobie und Frances einmal spätabends nach einem Zeltgottesdienst nach Hause gebracht hatte. Plötzlich war ein Mann mit einem völlig vernarbten Gesicht hinter uns hergelaufen und hatte gerufen: „Hey, Mister Reverend! Ich hab Sie über Gott reden hören. Und was habe ich davon?" Seine Stimme war schrill und hoch und seine Augen stierten wie die eines Verrückten.

Coobie fing an zu weinen.

Hank kniete sich vor Coobie hin und meinte: „Bleib hier bei deinen Schwestern. Ich regle das. Vertrau mir."

Sie versteckte sich hinter mir und Frances und lugte hinter unseren Beinen hervor. Hank ging derweil auf den Verrückten zu und sprach mit ihm, als wären sie Nachbarn.

„Sagen Sie mir, was Sie brauchen, Sir."

„I-ich b-brauch nur bisschen Geld für was zu essen, n-nur was zu essen", stammelte der Mann verblüfft.

Hank gab ihm einen Dollarschein – ich glaube, das war sein letztes Geld – und meinte: „Kaufen Sie sich was. Und wenn Sie morgen Abend zur Zeltevangelisation kommen, bringe ich Ihnen noch mehr mit."

Ich war erstaunt, als der Mann tatsächlich am nächsten Abend auftauchte. Hank überreichte ihm einen Beutel mit Nahrungsmitteln und der Mann sah ihn wieder überrascht an. Dann bekam er

feuchte Augen und raunte: „Sie sind der Erste, der seit Langem mir gegenüber sein Wort gehalten hat."
Jetzt vermisste ich Hank noch mehr.

Kapitel 9

Perri

Ich durchwühlte vor dem Schlafengehen am Sonntag drei Mal meinen Kleiderschrank, bevor ich es mir eingestand: Ich hatte nichts zum Anziehen zum SAE-Ball. „Daddy", flüsterte ich, „wenn du wüsstest, dass wir nicht genug Geld haben, um ein Kleid zu kaufen ..."

Schnell kniff ich die Augen zu, um die grässliche Erinnerung fortzuscheuchen, die immer dann kam, wenn ich sie am wenigsten gebrauchen konnte – Daddys Beine, die über mir baumelten. Mit einem betrübten Seufzer ging ich zu meinem Schminktisch und nahm das kleine Hochzeitsfoto von meinen Eltern in die Hand. Am liebsten hätte ich hinter das Glas gegriffen und das Gesicht meines Vaters berührt. „Ach, wenn du noch hier wärst, Daddy! Dann wäre es mir egal, ob wir umziehen oder nicht. Wir würden alles zusammen machen. Wir würden die Pferde verkaufen und alles in Kisten packen und dann einen anderen Ort zum Leben finden. Und alles wäre gut." Ich stellte das Bild ab, ballte die Fäuste und suchte nach etwas, woran ich meine Wut auslassen konnte.

„Aber du bist nicht da! Du hast dich einfach umgebracht!" Ein Gefühl der Hilflosigkeit übermannte mich. „Wir müssen bald hier raus, Daddy, weißt du das? Ich habe Mama gesagt, dass ich es Barbara und Irvin schonend beibringe, aber ich weiß nicht, wie ich das machen soll. Ich weiß es nicht. Du solltest mal sehen, wie ängstlich Irvin jetzt schon ist, und wie traurig. Barbara hat sich völlig in ihr Schneckenhaus zurückgezogen. Und Mama erst. Oh Daddy, ich komme nicht einmal mehr zu Mama durch."

Es tat gut, die Dinge auszusprechen, die Wahrheit beim Namen zu nennen. Selbst wenn mein Vater mich dort, wo auch immer er war, nicht hören konnte, stellte ich mir vor, dass er bei mir wäre. „Und alles, woran ich denken kann, ist, woher ich ein Kleid bekomme. Was ist schon ein lächerliches Kleid? Ich habe ganz andere Sorgen! Aber weißt du, Daddy, es ist mir trotzdem wichtig, und es muss das perfekte Kleid sein. Ich muss einen schimmernden Traum von einem Kleid tragen und hübsch und lustig sein, wenn ich Spalding Smith und seine Studentenverbindung beeindrucken will. Und das will ich, Daddy. Du hältst mich bestimmt für verrückt. Ich habe mich nie auf einen jungen Mann festgelegt. Aber jetzt muss ich das, um unserer Familie willen. Er ist eine gute Partie, Daddy. Er hat genug Geld für uns alle."

Ich wusch mir das Gesicht, schlüpfte in mein Nachthemd, krabbelte ins Bett und fiel in einen traumlosen Schlaf.

⁂

Am nächsten Morgen hatte sich meine Laune gebessert, aber ich konnte mich in Geschichte überhaupt nicht konzentrieren. Ich malte Strichmännchen mit langen Kleidern in mein Heft, anstatt mich auf Miss Spencer zu konzentrieren, die über den neu gewählten Machthaber namens Hitler in Deutschland redete, einen Mann, von dem ich noch nie gehört hatte. Dobbs, die wie immer eifrig mitschrieb, stupste mich an. „Was ist los?", flüsterte sie.

„Ich habe kein Kleid für den Ball, kein Geld für ein neues und in den alten Dingern kann ich nicht gehen."

Miss Spencer schnalzte mit der Zunge und wir setzten uns sofort gerade hin und hörten zu. Aber nach dem Unterricht nahm mich Dobbs beiseite. „Ich habe da eine Idee, aber ich muss erst noch etwas klären. Morgen sage ich dir Bescheid."

Am nächsten Tag kam sie von hinten an mich herangehüpft: „Wenn du kein Kleid kaufen kannst, dann mach doch eins!" Sie sagte das so beiläufig, als würde sie mich auffordern, auf der Wiese hinter unserem Haus Löwenzahn zu pflücken.

„Ich habe aber nicht die leiseste Ahnung vom Nähen."

„Hm. Das könnte ein Problem sein." Aber sie strahlte immer noch. „Ach Quatsch. Ich habe dir doch gesagt, dass ich eine Idee habe."

Nach der Schule schaffte ich es nicht zu Jimmy ins Auto. Dobbs zog mich geradewegs zu Hosea und dem Pierce Arrow und kurz darauf standen wir schon in Becca Chandlers Zimmer und spähten in die geräumige Ankleidekammer. Auf der einen Seite hingen reihenweise Abendkleider.

„Du meine Güte, sind das viele!" Ich befühlte den seidigen Stoff eines kirschroten Kleids. „Das sieht ja traumhaft aus."

„Tante Josie meinte, die seien alle für Beccas Sommer als Debütantin gewesen. Sie musste auf siebenundvierzig Bälle und Feste und hat sich natürlich geweigert, zweimal in demselben Kleid zu gehen." Dobbs' Empörung war nicht zu überhören.

„Das ist nun mal ein ungeschriebenes Gesetz für Debütantinnen. Man darf nie dasselbe zweimal tragen. Becca soll eine ziemliche Primadonna gewesen sein, habe ich gehört. Sie hat so ziemlich allen Jungs den Kopf verdreht und ihre Tanzkarte war schon Wochen im Voraus gefüllt."

„Woher weißt du das?"

„Mae Pearl und Peggy und Lisa haben alle ältere Schwestern, die mit Becca gemeinsam in die Gesellschaft eingeführt wurden."

Dobbs sah mich mit diesem überraschten, aber beherrschten Blick an. „Also, ich habe Tante Josie jedenfalls von deinem Dilemma erzählt, und sie meinte, du darfst dir ruhig eins aussuchen."

„Oh, das könnte ich nicht tun."

„Du liebe Zeit, Perri. Sie meinte, sie würde sich freuen, wenn sie dir weiterhelfen könnte. Jedes Kleid wurde nur einmal getragen!"

„Aber jemand könnte es als Beccas Kleid erkennen."

„Na, du hast Ansprüche. Kennst du nicht den Ausdruck: ‚In der Not schmeckt jedes Brot?'"

Ich sah sie empört an.

Dobbs verdrehte die Augen. „Becca ist achtundzwanzig – es ist fast ein ganzes Jahrzehnt her, seit sie Debütantin war. *So* ein gutes Gedächtnis hat niemand."

„Wenn du dich da mal nicht irrst ... Und außerdem hat sich die Mode doch völlig geändert."

„Du bist versnobt und unmöglich und das steht dir überhaupt nicht gut!"

Ich wollte fast etwas erwidern, aber dann musste ich lachen. Sie hatte recht.

Dobbs bestand darauf, dass ich alle Kleider anprobierte, und ich muss zugeben, es war ein großes Vergnügen und meine Laune besserte sich jedes Mal, wenn ich aus dem Ankleidezimmer in Beccas Zimmer trat und eine Pose einnahm.

Dobbs musterte mich mit kritischem Blick und sagte ihre Meinung – „zu kurz", „etwas altmodisch", „zu tiefer Ausschnitt" – bis sie irgendwann ein Kleid für „exquisit" befand, weil es „den perfekten Blauton" und einen „wunderschönen Schnitt" hatte.

Aber was wusste Dobbs schon von Mode?

„Nein", hielt ich dagegen. „Es ist zu lang und ich fülle es obenherum nicht aus."

Dobbs ignorierte meinen Protest, holte ein Maßband und ein Nadelkissen und machte sich an die Arbeit, als wäre sie gelernte Näherin. „Ach was, das kriegen wir hin. Das wird hinreißend an dir aussehen."

„Was soll denn das jetzt schon wieder werden?"

„Meine Mutter kann nähen wie ein Weltmeister und ich habe oft zugesehen, wie sie Ballkleider für reiche Damen geändert hat. Sie hat mir einiges beigebracht. Lass nur, ich werde aus diesem Kleid einen echten Hingucker machen."

Und so war es auch. Dobbs Dillard war immer für eine Überraschung gut.

☙

Wie sich herausstellte, passten Spalding und ich hervorragend zusammen. Er nannte mich die Ballkönigin und raunte mir schon bei der Begrüßung zu, dass alle Augen auf mich gerichtet sein würden, wenn ich in meinem schulterfreien saphirblauen Kleid in den Ballsaal im Georgian Terrace treten würde.

Ich berauschte mich an den Komplimenten, bis mir ganz schwindlig von all der Aufmerksamkeit wurde. Ein Mann nach dem anderen wollte mit mir tanzen und immer wieder drängte sich Spalding dazwischen und ich schwebte in seinen Armen über das Parkett.

Donnerwetter, konnte er tanzen! Ich war froh über jedes Mal, das Mae Pearl eine Platte auf den Victrola-Phonographen aufgelegt oder einen Musiksender im Radio gefunden und mir die neusten Tanzschritte beigebracht hatte. Sie lernte zwar klassisches Ballett, hatte aber ein ausgezeichnetes Rhythmusgefühl für Standardtänze.

Das entging Spalding nicht. „Du kannst gut tanzen, Perri. Wo hast du das gelernt?" Er zog mich so nah an sich, dass es mir den Atem verschlug. „Von anderen Jungs? Von deinen ganzen anderen Schönlingen?"

Ich kicherte beschwipst. „Oh nein, überhaupt nicht. Mae Pearl McFadden hat es mir beigebracht."

„Mae Pearl. Das ist ja erstaunlich."

Wir tanzten bis spät in die Nacht. Ich ließ mich von Spalding übers Parkett wirbeln, genoss seine feurigen Blicke und vergaß all meine Sorgen.

☙

Das Maifest kam und war wie immer pompös und bombastisch. Es wurde im großen Hof hinter dem Washington Seminary ausgerichtet und Familienmitglieder, die Jungs von den umliegenden Schulen und viele wichtige Personen aus Atlanta nahmen teil. Mae Pearl tanzte als Märchenprinzessin und zehn von uns aus der elften Klasse waren ihr Hofstaat.

Dobbs blieb sich wieder einmal treu und saß als Zuschauerin brav neben ihrer Tante und ihrem Onkel, die schwarzen Haare zu langen Zöpfen geflochten und mit einer hübschen goldenen Klemme hochgesteckt, die ihre Tante ihr gegeben hatte. Sie trug ein entzückendes Kleid in Blassrosa, das über und über mit Spitze besetzt war und ihr bis zu ihren Knöcheln ging. Ich erkannte es als eins von Beccas Debütantinnenkleidern wieder.

„Du warst großartig", meinte sie nach dem Finale und drückte mir die Hände, so wie nur sie das konnte. Dobbs strahlte vor Begeisterung und Schönheit.

„Das Kleid kommt mir doch irgendwie bekannt vor", sagte ich augenzwinkernd.

„Ja, und wie gefällt es dir?" Sie drehte sich zweimal um die eigene Achse und wir kicherten wie kleine Mädchen.

Spalding kam mit zwei Punschgläsern auf uns zu. „Ts, ts. Ihr seht aus, als hättet ihr die Prohibition vergessen und dem Punsch ein paar Umdrehungen verpasst."

Dobbs funkelte ihn wütend an. „Wie kannst du uns unterstellen,

Alkohol zu trinken! Siehst du nicht, dass wir einfach berauscht sind vom Leben?"

Spalding wurde rot, lachte leise und gab jedem von uns ein Glas.

„Nein, danke", sagte Dobbs und machte einen leichten Knicks. Dann drückte sie mich kurz. „Bis später."

Spalding sah ihr nach und in seinen Augen spiegelten sich Argwohn, Missfallen und Misstrauen. „Ein komisches Mädchen."

„Sie ist das komischste Mädchen, dem ich je begegnet bin. Und ich liebe sie wie eine Schwester, ach was, noch mehr. Ich weiß nicht, wieso, aber Mary Dobbs ist mir näher als irgendein anderer Mensch auf der ganzen Welt." Ich glaube, das sollte eine Art Warnung an Spalding sein, unser kleines Beziehungspflänzchen nicht mit Kritik an meiner besten Freundin zu zerstören.

„Du bist sicher froh, so eine Freundin zu haben", stellte er fest, aber es klang eher wie ein beiläufiger Kommentar, der die Stille überbrücken sollte.

Ich nippte an meinem Punsch. „Ja, bin ich. Das bin ich wirklich."

Als er mich am Ellbogen galant zu dem Tisch führte, wo das Teegebäck und die kleinen Appetithappen standen, ließ ich es in der fröhlichen Gewissheit geschehen, dass Spalding Smith die perfekte Rolle in meinem Überlebensplan spielte.

Dobbs

Ich hätte nie gedacht, dass mein Nähtalent mir in Atlanta etwas nützen würde. Was für ein großer Spaß es war, Becca Chandlers Kleiderkammer zu durchwühlen und die schönste Robe für Perris Ball auszuwählen! Als Tante Josie gesehen hatte, wie gut ich meine Sache machte, durfte ich mir selbst ein Kleid für das Maifest aussuchen. Den ganzen Samstag vor dem Fest änderte ich ein leichtes, rosafarbenes Kleid ab – ich musste in der Oberweite zehn Zentimeter abnähen – und trug es mit Vergnügen. Kleider machen Leute, sagt man, aber trotzdem fühlte ich mich fehl am Platz.

Es war ein schöner Tag und die Mädchen vom Washington Seminary waren ganz aufgekratzt von den Vorbereitungen, dem wenigen Schlaf und der erfolgreichen Zeremonie. Nach den Aufführungen verschwand Spalding Smith mit Perri. Ich hielt es in seiner Gegenwart nicht aus und ging zu Mae Pearl, der frechen Emily, der versnobten Peggy und der kleinen Lisa. Kurz darauf schlich die große, dürre Macon heran. „Was macht ihr Pinks denn hier? Ich schnappe mir jetzt erst einmal einen Gent!" Sie zwinkerte uns zu und eilte davon.

„Einen Gent?", fragte ich.

Die Mädchen lachten. „Die höheren Klassen am Washington Seminary nennt man die Pinks und die Jungs, die uns den Hof machen, nun, die heißen Gents … so wie in Gentleman. Und davon gibt es hier heute jede Menge!"

Ich nickte, als wäre das das Normalste von der Welt und hörte zu, wie sie über das nächste Kentucky Derby sprachen, das große Diner im Piedmont Driving Club und über einen Kinofilm, der *King Kong* hieß und in ganz Amerika für Begeisterungsstürme sorgte.

Als der Titel *King Kong* fiel, quiekten Mae Pearl und Lisa euphorisch. „Ist das nicht der tollste Film aller Zeiten?" Die beiden liefen zum Tisch mit den Erfrischungen und schnatterten aufgeregt über einen riesigen Gorilla, der auf dem Empire State Building stand, Flugzeuge wie Fliegen zerquetschte, und dass sich Fay Wray ausgerechnet in einen Riesenaffen verliebte.

Emily zupfte an ihrem Rock herum. „Ich werde mir bestimmt keinen Gent anlachen. Ich will nur dieses Ding loswerden und in mein Tennisoutfit schlüpfen. Mir reicht's." Ich musste lächeln. Ein langes weißes „Feenkleid" passte wirklich nicht zu ihrem stämmigen Körper und den kurzen braunen Haaren.

Damit blieben nur Peggy und ich übrig. Peggy sah in ihrem eng geschnittenen, cremeweißen Frühlingskleid und dem dazu passenden Hut noch eleganter aus als sonst. Ihre braunen Haare wellten sich leicht und sie kniff effektvoll ihre großen braunen Rehaugen zusammen. Sie nahm mich am Ellbogen und führte mich zu einer abgelegenen kleinen Bank.

Dort angekommen stemmte sie plötzlich die Hände in die Hüfte. „Du bist unmöglich, weißt du das?", zischte sie. „Kommst aus Chicago und versuchst Perri ihren Freundinnen auszuspannen. Sie von den Leuten zu trennen, denen sie etwas bedeutet! Hast du überhaupt eine Ahnung, wer Perri Singleton ist? Das Mädchen mit den tausend Verabredungen! Eintausend Verabredungen im letzten Jahr, das beliebteste Mädchen von ganz Atlanta! Ich begreife einfach nicht, wieso sie sich überhaupt mit so jemandem wie dir abgibt. Also hör auf, dich in unsere Kreise einzuschleichen. Du passt nicht hierher und das weißt du."

Ich war viel zu sehr vor den Kopf gestoßen, um etwas zu erwidern. „Ich habe nie ...", setzte ich an, aber Peggy fiel mir ins Wort.

„Fang gar nicht erst an dich zu rechtfertigen, Mary Dobbs. Ich weiß, wie meine Freundin war, bevor du gekommen bist, und wie sie jetzt ist. Du und dein vorlautes Maul, ihr werdet sie noch ins Verderben stürzen wie ihren Vater! Das lasse ich nicht zu!" Sie zeigte mit ihrem Finger im weißen Handschuh auf mich. „Lass sie in Ruhe! Hast du mich verstanden? Lass sie in Ruhe."

Bevor ich etwas antworten konnte, hatte sie schon auf ihren Stöckelschuhen kehrtgemacht und lief auf die Menge fröhlicher Menschen mit Punschgläsern in der Hand zu. Ich zitterte am ganzen Leib und trat hinter die Bank in die Azaleenbüsche, um mich zu sammeln.

Ich hatte mich kaum beruhigt, da kam ein junger Mann und setzte sich auf die Bank. Ich war halb verdeckt und wollte ihn nicht erschrecken, also hustete ich zweimal etwas lauter als üblich, bevor ich herauskam und verlegen lächelte.

„Verstecken Sie sich?", fragte er.

„Nein, ich bewundere nur die Schönheit dieses Ortes", erwiderte ich und suchte nach der nächsten Fluchtmöglichkeit. Am liebsten wäre ich nach Hause gegangen, aber Onkel Robert hatte uns hergefahren und er und meine Tante unterhielten sich angeregt mit ihren Freunden und machten nicht den Eindruck, als wollten sie gehen.

„Ich beiße nicht." Der junge Mann hatte noch irgendetwas anderes gesagt. Ich drehte mich um und sah, wie er die Bank neben sich tätschelte. „Setzen Sie sich. Ich beiße nicht."

„Oh." Ich wurde rot. „Ich ... ich wollte gerade ..."

„Gehen? Ich bin Andrew Morrison."

Ich setzte mich neben ihn. Er hatte blonde Locken, dunkelblaue Augen und einen flott aussehenden Anzug. „Ich gehe auf die Georgia Tech. Euer Maifest hat mir wirklich gut gefallen", sagte er mit einem Lächeln.

„Von der Georgia Tech hört man Gutes", antwortete ich und war noch immer ganz benommen von Peggys Anschuldigungen. „Eine gute Schule."

„Und Sie heißen?"

Ich wurde rot. „Verzeihung. Ich bin Mary Dobbs Dillard. Vor Kurzem bin ich aus Chicago hier nach Atlanta gekommen."

„Wunderbar. Und wie gefällt Ihnen unsere kleine Stadt?"

Wir betrieben vielleicht zehn Minuten Small Talk. Zuerst konnte ich mich kaum auf das konzentrieren, was er sagte, aber allmählich wich die Anspannung und ich erfuhr, dass er gern Maschinenbauer werden und damit den Armen in der Stadt helfen wollte. Plötzlich sah er mich betreten an. „Ich rede hier viel zu viel von mir selbst. Erzählen Sie mir doch etwas von sich."

„Tut mir leid, ich muss wirklich gehen. Aber es hat mich gefreut, Andrew Morrison."

Er schmunzelte. „Gleichfalls, Mary Dobbs. Vielleicht sehen wir uns ja irgendwo wieder."

„Vielleicht." Ich nickte und ging schnellen Schrittes auf Onkel Robert und Tante Josie zu, die mit ihren bunten Zahnstochern kleine Fleischbällchen aufspießten, sie sich in den Mund steckten und dabei lachten, als wäre das Leben eitel Sonnenschein.

Perri

An jenem Abend war ich wegen des großen Erfolgs unserer Aufführung und meiner Zeit mit Spalding so aufgekratzt, dass ich Mama fragte, ob ich bei Dobbs übernachten dürfe. Sie war nämlich irgendwann einfach verschwunden.

Mama hatte gute Laune und nichts dagegen, weil sie für das Maifest von der Zulassungsstelle freibekommen hatte. Ich saß neben ihr auf dem Beifahrersitz, während Barbara und Irvin hinten nach Leibeskräften die diesjährige Hymne des Festes sangen, ein Lied, das Gloria Swanson in einem Musical der Zwanzigerjahre berühmt gemacht hatte. Ich war so erleichtert, die beiden fröhlich zu sehen, nachdem ich ihnen zwei Tage zuvor die Hiobsbotschaft mit dem Haus überbracht hatte und beide stundenlang geweint hatten.

An der Einfahrt der Chandlers ließ Mama mich aussteigen. Ich lief eilig am Haus vorbei in die Scheune und holte meinen Fotoapparat aus der Dunkelkammer. Was ich fotografieren wollte, wusste ich nicht, ich spürte nur, wie mich neue Kreativität durchströmte und ich wollte – nein, musste – das sofort ausnutzen. Mir fiel das schöne Foto vom Sternenhimmel in *Hinter den Wolken ist der Himmel blau* ein. Aber leider war der Frühlingsabend alles andere als dunkel und die Sterne wohl erst in ein paar Stunden zu sehen. Also stürzte ich durch die Küchentür ins Haus, rannte durch die Küche und winkte Parthenia, die gerade Zwiebeln schnitt und dabei weinte.

Ich sprang die Treppe zu Dobbs' Zimmer hoch und konnte es kaum erwarten, mit ihr über Spalding zu reden und sie zu fragen, was ich fotografieren sollte. Sie lag unbeweglich auf ihrem Bett und starrte zum Baldachin hinauf. Noch immer trug sie das rosafarbene Kleid, nur ihre Zöpfe hatte sie entflochten und ihr schwarzes Haar floss über die Bettkante. So wie sie ausgestreckt dalag und sich von dem aufregenden Tag erholte, sah sie aus wie ein Filmsternchen oder eine fremdländische Prinzessin. Bevor sie mich überhaupt bemerkte, war das Foto schon im Kasten.

Sie hörte das Klicken der Blende und drehte den Kopf zur Tür. „Was machst du da?"

„Ich fotografiere. Das musste ich einfach festhalten. War das nicht himmlisch heute – der ganze Tag? Ich bin so beseelt, ich weiß gar nicht, wo ich anfangen soll."

Zum ersten Mal ließ meine Begeisterung sie kalt. Sie setzte sich auf und warf einzelne Haarsträhnen über ihre Schulter. „Ich hatte ja keine Ahnung", flüsterte sie mit zugeschnürter Kehle.

„Keine Ahnung wovon?"

„Dass ich deine Trauer noch schlimmer mache, weil ich dir deine Zeit stehle."

Ich sah sie verwirrt an und war mit meinen Gedanken ganz woanders. „Bist du verrückt? Was redest du da? Du hast mir das Leben gerettet, Dobbs Dillard."

„Deine Freundinnen sehen das anders. Vor allem Peggy."

„Natürlich", stimmte ich zu. „Aber sie sind nur neidisch. Und was soll ich ihnen sagen? Dass ich dich lieber mag als sie? Sie werden sich schon daran gewöhnen." Ich setzte mich aufs Bett, legte den

Fotoapparat vorsichtig beiseite und strich über mein weißes Kleid. „Du hast das wirklich fabelhaft hingekriegt. Und deins auch."

Das Kompliment perlte völlig an ihr ab.

„Ach komm. Vergiss Peggy." Ich schnappte mir den Fotoapparat und ging ans andere Ende des Zimmers. „Schau mal hierher. Ich mache ein Foto von dir."

Da musste sie lächeln und verdrehte die Augen. Ich drückte ab und fing Dobbs genauso ein, wie sie war, mit ihren langen schwarzen Haaren, der olivfarbenen Haut und dem verschmitzten Lächeln im Gesicht. Aber dann war es wieder verschwunden. „Stimmt es, was Peggy sagt? Dass du eintausend Verabredungen in einem Jahr hattest? *Eintausend?*"

Ich wurde rot. „Das hat Peggy gesagt?"

„Ja. Sie meinte, du seist das beliebteste Mädchen in ganz Atlanta."

„Also das ist Blödsinn. Und das Ganze ist doch nur ein Spaß. Dummes Zeug. Wir haben in unseren Tagebüchern aufgeschrieben, welche Jungs bei uns vorbeigekommen sind, und letztes Jahr hatte Peggy die Idee, sie zu zählen."

„Also stimmt es? Eintausend Verabredungen in einem Jahr? Das ist ja unglaublich."

„Ich habe dir doch gesagt – das ist nur albernes Zeug. Du weißt schon, Stippvisiten – mehr nicht. Alle Mädchen kriegen dauernd Besuch. Und der einzige Grund, warum sie zu mir kamen, war, dass Dellareen die besten Brownies der Welt macht."

„Der einzige Grund, alles klar."

„Auf jeden Fall ist das jetzt auch egal, denn niemand wird mich mehr besuchen, wenn wir erst umgezogen sind."

Und damit war es endlich raus. Zum Glück ersparte Dobbs mir ihre Sprüche über Gott und dass er für uns sorgen würde.

„Das tut mir sehr leid, Perri", war alles, was sie sagte. „Das muss unerträglich sein, nach allem, was du durchgemacht hast."

Wir legten uns beide auf ihr Bett. Sie fing an, irgendetwas über Gottes Gnade, die jeden Morgen neu ist, aufzusagen. Ich erkannte es als Bibelverse.

Sie trug es leise vor, aber voller Überzeugung, und ich weiß nicht warum, aber hinterher ging es mir besser.

Kapitel 10

Dobbs

Dass ich nie so richtig ins Washington Seminary passen würde, war mir mittlerweile klar, aber nach der Begegnung mit Peggy wurde es noch schlimmer. Sie musste den anderen davon erzählt haben, denn plötzlich zeigten Macon, Emily und Lisa mir auch nur noch die kalte Schulter. Sie lächelten mich im Flur nicht mehr an und auch wenn wir mittags am selben Tisch saßen, sprachen sie über Themen, die mich offenbar absichtlich ausschließen sollten. Nur Mae Pearl war noch nett zu mir und obwohl mir ihre zuckersüße Art auf die Nerven ging, war ich dankbar.

Die erste Maihälfte drehten sich die Gespräche entweder um den großen Erfolg des Maifests oder um das Kentucky Derby. „Das große Schmachten" nannten die Mädchen es und konnten gar nicht genug darüber reden ... wohlgemerkt nicht über die Pferde, sondern über die Jockeys!

Ich nickte dann immer höflich und setzte ein Lächeln auf, aber in Gedanken saß ich mit meiner Familie in Chicago um das kleine Radio und wir lauschten gebannt dem Sportreporter. Vater liebte Pferde und obwohl er das Glücksspiel verteufelte, konnte er sich für ein gutes Pferderennen begeistern. Schon als Kind hatte ich erlebt, wie die Reporter allein mit ihren Worten das Geschehen zum Leben erwecken konnten. Heimweh überkam mich.

Ich hatte gehofft, mich nach zwei Monaten in Atlanta etwas heimisch zu fühlen, aber in Wirklichkeit zählte ich die Tage bis zum Ende des Schuljahres. Bald würde Hank kommen und meine Schwestern mitbringen, und dann würden wir mit dem Zug endlich nach Hause fahren. Ich wollte wieder am Michigansee spazieren gehen und mir vom tosenden Wind Knoten ins Haar machen lassen, während Coobie einem Drachen nachjagte und Frances die Enten fütterte.

☙

Am zweiten Samstag im Mai kam ich in die Küche und sah, wie Parthenia schniefte. Während sie Sandwiches schmierte, wischte sie sich immer wieder Nase und Augen am Ärmel ab.

„Was ist los?", wollte ich wissen.

Sie sah erschrocken auf, beruhigte sich aber, als sie mich erkannte. „Jetzt fehlt noch was, jawohl, drüben in Miz Beccas Haus, und sie sagt, dass Mama das war, wie mit den Messern von Miz Chandler und Miz Beccas Schmuck."

„Oh nein! Das tut mir leid." Ich wollte Parthenia umarmen, aber sie wandte sich ab. „Was fehlt denn?"

„Ohrringe von ihrer Großmutter, ein Erbstück, und von ihrem Feinsilber, gleich zwei Stück. Miz Becca sagt, dass Mama am Tag vor dem Valentinstag bei ihr war und die Sachen gestohlen hat, jawohl, und dem Pfandleiher verkauft hat, und jetzt bekommen wir sie nie wieder. Miz Becca sagt, Mama hat auch die teuren Messer verkauft und versteckt das Geld irgendwo, damit sie mit Cornelius zum Arzt gehen kann, damit er reden lernt. Aber das stimmt nicht! Das weiß ich! Gar nicht hat sie die Messer gestohlen, und den Rest auch nicht." Parthenia fing an zu weinen und ließ sich widerwillig in den Arm nehmen.

„Mama würde nie von den Chandlers was stehlen", schluchzte sie. „Warum hasst Miz Becca sie so und sagt so was? Jetzt kommt sie nie wieder frei."

„Wir müssen weiter darum beten, Parthenia. Gott weiß, wo das ganze Silber ist. Und wenn die Zeit gekommen ist, wird er uns helfen, es zu finden. Also müssen wir darum beten. In Ordnung?"

Parthenia ging einen Schritt zurück und stützte sich mit ihren kleinen Händen auf der Arbeitsfläche ab. „Warst du bei meiner Mama?"

„Nein. Ich kenne sie doch überhaupt nicht."

„Aber genau so was hat sie auch gesagt. Beim letzten Mal, als ich auf ihrem Schoß war, da hat sie gemeint: ‚Parthie, ich weiß, ich hab nichts gestohlen, und das heißt, unser Herr braucht mich aus irgendeinem Grund im Armenhaus. Und ich werde darum beten, dass ich seinen Auftrag auch erfülle.' *Pff!* Von wegen Gott weiß, was er tut. Der hält bestimmt einfach ein langes Schläfchen, so." Sie schmierte Mayonnaise auf die Brotscheiben.

Zum Glück tauchten Mae Pearl und Perri auf und Perri fing an, Parthenia beim Essenmachen zu fotografieren. Die Kleine strahlte und posierte und ich glaube, sie vergaß die Sache mit ihrer Mutter für eine Weile.

Ich fragte Parthenia an jenem Tag nicht weiter aus, aber ich machte mir große Sorgen um Anna. Dreifacher Diebstahl konnte noch viel Schlimmeres bedeuten als das Armenhaus. Wie Tante Josie gesagt hatte: Schwarze knüpfte man für viel weniger auf.

☙

„Bitte noch eine Geschichte", bettelte Mae Pearl, während sie, Perri und ich zum See spazierten.

„Wieso willst du denn andauernd Geschichten hören?" In Gedanken war ich immer noch bei Parthenia.

„Ich weiß nicht. Sie sind einfach aufregend."

Ich warf Perri einen fragenden Seitenblick zu, doch sie zuckte mit den Achseln. Also gab ich eine weitere Geschichte aus meinem Repertoire zum Besten. „Als 1931 die Preise für Baumwolle fielen, fuhr Vater mit uns nach Arkansas und predigte dort ein paar Wochen zu denen, die auf einen Schlag so ziemlich alles verloren hatten. Kein Geld mehr. Keine Ernte. Am ersten Abend brachte eine Frau ihren kranken Sohn nach vorn. Sie war vielleicht zwanzig und ziemlich ausgemergelt, und der kleine Junge, der vielleicht drei oder vier war, war ganz hohläugig und hatte gelbliche Haut. Die Mutter flehte Vater an, ihren Jungen zu retten und Heilung auszusprechen.

Vater warf einen Blick auf den Jungen, senkte sein Haupt und vertraute ihn Christus an. Dann nahm er ihn der Frau ab und meinte: ‚Der Kleine muss ins Krankenhaus, Ma'am. Meine Frau fährt Sie mit dem Auto dorthin.' Aber bevor er noch irgendetwas sagen konnte, starb der kleine Junge, noch in Vaters Armen."

„Oh, Mary Dobbs! Warum sind deine Geschichten immer so traurig!", rief Mae Pearl entsetzt.

„*Schh*", zischte Perri. „Du wolltest doch eine hören."

„Die Frau brach in Wehklagen aus und ich dachte, die Leute

würden jeden Moment nach vorn stürmen und Vater in der Luft zerreißen. Aber Mutter half der Frau von der Bühne und hielt den toten kleinen Jungen im Arm und Vater blieb vor den Leuten auf den Knien und betete und weinte und sagte, dass Gott bei denen mit gebrochenem Herzen ist und wir in diesem Leben Leid erfahren, und dass Jesus auch gelitten hat.

Und die Leute kamen nach vorn und flehten darum, errettet zu werden. Coobie und Frances und ich saßen nur vorn und sahen zu. Mutter war mit der Frau gegangen. Ich weiß nicht, wie viele Leute nach vorn kamen, aber Coobie meinte, es wären über hundert gewesen."

Perri und Mae Pearl starrten mich an und wussten offensichtlich nicht, was sie sagen sollten. Also durchbrach ich irgendwann die peinliche Stille und verkündete: „Essenszeit!"

Wir packten unsere Sandwiches aus und aßen sie unter einem großen Hickorybaum am Seeufer. Die Beine streckten wir auf der Decke aus und ließen die Sonne unsere Gesichter wärmen. Die Sandwiches schmeckten schon nach Sommer, frisch und würzig, und wir tranken selbst gemachte Limonade und aßen Zitronenkuchen. Mae Pearl und Perri erzählten von Teekränzchen und den Mitgliedern von Phi Pi und den Jungs von der Georgia Tech, aber ich hing meinen Gedanken nach und sah die ganze Zeit Vater in diesem Zelt in Arkansas vor mir, wie er auf den Knien war und betete.

CB

Je mehr ich meine Umgebung kennenlernte und Onkel Robert und Tante Josie erlebte, desto stärker drängte sich mir die Frage auf, wieso Vater das alles hinter sich gelassen hatte. Jede Familie schweigt irgendwelche Dinge tot und Vaters Entscheidung, Atlanta zu verlassen, gehörte in unserer Familie dazu. Ich hatte keine Ahnung, wieso er mit Sack und Pack nach Chicago gezogen war und welche Umstände ihn dazu bewogen hatten.

„Dein Vater hat sein anderes, sein leichtes Leben hinter sich gelassen", hatte Mutter uns vor Jahren gesagt. „Er wollte Gottes Ruf folgen."

Zwei Männer, die im selben Jahr wie Vater ihren Abschluss am Moody Bible Institute gemacht hatten, waren berühmte Missionare geworden, reisten durchs Land und sogar nach Übersee, um Erweckungsgottesdienste abzuhalten. Wenn man im Juni durch Chicago lief, konnte man ihre Gesichter an jedem Anschlagbrett sehen. Zu ihren Zeltgottesdiensten kamen Hunderte, manchmal Tausende Besucher.

Vater hatte dieses Glück nicht. Er hatte zwar eine charismatische Persönlichkeit, eine dröhnende Stimme und beherrschte all die theatralischen Bewegungen, die einen guten Evangelisten ausmachten. Und ohne Zweifel besaß er einen starken Glauben und großes Bibelwissen. Aber in all den Jahren, die ich in seinen Zeltgottesdiensten zugebracht und in seiner kleinen Kirche gesessen hatte, schien er hauptsächlich die Armen und Landstreicher anzuziehen. Auch wenn wir immer wieder Gottes Wirken miterlebten, fragte ich mich oft, wie Vater das verkraftete, die Plakate zu sehen und kein Teil dieser großen Erweckungsbewegung zu sein. Ich war mir ziemlich sicher, dass diese Männer ihre Familien gut versorgen konnten und trotzdem dem Evangelium treu waren und Arme und Reiche erreichten.

Eines Abends hatten Frances, Coobie und ich uns ins Bett gekuschelt und uns gemeinsam das Hochzeitsfoto meiner Eltern angesehen. „Mutter war so hübsch", flüsterte Coobie. „Wie eine Prinzessin."

„Meint ihr, Vater wollte mit Absicht arm sein?", fragte Frances plötzlich. „Hat Gott ihm befohlen, dass wir arm sein sollen, und er hat deswegen sein schönes Haus in Atlanta verlassen?"

Ich wusste nicht, was ich darauf erwidern sollte. Ich war eigentlich immer davon überzeugt gewesen, Vater habe Gottes Ruf gehört, Theologie zu studieren und Prediger zu werden. Da es in fast jeder von Daddys Predigten um die falsche Liebe zum Geld, Frauengeschichten und Alkohol ging, meistens in einem Abwasch, hatte ich mir später zusammengereimt, dass die ganze Dillardfamilie in Atlanta, die offensichtlich sehr reich war, sein ewiges Moralisieren sattgehabt haben musste. Sie hatten ihn verscheucht und er sich von seiner Familie entfremdet.

Aber jetzt war ich mir da nicht mehr so sicher. Onkel Robert und Tante Josie kamen mir nicht besonders frivol vor. Ja, sie lebten im Luxus, aber sie waren sehr großzügig, was ihr Geld und ihre Zeit anging, und Tante Josie schien meinen Vater und unsere Familie wirklich zu mögen. Wenn sie von Vater sprach, klang ihre Stimme etwas wehmütig und sie bekam Sorgenfalten auf der Stirn. Irgendwann musste Vater entschieden haben, dass er seine Eltern und seine große Schwester nicht brauchte, und jetzt, wo ich meine Tante und meinen Onkel kannte, konnte ich nicht verstehen, wieso.

An eine Zeltevangelisation konnte ich mich noch besonders gut erinnern. Wir hatten den alten Hudson bis zum Dach mit unseren Sachen vollgestopft und wollten gerade nach Arkansas aufbrechen. Aber kurz vor unserer Abfahrt bekam Vater ein Telegramm von Tante Josie mit der Nachricht, dass seine Mutter gestorben war. Ich weiß noch, wie er mit dem Telegramm in der Hand dastand, das Gesicht kalkweiß, Niedergeschlagenheit in seinem Blick.

Dann faltete er das Telegramm zusammen und gab es Mutter. „Ich kann nicht zur Beerdigung", sagte er damals ruhig. „Das siehst du doch, Ginnie. Morgen Abend beginnt die Evangelisation. Fünf Tage am Stück. Und Atlanta liegt in der völlig entgegengesetzten Richtung."

Unter Tränen flehte ihn Mutter an, das Ganze zu verschieben und zur Beerdigung meiner Großmutter zu fahren. „Gütiger Himmel, Billy, die Menschen in Arkansas werden das verstehen. Manchmal muss man die Familie auch an erste Stelle setzen."

Also fuhren wir nicht nach Arkansas, sondern nach Atlanta. Ich war damals sechs oder sieben und kann mich nur noch an die vielen Leute erinnern und wie wir mit Tante Josie, Onkel Robert und meinem Großvater ganz vorn saßen, und dass ich um eine Frau trauerte, die ich kaum gekannt hatte. Und ich sehe noch bei Vater die Tränen laufen, als der Sarg in die Erde gelassen wurde.

☙

An einem Sonntagnachmittag blätterte ich durch die Fotoalben, die ich in Beccas Kammer gefunden hatte. Es waren noch zwei Wochen bis zu Hanks Besuch. Onkel Robert war zum Golfspielen in den

Club gefahren und Tante Josie saß mir gegenüber auf dem Sofa und strickte.

„Warum ist mein Vater eigentlich nicht auf den Fotos? Ab Weihnachten und Thanksgiving 1907 ist er nicht mehr zu sehen. Aber da war er doch noch gar nicht alt genug fürs College, oder?" Es war eine harmlose Frage, aber Tante Josies Antwort hatte es in sich.

Sie sah kurz von ihrem Strickzeug auf. „Weißt du, damals hatte er seine wilden Jahre."

Darauf war ich nicht vorbereitet. Nur ganz vage erinnerte ich mich daran, dass er Bezug auf so etwas genommen hatte – immer von der Kanzel aus, mit emotionsgeladener Stimme, und stets mit dem eindringlichen Appell an die Zuhörer, sich von der Sünde abzuwenden und Reißaus zu nehmen. Aber was sich in der Vergangenheit meines Vaters tatsächlich ereignet hatte, wusste ich nicht. Das war ein weiteres von diesen Geheimnissen, die er sorgfältig hütete.

Tante Josie entging mein entgeisterter Blick nicht. Sie strickte eine Weile vor sich hin und schien mit jeder Masche einen neuen, komplizierten Gedanken zu haben. Schließlich sagte sie: „Dein Vater war ein sehr impulsiver Junge, hatte die wildesten Ideen, wollte die Welt verändern und hatte auch den nötigen Charakter dazu – ganz ähnlich wie du, Mary Dobbs." Ihr Lächeln war echt.

„Aber als junger Mann wurde er zunehmend wie ein wilder Hengst. Er lief des Öfteren von zu Hause weg, verprasste Geld und verbrachte seine Zeit mit Frauen von zweifelhaftem Ruf." Sie strickte noch eine Masche und ließ die Nadeln dann sinken. „Du liebe Zeit, das sollte ich dir alles überhaupt nicht erzählen."

„Doch, bitte, Tante Josie. Ich muss das wissen. Das ist wichtig für mich."

Sie seufzte. „Unsere lieben Eltern, Gott habe sie selig, wurden buchstäblich ganz krank vor Sorge um William. Als er sich mit achtzehn oder neunzehn plötzlich bei so einem Erweckungsgottesdienst bekehrte, war niemand überraschter darüber als er selbst. Er verkündete uns, Gott hätte ihn berufen, Prediger zu werden. Mutter war überglücklich, Papa vorsichtig optimistisch. Nach all dem Schmerz, den ihm sein Sohn zugefügt hatte, war er alles andere als enttäuscht, dass er diesen Beruf ergriff.

Einige Monate lang war die Stimmung in der Familie gut, vielleicht sogar für ein Jahr. Viel Wärme, Lachen, gegenseitiger Respekt. Das tat uns allen gut, weißt du. Dein Vater bat uns inständig, ihn Billy zu nennen – er wollte nichts mehr mit seinem früheren Leben zu tun haben. Ich glaube, er sah sich als eine Art neuer Apostel Paulus. Seine Bekehrung war dramatisch." Ein Lächeln kroch auf Tante Josies Gesicht. „Nun, bei Billy war fast alles dramatisch.

Es war eine gute Phase für uns als Familie. Billy wollte am Moody Bible Institute studieren – es kostete nichts und er meinte, er schulde es seiner Familie, die Vergangenheit wiedergutzumachen. Papa gab ihm ein kleines Stipendium für Unterkunft und Essen. Als wir uns am Zug verabschiedeten, umarmte er uns mit Tränen in den Augen. Jedem von uns sagte er, wie lieb er ihn hatte." Tante Josie wandte den Blick ab und räusperte sich. „Aber dann haben wir nicht mehr viel von ihm gesehen. Natürlich fuhren wir zu seiner Hochzeit nach Chicago und schlossen deine Mutter gleich ins Herz. Aber nach der Hochzeit ließ dein Vater sich kaum noch in Atlanta blicken und erweckte den Eindruck, als wolle er nichts mehr mit seiner Familie zu tun haben. Unseren Eltern zerriss es wieder das Herz. Irgendetwas war anders geworden und wir bekamen den alten Billy nicht mehr wieder."

Tante Josie sah klein und verletzlich aus. „Du hast deine Großeltern leider nie wirklich kennengelernt, Mary Dobbs, dabei waren sie sehr liebe Leute. Und aufrichtige Kirchgänger. Ich habe Billy nie wirklich verstanden; wahrscheinlich dachte er, er würde in seiner alten Umgebung wieder in sein altes Verhalten verfallen. Ich weiß es nicht. Ich habe mir so oft den Kopf darüber zerbrochen.

Papa bot Billy in den frühen Zwanzigerjahren mehrfach Geld an, als es bei euch so knapp war, aber Billy weigerte sich jedes Mal, es anzunehmen. Deine Großeltern luden deine Mutter und dich zu Besuch ein, wollten helfen, aber Billy wollte es nicht. Und dann starb Mutter und dein Großvater folgte ihr kurze Zeit später."

Tante Josie sah auf ihr Strickzeug und seufzte tief. „Ich habe deinen Vater wirklich lieb; er hat ein gutes Herz und geht mit Feuereifer an sein Werk. Ich wünschte nur, er würde uns so akzeptieren, wie wir sind."

Ihre Geschichte ließ mich tagelang nicht mehr los. Wie konnte mein Vater, der Inbegriff eines Christen, sein eigen Fleisch und Blut verleugnen, obwohl seine Familie ihn so liebte? Und Perris Frage schloss sich direkt daran an. Was war mit dem ganzen Geld passiert, das Vater nach dem Tod meiner Großeltern geerbt hatte? Hatte er das auch abgelehnt?

Irgendwie bewunderte ich meinen Vater dafür; ich hatte ihn leiden sehen und er war trotzdem seinen Überzeugungen treu geblieben. Aber trotzdem konnte ich diese nagenden Zweifel nicht wegwischen.

ᛜ

An jenem Abend las ich wie immer in der Bibel. Das Foto von Jackie Brown mit mir und meinen Schwestern starrte mich aus den Psalmen an. Jackie. Sie war gestorben, als ich vierzehn gewesen war, und weder Vaters Gebete noch Mutters häufige Besuche im Krankenhaus hatten irgendetwas bewirkt.

Jackies Tod hatte mich stärker betrübt als der meiner Großeltern. Ich hatte noch immer Irene Brown, Jackies Mutter, vor mir, wie sie heulte und Vater anklagte: *„Was ist das für ein Prediger, der für die Kranken betet und dann sterben sie einfach!"* Aber selbst mit vierzehn hatte ich gewusst, dass das nicht Vaters Schuld war. Es war Gottes Schuld. Die Menschen hatten durch den Heiligen Geist Zugriff auf übernatürliche Fähigkeiten. Aber die Entscheidung lag immer noch bei Gott.

Ich hätte das Foto nicht in die Bibel legen sollen. Es streute Salz in die Wunde, immer und immer wieder. Es flüsterte mir anklagende Gedanken gegen den allmächtigen Gott ein. Das machte mir noch mehr Angst als das Rätsel um meinen Vater und seine wilden Jahre. Vater war schließlich auch nur ein Mensch und Menschen machten Fehler. Aber alles, was ich bisher über Gott beigebracht bekommen hatte, waren Güte und Gnade, Gerechtigkeit und Liebe.

Die Sache mit Jackie Brown hatte zu einem Riss in meinem Gottesbild geführt. Vielleicht war ich ja naiv? Gott sorgte nun mal nicht immer so für uns, wie wir Menschen uns das vorstellten. Warum tat ich dann vor Perri Singleton so, als täte er es?

Kapitel 11

Perri

In der zweiten Maihälfte war es schon unerträglich heiß und wir litten in den hohen Räumen im Washington Seminary, fächelten uns Luft zu und träumten davon, im Capitol City Country Club schwimmen zu gehen. Mae Pearl schwor, sie würde bald ohnmächtig werden, und die arme Dobbs band ihre langen Haare wegen der Hitze zu einem Pferdeschwanz zusammen und rollte ihn zu einem Dutt auf. So sah sie zwar noch ausgefallener aus als sonst, aber nicht weniger hübsch. Wir hatten Schwierigkeiten, uns auf den Unterricht zu konzentrieren, und den meisten von uns lagen die Klausuren Ende Mai schwer im Magen.

Immer wenn die Hitze in Georgia langsam auf Atlanta zugekrochen kam und die Pfirsiche in unserem Garten rosige Wangen bekamen, machte Dellareen ihr berühmtes Pfirsicheis. Es war das Erfrischendste und Genussvollste, das meine Geschmacksknospen kannten. Barbara, Irvin und ich sahen oft auf der Veranda zu, wenn sie die frischen Pfirsiche und die Sahne in die innere Schüssel der Eismaschine tat. Irvin füllte die äußere Schüssel mit Salz und Eis, und dann ließen wir Kinder abwechselnd das Salzwasser aus der Schüssel, während Dellareen kurbelte und kurbelte, bis das Innere langsam zu Eis wurde. Wir machten immer mindestens zwei Portionen, denn in dem Augenblick, wo Dellareen die Kurbel losließ und uns damit signalisierte, dass das Eis fertig war, steckte Irvin schon den Löffel in die Schüssel und nahm sich, so viel er konnte. Barbara und ich zeterten dann herum, bis wir mindestens genauso viel bekamen.

Eines Donnerstags kamen wir aus der Schule und sahen Dellareen mit Schweißperlen auf der Stirn summen und Eis machen. Wir stürmten die Stufen zur Veranda hoch. Jimmy kam aus der Scheune. Er gab Dellareen einen Klaps auf den Hintern. „Na los,

Weib, lass mich mal." Dann zwinkerte er uns zu. Wir lachten und genossen das „skurrile, ewige Balzverhalten von Jimmy und Dellareen", wie Barbara es nannte. Sie neckten und zogen sich jeden Tag auf und jeder Blinde konnte sehen, dass sie verrückt nacheinander waren.

„Wie ein Paar Schuhe sind wir", sagte Jimmy oft zufrieden. „Uns gibt's nur im Doppelpack." Oh, wie sehr ich wollte, dass das auch so bliebt! Ich hoffte, dass wir es irgendwie schafften, sie zu behalten.

Kaum war das Eis fertig, stürzten sich Barbara und Irvin darauf und füllten es löffelweise in ihre Schüsseln. Dellareen kratzte den Rest in eine größere Schüssel, gab sie mir und fing wieder von vorn an. Ich ging in die Küche, schlug ein großes Stück vom Eis im Eisschrank ab, nahm eine Milchkanne und füllte sie mit Pfirsicheis für Dellareens und Jimmys fünf Kinder.

Nachdem Jimmy und Dellareen gegangen waren, kamen Spalding und drei andere Jungs von der Georgia Tech zu Besuch, und ich vergaß den Rest des Nachmittags an unseren bevorstehenden Hausverkauf zu denken; daran, warum meine Freundinnen plötzlich gegen Dobbs waren oder was aus Jimmy und Dellareen werden würde. Stattdessen ließ ich mir erzählen, dass einer der Jungs bei Coca-Cola eingestellt werden würde, eine Sensation während der Wirtschaftskrise, und ein anderer den Sommer über auf der Weltausstellung in Chicago arbeiten wollte, bevor das letzte Studienjahr anfing.

„Darf ich euch ein wenig Pfirsicheis anbieten?", fragte ich, und natürlich sagten sie alle Ja. Ich hüpfte fast in die Küche, so glücklich war ich darüber, dass Spalding mir all seine Aufmerksamkeit schenkte.

Das Eis war in Null komma nichts vertilgt und bald darauf standen die drei Jungs auf, um sich zu verabschieden.

„Bis später, Leute", rief Spalding und setzte sich neben mich auf die kleine Bank. „Was für ein schöner Abend. Möchtest du mit mir eine kleine Spritztour machen?"

„Sehr gern!", erwiderte ich und verdrängte den Gedanken an den Stapel Bücher, den ich noch durcharbeiten musste, bevor am Montag die Prüfungen begannen. Wir düsten in seiner Sportkarosse davon und ich weiß nicht mehr, worüber wir sprachen, aber sehr wohl erinnere ich mich an seinen Blick, als er mir eine gute Nacht wünschte, und dass ich dahinschmelzen wollte wie Pfirsicheis in einer schwülen Nacht in Georgia.

☙

Am nächsten Abend ging Mrs Chandler mit Dobbs und mir in die Oper zu einer Sonderaufführung von *Madame Butterfly*. Ich war aufgeregt – mein letzter Opernbesuch lag Monate zurück –, aber Dobbs war noch mehr aus dem Häuschen. Wir trugen unsere langen Kleider vom Maifest und ich konnte sehen, wie überwältigt Dobbs von der Welt war, die sich ihr darbot. Vielleicht durfte sie nicht zum Tanzen und nicht ins Kino, aber die Oper hatte ihr Vater ihr nie verboten, und als wir vor dem Filmpalast standen, machte sie Augen wie ein Kind in der Rhodes Bakery.

Die Oper wurde im Fox Theatre aufgeführt, meinem Lieblingskino, das für verschiedene kulturelle Zwecke genutzt wurde. „Das sieht ja aus wie ein byzantinischer Tempel", hauchte Dobbs atemlos. Sie starrte auf die verschachtelte Malerei an der Foyerdecke. „Und sieh dir nur die Kleider an, die die Frauen hier tragen. Und die Hüte!" Sie drehte sich erstaunt um ihre eigene Achse, bis sich ihr Kleid bauschte und wogte.

Wir nahmen unsere Plätze ein und als das Licht ausging, griff Dobbs aufgeregt nach meiner Hand. „Oh Perri! Hast du so was schon einmal gesehen? Das ist ja ein richtiger Himmel!"

Hoch über uns war die Decke in Ultramarin angemalt und sah wirklich aus wie der Himmel. Dank irgendeiner technischen Zauberei schwebten weiße Wölkchen vorbei und eine Sonne ging auf der einen Seite auf und wanderte langsam über die Decke, bis sie auf der anderen unterging. Und dann tauchten Hunderte glitzernde Lichter über uns auf und blinkten.

„,Viel tausend Sterne hat die Nacht'", flüsterte Dobbs und drückte meine Hand.

Dann fing die Oper an und Dobbs war von der Musik und den Kostümen wie gebannt. Sie rieb sich wiederholt die Augen und raunte jedes Mal „Unglaublich!", wenn das Publikum applaudierte.

In der Pause nahm ich Dobbs über die geschwungene, mit rotem Teppich belegte Treppe mit ins Erdgeschoss, wo die edlen Toiletten waren. Wir waren gerade wieder oben angekommen, als irgendjemand sagte: „Mary Dobbs? Mary Dobbs Dillard?"

Wir drehten uns um und erblickten einen schmucken jungen Mann mit blonden Locken.

„Ich bin's, Andrew. Andrew Morrison. Wir haben uns auf dem Maifest kennengelernt."

Dobbs' Wangen fingen an zu glühen und es schien ihr völlig die Sprache verschlagen zu haben. Ich erlöste sie. „Hallo, Andrew. Ich bin Perri Singleton. Wir haben uns schon einmal im Haus von Sigma Alpha Epsilon gesehen, glaube ich."

„Perri! Ja, natürlich." Er räusperte sich und wurde genauso rot wie Dobbs. „Wie schön, euch zu sehen."

Dobbs hatte endlich ihre Stimme wiedergefunden. „Freut mich auch, dich zu sehen, Andrew."

Da gingen die Lichter an und aus, das Signal, wieder an die Plätze zurückzukehren, und Andrew ging davon.

Wir hatten uns kaum hingesetzt, da meinte Dobbs: „Ich habe Hank. Also kein Wort mehr darüber."

Ich lachte und stieß sie in die Rippen.

Sie musste kichern und flüsterte: „Aber süß ist er, oder?"

Der Vorhang hob sich und die Vorstellung ging weiter.

Ich war schon oft im Fox gewesen, aber an diesem Abend, in feiner Robe, neben meiner besten Freundin, und mit den Gedanken beim Sternenhimmelfoto in dem kleinen Buch hatte ich wirklich das Gefühl, ich könnte schweben und alles würde gut werden. Ich dachte nicht über unser Haus nach; ich saß in der Oper unter Tausenden blinkenden Sternen. In diesem kurzen Augenblick schien das Leben ganz normal und voller Möglichkeiten zu sein.

Ach, wenn es doch so hätte bleiben können!

Als wir aus dem Filmpalast kamen und über die Straße gingen, hörte ich ein mir nur zu bekanntes „Huhu!". Macon und Lisa kamen strahlend auf mich zugelaufen. Macon gestikulierte wieder wild mit ihren Händen. „War das nicht eine Wucht! Oh, und die Operndiva, was konnte die singen!" Da fiel ihr Blick auf Dobbs, die vor mir neben Tante Josie lief.

„Was hat *die* denn in der Oper verloren?", raunte Macon etwas zu laut.

„Ihre Tante hat uns eingeladen", antwortete ich und ging langsamer, damit etwas Abstand zwischen uns und Dobbs kam. „Mary Dobbs war zum ersten Mal in der Oper und es hat ihr wirklich gefallen."

„Na, wenigstens ist sie nicht mittendrin aufgestanden und hat uns einen Vortrag gehalten!", lachte Lisa.

Wut flammte in mir auf und ich wollte Dobbs verteidigen. Aber ich tat es nicht. Ich sagte nur: „Wir trinken noch etwas im Georgian Terrace. Ich muss!", und winkte Lisa und Macon zum Abschied. Als ich Mrs Chandler und Dobbs eingeholt hatte, fühlte ich mich wie eine Verräterin.

☙

Am Samstagabend blätterte ich eine Stunde lang das Schuljahrbuch durch – es war endlich fertig geworden – und war mächtig stolz, zehn meiner Fotografien darin wiederzufinden. Mein Lieblingsbild war auf der Seite *Erinnerungen*. Ich hatte Mae Pearl und Peggy auf der Weihnachtsfeier zugunsten des Kinderkrankenhauses abgelichtet, beide ordentlich herausgeputzt. Sie standen vorgebeugt rechts und links neben einem kleinen Mädchen im Rollstuhl und gaben ihm einen Kuss auf die Wange. Das Strahlen auf dem Gesicht der Kleinen gehörte auf jeden Fall in Dobbs' Kategorie „Reales Leben" und ich fühlte mich dabei wirklich gut. Und mit meiner neuen Dunkelkammer und dem ganzen Material konnte ich mich fürs nächste *Facts and Fancies* noch steigern, das stand fest.

Ich hatte es mir auf dem Sofa im Wohnzimmer gemütlich gemacht, *Facts and Fancies* lag auf meiner Brust und die *Saturday Evening Post* zu meinen Füßen. Barbara und Irvin spielten Dame und keiner von beiden jammerte, was ein Wunder war. Mama saß hinten auf der Veranda, unterhielt sich mit Mrs Chandler und Mrs Ferguson, die nach dem Abendessen auf einen Plausch vorbeigekommen waren, rauchte sicher eine Zigarette und nippte an ihrer Limonade. Die Sonne war schon untergegangen und die Luft war jetzt weniger schwül. Das Fenster im Wohnzimmer stand offen, damit wir hören konnten, wie die Grillen „zum Tanz aufspielten", wie Dellareen es immer formulierte. Das Leben fühlte sich ruhig und normal an.

Wenn ich die Augen zumachte, fiel es mir leicht, mir vorzustellen, Daddy säße in seinem Arbeitszimmer und rauchte Pfeife. Mir war, als würde er jeden Augenblick ins Wohnzimmer treten und das Damespiel von oben betrachten. Dann würde er mit der Pfeife zwischen den Zähnen reden, dabei lustig klingen und Irvin kleine Tipps geben, bis Barbara aus der Haut fuhr und rief: „Daddy, das ist nicht fair!"

Die Erinnerungen waren so scharf wie ein perfekt getroffenes Foto. Mein Puls beschleunigte sich und fiel erst wieder in den Keller, als mir bewusst wurde, dass alles nur ein Tagtraum gewesen war. Daddy stand nicht im Wohnzimmer und wir würden bald noch nicht einmal mehr in diesem Haus leben, geschweige denn in diesem Zimmer voller schöner Erinnerungen. In Kürze würden alle Räume hier leer stehen und unser Leben in Kisten verpackt sein.

Ich stand schnell auf und ging zur Toilette. Aus Daddys Arbeitszimmer drang Licht. Vorsichtig schob ich die Tür auf und war überrascht, Mama an Daddys Schreibtisch zu sehen. Dass ihre Freundinnen schon gegangen und sie zurück ins Haus gekommen war, hatte ich nicht bemerkt.

Sie ließ den Kopf hängen und schluchzte. Als sie mich bemerkte, sah sie auf. „Tut mir leid, Perri", brachte sie heraus und wischte sich die Tränen ab, aber sie liefen immer weiter und Mama sah noch mitgenommener und verzweifelter aus als sonst. „Ich kann das nicht! Ich kann seine Sachen nicht einpacken. Es ... es ging ihm doch schon wieder besser."

Sie hielt ein Foto von uns fünfen umklammert. „Ich dachte, er wäre über den Berg. Alles schien so hoffnungslos, aber dann dachte ich, es ginge ihm besser."

Ich bog ihre Finger auf, stellte das Foto wieder auf den Schreibtisch, ließ mich auf der Platte nieder und umarmte Mama. Mit aller Kraft versuchte ich stark zu bleiben, aber die Trauer riss mich ebenfalls fort.

Ich weiß nicht, wie lange wir so dasaßen, aber irgendwann traf ich eine Entscheidung. „Mama, komm. Du musst das nicht alles einpacken. Irgendjemand wird das übernehmen, aber nicht du."

Sie folgte mir nach oben wie eine gebrechliche alte Frau und ich dachte nur: *Gott sei Dank spielen Barbara und Irvin gemütlich Dame und merken nicht, dass ihre Mutter vor Trauer fast zerbricht.*

☙

Am Sonntagnachmittag war ich mit Spalding verabredet. Ich trug ein hübsches Kleid, das Dobbs aus Beccas Schrank gezogen hatte und fühlte mich damit passend und fast zu elegant angezogen. Er sah mich wieder so an – vorsichtig beeindruckt und dann zufrieden – und rauschte mit mir ins Kino, wo wir Joan Crawford in *Today We Live* sahen. Zweimal nahm Spalding während des Films meine Hand, vor allem am Ende, als mir die Tränen kamen. Dann, ganz Gentleman, gab er mir sein Taschentuch und bestand darauf, dass ich es behielt, um mich an ihn zu erinnern, wenn er nicht da war. Ich fand das ungeheuer romantisch und steckte das Taschentuch in meine Handtasche.

Auf dem Weg zurück bat ich ihn, mich bei den Chandlers abzusetzen.

„Wieso das denn?", fragte er.

„Ach, ich muss zu Mary Dobbs. Du weißt doch, die Prüfungen stehen an."

Er runzelte die Stirn und sah einen Augenblick verärgert aus. „Okay, wie du willst."

Ich strahlte ihn die ganze Fahrt über an und war glücklich darüber, dass ich mit einem der reichsten jungen Männer Atlantas ausging.

Als wir bei den Chandlers angekommen waren, ging er ums Auto und öffnete mir die Tür. Beim Aussteigen nahm er meine Hand und zog mich an sich. Ich roch sein Aftershave, irgendetwas Starkes und Männliches, und rechnete fest damit, dass er mich gleich küssen würde. Beinahe hatte ich schon die Augen geschlossen und bereitete mich auf den großen Augenblick vor. Aber er legte mir nur fest die Hand um die Taille und sagte: „Denk dran, du gehörst jetzt zu mir." Dann gab er mir einen Kuss auf die Wange und ließ mich gehen. Ich winkte ihm zum Abschied zu, den Bauch voller Schmetterlinge, und stolperte auf das Haus der Chandlers zu, wieder einmal berauscht von seinem guten Aussehen und seinem ganz eigenen Charme.

☙

An diesem Abend entwickelten Dobbs und ich die erste Filmrolle, während Parthenia neben uns hockte und bei jedem Schritt Oohs und Aahs von sich gab – vor allem, als ich die rote Lampe einschaltete und den Apparat öffnete, um den Film herauszuholen. Gebannt schaute sie zu, wie wir ihn in die Schale mit der chemischen Lösung tauchten.

Zwei Stunden lang entwickelten wir die Bilder. Meine Favoriten waren die von Dobbs auf dem Bett, aber Parthenia taufte die Fotos von sich „das Schönste, was ich je gesehen habe" und flehte uns an, ob sie in der darauffolgenden Woche eins mit ins Armenhaus nehmen dürfe.

Irgendwann scheuchten wir Parthenia ins Bett und ich berichtete Dobbs atemlos von Joan Crawford, dem Film und wie Spalding mich auf die Wange geküsst und mir sein Taschentuch angeboten hatte. „Es war soo romantisch!" Dann hatte ich eine Idee. „Dobbs, wollen wir uns nicht mit Hank und Spalding zu viert verabreden, wenn Hank zu Besuch ist?"

„Du magst ihn wirklich, oder?"

„Oh ja. Er ist so ein Gentleman und er sieht umwerfend aus und ich glaube, er hat Gefallen an mir gefunden, wieso auch immer."

Dobbs sah nicht überzeugt aus. „Perri, du bist so hübsch und weiblich, dir laufen doch Unmengen von Jungs hinterher."

„Aber er ist quasi schon Collegeabsolvent. Überleg doch mal! Vielleicht zieht er eines Tages eine Hochzeit in Betracht und wer weiß, vielleicht sogar in gar nicht allzu weiter Ferne, und wenn wir heiraten, denk doch nur, er ist so reich, dass der ganze Schlamassel ein Ende haben würde! Verstehst du das nicht?"

Dobbs, sonst so voller Begeisterung, sah ernüchtert aus und griff nach meinen Händen. „Anne Perrin Singleton. Lass dir Zeit. Du musst nicht irgendeinen reichen Kerl heiraten, um deine Familie zu retten. Ich sage dir, der Herr wird für euch sorgen. Versprochen. Ich weiß es einfach." Aber als sie die Enttäuschung in meinem Gesicht sah, fügte sie schnell hinzu: „Aber natürlich gehen Hank und ich gern mit dir und Spalding aus. Es wäre uns ein Vergnügen."

Bevor ich das Licht in der Dunkelkammer ausschaltete, warf ich noch einen Blick zurück auf die Fotos, die auf der Leine hingen, eine schwarz-weiße Reihe aus glänzenden Rechtecken. Ich blieb am Foto von Dobbs auf dem Bett hängen und beglückwünschte mich insgeheim selbst dazu, so ein gutes Foto geschossen zu haben.

Dobbs zeigte auf das Foto von Dellareen und der Eismaschine. „Fotografieren ist deine Zukunft", stellte sie nüchtern fest. „Ich garantiere es dir."

Ich knipste das Licht aus und Dobbs machte das Schloss vor die Dunkelkammer. Zum Abschied gaben wir Dynamite, die leise wieherte, eine Karotte. „Danke", sagte ich zu Dobbs und fühlte mich leicht wie eine Feder. Eine Fotografin! Meine Zukunft! Aber nur für den Fall, dass Dobbs sich irrte, hatte ich noch einen Plan B: Spalding Smith.

Kapitel 12

Dobbs

Mutters Brief kam mitten in der Prüfungszeit.

Liebe Mary Dobbs,
Vater hat von der Tragödie gehört, die die Menschen in Oklahoma und Texas ereilt hat – sie nennen es den Schwarzen Blizzard. Die Staubstürme haben die Ernte zerstört und Menschen ihr Obdach genommen – als wenn ihr Leben nicht schon schwer genug wäre. Wir werden in diesem Sommer dort Zeltversammlungen abhalten. Deswegen haben wir in Erwägung gezogen, Frances und Coobie bei dir und den Chandlers in Atlanta zu lassen. Gott scheint uns diese Möglichkeit aufzutun, vor allem im Blick auf Coobies chronische Bronchitis, die Gott sei Dank nicht schlimmer geworden ist. Aber der ganze Staub wäre sicher gefährlich für sie.
Deine Schwestern werden also nächste Woche mit Hank nach Atlanta reisen und den Sommer über bei dir bleiben. Dein Vater hat schon mit Tante Josie gesprochen und sie findet die Idee vernünftig. Ich hoffe, du bist nicht allzu sehr enttäuscht, auch wenn du dich darauf gefreut hast, den Sommer über in Chicago zu sein.
Ich freue mich schon sehr, wenn dein Vater und ich für die Evangelisation zu euch in den Süden kommen. Nur noch ein paar Wochen.
Alles Liebe
Mutter

Am letzten Samstag im Mai, während die anderen Mädchen das Ende der Prüfungen feierten und so schnell wie möglich in diesem oder jenem Country Club ins kühle Nass springen wollten, machte ich mich fertig, um Hank, Coobie und Frances abzuholen. Ich wählte das zweite Kleid aus, das Tante Josie für mich gekauft hatte: sanftes Gelb, weißer Spitzenkragen und weißer Ledergürtel. Ich tüftelte ewig an der richtigen Frisur herum, bis ich letzten Endes beschloss, die Haare einfach offen zu tragen. Hank gefiel das sowieso am besten.

Am liebsten hätte ich sie allein am Bahnhof abgeholt, aber allein Auto zu fahren traute ich mir nicht zu und Tante Josie hatte mir das auch nicht angeboten. Hosea hatte sich bereit erklärt, mich hinzubringen, aber schließlich überzeugte Perri Tante Josie, dass sie mich fahren könne. Wie man fuhr, das wusste sie – spätestens mit fünfzehn konnten das die meisten –, aber sie war hinter dem Lenkrad etwas nervös.

„Du bist ja ein richtiges Nervenbündel", sagte ich. Perri tat es mit einem Lachen ab und umklammerte das Lenkrad, als würde es jeden Moment wegfliegen. Sie wirkte noch aufgeregter als ich.

Zweimal würgte sie unterwegs den Motor ab und wir kamen letzten Endes zu spät am Bahnhof an. Sie ließ mich am Haupteingang aussteigen und parkte dann das Auto. Ich erreichte völlig atemlos den Bahnsteig und versuchte auf Zehenspitzen über die Köpfe der Männer zu sehen, die vor mir standen. Dann endlich entdeckte ich sie. Hank lief in meine Richtung, hatte Coobie auf dem Rücken und in jeder Hand einen Koffer. Frances redete aufgeregt auf ihn ein, aber er sah nur geradeaus. Er reckte den Hals und seine Augen leuchteten.

Coobie entdeckte mich als Erste. „Dobbsy! Dobbsy!", rief sie überschwänglich. Ihr Gesicht war blass, eingerahmt von unzähligen schwarzen Löckchen, und sie strahlte bis über beide Ohren. Sie glitt von Hanks Rücken und rannte im Zickzackkurs durch die Menge auf mich zu. Coobie war eben einfach noch sie selbst.

Ich breitete die Arme aus und hob sie hoch. „Coobie! Wie schön, dass ihr da seid." Als Hank und Frances nachkamen, umarmte ich zuerst Frances und sie sagte „Hallo, Schwesterchen". Sie klang ein wenig reserviert. Ihre dunkelbraunen Haare hatte sie mit einem

Haarreifen gebändigt und sie trug das blassblaue Kleid, das sie von mir übernommen hatte. Es stand ihr gut und betonte ihre ersten weiblichen Kurven.

Dann wandte ich mich mit klopfendem Herzen Hank zu und wusste nicht, was ich sagen sollte. Er war viel größer als ich und seine Frisur war durch Coobie etwas durcheinandergeraten. Er trug den grauen Anzug von den Zeltversammlungen und ich fand, er sah einfach hinreißend aus. Auf seinem Gesicht breitete sich ein Lächeln aus. „Dobbs!"

Er stellte die Koffer ab, hob mich hoch und wirbelte mich einmal herum. Da wusste ich, dass alles in Ordnung war. Seine Gefühle waren noch immer dieselben. Wir standen da, sahen uns an und grinsten etwas unbeholfen. Dann kam Perri herbeigeeilt. Ich machte einen Schritt auf sie zu. „Perri, ich möchte dir meine Schwestern Frances und Coobie vorstellen, und Hank, meinen Freund."

Coobie umarmte Perri kurzentschlossen. „Wir haben schon so viel von dir gehört und wir haben für deine Familie gebetet. Und Dobbsy hat recht: Du bist so schön."

Perri wurde rot, aber ihre grünen Augen funkelten.

„Schön, dich kennenzulernen", rief Frances und Hank sagte: „Danke, dass du auf unsere Dobbs so gut aufgepasst hast."

In diesem Augenblick, auf dem Bahnsteig mit meiner besten Freundin, meinem Freund und meinen beiden Schwestern, war das Leben für mich perfekt. Ich gluckste vor Freude. „Ich freue mich ja so, euch alle hierzuhaben. Ich bin das glücklichste Mädchen auf der ganzen Welt!"

Die anderen lachten und dann nahm Coobie Perris und Frances' Hand und die drei liefen vor Hank und mir aus dem Bahnhof. Coobie warf uns einen vielsagenden Schulterblick zu. „Du kannst sie ruhig küssen, Hank", raunte sie. „Ich glaube, Vater hat nichts dagegen."

Der arme Hank wurde rot wie eine Tomate. Er küsste mich nicht, sondern zerzauste Coobie die Haare und nahm dann die beiden Koffer. Ich lief so nah neben ihm, wie ich konnte.

☙

Perri setzte uns bei den Chandlers ab. Coobie und Frances sprangen aus dem Wagen und starrten ungläubig das Haus an. „Oh Mann, oh Mann", flüsterte Frances. „Das ist ja ein Haus ..."

Coobie ballte die Fäuste und kniff die Augen zu. Dann riss sie sie wieder auf und fing an, begeistert herumzuhüpfen, bis die Locken tanzten. „Es ist echt! Ein echtes Märchenschloss! Genau wie auf den Fotos, die uns Mutter gezeigt hat."

Hank hantierte mit dem Gepäck und Perri zog mich beiseite. „Ich kann nicht bleiben. Um eins werden die Pferde abgeholt."

„Kommst du zurecht?"

„Keine Sorge. Genieß du deinen Hank. Und denk an nichts anderes, ja?" Sie stieg wieder in den Buick und strahlte mich an. „Er ist wirklich toll. Man sieht sofort, dass er verrückt nach dir ist. Und er sieht gut aus, aber das ist nicht alles ... na ja, er ist einfach gut. Ja, das trifft es. Er strahlt Herzensgüte aus. Ich freue mich für dich." Dann ließ sie den Motor an und fuhr davon, vorgebeugt und schwer konzentriert.

Tante Josie kam zum Seiteneingang und begrüßte uns herzlich. Sie ließ sich sogar von Coobie umarmen. „Na, da seid ihr ja endlich", sagte sie und sah aus wie eine kräftige Henne, die ihre Küken in Empfang nimmt. Sie zeigte Coobie und Frances Beccas Zimmer, in dem die beiden schlafen sollten. Zwei Betten standen darin, und als sie die Ankleidekammer öffnete, damit Hank die Koffer hineinstellen konnte, rannten meine Schwestern hinein und bestaunten die vielen Kleider. Sie kicherten und stupsten sich gegenseitig an. „Die Kammer ist ja größer als unser Zimmer!", flüsterte Coobie viel zu laut.

„Hat jemand Hunger?", fragte Tante Josie, nachdem sie Hank das Gästezimmer im Erdgeschoss gezeigt hatte.

„Ich bin schon fast verhungert", beklagte sich Coobie und bekam Frances' Ellbogen in die Rippen.

„Sei nicht so frech!"

Parthenia servierte uns das Mittagessen. Als sie Coobie sah, fragte sie mich: „Ist das deine kleine Schwester mit den sieben und zwei drittel?"

Ich zwinkerte Parthenia zu. „Genau die."

Coobie kniff die dunklen Augen zusammen. „Und wer bist du?"

„Parthenia Jeffries heiß ich" – sie knickste leicht – „und ich war acht und drei viertel, aber bald hab ich Geburtstag, und dann bin ich neun ganz glatt."

Hank musste lachen, was Parthenia gut gefiel.

Coobie runzelte die Stirn, erinnerte sich dann aber an ihre Manieren. „Schön dich kennenzulernen, Parthenia." Ich sah ihr an, dass sie angestrengt überlegte, und schließlich verkündete sie freudestrahlend: „Aber ich bin gar nicht mehr sieben und zwei drittel, weil bald habe ich Geburtstag, und dann bin ich acht ganz glatt!"

Tante Josie räusperte sich und Parthenia lief in die Küche, um die typischen herzhaften Biskuits zu holen. Später, nachdem alles abgeräumt war, ging sie zu Coobie und fragte: „Willst du mal mein Armband sehen, das mir meine Mama zum letzten Geburtstag geschenkt hat?"

Coobie nickte und Parthenia nahm sie an der Hand und zog sie fort. Coobie hatte noch nicht einmal gefragt, ob sie aufstehen durfte, aber das überraschte mich nicht.

Frances verdrehte die Augen. „Sie ist das ungezogenste Gör auf der ganzen Welt."

Tante Josie hatte irgendetwas zu erledigen und Frances verkündete, dass sie von der zweitägigen Zugreise müde sei und sich hinlegen wolle. Ich hätte sie beide dafür küssen können, dass sie mir Zeit allein mit Hank verschafften.

CB

Hank zog sich ein weißes T-Shirt und seine Latzhose an und dann gingen wir Hand in Hand über das Gelände. Ich zeigte ihm die Scheune, die Dunkelkammer und die Unterkunft der Diener, wo Parthenia und Coobie miteinander spielten. Wir schlenderten den Hügel hinab und kamen zu dem kleinen See. Das Wasser glitzerte blaugrün in der Maisonne und der Duft der Rosen, der Heckenkirsche, des Jasmins und der Pfirsiche verband sich zu einem fast exotischen Aroma. Doch als wir uns auf eine Steinbank setzten, sogen wir wohl hauptsächlich den Duft des anderen ein.

„Ich hab dich schrecklich vermisst", sagte ich schließlich.

„Ich dich auch, Dobbs. Ich gehe jeden Tag mit einem Kloß im

Hals zur Arbeit und er geht erst weg, wenn ich wieder nach Hause komme und da ein Brief von dir liegt."

Wir saßen eine lange Zeit einfach nur da und mussten nichts weiter sagen.

Perri hatte recht mit Hank. Er hatte eine Herzensgüte und strahlte nicht die geringste Überheblichkeit aus. Freundlichkeit und Güte mischten sich bei ihm mit äußerer und innerer Stärke. Er hatte breite, starke Schultern, und in meinen Augen konnte er darauf die Last der Welt tragen. Er hatte schon als Kind viel durchgemacht – den Tod seines Vaters als Zehnjähriger und den ersten Job in der Stahlfabrik als Zwölfjähriger, damit seine Mutter die Rechnungen bezahlen konnte. Er hatte seinen Schulabschluss trotz zweier Jobs gemacht und ich war mir sicher, dass er trotzdem niemals gejammert hatte. Er machte die Dinge mit sich selbst aus, im Stillen, aber seine eigentliche Kraft rührte aus seinem felsenfesten Vertrauen auf Gott, und das beflügelte meinen eigenen Glauben. Ich war eher spontan und lebhaft, Hank hingegen strahlte eine ganz besondere Ruhe aus, die mir unerschütterlich vorkam. Ich glaube, Vater mochte diese Qualität an ihm ebenfalls. Bei seinem feurigen Temperament konnte er einen Mitarbeiter gebrauchen, der Stabilität vermittelte.

„Du bist ja eine richtig kultivierte Lady geworden", stellte Hank fest und unterbrach meinen Gedankengang. „Das ist ein sehr hübsches Kleid."

„Das war keine Absicht. Tante Josie hat mir das Kleid gekauft. Macht es dir viel aus?"

„Nicht das Geringste. Du siehst toll aus, noch hübscher als sonst. Ich hoffe nur, es kämpfen nicht zu viele junge Männer um deine Aufmerksamkeit."

„Ach, nicht einer. Ich sehe die Jungs noch nicht mal. Ich habe Perri gesagt, dass ich kein Interesse habe an den ganzen Lunches und Tanztees und Bällen und daran, dass die Jungs vorbeikommen – Stippvisiten nennt man das hier – zu jeder Tages- und Nachtzeit und man sitzt auf der Veranda und erzählt und erzählt. Ich habe dich, habe ich ihr gesagt, und die Jungs lassen mich in Ruhe."

Wir saßen schweigend nebeneinander. Ein kleiner Fisch, vielleicht ein Barsch, sprang plötzlich aus dem See und platschte wieder ins Wasser, sodass sich große Kreise bildeten. Ich sah zu, wie sich die Bewegung ausbreitete.

„Ich muss dir etwas sagen", setzte Hank schließlich an, fast scheu. „Und einen besseren Augenblick wird es wohl nicht geben." Er fuhr sich durch die Haare. „Ich habe meinen Job verloren. Letzte Woche wurde die Stahlfabrik geschlossen und U.S. Steel in Gary, Indiana, einverleibt. Dreihundert von uns mussten gehen und die meisten davon müssen eine Familie ernähren. Wir hoffen jetzt, dass die anderen Stahlwerke um den Michigansee vielleicht noch freie Stellen haben. Und möglicherweise finde ich etwas auf der Weltausstellung im Sommer."

Wir saßen aneinandergeschmiegt vor dem glitzernden See und Hank legte einen Arm um mich. Ich wollte alles vergessen und mich in dem Hochgefühl, bei ihm zu sein, verlieren. Aber seine Worte „Job verloren" hatten mich zurück auf die Erde geholt und ich wusste nicht, was ich sagen sollte.

„Das wird schon, Dobbs." Er sah mich mit seinen veilchenblauen Augen an, die strahlend und zugleich beruhigend waren. „Der Herr sorgt für uns. Davon bin ich überzeugt. Er lässt die Seinen nicht im Stich. Ich werde Arbeit finden und du machst deine Schule fertig und dann machen wir uns Gedanken um die Zukunft. Dein Vater freut sich sehr über meine Absichten mit dir und nichts auf der ganzen Welt könnte mich davon abbringen. Mach dir keine Sorgen."

Ich nickte, musste aber daran denken, wie Vater gesagt hatte, dass die Stahlfabrik in Chicago niemals pleitegehen würde.

„Ich habe Angst, arm zu sein", flüsterte ich und umklammerte seine Hände.

Und dann sprudelte alles aus mir heraus. Dass die Leute in Atlanta sich für arm hielten, wo sie doch so viel hatten, dass ich nicht zu den anderen auf dem Washington Seminary passte und dass Peggy so gemein zu mir gewesen war und dass die anderen mich immer mehr ausgrenzten. Ich erzählte Hank von Vaters wilden Jahren und dass ich mich fragte, warum wir kein Geld hatten. Ich erwähnte sogar meine Bedenken gegenüber Spalding Smith. Ohne Punkt und Komma berichtete ich, was in den letzten zweieinhalb Monaten geschehen war.

Hank konnte gut zuhören, nicht nur mit den Augen, die mir

aufmerksam folgten, sondern mit dem ganzen Körper, der leicht nach vorn gebeugt war und Interesse signalisierte. Ich verspürte eine große Erleichterung, als ich ihm alles erzählt hatte, mehr als in allen meinen Briefen, und Frieden breitete sich in mir aus. Sein Arm lag um meine Schulter und von mir aus hätten wir noch ewig so sitzen bleiben können.

Irgendwann stand er auf, bot mir seine Hand an und zog mich hoch. „Du darfst mich den restlichen Nachmittag herumführen und mir alles zeigen."

„Das mache ich, mit kolossalem Vergnügen. Schrecklich gern. Mächtig gern. Jawohl!"

Er legte den Kopf schief und grinste mich an. „Du sprichst anders. Kann es sein, dass du einen leichten Südstaatenakzent hast?"

Mir schoss der Gedanke durch den Kopf, ob sich nicht noch viel mehr geändert hatte.

Perri

Zwei Monate lang hatte Mr Robinson versucht, Käufer für unsere Pferde zu finden. Und nun war es so weit. Ich war nach Daddys Tod nicht ein einziges Mal mehr in der Scheune gewesen, aber als die Pferdetransporter vor der Tür hielten, bekam ich schreckliche Bauchschmerzen und wusste, dass ich die Pferde noch einmal sehen musste. Mr Robinson meinte, wir hätten eine stattliche Summe für die Vollblüter bekommen, und sie kämen in einen modernen Stall in Virginia zu einer Familie, die wohl nicht jeden Penny zweimal umdrehen musste wie wir.

Mein Leben hatte sich wieder ein Stück aufgelöst. Ich staunte über mich selbst, wie ich nach außen hin lächeln und Spalding und den anderen Jungs schöne Augen machen konnte, mit Peggy und Emily schwatzen und so tun konnte, als würde mein Leben fröhlich vor sich hin plätschern, während es in Wirklichkeit implodierte und über mir zusammenbrach.

Ich trat in die Scheune und sofort stürmten die Erinnerungen auf mich ein – die Heuhalme auf der Erde, die unruhigen Pferde, Daddys Schuh. Mit feuchten Augen ging ich zu Windchaser, Daddys Wallach. Er steckte den stolzen Kopf aus der Box, die Ohren nach vorn gespitzt, und begrüßte mich, als hätten wir uns nicht drei Monate, sondern nur drei Tage nicht gesehen. „Mach's gut, Chase", flüsterte ich und streichelte ihm die Nüstern und die breite, flache Stirn.

Jimmy und Ben – sie waren am Samstag extra deswegen gekommen – führten die Pferde nach draußen, zuerst den braunen Wallach, dann das graue Pony, auf dem ich als Kind geritten war. Shadowbox, meine kastanienbraune Stute, warf den Kopf unruhig nach oben, und ich ging mit einem Kloß im Hals zu ihr, fiel ihr um den Hals und versuchte nicht daran zu denken, dass ich mich gerade für immer von ihr verabschiedete. Mir kamen all die sonntäglichen Fuchsjadgen mit Daddy in den Sinn – er auf dem scheckigen Windchaser und ich hinter ihm auf Shadowbox. Plötzlich fiel mir meine erste Jagd ein.

Die frische Oktoberluft biss mir ins Gesicht und ich galoppierte über ein weites Feld hinter Daddy her, der seinen scharlachroten Mantel trug und dem wilden Bellen der Hunde folgte. Ich war zwölf und stolz darauf, mit Daddy auf eine richtige Jagd zu gehen. Die Hufe von zwei Dutzend Pferden donnerten auf den Boden und begleiteten das blutrünstige Gebell. Am Ende des Felds ritten wir geradewegs ins Unterholz, legten uns fast auf die Hälse der Pferde und wichen spröden Ästen aus. Irgendwann hatten wir endlich die Lichtung erreicht, auf der die Hunde den Fuchs eingekreist und in einem ausgehöhlten Baumstamm in die Falle gelockt hatten. Als es ans Töten ging, schrie ich auf und kniff die Augen zu.

„Gewöhn dich dran, Perri", hatte Daddy gesagt. „Das gehört zum Jagen nun mal dazu." Aber ich tat es nicht. Ich hasste das Töten, aber die Liebe zu meinem Vater und der Wunsch, Zeit mit ihm zu verbringen, trieb mich an jenen Sonntagen an. Ich wurde eine gute Reiterin, nur für ihn.

Und jetzt sollte ich mich schon wieder von ihm verabschieden, von einem Teil meiner Kindheit und Jugend, den ich nie wiederbekommen würde.

Wir hatten beschlossen, die ganze Reitausrüstung mitzuverkaufen: das Zaumzeug und die Sättel, die Decken und Führstricke, die Eimer und Bürsten und Hufkratzer, sogar die frischen Heuballen, wegen derer ich immer niesen musste, und die Futtertonnen mit Hafer. All das wurde in die Pferdetransporter nach Virginia verladen. Ich nahm den Holzdeckel von der großen Hafertonne und steckte meine Hände tief hinein. Im Gegensatz zu meiner Pennysammlung fühlte sich der Hafer weich wie Honig an, obwohl das Korn hart war. Er roch süßlich und staubig.

„Auf Wiedersehen", flüsterte ich und stand dabei genau dort, wo Daddy sich das Leben genommen hatte.

Ich ging zu dem Holzständer, auf dem mein Reitsattel lag, schloss die Augen und legte den Kopf gegen den Vorderzwiesel. Der tröstliche Geruch von Leder stieg mir in die Nase. Zärtlich fuhr ich über die Sitzfläche und fegte die leichte Staubschicht fort, die sich in den vergangenen Monaten darauf gebildet hatte. Mein Finger folgte dem Steigbügelriemen nach unten und mir fiel auf, wie viele Löcher abgenutzt aussahen, ein Zeugnis dafür, dass meine Beine im Lauf der Jahre länger geworden waren. Schließlich war ich am kühlen Steigbügel angekommen. *„Ferse runter, Perri! Lass die Ferse unten"*, hörte ich Daddy.

Vorsichtig nahm ich den Sattel vom Ständer, um ihn persönlich in den Transporter zu bringen. Da flatterte ein weißer Umschlag zu Boden. Ich sah ihm verblüfft nach, legte den Sattel zurück und hob ihn auf.

Perri stand in der gespreizten Schreibschrift meines Vaters darauf.

Vor Schreck ließ ich den Brief fallen, als wäre er glühend heiß. Er kam in einer Ecke verkehrt herum zum Liegen, neben etwas Heu und unter einigen Spinnweben.

Mit zitternden Händen hob ich ihn wieder auf und öffnete die Umschlagklappe. Mit einer Hand hielt ich mich am Sattelständer fest und mit der anderen fischte ich das feine Briefpapier mit Daddys Initialen heraus.

Meine liebste Perri,
es tut mir so unendlich leid.
Glaub mir, ich habe es nicht getan!
Ich liebe dich, dein Daddy

Darunter war irgendetwas weggekratzt und unter seinen Namen hatte er noch etwas kaum Leserliches hingekritzelt – *Gib nicht auf.*

Mein Atem kam stoßend und ich beugte mich vor, um mich zu beruhigen. Aber dann sank ich einfach zu Boden und knüllte den Brief zusammen, der hier die ganze Zeit für mich gelegen hatte. Ich stellte mir vor, wie Daddy ihn wenige Augenblicke, bevor er sich die Schlinge um den Hals gelegt hatte, unter meinen Sattel geschoben hatte. Aber warum? Als Beweis wofür? Für seine Verzweiflung? Seine Liebe? Wahrscheinlich hatte er damit gerechnet, dass ich nur wenige Tage nach seinem Tod mit Shadowbox ausreiten und den Brief finden würde. Sicher hatte er nicht geplant, dass ich nur durch Zufall nach langer Zeit darauf stieß und dadurch die alten Wunden wieder aufgerissen wurden.

„Oh Daddy, warum nur? Warum hast du uns verlassen? Wieso habe ich nur gedacht, dass Mr Roosevelts Rede alles besser machen würde? Du hattest schon lange entschieden, was du tust, oder? Aber warum, Daddy? Warum?"

Ich faltete den zerknüllten Brief auf und zwang mich, ihn erneut zu lesen. *Ich habe es nicht getan.*

„Was soll das heißen, Daddy?", rief ich. „Du hast es doch getan! Du hast dich umgebracht."

Ich blieb bestimmt zehn Minuten schluchzend in der Scheune, bis Ben und Jimmy den Rest der Ausrüstung holen wollten und mich fanden. Den Brief hatte ich in meine Tasche gesteckt. Der schlanke Jimmy hob mich zärtlich hoch und trug mich zum Haus, genau wie an jenem schicksalhaften Tag im März.

Ich lag auf der Veranda und heulte.

Mama war bei einer Benefizveranstaltung der Junior League – wir hatten das extra so geplant, damit sie den Abtransport der Pferde nicht mit ansehen musste – und Barbara und Irvin besuchten ihre Freunde. Jimmy lief los und holte Dellareen, und als sie kam, sagte sie immer wieder: „Kindchen, Kindchen. Nicht immer die Starke sein, Miz Perri. Sonst reißt das Herz schon wieder entzwei. Schön ausruhen." Sie brachte mir Pfirsicheis und eine Coca-Cola und ließ mich allein, während das Eis flüssig wurde und die Cola ihre dunkle Karamellfarbe verlor, weil der große Eiswürfel im Glas schmolz.

Ich wollte nicht allein sein. Ich wollte zu den Chandlers fahren und Dobbs mein Herz ausschütten. Aber ihr einziges Wochenende mit Hank wollte ich auf keinen Fall ruinieren, also blieb ich liegen, fächelte mir Luft zu und starrte in die Ferne.

Ich beobachtete Jimmy und Ben beim Einladen der Pferde und sah, dass es selbst ihnen das Herz brach. Als Shadowbox die Rampe hinaufgeführt wurde und im Transporter verschwand, kamen mir wieder die Tränen. Plötzlich bekam ich heftige Krämpfe, viel schlimmer als während meiner Periode, und ich dachte, ich müsse mich übergeben, aber nichts passierte. Ich lag nur da und sah zu, wie ein weiterer Teil meines Lebens starb.

Am Nachmittag kam Spalding vorbei. Ich konnte mich nicht daran erinnern, ob wir verabredet gewesen waren oder er nur eine Stippvisite machte, aber als er vor mir stand, lag ich noch immer auf der Veranda, die Haare und das Gesicht ein einziges Durcheinander und mein hellblaues Kleid voller Späne und Heu. Er trug ein smartes Golfoutfit – ein frisches Poloshirt und blau-grüne Knickerbocker, Kniestrümpfe und weiße Golfschuhe. Er erinnerte mich an eine Werbeanzeige im *Atlanta Journal*, in der ein junger Mann sich lässig auf seinen Golfschläger stützte. Trotz meines Zustandes setzte mein Herz kurz aus. Himmel, war er attraktiv.

„Perri, was in aller Welt ist denn los?", fragte er und setzte sich neben mich.

Ich wischte mir die Tränen ab und war zu verzweifelt, um über mein Aussehen nachzudenken. „Etwas Schreckliches. Oh Spalding, es ist grauenvoll." Und weil ich sonst niemand hatte, dem ich mich mitteilen konnte, ließ ich alles heraus. „Wir haben heute die Pferde verkauft und die Scheune leer geräumt und ich habe unter meinem Sattel einen Brief gefunden, den Daddy geschrieben hat, an jenem schrecklichen Tag, und er war für mich, und Daddy meinte, es tue ihm leid und er habe es nicht getan, aber ich weiß überhaupt nicht, was er damit meint. Ach, wenn ... wenn ich es doch nur gewusst hätte und ihn hätte aufhalten können." Wieder fing ich an zu schluchzen.

Spalding sagte Dinge wie „Das tut mir so leid, Perri. Das war sicher ein Schock" und „Weine nicht; das bringt nichts" und „Hier, tupf dir die Augen ab".

Und dann tat er, was ich bei den Männern im Film immer hasste. Sobald das arme, verzweifelte Fräulein zu weinen anfing, zog der Held oder der Bösewicht, je nachdem, die zarte Lady an sich, nahm sie in den Arm und versuchte sie zu trösten. Genau in ihrem schwächsten Augenblick wandte er ihr sein charmantes und attraktives Gesicht zu, sah ihr in die Augen und küsste sie. Und sie, erschöpft von Sorgen und Schmerz, wehrte sich nicht. In solchen Szenen kochte ich innerlich und murmelte: „Er nutzt sie doch einfach nur aus, der elende Schuft!"

Aber nun war ich das arme, verzweifelte Fräulein und als Spalding seine Lippen auf die meinen drückte, war ich erst geschockt, verspürte dann ein banges Gefühl und schließlich einen Anflug von Vergnügen. Ich drückte mich noch fester an ihn, weil ich nicht wusste, was ich tun sollte, und weil ich es brauchte, dass mich jemand festhielt. Er küsste mich immer leidenschaftlicher. Als er irgendwann aufhörte, war ich ganz schlaff in seinen Armen. Er setzte sein verführerisches Lächeln auf. „Na also", flüsterte er. „Geht es dir besser?"

Ich nickte, aber eigentlich wollte ich schreien: *Nein! Nein! Das ist es überhaupt nicht, was ich brauche. Du verstehst das ganz falsch!* Aber das konnte er natürlich nicht sehen. In seinen Augen brannte schon wieder dieses Verlangen und zwar so heftig, dass ich es kurz mit der Angst zu tun bekam.

Ich atmete tief ein und löste mich aus der Umarmung. „Danke, dass du für mich da bist, Spalding. Verzeih mir, aber ich bin ganz erschöpft und habe keine Kraft für irgendetwas."

Er küsste mich wieder – mitten auf unserer Veranda, wo Dellareen es sehen konnte. Vielleicht hatte sie es sogar gesehen. Jimmy und Ben waren noch mit dem Transporter unterwegs. Irgendwann ging Spalding, drehte sich aber noch einmal um. „Bist du dir sicher, dass du nicht ins Grüne fahren willst?"

Als ich den Kopf schüttelte, konnte ich die Enttäuschung in seinem Gesicht sehen, und ich fühlte mich ein wenig schuldig.

„Ich komme morgen wieder vorbei. Ruh dich aus, Liebes. Ruh dich aus und vergiss den Brief."

Ich stolperte die Treppe hinauf, warf mich auf mein Bett und brach wieder in Tränen aus. Wie ein Embryo lag ich da, vergrub das Gesicht in den Händen und gab mich den erdrückenden Schuldgefühlen hin – wegen Daddys Tod und Spaldings Küssen ... schließlich hatte ich sie trotz der anfänglichen Abneigung genossen.

Als Dellareen mich rief und ich nicht reagierte, kam sie die Treppe hinauf. „Ich gehe zur Straßenbahn, Miz Perri", rief sie, aber als sie mich so daliegen sah, nahm sie mich in den Arm und wiegte mich. Sie blieb bei mir, bis Mama von der Junior League zurück war. „Kindchen, Kindchen", sagte sie immer wieder. „Miz Perri, mein Kind, ich sage dir jetzt was, hörst du? Dein Daddy hatte dich sehr lieb und er war ein guter Mann. Ein guter Mann. Das war er, jawohl. Vergiss das nicht."

Sie wusste überhaupt nichts von Daddys Brief und gab mir trotzdem genau das, was ich brauchte: menschliche Wärme und Berührung, ohne jede Erwartungshaltung. Sie hatte mich siebzehn Jahre lang getröstet und nun tat sie es wieder und ich schlief in ihren dünnen, schwarzen Armen ein.

Kapitel 13

Dobbs

Das Abendessen am Sonntag war vorzüglich: Schmorbraten mit Reis und Soße, selbst gemachte Biskuits und Butter und Honig und verschiedenes Gemüse. Meine Schwestern bekamen beim Essen große Augen vor Vergnügen. Frances wartete artig darauf, wegen eines Nachschlags gefragt zu werden, aber Coobie griff immer wieder nach den warmen Biskuits und aß so schnell, dass ich mir sicher war, sie würde Bauchschmerzen bekommen. Es tat weh, sie essen zu sehen und wie ihre blassen Gesichter bei dem üppigen Angebot vor Freude strahlten. Ich war so dankbar, dass Mutter und Vater sie den Sommer über hierlassen würden.

Onkel Robert, der sonst still und ernst war, hatte sich schnell mit Hank angefreundet, und sie führten eine eigene Unterhaltung über das zweite Kamingespräch von Präsident Roosevelt, seine ersten Monate im Amt und das Programm, das die Leute New Deal nannten. Ich glaube, Onkel Robert war froh, einen Mann im Haus zu haben. Sie unterhielten sich in einem fort und Hank war genauso entspannt und er selbst wie bei Vater. Ich beobachtete die beiden und merkte, wie stolz ich auf meinen Freund war. Von ganzem Herzen wollte ich seiner Liebe würdig sein.

Aber ich merkte noch etwas. Der Anblick meiner fröhlichen, vollgegessenen Schwestern gefiel mir. Es gefiel mir, ein hübsches Kleid zu tragen, ein eigenes Zimmer zu haben und auf eine Privatschule zu gehen. Ich mochte das Gefühl, Komfort zu haben. Vielleicht würde ich nie so richtig zu den anderen Mädchen von Atlanta passen, aber es fröstelte mich bei dem Gedanken, wie sehr ich hoffte, dass Hank bald Arbeit finden würde – gute Arbeit, damit wir nicht für den Rest unseres Lebens nur Reis und Kartoffeln essen müssten.

☙

Am Sonntagmorgen vor der Kirche hatte Tante Josie die Idee, Hank könne doch ein paar von Onkel Roberts alten Anzügen anprobieren. „In die passt er doch längst nicht mehr hinein", sagte sie geradeheraus. Als wir uns später auf den Weg zum Gottesdienst machten, trug Hank einen Anzug, der ihm fast passte, wenn auch nicht ganz. Tante Josie hatte ihn vom Dachboden geholt und erklärt, er wäre wie maßgeschneidert für ihn. Es war ein dunkelgrauer Nadelstreifenanzug mit einer blauen Krawatte, die auch von Onkel Robert stammte. Die Krawatte hatte fast dieselbe Farbe wie Hanks Augen und ich fand, er sah sehr mondän damit aus. Ich trug das rosafarbene Kleid von Tante Josie und wünschte mir insgeheim, Perri würde auftauchen und uns fotografieren, denn an diesem Sonntag fühlte ich mich wie eine Königin und mit Hank an meiner Seite so hübsch und elegant wie der Rest von Atlanta.

Nach dem Gottesdienst fuhr Onkel Robert mit uns zum Country Club. Wir saßen zusammengequetscht im Pierce Arrow und Coobie war ganz aus dem Häuschen vor Aufregung. Selbst Frances konnte nicht aufhören zu grinsen, spielte mit ihren weißen Handschuhen und zupfte andauernd an ihrem blauen Kleid, das ihr zu kurz war. Ich vermute, dass Tante Josie jede Bewegung mitbekam und längst Pläne schmiedete, meine Schwestern mit neuen Kleidern auszustatten.

Im Club gab es ein riesiges Buffet, ein Überangebot an Möglichkeiten, das angesichts der Wirtschaftskrise ziemlich dekadent wirkte, aber wir griffen ohne Schuldgefühle zu. Frances, Hank, Coobie und ich holten uns die Südstaatenspezialität überhaupt, die die Dillards sonst nur selten auf ihrem Teller hatten: frittiertes Hühnchen. Coobie nahm sich gleich drei Teile, einen Hühnerschenkel und zwei Keulen, und sie holte sich zwei Schläge Kartoffelbrei und Soße, einen Berg grüne Bohnen und Maisauflauf, und zum Nachtisch lud sie ihren Teller voll Apfelkuchen und ließ noch eine Kugel Vanilleeis daraufplumpsen – und aß das alles auf. Ihr Gesicht hatte etwas Farbe bekommen, aber das grau-weiße Kleid, das ich früher getragen hatte, hing immer noch an ihr herunter, und in Gedanken murmelte ich: *Iss nur, Coobie. Iss und iss und iss.*

Hank aß sich auch satt, aber langsam und bedächtig. Er genoss jeden Bissen und wischte sich ab und an mit der gestärkten weißen Serviette den Mund, um dann festzustellen: „Das schmeckt wirklich hervorragend."

Meine Tante und mein Onkel waren zufrieden mit Hank, das konnte ich sehen, auch wenn er ein wenig verloren aussah. Ich war mir ziemlich sicher, dass er noch nie zuvor in einem Restaurant gespeist hatte, geschweige denn in einem Country Club.

„Ich werde mit Frances und Coobie zum Swimmingpool gehen", verkündete Tante Josie. Als Coobie protestierte, dass sie gar keine Schwimmhosen dabeihabe, lächelte Tante Josie nur und meinte: „Das werden wir gleich haben." Ich begleitete sie in die Damenumkleide und irgendwo zauberte meine Tante einen blau-weiß gestreiften Badeanzug für Coobie und einen roten Einteiler mit Gürtel und Beinen wie eine Männerbadehose für Frances her. Coobie schaffte es nicht allein, ihre Locken unter die Badekappe zu stecken, und sie schrie auf, als Frances ihr aus Versehen an den Haaren zog. Die beiden waren überglücklich und liefen artig hinter Tante Josie zu einem großen rechteckigen Schwimmbecken, dessen Wasser in der Sonne glitzerte.

Onkel Robert schlug Hank und mir vor, einen Spaziergang zu machen, damit er im Herrenzimmer eine Zigarre rauchen konnte, und wir ließen uns nicht zweimal bitten.

Der Club erstreckte sich im Nordwesten von Atlanta über ein gewaltiges Gelände, das noch schöner war, als ich erwartet hatte. Die Gebäude waren aus Sandstein und Feldsteinen. „Ich bin so stolz auf dich", sagte ich, während wir auf den Golfplatz zuschlenderten. „Du hast dir mit Onkel Robert solche Mühe gegeben, obwohl du gerade erst angekommen bist. Oh, Hank, ich weiß, dass es nicht leicht ist, aber du machst das wirklich gut. Und jetzt, wo du das Leben hier gekostet hast, verrate mir, wie du es findest."

„Ich finde es fabelhaft", sagte er, legte seinen Arm um meine Schulter und zog mich sanft näher. Wir liefen eine Weile schweigend weiter und dann ließ er den Arm sinken, nahm meine Hand und brachte mein Herz zum Klopfen.

Irgendwann schnitt ich ein Thema an, das mich schon die ganze Zeit beschäftigte. Ich hatte nur nicht den Mut gehabt, es in meinen

Briefen an ihn zu erwähnen. „Hank, meinst du, ins Kino gehen ist falsch? Hier lieben alle Filme. Und zum Tanzen? Ist es falsch, auf ein Tanzfest zu gehen? Alkohol gibt es ja nicht, wegen der Prohibition. Es wird nur getanzt. Ist Tanzen Sünde? Und was ist mit den ganzen Clubs? Wenn man hier zur Gesellschaft dazugehören will, dann muss man daran teilnehmen. Zuerst war ich mir sicher, dass das alles falsch ist und ich habe immer Vater gehört, wie er es verteufelt, aber jetzt bin ich mir nicht mehr so sicher. Was denkst du?"

Hank ließ sich immer Zeit, wenn er auf eine Frage antwortete – er meinte, er ließe sich die Sache gern erst durch den Kopf gehen. Also wartete ich geduldig, während wir auf einem kleinen Weg neben dem Golfplatz entlangspazierten, der durch ein kleines Wäldchen bis zu einem wunderschönen kleinen Park führte. Es gab sogar eine kleine Quelle, die in einen Goldfischteich rann.

„Ich mag Tanzen ehrlich gesagt sogar", sagte Hank mit einem breiten Lächeln, nahm meine Hand und wirbelte mich herum. Dann zog er mich zärtlich an sich.

„Denk doch mal an Volkstänze. Ich kenne niemanden, der etwas gegen Volkstänze hat. Noch nicht mal dein Vater, glaube ich." Er nahm meine Hände über Kreuz, führte mich ein Stück und vollführte eine schnelle Verbeugung. Ich machte einen Knicks und musste kichern. Irgendwo über uns flog ein Golfball und Hank zog mich weiter, zurück durch das Wäldchen und auf einen Weg, der um einen See führte.

„Also ich mache den Leuten jedenfalls keinen Vorwurf, dass sie sich ein wenig vergnügen wollen", erklärte ich. „Wirklich nicht. Ich meine, das Radio und Hollywood und Musicals und Tanzen ist doch nur der Versuch, der schwierigen Situation für ein paar Stunden zu entfliehen. Ist das so schlimm?"

Jetzt nahm Hank meine Frage ernst. „Dein Vater predigt gegen alles, das Gottes Platz in unseren Herzen einnehmen will. Er sagt, Amerika suche ständig nach etwas noch Größerem und Besserem, das uns erfüllt, und dabei merkten wir nicht, was wir wirklich brauchen."

Ich nickte. Vaters Worte kamen mir nur zu bekannt vor.

„Ein Kinobesuch kostet fünf Cent und ist nur ein Weg von vielen, wie wir uns ablenken können. Das kann genauso gut das Radio, der Tanzsaal oder ein Geselligkeitsverein sein. Aber das gilt auch für Bücher oder für das Lernen um des Lernens willen, für Wohltätigkeitsarbeit oder was auch immer, egal wie wertvoll es auch sein mag. Alles kann in unserem Herzen zu viel Platz beanspruchen." Hank wurde ein bisschen rot. „Jedenfalls lese ich das so aus der Heiligen Schrift."

„Richtig! ‚Wo euer Schatz ist, da ist auch euer Herz'", zitierte ich den passenden Bibelvers.

„Ich denke, jeder von uns muss für sich selbst mit Gott ausmachen, wie viel Unterhaltung ihm guttut. Letzten Endes kommt es auf dein Herz an, Mary Dobbs."

Ich kannte mein Herz gut. Mein Herz wollte alles tun, was Hank sagte, und ihm überallhin folgen. Ich wollte mich in seine starken Arme werfen und dort für immer bleiben, weil ich dort sicher war, die richtigen Entscheidungen zu treffen, die auch Gott die Ehre erwiesen.

Vielleicht spürte er das, denn er drehte mich im Kreis und blieb direkt vor mir stehen, meine Hände in den seinen, und flüsterte: „Tanzen ist völlig in Ordnung, solange du nur mit mir tanzt."

„Nur mit dir", wiederholte ich feierlich.

Wir kamen an einer Bank vorbei und setzten uns. „Das meine ich ernst, Dobbs. Der Herr wird auf uns beide aufpassen. Mach dir keine Sorgen, okay?"

„Okay."

Und dann küsste er mich, wenn auch nur kurz, und ich sog die warme Sommerluft ein und war ganz trunken vor Liebe.

༺༻

Ich hatte Perri das ganze Wochenende nicht gesehen. Als sie anrief und mich an die Viererverabredung mit Spalding erinnerte, wagte ich es nicht, ihr diesen Wunsch abzuschlagen, vor allem, weil sie verzweifelt klang.

„Also schön, aber du weißt, dass Hank und ich keinen Cent haben. Lass uns ein Picknick vorbereiten und irgendwohin fahren – es ist so schön heute. Was hältst du davon?"

„Gerne! Das ist eine gute Idee." Dann fügte sie hinzu: „Ich muss mit dir über etwas Schreckliches reden, aber natürlich nicht vor den Jungs. Aber vielleicht später heute Abend, wenn du Hank zum Bahnhof gebracht hast."

Also stellten Hank und ich ein Picknick zusammen und Spalding und Perri fuhren gegen vier in seinem sportlichen roten Ford Roadster Cabriolet vor. Spalding war wie üblich gekleidet – Karohosen und ein dunkelblaues Polohemd, das seine Augen strahlen ließ. Er trug seine Quastenslipper aus weißem Leder und jedes schwarze Haar auf seinem Kopf war akkurat in Position. Perri trug ein hellgrünes Sommerkleid und sah sehr hübsch aus. Ich hatte Hank angefleht, die Anzughosen anzubehalten und Onkel Robert hatte ihm ein Polohemd geliehen. Ich trug wieder das rosafarbene Kleid und so sahen wir zumindest so aus, als stünden wir mit Spalding und Perri auf einer gesellschaftlichen Stufe, was mir an diesem Nachmittag irgendwie wichtig war.

„Freut mich, Hank", meinte Spalding und schüttelte ihm kräftig die Hand. „Schön, dass du das Wochenende über hier bist."

Ich hatte gehofft, dass die beiden sich genauso locker unterhalten würden wie Hank und Onkel Robert, aber ich spürte augenblicklich eine Spannung zwischen ihnen.

Wir fuhren zum Picknicken zu einem Ort, der Stone Mountain hieß. Die Fahrt dauerte fast eine Stunde und ich war froh, hinten im offenen Cabriolet neben Hank zu sitzen, nachdem ich mir schnell einen Zopf gemacht hatte, damit der Wind mir nicht so sehr die Haare verfilzte.

„Meine Familie kommt gern hierher", erklärte Spalding, als er von der Straße abbog. „Das ist ein großartiger Ort für ein Picknick … und für anderes." Er drehte sich um und zwinkerte Hank zu.

Wir stiegen aus und Spalding führte uns zu einem Weg, auf dem er uns vorausging. Nach kurzer Zeit kamen wir um eine Biegung und standen vor einem gewaltigen Monolithen, einem völlig unbewachsenen Felsbrocken, der wie eine fliegende Untertasse mitten zwischen Feldern und Wäldern gelandet war. „Du liebe Zeit!", staunte ich. „Der ist ja riesig!"

Spalding schien meine Reaktion zu freuen. „Das, liebe Freunde, ist Stone Mountain, der größte Granitfels der Welt. Sagt man zumindest."

Die schiere Größe des Felsens verschlug mir den Atem. Er schien aus einer anderen Welt zu stammen.

„Und wie ihr sehen könnt, wird eine Skulptur hineingemeißelt. Oder vielleicht sollte ich sagen, *wurde*."

Man konnte auf der uns zugewandten Seite die groben Umrisse von zwei Männerköpfen und die eines Pferdes erkennen.

„Sollen das Jefferson Davis und Robert E. Lee sein?", wollte Hank wissen.

„Genau die", erklärte Spalding. „Unsere Helden des Bürgerkriegs. Aber die Skulptur wird wohl nie fertig werden. Der erste Bildhauer, der sie entwarf und 1923 damit anfing, bekam ein paar Jahre später einen Tobsuchtsanfall und zerstörte alle Skizzen. Danach machte ein anderer Bildhauer weiter und kam so weit, wie ihr sehen könnt. Er hat es geschafft, Davis und Lee und die Umrisse von Lees Pferd herauszuschlagen, aber dann forderten die Eigentümer dieses Felsens ihn zurück. Seit fünf Jahren ist die Skulptur unvollendet."

„Schade, aber es ist trotzdem ein Wunder, nicht wahr?", sagte Perri. Sie hatte ihren Fotoapparat mitgebracht, was mich ungemein freute, und machte ein Foto.

Überall saßen Leute herum, manche an Picknicktischen, andere kauften an kleinen Verkaufsständen Getränke. Es gab sogar kleine Wagen, in denen die Touristen um den Berg herumfahren konnten.

„Es gibt auch einen Weg nach oben, falls ihr Lust habt", bot Spalding an.

„Oh ja, gern!", rief ich, und wir ließen uns beim Aufstieg die Geschichte des Bergs erzählen. „Da war mal ein Turm ganz oben, so eine Art Ausguck, mit einem Restaurant und einer Lounge, das war in den 1850ern …"

Wir gingen langsam und fühlten uns in der Nachmittagshitze ganz matt. Keiner von uns trug wirklich passende Kleidung. Spalding summte ein Lied, das Perri als die Kampfhymne von der Georgia Tech erkannte. „Wo bist du zum College gegangen?", wollte Spalding irgendwann von Hank wissen.

Hank rieb sich die Stirn und sah einen Augenblick lang aus wie ein richtiger Hinterwäldler. „Ich konnte nicht gleich nach der Schule. Musste arbeiten gehen, um die Familie zu unterstützen. Aber jetzt mache ich einen Abendkurs am Moody Bible Institute."

„Sein Vater starb, als er zehn war", sprang ich Hank bei und versuchte, Spalding damit von irgendwelchen unangenehmen Fragen abzuhalten.

Spalding gab Hank einen Klaps auf den Rücken. „Macht's dir was aus, wenn ich dich Henry nenne? Perri hat mir erzählt, dass das dein richtiger Name ist und ich finde, das hört sich besser an."

Hank runzelte die Stirn, aber Spalding schien es nicht zu bemerken. „Und wo arbeitest du, Henry?"

„Ich habe jahrelang in der Stahlfabrik gearbeitet, aber sie ist gerade geschlossen worden."

„Also hast du keine Arbeit, wie alle in diesem Land. Ein Jammer." Aber Spalding klang kein bisschen bekümmert. „Ich glaube, meine Mutter möchte auch, dass ich arbeiten gehe, aber ich habe ja immer noch mein Studium, wenn man mich zu sehr unter Druck setzt. Das Studium und natürlich das Footballteam. Und Mädchen. Mädchen gehen immer." Dann fiel ihm auf, was er gerade gesagt hatte. „Ich meine, ein Mädchen. Und ich habe meins gefunden."

Perri kicherte, aber ihr Blick war etwas verstört, und sie fächerte sich mit der Hand Luft zu.

„Mein Plan ist, das größte Imperium Amerikas aufzubauen. Größer als Coca-Cola und Rich's Department Store zusammen. Größer als U.S. Steel." Er grinste Hank mit hochgezogenen Augenbrauen an. „Wenn ich hier in Atlanta fertig bin, werden die Leute wissen, dass ich hier war."

Wir waren den Felsen etwa zur Hälfte hinaufgeklettert, als Perri, die Spalding an den Lippen hing, stehen blieb. „Ist das nicht eine atemberaubende Aussicht? Oh, Dobbs, sieh doch nur! Ich muss das fotografieren. Ich muss einfach. Jungs, geht doch schon mal weiter. Wir kommen gleich nach." Sie hakte sich bei mir ein. „Das ist vielleicht eine Hitze, oder?"

Ich nickte.

Spalding ging weiter. „Henry und ich suchen schon mal einen guten Picknickplatz. Bis gleich!" Hank folgte ihm widerstrebend.

Ich dachte, Perri wollte sich mir anvertrauen, aber das tat sie nicht. Sie ging nur von einer Stelle zur nächsten, machte Fotos und schien vollends zufrieden zu sein. Ich wollte mich für sie freuen, aber ich konnte meine zunehmende Abneigung Spalding gegenüber nicht ignorieren.

Als wir Hank und Spalding wieder eingeholt hatten, nahm Hank schützend meine Hand und zog mich zu sich auf die Decke. Perri huschte zu Spalding hinüber. „Spalding, das war ja so eine zauberhafte Idee von dir. Ich wollte schon immer einmal hier oben sitzen, und jetzt darf ich das sogar mit dir erleben."

Ich zuckte zusammen. Diesen albernen Unterton in Perris Stimme kannte ich nicht. Perri dachte immer praktisch und hatte gerne Spaß. Diese zuckersüße Art, die manche Mädchen bei ihrem Schwarm an den Tag legten, hatte ich bei ihr nicht erwartet. Und doch triefte es ihr aus allen Poren.

Wir aßen unsere Käse-Sandwiches und den Kartoffelsalat und Spalding erzählte, wie sein Vater vor Ewigkeiten bei Coca-Cola eingestiegen war, dort ein Vermögen gemacht und verschiedene kluge Kapitalanlagen getätigt hatte. Einen Augenblick später war er bei den Footballspielern der Georgia Tech angelangt. Er erzählte und erzählte, völlig von sich selbst eingenommen, und doch musste man ihm zuhören, weil er so davon überzeugt war, dass alles, was er sagte, von ungeheurer Wichtigkeit war.

Perri warf hin und wieder dümmliche Kommentare wie „Oh, wirklich! Wie faszinierend!" oder „Das ist ja das Interessanteste, was ich je gehört habe!" ein, und ich gab mir alle Mühe, nicht die Augen zu verdrehen.

In Hanks Gesicht konnte ich eine Mischung aus Verärgerung, Genervtheit und Einschüchterung lesen. Stück für Stück hatte ich das Gefühl, dass Hank verschwand, bis er irgendwann überhaupt nicht mehr da war. Natürlich saß er noch direkt neben mir, aber er sagte keinen Mucks mehr und sah Spalding nach einer Weile noch nicht einmal mehr an. Perri lächelte hin und wieder in meine Richtung und ich merkte, dass auch sie eine Pause brauchte, aber Spalding hatte nur Augen für sich selbst.

Ich hatte Hank noch nie zuvor eingeschüchtert erlebt. Er war sonst immer so entspannt und er selbst. Wahrscheinlich entzog Spaldings Selbstverliebtheit ihm die Lebenskraft; jedenfalls war er für den Rest des Tages fast so still wie ein Grab. Mir war das schrecklich unangenehm und peinlich und es tat mir leid. Ich schwamm durch ein Wechselbad der Gefühle, bis es Gott sei Dank endlich vorbei war.

Spalding setzte uns bei den Chandlers ab. „Hey, war nett, Henry", rief er uns nach. „Mach's gut, Mary Dobbs." Dann fuhr er mit der armen Perri davon, deren künstlicher Gesichtsausdruck völlig eingefroren war.

Auf dem Weg über die große Wiese zum Haus sprudelten die Emotionen aus mir heraus. „Das war das schlimmste Picknick meines Lebens. Spalding ist einfach unerträglich, aber du hast mich auch ganz schön in Verlegenheit gebracht, Hank. Konntest du nicht wenigstens einmal etwas sagen?"

Hank blieb stehen. „Was wolltest du denn hören? Er ist der aufgeblasenste Gockel, den ich je gesehen habe."

„Ich weiß, aber du hättest doch irgendetwas sagen können. Stattdessen saßt du nur da und hast vor dich hingestarrt wie ein ... wie ein ..."

„Trottel?"

„Ja, wie ein Trottel. Nein, so meine ich das nicht, aber es war alles so schrecklich unangenehm."

„Es tut mir leid, dass ich dich in Verlegenheit gebracht habe, Mary Dobbs." Der förmliche Unterton in Hanks Stimme verschlug mir den Atem. Wir waren am Haus angekommen. „Ich packe meine Sachen zusammen. Hosea fährt mich zum Bahnhof."

Ich lief ihm hinterher. „Spalding ist mir völlig egal – das weißt du! Er ist einfach nur eingebildet und ... und ... er macht mir Angst. Aber du warst einfach verschwunden; du warst wie unsichtbar und ich hätte dich gebraucht."

Hank ging den Flur nach links hinunter und drehte sich nicht um.

„Du bist sonst immer so stark und klug. Aber heute warst du ganz anders und ich wusste nicht, was ich tun sollte."

Er löste seine Krawatte, ging in sein Zimmer, zog die Schublade mit seinen Sachen auf und warf sie in seinen kleinen Koffer. Er sah so fesch und zugleich unbehaglich in seiner Anzughose aus, die er trotz der Schwüle nur meinetwegen getragen hatte. „Entschuldigung, ich möchte mich umziehen."

Er schloss die Tür vor meiner Nase, redete aber weiter. „Wenn es jemand dermaßen nötig hat, sich selbst reden zu hören, dann tue ich ihm den Gefallen. Spalding hat zweimal den Namen des Herrn missbraucht, während wir die Picknickdecke ausgebreitet haben und als ich ihn bat, damit aufzuhören, weißt du, was er sagte?"

Hank öffnete die Tür und starrte mich mit wütend funkelnden Augen an. Sein Oberkörper war nackt und ich starrte ihn an, aber er bekam nichts davon mit. „Er meinte: ‚Henry, es überrascht mich, dass du noch ein kleiner Pfaffe werden willst, wo unser Guter Hirte sich in den letzten Jahren doch so großartig um seine amerikanischen Schäfchen gekümmert hat. Man möchte ja vom Glauben abfallen.' Und dann fluchte er wieder."

Hank zog ein weißes T-Shirt zu seiner Latzhose an, nahm seine Bibel, legte sie in den Koffer und schloss den Deckel.

Seine Gesichtszüge wurden weich. „Es tut mir leid, Dobbs. Aber was sollte ich sagen? Die meiste Zeit habe ich noch nicht einmal verstanden, wovon er redete. Ich habe mich tatsächlich gefühlt wie ein Trottel. Also, das muss man ihm lassen. Der Kerl redet einen wirklich an die Wand."

„Aber du hättest es versuchen können!" Ich hätte die Worte am liebsten sofort zurückgenommen.

Hank ging mit dem Koffer in der Hand den Flur hinunter. „In einer halben Stunde reise ich ab, also hoffe ich, dass du nicht noch so eine ...", er dachte einen Augenblick nach, „‚schrecklich unangenehme' Situation durchmachen musst."

„Nein, Hank! Ich habe dich einfach noch nie so erlebt." Wir hatten uns noch nie gestritten und ich verspürte panische Angst.

Er lief unbeirrt weiter. „Dobbs, es ist egal. Ich nehme den Zug und treffe deine Eltern in Tennessee für die zweiwöchige Zeltmission und dann kommen wir für eine Woche hierher und machen dasselbe. Und danach werde ich wohl nie wieder einen Fuß in diese Stadt setzen, also bezweifle ich, dass ich Spalding Smith je wiedersehe. Aber ich werde für sein Seelenheil beten. Und ich werde für deine Freundin Perri beten, denn wenn sie bereit ist, so jemandem ihr Herz zu schenken, dann tut sie mir leid. Dann hat sie weit weniger im Kopf, als ich dachte."

Ich hätte ihm zustimmen sollen. Ich stimmte ihm ja zu. Aber im richtigen Moment meinen Mund zu halten, war noch nie meine

Stärke gewesen. Ich war schließlich auch wütend. „Bitte beleidige nicht meine Freunde, Henry Wilson", sagte ich barsch.

Er stellte den Koffer im Foyer ab – zum Glück war niemand sonst zu sehen –, legte den Kopf schief und sah mich traurig an. „Willst du mich jetzt auch Henry nennen, ja? Also so hatte ich mir das Ende unseres Wochenendes bestimmt nicht vorgestellt." Er nahm mein Gesicht in seine großen, rauen Hände. „Es tut mir leid, Mary Dobbs, wenn ich dich in Verlegenheit gebracht habe. Das war nie meine Absicht. Du weißt, dass ich nicht besonders gut darin bin, so zu tun, als wäre ich jemand anderes."

Genau das liebte ich so an ihm. Ich schlang die Arme um seine Taille. „Mir tut es auch leid, Hank." Vielleicht war es nur meine übereifrige Fantasie, aber ich hatte das Gefühl, er drückte mich nicht so an sich wie draußen im Country Club und ließ auch schneller los.

Ich wollte auf der Stelle Frances und Coobie einpacken und mit Hank nach Chicago zurückfahren. Aber meine Eltern brauchten uns hier in Atlanta, damit sie ihre Zeltversammlungen abhalten und die Leute retten konnten, denen der Schwarze Blizzard alles genommen hatte. Also blieben wir.

Hosea fuhr den Pierce Arrow vor und Frances, Coobie und Parthenia bettelten darum, mit zum Bahnhof fahren zu dürfen, was bedeutete, dass kein Platz mehr für mich war. „Du hattest ihn doch das ganze Wochenende, Dobbsy", beschwerte sich Coobie. „Jetzt sind wir mal dran."

Hank nahm meine Hand und meinte: „Wir sehen uns in ein paar Wochen."

Ich wollte ihm sagen, wie sehr ich ihn liebte und dass ich dafür beten würde, dass er bald wieder Arbeit fand und tausend andere Dinge, aber stattdessen stand ich unter dem überdachten Eingang und sah zu, wie das Auto davonfuhr. Hank drehte sich einmal um und winkte und ich winkte zurück. Dann ging ich in mein Zimmer und weinte mir die Augen aus, während die Grillen vor meinem Fenster zirpten.

☙

Obwohl mir überhaupt nicht danach war, bat ich Hosea, mich am Abend zu den Singletons zu fahren. Immerhin hatte ich es Perri versprochen. Sie war schon im Nachthemd und sortierte die letzten Fotos, die sie in der Dunkelkammer entwickelt hatte.

„Unser Picknick war ja ein schönes Desaster, nicht wahr?", meinte ich trocken und hoffte, dass sie es auch zugeben würde.

Stattdessen sagte sie: „Ja, ein Jammer, dass unsere Freunde nicht auf einer Wellenlänge sind. Weißt du, sie sind sehr verschieden und haben einen völlig unterschiedlichen Hintergrund. Aber ich bin mir sicher, dass sie sich letztendlich gut verstehen werden." Sie schenkte mir ein warmes Lächeln, aber in mir blieb es kalt und ich merkte, wie sich etwas Künstliches in unser natürliches Verhältnis einschlich. „Der arme Spalding hat alle Hände voll zu tun mit der Schule und der Entscheidung, wie er das Familienunternehmen weiterführen wird. Das macht ihm zu schaffen. Ich denke, Hank konnte das einfach nicht verstehen."

Mir lief es kalt den Rücken runter. Wie konnte Perri Spalding Smith auch noch verteidigen? Hatte sie wirklich Gefühle für ihn? Ich hatte insgeheim gehofft, ihre „schlechten Nachrichten" bedeuteten, dass sie erkannt hatte, was für eine schlechte Partie er war. Offensichtlich lag ich falsch. Obwohl wir fast nebeneinandersaßen, fühlte ich mich unendlich weit von ihr entfernt.

Perri schien nichts davon zu merken. Sie zeigte mir die Fotos – einige waren sehr gelungen – und erzählte mir dann, wie sie den Brief ihres Vaters unter ihrem Sattel gefunden hatte. „Es war so schrecklich und ich habe den halben Tag nur geweint, aber ich wollte dich und Hank nicht stören."

„Tut mir leid, dass ich nicht da war. Du hättest einfach anrufen sollen, Perri. Du kannst mich jederzeit anrufen. Hank hätte dafür Verständnis gehabt."

Sie zuckte mit den Achseln. „Nein, nein. Und am Ende wurde ja doch alles gut, weil Spalding vorbeikam, ohne dass ich ihn gebeten hatte, einfach so, als hätte er es gespürt. Er war ein echter Gentleman und hat mir zugehört und mich getröstet. Und dann ging es mir besser. Wirklich, dann war es wieder gut."

Aber ihre Stimme klang irgendwie anders, zu hell und unnatürlich, und obwohl ich noch eine gute Stunde bei ihr blieb, hatte ich das Gefühl, Perri zu verlieren. Als würde sie sich in ihr Versteck zurückziehen. Und ich musste auf einmal draußen bleiben.

Kapitel 14

Perri

Erinnerungen sind oft seltsame Bruchstücke, kleine Ausschnitte aus völlig belanglosen Tagen, aber aus irgendeinem Grund kramt das Gehirn sie hervor. Ich hatte Daddys Brief zwischen die Seiten von *Hinter den Wolken ist der Himmel blau* gelegt, und als ich ihn eines Nachmittags herausholte und seine eilige Handschrift betrachtete, fiel es mir plötzlich ein.

Es musste mindestens ein Jahr her sein. Es war Sommer und die Chandlers, die McFaddens und die Robinsons waren bei uns zu Besuch. Es war spät, schon nach Mitternacht, aber ich warf mich im Bett hin und her und klebte wegen der typischen Südstaatenschwüle förmlich am Laken. Irgendwann stand ich auf und ging nach unten, um etwas Wasser zu trinken. Die Damen waren vermutlich noch draußen, aber als ich wieder aus der Küche kam, hörte ich verärgerte Stimmen. Zuerst die meines Vaters: „Bill, ich kann doch nichts mehr daran ändern! Wie konnte das nur passieren?" Und dann Mr Robinsons Antwort: „Du musst aber einen Weg finden, Holden, verstehst du nicht? Du kommst noch in große Schwierigkeiten deswegen."

Ich ging nach oben und hatte schon wieder vergessen, was ich gerade gehört hatte. Aber jetzt, mit Daddys Brief in der Hand, fragte ich mich, was Mr Robinson damit wohl gemeint haben konnte, und warum mir mein Vater nur Augenblicke vor seinem Tod unbedingt hatte schreiben wollen: *Glaub mir, ich habe es nicht getan.* Ich hatte keine Ahnung und war mir ziemlich sicher, dass ich es auch nie herausfinden würde.

☙

Manchmal habe ich mich gefragt, ob eine Freundschaft, die so schnell und unter dramatischen Umständen wächst wie die von Dobbs und mir, später deswegen auch leichter wieder zerbrechen kann. Ich dachte, wir wären unzertrennlich, aber nach unserer Viererverabredung, die Dobbs als „Desaster" bezeichnete, hatte ich das flaue Gefühl im Magen, mich zwischen Spalding und Dobbs entscheiden zu müssen. Dobbs war wie ein offenes Buch und ihre Abneigung Spalding gegenüber war offensichtlich. Plötzlich konnte ich ihr nicht mehr alles sagen, was ich auf dem Herzen hatte. Ich hasste das; es fühlte sich an wie ein weiterer Tod, ein erneuter Verlust.

Wir verbrachten trotzdem immer noch viel Zeit miteinander und als Dobbs die Idee hatte, das Armenhaus zu besuchen, wagte ich es nicht, ihr zu widersprechen. Vor allem weil Mae Pearl, die der bevorstehende Verkauf unseres Hauses ganz traurig machte, sofort begeistert war und wir so vor unserem Umzug noch einmal etwas zusammen unternehmen konnten.

Also beluden wir an einem Sonntagnachmittag Anfang Juni den Picknickkorb mit lauter guten Sachen, die wir gemeinsam mit Parthenia für Anna gebacken hatten, und Hosea fuhr uns im alten Ford der Chandlers zum Armenhaus. Mae Pearl, Dobbs und ich saßen hinten, Coobie und Parthenia vorn bei Hosea. Die beiden waren völlig aus dem Häuschen vor Aufregung.

Barbara lag es fern, diesen Ort zu besuchen und sie überredete Frances, bei ihr zu bleiben, sich die Nägel zu lackieren und sich mit ihr über irgendeinen Jungen zu unterhalten, von dem sie zu ihrer ersten Gesellschaft eingeladen werden wollte.

Ich hatte schon viel über das Armenhaus gehört, weil Mama sich so in der Junior League engagierte – sie bastelten dort oft etwas für die Insassen –, und weil ein großherziger Mann und alter Freund von Daddy, Dr. R. L. Hope, der Leiter des Armenhauses gewesen war. Dr. Hope war zwar wegen Herzbeschwerden vor einigen Jahren in den Ruhestand getreten, aber wir Kinder kannten seinen Namen, weil man genau auf dem Gelände, wo das alte Armenhaus gestanden hatte, eine Schule errichtet und nach ihm benannt hatte, an der Ecke von Piedmont und Peachtree Road.

Aber obwohl Peggy gegenüber vom „neuen" Armenhaus wohnte,

wie Daddy immer sagte – obwohl es schon seit Jahren dort stand –, und ich sie regelmäßig besuchte, hatte ich die Gebäude nie eines zweiten Blickes gewürdigt. Jetzt sah ich sie mir bewusst an und fand sie regelrecht hübsch, ganz anders, als ich erwartet hatte. Das Armenhaus, in dem die Weißen wohnten, war aus rotem Backstein und hatte die Form eines Hufeisens mit einem Hof zwischen den beiden Flügeln. Auf der Vorderseite hatte es weiße Säulen, ganz ähnlich wie das Washington Seminary. Es war ein großes, imposantes Gebäude und trotzdem auf seine Art einladend, mit einer langen Veranda, die vor allen Zimmern entlanglief. Hinter dem Haus erhob sich ein steiler, bewaldeter Hügel, und auch die anderen Seiten waren von Wald umgeben, nur im Osten erstreckte sich ein breites, hügeliges Feld.

Ich folgte Parthenia und den anderen zum Armenhaus der Schwarzen. Es war weiß verklinkert und etwas kleiner, hatte aber auch eine Veranda. Große Eichen und Hickorybäume spendeten von allen Seiten Schatten. Beide Häuser waren tadellos gepflegt und machten einen gemütlichen Eindruck, was mich überraschte.

Eine der Bewohnerinnen, die vor dem Haus saß, schien nicht ganz richtig im Kopf zu sein. Ihre eigenartige Körperhaltung, der leere Blick und der sabbernde Mund verrieten sie als psychisch Kranke, aber das schien Mae Pearl nichts auszumachen. Sie verbeugte sich leicht und meinte fröhlich: „Guten Tag, Ma'am."

Die Frau starrte sie an, als wäre ihr gerade ein Engel erschienen, und ein leichtes Lächeln breitete sich auf ihrem Gesicht aus.

„Gott segne Sie, mein Kind", flüsterte ein zahnloser alter Mann, der auf der anderen Seite der Veranda in einem Schaukelstuhl saß. Mae Pearl kniete sich sofort neben ihn und legte ihre zarte weiße Hand auf seine, obwohl seine Fingernägel abgeplatzt waren und seine Hände an vielen Stellen helle Narben hatten.

Und da sah ich sie – meine erste richtige Inspiration, das erste Mal, dass ich etwas Tiefgründiges und Wichtiges sah, das unbedingt auf einem Foto festgehalten werden musste. Ihre Hände. Die einfache Geste einer Hand, die auf einer anderen liegt. Ich bekam feuchte Augen. Andächtig kniete ich nieder, fast wie in der Kirche. Es fühlte sich an wie ein heiliger Augenblick. Langsam ging ich mit dem Auge an den Sucher der Eastman Kodak, starrte auf die beiden

Hände und versuchte, langsam zu atmen. Ich hatte Angst, nicht würdig genug für dieses Foto zu sein. Dann drückte ich auf den Auslöser und es war im Kasten. Ein Schauer lief meinen Rücken hinunter.

Ich ging vor das Haus, versteckte mich halb hinter einem Baum, damit Mae Pearl und der alte Mann mich nicht sahen, und wartete. Aber sie achteten sowieso nicht auf mich. Die Nachmittagssonne brach durch die Blätter und ließ auf Mae Pearls Gesicht Schatten tanzen. Ihr Gesichtsausdruck war so natürlich und unschuldig. Erneut drückte ich auf den Auslöser. Der alte Mann erzählte ihr irgendetwas, vermutlich seine Lebensgeschichte, und Mae Pearl beugte sich instinktiv näher heran. Auch das bannte ich auf meine Filmrolle, den Kontrast zwischen Licht und Schatten auf ihren ins Gespräch vertieften Gesichtern.

Einen Augenblick später warf Mae Pearl ihren Kopf zurück und ihr angenehmes, musikalisches Lachen ertönte. Die knochigen Schultern des Alten wippten fröhlich und seine alten Augen funkelten und auch das hielt ich fest.

Später ging ich leichten Schrittes in den hinteren Teil des Gebäudes, wo die Quartiere der Gefangenen waren, und fand Dobbs, Coobie, Parthenia und Hosea bei Anna. Parthenia war gerade mitten in einer von Dobbs' eigenartigen Geschichten, als sie mich sah. „Und das da ist ihre Freundin, Miz Perri Singleton. Miz Perri hat's auch nicht leicht."

Ich weiß auch nicht warum, aber mir wurde innerlich ganz warm ... so als würde ich eine immervolle Tasse von Dellareens Gewürztee schlürfen, die Sorte, die sie uns Kindern im Winter immer mit Zitrone und Honig und Nelken und Minze gemacht hatte, wenn wir erkältet gewesen waren. Mir wurde bewusst, wie eigenartig es war, dass ich mich hier geborgen fühlte, obwohl hier die Verstoßenen, Alten und Häftlinge wohnten.

Dobbs sprach voller Leidenschaft über den Diebstahl, der Anna das Armenhaus eingebracht hatte, und ich hielt mich im Hintergrund und hörte einfach nur zu.

„ ... und deswegen habe ich immer wieder über deine Situation nachgedacht, Anna. Immer wieder bitte ich Tante Josie, dass sie endlich etwas tun soll." Dobbs sah entschlossen aus. Sie hatte anscheinend vor, dieses Unrecht aus der Welt zu schaffen – und je eher, desto besser.

Annas Miene wurde finster und ängstlich. „Belasten Sie die arme Miz Chandler nicht. Sie hat es versucht und versucht und ich sage Ihnen eins – wenn man drückt und schiebt und die Tür geht nicht auf, dann hält sie vielleicht der Allmächtige zu und man sollte Ruhe geben. Eines Tages, irgendwann, klärt sich alles auf, und bis dahin habe ich hier meinen Platz."

„Aber Parthenia und Cornelius könnten zur Schule gehen!", platzte es aus Dobbs heraus. „Und Tante Josie weiß das!"

„Miz Chandler hat meiner Familie ein Dach über dem Kopf gegeben, Essen, mehr als genug, und sie dürfen mich besuchen. Wir müssen zufrieden sein. Verstehen Sie, Miz Mary Dobbs? Bitte machen Sie uns keinen Ärger. Parthie ist manchmal vorlaut und jammert ein bisschen, aber die Arbeit macht ihr nichts aus, und wenn bessere Zeiten kommen, dann holt sie die Schule nach."

Ich hörte Anna reden, aber in Wirklichkeit konzentrierte ich mich auf ihr Gesicht. Ich hatte sie bei Gesellschaften bei den Chandlers schon oft wahrgenommen, aber an diesem Tag sah ich sie zum ersten Mal richtig. Sie war klein, viel kleiner als Dellareen, und während Dellareen schlank wie eine Gerte war, waren Annas Hüften gut gepolstert. Sie hatte sich ein dunkelblaues Kopftuch um die Haare gebunden und hatte tiefe Falten unter den Augen, als würde sie nie schlafen. Aber trotzdem machte sie einen robusten und entschlossenen Eindruck. Ich hatte eine mürrische, verbitterte Frau erwartet, aber Anna strahlte Behutsamkeit aus, Widerstandsfähigkeit und Frieden – alles auf einmal. Darauf war ich nicht vorbereitet gewesen.

Ich fühlte mich mit ihr verbunden, und plötzlich verstand ich, wieso. Sie war aus demselben Holz geschnitzt wie ich, hatte denselben starken Beschützerinstinkt, denselben Dickkopf, der sich weigerte, aufzugeben. Sie würde ihre Familie beschützen und für sie sorgen, ganz egal, ob sie im Armenhaus auf einer Farm arbeiten musste oder nicht. Ich weiß nicht, wie sie es tat, aber es funktionierte.

Anna wurde für mich zum Vorbild.

Parthenia sah auf meinen Fotoapparat. „Miz Perri, machst du ein

Foto von mir und meiner Mama? Biiitte!" Ich kam ihrem Wunsch gern nach. Die aufmüpfige Kleine rollte sich auf dem großen Schoß ihrer Mama zusammen und an diesem Nachmittag war Parthenia einmal nicht das Ersatzdienstmädchen in einer turbulenten Familie, sondern einfach nur ein Kind.

Ich lichtete mehrfach Coobie ab, die gar nicht so schelmisch war, wie Dobbs sie beschrieben hatte, sondern ziemlich brav. Drei Fotos gelangen mir besonders gut. Coobie lehnte an Dobbs' Schulter und ihre weichen schwarzen Löckchen vermischten sich mit Dobbs' langem, welligem Haar.

Irgendwann ließ ich die anderen alleine und erkundete das Gelände. Ich fotografierte die Mais- und Weizenfelder, eine alte Frau, die mit knotigen Händen versuchte, ein Brötchen zum Mund zu führen, und drei Männer, die im Schatten Karten spielten. Jedes Mal, wenn ich auf den Auslöser drückte, durchströmte mich Wärme, als hätte ich einen Schluck von Dellareens Tee genommen. Den ganzen Nachmittag war ich zufrieden, beschäftigt und fühlte mich frei und weit weg von all meinen Sorgen. Ich erhaschte einen Blick auf ein anderes Leben, in dem Menschen wirklich nichts hatten und doch irgendwie zufrieden waren.

Vier Filmrollen hatte ich mitgebracht, und nachdem auch das letzte Bild verschossen war, stand für mich fest: Dobbs hatte recht. *Das* hier war meine Bestimmung – durch einen Sucher zu schauen, etwas Einfaches und doch Aussagekräftiges zu finden und es auf ein Foto zu bannen, damit andere daran teilhaben konnten. Ich spürte Begeisterung und eine innere Verbundenheit mit der Fotografin Dorothea Lange, meinem Idol. Wie sie entdeckte auch ich gerade meine Leidenschaft, meine Berufung, und am liebsten wäre ich ewig dort draußen geblieben und hätte die Welt durch die Linse meiner Kamera betrachtet.

☙

Ich hatte mir angewöhnt, abends vor dem Schlafengehen einen kleinen Abschnitt aus *Hinter den Wolken ist der Himmel blau* zu lesen. Als ich das Büchlein auf Daddys Beerdigung zum ersten Mal in der Hand gehalten hatte, hatte ich – wenn auch nur für einen kurzen Moment – das Gefühl gehabt, das Leben würde weitergehen. Hanks Großmutter hatte es wohl als eine Art Schneise durch die Trauer bezeichnet; für mich war es aber auch eine Schneise in eine andere Richtung: zur Bibel und zu Gott.

Am Abend nach jenem außergewöhnlichen Nachmittag im Armenhaus dachte ich mit dem Buch in der Hand daran, wie Mae Pearls Traurigkeit und Sorgen wegen meines Umzugs durch ein kurzes Gespräch mit dem alten Mann auf der Veranda wie weggewischt gewesen waren. Einfache Freundlichkeit zwischen zwei Menschen war für sie beide wie Balsam gewesen. Ich hoffte, dass das Foto gut geworden war.

Ich blätterte zu einem Auszug aus Shakespeares *Der Kaufmann von Venedig*, den ich einige Abende zuvor schon gelesen hatte.

Die Art der Gnade weiß von keinem Zwang.
Sie träufelt wie des Himmels milder Regen
Zur Erde unter ihr; zwiefach gesegnet:
Sie segnet den, der gibt, und den, der nimmt ...

Ich las mir die letzte Zeile immer wieder durch. Ja, das stimmte. Gnade segnete den, der gab, und den, der nahm. Sobald das Foto von Mae Pearls Hand auf der des Alten fertig war, wollte ich es genau an dieser Stelle in das Buch legen. Dieses Foto war meine erste echte Abbildung der Realität. Und es sollten noch viele folgen.

☙

Aber schon am nächsten Tag drängte sich mir eine ganz andere Realität auf. Die Ferien hatten begonnen und ich hatte keine Entschuldigung mehr, Mama nicht beim Packen zu helfen. Normalerweise verhieß der Sommer in Atlanta exklusive Tanzabende, Schwimmen, Tennis im Club, Reiten und die Jagd nach dem schönsten Kleid. Aber im Sommer 1933 bedeutete der Sommer nur eins: Wir verließen unser Zuhause.

Die Bank bezahlte uns Träger für Möbel, Bilder und Geräte, aber Mama erwartete von Barbara, Irvin und mir, dass wir unser Hab und Gut durchsortierten und entschieden, was wir mitnehmen und was wir weggeben oder wegwerfen würden. Der arme Irvin wusste überhaupt nicht, wo er anfangen sollte. Als ich in sein Zimmer kam, lag er auf dem Bett, starrte an die Decke und warf immer wieder einen Baseball hoch.

„Muss ich meine Stofftiere auch weggeben?", fragte er nach einer Weile weinerlich.

Ich setzte mich zu ihm aufs Bett und nahm den Baseball. „Natürlich nicht. Du wirst schön alles behalten, was dir etwas bedeutet. Ich packe derweil die Sachen ein, die dir sowieso nicht mehr passen und lege sie auf den Stapel fürs Armenhaus."

Ich blieb den ganzen Vormittag bei ihm. Immer wieder legte ich eine kurze Pause ein und betrachtete meinen Bruder. Er kam mir so klein und zerbrechlich vor, mit seinen kurzen Haaren unter der Baseballkappe und der Stofftierparade auf seinem Bett, die ihm wie stille Freunde beizustehen schien.

„Alles okay, Kumpel?", fragte ich irgendwann.

Er sah mich nicht an, sondern zuckte nur mit den Schultern und in dieser Geste erkannte ich einen Berg von Traurigkeit, der genauso groß und unbezwingbar war wie Stone Mountain. Ich fragte mich, wie ich meinen kleinen Bruder in eine Zeit zurückholen könnte, wo er lachend und pfeifend mit seinem Baseball gespielt hatte.

☙

Dobbs kam vorbei, um mir beim Packen zu helfen. Ich legte meine Fotoalben in einen Karton und ging zurück in meine Kammer, wo meine Kleider hingen. Sehnsüchtig befühlte ich mein Lieblingskleid, eine dunkelgrüne taillierte Robe mit einem weiten Rock. Ich strich damit über meine Wange und genoss das Gefühl der kühlen, glatten Seide auf meiner Haut. Würde ich mir je wieder so ein Kleid kaufen können?

Dobbs fing an zu summen und ich fuhr genervt herum. „Von wegen, Gott sorgt für uns. Ich sehe keine Brote und Fische. Nur einen toten Vater und ein Haus, das verkauft wird!"

Dobbs, die gerade die vier gerahmten Fotos von unserem Haus vorsichtig in Zeitungspapier einwickelte, sah einen Augenblick lang wirklich deprimiert aus. „Er sorgt nicht für uns, wie wir das wollen,

Perri", sagte sie. „Das ist es ja gerade. Er ist Gott und wir nicht. Wir müssen ihm vertrauen, die Dinge vorlegen und ihm die Entscheidung überlassen, welcher Weg der beste ist."

„Der beste Weg?", gab ich zurück und sah mich um, ob Barbara und Irvin in der Nähe waren. „Du denkst also", zischte ich wütend, „dass es der beste Weg war, Daddy sterben zu lassen und Mama arbeiten zu schicken? Uns das Haus verlieren zu lassen, ja? Dass die Leute den Kopf schütteln und sich zuflüstern, wie schwer es die armen Singletons doch getroffen hat? Das hältst du für den besten Weg?"

Dobbs wurde ein bisschen rot und sah verlegen aus. Sie zögerte und überlegte, was sie sagen sollte, aber dann sprach sie mit einer Klarheit, die mir einen Stich versetzte. „Was ich denke, ist völlig egal. Und was du denkst, Anne Perrin, genauso. Es ist Gottes Problem und er hat das Recht, es so zu lösen, wie er es für richtig hält!"

Sie hatte ihren Kartoffelsack an und sah damit fast ungepflegt aus. Mit einer gekonnten Bewegung warf sie sich das Haar über die Schulter. So einen feurigen Blick hatte ihr Vater sicher auch, wenn er mitten in einer Predigt war. „Weißt du, Perri, ich hätte auch viel lieber im Schlaraffenland gelebt wie du und mir nie Gedanken darüber gemacht, wo die nächste Mahlzeit herkommen sollte oder ob wir Schuhe für den Winter oder ein Dach über dem Kopf haben würden. Meinst du, ich habe mich bei Gott dafür bedankt, dass ich Hunger hatte und mein Magen in der Schule die ganze Zeit geknurrt hat?

Aber es ist so, wie Vater sagt: Die Wirtschaftskrise ist ein Weckruf. Wir sollen auf Gott vertrauen und nicht auf uns selbst. Vater sagt, auf drei Dinge kommt es an: Arbeit, Gebet und Vertrauen."

Das mit Gottes Fürsorge kaufte ich ihr nicht ab, aber ihr Ausbruch machte mich trotzdem verlegen. Mir fiel ein, wie sie mir *Hinter den Wolken ist der Himmel blau* bei Daddys Beerdigung gegeben hatte und dass mir schon damals aufgefallen war: Mary Dobbs Dillard wusste, was Leiden bedeutete. Und Mut. Aus ihren vielen Fantasiegeschichten konnte ich mir zwar keinen Reim machen, aber jetzt, angesichts ihrer Verletzungen, ihres Frusts und ihrer Entbehrungen fühlte ich mich ertappt. Wie konnte ich Dobbs die kalte Schulter zeigen, als wüsste sie nicht, was Schmerz war? Welches Recht hatte ich, ihr oder ihrem Gott Vorwürfe zu machen?

„Tut mir leid", murmelte ich und merkte, wie schwer mir diese drei Wörter fielen. „Du siehst mein Leben und hältst mich bestimmt für komplett oberflächlich. Es tut mir leid, was du alles durchmachen musstest. Und ich bin froh, dass Coobie und Frances und du jetzt hier seid."

„Mir tut es auch leid." Bei Dobbs klang es, als würde es von Herzen kommen. Sie kam zu mir und umarmte mich. „Ich wollte dir nicht wehtun. Du machst gerade eine schwere Zeit durch. Weißt du, manchmal gibt es in der Bibel Leute, die sind zu müde und traurig und verletzt, um zu beten. Und dann kommen andere und tun es für sie. Ich habe die ganze Zeit schon für dich gebetet und dabei bleibe ich auch." Sie überlegte. „Ich wünsche dir, dass Gott dir irgendwann etwas schenkt, nur dir allein, und zwar so, dass du dir hundertprozentig sicher bist, dass es von ihm kommt."

„Bete, wofür du willst", erwiderte ich.

„Und ich helfe dir gern auch weiter beim Packen. Dann musst du das nicht allein machen. Also, natürlich nur, wenn es dir nichts ausmacht ..."

Es machte mir nichts aus, im Gegenteil.

Dobbs

Irgendwann während wir beim Packen waren, meinte Perri: „Mama kann unmöglich Daddys Sachen durchsortieren. Die größte Hilfe wärst du mir, wenn du Daddys Kämmerchen ausräumen könntest. Mama schafft das nicht und ich auch nicht, aber dir fällt es vielleicht leichter."

„Gern, aber was soll ich denn mit seinen Sachen machen?"

Sie schniefte. „Na ja, alles, was irgendwie sentimentalen Wert hat, legst du beiseite, aber seine ganzen Anziehsachen kannst du einpacken."

„Soll ich sie in Tüten packen für das Armenhaus?"

Perri sah mich niedergeschlagen an. „Ja, seine Arbeitskleidung und so ... aber die Anzüge ... Was sollen die Armen mit seinen Anzügen? Gib sie deinem Vater und Hank. Ein Prediger kann immer einen Anzug gebrauchen."

Also brachte mich Perri zur Kammer ihres Vaters. Ich machte mehrere Stapel – einen für die schönen Anzüge und Hemden, die Mutter für Vater und Hank ändern könnte, und einen anderen zum Weggeben. Ich legte auch alles auf einen Haufen, was ideellen Wert hatte oder sonst irgendwie wertvoll war – Manschettenknöpfe aus Silber mit den Initialen HS, zwei schöne Kaschmirpullover mit V-Ausschnitt, ebenfalls mit Holden Singletons Monogramm versehen, und eine Schachtel, in der er Postkarten von seiner Frau und seinen Kindern aufbewahrt hatte. Die Schachtel trieb mir Tränen in die Augen.

Ich hatte gerade einen Schuhkarton mit Quastenslippern unter die Lupe genommen, die Vater bestimmt wie angegossen passen würden, und den Deckel vom nächsten Karton abgenommen, als mein Blick auf etwas in der hintersten Ecke der Kammer fiel. Ich langte danach und zog eine alte Werkzeugkiste hervor. Wieso versteckte Mr Singleton eine Werkzeugkiste in seiner Kammer, anstatt sie in der Garage aufzubewahren? Ich klappte sie auf und erblickte im oberen Fach einen Hammer, eine Zange, verschiedene Schraubendreher und Nägel. Ich hob das Fach hoch. Perri hatte so von ihrem Vater geschwärmt, er sei ein Banker mit Bauarbeiterhänden, dass ich die restlichen Werkzeuge auch sehen wollte.

Mir fiel die Kinnlade herunter.

Anstelle von Werkzeug lagen fünf Messer mit Perlmuttgriff auf einem weichen Tuch.

Vorsichtig berührte ich eins und zuckte dann zurück, als hätte ich mich daran geschnitten. Ich konnte kaum glauben, was ich sah. Sorgfältig nahm ich ein Messer nach dem anderen heraus und zog am Tuch. Darunter lagen die Ohrringe, der Smaragdring, das Rubincollier, drei Perlenketten und silberne Kerzenständer – alles, was Becca als gestohlen aufgelistet hatte.

Mir wurde schlecht. Ich saß einfach nur da und hatte keine Ahnung, was ich tun sollte. Wie um alles in der Welt waren das Silber und der Schmuck der Chandlers und von Becca in die Werkzeugkiste von Mr Singleton gelangt? Mein erster Reflex war, dass die Singletons ihren Freunden, den Chandlers, einen lustigen Streich hatten spielen wollen. Aber mit Sicherheit hätten sie das spätestens dann aufgelöst, als Anna ins Gefängnis geworfen worden war.

Mir kam eine andere Idee. Vielleicht hatte Holden Singleton aus akutem Geldmangel angefangen, die reichen Leute in Buckhead zu bestehlen! Ich stellte mir vor, wie er die Messer in seine Anzugtasche hatte gleiten lassen, während er auf dem Fest der Chandlers am See scherzte und plauderte, die Kapelle spielte und Essen gereicht wurde.

Unmöglich. Nach allem, was ich über Holden Singleton gehört hatte, passte das überhaupt nicht zu ihm. Außerdem hätte er sie sofort verkauft, damit niemand es herausbekommen konnte.

Ich musste eine grauenvolle Entscheidung treffen. Wenn ich die Sachen zu Mrs Chandler brachte, wäre Annas Unschuld bewiesen und sie würde freikommen, aber der Ruf von Mr Singleton und seiner Familie wäre noch irreparabler beschädigt als durch den Selbstmord, und Perri würde mir das niemals verzeihen.

Wenn ich meinen Mund hielt, würde Anna weiter im Armenhaus schmoren.

Da hörte ich, wie Perri nach mir rief. Mit klopfendem Herzen legte ich die Messer schnell zurück in die Werkzeugkiste, setzte den Aufsatz wieder darauf, schloss den Deckel und schob die Kiste in ihre Ecke zurück, wo sie hoffentlich niemand fand. Sobald ich eine Entscheidung getroffen hatte, wollte ich wiederkommen.

Aber egal, wie sehr ich mir im Lauf des Nachmittags auch den Kopf zermarterte, kam ich zu keiner Lösung, wie ich mit dem Schmuck und den Messern verfahren sollte. Gott sei Dank wollte Mutter in ein paar Tagen kommen. Sie würde bestimmt wissen, was zu tun war.

Kapitel 15

Perri

Dobbs' Eltern und Hank kamen Mitte Juni nach Atlanta, um in einem großen Zelt im Inman Park Gottesdienste für junge Leute abzuhalten. Um Dobbs eine Freude zu machen, ging ich am ersten Abend mit Irvin und Barbara hin. Wir fuhren mit der Straßenbahn ins Zentrum und liefen durch den Park zum Zelt, wo Dobbs uns mit einem breiten Lächeln begrüßte und uns ihren Eltern vorstellte. Dobbs' Mutter hatte dieselbe olivfarbene Haut und dieselben kohlrabenschwarzen Haare wie ihre Tochter, nur dass ihre schon graue Strähnen aufwiesen. Sie hatte sie zu einem hübschen Chignon frisiert und ein Tuch darum gewickelt. Ihr Kleid war einfach, aber elegant, und mir wurde klar, woher Dobbs ihr Stilempfinden hatte. Dobbs' Vater, den man eindeutig der Chandlerfamilie zuordnen konnte, trug einen altmodischen Sommeranzug und schien ziemlich zu schwitzen. Insgesamt machten die Dillards auf mich keinen verarmten Eindruck. Sie sahen eher wie normale Leute aus, die eben nicht mit Reichtum gesegnet waren.

Zu meiner Überraschung war das Zelt brechend voll. Die Dillards und Hank hatten offensichtlich überall Plakate geklebt. Wir quetschten uns in eine Reihe in der hinteren Hälfte des Zelts. Der Boden war mit Sägespänen bedeckt. Dobbs, Frances und Coobie saßen vorn bei Mrs Dillard. Reverend Dillard begrüßte die Zuhörer und nahm dann wieder Platz, an seiner statt kam Hank nach vorn und begann zu predigen.

Es war schwül und die Hitze staute sich regelrecht unter dem Zeltdach. Hank schwitzte wie verrückt, aber er ließ sich davon nicht ablenken. Seine ungeteilte Aufmerksamkeit galt den Jugendlichen, die wie gebannt seiner Geschichte von einem törichten jungen Mann lauschten, der alles verprasste und in einem Armenviertel landete, bis er sich ein Herz fasste und zu seinem Vater zurückkehrte, der schon sehnlichst auf ihn wartete. Wenn Hank über Gott sprach, klang es nicht abgehoben.

„… Manchmal sind wir wie dieser Sohn. Wir nehmen alle guten Gaben, die Gott uns gegeben hat, und verschwenden sie für das Falsche. Aber irgendwann landen wir ganz weit unten und dann kommen wir zu Gott gekrochen. Und er macht uns zu seinen Kindern und wir dürfen an seinem unendlichen Erbe teilhaben. Übrigens ist das größer als alle Coca-Colas dieser Welt!" Lachen ertönte im Publikum. „Gott schenkt uns die Ewigkeit. Lasst sie euch nicht entgehen …"

Hank war so überzeugt von dem, was er sagte, dass ich eine Gänsehaut bekam. Ich fühlte mich unwohl und beruhigt zugleich. Als Hank einen Aufruf machte und diejenigen nach vorn bat, die Jesus ihr Leben übergeben wollten, blieb ich still sitzen, aber viele andere gingen nach vorn und sprachen mit Hank und Reverend Dillard. Dobbs stand auch auf und unterhielt sich mit einigen Mädchen. Ich beobachtete sie von ferne, sah, wie sie strahlte und ihre Augen vor Begeisterung leuchteten, und verstand sie etwas besser. Das hier war ihre Berufung. Das war es, wofür Mary Dobbs Dillard lebte.

☙

Am nächsten Morgen saß ich gerade mit Irvin und Barbara beim Frühstück, als Mr Chandlers alter Ford vorfuhr. Kurz darauf stürmte Dobbs in die Küche. „Hank hat eine wundervolle Überraschung für dich!", verkündete sie. Sie zog mich an der Hand vom Stuhl hoch. „Schnell, nimm deine Handtasche. Barbara, Irvin, ich bringe sie euch bald zurück, einverstanden?"

Ich ließ meine verdattert dreinblickenden Geschwister in der Küche sitzen. Hank fuhr uns nach Five Points und führte uns in ein winziges Geschäft, über dem auf einem gelben Schild *Saxton's Photography* stand. Ein schlaksiger junger Mann mit einem roten Lockenkopf kam aus dem Hinterzimmer. Er war mir am Vorabend im Zelt aufgefallen, weil er fotografiert hatte.

„Perri, Dobbs, ich möchte euch Philip Hendrick vorstellen. Er ist ein Freund von mir", erklärte Hank.

„Guten Tag", sagten wir im Chor.

„Freut mich, die Damen", erwiderte Philip.

Hank klopfte ihm auf den Rücken. „Philip ist ein aufstrebender Fotograf aus Chicago. Er und sein Bruder haben einen Stand auf der Weltausstellung." Aus dem Hinterzimmer kam noch ein junger Mann mit den gleichen widerspenstigen Locken. „Und das ist sein Bruder Luke."

Luke war höchstens sechzehn. Er begrüßte uns und wurde dabei fast so rot wie seine Haare.

„Wir sind eine Woche in Atlanta", erklärte Philip, „und helfen unserem Onkel. Ihm gehört der Laden hier, aber wegen der schlechten Wirtschaftslage musste er sich noch einen zweiten Job suchen. Na ja, und da hat er uns völlig verzweifelt angerufen und gefragt, ob wir ihm nicht aushelfen könnten, bis er eine Aushilfe einstellen kann. Er hat uns alles übers Fotografieren beigebracht, also konnten wir ihm den Wunsch schlecht abschlagen. Das Gute ist, dass ich so wenigstens während der Zeltgottesdienste fotografieren kann." Er boxte Hank spielerisch gegen die Schulter.

Dobbs und Philip fingen sofort ein angeregtes Gespräch über Chicago und die Weltausstellung an. Ich begutachtete derweil eine Reihe von gestochen scharfen Fotos mit hellen, modernen Gebäuden, die ihre Schatten auf die Straße warfen.

„Sind die alle von der Weltausstellung? Haben Sie die gemacht?" Er nickte verlegen. „Ihre Arbeiten sind ausgezeichnet, Mr Hendrick", fügte ich beeindruckt hinzu.

„Sag doch Philip zu mir. Hank hat mir schon viel von deinen Arbeiten erzählt. Er meinte, du habest Talent. Hast du vielleicht ein paar Fotografien dabei?"

Ohne mich zu fragen, hatte Dobbs eine kleine Auswahl meiner Fotos aus der Dunkelkammer mitgenommen und in ein kleines Album gesteckt. Philip nahm sich Zeit und betrachtete jedes einzelne Foto – die vom Armenhaus, vom Maifest und auch die von Dobbs auf dem Bett. Nach einer ganzen Weile ließ er das Album sinken und sah mich an. Seine grünen Augen funkelten. „Wie ich schon gesagt habe, sucht mein Onkel eine Aushilfe. Wir können nicht bleiben – nächste Woche müssen wir zurück nach Chicago. Hättest du Interesse?"

Ich war so verblüfft, dass es einfach aus mir herausplatzte: „Als Fotografin zu arbeiten?"

Philip lachte. „Na ja, du würdest hier im Geschäft helfen. Und alles Mögliche machen. Mein Onkel sucht wirklich händeringend jemanden, und als Hank mir von dir erzählt hat, da dachte ich ..."

Ich fühlte mich ganz benommen. „Ist das dein Ernst?"

Er nickte. „Ich vertraue Hank voll und ganz. Und er hat recht, was deine Arbeiten betrifft. Du hast Talent."

Mein Herz klopfte wie wild, aber ich versuchte, es mir nicht anmerken zu lassen. „Oh, Philip. Das ist ein sehr großzügiges Angebot. Darf ich eine Nacht darüber schlafen und es mit meiner Familie besprechen?"

„Natürlich. Komm einfach morgen wieder vorbei. Dann kann ich dich meinem Onkel vorstellen."

Wir gaben uns die Hand. Meine Kehle war ganz trocken. „Danke für das tolle Angebot", schaffte ich noch zu sagen.

Wir verließen das Geschäft ruhig und gefasst, aber kaum waren wir an der warmen Juniluft, fasste ich Dobbs an der Schulter und wir hüpften wie zwei Teenager herum und ich schrie fast genauso laut wie sie. Hank stand daneben, ein zufriedenes Schmunzeln auf den Lippen, und sagte: „Typisch Mädchen."

Ich wandte mich ihm zu. „Hank, ich kann dir gar nicht genug danken. Das ist so ein unglaublicher Zufall! Für mich wird ein Traum wahr. Es ... es ist mehr, als ich mir je erträumt hätte."

„Es ist eine Gebetserhörung", stellte Dobbs fest.

Hank nickte und zwinkerte ihr zu. „Habe ich nicht gesagt, sie beißt an?" Dann erzählte er uns, dass Philip Hendrick der erste junge Mann gewesen war, der bei Hanks allererstem Zeltgottesdienst nach vorn gekommen war.

Ich konnte an diesem Abend nicht an der Zeltevangelisation teilnehmen, weil ich mit Spalding im Piedmont Driving Club verabredet war. Als ich ihm begeistert von Philips Angebot erzählte, schien er nicht im Geringsten beeindruckt zu sein. Er wechselte schnell das Thema und führte mich auf die Tanzfläche. Bald hatte ich den Zeltgottesdienst und das Fotografieren vergessen und merkte nur noch, wie feucht meine Hände wurden, wenn er mich an sich zog und mit seinen Lippen flüchtig meine Wangen streifte.

Auf dem Weg nach Hause hielt Spalding auf einem dunklen Parkplatz, zog sein Sakko aus, lockerte seine Krawatte und legte die

Arme um mich. Er küsste mich, erst sanft, dann immer fordernder, und hielt mich dabei so fest, dass ich Angst bekam.

„Spalding, bitte, das geht mir zu schnell", flüsterte ich zwischen zwei Küssen.

Er lehnte sich zurück. In seinen Augen brannte wieder dieses furchteinflößende Verlangen und er lachte, aber es war ein kaltes, berechnendes Lachen. „Perri, meine Liebe, du wirst dich bald an die Geschwindigkeit gewöhnt haben und dann wird es dir gefallen. Es gefällt allen Mädchen."

Ich schob ihn von mir weg und fuhr mir durch die zerzausten Haare. „Ich möchte nach Hause."

Widerwillig fuhr er mich zu den Chandlers, weil ich bei Dobbs übernachtete. „Vergiss nicht, am Donnerstag sind wir verabredet", raunte er mir auf dem Weg zur Tür ins Ohr. „Und zieh das gelbe Kleid an. Es steht dir."

Ich nickte und sah ihm nach. Mein Magen verkrampfte sich. Auf einmal fühlte ich mich von Spalding Smith in die Enge getrieben, als hätte er mich in eine kleine Kammer geschleust und den einzigen Ausgang blockiert. Vermutlich hätte mir jeder geraten, ich solle ihm den Laufpass geben. Aber Spalding hatte nun einmal diese einzigartige Ausstrahlung ...

Ich saß in der Falle.

Dobbs hatte einen siebten Sinn für alles, deshalb war ich froh, dass sie noch nicht von der Zeltversammlung zurück war. So hatte ich etwas Zeit, mich zu beruhigen und Spaldings durchdringenden Blick zu vergessen.

Als Dobbs in ihr Zimmer kam, strahlte sie und wiegte sich glücklich. „Das war der wundervollste Abend meines ganzen Lebens."

„Du meinst, Hank hat um deine Hand angehalten?", flüsterte ich erschrocken.

Dobbs fiel die Kinnlade herunter. „Du meine Güte, nein, Perri. Wir dürfen noch gar nicht ans Heiraten denken. Ich bin noch keine achtzehn und er muss studieren. Nein, ich meine die Zeltversammlung. Über zweihundert Jugendliche waren da, von überall, Kinder aus reichen Familien und aus armen, aber dort waren sie alle gleich und hingen an Hanks Lippen. Und am Ende kam eine ganze Menschentraube nach vorne. Es lag so viel Liebe in der Luft, so viel

Kraft. Man konnte die Gegenwart des Heiligen Geistes förmlich spüren …"

Ich verstand nur Bahnhof. Aber Dobbs versprühte so viel Zufriedenheit und Dankbarkeit, dass in mir eine Sehnsucht nach dem, was sie hatte, geweckt wurde.

Wären die Umstände anders gewesen und sie nicht in solch einem religiösen Eifer, hätte ich ihr vielleicht gebeichtet, dass sie mit Spalding recht gehabt und ich plötzlich ziemliche Angst vor ihm hatte. Aber das mit dem Stolz ist eine schreckliche Sache, und so zog ich mich lieber in mein Schneckenhaus zurück und versuchte, Dobbs nicht zu zeigen, wie dumm ich gewesen war. Ich wollte mich ihr öffnen und ihre ansteckende Liebe spüren, die so anders war als die von Spalding, aber ich war zu stolz, zu ängstlich, zu verwirrt.

Also hörte ich ihr nur zu und stellte mir dabei das Publikum vom Vorabend vor. Aber immer wenn ich die Augen schloss, sah ich Spalding und seine Begierde und ich wusste, ich würde tun, was er von mir verlangte, ob ich es nun wollte oder nicht.

03

Mama hielt den Job im Fotogeschäft für ein großartiges Angebot. Am nächsten Tag fuhr ich nach dem Mittagessen ganz allein mit der Straßenbahn dorthin und hielt dabei meine Rainbow Hawk-Eye fest umklammert. Philip und Luke hießen mich freundlich willkommen.

„Perri, ich möchte dir meinen Onkel vorstellen, Mr Saxton."

Ein Mann im mittleren Alter, klein und untersetzt und mit einem auffälligen schwarzen Schnurrbart, dessen Enden sich nach oben kräuselten, kam hinter der Theke hervor. „Freut mich, Sie kennenzulernen, Miss Singleton."

Ich bekam große Augen. „Aber ich kenne Sie doch! Sie machen immer die Fotos für das Jahrbuch! Ich wusste gar nicht, dass das hier Ihr Laden ist."

Mr Saxton lachte. „Ja, Ma'am, so ist es. Joe Saxton zu Ihren Diensten."

Während Philip und Luke zu einem Fototermin aufbrachen, zeigte mir Mr Saxton das Geschäft, erklärte mir, wie er Termine vereinbarte und ließ mich bei seinen Kundengesprächen zuhören.

„Ich musste mir noch eine andere Arbeit suchen, die Zeiten sind hart, wissen Sie. Also suche ich eine Aushilfe für den Laden. Viel kann ich Ihnen nicht bezahlen, aber Sie werden dafür jede Menge Erfahrung sammeln."

Etwas Geld und jede Menge Erfahrung klang wie Musik in meinen Ohren.

„Haben Sie Interesse?"

„Aber ja, Sir!"

Mr Saxton stellte mich sofort ein. Er gab mir einen Fotoapparat und meinte: „Dieses kleine Baby werden Sie benutzen, wenn es um Porträts geht."

Ich sah mir den Apparat an und war sprachlos. „Das ist eine Zeiss Contax 1 Sucherkamera!"

Mr Saxton schmunzelte. „Sehr gut. Sie kennen sich offensichtlich aus. Ja, sie ist ein, zwei Stufen weiter als Ihre Kodak Hawk-Eye."

„Und ob! Das ist das Oberklassemodell mit 35 Millimeter-Film. Ich habe davon gelesen, aber … aber sind Sie sich sicher, dass ich die nehmen darf?"

„Absolut. Aber sie ist manchmal zickig, der Verschluss ist nicht gerade der zuverlässigste. Also sollten Sie zur Sicherheit Ihre Hawk-Eye auch dabeihaben." Über eine Stunde lang erklärte er mir, wie man die Zeisskamera verwendete und ließ mich anschließend damit üben.

Als der Laden schloss, bestand Philip, der mittlerweile von seinem Fototermin zurück war, darauf, mich nach Hause zu begleiten. Ich war so überrascht, dass ich das Angebot einfach annahm. Statt den direkten Weg zu nehmen, gingen wir zu Jacob's Drugstore. Philip bestellte zwei Coca-Cola mit Vanilleeis und wir setzten uns an einen kleinen Tisch und plauderten über Kameras, die Fotografie und unsere Pläne fürs Leben.

Später fuhren wir mit der Straßenbahn bis zu meiner Haltestelle. „Ich bin nur noch ein paar Tage hier", meinte Philip, bevor wir uns trennten, „aber wenn du willst, nehme ich dich auf ein paar Fototermine nach Ladenschluss mit." Er grinste mich an und in seinen grünen Augen funkelte das Leben.

„Ich … ich weiß nicht, was ich sagen soll."

„Danke würde mir schon reichen", sagte Philip mit einem Zwinkern.

„Ja, natürlich. Danke. Danke, Philip." Ich sah der Straßenbahn nach und überlegte, ob Dobbs womöglich recht hatte. War dieser Job ein Geschenk Gottes?

Dobbs

Vater und Mutter übernachteten nicht bei Onkel Robert und Tante Josie, sondern schliefen wie in jeder anderen Stadt auch in einem Zelt gleich neben dem großen Versammlungszelt. Aber an einem Nachmittag kam Mutter zu den Chandlers herausgefahren und ich hatte endlich die Gelegenheit, mit ihr allein zu reden. Wir gingen zum See hinunter und setzten uns auf die Veranda des Sommerhauses.

Eine Trauerweide spendete uns Schatten und Mutter schloss genüsslich die Augen. Sie atmete die frische Luft ein und sah entspannt aus. „Heckenkirsche", raunte sie.

„Und Gardenien."

„Und Queen-Elizabeth-Rosen."

Wir lachten befreit und dann schüttete ich ihr mein Herz aus, während der See immer wieder kleine Wellen ans Ufer trieb. Ich sprach über mein Heimweh, über das Washington Seminary, über Hank, meine Fragen zum Tanzen, den Studentenverbindungen und dem Kino. Mutter war im nördlichen Chicago aufgewachsen, in einer vornehmen Gegend. „Ist es dir schwergefallen, all die schönen Sachen aufzugeben, die du früher hattest? Ich meine das Tanzen und die Feste und all das?"

„Natürlich", antwortete meine Mutter. „Ich mochte meine Gegend und genoss es, zur besseren Gesellschaft zu gehören. Aber dann lernte ich deinen Vater bei einer Jugendveranstaltung im Moody Bible Institute kennen und verlor mein Herz an Gott und an ihn. Er hat nicht damit hinterm Berg gehalten, wie unser Leben aussehen würde. Aber wir hatten beide den Wunsch, Jesus zu dienen, und da war es kein großes Opfer mehr für mich."

„Und Großmutter und Großvater? Wie haben sie reagiert?"

„So wie immer. Sie haben mir die Entscheidung überlassen und mir nicht ein einziges Mal Vorwürfe gemacht."

„Aber geholfen haben sie uns auch nie, als es uns schlecht ging. Dabei hätten sie es gekonnt … oder?"

„Sie haben uns sogar sehr viel geholfen, als du noch klein warst. Die beiden haben dich und deine Schwestern das ganze Wochenende über betreut, damit ich Vater bei den Zeltversammlungen helfen konnte. Sie haben dir zu essen gegeben, dir hübsche Sachen gekauft und uns in Restaurants ausgeführt." Mutters Miene wurde traurig. „Aber sie haben in der Wirtschaftskrise vieles verloren und dann starb Großvater. Großmutter kommt mit ihrem Geld gut über die Runden, aber viel übrig hat sie nicht, und ich möchte auch nicht, dass sie uns etwas gibt. Der Herr sorgt für uns, Mary Dobbs. Das weißt du doch."

„Aber es ist so schwer. Dabei müsste es gar nicht so sein, wenn …" Ich konnte den Satz nicht vollenden.

„Wenn was?", hakte Mutter sanft nach.

„Wenn Vater sein Erbe angenommen hätte, als seine Eltern starben."

Mutter machte ein langes Gesicht. „Also darum geht es?"

„Ja. Tante Josie hat mir von Vaters wilder Vergangenheit erzählt, weil ich sie so darum gebeten hatte. Und davon, wie er plötzlich ‚ganz religiös' war und weder von seiner Familie noch von dem Geld etwas wissen wollte, und ich verstehe nicht, warum."

Mutter schwieg eine lange Zeit. „Du weißt, wie leidenschaftlich dein Vater für das eintritt, was er für richtig hält. Seine Vergangenheit war frevelhaft und gottlos und da wollte er einen radikalen Schnitt machen."

„Und deswegen hat er sein ganzes Erbe ausgeschlagen? Wir hätten ein viel besseres Leben haben können. Oder er hätte es zumindest irgendwo einzahlen und für uns Kinder anlegen können!"

„Weißt du, Mary Dobbs, mit den Konsequenzen mancher Handlungen muss man für den Rest seiner Tage leben. Die Vergangenheit deines Vaters hat ihm tiefe Schuld beschert und er hat versucht, sie mit diesem Geld wiedergutzumachen."

„Aber was denn für eine Schuld?"

Mutter stockte. Sie öffnete den Mund, um etwas zu sagen, aber dann wurden ihre Augen feucht und sie wischte mit dem Ärmel darüber.

Plötzlich taten mir meine Anschuldigungen leid.

„Es ist die Vergangenheit, Dobbs", sagte Mutter leise. „Wenn du es genau wissen willst, musst du ihn selbst fragen. Er muss selbst entscheiden, was er dir erzählt. Ich habe kein Recht dazu." Ich war erschrocken, wie sehr sie das mitnahm. „Dein Vater ist ein guter Mann. Fehlerhaft wie jeder von uns, ziemlich kompliziert und sehr strebsam. Aber ich vertraue ihm. Und ich hoffe, du kannst das auch."

Ich stand auf und umarmte meine Mutter, aber innerlich war ich völlig durcheinander. Eines Tages, nahm ich mir vor, würde ich meinen Vater fragen.

Auf dem Weg zurück zum großen Haus erzählte ich Mutter von Hosea und Cornelia und Parthenia, und dass Anna fälschlicherweise wegen Diebstahls im Armenhaus saß.

„Dabei weiß jeder, dass sie es nicht war."

„Das hört sich so an, als wäre sie ein Opfer der Umstände."

„Aber warum holt Tante Josie sie dann nicht da raus?"

„Du hast doch gesagt, sie hat es versucht."

„Ja."

Mutter seufzte. „Es gibt so viele Dinge im Leben, die unfair sind, Mary Dobbs. Dinge, die wir nicht ändern können, sosehr wir es auch wollen."

„Aber ich könnte an dieser Sache vielleicht *wirklich* etwas ändern." Schnell und fast verzweifelt berichtete ich ihr, wie ich das Diebesgut in Mr Singletons Werkzeugkiste gefunden hatte.

Mutter nahm meine Hand. „Du musst Tante Josie davon erzählen. Und ich werde dich begleiten."

„Meinst du wirklich?"

„Ja."

Sie umarmte mich und ich fühlte mich erleichtert. Plötzlich wollte ich nicht mehr, dass meine Eltern nach Oklahoma gingen.

☙

Am nächsten Tag kam Mutter zum Tee. Tante Josie, sie und ich saßen auf der Veranda, aßen süßes Gebäck und tranken Earl Grey aus Tante Josies edlen Porzellantassen. „Das schmeckt vorzüglich, Josie", sagte Mutter.

„Wir freuen uns, dass die Mädchen da sind. Wenn wir doch nur Billy auch überzeugen könnten, zu bleiben."

Mutter zuckte mit den Schultern. „Du kennst ihn doch."

„Der alte Dickkopf."

Mutter nickte und die beiden lachten.

Irgendwann sagte Mutter dann endlich: „Josie, ich glaube, Mary Dobbs möchte dir etwas sagen."

Ich ließ mich nicht zweimal bitten und erklärte die ganze Situation; dass ich Perri beim Packen geholfen hatte und Mr Singletons Kammer ausräumen sollte und dabei die Werkzeugkiste gefunden und darin das gestohlene Silber und den Schmuck entdeckt hatte. Erst als ich fertig war, fiel mir auf, dass mir das Herz bis zum Hals klopfte und meine Handflächen nass geschwitzt waren.

Tante Josie runzelte die Stirn und schwieg einige Zeit. „Das ist ja sehr sonderbar", sagte sie dann. „Ich kann kaum glauben, dass Holden die Sachen hatte!" Sie wurde tiefrot und bekam kleine Schweißperlen auf der Oberlippe. Dann legte sie den Kopf schief. „Danke, dass du es mir erzählt hast, Mary Dobbs. Es war natürlich richtig, mich ins Vertrauen zu ziehen. Eine ganz und gar merkwürdige Situation, aber was soll ich sagen? Mach dir keine Sorgen, Mary Dobbs. Ich kümmere mich darum."

Wir tranken unseren Tee in betretenem Schweigen aus und als wir die Veranda verließen, war ich für kurze Zeit erleichtert, aber dann kehrte die Angst zurück.

Kapitel 16

Perri

Drei wundervolle Tage lang bestimmte Philip Hendrick meine Welt. Er behandelte mich wie eine Ebenbürtige, eine professionelle Fotografin. Philip selbst war eine Mischung aus Visionär und Perfektionist. Die Begeisterung, die er für seine Arbeit an den Tag legte, war ansteckend. „Du lernst einfach unterwegs, ja? Ich hoffe, das macht dir nichts aus", scherzte er und ich folgte ihm überallhin. Er war ständig in Bewegung. Ich fragte mich, wie jemand mit so viel Energie lang genug stillhalten konnte, um solch erstaunliche Fotos zu machen.

Jeden Tag lernte ich etwas Neues im Geschäft und dann zog ich mit Mr Saxtons Einverständnis mit Philip und Luke los, bewaffnet mit Stativ und Fotoapparat, und wir fotografierten das Fox Theatre, das Georgian Terrace, den Oakland Friedhof und andere bekannte Orte. Philip fotografierte sogar unser Haus und das der Chandlers sowie eine luxuriöse Villa in der Nähe, die den Namen Swan House trug.

Am Samstag trafen wir uns mit Hank und Dobbs zu einem Picknick im Piedmont Park. Als Hank, Philip und Luke bei einem Baseballspiel mitmachten, meinte Dobbs: „Ich glaube, Philip mag dich."

Ich verdrehte die Augen. „Er ist mein Chef … sozusagen."

„Aber er sieht dich nicht wie eine Angestellte an." Dobbs kicherte. „Und er hat dich noch viel öfter fotografiert als alle Gebäude in Atlanta zusammen."

„Bitte, Dobbs, was ich am allerwenigsten brauche, ist, dass Spalding denkt, ein anderer interessiere sich für mich. Es stört ihn ja schon genug, dass ich den Job bei Mr Saxton überhaupt angenommen habe. Und außerdem fährt Philip in zwei Tagen wieder weg."

Aber Dobbs lächelte nur.

Natürlich beschäftigte mich ihr Kommentar, und ich konnte nicht leugnen, wie gut es sich anfühlte, Zeit mit jemandem zu verbringen, der die gleichen Interessen wie ich hatte und mich fördern wollte – und obendrein noch gut aussah.

☙

Philip, Luke und Hank fuhren an dem Tag nach Chicago zurück, als Dobbs' Eltern mit ihrem alten Hudson in das Trockengebiet von Oklahoma aufbrachen. Dobbs und ich brachten die Jungs zum Bahnhof. Ich wusste nicht, wie ich Philip meine Dankbarkeit zeigen sollte und hatte einen kleinen Kloß im Hals. „Danke für alles", sagte ich bestimmt drei oder vier Mal.

Die beiden Rotschöpfe strahlten mich an. „War doch ein großer Spaß!", meinte Philip. „Ich werde dich vermissen", fügte er etwas leiser hinzu. Dabei wurde er rot. „Also, Luke und ich – wir werden dich beide vermissen."

Dobbs zwinkerte mir zu und dann ging Hank mit ihr ein paar Schritte beiseite, während Luke und Philip in den Waggon kletterten.

Ich wartete vorn am Bahnsteig, bis Dobbs sich von Hank verabschiedet hatte. Sie hing an ihm, als würde sie weinen, und dann beugte sich Hank zu ihr herunter und küsste sie und die beiden schienen in einer Welt ganz für sich zu sein. So eine Liebe wollte ich auch erleben – irgendwann, irgendwo –, so eine stabile, echte Zuneigung. Ich sehne mich nach einer Liebe, die jedes Mal wehtat, wenn ich mich verabschieden musste und in der ich mich verlieren konnte.

Ich betrachtete Hank und Dobbs und merkte, dass keine meiner tausend Verabredungen mir so eine Liebe beschert hatte.

Dobbs

Bei der Verabschiedung musste ich weinen. Die Woche war so schnell vergangen und durch die vielen Bekehrungen so intensiv gewesen. Hank hatte immer bis spät in die Nacht zugehört, bis auch der letzte Jugendliche ihm unter Tränen seine Geschichte erzählt hatte. Und ich hatte in der Nähe gesessen und den Mädchen zugehört.

Danach hatte Hank mich immer zu den Chandlers gebracht. Er selbst hatte in einem Zelt neben meinen Eltern geschlafen. Auf dem Weg hatten wir über das gefundene Diebesgut gesprochen, über die geheimnisvolle Vergangenheit meines Vaters, über Philip und Luke Hendrick und Perri. Und über uns.

„Ich habe Angst, dich hier in Atlanta zurückzulassen", sagte Hank auf dem Bahnsteig. „Angst, dass ich dich an diese feine Gesellschaft verliere, an die Jungs ... Angst, dass du von mir enttäuscht sein wirst wie beim letzten Mal ..."

Ich legte ihm eine Hand auf den Mund. „Nein, das damals war ganz allein mein Fehler. Ich möchte niemand anderen, Hank. Nur dich."

Er umarmte mich und hielt mich fest, und dann küsste er mich so zärtlich, dass es mir den Atem verschlug. Ich wollte Hank. Aber dann musste ich daran denken, wie ich es mir mit Mutter am See gemütlich gemacht hatte und wie meine Schwestern mit vollem Magen herumgekichert hatten, und mir wurde klar, dass ich das nicht missen wollte. Ich wollte, dass wir immer genug hatten.

CB

Tagsüber packten Perri und ihre Mutter ihr Leben in Kisten und abends kam Perri zu mir zum Übernachten. Eines Abends lagen wir ausgestreckt auf meinem Bett und schwitzten vor uns hin. Der alte Ventilator, der auf meinem Schreibtisch stand, war uns keine große Hilfe. Perris Wangen glühten und sie schwärmte mir von ihrer Arbeit bei Mr Saxton vor.

„... Schon jetzt habe ich so viel bei ihm gelernt und er will mir sogar ausrangierte Sachen für meine Dunkelkammer schenken ..."

Ich stand auf, nahm das kleine Faltblatt von den Zeltversammlungen aus meiner Bibel und fächelte ihr damit Luft zu, aber auch das brachte keine Erleichterung. Perri griff nach meiner Bibel und machte damit Wind, so gut sie konnte. Dabei fiel das Foto von uns drei Schwestern und Jackie heraus. Perri hob es auf und betrachtete es.

„Wer ist denn das Mädchen da bei euch?"

Mein Mund wurde schlagartig trocken. „Jackie", flüsterte ich.

„Jackie? Wer ist Jackie? Deine Cousine?"

Ich nahm Perri kaum wahr. Ich dachte an all meine Geschichten, wo Gott auf wundersame Weise eingegriffen hatte. Bei Jackie schoss mir aber nur ein Gedanke durch den Kopf: *Da hat er nicht geholfen.* Ich sah Perri an, die noch immer das Foto betrachtete. „Das ist Jackie. Jackie war meine allerbeste Freundin, bevor ich dich kennengelernt habe."

„Sie sieht ein gutes Stück älter aus als du."

„Das war sie auch."

Perri überhörte die Vergangenheitsform nicht. „War? Soll das heißen …?"

„Sie ist tot. Gestorben an einer schrecklichen Krankheit, unheilbar, ein angeborener Fehler." Ich schluckte. „Deswegen hat mir Hank *Hinter den Wolken ist der Himmel blau* geschenkt. Damit ich über Jackies Tod hinwegkomme. Aber über den Tod eines geliebten Menschen kommt man nie so richtig hinweg." Als Perri neben mich rutschte und mir den Arm um die Schulter legte, merkte ich, was ich gerade gesagt hatte.

„Ich weiß", flüsterte sie. Sie ließ den Kopf sinken und fuhr mit dem Finger über Jackies Gesicht. „Warum hast du mir nicht schon früher von ihr erzählt?"

Ich schwieg. Erst nach einer Weile fand ich die Kraft, sie anzusehen. Perri sah niedergeschlagen aus. „Das habe ich doch. Als ich meinte, ich wisse, was Trauer ist. Aber mehr konnte ich dazu nicht sagen. Und das kann ich auch immer noch nicht."

☙

Am nächsten Tag nahm ich noch einmal das Foto aus der Bibel, schloss die Augen und drückte es an mich. Vor meinem inneren Auge sah ich die vier Jahre ältere Jackie fröhlich, hübsch und voller Energie neben meiner Mutter auf dem Sofa sitzen, eine Nadel im Mund und dieses verschmitzte Funkeln in den Augen. Ich konnte Mutter fast hören, wie sie lachte und mich ermahnte, auf Jackie aufzupassen und nicht jeden Blödsinn mitzumachen.

Hinter den Wolken ist der Himmel blau lag jetzt bestimmt in irgendeiner Kiste und wartete auf den Umzug. Ich dachte an das Gedicht darin, das mich besonders getröstet hatte. John Donne hatte es geschrieben, der Dichter, Frauenheld und reuevolle Prediger des siebzehnten Jahrhunderts.

„‚Tod, sei nicht stolz'", flüsterte ich und merkte, wie sich mir die Kehle zuschnürte. Ich brauchte das Buch nicht, die Zeilen kannte ich auswendig. „hast keinen Grund dazu, bist gar nicht mächtig stark, wie mancher spricht.'" Ich sagte tapfer das Sonett auf und dachte zwischendurch an den wahren Satz, den ich zu Perri gesagt hatte: *„Über den Tod eines geliebten Menschen kommt man nie so richtig hinweg."*

Die letzten Zeilen sagte ich voller Überzeugung. „Wie prahlst du schlecht! Nach kurzem Schlaf erwachen wir zur Ruh, und mit dem Tod ist's aus: Tod, dann stirbst du.'"

Ich wischte mir eine einsame Träne ab und verbannte den leisen Zweifel, der mir jedes Mal *Da hat er nicht geholfen* zuflüsterte, wenn ich an Jackie Brown dachte.

○○

Ich sah Tante Josies Gesicht und wusste sofort, dass etwas nicht stimmte. Sie kam in den Gemüsegarten, wo ich mit Cornelius und Parthenia Tomaten pflückte. „Mary Dobbs, kommst du bitte mit?"

„Ja."

Ich folgte ihr zurück ins Haus und in Onkel Roberts Arbeitszimmer, wo sie mich mit einer Handbewegung dazu aufforderte, mich auf einen Stuhl zu setzen. Dann schloss sie die Tür und stellte sich mit dem Rücken zu mir ans Fenster. „Vorgestern bin ich zu Dot gefahren und habe ihr beim Packen geholfen. Du kennst mich. Ich rede nicht um den heißen Brei herum. Ich habe ihr von deinem Fund erzählt und wir sind natürlich sofort in Holdens Kammer gegangen. Wie du gesagt hattest, stand seine Werkzeugkiste ganz hinten. Aber wir haben weder das gestohlene Silber noch den Schmuck darin gefunden, sondern nur sein Werkzeug, sowohl im oberen als auch im unteren Fach." Sie drehte sich um und sah mich streng an.

„Das ist unmöglich! Ich weiß doch, was ich gesehen habe."

„Dot fragt sich, ob du den Kindern erzählt hast, was du gefunden hast. Könnten sie die Sachen vielleicht aus der Kiste genommen haben? Oder hast du sonst jemandem davon erzählt?"

„Nein! Nein. Nur dir und Mutter und Hank, ehrlich!"

Tante Josie verschränkte die Arme. „Mary Dobbs, ich will nicht davon ausgehen, dass du diese Geschichte erfunden hast, aber ich weiß, wie sehr du Parthenia magst und Hosea und Cornelius und Anna auch, und wie du mich angefleht hast, Anna doch aus dem Armenhaus zu holen ..."

Ich kämpfte mit den Tränen. „So etwas würde ich mir nie ausdenken, Tante Josie. Niemals!"

Sie schüttelte den Kopf. „Nun, damit sind wir in einer ziemlich misslichen Lage. Das Haus der Singletons ist völlig leer geräumt und nirgendwo ist das Diebesgut aufgetaucht."

Mir wurde schlecht. Tante Josie zuckte mit den Schultern und verließ das Arbeitszimmer. Sie glaubte mir nicht.

Was, wenn meine Tante die Sachen gefunden und heimlich an sich genommen hatte, um ihre beste Freundin zu schützen? Vielleicht wollte sie lieber Anna leiden lassen als Dot Singleton und ihre Familie?

Unmöglich.

Ich war verwirrt und hatte Angst. Die Sachen waren alle in der Werkzeugkiste gewesen. Ich hatte sie mit eigenen Augen gesehen. Wie gerne hätte ich Mutter um Rat gefragt, aber sie war weit weg und ich würde erst in mehreren Wochen wieder etwas von ihr hören. Also schüttete ich Hank mein Herz in einem Brief aus und wartete sehnsüchtig darauf, was er dazu sagen würde.

Als Perri von der Arbeit heimkam, merkte sie sofort, dass mich etwas bedrückte. „Tut mir leid, dass ich wegen Jackie gefragt habe", meinte sie. „Ich wollte keine alten Wunden aufreißen."

Ich ließ sie in dem Glauben, dass es darum ging. Wie sollte ich ihr auch erzählen, was ich in der Werkzeugkiste ihres Vaters gefunden hatte? Ich brachte es nichts übers Herz. Aber ich spürte, dass Perri es irgendwann herausfinden würde, und sie würde es nicht verstehen. Immer, wenn ich sie an diesem Abend ansah, hatte ich das Gefühl, sie zu verlieren.

Perri

Mutter fand ein Haus am Club Drive, in Laufdistanz zum Capitol City Country Club. Das Haus war klein, im Vergleich zu unserem alten Haus geradezu winzig – einstöckig, mit einer modernen Küche, drei Schlafzimmern, einem Wohnzimmer mit Kamin und einem Gemüsegärtchen hinter dem Haus. Es stand auf einem kleinen Hügel und war vorn von mehreren großen Eichen geschützt. Wir wohnten damit weiter draußen als die meisten gehobenen Familien, aber Mama sagte, dass nicht wenige vor Kurzem in dieser Gegend Immobilien gekauft hatten.

Spalding half uns drei Nachmittage lang beim Umzug, gemeinsam mit Bill und Patty Robinson, Robert und Josie Chandler, Dobbs, Mae Pearl und ihren Eltern. Sogar Barbara und Irvin halfen, so gut sie konnten. Jimmy und Dellareen freuten sich über das kleine Haus, weil sie nun einen viel kürzeren Weg zur Arbeit hatten. Sie wohnten in Johnson Town, einem Viertel für Schwarze, das einige reiche Geschäftsmänner hatten erbauen lassen. Von dort aus gab es eine direkte Straßenbahnverbindung bis in unsere neue Straße.

Am letzten Umzugstag blieb Spalding zum Abendessen. Barbara und Irvin hingen an ihm wie Kletten und Mama dankte ihm immer wieder für seine Hilfe. Spalding grinste und blickte drein wie ein unschuldiges Hündchen. „Also, ich glaube, Jimmy und Ben haben den Löwenanteil erledigt, aber ich habe natürlich gern geholfen. Abgesehen vom Flügel. Der muss eine Tonne wiegen! Da hat sich das Krafttraining und Footballspielen wohl ausgezahlt." Er spannte seinen Bizeps an und Barbara kicherte. Ich glaube, sie war hoffnungslos in ihn verknallt.

Ich tat so, als würde mir das kleine Haus unglaublich gut gefallen und am Abend lachte ich sogar mit Barbara im Bett, nachdem wir die Decken von uns geworfen hatten, weil es so warm war. Wir hatten seit Ewigkeiten nicht mehr im selben Zimmer geschlafen. Ich versuchte so gut es ging die Sehnsucht nach unserem richtigen Zuhause zu unterdrücken, dem Haus, das überall den Stempel der Singletons trug – von den weißen Säulen und den hohen Räumen, meinem großen Ankleidezimmer und dem Stall bis hin zum kleinsten Detail, etwa, wie Mutter die Stühle am Esstisch stellte und Daddys Arbeitszimmer nach Pfeife roch.

Dobbs wäre dankbar, dass sie ihre Familie um sich hat, ein Dach über dem Kopf und etwas zu essen. Also sollte ich das auch sein.

Ich *war* ja dankbar, aber zugleich auch unendlich traurig. Was wohl meine Freundinnen und Mamas Freunde über die traurige Wendung sagten, die das Leben der Singletons genommen hatte?

☙

Ich verdiente bei Mr Saxton sieben Dollar pro Woche und genoss jede Minute im Fotogeschäft. Mr Saxton war ein sehr freundlicher Chef, der mir im Lauf des Sommers immer mehr Verantwortung übertrug. Dienstags und freitags war ich inzwischen allein im Laden und musste diesen abends schließen. Anschließend musste ich einige Häuserblocks weit zur Straßenbahnhaltestelle laufen. Eines Freitags Anfang Juli war ich tief in Gedanken über Philip Hendrick versunken, der mir zwei Karten aus Chicago geschrieben hatte. Ich nahm die beiden Männer erst war, als sie direkt neben mir waren.

„Wen haben wir denn da? Eine hübsche kleine Missy."

Ich bekam es mit der Angst zu tun.

Sie waren zu zweit und stanken nach Alkohol. Ich sah einen der beiden an und erschauderte. Er hatte braune Zähne, schorfige Haut und ein hungriges Flackern in den Augen.

Gierig berührte er mich an der Schulter. Ich zuckte zusammen, schob seine Hand weg und lief mit gesenktem Kopf weiter. Obwohl ich fast rannte, lachten sie nur und hatten mich bald darauf wieder eingeholt. Meistens waren auf den Straßen um Five Points um diese Zeit noch viele Leute unterwegs, aber heute sah ich niemanden.

„Wir wissen, dass Missy hier arbeitet. Wir haben gesehen, wie Missy allein Straßenbahn fährt und haben gewartet, bis wir sie mal allein erwischen." Der Mann, der mich berührt hatte, packte mich am Arm. Der andere, ein kleinerer Mann mit einer schwarzen Kappe, die er sich tief ins Gesicht gezogen hatte, riss mir die Handtasche aus den Händen.

„Na, wo hat Missy ihre Lohntüte?"

Ich war ganz benommen vor Angst. Das Geld steckte ich immer

in meine Rocktasche. Was, wenn sie es suchen würden? Er fing an, meine Handtasche zu leeren – meine Bürste, meine Brieftasche –, während der Größere mich in eine Seitengasse drängte.

Vor lauter Panik schrie ich so laut und so lange, dass die beiden erschrocken innehielten. Dann stieß mich der Größere zu Boden und war binnen Sekunden an meiner Kehle. „Das hätte Missy besser nicht tun sollen." Er hielt mir den Mund zu.

Ich versuchte ihn zu beißen. Dann sah ich das Messer.

„Wo ist das Geld, Missy?"

Mir war, als würde jemand meinen Namen rufen. Mr Saxton! Ein großer Mann mit Hut kam auf uns zu. Mein Hoffnungskeim erstickte. Ich kannte ihn nicht. War er ein Komplize?

Nein. Er hatte doch meinen Namen gerufen! Oder hatte ich Halluzinationen?

Meine Angreifer rannten fluchend mit meiner Handtasche davon. Ich setzte mich auf. Mein Herz pochte wie wild und ich hatte Angst, auch nur eine Bewegung zu machen. Als der Mann mit dem Hut sich zu mir herunterbeugte, schrie ich auf. Er ging sofort zwei Schritte zurück. „Keine Angst, Miss. Ich tue Ihnen nicht weh. Kommen Sie, ich helfe Ihnen hoch."

Ich konnte kaum stehen. Meine Knie zitterten so stark, dass ich jeden Moment damit rechnete, zusammenzubrechen.

„Sind Sie verletzt?", fragte der Mann.

Ich schüttelte den Kopf.

„Kann ich Sie irgendwo hinbringen?"

Ich sah ihn an. Er war gepflegt, mittleren Alters, trug einen Nadelstreifenanzug und einen Fedorahut.

„Daddy!", rief ich erstaunt.

Der Mann sah mich verwirrt an.

Nein, es war nicht mein Vater. Nur ein Geschäftsmann auf dem Heimweg.

„Straßenbahn", ächzte ich. Er lief schweigend neben mir her.

Als wir die Haltestelle erreichten, zitterte ich immer noch und flüsterte: „Vielen Dank. Ich … ich möchte mich bei Ihnen erkenntlich zeigen für Ihre Hilfe." Aber als ich in meine Rocktasche griff, mein Geld herausholte und wieder aufsah, war er weg. Verschwunden.

In der Straßenbahn klebte ich neben einer jungen Frau mit ihrem kleinen Kind geradezu am Sitz. Die Fahrt dauerte eine gefühlte Ewigkeit. Meine Kehle war wie ausgedörrt und sobald ich ins Haus gestolpert war, verriegelte ich die Tür und brach schluchzend zusammen.

Mama, Mrs Chandler und Dobbs begleiteten mich zur Polizei, um Anzeige zu erstatten. Ich flehte Dobbs an, bei mir zu übernachten. Damit Mama, Barbara und Irvin sich keine Sorgen machten, tat ich, als wäre alles in Ordnung, aber ich hatte die ganze Nacht Albträume, sah in die verschwommenen Gesichter böser Männer und dann Daddy, wie er neben mir stand.

Als ich aufwachte, kniete Dobbs neben mir und tupfte meine Stirn mit einem nassen Tuch ab. „Ist schon gut, Perri. Das war nur ein böser Traum." Ich nickte und schloss die Augen. Aber sie kamen wieder, die Gesichter, und ich hörte, wie jemand meinen Namen rief und hatte das Gefühl, Daddy wäre ganz nah bei mir.

Dobbs

Meine Freundschaft mit Perri hatte in einer Tragödie begonnen und nach dem Überfall schien sie sich wieder neu zu festigen. Auf ihren Wunsch hin schlief ich einige Nächte bei ihr, aber ich spürte sofort Mrs Singletons missbilligende und argwöhnische Blicke. Das tat weh. Ich wollte sie unter vier Augen sprechen und ihr sagen, was genau ich in der Werkzeugkiste gefunden hatte, aber sie war nicht daran interessiert. Das war deutlich zu spüren.

Zweimal hätte ich Perri fast von der Werkzeugkiste erzählt, aber ich brachte die Worte nicht über die Lippen. Dabei musste ich es tun. Ich wollte nicht, dass sie es von jemand anderem erfuhr, aber die Sache schien so kompliziert und Perri zu mitgenommen, um das zu verkraften.

„Dobbs, glaubst du an Engel?", fragte Perri mich einige Tage später aus heiterem Himmel.

Ich war so verblüfft, dass mir die Worte fehlten.

„Er hat meinen Namen gerufen, das weiß ich. Ich bin mir sicher! Und als er neben mir stand, dachte ich, es wäre mein Vater.

Ich hätte schwören können, dass er es war. Aber es war nur ein Geschäftsmann und als ich mich erkenntlich zeigen wollte, war er verschwunden. Ehrlich! Er war einfach nicht mehr da." In ihrem Blick mischten sich Hoffnung und Angst. „Könnte das ein Engel gewesen sein?"

„Hört sich für mich wie ein Engel an. Aber so oder so, ich würde sagen, Gott hat dich beschützt."

Ich glaube, Perri sah das genauso.

Kapitel 17

Dobbs

Hank schrieb mir mindestens zweimal pro Woche und jedes Mal, wenn ich seine Handschrift auf einem Briefumschlag entdeckte, machte mein Herz einen kleinen Luftsprung. Ich sehnte mich nach seinen sicheren, starken Armen. Zu meiner großen Erleichterung fand er bei der Weltausstellung Arbeit und schrieb mir, wie er an Touristen aus aller Welt Coca-Cola verkaufte. Zugleich versicherte er mir, dass er für mich betete. „Leg das Rätsel um die Werkzeugkiste Tag und Nacht in Gottes Hände", schrieb er.

Ich versuchte es. Ehrlich. Aber dann fingen meine Gedanken doch an zu rotieren und ich schnappte mir Zettel und Stift und schrieb sie auf. Viele Schmierzettel später hielt ich die beiden plausibelsten Erklärungen in der Hand:

Holden Singleton hat schon länger Sachen gestohlen und eine Weile bei sich aufbewahrt. Er brauchte das Geld schließlich sehr dringend. Als ich Tante Josie von meinem Fund erzählte und sie Mrs Singleton Bescheid gab, hat Mrs Singleton die Kiste geleert, um den Ruf ihres Mannes zu schützen, und nur Tante Josie davon erzählt. Oder auch nicht.

Oder irgendjemand anderes hat die Sachen gestohlen und sie bei den Singletons versteckt, um den Verdacht auf Holden oder Anna oder beide zu lenken, und diese Person tut es immer noch. Aber wer? Becca? Aber warum?

Jeden Tag las ich mir den Zettel durch und kam doch zu keinem Schluss. Irgendwann musste ich an einen Vers aus der Bibel denken: *„Verlass dich auf den Herrn von ganzem Herzen, und verlass dich nicht* *auf deinen Verstand, sondern gedenke an ihn in allen deinen Wegen, so wird er dich recht führen."*

Verlass dich auf den Herrn. Ich nahm meine Bibel zur Hand und sie klappte natürlich dort auf, wo ich das Foto zwischen die Seiten gesteckt hatte. Wieder einmal starrte mich Jackie an und weckte diesen leisen Zweifel. Ich schlug die Bibel zu, ohne auch nur einen Vers gelesen zu haben. Warum war das Leben so kompliziert?

Gott wollte mir bestimmt etwas zeigen. Er würde sich blicken lassen, wie immer. Und bis dahin musste ich Geduld haben.

Perri

Um mich von dem Raubüberfall abzulenken, räumte ich meine Dunkelkammer so um, dass ich Platz für die Sachen von Mr Saxton hatte. Er hatte mir einen Lichtkasten gegeben, damit ich den alten aussortieren konnte, und mir geraten, die Chemikalien für die Entwicklung vor extremen Temperaturen zu schützen. Außerdem hatte er mir erklärt, dass man wegen der chemischen Dämpfe für genügende Belüftung sorgen musste. Und schließlich hatte er mir eine Menge Filmrollen geschenkt, die bald verbraucht werden mussten, und einen Stapel Postkarten, auf die ich meine Fotos drucken konnte.

Die Fahrt von uns zum Haus der Chandlers an der West Paces Ferry Road dauerte jetzt viel länger. Anstatt Jimmy zu bitten, fuhr ich den Buick immer öfter selbst und gewann allmählich an Sicherheit hinter dem Steuer. Hosea und Cornelius halfen mir, den Lichtkasten aufzubauen und eine größere Entwicklungsdose aufzutreiben, in die mehr Filmrollen passten. Hin und wieder begutachtete Mrs Chandler die Fortschritte in der Dunkelkammer. Sie hatte offenbar nichts dagegen, dass ihre Diener mir halfen.

Cornelius hatte die Idee, ein Holzrad für die Bewässerung der Filme zu bauen, das sich durch Wasserkraft drehte, wie bei einem Schaufelraddampfer.

„Du bist ein Genie!", meinte ich.

Parthenia verzog das Gesicht. „Der ist kein Genie. Nur ein alter Dickkopf."

Cornelius zog sie dafür an den Zöpfen, aber er lächelte dabei und war offensichtlich stolz auf seine Erfindung und seine kleine Schwester.

Stück für Stück wurde meine Dunkelkammer also trotz der drückenden Julihitze zu einem halbwegs professionellen Labor, und ich wünschte mir insgeheim, ich könnte sie Philip – und Luke – zeigen.

Philip schrieb mir jede Woche eine Postkarte und auf eine hatte er ein Foto von sich und Luke neben ihrem Stand auf der Weltausstellung gedruckt. Luke hielt ein kleines, handgeschriebenes Schild in der Hand.

Nur 25 Cent!
Wir fotografieren Sie neben Ihrem liebsten Exponat
Foto am Folgetag abholbereit

Auf die Rückseite der Postkarte hatte Philip geschrieben: *Das war Lukes Idee, und weißt du was, die Leute rennen uns die Bude ein!*

Als ich Mr Saxton das Foto zeigte, meinte er nur: „Machen Sie dasselbe, Perri. Sie haben doch die Postkarten. Warum bieten Sie Ihren Klassenkameradinnen nicht an, sie bei ihrer Lieblingsbeschäftigung zu fotografieren? Zehn Cent das Foto." Er schmunzelte. „Wenn ich in meinen zwanzig Jahren als Fotograf irgendetwas gelernt habe, dann, dass die Mädchen aus Atlanta sich gern fotografieren lassen."

„Das ist eine großartige Idee, Mr Saxton!"

Er zwirbelte zufrieden seinen Schnurrbart.

☙

Dobbs half mir, am Wochenende im Club kleine handgeschriebene Zettel zu verteilen.

Dein Sommerbild
Die perfekte Erinnerung
an einen großartigen Sommer,
wenn du im Herbst wieder über den Büchern brütest.
Drei Posen – 30 Cent
Eine Postkarte – 10 Cent

Es dauerte nicht lange, bis es sich herumgesprochen hatte. Bald bettelten viele Mädchen vom Washington Seminary ihre Mütter um ein Sommerfoto an. Eine Woche später hatte unsere Konkurrenzschule Wind davon bekommen und dann fanden es die Jungs heraus.

Also arbeitete ich die Woche über bei Mr Saxton und an den Wochenenden hatten Dobbs und ich Unmengen an Aufträgen. Wir baten sogar die Kleinen um Hilfe. Frances und Barbara schnitten die Postkarten zurecht und unterhielten sich dabei flüsternd über irgendwelche Jungs. Sie malten außerdem kleine farbige Herzen oder andere Symbole in die Ecken. Frances konnte ziemlich gut malen und Barbara hatte ein Gespür für Farben.

Coobie war immer dabei, bürstete dem Mädchen, das ich als Nächstes fotografieren wollte, die Haare nach hinten oder schob seine Hände zurecht und verschwand dann schnell hinter mir, damit ich das Foto machen konnte. Während des Fotografierens hüpfte sie auf der Stelle, bis ihre Locken tanzten, und rief: „Lächeln! Na los, lächeln!"

Nach einem besonders anstrengenden Fototag hatte ich endlich alle Bilder in der Dunkelkammer entwickelt und mich von den anderen verabschiedet. Im Buick fuhr ich allein nach Hause. Am Anfang kroch ich nur so dahin und fürchtete mich vor der Dunkelheit. Ich spähte in den schwachen Lichtkegel der Scheinwerfer und durchlebte den Überfall noch einmal. Verängstigt umklammerte ich das Lenkrad, beugte mich vor und rechnete jeden Moment damit, dass mir ein betrunkener Herumtreiber vors Auto sprang. Oder dass ein Engel erschien.

Angespannt und vorsichtig fuhr ich heim und parkte das Auto vor dem Haus. Erst als ich über die Gehwegplatten auf die Eingangstür zulief, bemerkte ich meinen Fehler. Ich war zu meinem *echten* Zuhause gefahren. Meine Instinkte hatten mich einfach dorthin geleitet. Ich stand da und starrte auf die weißen Säulen, die im Finstern grau waren. Das große Haus war dunkel und verlassen.

„Eines Tages …", sagte ich dem Haus, „… eines Tages kommen wir wieder zurück. Versprochen."

Anfang August fuhr ich zum Armenhaus. Ich wollte endlich Mrs Clark, der Leiterin, die Kisten mit Kleidung und Haushaltsgegenständen aus unserem alten Haus bringen. Mae Pearl und Dobbs begleiteten mich und natürlich wollten Coobie und Parthenia auch nicht zu Hause bleiben. Dobbs und die Kleinen machten sich sofort auf die Suche nach Anna, die irgendwo auf dem Feld war, und Mae Pearl ging schnurstracks zum Haus der Schwarzen, wo der Alte vom letzten Besuch wieder saß. Mir kam kurz der Gedanke, dass sich Mr Ross, so hieß der Alte, vielleicht die ganze Zeit über nicht bewegt hatte, und ich musste lächeln.

Mama und Daddy hatten sich im Rotary Club, dem Garden Club, der Junior League, der Kirche und anderswo stets wohltätig engagiert, und auch ich hatte schon im Roten Kreuz und dem Pflegeheim in Northside ausgeholfen. Wohltätig zu sein, war mir nie wie ein Opfer vorgekommen. Für mich war es das Normalste von der Welt, die Bedürftigen mit meiner freien Zeit und unserem überschüssigen Geld zu unterstützen. Aber als ich nun in Mrs Clarks Büro stand, neben mir die prall gefüllten Kartons mit unseren Habseligkeiten, fühlte ich mich plötzlich nackt und bloß. Ich verschenkte hier einen Teil meiner Familienvergangenheit und zum ersten Mal konnte ich mich mit denen identifizieren, die nichts mehr hatten. Wir waren alle nur Menschen, das hatte schon Mae Pearls Geste beim letzten Besuch hier gezeigt. Und was uns miteinander verband, war die Tatsache, dass wir alle viel verloren hatten.

Später lief ich über das Gelände und fotografierte mit der Zeiss Contax, die mir Mr Saxton geliehen hatte. Das Fotografieren tröstete mich. Coobie und Parthenia kamen vom Feld und versuchten, Schmetterlinge zu fangen. Ich folgte ihnen und drückte genau im richtigen Moment auf den Auslöser, als auf Coobies ausgestreckter Hand ein Monarchfalter landete. Ihr Gesicht war ein einziges Ausrufezeichen. Neben ihr hüpfte Parthenia begeistert auf und ab und im Hintergrund sah man die Schwarzen auf dem Feld arbeiten.

Ich ging näher an die Feldarbeiter heran. Die Oberkörper der Männer glänzten vor Schweiß und die Frauen wischten sich nach jedem Schlag mit der Hacke mit ihren feuchten Taschentüchern über die Stirn. Ich musste kurz an Vincent van Gogh denken, den wir im Kunstunterricht behandelt hatten. Er hatte auf den Feldern

Südfrankreichs die Ernte unter der sengenden Sonne gemalt. Ich richtete den Sucher auf eine Frau, die sich auf die Hacke stützte und die Hände an der Schürze abwischte. Kurz, nachdem ich abgedrückt hatte, entdeckte sie mich. Ich winkte kurz und lächelte.

Dobbs

Perri wollte, dass Mae Pearl und ich sie ins Armenhaus begleiteten. Aber das fiel mir sehr schwer. Ich hatte gehofft, dass Anna inzwischen längst frei sein würde und wieder bei ihrer Familie auf dem Grundstück der Chandlers. Aber sie war immer noch dort gefangen und musste schwer arbeiten.

Anna kam mir vom Feld entgegen und auf dem Weg zum Haus erzählte ich ihr alles, was sich im Hinblick auf das Diebesgut zugetragen hatte.

Sie schüttelte immer wieder den Kopf. „Was für ein Riesenschlamassel. Aber ist nicht Ihre Schuld, Miz Mary Dobbs. Weiß nicht, was in diesem Haus passiert ist, aber eins weiß ich ganz sicher." Während Anna sprach, bohrte sich ihr Blick tief in mich hinein, bis mir fast unwohl wurde. „Miz Chandler sagt die Wahrheit, hören Sie? Wenn sie sagt, sie hat nichts gefunden, dann ist das die Wahrheit. Miz Chandler würde niemals lügen, um Miz Singleton oder mich zu beschützen. Kenne sie, seit sie so alt war wie Sie, und eins sage ich Ihnen: Sie ist sehr gesetzestreu. Bis auf den Buchstaben. Miz Chandler ist eine gute Seele, das können Sie mir glauben."

Immer wieder zuckte Anna leicht zusammen, als hätte sie Schmerzen. Ich betrachtete ihre tief liegenden Augen, die Ringe darunter und ihre kräftigen, muskulösen Arme, die vom Tragen der Heuballen, der Feldarbeit und wer weiß was noch kamen.

„Und noch eins: Mr Singleton war kein Dieb. Ich kannte ihn gut. Ein guter Mann, nervös vielleicht, aber gut und ehrlich. Miz Singleton holte mich in ihr schönes Haus, wenn sie für eine große Gesellschaft Hilfe brauchten. Dellareen und ich, wir zwei, haben uns oft unterhalten, und wir haben gesagt: Sind zwei ehrliche Häute, unsere Misters. Es geht nicht allen Dienern so, nein, aber wir haben Glück. Also weiß ich nicht, wer die Sachen gestohlen und da versteckt hat, aber Mr Singleton bestimmt nicht. Bestimmt nicht."

„Aber er war doch depressiv! Und verzweifelt! Die Menschen machen doch die eigenartigsten Dinge, wenn sie traurig und verängstigt und verzweifelt sind."

„Hören Sie, Miz Mary Dobbs. Der Herr versorgt mich auf seine Weise und Sie sollten Ihre Nase nicht in Dinge stecken, die zu groß für Sie sind. Gefunden haben Sie die Sachen nun mal, aber ändern können Sie nichts daran. Wenn der Allmächtige das Rätsel lösen will, dann wird er es lösen. Das kann er ganz allein."

Ich fühlte mich zurechtgewiesen und mein Gesicht war sicher rot wie eine Tomate. Was Anna sagte, klang eigentlich ganz nach mir. Aber bei ihr kam es irgendwie mehr von Herzen.

Kapitel 18

Dobbs

Frances und Coobie kehrten Ende August wieder nach Chicago zurück. Ich war unendlich traurig und wollte sie am liebsten bei mir in Atlanta behalten, wo sie sicher waren und genug zu essen hatten. Aber dann fiel mir der Briefumschlag mit dem Geld ein, den ich in Coobies Tasche geschmuggelt hatte. Ich hatte meinen Anteil vom Verkauf der Sommerfotos hineingetan und hoffte, dass Mutter damit gutes Essen kaufen und auf den Tisch zaubern könnte.

Nachdem Frances und Coobie abgereist waren, bestand Mae Pearl darauf, dass ich sie im Club besuchte, um mich „von den traurigen Dingen abzulenken und Spaß zu haben", wie sie meinte.

Als ich ankam, lag sie bereits am Pool. Ihr platinblondes Haar strahlte in der Sonne und der hellblaue Badeanzug ließ ihre Augen leuchten. Sie sah einfach hinreißend aus. Die schlanken Beine hatte sie an den Knöcheln elegant übereinandergelegt. Ihre Freundinnen hatten recht – sie war die Joan Crawford oder Greta Garbo von morgen. Mae Pearl entdeckte mich, winkte und klopfte auf die Liege neben sich. „Schön, dass du da bist! Komm, setz dich. Und, wie hast du den Abschied verkraftet?"

„Es war nicht leicht", gab ich zu.

„Dann habe ich genau das Richtige für dich. Ich habe mit Macon und Lisa gesprochen und sie sind mit mir einer Meinung. Es wird Zeit, dass du zu einer Studentinnenverbindung gehörst."

Bevor ich protestieren konnte, fuhr sie fort. „Ich weiß, du warst erst gegen alle diese Verbindungen, aber das hat sich doch sicher geändert. Mensch, mit deinem Enthusiasmus könnten wir sogar das Armenhaus zum diesjährigen Wohltätigkeitsziel erklären! In zwei Tagen schon veranstalten die ersten Verbindungen ihre alljährliche Schnupperparty und ich sage dir, sie sind einfach nur herrlich. Unwiderstehlich!"

Auf diesen Vorschlag war ich nicht vorbereitet. „Oh, Mae Pearl, das ist wirklich reizend von dir, aber ich habe keinen Cent. Ich könnte niemals die Mitgliedschaft bezahlen, geschweige denn irgendetwas anderes."

„Darüber zerbrich dir mal nicht deinen hübschen Kopf. Das wird nicht das Problem."

„Du weißt genauso gut wie ich, dass Geld im Augenblick sehr wohl ein Problem ist, auch wenn es niemand zugibt." Ich hörte mich an wie Perri.

„Aber, Mary Dobbs, du sagst doch immer, der Herr sorgt schon für uns."

Gut möglich, dass mich mein Blick verriet. Ich hielt es für sehr vermessen, von Gott Beitrittsgeld für eine Studentinnenverbindung zu erwarten, aber ich wollte Mae Pearl nicht vor den Kopf stoßen. Also sagte ich nur: „Ich überlege es mir."

Und aus welchem Grund auch immer überlegte ich es mir tatsächlich … den Rest des Tages und den nächsten auch noch. Fast immer, wenn ich im Club gewesen war, hatten Lisa Young und Mae Pearl und ich tiefe Gespräche geführt – Peggy und Emily zeigten mir noch immer die kalte Schulter –, und manchmal war Macon dazugekommen und hatte wild gestikuliert und ihre rote Mähne geschüttelt. Man konnte mit den Mädchen über alles Mögliche reden, nicht nur über Filme und Jungs und Partys, sondern auch über Finanzen und Familie und wie man denen helfen konnte, die ärmer dran waren. Mutter hatte oft gesagt: *„Mary Dobbs, wenn man den Leuten nur ihre Fehler vorhält, wird man sie nie für Christus gewinnen. Man muss sie zuerst lieben und sich um sie kümmern."*

Vater hatte es mit seiner dröhnenden Stimme von der Kanzel aus anders formuliert: *„Ein unerwünschter Rat wird immer als Kritik aufgefasst."*

Ich ging abends im Bett noch einmal alle Gespräche mit Hank und Mutter durch, in denen wir übers Tanzen, Filme und Studentinnenverbindungen gesprochen hatten. Und ich kam zu dem Schluss: Wenn ich den Mädchen im Washington Seminary helfen wollte, musste ich mich einfügen. Nur so konnte ich sie besser kennenlernen und zu Christus führen.

Also nahm ich mir vor, an den Schnupperpartys teilzunehmen,

die Anfang September bei verschiedenen Mädchen zu Hause stattfanden. Wenn Gott mich in einer Studentinnenverbindung wollte, überlegte ich mir, dann würde er auch dafür sorgen, dass ich aufgenommen wurde.

Als ich Tante Josie davon erzählte, war sie sofort begeistert und meinte, sie würde den nötigen Beitrag gern bezahlen und mir neue Kleider kaufen.

„Kann ich nicht einfach eins von Beccas alten Kleidern auftragen? Sie hat doch so viele schöne."

„Weißt du, Becca ist gerade etwas schwierig. Die Schwangerschaft verlangt ihr einiges ab. Ich denke, wir sollten ihre Kleider erst einmal in Ruhe lassen. Außerdem weißt du doch, wie gerne ich durch die Geschäfte bummle. Ich kann nicht alle Probleme dieser Welt lösen, Liebes, aber ein paar Kleider für dich kaufen, das kann ich. Sogar mit dem größten Vergnügen."

Ich willigte nur aus einem Grund ein: Ich würde Zeit allein mit Tante Josie verbringen – und sie nach der Werkzeugkiste fragen können.

☙

Schon am nächsten Nachmittag schnitt ich das Thema an. „Tante Josie, es tut mir leid, dass ich wieder davon anfange, aber ich muss es einfach wissen: Glaubst du mir, dass ich die Sachen in Mr Singletons Werkzeugkiste gefunden habe? Ich könnte es nicht ertragen, wenn du denken würdest, ich hätte mir das nur ausgedacht. Die Sachen waren da drin, ich schwöre es."

Wir waren im Rich's, und Tante Josie begutachtete gerade die Nähte an zwei hübschen Nachmittagskleidern. Sie hatte mir den Rücken zugewandt und machte einfach weiter. Nach einer Weile gab sie mir ein burgunderrotes Chiffonkleid. „Das hier wird dir ausgezeichnet stehen, Mary Dobbs. Du hast so eine schlanke Taille und eine bezaubernde Figur. Ich könnte so etwas nie tragen, nicht mit meinem großen Busen. Weißt du, er fing an zu wachsen, als ich dreizehn war, und mir blieb nichts anderes übrig, als mich damit abzufinden."

Ich musste schmunzeln, nahm das Kleid und verschwand in der

Ankleide, wo schon einige andere Kleider hingen. Als mir bewusst wurde, dass meine Tante meine Frage komplett ignoriert hatte, schmollte ich.

Aber als ich aus der Ankleide kam, glänzten ihre Augen. „Du siehst umwerfend aus in dieser Farbe, Liebes. Und übrigens: Ich weiß, dass du dir das nicht ausgedacht hast. Du hast die Sachen gefunden und bist gleich zu mir gekommen. Aber jetzt musst du die Finger von der Sache lassen. Es ist nicht dein Problem und wenn du anfängst, überall nachzubohren, wird es am Ende nur noch schlimmer."

Ich drehte mich herum, ließ den Rock fliegen und sagte so unbekümmert wie möglich: „Hast du Mrs Singleton von der Werkzeugkiste erzählt, bevor du bei ihr warst?"

„Mary Dobbs, ich sage dir, halt dich da raus."

„Aber das ist so ungerecht gegenüber Anna! Ich sollte es der Polizei sagen."

„Du handelst dir nur eine Menge Ärger ein. Bitte, Liebes, sei vernünftig."

„War es Becca? Hast du ihr davon erzählt?"

Meine Tante packte mich an den Schultern und kam mit ihrem Gesicht so nah an meines heran, dass sich unsere Nasen fast berührten. Ich konnte ihr schweres Parfüm riechen. „Kind, hör auf. Lass es. Ich glaube dir und ich weiß, wie gern du Anna helfen willst, aber es geht nicht. Und ich kann deine Fragen nicht beantworten, weil ich wirklich nicht weiß, was mit dem Diebesgut passiert ist."

„Aber du hast bestimmt einen Verdacht."

„Glaub mir, es ist viel komplizierter, als du denkst. Versprich mir, dass du nicht wieder davon anfängst. Nicht bei mir, nicht bei Onkel Robert und auch nicht bei Perri oder ihrer Familie. Bitte." Sie sah fast verzweifelt aus – gar nicht wütend, sondern eher unermesslich traurig.

Ich biss mir auf die Lippen und nickte. „Tut mir leid. Ich fange nicht wieder davon an."

„Gut so." Sie drückte mich an ihren Busen und tätschelte mir den Rücken.

Tante Josie fand noch drei weitere edle Kleider für mich zum Anprobieren und jedes Mal, wenn ich aus der Ankleide kam, strahlte sie, als wäre sie meine gleichaltrige Freundin und nicht meine Tante mittleren Alters.

Auf dem Weg nach Hause ließ ich mir von Tante Josie ausführlich alle Benimmregeln für die Schnupperpartys erklären. Aber insgeheim dachte ich die ganze Zeit darüber nach, warum es mir so schwerfiel, den Rat von Anna, Mutter, Hank und Tante Josie zu befolgen. Ich weiß nicht, wieso, aber ich musste einfach die Wahrheit herausfinden.

○○

Am Abend der ersten Schnupperparty kam Tante Josie mit einer Schachtel voller Mascara und Lippenstifte und Rouge in mein Zimmer.

„Ob du es glaubst oder nicht, früher ließen sich meine Freundinnen immer von mir schminken."

„Oh, das glaube ich gern, Tante Josie. Perri und ich sagen immer, du hast den besten Geschmack, wenn es um Kleidung geht. Und du siehst immer so elegant aus, von Kopf bis Fuß."

Tante Josie strahlte und machte sich sofort daran, mich zu schminken.

Als sie fertig war, war ich so aufgeregt, dass ich den Reißverschluss meines burgunderroten Kleides nicht mehr zubekam. Tante Josie musste mir helfen und dann brachte sie mich im Handumdrehen zum Pierce Arrow und fuhr mich zu Virginia Hopkins, einer der Anführerinnen von Phi Pi.

Staunend ging ich die gewundene Einfahrt hinauf. Sie war auf beiden Seiten von Kerzen gesäumt und auch in allen Fenstern der Backsteinvilla leuchteten Kerzen. Meine Hände in den weißen Handschuhen wurden feucht und mein Mund trocken. Die Luft war frisch und warm. Ich hatte das Gefühl, in eine Traumwelt geschwebt zu sein, und mein Lächeln glich dem eines Honigkuchenpferds.

Der Sinn der Schnupperpartys war es, dass die Mädchen, die bereits zur Verbindung gehörten, sich mit den Bewerberinnen unterhielten, um zu sehen, ob sie dazupassten. Mae Pearl hatte mir erzählt, dass die Mitglieder hinterher noch lange zusammensaßen und über jede Bewerberin abstimmten. Das war für mich elitäres Denken pur, aber an diesem Abend zog es mich vollständig in seinen Bann.

Ich hatte beschlossen, Perri zu überraschen und unangekündigt auf dieser ersten Schnupperparty zu erscheinen. Aber als sie mich entdeckte, wie ich mit meinem Kristallglas mit pinkfarbenem Punsch herumstand, sah sie so schockiert aus, dass ich befürchtete, sie hintergangen zu haben. Doch dann kroch ein Lächeln in ihr Gesicht. „Mary Dobbs, du überraschst mich immer wieder. Du bist so unberechenbar!" Sie umarmte mich und flüsterte dabei: „Komm ja zu Phi Pi, verstanden?"

Auch am nächsten und übernächsten Tag sah ich nach der Schule zu, dass ich nach Hause kam, schlüpfte in ein edles Kleid, legte etwas Schmuck von Tante Josie an und ließ mich von ihr schminken. Ich kostete jede Minute aus – die geschmückten Häuser, das gute Essen, die eleganten Kleider und dass die Mädchen auf mich zukamen. Immer wenn sich die Gelegenheit bot – was ziemlich oft vorkam – erzählte ich ihnen, dass mein Vater Wanderprediger war, Zeltversammlungen abhielt und ich ihm half, sooft ich konnte. Die Mädchen hörten mir höflich zu und manche schienen sogar ehrlich interessiert zu sein.

Ich wusste von vornherein, dass ich mich von den drei Verbindungen für Phi Pi entscheiden würde. Zu meinem Glück entschied sich Phi Pi auch für mich – trotz Peggys und Emilys garantierter Gegenwehr.

☙

Zu Phi Pi zu gehören, veränderte meinen Schulalltag im Herbst dramatisch. Plötzlich gehörte ich dazu. Ich war nicht mehr das langhaarige Predigerkind aus Chicago, ich war eine Phi Pi. Die jüngeren Schülerinnen behandelten die älteren Phi Pis mit Respekt. Meine „Schwestern" begrüßten mich im Flur und luden mich beim Mittagessen an ihren Tisch ein. Ich dankte Mutter und Hank in Briefen dafür, dass sie mir Mut gemacht hatten, meine vorschnellen Entscheidungen zu überdenken, und berichtete von meinen neuen Freundschaften.

Perri und ich machten an zwei Nachmittagen pro Woche Fotos und verbrachten mehr als nur einen Abend in der Dunkelkammer. Seit sie in das kleine Haus am Club Drive gezogen war, gab es nämlich keine Stippvisiten mehr. Perri war vom Mädchen mit den tausend Verabredungen zu einer einsamen Prinzessin geworden.

Natürlich gab es noch Spalding und sie ging fast jedes Wochenende mit ihm zum Tanzen. Aber sie tat mir leid. Ein paar Kilometer und die Größe des Hauses machten viel aus in dieser sozialen Schicht in Atlanta. Dellareen buk noch immer köstliche Cookies, aber keiner der Jungs ließ sich mehr blicken, und so aßen Perri und ich die meisten Cookies am Ende selbst.

Die Verbindung engagierte sich hin und wieder sozial – Perri war in den vergangenen zwei Jahren die Vorsitzende des Red Cross Clubs gewesen und zu Weihnachten sammelten die Mädchen Geschenke für bedürftige Familien. Menschen zu helfen, schien ihnen also nicht fremd zu sein, und ich hoffte sehr, dass sie die Idee, die in meiner übereifrigen Fantasie schon am Gären war, gut aufnehmen würden.

An einem Dienstagnachmittag bat ich Hosea, mich zum Armenhaus zu fahren. Peggy, die plötzlich beschlossen hatte, mich nicht mehr zu ignorieren und sogar mit mir zu sprechen, kam aus ihrem Haus über die Straße und ging mit mir in den Trakt, wo die Weißen wohnten. Wir sprachen mit Mrs Clark darüber, worin es dem Armenhaus am meisten mangelte und wie wir Phi Pis dabei helfen könnten.

„Da fallen mir zwei Dinge ein", überlegte Mrs Clark laut. „Warme Kleidung für den Winter und menschliche Wärme. Wenn ein paar von euch einmal pro Woche zu Besuch kommen würden, würde das vielen hier sehr viel bedeuten. Was meint ihr, wie sehr sich Mr Ross immer auf Mae Pearls Besuche freut!"

Als wir wieder vor dem Gebäude standen, meinte Peggy: „Du bist wirklich so, oder?"

„Wie bitte?"

„Dein Herz schlägt wirklich für die Armen und Gefangenen, oder? Und du hast keine Angst, dir die Finger schmutzig zu machen. Ich dachte, du wärst nur so eine Schaumschlägerin mit deinen unglaublichen Geschichten, aber vielleicht hatte ich unrecht."

„Danke, Peggy", war alles, was mir dazu einfiel.

Wir erzählten beim nächsten Treffen der Verbindung von Mrs Clarks Anfrage und alle waren sofort bereit, regelmäßig im Armenhaus Besuche zu machen. Als Mae Pearl vorschlug, doch eine Weihnachtsfeier für die Insassen zu organisieren, sprühten alle nur so vor Ideen, und ich dachte: *Du hast sie völlig falsch eingeschätzt, Dobbs. Du kannst noch viel von ihnen lernen.*

☙

Im Oktober gründete ich einen Bibelkreis. Er fand dienstags nachmittags statt. Perri schwor, dass sich niemand blicken lassen würde, aber beim ersten Termin tauchten elf Mädchen auf, darunter Macon, Mae Pearl, Lisa und Perri selbst. Sogar Emily und Peggy kamen, wenn auch zehn Minuten zu spät.

„Ich lag falsch", fing ich an. „Ich kam hierher und hatte lauter Vorurteile euch und eurem Geld gegenüber und ich war besonders religiös und übereifrig und das tut mir leid."

Alle Augen waren auf mich gerichtet. Niemand sagte etwas.

„Danke, dass ich zu dieser Verbindung gehören darf, auch wenn ich anfangs so blöd war."

Ich las eine Bibelstelle aus Matthäus 5 vor, wo Jesus sich in der Bergpredigt an seine Jünger wendet. Als ich zu dem Vers kam „Selig sind, die da Leid tragen, denn sie sollen getröstet werden", musste ich Perri einfach einen kurzen Blick zuwerfen und sie nickte.

☙

Kaum gehörte ich zu Phi Pi, war es, als hätte jemand allen Jungs mit dem Megaphon bekannt gegeben, dass das Haus der Chandlers für Stippvisiten bereit sei. Tante Josie und Onkel Robert amüsierten sich prächtig, als fast jeden Nachmittag Schüler der Boys High und Collegestudenten der Emory University, der Oglethorpe University und der Georgia Tech die Seitenveranda bevölkerten. Zuerst war ich wie gelähmt vor Angst und wollte sie am liebsten alle verscheuchen. Aber dann beschloss ich, die Stippvisiten nach meinen Regeln zu veranstalten. Parthenia half mir beim Backen und während die

Jungs den Mund mit Brownies, Zitronenkuchen oder Kokosnusscookies voll hatten, erzählte ich ihnen etwas über Gottes Erlösungsangebot.

Weil Perri darauf bestand, ging ich nach einem Footballspiel an der Georgia Tech auf eine Party der Sigma-Alpha-Epsilon-Bruderschaft. Spalding hatte mich mit seinem Talent als Quarterback ziemlich beeindruckt. Ich folgte Perri vom Stadion zum Haus der SAE, einem hübschen Backsteingebäude auf dem Campus der Georgia Tech. An diesem Nachmittag standen Unmengen von Studenten und Studentinnen auf der Wiese davor. Andrew Morrison, der Student von der Georgia Tech, den ich auf dem Maifest und im Kino getroffen hatte, entdeckte mich und kam auf mich zu. „Da ist ja meine Verabredung."

Ich machte einen erschrockenen Schritt zurück und wurde rot. „Ich ... ich wusste nicht, dass ..." Ich presste die Lippen aufeinander und sammelte mich. „Ich wusste nicht, dass man hier eine Verabredung hat. Ich habe einen festen ..."

Er zuckte mit den Achseln. „Ja, Hank. In Chicago. Ich weiß. Mach dir keine Sorgen, Dobbs. Jeder von uns hier geht mit lauter Mädchen aus – nur aus Spaß. Ich wollte doch den hübschesten Neuzugang bei Phi Pi nicht ohne männliche Begleitung lassen."

Andrew erwies sich als großartiger Tänzer. Und er war geduldig. Ich kannte nicht eine Schrittfolge, aber er erklärte mir jeden Tanz. Einmal setzte ich aus, beobachtete die vielen Paare, die sich beim Charleston amüsierten und fragte mich, ob ich gerade meinen Überzeugungen untreu wurde. Aber ich hatte sowohl mit Hank als auch mit Mutter über dieses Thema gesprochen und ich fand es wichtig, zu der Gruppe dazuzugehören, die ich mit Gott bekannt machen wollte. Solange ich solche Aktivitäten nur angeprangert hatte, war mein Freundeskreis jedenfalls nicht gewachsen. Sich am Leben zu erfreuen und zugleich für Gott zu leben, argumentierte ich mit mir selbst, würde mir viel eher Gehör verschaffen.

Trotzdem musste ich immer wieder an den Ausspruch einer Missionarin denken, den mir Vater vor Jahren vorgelesen hatte: *„Tanzen ist der erste und leichteste Schritt auf dem Weg zur Hölle."*

Kapitel 19

Perri

Ich bekam keine Besuche mehr, was ich darauf schob, dass es zwischen Spalding und mir langsam ernst wurde. Aber insgeheim wusste ich, dass das nicht der Grund war. Meine Familie wohnte abseits der angesehenen Gegend und die Jungs gingen dorthin, wohin sie es nicht so weit hatten – etwa zu den Chandlers.

Ich war nicht wirklich eifersüchtig auf Dobbs. Sie war nun einmal sehr mysteriös. Sie tat Dinge, die ich nicht erwartete, wie zum Beispiel Phi Pi beizutreten und eine Arbeitsgruppe zu leiten, die sich für das Armenhaus einsetzte, oder einen Bibelkreis zu gründen. Und jeden Nachmittag saßen fünf bis zehn Jungs auf ihrer Veranda.

Oh, ich konnte sie alle sehen, wenn ich nach der Arbeit im Fotogeschäft in die Dunkelkammer ging, dieselben Jungs, die bis vor einiger Zeit noch bei uns zu Hause gesessen hatten. Der einzige Unterschied war, dass Dobbs die Sache gleich wieder ausnutzte. Genießen und Spaß zu haben schienen Fremdwörter für sie zu sein. Sie war viel zu eifrig. Während Andrew Morrison und die anderen ihre Limonaden schlürften und Teegebäck aßen, erzählte sie Wundergeschichten über Gott. Sie ließ keine Gelegenheit aus, über eine persönliche Bekehrung zu sprechen. Aber die Jungs schien das nicht zu stören, jedenfalls kamen sie Tag für Tag wieder.

Ich hatte wirklich keine Zeit für Stippvisiten. Ich arbeitete nach der Schule bei Mr Saxton, hatte lauter Fototermine und traf mich mit Spalding. Er fuhr fast jedes Wochenende mit mir in den Piedmont Driving Club zum Nachmittagsbüffet und präsentierte mich stolz seinen Freunden. Wir lernten Unmengen von faszinierenden Leuten kennen und Stück für Stück verfing ich mich in der glamourösen Welt, zu der ich als Freundin eines Footballspielers Zutritt hatte. College Football wurde damals zum ersten Mal richtig beliebt, vor allem in Atlanta, wo es gleich vier Colleges gab. Obwohl die Saison für die Georgia Tech nicht gerade rosig lief, bekam Spalding jede Menge Aufmerksamkeit und schaffte es oft bis in die Zeitungen. Einmal fotografierte uns ein Reporter zusammen und das Foto erschien im *Atlanta Journal* in der Rubrik ‚Leute'.

Ich versuchte, nicht daran zu denken, wie unterschiedlich Spalding und ich waren. Die Aufmerksamkeit, die ich durch die Beziehung mit ihm bekam, füllte das Loch in mir, das Daddys Tod und der Verlust unseres Hauses hinterlassen hatten. Wenn ich mit Spalding unterwegs war, fühlte ich mich wieder wichtig und als Teil der Gesellschaft. Und das Beste war: Spalding war verrückt nach mir.

Eines Abends waren wir gerade auf dem Rückweg vom Tanzen, als er auf den dunklen Parkplatz des Capitol City Country Clubs einbog. „Du siehst wie immer wunderschön aus, Perri", sagte er, machte den Motor aus, rutschte näher an mich heran und legte mir die Arme um den Nacken. Ich sah wieder dieses Verlangen in seinen Augen auflodern.

Fast reflexartig und zu meinem Selbstschutz erwiderte ich: „Spalding, Mr Saxton hat mich gebeten, auf einem Empfang bei den Brightons nächste Woche zu fotografieren. Ich bekomme eine hübsche Summe Geld dafür. Das Problem ist nur, dass der Empfang zur selben Zeit ist wie die Party im SAE."

Spaldings Hände verkrampften sich und er zog mich näher zu sich heran. „Passiert das jetzt etwa öfter?"

„Oh nein. Bestimmt nicht. Nur dieses eine Mal."

„Dann also nur dieses eine Mal."

Um ihn zu besänftigen, ließ ich mich von ihm küssen, und je länger sich unsere Lippen berührten, desto mehr gefiel es mir, und am Ende kam ich viel später zu Hause an, als ich eigentlich durfte. Spalding begleitete mich zur Tür, zog mich dort noch einmal an sich und küsste mich ausgiebig. „Vergiss nicht, du bist jetzt mein Mädchen, und ich erwarte, dass du an meiner Seite bist." Die Leichtigkeit in seiner Stimme war verflogen und mich überkam wieder dieses beklemmende Gefühl. Meine Fotokünste sprachen sich langsam herum und ich wusste, dass dies nicht das einzige Mal bleiben würde, dass ich Spalding wegen eines Fototermins versetzen musste. Insgeheim fragte ich mich, womit ich ihn noch würde besänftigen müssen.

Ein paar Tage nach der Sache mit Spalding bekam ich eine Postkarte von Philip Hendrick. Vorn drauf lehnten Luke und Philip an ihrem Kiosk und warfen mir einen Luftkuss zu. Luke, der die Fotos oft noch per Hand bearbeitete, hatte ihre Haare rot gefärbt, und so sahen sie in ihren grauen Anzügen aus wie smarte Geschäftsmänner, denen die aktuelle Krise nichts anhaben konnte. Hinten hatte Philip draufgeschrieben:

Wie geht es der Starfotografin in spe? Hab von deiner Dunkelkammer und dem Fotoangebot für deine Klassenkameradinnen gehört. Sehr schlau! Sag meinem Onkel und Mary Dobbs Hallo von mir. Ganz der Deine, Philip.

Ich las die Postkarte mehrere Male und stellte sie so auf meinen Schreibtisch, dass mich die Jungs anstrahlten. Dann schnappte ich mir eine Karte mit einem meiner Sommerfotos und schrieb ihm sofort zurück.

Lieber Philip, ich werde hier mit Anfragen für Fotos überhäuft und dein Onkel ist sehr nett zu mir. Er empfiehlt mich überall als Fotografin für Empfänge. Eins meiner Fotos wurde diese Woche sogar im Atlanta Journal veröffentlicht! Ist das zu glauben? Das Foto auf der Vorderseite habe ich im August gemacht, als Coobie und Frances uns geholfen haben. Das kleine schwarze Mädchen ist Parthenia, von der ich dir schon erzählt habe.

Ich zögerte. Wie sollte ich unterschreiben? *Ganz die Deine?* Ich war überhaupt nicht *seine*. *Mit freundlichen Grüßen?* Nein, das war einfallslos. Schließlich schrieb ich: *Mit fotografischen Grüßen, deine Perri.*

„Ich finde es klasse, dass eins deiner Fotos im *Atlanta Journal* ist", meinte Dobbs, als wir wieder einmal in der Dunkelkammer zugange waren.

„Ja, ich freue mich so. Heutzutage will nämlich jeder ein Porträtfoto von sich haben."

Dobbs wässerte gerade eine Filmrolle. „Weil die Leute so selbstverliebt sind", stellte sie fest. „Wir denken immerzu über uns selbst nach, sehen uns im Spiegel an, gucken auf Fotos nur nach uns selbst und kommentieren unser Aussehen. Und wenn wir ehrlich sind, interessieren uns die trivialen Fragen unseres Lebens mehr als die Beschäftigung mit etwas wirklich Schönem. Oder mit etwas Tiefgehendem oder Inspirierendem."

„Weißt du was? Ich glaube, du hast recht. So habe ich das noch nie gesehen."

„Aber hin und wieder berührt uns doch irgendetwas – ein Buch, ein Theaterstück, ein Gemälde oder ein Bibeltext, eine wahre Geschichte oder ein Foto. Und dann wachsen wir über unseren belanglosen Alltag hinaus und fangen an, wirklich zu leben."

Ich musste sofort an mein Tagebuch denken, das ich seit fünf Jahren regelmäßig führte. Auf keiner einzigen Seite gab es irgendeinen tiefgründigen Gedanken oder die Schilderung einer guten Tat. Ich hatte einfach meine ganzen Aktivitäten aufgeschrieben: wann ich tanzen war, die Fuchsjadgen, Filme, Bälle und Verabredungen. Name für Name für Name, Ereignis für Ereignis – eine endlose Liste von Dingen, die mein oberflächliches Leben ausmachten. Was würde jemand über mich erfahren, der meine Tagebücher fand? Nichts über mein Herz und mein Ich, nur etwas über geistlose soziale Aktivitäten, die in der Vergangenheit wohl sehr beliebt gewesen sein mussten.

Am Abend holte ich mein Tagebuch von 1932 heraus, in dem ich meine berühmten eintausend Verabredungen festgehalten hatte, und blätterte wahllos durch die Eintragungen. Kurz darauf schlug ich es angewidert wieder zu. Und trotzdem sehnte ich mich nach dieser Zeit. An meinen sozialen Unternehmungen hatte sich nicht viel geändert, aber jetzt war mein Herz oft so schwer. Ich sehnte mich danach, sorgenfrei durchs Leben zu tanzen. Manchmal war ich bereit, alles dafür zu tun, um dieses Glücksgefühl wiederzuerlangen.

Auf meinem Nachttisch lag *Hinter den Wolken ist der Himmel blau*. Ich schlug die letzte Seite auf, auch wenn ich das Foto von einem Himmel voller aufgeblähter Wolken schon kannte. Der Fotograf hatte die Sonnenstrahlen genau so eingefangen, dass man das Gefühl hatte, der Allmächtige schickte eine Nachricht vom Himmel. Auf der gegenüberliegenden Seite war ein Bibelvers abgedruckt: *„Solches habe ich mit euch geredet, dass ihr in mir Frieden habet. In der Welt habt ihr Angst; aber seid getrost, ich habe die Welt überwunden."*

Ich überlegte, was ich wirklich wollte – mein altes Leben oder etwas Mysteriöses und schwer Greifbares, das Dobbs Gottvertrauen nannte. Einfach Frieden hätte mir genügt.

Dobbs

Eines Samstags mitten im Herbst beschlossen die Mitglieder von Phi Pi, die Premiere eines neuen Films im Buckhead Theatre zu besuchen: *Ich tanze nur für Dich* mit Clark Gable und Joan Crawford. Der Bibelkreis lief gut, das Projekt für das Armenhaus auch, also dachte ich, ich könnte mich zumindest erkenntlich zeigen und mit ins Kino gehen. Spalding ging mit Perri, Mae Pearl war ganz entzückt darüber, dass sie einen süßen Studenten namens Sam Durand an der Angel hatte, und Macon war in Begleitung von einem gewissen Jack Brooks. Andrew Morrison hatte mich gefragt und ich hatte eingewilligt.

Als er mich bei den Chandlers abholte, hatte er einen riesigen Strauß roter Rosen dabei. Tante Josie holte schnell eine Vase. „Sie sind wunderschön, Andrew", stammelte ich verblüfft. „Das ist sehr lieb von dir."

„Du siehst zauberhaft aus, Mary Dobbs", erwiderte er und bot mir seinen Arm an. Wir fuhren zum Buckhead Theatre, wo die anderen schon warteten – alles in allem gut zwanzig Leute. Ich holte tief Luft und konnte nicht anders, als lächelnd an Andrews Arm ins Kino zu schreiten. Ich war fast so aufgeregt wie bei meinem Opernbesuch im Fox.

Von dem Augenblick an, als der Löwe sein Maul aufriss und *Metro-Goldwyn-Mayer* auf der Leinwand erschien, war ich wie verzaubert. Und dann beschämt. Die erste Szene des Films spielte in einem Burlesquetheater, in dem sich gerade langbeinige und knapp bekleidete Tänzerinnen entblätterten. Mein armer Vater wäre in Ohnmacht gefallen, hätte er gewusst, dass seine Tochter im Kino saß und ausgerechnet so etwas als ersten Film sah.

Ich kam an diesem Abend zu dem Schluss, dass Hollywoods schöne Welt ein beabsichtigter und sehr erfolgreicher Coup war, den Menschen in Amerika die Flucht aus ihrem Leben zu ermöglichen. Wir hatten jeder fünfundzwanzig Cent bezahlt, um der schönen Joan Crawford dabei zuzusehen, wie sie mit ihren perfekten Beinen – denen die von Mae Pearl in nichts nachstanden, wie ich fand – herumtanzte und Clark Gable schöne Augen machte.

Nach meinem ersten Schock nahmen mich aber die Geschichte, das Tanzen und die Lieder völlig gefangen.

Hinterher gingen wir über die Straße zu Jacob's Drugstore und setzten uns auf die Drehstühle vor dem Getränkespender. Ich drehte mich und drehte mich, bis mir auffiel, dass alle mich anstarrten.

„Es ist einfach so toll hier!", versuchte ich mich zu verteidigen.

„Willst du damit sagen, du warst noch nie hier?", wollte Andrew wissen.

„Ja."

„Dein erster Kinofilm und dein erster Besuch im Jacob's."

„Ja."

„Dieser Laden ist nicht nur toll, er ist berühmt", informierte mich Mae Pearl. „Hier wurde die erste Coca-Cola der Welt serviert." Sie erzählte mir die Geschichte des Getränks, während der Mann hinter der Theke für jeden von uns ein anderes Gebräu mixte – mit einem Sahneberg oder Vanilleeis, und immer mit einer hellroten Kirsche obendrauf.

Zum ersten Mal wusste ich, was die Mädchen meinten, wenn sie von Joan Crawford schwärmten oder darüber kicherten, wie Clark Gable ihr Herz zum Schlagen brachte. Ich genoss es, dazuzugehören. An diesem Abend genoss ich es ausgiebig.

Perri

Dobbs fand Gefallen an den Partys. Sie passte mit ihrer warmen, quirligen Persönlichkeit gut hinein. Die Jungs scharten sich um sie und auch wenn sie ihnen aus dem *Webster's* Wörterbucheinträge vorgelesen hätte, hätte sie das nicht gestört. Sie wollten nur in der Nähe dieser geheimnisvollen und hübschen jungen Frau sein. Also sagte sie ihnen Bibelverse auf und sie lauschten ihr wie verzaubert. Vor allem Andrew Morrison.

Aber sie blieb ihren Überzeugungen treu. Nachdem sie mit uns *Ich tanze nur für Dich* gesehen hatte, verkündete sie, nur noch in Filme zu gehen, über die sie etwas gelesen hatte. Und für jede Verabredung, die sie wahrnahm, schlug sie eine andere aus. Sie nahm am gesellschaftlichen Leben teil, aber nach ihren eigenen Regeln.

Ende November schritt ich an Spaldings Arm in den großen Ballsaal des Georgian Terrace Hotels. Es war Figurentanzabend für die oberen Klassen. Ich ließ den Blick durch den Saal schweifen und suchte Dobbs und Andrew, aber sie waren nirgendwo zu sehen. Kurz machte ich mir Sorgen und dachte, Dobbs hätte den armen Andrew versetzt, den sie für jeden offensichtlich verzaubert hatte.

Die anderen Mädchen sahen in ihren langen, figurbetonten Kleidern blendend aus. Ich lief einmal quer durch den Saal und begrüßte alle meine Freundinnen mit Wangenküsschen, eine Angewohnheit, die seit dem französischen Drama *Fanny* sehr im Kommen war.

An der Bar fiel mir ein neues Mädchen auf. Sie stand mit dem Rücken zu mir und trug ein schimmerndes, blaugrünes Abendkleid, das im Rücken tief ausgeschnitten war und ihre tolle Figur perfekt zur Geltung brachte. Eine lachende Menge von Jungs umgab sie. Ich entdeckte Andrew darunter und ging auf ihn zu, um ihn zu fragen, was in aller Welt aus Dobbs geworden war.

Und dann musste ich nach Luft schnappen. Das Mädchen in dem blaugrünen Kleid *war* Dobbs. Ihre schönen schwarzen Haare hatte sie frech und im allerneusten Look kurz schneiden lassen. Ihre Augen waren schwarz umrandet und ihre Lippen hellrosa geschminkt. Ihre Ausstrahlung war phänomenal. Sie sah aus wie ein Filmstar.

„Mary Dobbs Dillard! Was hast du mit deinen Haaren gemacht!"

Sie ließ die Jungs stehen und schwebte zu mir herüber. „Du siehst auch wunderhübsch aus, Miss Anne Perri Singleton", flötete sie. „Und dein Kleid steht dir hervorragend."

„Entschuldige. Ich bin nur so erschrocken. Deine Haare! Deine schönen Haare!"

„Gefällt es dir? Ja, die langen Haare sind ab, aber was sagst du zu meiner neuen Frisur? Sag doch irgendwas, Perri."

„Du siehst atemberaubend aus. Du bist sehr, sehr gefährlich, Dobbs Dillard. Sei vorsichtig."

Sie lachte. „Ich habe Hank alles erzählt und er findet es nicht schlimm. Er meinte, er könne es kaum erwarten, mich an Weihnachten in Chicago zu sehen. Jedenfalls habe ich es für meine Familie gemacht. Es war Mae Pearls Idee. Sie meinte, im Schönheitssalon brauchten sie Haare für Perücken und bezahlten gutes Geld dafür. Also bin ich hingegangen und die Friseurin war ganz ‚vernarrt' in meine ‚unglaublichen Locken'. Ich musste keinen Cent für den Haarschnitt bezahlen. Stattdessen haben sie mir fünfzehn Dollar gegeben! Stell dir das mal vor! Fünfzehn Dollar, die ich schnell nach Chicago geschickt habe, bevor die Scheine überhaupt in meiner Hand warm geworden sind. Damit kann meine Mutter zwei Monate lang Essen auf den Tisch stellen."

Dobbs sprudelte über vor Begeisterung, aber ich hatte überhaupt kein gutes Gefühl. Sie war einer Verbindung beigetreten, ging fast jede Woche ins Kino, sprühte beim Figurentanz vor Sinnlichkeit und hatte jetzt auch noch einen neuen Haarschnitt. Ich hatte das Gefühl, die Gehilfin des Teufels zu sein, der diese unschuldige Seele immer tiefer ins Reich der Sünde zog.

☙

An einem Samstag Anfang Dezember ging ich mit meinen Freundinnen zum Mittagessen in den Club. Im Ballsaal stand ein großer Weihnachtsbaum mit leuchtenden Kerzen und glitzerndem Weihnachtsschmuck und ich machte eine ganze Serie von Fotos davon. Wir aßen, sprachen über die anstehende Weihnachtsfeier und darüber, wie viel sie den Insassen des Armenhauses bedeuten würde. Der Kellner brachte die Rechnung und wir gaben ihm unsere Mitgliedskarten, damit er das Essen mit dem jeweiligen Familienkonto verrechnen konnte. Als der Kellner mit den Karten zurückkehrte, sah er mich an und meinte entschuldigend: „Miss Singleton, Mr Jones würde Sie gern kurz sprechen."

Ich merkte, wie ich rot wurde, lächelte die anderen verlegen an und folgte dem Kellner aus dem Restaurant zum Büro von Mr Jones, dem Clubmanager.

„Hallo, Miss Singleton", sagte er, als ich eintrat. Er war ein respekteinflößender Mann Mitte vierzig, attraktiv, breitschultrig, schwarze Haare. „Bitte, nehmen Sie doch Platz. Es dauert gewiss nicht lange. Ich muss Ihnen leider mitteilen, dass wir Ihren Mitgliedsbeitrag nicht erhalten haben. Ich fürchte, Ihre Mutter hat beschlossen, die Clubmitgliedschaft nicht zu erneuern."

Ich starrte ihn ungläubig an. Erst nach einer Weile fand ich meine Stimme wieder. „Wir sind keine Clubmitglieder mehr?"

„Ich fürchte nicht."

Ich biss mir auf die Lippe, um nicht loszuweinen. „Das tut mir sehr leid. Ich wusste nicht … meine Mutter hat mir nicht …" Ich griff nach meiner Handtasche. „Ich kann mit Bargeld bezahlen."

Er lächelte gönnerhaft. „Nein, nein, das Essen geht selbstverständlich aufs Haus. Machen Sie sich keine Sorgen. Und ich bin mir sicher, es kommen wieder bessere Zeiten, Miss Singleton."

„Danke", murmelte ich.

Irgendwie schaffte ich es vom Polstersessel durch den Flur bis zur Damentoilette. Dort brach ich in Tränen aus und sah mich im großen goldumrahmten Spiegel an. Die Wände waren mit teurer Tapete verziert und neben den Marmorwaschbecken lagen kleine, mit dem Monogramm des Clubs versehene weiße Handtücher. Alles hier sah nach Luxus, Anstand und Geld aus.

Meine Familie gehörte nicht mehr zu unserem Club! Ich wohnte nur die Straße hinunter und gehörte nicht mehr dazu. Wieder hatte ich etwas verloren und würde es mir erst wieder erkämpfen müssen.

Ich setzte mich erschöpft auf einen der mit rosafarbenem Samt bespannten Hocker. Irgendwann tauchte Mae Pearl auf. „Ich kann nicht da rausgehen", sagte ich verzweifelt. „Ich habe so starke Bauchschmerzen! Ich fürchte, ich habe mir irgendwas eingefangen."

„Oh, Perri. Das tut mir leid. Soll ich dich nach Hause bringen?"

„Nein, nein. Es geht schon. Das hört sicher bald auf. Geh du schon mit den anderen vor."

„Sicher?"

„Ja."

Ich sah ihr nach und sagte mir, dass ich sie gar nicht angelogen hatte. Ich hatte mir wirklich etwas eingefangen. Eine schreckliche Extraportion Scham.

☙

Fuchsteufelswild stapfte ich nach Hause. Ich hatte kaum das Haus betreten, da schoss es auch schon aus mir heraus: „Wieso hast du mir nicht gesagt, dass du unsere Mitgliedschaft im Club gekündigt hast? Noch nie in meinem ganzen Leben bin ich so gedemütigt worden!"

Mama sah mich an und sofort tat mir mein Ausbruch leid. „Perri, Liebes, entschuldige. Ich habe einfach vergessen, es dir zu sagen." Sie seufzte. „Bill Robinson kam vor ein paar Wochen mit noch mehr schlechten Neuigkeiten."

„Ich habe es so satt, dass Mr Robinson schlechte Neuigkeiten bringt", murmelte ich.

Mama nickte. „Ja. Ich auch. Es scheint so, als würde es noch ausstehende Schulden geben, die wir begleichen müssen. Das Auto wollte ich nicht verkaufen. Wir brauchen es. Und ich wollte, dass Barbara und du weiter aufs Washington Seminary gehen könnt. Also habe ich die Mitgliedschaft für dieses Jahr gekündigt. Das spart uns einiges an Geld, und ich hoffe, ich kann damit die neuen Schulden abbezahlen."

„Was denn für Schulden überhaupt? Wir sind doch Daddys Bücher Dutzende Male durchgegangen! Das kann nicht stimmen."

„Er hat es mir gezeigt. Dein Vater hat allem Anschein nach gespielt. Um Geld." Die Worte blieben ihr im Halse stecken. Sie sah so elend aus, dass ich sie schnell umarmte.

„Oh, Mama. Das tut mir so leid."

„Ich hätte es dir gleich sagen sollen, aber du warst so beschäftigt mit deinen Fotos und ich wollte dich da nicht herausreißen. Du machst gute Arbeit und hilfst, dass wir über die Runden kommen."

Ich ging aus dem Wohnzimmer und griff mir an die Kehle. Mir war, als würde mich jemand würgen. Allmählich wurde mir klar, dass ich niemals alles zurückgewinnen würde, was wir verloren hatten. Ich gab mein Bestes, aber sosehr ich mich auch anstrengte, die schreckliche Schlinge um meinen Hals wurde immer enger.

Ich ging in mein Zimmer und holte Daddys Brief aus *Hinter den Wolken ist der Himmel blau*. Dann versuchte ich mir vorzustellen, wie er verzweifelt Geld verspielte, das wir nicht hatten. Das ergab überhaupt keinen Sinn. Ich lehnte mich ans Bett, schloss die Augen und sank zu Boden.

Es war an einem Spätsommernachmittag im August 1932. Daddy war gerade nach Hause gekommen. Ich rannte die Treppe hinunter und fand ihn in seinem Arbeitszimmer, die Ellbogen auf dem Tisch, den Kopf in die Hände gestützt.

„Was ist los, Daddy? Hattest du einen schweren Tag?"

Er hob den Kopf und fuhr sich durch die schwarzen Haare. „Ja, Liebes. Sehr schwer. Ich musste heute drei unserer Mitarbeiter entlassen." Er massierte sich die Schläfen. „Drei gute Männer, Familienväter, mit kleinen Kindern, die Hunger haben. Ach, Perri, ich wünschte, ich könnte ihnen irgendwas anbieten. Irgendwie helfen." Er war blass und sah fast aus, als hätte er geweint.

Ich konnte mir einfach nicht vorstellen, dass mein Vater, der seine Arbeit und seine Angestellten und seine Familie sehr geliebt hatte, unser Geld verspielt hatte. So war Daddy nicht gewesen, selbst nicht in seinen depressiven Phasen. Mr Robinson hatte Daddy sehr gut gekannt. Es musste eine andere Erklärung geben und deswegen musste ich mit ihm reden. Unter vier Augen.

☙

Am Sonntagnachmittag sagte ich Mama, ich würde ausgehen und fuhr zu den Robinsons. Mr und Mrs Robinson wohnten in einem schicken Haus gleich an der Peachtree Street. Ich klingelte und Mrs Robinson öffnete. „Perri! Wie schön dich zu sehen. Kommt deine Mutter auch? Und Barbara und Irvin?"

Ich schüttelte den Kopf und sie merkte, dass ich nicht lächelte.

„Ist irgendetwas passiert, Liebes?"

Meine Augen brannten. „Nein, nichts Neues. Aber ... aber ich würde gern mit Mr Robinson sprechen, wenn das geht." Ich schluckte zweimal. „Über Daddy."

„Ja, aber natürlich. Komm rein. Setz dich ins Wohnzimmer, ich hole ihn."

Sie verschwand im Flur.

Mr Robinson kam, begrüßte mich und nahm mir gegenüber Platz. Hinter seinen dicken Brillengläsern sah er fast schüchtern aus. „Patty hat gesagt, du möchtest mich sprechen?"

Ich musste es in einem Rutsch sagen. „Ja. Wegen Daddy. Ohne Mama."

„Ich verstehe."

„Es ist nur ... Sie kannten Daddy sehr gut und Mama hat gesagt, Sie hätten neue Schulden entdeckt. Und dass er um Geld gespielt hat, bevor er ..." Ich räusperte mich. „Bevor er starb."

„Ich wusste nicht, dass Dot dir davon erzählt hat."

„Ich kann das irgendwie nicht glauben. Sie kannten ihn. Er hätte nie Geld ausgegeben, das er nicht hatte. Woher könnten denn die Schulden noch sein?"

Mr Robinson nahm die Brille ab und rieb sich die Augen. Dann starrte er auf seine Hände. „Perri, natürlich hätte dein Vater so etwas nie getan."

Mir fiel ein riesiger Stein vom Herzen.

„Unter normalen Umständen", fügte er hinzu und seufzte. „Aber es lief schon eine Weile nicht gut für ihn und dein Vater ... nun, ich glaube, er hat alles Mögliche ausprobiert, um eure Finanzen zu retten. Er hat sich geradezu verrückt gemacht vor Sorgen. Manchmal, in schweren Zeiten, tun verzweifelte Leute verzweifelte Dinge, weißt du."

„Wie zum Beispiel Geld zu verspielen, um an Geld zu kommen?"

Mr Robinson nickte. „Ja, unter anderem."

Ich konnte ihm bei meiner letzten Frage nicht in die Augen sehen. „Meinen Sie, er hat unser Geld verspielt und sich dann so dafür geschämt, dass er ..."

„Perri, dein Vater war ein guter Mann. Daran solltest du denken. Den Rest vergiss am besten einfach."

Ich verließ das Haus der Robinsons, konnte aber kaum einen

Fuß vor den anderen setzen. Am liebsten hätte ich mich in Luft aufgelöst. Ich fuhr zum Friedhof und stand an Daddys Grab, bis der Himmel erst grau wurde und dann dunkel, bis die Statuen und Grabsteine mich wie Geister in der Dämmerung umgaben. „Daddy, warum hast du geschrieben, du habest es nicht getan?", wiederholte ich immer wieder. „Was hast du nicht getan?"

Dobbs

Perri widmete sich ganz dem Fotografieren und ließ dafür mehrere Tanzgelegenheiten mit Spalding sausen. Eines Abends waren wir gerade erst zur Hälfte mit dem Wässern fertig, dabei erwartete man uns schon zum Tanz im Haus der SAE. „Geh schon vor, Dobbs", meinte sie. „Ich mache das hier fertig. Ich habe Spalding sowieso schon gesagt, dass ich es heute nicht schaffe."

„Lass nur, ich bleibe gern hier bei dir. Diese Partys bedeuten mir nicht viel, das weißt du doch."

Aber sie blieb hartnäckig und ich hatte das Gefühl, sie wollte allein sein.

Andrew Morrison war wieder meine Begleitung und der Abend verging wie im Flug, weil immer wieder andere Jungs um den nächsten Tanz baten und mich zu der fröhlichen, beschwingten Musik übers Tanzparkett wirbelten. Ich bekam nicht wenige Komplimente wegen meiner neuen Frisur. Die ganze Zeit musste ich an Hank denken und an das, was er gesagt hatte – *„Tanzen ist völlig in Ordnung, solange du nur mit mir tanzt."*

Ich hielt die Augen nach Spalding offen, aber er tauchte den ganzen Abend nicht auf. Wahrscheinlich war er ziemlich verschnupft wegen Perri. Kurz bevor ich nach Hause ging, suchte ich noch einmal die Toilette hinter der Bar auf. Auf dem Weg nach draußen kam ich durch ein Lager, das mit Akten und alten Möbeln vollgestellt war. Auf einem alten Sofa waren ein Student und ein Mädchen mit blonden Haaren eng ineinander verschlungen. Ich war peinlich berührt und ging auf Zehenspitzen vorbei, obwohl die beiden so beschäftigt waren, dass sie mich mit Sicherheit nicht bemerken würden.

Da fiel mein Blick auf seine Schuhe. Die Leinenhosen und die weißen Lederschuhe. Spalding! Ich versuchte die Luft anzuhalten und mich aus dem Staub zu machen, aber beim Drehen des Knaufs knarrte die Tür und er sah mich an.

Ich musste Perri Bescheid geben.

Kapitel 20

Perri

Ich brachte es nicht übers Herz, den anderen unsere beendete Mitgliedschaft im Club zu gestehen. Zum Glück nahm mich Spalding an den Wochenenden oft in den Piedmont Driving Club mit und ich hatte eine gute Ausrede, warum ich nicht in unserem Club erschien. Die Mädchen bei Phi Pi, Dobbs einmal ausgenommen, waren sowieso alle neidisch, weil ich mir einen Star aus dem Footballteam geschnappt hatte.

An einem kalten Samstagabend, zehn Tage vor Weihnachten, fuhr Spalding mit mir zu „unserem" Parkplatz. Wir machten die Male wieder gut, an denen ich ihn wegen eines Fototermins versetzen musste. Zum Teil schämte ich mich für die Dinge, die wir im Auto taten, zum Teil genoss ich sie. Aber die Scham darüber war immer noch schwächer als die Scham, die ich wegen unserer finanziellen Lage mit mir herumtrug.

Spalding überreichte mir ein kleines Geschenk.

„Ist das für mich?"

„Ein verfrühtes Weihnachtsgeschenk. Na los, mach es auf."

In der kleinen Schachtel steckte seine SAE-Nadel. „Meinst du das ernst? Du schenkst mir deine Nadel?"

Er nickte.

„Oh, Spalding. Ich weiß gar nicht, was ich sagen soll." Mir fehlten die Worte. Wenn man als Mädchen eine Nadel bekam und sozusagen „festgepinnt" wurde, hatte das etwas zu bedeuten. Man war offiziell in festen Händen. Oft folgte bald darauf ein Heiratsantrag.

„Dachte ich mir, dass du dich freust", sagte Spalding und strich mir die Haare aus dem Gesicht, damit er mich wieder küssen konnte. „Du weißt, was das bedeutet, oder?"

Ich nickte.

„Das heißt, du gehörst mir. Nur mir", sagte er mit einem Lächeln auf den Lippen und Begierde in den Augen. Dann zog er mich zu sich heran und ich war mir ehrlich gesagt nicht sicher, ob mein Herz vor Freude und Aufregung oder vor Angst höherschlug.

○○

Am nächsten Tag fuhr ich gleich nach dem Gottesdienst zu den Chandlers und ging in Dobbs' Zimmer. Sie saß am Schreibtisch.

„Dobbs, Spalding hat mir seine Nadel gegeben! Ist das nicht wunderbar? Das bedeutet, wir sind quasi verlobt!"

Natürlich wünschte ich mir, dass Dobbs sich freute, trotzdem war ich über ihre Reaktion kein bisschen überrascht. „Oh nein, Perri. Das ist zu schnell. Du bist noch so jung. Und es gibt so viele andere gute Männer da draußen. Wie Philip zum Beispiel. Mach bitte nicht diesen großen Fehler."

Genervt ließ ich mich auf ihr Bett plumpsen. „Ich wusste, dass du das sagen würdest. Ich habe es einfach gewusst!"

„Ich kann doch nicht so tun, als würde ich ihn für den Richtigen halten. Du weißt, dass ich nicht gut lügen kann."

Ich wurde wütend. „Du denkst, du hast immer die richtigen Antworten – für dich und für alle anderen gleich mit. Aber ich habe keine Zeit, darauf zu warten, dass dein Gott auf wundersame Weise alle meine Probleme löst. Er macht es nämlich nicht!" Ich spielte mit der Nadel. „Spalding wird unsere Probleme lösen. Er schafft das ganz allein."

„Aber du liebst ihn nicht."

Ich ignorierte das leichte Flattern in meiner Brust und legte den Kopf schief. „Was bitteschön hat Liebe damit zu tun? Wir sind uns sehr ähnlich, er ist reich, wir sind ein hübsches Paar. Ganz Atlanta wird uns beneiden."

Dobbs ließ den Kopf sinken und sagte nichts.

„Dobbs, ich will doch nur meiner Familie helfen. Egal wie." Sie antwortete nicht. „Du hältst mich für verrückt, oder?"

„Nein. Überhaupt nicht." Sie hob den Kopf. „Du handelst aus sehr noblen Motiven und ich wünsche dir von Herzen alles Gute. Aber nicht mit Spalding. Das kann unmöglich der beste Weg sein."

„Was weißt du denn schon über Spalding und mich? Bereits

beim ersten Treffen hattest du deine feste Meinung über ihn. Warum musst du nur immer so ein Spielverderber sein?"

Dobbs' Mundwinkel sackten nach unten. „Ich denke einfach nur, dass es gefährlich ist, einen Mann wegen seines Geldes zu heiraten. Du solltest deine Messlatte höherhängen und an etwas anderes."

„Ach ja? Und wohin? An die Religion? Ich sage dir, wo meine Messlatte hängt. Es ist ganz einfach: am Überleben. Das ist mein Ziel. Und Spalding überspringt diese Latte mit Leichtigkeit."

Dobbs sah selten verärgert aus, aber an diesem Nachmittag tat sie es. „Perri, du tust mir leid. Du hältst dich an die unsichtbaren Regeln deiner Gesellschaft und traust dich nicht, sie auch nur mit einem Zeh zu überschreiten. Du versuchst alles, damit es wieder so wird wie früher. Aber das wird es nie wieder werden."

Ihre Worte taten weh und ich holte zum Gegenschlag aus. „Alles, was ich will, ist, dass du dich einmal für mich freust. Wenn ich Mitleid brauche und Trost, bist du sofort zur Stelle. Aber mir einfach mal zu gratulieren, das bekommst du nicht hin. Mehr wollte ich nicht, Dobbs. Ich wollte nur hören, wie du ‚Glückwunsch' sagst."

Mit diesen Worten ließ ich sie sitzen und stürmte hinaus zum Buick. Mit hämmerndem Herzen in der Brust fuhr ich zurück zum Club Drive. Dobbs war meine beste Freundin, und zwar genau deswegen, weil sie die Spielchen meines sozialen Umfelds nicht mitspielte. Sie hatte versucht, mir die Wahrheit zu sagen, und ich hatte die Ohren verschlossen.

☙

Mamas Reaktion auf Spaldings Nadel war das genaue Gegenteil. „Darling, das ist ja wundervoll! Er ist so ein toller junger Mann."

Barbara wollte die Nadel unbedingt selbst einmal halten und Irvin legte gleich eine Platte auf und wir tanzten und lachten und feierten. Niemand redete von Verlobung oder Hochzeit, aber ich wusste, dass Mama darüber froh war, dass wenigstens eins ihrer Kinder eine gute Partie machen und versorgt sein würde.

Abends brachte ich wie immer Irvin ins Bett. „Du magst ihn, oder?", wollte er wissen.

„Ja, sehr."

„Aber du brennst nicht durch und heiratest ihn gleich, oder? Du bleibst noch eine Weile bei uns, ja?"

Ich umarmte ihn. „Aber natürlich. Ich bin immer für dich da. Immer."

Auf Zehenspitzen schlich ich aus seinem Zimmer und spürte die altbekannte Last der Verantwortung auf meinen Schultern. Mama war in der Küche zugange.

„Mama, du hältst Spalding für eine gute Partie, oder?"

„Ja, er hat mich beeindruckt. Er hat erstklassige Manieren und war uns beim Umzug eine große Hilfe."

„Mary Dobbs mag ihn nicht", bekannte ich nach einer Weile. „Sie findet, er ist der Falsche für mich."

Mama tätschelte mir die Hand. „Vielleicht ist sie nur neidisch. Du hast sie unter deine Fittiche genommen und ihr geholfen, in Atlanta anzukommen. Vielleicht hat sie Angst um eure Freundschaft, weil du so viel Zeit mit Spalding verbringst."

„Aber was Dobbs sagt, stimmt oft."

„Jeder irrt sich mal, Perri. Auch eine Mary Dobbs."

„Wie meinst du das?"

Zögernd erzählte mir Mama von den gestohlenen Sachen, die Mary Dobbs in Daddys Werkzeugkiste gefunden haben wollte, und dass sie ihrer Tante davon erzählt hatte. „Aber Josie und ich haben uns die Kiste angesehen. Sie stand zwar genau da, wo Mary Dobbs gesagt hatte, aber es war nur das Werkzeug deines Vaters darin." Mama räusperte sich. „Es war so eine peinliche Situation. Ich habe mich schon gefragt, ob sie die Sachen vielleicht rausgenommen und für ihre arme Familie verkauft hat. Aber dann hätte sie uns doch nicht davon erzählt. Und wenn sie die Sachen wirklich gefunden hat, dann heißt das ja, dass jemand anderes sie gestohlen und dort versteckt haben muss. Ich vermute, sie wird die Geschichte erfunden haben, um dem Dienstmädchen der Chandlers zu helfen." Sie seufzte. „Tut mir leid, Perri, dass ich das sagen muss, aber ich kann ihr nicht trauen. Auch wenn ihr beide so gute Freundinnen seid."

Als Mama das sagte, lief es mir kalt den Rücken hinunter. Vielleicht war nichts von dem, was Mary Dobbs Dillard je gesagt hatte, vertrauenswürdig.

Oder vielleicht gerade doch. Und das machte mir am meisten Angst.

☙

Mr Robinson hatte gesagt, dass Menschen aus Verzweiflung verzweifelte Dinge taten. Zum Beispiel um Geld zu spielen. *„Unter anderem."* So hatte er es formuliert und ich musste mir plötzlich die Frage stellen, ob „unter anderem" auch Stehlen umfasste. Hatte Daddy etwa gestohlen, um an Geld zu kommen?

Ohne eine Jacke anzuziehen, ging ich in die kleine Garage. Rechts neben dem Buick war eine Regalwand, in die Mama Sachen von Daddy getan hatte, von denen sie sich einfach nicht trennen konnte, darunter auch die Werkzeugkiste. Ich stellte sie auf den eiskalten Fußboden und kniete mich mit klappernden Zähnen und zitternden Fingern davor. Langsam klappte ich sie auf, nahm den oberen Einsatz heraus und starrte auf die Werkzeuge darunter. Daddys Werkzeug. Mehr war nicht darin.

Ich versuchte mich an den Tag zu erinnern, an dem Dobbs mir geholfen hatte, Daddys Kammer auszuräumen, an ihr Verhalten, versuchte mir sogar vorzustellen, wie die Perlmuttmesser und der Schmuck in der Kiste lagen. Dass mein Vater die Chandlers bestohlen haben könnte, war genauso undenkbar für mich wie die Tatsache, dass er Geld verspielt hatte, das wir überhaupt nicht besaßen.

Aber Dobbs hatte steif und fest behauptet, die Sachen gefunden zu haben. Wer log nun, Dobbs? Oder Mama?

Ich klappte die Werkzeugkiste zu, stellte sie zurück ins Regal und ging verwirrt ins Haus. Alles in mir war taub.

Dobbs

Am letzten Schultag vor den Weihnachtsferien trug Perri mit stolz erhobenem Kopf ihre SAE-Nadel spazieren. Aber jedes Mal, wenn mein Blick daraufffiel, dachte ich an Spalding und das Mädchen im

Abstellraum und mir wurde übel. So wie ich das sah, wollte Spalding zwar das hübscheste Mädchen von Atlanta als Freundin, hatte aber keineswegs vor, ihr die Treue zu halten.

Ich musste Perri erzählen, was ich gesehen hatte. Als wir abends in der Dunkelkammer arbeiteten, hielt ich den richtigen Zeitpunkt für gekommen.

„Wir müssen reden", sagte ich.

„Und ob", erwiderte sie. Ihre grünen Augen funkelten. „Mama hat mir erzählt, dass du behauptet hast, das ganze gestohlene Zeug der Chandlers in Daddys Werkzeugkiste gefunden zu haben! Oh Dobbs! Warum tust du uns das an? Bedeutet dir irgendein schwarzes Dienstmädchen, das du kaum kennst, mehr als ich und meine Familie? Ist das dein Ernst? Ich verstehe dich nicht. Ich verstehe dich einfach nicht!"

Perri war aufgewühlter als je zuvor. Sie gab mir nicht einmal die Chance, zu antworten. „Warum musst du immer wieder irgendwelche Geschichten erfinden? Ich habe schon immer gewusst, dass bei deinen Geschichten irgendetwas nicht stimmt. Aber die hier schlägt dem Fass den Boden aus. Willst du den guten Ruf meiner Familie endgültig ruinieren?"

„Perri, ich habe überhaupt nichts erfunden. Alles, was ich erzählt habe, ist wahr. Auch das mit den gestohlenen Sachen. Der einzige Grund, warum ich dir nicht davon erzählt habe, ist, um dir nicht noch mehr Schmerzen zuzufügen. Eigentlich müsstest du mich gut genug kennen, um das zu wissen."

Perri erwiderte nichts darauf und ich war mir nicht sicher, ob sie mir glaubte oder nicht.

Ich wollte Perri nicht auch noch die andere Sache zumuten, aber sie war mir viel zu wichtig, als dass ich einfach den Mund hätte halten können. Das mit der Werkzeugkiste hatte sie nicht unbedingt wissen müssen, das mit Spalding schon.

„Spalding ist nicht der Richtige für dich, Perri. Er ist ein Weiberheld. Ich habe ihn gesehen, wie er mit einem anderen Mädchen intim geworden ist. Er wird dich nur unglücklich machen. Bitte, Perri. Bitte hör auf mich. Es ist die Wahrheit, wirklich."

Perri warf die Fotos, die sie in der Hand hielt, auf die Erde und fing an, mich anzuschreien. „Hör auf mit deiner blöden Wahrheit!

Merkst du das nicht? Lass mich in Ruhe! Ich habe es so satt, immer die Wahrheit zu hören!"

Bestürzt sagte ich: „Aber Perri, das ist doch dein Leben. Du wirfst es weg, nur für den äußeren Schein? Das kannst du nicht tun. Du bist so viel … so viel …"

„So viel was? Besser? Tiefgründiger? Als was? Als die Gesellschaft von Atlanta? Ich sage dir was: Du liegst falsch. Bin ich nicht! Du kommst hier in mein Leben getänzelt und kritisierst alles, was mir irgendwie wichtig ist. Hör auf, mir ständig zu sagen, dass mein Leben falsch und schlecht ist!"

„Das habe ich nie gesagt. Ich weise dich nur auf Widersprüche und Ungereimtheiten hin. Du könntest so viel mehr aus deinem Leben machen, als eine Dame der Gesellschaft zu werden. Und ich glaube, du willst auch mehr."

„Ach ja? Du irrst dich. Ich weiß genau, was ich will, und ich werde es mir holen. Und dir vertraue ich kein bisschen mehr. Lass mich einfach in Ruhe!" Sie stürmte an mir vorbei aus der Dunkelkammer und schlug das Scheunentor hinter sich zu.

Mir war, als hätte sie mir den kleinen Läufer, auf dem ich stand, unter den Füßen weggezogen und ich wäre mit der Nase voran auf den Boden geknallt. Anne Perrin Singleton hatte ihre Wahl getroffen und ich hatte verloren. Mein Gefühl sagte mir, dass unsere Freundschaft endgültig zerbrochen war.

☙

Perri hatte ein wildes Durcheinander in der Dunkelkammer zurückgelassen. Ich fing an, aufzuräumen, dachte über ihre Anschuldigungen nach und war völlig erschöpft. Irgendwann steckte Parthenia ihren Kopf durch die Tür. „Bin fertig mit meinen Aufgaben. Papa hat gesagt, ich darf herkommen. Kann ich die Fotos angucken?"

Parthenia kam oft vorbei, um Perris neuste Werke zu begutachten. Perri hatte ihr sogar beigebracht, wie man mit einem Fotoapparat umging, was die Kleine ungemein freute. Sonst sah ich ihr gerne zu, wie sie von Foto zu Foto ging, das kleine Gesicht voll konzentriert und aufmerksam.

„Ja. Aber fass nichts an, hörst du?"

Sie nickte und arbeitete sich an der Leine entlang, an der die Schwarz-Weiß-Fotos mit Wäscheklammern befestigt waren.

Ich war gerade mit der Entwicklungsdose beschäftigt und fischte die letzten Negative heraus, als Parthenia plötzlich einen Schrei ausstieß. Vor Schreck ließ ich die Negative wieder in die Lösung fallen.

„Was ist denn los?"

Ihre Augen waren ganz groß vor Angst. „Nichts", sagte sie.

„Parthenia, du hast dich doch erschreckt. Sag schon, was ist los?"

Sie drehte den Kopf weg. „Weiß genau, was ich gesehen habe. Jawohl."

„Was redest du da?"

Sie schlang die Arme um meine Taille und vergrub ihren Kopf an meiner Brust. „Ich soll keine weiße Lady umarmen, das ziemt sich nicht, aber meine Mama ist nicht da und ich hab solche Angst."

„*Schh*, alles wird gut." Wir setzen uns auf eine Bank und ich wiegte sie im Arm. „Hat dir etwas Angst gemacht, was du gesehen hast?"

Sie nickte.

„Eine Maus? Hast du eine Maus gesehen? Eine Ratte?"

Sie schüttelte den Kopf.

Mir kam eine Idee. „Hast du dich über ein Foto erschrocken?"

Ruckartig ging ihr Kopf hoch. „Darfichnich sagen."

„Also ein Foto. Welches war es?"

„Kannichnich sagen, sonst geht's meiner Familie ganz schlimm."

„Wieso?"

„Mama hat nicht die Sachen gestohlen und ich weiß wer."

Bei mir fiel der Groschen. „Du hast also ein Foto von der Person gesehen, die das Tafelsilber gestohlen hat?"

Ein Nicken.

Vorsichtig hob ich Parthenias Kopf, bis sie mich ansah. „Hör gut zu, Parthie. Ich muss wissen, wer das war. Es ist sehr wichtig für deine Mutter. Zeig mir das Foto."

Sie klammerte sich an mich. „Nein, nein! Hab Angst! Kannichnich, Miz Mary Dobbs. Kannnich. Sonst stößt meiner Familie was zu." Sie drückte sich noch fester an mich und flüsterte: „Aber ich hab ihn gesehen, da auf dem Ball, jawohl. Und dann hat er mich gesehen. Und dann hat er mich festgehalten, ganz doll. Und wenn ich ein Sterbenswörtchen verrate, hat er gesagt, dann schickt er meine ganze Familie weg oder noch schlimmer. Wir werden alle gehängt."

Ich hielt das verängstigte Kind im Arm und streichelte ihm über den Kopf, bis es sich beruhigt hatte. Cornelius kam irgendwann auf der Suche nach Parthenia in die Scheune, nahm seine kleine Schwester und trug sie ins Haus.

Ich studierte die Fotos, die Perri gerade entwickelt hatte. Sie waren alle von einem Debütantinnenball im Piedmont Driving Club. Perri hatte viele Nahaufnahmen gemacht. Über dreißig Porträtfotos von Frauen und Männern in edler Kleidung hingen an der Leine. Die meisten kannte ich nicht, nur die Chandlers, die Robinsons, die McFaddens, Dot Singleton und ein paar Leute, denen ich in der Kirche begegnet war. Plötzlich stand ich vor einem Foto, bei dem sich mir vor Angst die Nackenhaare aufstellten. Ich stand genau an dem Ort, wo Parthenia aufgeschrien hatte. Auf dem Foto über mir war niemand anderes zu sehen als Spalding Smith.

Perri

Zwei Tage vor der Weihnachtsfeier im Armenhaus fuhr ich wieder einmal zu den Chandlers und ging in die Scheune. Ich wollte gerade einige Negative entwickeln, als es an der Tür klopfte. „Herein?"

Dobbs steckte den Kopf in die Kammer. „Brauchst du Hilfe?"

Ich blickte finster drein und sagte schnell: „Nein. Deine Hilfe brauche ich nicht." Man konnte sehen, wie ihr der Tatendrang aus dem Gesicht wich. Zum ersten Mal stand sie völlig unschlüssig da, also fügte ich hinzu: „Bitte geh weg."

Sie schloss die Tür und verschwand und ich kämpfte mit den Tränen.

Mary Dobbs Dillard hatte mich vor mir selbst gerettet; sie war ein regelrechter Segen für mich gewesen und wir hatten unsere Zeit in einer kleinen Blase verbracht. Ich fragte mich, warum diese geplatzt war. Oder ob sie wirklich platzen musste. War der Weg zurück in meine alte, schmerzvolle Welt wirklich unausweichlich?

Oder konnte ich mich doch mit Dobbs vorankämpfen und auskosten, was sie mir anbot – ein Leben voller Neuland und Abenteuer, mit einer ganz anderen Perri? Aber ich konnte nicht zulassen, dass sie mich überzeugte. Ich durfte ihr nicht glauben.

Alles in mir sträubte sich gegen Dobbs' Anschuldigungen. Das mit Spalding konnte nicht stimmen. Sie hatte nicht gesehen, wie er ein anderes Mädchen küsste. Aber ich konnte es ihr nicht beweisen, also musste ich sie von mir fernhalten.

☙

Am nächsten Abend kochten Mama und Dellareen ein besonderes Abendessen, weil Spalding zu Besuch war. Während sie in der Küche hantierten, half Spalding Jimmy und Ben, einige Sachen im Haus zu richten. Irvin folgte ihnen überallhin und ich erhaschte einen Blick darauf, wie Spalding meinem kleinen Bruder eine Zange reichte und ihm erklärte, wie man sie benutzte. Genau so hätte Daddy es gemacht. Erleichterung durchströmte mich. Spalding lag etwas an mir und meiner Familie. Er war ein feiner Kerl.

Nach dem Essen verteilte Spalding verfrühte Weihnachtsgeschenke. Barbara bekam eine ganze Zusammenstellung der aktuellen Illustrierten über Filmstars – *Screenland* und *Movie Mirror* und *Silver Screen* und *Movie Classic*. Auf jedem prangte ein Foto einer berühmten Schauspielerin und Barbara gefiel Bette Davis auf der Dezemberausgabe des *Motion Picture* am besten. Als sie es sah, sprang sie auf und umarmte Spalding überschwänglich. Dann wurden sie beide rot und Mama und ich mussten lachen. Irvin packte einen Stapel Baseballkarten aus. „Das ist das beste Geschenk, das ich je bekommen habe!", rief er begeistert.

Dann öffnete Mama Spaldings Geschenk und ihr standen vor Rührung die Tränen in den Augen. Es war ein schöner silberner Bilderrahmen, in den ich ein Foto von Barbara, Irvin und mir getan hatte.

„Es ist von uns beiden, Mama. Ich habe den Apparat aufgebaut und Spalding hat das Foto gemacht."

„Was für ein schönes Bild. Vielen Dank, Perri und Spalding."

Mein Geschenk von Spalding war ein traumhaftes Collier, das ihn ein Vermögen gekostet haben musste. Es verschlug mir den Atem.

„Ich dachte, es passt ganz gut zu dem Kleid, das du letztens zum SAE-Ball anhattest. Wir finden einen anderen Anlass, zu dem du es tragen kannst, ja?"

Barbara sprang auf, um es sich anzusehen. „Heiliger Strohsack! So was Schönes habe ich ja noch nie gesehen!"

„Es ist ein Traum", sagte ich, erhob mich auf die Zehenspitzen und gab ihm einen Kuss auf die Wange. „Dagegen ist mein Geschenk ganz bescheiden."

Ich hatte von Dobbs mehrere Porträtaufnahmen von mir machen lassen und sie hatte mir geholfen, die beste auszusuchen. Cornelius hatte einen schönen Holzrahmen gebaut. Ich beobachtete Spaldings Gesicht beim Auspacken genau, und als er das Bild sah, lächelte er beeindruckt. „Wow!" Es schien ihm wirklich zu gefallen. „Das ist ein tolles Foto. Ich muss sagen, du siehst darauf fast so schön aus wie in Wirklichkeit."

Spalding blieb den ganzen Abend da und irgendwie tat es uns allen gut, wieder einen Mann im Haus zu haben: Der Kamin brannte, es gab gutes Essen, Irvin und Barbara wichen Spalding nicht von der Seite und in Mamas Gesicht spiegelte sich so etwas Ähnliches wie Hoffnung.

Irgendwann gegen Ende nahm ich all meinen Mut zusammen und sprach Spalding auf das an, was Dobbs mir erzählt hatte, fügte aber gleich hinzu, dass ich den schönen Abend nicht ruinieren wollte. Zu meiner großen Erleichterung lachte er nur auf. „Das hat Mary Dobbs gesagt? Sie mochte mich ja noch nie, das weißt du. Aber warum sie sich so etwas ausdenken sollte, begreife ich nicht. Ich meine, natürlich war ich verabredet. Mit Virginia Hopkins, wie ich es dir gesagt hatte. Aber wir haben doch nichts Unanständiges getan. Frag Virginia. Oder irgendjemanden aus meiner Verbindung."

Dann umarmte er mich. „Spalding Smith wird doch seiner Prinzessin nicht untreu." Er küsste mich auf den Mund, um sein Versprechen zu besiegeln. Anschließend griff er mich an den Schultern. „Perri, ich weiß, du willst das nicht hören. Aber Mary Dobbs hat keinen guten Einfluss auf dich. Sie ist so ... seltsam. Ich weiß, du hältst große Stücke auf sie, aber bitte sei vorsichtig mit dem, was du ihr glaubst."

Ich kuschelte mich besänftigt in seine Arme.

In dieser Nacht konnte ich nicht schlafen und dachte unablässig über Dobbs' Geschichten nach. Hatte sie sich das mit Spalding und Virginia Hopkins ausgedacht? Und was ihr Vater bei seinen Zeltversammlungen erlebte etwa auch? Meine Zweifel wurden immer stärker, bis mein Misstrauen so groß war, dass ich beschloss: Ich konnte ihr nicht mehr trauen.

Aber sie fehlte mir. Sie fehlte mir schrecklich.

Dobbs

Perri gab unserer Freundschaft den Laufpass. Anders kann ich es nicht beschreiben. Ich erwachte am nächsten Tag mit einem dicken Knoten im Magen. Sie hatte sich für Spalding und gegen mich entschieden. Es war mir nicht gelungen, sie von seinem wahren Charakter zu überzeugen. Hatte Spalding wirklich die Sachen gestohlen und bei den Singletons versteckt? Ich zermarterte mir den Kopf, kam aber zu keiner Lösung. Eins war klar – Parthenia hatte ihre Angst in der Dunkelkammer nicht gespielt.

Tante Josie ging mit mir Weihnachtsgeschenke für meine Familie kaufen. „Du musst ihnen doch etwas mitbringen", meinte sie.

Immer, wenn sie anderen etwas Gutes tun konnte, lief meine Tante zu Höchstform auf. Ihre Freigiebigkeit beeindruckte mich. Für Coobie suchte sie einen süßen roten Wollmantel mit schwarzem Pelzrand nebst passenden Handschuhen und Hut aus. Frances bekam eine ganze Palette Make-up, Nagellack und Parfüm und dazu noch einen hübschen Pullover. Ich vergaß Perri und stellte mir vor, wie schön es Weihnachten zu Hause werden und wie geliebt ich mich in Hanks Armen fühlen würde.

„Wie viele Empfänge gebt ihr eigentlich pro Jahr?", fragte ich Tante Josie, während wir durch die Geschäfte gingen.

„Oh, sicher ein Dutzend", erwiderte Tante Josie. „Normalerweise. Aber dieses Jahr war es anders. Nach dem Empfang am Valentinstag ... na ja, du weißt schon." Sie seufzte. „Dieses Jahr war die Situation einfach anders."

Ich konnte das nur zu gut verstehen, aber mein Wissensdurst war noch nicht gestillt. „Und kommen da auch Studenten von der Georgia Tech?"

Tante Josie lächelte. „Aber sicher. Jede Menge sogar. Mach dir keine Sorgen, wir finden für dich eine passende Begleitung für das nächste Mal. Oder du lädst deinen Hank ein. Das wäre sicher ganz famos."

„Also waren Andrew Morrison und Spalding Smith auch schon bei euch zu Besuch?"

„Ja, natürlich. Onkel Robert fühlt sich seiner Alma Mater sehr verbunden und lädt immer wieder Studenten von der Georgia Tech ein. Spalding und Andrew haben uns schon des Öfteren beehrt."

Ich verdaute die Information, aber sie lag mir schwer im Magen. Spalding Smith war also auf Tante Josies Empfängen gewesen und hätte jede Menge Gelegenheiten gehabt, die Messer zu stehlen. Aber wieso hätte er das tun sollen?

Ich versuchte nicht weiter darüber nachzudenken und mich auf das Einkaufen zu konzentrieren. Am Ende kamen wir mit so vielen Geschenken nach Hause, dass man damit zwei kleine Koffer hätte füllen können. „Vielen Dank, das ist so großzügig von dir. Ich weiß gar nicht, was ich sagen soll."

„Es war mir ein Vergnügen, meine Liebe." Als ich weggehen wollte, hielt sie mich am Arm fest. „Und denk dran: Versuch keine Rätsel zu knacken, die du nicht lösen kannst."

Ich wurde rot und nickte. Sie hatte meine Fragetaktik durchschaut. Ich wollte ihr alles erklären, aber ihr Blick gab mir deutlich zu verstehen, dass sie nichts davon hören wollte.

൩

Am Samstag fuhr die ganze Phi-Pi-Verbindung zum Armenhaus. Wir sangen auf dem Rasen Weihnachtslieder und nach und nach kamen die schwarzen und weißen Bewohner in Jacken und Schals nach draußen. Sie lauschten uns so gebannt wie Kinder.

Danach versammelten wir uns im Foyer des Trakts für die Weißen und spielten zwei Runden Bingo. Mrs Clark kam nach vorn und bedankte sich für die Großzügigkeit der Studentinnenverbindung. Die Bewohner applaudierten. Ich entdeckte Anna, die steif wie ein Brett in einer der hinteren Reihen saß, neben ihr andere schwarze Frauen. Es tat mir weh, dass sie Weihnachten nicht bei ihrer Familie verbringen würde.

Mae Pearl, Peggy und Lisa gaben kleine Tüten aus, die wir mit selbst gebackenen Keksen, einer Zahnbürste und Zahnpasta, selbst gestrickten Socken, Handschuhen und einem Bibeltraktat gefüllt hatten, das Vater oft in seinen Zeltversammlungen benutzte. Darin war erklärt, wie man mit Gott Frieden schließen konnte.

Was mich jedoch momentan viel mehr interessierte, war, wie ich mit Perri Frieden schließen konnte.

Ich war froh, wie dankbar die Bewohner und Insassen des Armenhauses waren. Es half mir, die Schwermut einige Zeit loszuwerden. Perri fotografierte und fotografierte und ignorierte mich dabei völlig. Mir sprang die Ironie des Ganzen förmlich ins Gesicht: Ich hatte sie dazu ermutigt, ihrer Leidenschaft zu folgen, und jetzt benutzte sie genau diese Kamera als Schild, um sich vor mir zu verstecken. Mein Körper fühlte sich tonnenschwer an und ich war froh, dass ich in zwei Tagen nach Hause fahren und zehn Tage mit meiner Familie verbringen würde.

Aber Perri fehlte mir jetzt schon.

☙

Am Abend vor meiner Abreise kam Becca mit ihren zwei Söhnen vorbei. Tante Josie und Onkel Robert freuten sich, ihre zwei Enkel bei sich zu haben und gingen gleich mit ihnen in die Scheune, um ihnen die Pferde, die Kuh und das Schwein zu zeigen. Becca kam langsam die Treppe hinauf und blieb im Türrahmen meines Zimmers stehen, wo ich gerade zwei Taschen von Tante Josie mit meinen Geschenken und den restlichen Sachen packte. Sie atmete schwer und ich brachte ihr schnell den Schreibtischstuhl. Obwohl sie müde war, sah sie hübsch aus. Ihre dicken Haare fielen ihr locker auf die Schulter und unter einem schillernden blau-weißen Kleid wölbte sich ihr dicker Bauch.

„Hallo Becca."

„Mary Dobbs", keuchte sie und setzte sich.

Ich fragte mich, warum sie hier war. „Wann ist denn Termin?", fragte ich, um keine peinliche Stille entstehen zu lassen.

„Mitte März. Aber von mir aus gestern."

„Ist die Schwangerschaft sehr anstrengend?"

„Das ist noch untertrieben."

Ich überlegte, was ich noch sagen konnte. „Deine Kinder sind zauberhaft."

„Kleine Satansbraten trifft es eher. Hör zu, Mary Dobbs, du brauchst überhaupt nicht zu versuchen, mich mit Komplimenten zu besänftigen. Ich bin hier, um mit dir zu reden."

Mein Puls beschleunigte sich. „Mit mir?"

„Ja." Becca holte tief Luft und legte eine Hand auf ihren Bauch. „Mutter hat mir gesagt, du hättest behauptet, das Diebesgut im Haus der Singletons gefunden zu haben. Und obwohl sie dich gebeten hat, deine Nase nicht noch tiefer in die Sache zu stecken, bohrst du immer weiter und fängst ständig wieder mit diesem Thema an. Hör endlich auf damit! Deine Familie hat uns schon genug Schwierigkeiten gemacht. Halt bitte endlich deinen vorlauten Mund und kümmere dich um deine eigenen Sachen."

Ich war völlig verdattert. „Was soll das heißen, meine Familie hat euch schon genug Schwierigkeiten gemacht? Was haben wir euch denn getan?"

„Dein Vater, mein lieber Onkel Billy, hat es eigenhändig geschafft, meine Großeltern unter die Erde zu bringen! Scharwenzelt mit Dirnen durch die Gegend, verprasst ihr Geld und zeugt irgendwelche Kinder, obwohl er kaum älter ist als du! Ich kann nicht ..."

„Was sagst du da?"

Becca wurde kurz bleich. „Vergiss es. Das ist die Schwangerschaft. Manchmal rede ich wirres Zeug."

Ich glaubte ihr keine Sekunde. „Becca Chandler Fitten, du kannst mir nicht in einem Atemzug erzählen, dass mein Vater Kinder gezeugt hat und es im nächsten zurücknehmen. Wie kannst du so etwas behaupten?"

Becca seufzte ganz ähnlich wie Tante Josie und fuhr sich durch die Haare. „Weil es stimmt. Warum haben ihn meine Großeltern wohl auf dieses Bibelcollege geschickt? Damit er endlich wegkommt, bevor er den ganzen Besitz seines Vaters verprasst hat. Du lieber Himmel! Alle wussten damals Bescheid. Und dann wird er auf einmal ganz religiös und bricht ihnen noch mal das Herz."

Ich war zu schockiert, um etwas sagen zu können.

„Dein Vater hat meine Großeltern so sehr verletzt. Und meine Mutter und mein Vater haben sich ebenfalls halb zu Tode gesorgt." Die Härte wich aus ihrem Gesicht. „Tut mir leid, dass ich dir das so hart sagen muss. Ich wusste nicht, dass du die Vergangenheit nicht kennst. Aber bitte glaub Mutter, glaub mir und rühr nicht mehr in der Sache herum. Ich flehe dich an, Mary Dobbs. Lass die Finger davon." Sie stemmte sich ächzend von ihrem Stuhl hoch und verließ mein Zimmer.

Sobald ich hörte, wie sie nach unten ging, schlich ich in ihr Zimmer und holte die Fotoalben aus der Kammer. Ich suchte fieberhaft nach etwas, was ich vorher schon gesehen hatte, was aber plötzlich sehr wichtig geworden war. Ich warf mich neben die halb gepackten Taschen aufs Bett und blätterte durch das zweite Album, das ich vor Monaten schon einmal in der Hand gehabt hatte. Seite um Seite schlug ich um, betrachtete Foto um Foto, auf dem mein Vater fehlte. Seine wilden Jahre, hatte Tante Josie gesagt. Auf einer der letzten Seiten stockte ich. Das Haus der Chandlers war geschmückt, in jedem Fenster brannten Kerzen. Die ganze Familie war vor dem Haus, Dutzende Freunde waren zu Besuch. Meine Großeltern waren in der Mitte, Tante Josie und Onkel Robert daneben und Vater stand auch da, mit einer jungen Frau. Sie hatte den Kopf abgewandt, als wolle sie nicht fotografiert werden, und ich sah nur Teile ihres Profils. Aber als ich ganz nah heranging und sie genau betrachtete, erkannte ich sie plötzlich.

Es war Irene Brown. Jackies Mutter.

Es fiel mir wie Schuppen von den Augen. Plötzlich ergab alles einen Sinn – Jackie bei uns zu Hause, ihre Mutter, die kam und ging, meine Mutter, die für Jackie sorgte wie für eine Tochter und mein Vater, der sie abgöttisch liebte.

Jackie Brown war meine Halbschwester gewesen.

Ich ließ den Kopf sinken, als mich eine Erinnerung übermannte. Wir waren am Strand. Jackie, Frances und ich bauten eine Sandburg. Die kleine Coobie krabbelte immer wieder drüber und zerstörte sie. Irgendwann schnappte sich Frances die sandige Kleine und trug sie ins Wasser. Jackie und ich kicherten und reparierten den Schaden. „Du bist wie eine Schwester", meinte ich und griff nach Jackies Hand. „Ach, noch viel besser."

Sie sah mich so komisch an und wollte gerade etwas erwidern, aber da kam Frances mit Coobie angerannt.

Jetzt wusste ich, was sie mir damals hatte sagen wollen. *Ich bin deine Schwester, Mary Dobbs.*

Kapitel 21

Dobbs

Am nächsten Morgen brachte mich Hosea zum Bahnhof. Er parkte den Pierce Arrow und holte die Taschen aus dem Kofferraum. Dann deutete er auf den Rücksitz. „Da ist noch Post für Sie, von gestern. Haben Sie wohl übersehen." Ich nahm den Brief und die kleine hübsch eingepackte Schachtel und legte beides in meine Handtasche. Wir gingen zum Bahnsteig und Hosea setzte mich in den richtigen Wagen.

„Fröhliche Weihnachten, Miz Mary Dobbs."

„Danke, Hosea. Tut mir leid, dass Anna nicht bei euch sein kann."

„Schon gut."

Als der Zug aus dem Bahnhof schnaufte, lehnte ich den Kopf gegen die Scheibe und sah den sich aufblähenden Dampfwolken nach. In meinem Kopf war alles genauso unklar und schöne und schreckliche Bilder der vergangenen Monate in Atlanta wirbelten durcheinander.

Ich hatte in der Nacht kaum ein Auge zugetan. Immer wieder waren alle möglichen Gesichter an mir vorbeigezogen – Beccas mit der wütenden Offenbarung über meinen Vater, Parthenias voller Angst in der Dunkelkammer und Perris, die klaren grünen Augen zu Schlitzen verengt. *„Lass mich in Ruhe! Ich habe es so satt, immer die Wahrheit zu hören."*

Und ich erst, dachte ich. Die Wahrheit würde uns alle noch zerstören. Warum sagte Vater nur immer, die Wahrheit mache frei?

Ich hatte kein Gegenmittel für den neuen Schmerz. Jackie war meine Schwester gewesen. Ich hatte sie wie eine solche geliebt und angenommen. Aber sie war stets die Schwachstelle in meiner geistlichen Rüstung gewesen. Ich fragte mich, ob ihr Tod die Strafe Gottes für Vaters Sünden gewesen war.

Gott strafte uns doch nicht auf diese Art, oder? Ich war mir da plötzlich nicht mehr sicher.

Ich wusste nur, dass ich mich so leer fühlte wie ein ausgetrocknetes Flussbett. Meine beste Freundin vertraute mir nicht mehr, ich war die Einzige, die das Diebesgut gesehen hatte, und jetzt hatten mich auch noch meine Eltern hintergangen.

Hank. Gott sei Dank gab es noch Hank.

Aber selbst dieser Bereich in meinem Kopf war wie vernebelt. Ich befühlte meine kurzen Haare und fragte mich, was Hank wohl dazu sagen würde. Dann dachte ich an die Tänze mit Andrew Morrison und wie dieser mich angesehen hatte. Ich hatte absichtlich so getan, als merkte ich es nicht.

Ich wollte beides, das eine und das andere Leben, aber im Augenblick fühlte es sich so an, als würde ich keines bekommen.

Giftige Zweifel stiegen in mir auf, sosehr ich auch versuchte, mich dagegen zu wehren. *Dein Gott hat nicht eingegriffen. Er hat Jackie einfach sterben lassen. Deine Schwester.*

Um mich abzulenken, holte ich das kleine, hübsch eingepackte Geschenk aus meiner Tasche. Vorsichtig löste ich das bunte Papier und hielt eine kleine Schachtel mit einem Kärtchen in der Hand. *Mary Dobbs* stand in einer Handschrift darauf, die ich nicht kannte. Neugierig klappte ich die Karte auf und las, was darin stand.

Fröhliche Weihnachten, liebe Mary Dobbs!
Ich hoffe, du verbringst eine schöne Zeit bei deiner Familie. Ich möchte, dass du weißt, wie sehr ich unsere Verabredungen diesen Herbst genossen habe. Das kleine Geschenk passt sehr gut zu deiner neuen Frisur, finde ich.
Ganz der Deine, Andrew

Ich öffnete die Schachtel. Auf einer zusammengefalteten Serviette lag eine elegante, rotviolette Haarspange mit Porzellanbesatz. Der letzte Schrei in Atlanta.

Mein Gesicht glühte. Das Rot passte perfekt zu dem Kleid, das ich für meine Reise ausgesucht hatte. Ich schob die Spange ins Haar und drückte auf den Verschluss. Zufrieden lächelte ich. Dann nahm ich sie schnell wieder ab. Was, wenn Hank mich fragte, wo ich sie herhatte?

Blieb noch der andere Brief. Ich erkannte sofort Frances' Handschrift.

… Mir fehlt Atlanta! Wir freuen uns schon auf dich.
Coobie macht wieder mal nur Unsinn. Letzte Woche musste sie zum Direktor, weil sie einen Jungen auf dem Spielplatz geohrfeigt hat. Aber sie meinte, es täte ihr überhaupt nicht leid, weil er es verdient habe. Er habe sie gehänselt.
Im Augenblick ist sie aber etwas ruhiger, weil sie sich erkältet hat. Bronchitis, wie immer, und jetzt hat Coobie diesen tief sitzenden Husten. Mutter macht ihr wieder diesen schrecklichen Hustensirup. Ich hoffe, ich stecke mich nicht an …

Ich ließ den Brief sinken und merkte, wie mich die Kräfte verließen.

Erstaunlich, wie ein einziger Satz einen treffen konnte. Sieben Wörter lösten Angst in mir aus, ließen meine schlimmsten Zeiten auferstehen und füllten mich mit Schrecken.

„*Jetzt hat Coobie diesen tief sitzenden Husten.*"

Wenn Frances einfach *Husten* geschrieben hätte, hätte ich die Stelle wohl überlesen. Aber Jackie hatte jahrelang mit einer schwachen Lunge und Bronchitis zu kämpfen gehabt und beim letzten Mal war aus der Bronchitis ein tief sitzender Husten geworden, der sie letzten Endes das Leben gekostet hatte. Mutter hatte gesagt, der Fehler sei angeboren gewesen. So etwas vererbe sich, habe der Arzt gesagt. Da ich jetzt wusste, dass Jackie meine Schwester gewesen war, wurde mir bei Frances Worten kalt und heiß.

Hatte Coobie etwa denselben angeborenen Fehler?

Ich sah Coobie und Frances, Jackie und mich noch begeistert am Strand des Michigansees spielen. Die Sonne schien und Hunderte genossen wie wir das ungewöhnlich warme Maiwetter. Jackie hatte ihren Badeanzug an. Mutter war dagegen und meinte, auch wenn es fast dreißig Grad warm sei, ziehe man im Mai noch nicht seine Badesachen an. Der See war so kalt, dass wir kreischten und Gänsehaut bekamen, wenn wir die Zehen hineintauchten.

Auf der Fahrt nach Hause waren wir alle fröhlich. Mutter und

Vater waren voller Liebe und Pläne für die Zeltmission im Sommer. Und da hörten wir ihn wieder. Den tief sitzenden Husten.

Wir machten uns keine Gedanken darüber. Sie hatte ihn schon einmal gehabt und die Ärzte hatten etwas dagegen unternommen. Aber vier Monate später war meine allerbeste Freundin, meine Jackie, unter der Erde.

Irgendwo in der Mitte von Frances' Passus über Coobies Erkrankung, irgendwo zwischen ihren sauber geneigten Schreibschriftbuchstaben und den akkurat voneinander abgesetzten Worten *Jetzt hat Coobie diesen tief sitzenden Husten* und *Ich hoffe, ich stecke mich nicht an* ging mir der Glaube verloren.

Wut pochte in meinen Schläfen. Ich stürzte aus dem Zugabteil und wankte den engen Gang hinunter. Am Ende des Waggons angelangt riss ich die Tür auf und trat in die eiskalte Luft auf die sich bewegende Plattform zwischen den einzelnen Wagen hinaus. Am liebsten hätte ich mich vom Zug in das vorbeirauschende Nichts gestürzt. Ich umklammerte das Geländer, bis die Knöchel weiß wurden und schrie gegen die quietschenden und kreischenden Waggonräder an. „Ich hasse dich, Gott! Du bist ein Lügner! Du bist überhaupt nicht gut!"

„*Der Herr hat's gegeben, der Herr hat's genommen ...*"

„Wehe, Gott! Ich *verbiete* es dir, sie uns wegzunehmen!", schrie ich der vorbeiziehenden Landschaft entgegen. „Das lasse ich nicht zu! Du zerstörst uns nicht schon wieder alles. Haben wir denn noch nicht genug für dich erlitten? Hm?"

Mir kam Perri in den Sinn, wie sie mich angefahren hatte. „*Warum musst du immer wieder irgendwelche Geschichten erfinden? ... Ich habe keine Zeit, um darauf zu warten, dass dein Gott auf wundersame Weise unsere Probleme löst ...*"

Immer weiter quälten mich die inneren Stimmen und ich überlegte loszulassen, damit Gott mich retten musste. Ich schloss die Augen und stellte mir vor, wie ich unter die Räder kam. Allmählich lockerte ich meinen Griff.

„Ma'am!" Eine kräftige Hand zog mich an der Taille weg vom Geländer und den Stufen zurück in den sicheren Waggon. Der Schaffner starrte mich mit zornig rotem Kopf an. „Das kann böse ausgehen, Miss!"

Mir war schwindlig und mein Gesicht ganz kalt von den Tränen, die der eisige Wind getrocknet hatte. Meine Hände sahen spröde aus. „Tut mir leid", stammelte ich. „Ich brauchte frische Luft."

Der Schaffner brachte mich zurück zu meinem Abteil und ich sank in meinen Sitz. Die anderen Passagiere beäugten mich argwöhnisch.

Ich machte die Augen zu und fing am ganzen Körper an zu zittern. Allmählich wurde ich müde und schlief ein, aber ein Gedanke kreiste unermüdlich in meinem Kopf: *Das Leben ist ein Kummerfass ohne Boden. Wieso wollte Gott das so?*

☙

In Chicago spielte ich eine Rolle, die ich in den vergangenen achtzehn Jahren noch nie hatte spielen müssen: die der Heuchlerin. Ich tat so, als würde ich mich freuen, nach Hause zu kommen. Ich umarmte meine Eltern und Coobie und Frances, fuhr mit ihnen nach Hause und erzählte auf dem Weg vom Armenhaus und der Bibelgruppe in der Studentinnenverbindung. Aber innerlich war ich wie tot.

Wie im Nebel gesellte ich mich zu meiner Familie in unserer kleinen Wohnung, die mir jämmerlich und schäbig vorkam. Coobie verkündete stolz, dass Hank eine Tanne im Wald geschlagen und im Wohnzimmer aufgestellt habe. Sie war ziemlich schief und mit Schneeflocken aus Papier sowie einer Schnur mit Popcorn und Beeren geschmückt. Unter dem Baum lagen mehrere in Zeitungspapier gewickelte Geschenke.

Ich legte Tante Josies kunstvoll eingepackte Päckchen dazu und sie fielen in unserer winzigen Wohnung vor dem schiefen Baum und neben den notdürftig eingepackten Geschenken völlig aus dem Rahmen.

Coobie quiekte vor Vergnügen und drückte die Päckchen an sich. „Ich wusste, dass Tante Josie uns etwas schenkt! Juhu!"

Ich sah zu Vater. Sein Lächeln blieb unverändert. Er lachte, bis sein Bauch wackelte und schnappte sich Coobie. „Oh, und wen haben wir denn hier?"

Coobie und Frances klappten eifrig ein Namensschild nach dem anderen auf. „Ich habe drei!", verkündete Coobie begeistert.

„Ich auch", meinte Frances und knuffte ihre Schwester.

Mutter schlang die Arme um Vater. Man konnte die Wärme überall spüren und doch war mir kalt, eiskalt.

Hank kam später am Nachmittag vorbei, umarmte mich fest und wirbelte mich herum. „Hab ich dich vermisst!", sagte er und Mutter und Vater und meine Geschwister sahen uns wohlwollend zu. Ich machte die Augen zu und hatte einen Augenblick das Gefühl, Andrew Morrison wirbelte mich im Saal der SAE herum und ich konnte befreit lachen. Dann fiel mir sein Weihnachtsgeschenk ein und ich wurde rot. Zum Glück fiel es Hank nicht auf.

Er hatte seine alte, abgewetzte Latzhose an. Seine Hände waren rau und seine Knöchel verschorft.

„Ich konnte beim Entladen von großen Kisten an der Lkw-Rampe helfen. War zwar nur eine Hilfsarbeit, aber ich war trotzdem froh. Viel war es nicht, aber immerhin drei Tage Lohn und Brot."

„Deine Hände sehen schlimm aus", sagte ich.

„Ach, Dobbs, auch nicht schlimmer als in der Stahlfabrik. Hände heilen auch wieder." Er legte den Kopf schief und lächelte wie immer, aber ich wandte mich ab, damit er nicht mitbekam, wie sehr mich die Tatsache enttäuschte, dass er keine feste Arbeit gefunden hatte.

Seit die Weltausstellung im November ihre Tore geschlossen hatte, hatte Hank jeden Morgen mit Hunderten anderen Männern um Arbeit Schlange gestanden – Arbeit, die es fast nie gab. Er arbeitete noch immer ohne Bezahlung nachmittags und abends in der Kirche. Ich sah uns ewig am Hungertuch nagen, so wie Mutter und Vater, und die Zweifel krochen in alle Winkel: Zweifel an meinem Glauben, an meinen Eltern, an Hank.

Hank durfte von meinem emotionalen Durcheinander nichts wissen, also vergrub ich mein Gesicht an seiner Brust und ließ mich von ihm festhalten, bis ich mich etwas beruhigt hatte. Bis die Stimmen endlich schwiegen.

Irgendwann scheuchten meine Eltern meine Schwestern aus dem Zimmer, damit sie sich für den Weihnachtsgottesdienst umzogen. Mutter ging in die Küche und Vater ins Schlafzimmer meiner Eltern, wo auch sein Schreibtisch stand. Hank und ich waren allein im Wohnzimmer.

„Ich fahre nach dem Gottesdienst zu Ma", meinte Hank. „Morgen bleibe ich bei ihr und meinen Geschwistern. Übermorgen bin ich dann wieder da, aber ich wollte dir mein Geschenk unbedingt schon geben." Er wurde rot wie eine Tomate, während er eine kleine Schachtel aus seiner Tasche holte und mir gab. „Ich möchte, dass du es trägst und weißt, wie viel du mir bedeutest. Es ist leider nicht wertvoll – es steckt mehr Zeit als Geld darin –, aber es kommt von Herzen. Fröhliche Weihnachten." Er gab mir einen zärtlichen Kuss auf die Wange.

Ich nahm den Deckel ab und sah eine feine geflochtene Halskette aus verschiedenen Metallen – Nickel, Kupfer und Bronze. Die einzelnen Stränge glitzerten im Licht. „Hank, wie hübsch!", sagte ich, aber es war eine gesteuerte Freude und nicht meine übliche Begeisterung und insgeheim dachte ich an Andrews teure und elegante Haarspange.

„Ich habe es aus den Abfällen in der Stahlfabrik gebastelt. Der Vorarbeiter war einverstanden, dass ich mir ein paar Sachen nehme, als er mich entlassen musste. Ich hoffe, du trägst es und weißt, wie viel du mir bedeutest, auch wenn ich nur ein einfacher Junge aus der Stadt bin." Er drückte mich an sich und legte mir dann die Kette an. Ich musste schlucken, als seine Finger meinen Hals berührten. „Deine Haare sehen übrigens wirklich toll aus, Dobbs."

Mein Herz klopfte so heftig, dass ich dachte, ich würde gleich lautstark in Tränen ausbrechen. Einerseits wollte ich mich ihm an den Hals werfen, andererseits Reißaus nehmen und so schnell wie möglich nach Atlanta zurückkehren.

„Danke", brachte ich mühsam heraus. Irgendwann hatte ich mich so weit beruhigt, dass ich ihm mein Geschenk unter dem Baum hervorholen konnte. Er packte es aus und sah mich verdutzt an. Tante Josie hatte mich gedrängt, ihm ein teures Waterman-Schreibset bestehend aus Füllfederhalter und Bleistift zu kaufen. Ich hatte dafür einen Teil des Geldes verwandt, das ich mit Perris Fotos verdient hatte. Mir wurde klar, wie unangemessen ihm das Geschenk erscheinen musste und mir wurde heiß. „Ich dachte, so macht dir das Briefeschreiben vielleicht noch mehr Spaß", versuchte ich die Situation zu retten.

„Die benutze ich, Dobbs. Versprochen." Normalerweise ließ sein Blick mein Herz höherschlagen, aber heute war ich nur verwirrt. „Lass uns spazieren gehen", schlug Hank vor und die seltsame Situation war zum Glück durchbrochen.

Sobald wir draußen waren, sagte er: „Dobbs, was ist denn nur los mit dir?"

Ich schüttelte den Kopf. „Wenn ich es dir doch nur erklären könnte. Es ist so kompliziert und schrecklich. Ich habe das Gefühl, ich verliere den Verstand. Es würde Stunden dauern, dir alles zu erklären, und die Zeit haben wir nicht. Du musst dich noch für den Gottesdienst vorbereiten."

Er nahm meine Hände. „Was auch immer es ist, es kann zwei Tage warten. Nach Weihnachten haben wir Zeit. Alles wird gut, Dobbs. Das weißt du doch, oder?"

Ich konnte ihn nicht einmal ansehen oder nicken. Er nahm mich in den Arm und hielt mich fest – mein starker, sanfter Hank. Ich legte meinen Kopf an seine Schulter, aber die tonnenschwere Last des Zweifels wollte nicht von mir weichen.

Hank und Vater leiteten den Weihnachtsgottesdienst gemeinsam und sahen in ihren Anzügen von Holden Singleton und Onkel Robert sehr stattlich aus. Mutter hatte sie geändert. Sonst hatten mir die Kerzen und die schlichte Schönheit immer das Herz aufgehen lassen. Die Kirche war fast voll. Die Familien saßen eng beieinander, trugen ihre besten Kleider und feierten Gottes Liebe, die zu uns Menschen herniederkam. Dankbarkeit für Christi Geburt erfüllte den Raum, aber ich vermisste meine übliche Begeisterung.

Hank gab mir nach dem Gottesdienst einen Abschiedskuss. Ich war über die in mir aufkeimende Sehnsucht so erleichtert, dass ich echte Tränen vergoss. Also liebte ich ihn doch noch.

☙

Als abends alle schliefen, schlich ich auf Zehenspitzen ins Bad. Ich sah in den Spiegel und fuhr mir durch die kurzen Haare. Dann befühlte ich die Kette und ging noch näher an mein Spiegelbild heran, um Hanks Werk zu begutachten. Er hatte sich wirklich Mühe gegeben und sehr fein gearbeitet, aber ich spürte trotzdem Enttäuschung. So würde das Leben mit Hank sein – in ihm hätte ich einen guten Mann mit guten Absichten, der mir billige, selbst gebastelte Geschenke machte.

Ich nahm die Kette ab und legte sie auf den Waschbeckenrand. Dann holte ich meine Haarspange und klemmte sie mir ins Haar. Sie passte wirklich ausgezeichnet zu meinem roten Kleid und ich sah kultiviert damit aus, sogar elegant. Wieder brach eine Welle der Enttäuschung über mir herein. In Chicago gab es überhaupt keinen Anlass, sie zu tragen. Abgesehen davon, dass ich es mich sowieso nicht trauen würde. Aber in Atlanta würden Kleid und Spange eine exquisite Einheit bilden. Ich sah mich schon mit Andrew bei der nächsten Tanzveranstaltung.

Meine Hände verkrampften sich um den Waschbeckenrand. Wieso stellte ich mir so etwas vor?

Die Antwort kam sofort: Es war eine Flucht. Ich war wie die anderen in der Verbindung. Ich versuchte verzweifelt, mich mit irgendetwas zuzuschütten, um der Angst und dem Schrecken, die sich in mich hineinfraßen, etwas entgegenzusetzen.

༺ ༻

Als ich am nächsten Morgen die Augen öffnete, beugte sich Coobie schon über mich. Sie gab mir einen Kuss auf die Wange und ich lächelte zurück. „Na du?"

Frances schlief noch im oberen Doppelstockbett.

„Endlich bist du da", meinte Coobie.

„Ich freue mich auch."

„Ich hab das hier auf dem Waschbecken gefunden." Sie hielt mir Hanks Halskette hin. „Gefällt sie dir nicht?"

Ich setzte mich schnell auf. „Doch, natürlich. Sie ist sehr hübsch. Ich habe sie nur beim Waschen abgenommen."

Coobie beäugte mich skeptisch. Sie glaubte mir kein Wort. „Und wo hast du die hier her?" In der anderen Hand hielt sie Andrews Haarspange.

Ich zuckte zusammen. „Aus Atlanta."

„Die ist ganz doll hübsch. Hast du sie von Tante Josie? Tante Josie macht immer die besten Geschenke."

„Nein. Von jemand anderem." Ich nahm sie Coobie ab und fühlte mich schon wieder, als würde ich entzweigerissen.

ଔ

Ich half Mutter mit dem Truthahn und bekam von der Maisbrotfüllung ganz klebrige Hände. Mutter summte ein Weihnachtslied. Sie deckte den Tisch auf ihrer besten Tischdecke mit dem Geschirr, das sie von ihrer Großmutter geerbt hatte, zündete zwei weiße Kerzen an und stellte sie in die silbernen Kerzenständer. Der Tisch sah festlich aus, aber ich musste immer wieder an die prächtigen Häuser in Atlanta denken, die großen Tische mit dem edlen Porzellan, den Kristallgläsern und dem Silberbesteck, den festlichen Empfängen, die mit scheinbarer Leichtigkeit und großem Überfluss gegeben wurden. Mutter stellte ihre wertvollsten Schätze auf den Tisch, aber mich erfüllte ihr Anblick mit Wut und Neid. Wir hatten so wenig. Warum mussten uns die Annehmlichkeiten eines Lebens in Atlanta verwehrt bleiben? Atlanta fehlte mir.

Nachdem wir unsere Geschenke ausgepackt hatten, setzten wir uns an den Tisch, auf dem der goldbraune Braten, ein lecker aussehender Winterkürbisauflauf und Süßkartoffeln, zarte Bohnen und selbst gemachte Brötchen standen. Der Duft ließ uns allen das Wasser im Mund zusammenlaufen. Vater sprach mit dröhnender Stimme ein Gebet. „Unser Vater im Himmel, wir feiern deine Ankunft auf Erden und danken dir von Herzen für den reich gedeckten Tisch, unsere Familie und deinen Sohn, der aus Liebe für uns ans Kreuz ging. Und Herr, hab Dank dafür, dass unsere Mary Dobbs zu Weihnachten zu Hause sein kann."

Ich murmelte „Amen" mit den anderen, aber innerlich blieb alles in mir kalt. Ich sah immer nur Vater vor mir als jungen Mann, der neben meinen Großeltern, Onkel Robert und Tante Josie stand. Und neben Irene Brown. Schon allein der Gedanke versetzte mir einen Stich.

Ich schaffte es zu essen, aber mir fiel auf, wie dünn Mutter war und dass Vaters Haare fast weiß geworden waren. Frances und Coobie hatten ihre Sommerbräune längst verloren und Coobie hatte tiefe Ringe unter den Augen. Sie war blass und hatte diesen tiefen, kehligen Husten wegen ihrer chronischen Bronchitis. Jedes Mal, wenn sie hustete, bekam ich es mit der Angst zu tun. In diesem Jahr klang der Husten für mich wie ein Todesurteil.

Vater lehnte sich nach dem Nachtisch zurück. „Ich glaube, wir sollten alle eine Runde spazieren gehen. Coobie, warum ziehst du nicht den hübschen roten Mantel und den Hut an? Frances, und du den Pullover?"

Meine Schwestern verschwanden begeistert, um ihre neuen Geschenke auszuführen.

„Mary Dobbs und ich werden hier noch ein wenig aufräumen", erklärte Mutter. „Wir treffen uns in einer halben Stunde im Park."

„Abgemacht!", sagte Vater und zog einen Mantel an, den ich sofort erkannte. Er stammte aus Holden Singletons Kleiderschrank.

„Bis gleich!", rief Coobie und drehte sich in ihrem roten Mantel um die eigene Achse.

„Toll siehst du aus", meinte Mutter.

Coobie strahlte, musste husten und ging mit Frances und Vater los.

Kaum war die Tür hinter ihnen ins Schloss gefallen, drehte ich mich zu Mutter um. „Sie klingt genau wie Jackie, als sie zum letzten Mal krank war!"

Mutter stellte den fertig abgewaschenen Teller hin. „Wieso sagst du das?"

„Weil es stimmt! Coobie hat dieselbe Krankheit wie Jackie, nicht wahr? Das ist erblich bedingt. Es liegt in der *Familie*." Ich warf das Geschirrhandtuch auf den Tisch und lief aus der Küche.

Mutter machte mich im Kinderzimmer ausfindig. „Liebling, was redest du da?"

„Du kannst es nicht leugnen, Mutter. Ich weiß es. Ich habe es herausgefunden."

Sie umarmte mich und hielt mich fest. „Warum ist da so viel Schlechtes, Mutter?", schniefte ich. „Ich bin so durcheinander. Über unsere Familie habe ich Sachen herausgefunden, über Vater. Über Jackie." Ich kämpfte mit den Tränen.

Mutter hielt mich noch fester, wenn das überhaupt ging. Dann führte sie mich zum Bett. „Erzähl mir alles. Ich rühre mich nicht vom Fleck, bis alles raus ist." Sie setzte sich auf den Boden und lehnte sich an Coobies und Frances' Doppelstockbett.

„Kanntest du Vaters Vergangenheit, als ihr geheiratet habt?"

„Ich wusste nur, dass er kein Unschuldslamm gewesen war. Aber ich kannte nicht alle Einzelheiten."

„Wusstest du von Jackie?"

„Nein, zuerst nicht. Nicht, bis Irene bei seinen Eltern auftauchte, als wir zu Besuch waren."

„Wieso bist du bei Vater geblieben, nach allem, was er getan hatte? Du musstest sein Kind aufnehmen. Sein uneheliches Kind! Das Kind einer Prostituierten!"

Mutter stand der Mund offen. „Was redest du da! Ich habe Jackie geliebt! Das weißt du. Wir haben sie alle geliebt. Sie war ein Segen für uns, kein Fluch."

„Ach ja? Du musstest wegen seiner Vergangenheit leiden, die ganze Zeit! Er hat dich gezwungen, mit alldem zu leben, nicht wahr? Du hast sie aufgenommen, aufgezogen und ihr ein richtiges Zuhause geboten. Und dann ist sie gestorben. Warum hast du mir nicht gesagt, dass sie meine Schwester ist? Und jetzt hat Coobie dieselbe Krankheit und bald wird sie auch tot sein."

Mutter war selten erbost, aber jetzt brachte sie mich mit einem wütenden Blick zum Schweigen. „Mary Dobbs Dillard, hör auf. Sofort! Hör auf mit diesen verdrehten Argumenten. Denk gar nicht erst in diese Richtung. Haben wir uns verstanden?" In ihren Augen spiegelte sich die Entschlossenheit, die meine Mutter ausmachte. „Und zu Coobie kein Sterbenswörtchen. Ist das klar? Dein Vater hatte seine Gründe, warum er dir nichts von seiner Vergangenheit erzählt hat. Das habe ich dir schon einmal gesagt. Wenn, dann rede mit ihm. Warum hast du Angst davor? Ich möchte, dass du mit ihm redest."

Ich schüttelte den Kopf. „Ich kann nicht."

Mutter hob mein Kinn. „Du kannst sehr wohl. Und du wirst. Mary Dobbs, wenn man jemanden liebt, dann liebt man ihn komplett – mit seiner Vergangenheit, Gegenwart und Zukunft. Man nimmt entweder alles oder nichts. Ich habe einen guten Mann, der mich liebt, und ich liebe ihn, und ich würde ihn für nichts auf der Welt wieder hergeben.

Wenn man sich auf das Abenteuer Liebe einlässt, wird man verletzt. Man muss vergeben, immer und immer wieder. Aber es lohnt sich. Das ist der Unterschied zwischen guten und schlechten Beziehungen. Das ist der entscheidende Punkt. Man liebt sich. Und man vergibt sich. Dein Vater hat dich sehr lieb. Geh zu ihm. Stell ihm deine Fragen. Und hab keine Angst vor deiner Wut und deinen Verletzungen."

Sie stand auf. „Ich werde jetzt nach draußen gehen und sie suchen."

Ich nickte, blieb aber wie angewachsen sitzen. Sie ließ mich allein zurück.

☙

Am Abend machten meine Schwestern gemeinsam mit Vater ein großes Puzzle. Mutter säumte den Wollrock für Frances. Ich saß neben ihr auf dem Sofa und mein Magen war ein einziger Knoten. Jedes Mal, wenn Coobie kicherte, folgte ein kleiner Hustenanfall, der meine ganze Angst, Verwirrung und Wut wieder an die Oberfläche brachte.

Später brachte ich meine Geschwister ins Bett. „Fröhliche Weihnachten", flüsterte Frances. „Die Schminke gefällt mir sehr."

Coobie schlang mir die Arme um den Hals. „Und die Puppe ist jetzt schon meine Lieblingspuppe."

Ich gab ihr einen Kuss, aber der Dank meiner Schwestern perlte an mir ab. Coobie lag in ihrem Bett, blass wie der Neumond, und mir war einen Augenblick, als würde ich in ihrem matten Gesicht Jackie sehen. Es lief mir kalt den Rücken hinunter und ich ging schnell aus dem Zimmer.

Im Wohnzimmer stand Vater am Fenster und sah nach draußen. Ich stellte mich neben ihn. „Wo ist das Geld?", kam es leise, aber voller Härte aus meinem Mund. „Was hast du damit gemacht?"

Vater drehte sich um. Was sich in seinem Gesicht spiegelte, ging über bloßes Erschrecken hinaus. Es war nicht mehr rund und rot, sondern wurde zusehends blasser. „Was für Geld? Was meinst du?"

„Dein Erbe! Die Abertausende Dollar, die du geerbt hast! Wie Tante Josie. Es muss doch Geld gegeben haben! Wo ist es?"

Mein Vater stöhnte und sank auf einen unserer abgewetzten Stühle. „Also das Geld meinst du. Mary Dobbs, das ist doch schon eine Ewigkeit her. Viele Jahre."

„Es ist zwölf Jahre her und dein Anteil muss ein richtiger Batzen Geld gewesen sein. Warum leben wir dann immer noch von der Hand in den Mund?"

Jetzt war alle Farbe aus seinem Gesicht gewichen. Mutter, die auf ihrem Stuhl saß und nähte, wurde ganz grau, und mir war, als würde sie den Kopf schütteln, als flehte sie mich stumm an, mit der Fragerei aufzuhören. Aber ich achtete nicht auf sie.

„Antworte mir! Und versteck dich nicht hinter irgendeiner heiligen Ausrede."

„Es gibt keine Ausrede", erwiderte Vater leise. Seine Stimme, die ganze Stadien füllen konnte, war zu einem gequälten Flüstern geworden. „Es ist alles weg. Ich habe es ausgegeben, vor langer Zeit. Das Geld gibt es nicht mehr. Mary Dobbs, glaub mir, wenn ich das Geld noch hätte, würde ich damit …"

„Wie kann es denn weg sein? Wie?" Blanke Wut pulsierte mir in den Schläfen. „Wofür hast du es ausgegeben? Glücksspiel? Frauen?" Meine Stimme brach. Mutter war neben Vater getreten und hatte ihm den Arm um die Schulter gelegt. „Du hast es verprasst, damit wir heute hungern! Damit Coobie stirbt, so wie Jackie! Wie meine *Schwester* Jackie! Die du mir verschwiegen hast! Wie viele Schwestern gibt es noch da draußen? Verschweigst du sie auch? Geht das ganze Geld für sie drauf? Ist es das?

Wir sitzen hier und haben Hunger und du erzählst uns etwas von Gottes Fürsorge. Du bist ein Heuchler, Vater, und alles, was dich interessiert, ist diese jämmerliche Religion, die noch nicht mal funktioniert!"

Ich stand vor meinen Eltern und ließ die Gefühle heraus, die ich mein ganzes Leben lang unterdrückt hatte. „Aber mir ist meine Familie nicht egal. Ich werde Frances und Coobie mitnehmen. Tante Josie wird dafür sorgen, dass Coobie die besten Ärzte bekommt und warme Kleidung und genug zu essen. Ich werde mich um die beiden kümmern. Macht ihr von mir aus weiter mit eurer erbärmlichen Berufung!"

Mit diesen Worten stürmte ich aus der Wohnung. Ich ließ die

Tür weit offen stehen, lief die Treppen hinunter, während Tränen in alle Richtungen flogen, und stürzte hinaus in die bittere Weihnachtskälte von Chicago.

Kapitel 22

Perri

Irgendwie überlebten wir Weihnachten. Anstatt zu Mamas Familie in Valdosta zu fahren, blieben wir in unserem kleinen Haus am Club Drive. Von zwei von Daddys Geschwistern bekamen wir wie jedes Jahr mit der Post Geschenke, und mit Großmutter hatten wir ein Ferngespräch. Sie klang etwas enttäuscht, dass wir nicht da waren, aber Mama sagte, sie hätte nicht die Kraft gehabt, alles zu packen und vier Stunden mit dem Buick zu ihr in den Süden zu fahren.

Bill und Patty Robinson brachten einen gebackenen Schinken und hübsch verpackte Geschenke für jeden von uns vorbei. Dellareen und Jimmy waren so freundlich, sich den Tag nicht freizunehmen, sondern kamen mit all ihren Kindern und bescherten uns ein Festessen. „Miz Dot, wenn Sie dieses erste Weihnachten überstehen wollen, müssen Sie irgendetwas anders machen." Also spielten wir Spiele und Irvin versuchte sich an Stelzen, die Jimmy für ihn gebaut hatte. Barbara fummelte eine Stunde lang an ihren Haaren herum und schminkte sich mit meinem Köfferchen und dann machte ich Fotos von allen hinterm Haus.

Ein paar Tage zuvor hatte ich ein Päckchen mit einem Brief von Philip Hendrick bekommen. Ich machte beides erst zu Weihnachten auf.

Liebe Perri,
es geht uns gut. Durch die Weltausstellung haben wir uns einen ganz ordentlichen Namen gemacht und wir dürfen schon die ganzen Weihnachtsferien über Familienporträts für Weihnachtskarten machen. Scheint, als würde das eine Weihnachtstradition. Ich denke an dich und hoffe, es geht deiner Familie und dir gut.
Mit fotografischen Grüßen, dein Philip

Im Briefumschlag steckte noch eine Weihnachtskarte, in die ein Foto von Luke und ihm eingefügt war. Am oberen Rand stand *Fröhliche Weihnachten, Perri!* Auf dem Päckchen las ich: „Die neuste technische Spielerei für deine Arbeit." Es war ein Draht, den man an den Fotoapparat schrauben und so den Auslöser auch von ferne betätigen konnte. Wir konnten also alle gemeinsam auf ein Foto, Mama, Irvin, Barbara und ich, und wir hatten ziemlich viel Spaß dabei. Irgendwann holten wir auch noch Jimmy, Dellareen und ihre Kinder mit dazu, und es wurde eine so vergnügliche Runde, dass wir Daddy für einen Augenblick vergessen konnten.

ൠ

Nach dem Abendessen kam Irvin mit ernstem Gesicht auf mich zu. „Machst du eine kurze Spritztour mit mir, Perri?", flüsterte er. „Nur wir zwei?" Er sah mich flehend an. „Ich möchte zu unserem alten Haus."

Ich wollte ihm den Wunsch nicht abschlagen. „Natürlich, komm mit."

Mama hatte nichts dagegen, als ich ihr sagte, Irvin und ich würden noch ein bisschen durch die Stadt fahren.

Ich lenkte den Wagen den Club Drive hinunter, auf die Peachtree Road und gut vier Meilen geradeaus, bevor ich rechts auf die West Paces Ferry Road abbog und am Haus der Chandlers vorbeifuhr. Es war hell erleuchtet und fünf Autos parkten davor.

Kurz dachte ich an Dobbs und fragte mich, ob es ihr wohl gut ging in Chicago.

Wir folgten den Straßen und kamen schließlich zum Wesley Drive. Schweigend bogen wir in die lange, gewundene Auffahrt ein und kamen dem Haus immer näher.

Irvin fiel es zuerst auf. „Da ist jemand drin." Und tatsächlich, in einem der oberen Zimmer brannte Licht. Irvin sprang aus dem Wagen, lief ums Haus und blieb mit großen Augen vor der Garage und den Ställen stehen.

Spaldings Sportwagen parkte vor der Garage.

„Was macht Spalding denn hier?", flüsterte Irvin.

Ich hatte nicht die leiseste Ahnung. Verwirrt ging ich zur Hintertür. Abgeschlossen. Wir liefen ums Haus auf die Veranda und zur Haustür. Ebenfalls abgeschlossen. Verwundert klopfte ich laut. Keine Antwort. Schließlich rief ich: „Spalding! Huhu! Wir sind's!"

Irgendwann öffnete er die Tür. Einen Augenblick lang sah er sehr überrascht aus, aber dann lächelte er. „Perri! Irvin! Na, das ist ja eine Überraschung. Fröhliche Weihnachten!"

Irvin ging an ihm vorbei ins leere Foyer. „Was machst du hier?"

„Gute Frage. Ob du es glaubst oder nicht, mein alter Herr hat mich hergeschickt. Es gibt da einen Interessenten für das Haus, der es sich morgen ansehen will. Und ich soll nachsehen, ob es präsentabel ist."

„Quatsch!", platzte es aus mir heraus. „Dein Vater verkauft das Haus für die Bank? Das hat Mr Robinson gar nicht gesagt. Ich dachte, dein Vater ist bei Coca-Cola."

Spalding zuckte die Achseln. „Dad hat eben noch andere Interessen, wie zum Beispiel Immobilien. Ich wusste ja selbst nicht, dass er etwas mit diesem Haus zu tun hat, bis er mich vorhin gebeten hat, herzufahren. Weißt du, ich habe gelernt, keine Fragen zu stellen, sondern einfach das zu machen, was er verlangt." Er boxte Irvin spielerisch gegen den Arm. „Und was macht ihr hier?"

„Ich wollte mein altes Zuhause sehen", meinte Irvin.

„Natürlich. Natürlich. Hey, hör mal. Ich habe einen Football im Auto. Wollen wir ein paar Pässe üben?"

Irvin strahlte. „Klar! Aber es ist doch schon dunkel draußen."

„Das werden wir gleich haben." Spalding verschwand und kam mit dem Auto nach vorn gefahren. Er ließ den Motor laufen und schaltete die Scheinwerfer ein.

Ich sah einen Moment lang zu, wie die beiden sich unter den nackten Eichen und Hickorybäumen den Football zuwarfen und mich fröstelte. Dann lief ich durch das leere Haus. Meine Schritte auf dem Parkett hallten durch die Flure und ich fühlte mich so kalt und leer wie die Räume, in denen kein Leben mehr herrschte.

Dobbs

Vater fand mich im Park. Er hatte meinen Mantel dabei und legte ihn mir um die Schultern. „Mary Dobbs, wir müssen reden."

„Dafür ist es zu spät. Ich weiß alles."

Ich wandte mich von ihm ab, aber er hielt mich am Arm fest. „Nein. Tust du nicht. Bitte. Bitte gib mir eine Chance."

Ich antwortete nicht.

Wir gingen nebeneinanderher in Richtung See. Hin und wieder streifte sein Arm den meinen. Er sprach leise, ganz ohne die übliche Leidenschaft in der Stimme. „Als ich dreizehn war, suchte ich mir die falschen Freunde in der Schule. Mehrere Jahre verbrachte ich jede freie Minute mit ihnen. Ich rutschte in ziemlich schlimme Dinge hinein, genau wie du gesagt hast – Trinken, Glücksspiel und Frauengeschichten. Meine armen Eltern schickte ich durch eine dunkle Zeit voller Sorge." Er seufzte wie Tante Josie und Becca.

„Und dann lernte ich Christus kennen und mein Leben änderte sich. Ich zog nach Chicago und es hatte den Anschein, als wären meine früheren Sünden nicht nur vergeben, sondern auch vergessen. Aber dann kam Irene Brown. Sie tauchte 1915 bei meinen Eltern auf, ironischerweise kurz nach deiner Geburt. Irene wusste, wo meine Familie wohnte, weil ich den Fehler gemacht hatte, sie ein- oder zweimal mit nach Hause zu bringen."

Ich musste an das Foto denken, auf dem Irene den Kopf wegdrehte.

„Sie hatte ein kränkliches Kind und behauptete, ich wäre der Vater. Meinte, es würde einen schrecklichen Skandal geben, wenn meine Eltern ihr nicht helfen würden. Zuerst halfen mir meine Eltern aus der Patsche, wie schon so oft. Sie erwähnten Irenes Besuch noch nicht einmal, geschweige denn ihre Erpressung. Erst später kam das heraus, als du etwa zwei Jahre alt warst. Ich war mit deiner Mutter und dir zu Besuch in Atlanta. Irene tauchte auf und wollte noch mehr Geld, und da hörte ich zum ersten Mal, dass ich Jackies Vater war."

Wir waren am Strand des Michigansees angekommen. Vater blieb stehen und beobachtete, wie der Wind das Wasser aufpeitschte. Seine Hände, mit denen er während seiner Predigten oft wild gestikulierte, steckten tief in seinen Taschen.

„Wie du dir sicher vorstellen kannst, war das ein ziemlicher Schock. Ich war völlig am Boden, als ich erfuhr, dass meine Eltern ihr Geld gegeben hatten und sie ihnen viel Kummer bereitet hatte." Er warf mir einen seitlichen Blick zu. „Aber ich möchte, dass du weißt: Vom ersten Augenblick an, als ich Jackie sah, hatte ich sie lieb.

Ich traf mit Irene eine Vereinbarung. Sie würde von mir jeden Monat etwas Geld bekommen, wenn sie versprach, nie wieder bei meinen Eltern vor der Tür zu stehen. Sie war einverstanden.

Bei meinen Eltern entschuldigte ich mich vielmals und flehte sie an, mir zu vergeben, was sie auch taten. Aber mir selbst konnte ich nicht vergeben. Und sie wussten nichts von meiner Abmachung mit Irene. Ich wollte, dass sie dachten, es wäre alles vorbei.

Wir kamen leider nicht oft nach Atlanta. Das Geld war einfach so knapp. Papa wollte uns natürlich helfen. Aber ich war zu stolz und schämte mich zu sehr. Er ahnte ja nicht, dass jeder übrig gebliebene Cent an Irene ging."

„Arme Mutter", warf ich ein. „Sie muss viel gelitten haben."

„Ja. Deine Mutter war ein Engel. Sie beschwerte sich nicht ein einziges Mal oder machte mir Vorwürfe. Stattdessen suchte sie sich eine Stelle als Näherin und arbeitete für zwei." Vater sah aufs Wasser und dachte nach. Der Wind nahm zu und ich beobachtete, wie er eine Strähne auf Vaters kahl werdendem Kopf erfasste und herumwirbelte.

„Im Frühjahr 1919 dann tauchte Irene in Chicago auf. Jackie war krank und Irene behauptete, sich nicht mehr um sie kümmern zu können. Natürlich nahmen wir Jackie auf. Immer wieder holte Irene sie zurück, aber wegen ihrer schlechten Gesundheit verpasste sie viel in der Schule und Irene konnte nicht arbeiten gehen. Aber sie müsse arbeiten, meinte sie. Sie schulde vielen bösen Männern Geld. Also blieb Jackie immer länger bei uns."

„Ihr hättet mir sagen müssen, dass sie meine Schwester ist."

„Ja, vielleicht. Aber ihr habt euch auch so geliebt wie Schwestern." Vater sah mich traurig an. „Irene war so unberechenbar. Deine Mutter und ich hielten es für besser, wenn ihr es nicht wisst. Wir wollten euch einfach den Schmerz ersparen."

„Habt ihr aber nicht. Und jetzt tut es noch mehr weh."

„Das tut mir sehr leid, Mary Dobbs. Das habe ich nicht gewollt."

Ich hielt seinem Blick eine Weile wütend stand und sah dann aufs Wasser hinaus. Vater atmete schwer, als hätte ihn das Erzählen erschöpft.

„Ich wollte nicht, dass meine Eltern wieder in die Sache hineingezogen werden, also brach ich alle Verbindungen ab. Ich hätte es anders machen sollen, aber nicht immer wird heißer Eifer durch Weisheit gekühlt. Es gibt so viele Dinge, die ich bereue.

Als meine Eltern starben, bekam Irene Wind davon und flehte mich an, ihre Schulden zu begleichen. Sie meinte, ihre Gläubiger drohten, sie umzubringen. Also nahm ich mit dem Einverständnis deiner Mutter einen großen Teil meines Erbes, beglich ihre Schulden und schickte Irene fort, damit sie ein neues Leben anfangen konnte. Den Rest brauchten wir für Jackie.

Ich dachte, dass es zum Überleben reichen würde und für Jackies Arztrechnungen. Aber ..." Vater seufzte wieder. „Aber dann ging es ihr immer schlechter, die Rechnungen wurden höher und am Ende standen wir mit nichts da. Kein Geld, keine Jackie.

Das macht die Sünde mit dir, Mary Dobbs. Du verstrickst dich immer mehr, bis du keinen Ausweg mehr siehst. Ich brach alle Brücken zu meiner Familie ab und dachte, es wäre für sie das Beste. Ich habe meine Eltern verletzt und ihnen unendlich viel Kummer bereitet, und Josie und Robert genauso. Ich kann das nie wiedergutmachen. Meine Eltern starben müde und als gebrochene Leute."

Es fing an zu schneien. Große, weiße Flocken schwebten um uns herum, während Vater beichtete. Kurz dachte ich, er würde in Tränen ausbrechen wie bei der Beerdigung von Großmutter. Ich wollte das nicht sehen. Ich wollte nichts für ihn fühlen. Er hatte meine Fragen beantwortet, aber die Antworten waren kein Trost für mich. Mir brannte nur noch eine Frage auf der Seele. „Hat Coobie dieselbe Krankheit wie Jackie?"

Vater ließ den Kopf sinken. „Ja. Ja, hat sie."

Ich drehte mich weg und ließ meinen Vater in Holden Singletons Mantel stehen, während Hunderte Schneeflocken sanft auf seiner Schulter landeten.

☙

Den Rest des Abends würdigte ich Vater keines Blickes und las. Mutter beobachtete mich schweigend. Aus irgendeinem Grund – göttliche Weisheit, würde sie sicher sagen – maßregelte sie mich nicht. Sie sorgte weiter für eine warme, sichere und gemütliche Atmosphäre zu Hause, und wie durch ein Wunder merkten meine Schwestern nicht, dass mit mir die Kälte Einzug gehalten hatte.

Als Hank am nächsten Abend wiederkam, war mein Herz ganz, ganz woanders. Er hatte den Anzug von Onkel Robert an und roch frisch und sauber. Der Waterman steckte in seiner Reverstasche. Er hatte sich die Haare schneiden lassen und ich schmolz dahin. In seiner Hand hielt er eine rote Rose.

Ich hatte mich überhaupt nicht herausgeputzt und wurde rot. „So kann ich mich nirgendwo zeigen." Ich hatte nicht damit gerechnet, mich in Schale werfen zu müssen. „Entschuldigst du mich einen Augenblick?"

Coobie kletterte auf Hanks Rücken und er galoppierte durchs Wohnzimmer. Sie lachte und hustete, lachte und hustete. „Los, Pferdchen, los!"

Ich ging schnell in unser Zimmer und zog ein Abendkleid an, das die Farbe des Sonnenuntergangs hatte. Ich hatte es nur zur Sicherheit aus Atlanta mitgebracht. Schnell kämmte ich mir die Haare und suchte die Kette. Die geflochtenen Metalldrähte glitzerten und griffen die Farbe des Kleides auf.

„Wie eine Filmschönheit", meinte Frances. „Möchtest du mein Make-up benutzen?"

Ich umarmte sie. „Und ob ich das möchte!"

☙

Hank fuhr mit mir zum Walnut Room im Hotel Bismarck, einem der besten Restaurants in Chicago.

„Kannst du dir das überhaupt leisten?", flüsterte ich beim Betreten.

Er sah mich voller Liebe und Bewunderung an. „Erinnerst du dich an den Umschlag von Onkel Robert? Er meinte, sein Weihnachtsgeschenk an uns sei ein Essen hier."

Ich beobachtete, wie Hank die Karte studierte. Sonst war er so selbstsicher, aber hier runzelte er die Stirn und stotterte sogar einmal beim Bestellen. Er sah mich an, zuckte mit den Schultern und wir lachten.

Die Kapelle spielte romantische Balladen und Hank führte mich nach dem Essen aufs Parkett und zog mich an sich. „Ich bin überhaupt nicht gut darin, Dobbs", raunte er. „Aber ich möchte es versuchen. Für dich." Er machte viel zu große, ungelenke Schritte, und ich musste unweigerlich an Andrew und die anderen Jungs in Atlanta denken, die so gute Tänzer waren.

„Du machst das aber ziemlich gut", stellte er fest.

„Ich habe in Atlanta ein bisschen geübt."

Zurück am Tisch nahm Hank beim Dessert meine Hände. „Du hast gesagt, du hättest vieles auf dem Herzen. Kompliziertes, Schreckliches. Ich bin jetzt bereit und höre dir zu."

Ich hatte Mutter meine Entdeckungen bezüglich Jackie mitgeteilt, aber die restlichen Probleme in Atlanta verschwiegen. Jetzt schüttete ich Hank mein Herz aus und erzählte ihm alles: die Wahrheit über Jackie und meine Reaktion auf die Beichte meines Vaters, das ganze Fiasko wegen der gestohlenen Sachen, meine Vorbehalte Spalding gegenüber und wie Perri sich für ihn und gegen mich entschieden hatte, und schließlich das von der Zugfahrt, Coobies Bronchitis und meinen schrecklichen Zweifeln. Das Einzige, was ich nicht erzählte, war die Sache mit Andrew Morrison.

Beim Erzählen fiel mir auf, dass die Umstände zwar ganz anders waren, aber mein Problem im Grunde dasselbe war wie vor zwei Jahren, als ich mit Hank in der leeren kleinen Kirche gesessen hatte: Zweifel.

„Warum muss es immer so schwer sein, Hank? Kannst du mir das sagen? Warum?" Ich sah ihn kurz an und dann wieder auf meinen Teller. „Ich kann nicht mehr an Gott glauben. Es geht nicht mehr."

Wir saßen uns schweigend gegenüber.

„Vielleicht machen meine Eltern doch nicht alles richtig. Vielleicht gibt es so etwas wie Vergebung und Erlösung überhaupt nicht. Vielleicht haben sie ihr ganzes Leben an eine falsche Idee verschwendet! Und Gott bestraft sie dafür. Ja, Gott will uns damit prüfen, wirst du sagen. Aber ich habe seine Lektionen satt. Ich möchte nicht zusehen, wie meine Familie hungert oder Coobie an einer schrecklichen Krankheit stirbt. Mag sein, dass Gott früher eingegriffen hat, oder vielleicht haben wir uns nur eingeredet, dass es Gott war, dabei war es purer Zufall, aber dieses Mal warte ich nicht, bis er sich bequemt. Ich schaffe das ganz allein. Ich finde einen Weg."

Mir lief es kalt den Rücken hinunter. Ich hörte mich an wie Perri Singleton.

Hank sah mich besorgt an, verständnisvoll, verletzt. Als ich fertig war, wollte er mich umarmen, aber ich widerstand. „Das macht es nicht besser, Hank. Nichts macht es besser."

Er blickte drein, als hätte ich ihn geohrfeigt, und das tat weh. Dann legte er seine rissige Hand mit den kaputten Fingernägeln auf meine. „Ich kann dir deine Fragen nicht beantworten, Dobbs. Das Leben ist hart und gemein. Es ist einfach so."

Ich hatte plötzlich das Gefühl, zu fallen. Alles in mir stürzte tiefer und tiefer. Hank hatte am eigenen Leib erfahren, wie unfair das Leben war. Sein Vater war gestorben, als er zehn gewesen war. Ab da hatte er plötzlich der Mann im Hause sein müssen. Er hatte so hart gearbeitet, immer gekämpft und nie aufgegeben.

Und er liebte mich. Er liebte mich, obwohl ich mich an Kleinigkeiten aufhängte, trotz aller meiner Zweifel und obwohl ich ständig zwischen Chicago und Atlanta schwankte.

„Ich habe Angst, wieder zurückzufahren", flüsterte ich schließlich.

„Ich weiß." Er hielt erst meine Hände fest und hob dann sanft mein Kinn an, bis ich ihn ansah. „Zwei Dinge solltest du niemals vergessen, liebste Dobbs. Erstens: Gott ist größer als all deine Zweifel. Und zweitens: Wenn du alle Fragen gestellt hast, die in deinem Kopf herumschwirren, bin ich immer noch da und warte auf dich. Versprochen."

Perri

Ich teilte meine Weihnachtsferien zwischen der Dunkelkammer und Spalding auf. Dobbs war glücklicherweise noch in Chicago und ich musste ihr gar nicht erst aus dem Weg gehen. Zweimal fuhr Spalding mit mir zu unserem alten Haus, ließ mich mit dem Schlüssel herein, den er von seinem Vater bekommen hatte, und lief mit mir durch die leeren Räume.

„Eines Tages gehört es wieder uns", vertraute ich ihm beim ersten Besuch an. „Irgendwie kriege ich das hin. Bitte verkauf es an niemanden, Spalding. Bitte."

„Also an Entschlossenheit mangelt es dir nicht. Das sieht man."

Beim zweiten Besuch bat ich Spalding, mich einen Augenblick allein zu lassen. Ich ging in Daddys leeres Arbeitszimmer, setzte mich auf das kalte Parkett und tat so, als wäre er hier. Ich stellte mir vor, wie wir nebeneinander über den Büchern an seinem Schreibtisch saßen und er mir alles über Wertpapiere und Anleihen beibrachte.

„Du bist ein helles Köpfchen, Perri. Ich sehe dich schon am Wellesley College, als Klassenbeste."

Daddy zu gefallen, war mein größter Wunsch gewesen. Als ich anfing, die Zahlen in den Büchern zu verstehen, und mit ihm über die Arbeit in einer Bank reden konnte, schien er entspannter zu werden. Schon als kleines Mädchen hatte ich seine düsteren Stimmungen erlebt. Dass mein Lachen und die Art, wie ich ihm aufmerksam zuhörte, ihn noch mehr aufmunterten, als Mama es konnte, machte mich stolz. Manchmal saß ich einfach nur auf seinem Schoß und er hielt mich fest. Ich lehnte dann den Kopf an seine Schulter, roch das frisch gestärkte Hemd und sein leichtes Eau de Toilette.

Ich machte die Augen zu und konnte die beiden Düfte fast wie früher riechen. *Oh Daddy. Ich würde alles dafür geben, wieder das kleine Mädchen zu sein, das auf deinem Schoß sitzt.*

Im Schneidersitz saß ich auf der kalten Erde und gab mich meinen Gedanken hin. Spalding, der sonst gerne und viel redete, ließ mich in Ruhe trauern. Allein.

☙

Als die Schule wieder anfing, war ich erleichtert über die Routine und Stabilität. Es war schon genug weggebrochen. Dobbs hielt sich in der Schule an meinen Wunsch. Sie machte keine Anstalten, sich mit mir zu unterhalten, und wenn ich mich zu einer Gruppe gesellte, bei der sie auch stand, ging sie taktvoll woandershin. Manchmal beobachtete ich sie aus dem Augenwinkel und es überraschte mich, wie sehr sie sich verändert hatte. Sie sah mit ihren kurzen Haaren nach wie vor süß und frech aus, aber das Feuer in ihren Augen war erloschen. Ich tat so, als würde ich es nicht merken, damit ich mir keine Schuldgefühle machen musste. Aber ich kannte Mary Dobbs Dillard besser als jeder andere an der Schule, und es war deutlich zu sehen, dass es ihr nicht gut ging.

Natürlich ließ ich es mir nicht anmerken, aber ich machte mir trotzdem Sorgen um sie. Weder Mama noch Spalding vertrauten ihr. Einmal sagte Mama: „Mary Dobbs tut mir fast leid, so wie sie mit ihren Geschichten immer um Aufmerksamkeit buhlt."

Mamas Kommentar ließ mich sofort wieder darüber nachdenken, ob Dobbs' Geschichten tatsächlich alle erfunden waren. Ich konnte mir nicht vorstellen, dass sie in so vielen Dingen lügen konnte. Und selbst wenn sie es könnte, würde sie es tun?

Dobbs

Kaum war ich wieder in Atlanta, löcherte mich Tante Josie mit Fragen, wie mein Weihnachten in Chicago gewesen sei.

„Oh, es haben sich alle über die Geschenke gefreut. Du hast uns allen so ein schönes Fest bereitet, Tante." Ich erzählte ihr, wie sehr ich die Zeit mit Frances und Coobie genossen hatte und wie aufregend das Tanzen mit Hank im Walnut Room gewesen war.

„Aber irgendetwas lief wohl nicht so gut." Normalerweise war Tante Josie immer schwer beschäftigt, aber heute war sie mir ins Zimmer gefolgt und lehnte im Türrahmen, während ich meine Taschen auspackte.

„Wie meinst du das?"

„Weil du dich genauso aufführst wie Billy, wenn er schlechte Nachrichten bekam."

Mir fiel die Kinnlade herunter. „Ich?"

„Weder du noch dein Vater können sich gut verstellen, Mary Dobbs. Du bist blass geworden und deine Augen trübe. Das Strahlen ist weg."

Ich wollte nicht hören, dass ich meinem Vater irgendwie ähnlich war. Ich hängte meine Kleider umständlich in den Kleiderschrank und meinte: „Am Abend, bevor ich nach Chicago gefahren bin, hat Becca mir von Jackie erzählt. Von meiner Schwester." Ich presste die Lippen aufeinander. „Es ist ihr so rausgerutscht. Und jetzt weiß ich es."

„Ah. Ich verstehe." Sie verschränkte die Arme. „Und dann bist du mit diesem Wissen nach Chicago gefahren."

Ich nickte und setzte mich auf das Bett. „Ich habe meinen Vater damit konfrontiert. Ihn wegen seinem Erbe gefragt und warum wir kein Geld haben."

Tante Josie schüttelte den Kopf, als wüsste sie schon, was jetzt kommen würde.

„Ich war ziemlich gemein zu ihm. Aber er hat mir alles erklärt – seine Vergangenheit und wie eure Eltern von Irene Brown erpresst wurden, und warum Jackie schließlich bei uns wohnte. Und dass er sich immer mehr in der Sünde verstrickte. So hat er es jedenfalls formuliert. Er hat es euren Eltern nicht mal gesagt, als Irene immer mehr Geld verlangte."

Inzwischen lag ich auf dem Bett, den Kopf zum Schreibtisch gewandt. Tante Josie hatte sich neben mich gesetzt und tätschelte mir den Rücken. „Und als Irene das mit der Erbschaft mitbekam, hat sie Daddy angefleht, ihr zu helfen. Ihre Gläubiger würden sie sonst umbringen, wenn sie ihre Schulden nicht bezahlen würde. Also hat er sie freigekauft. Wusstest du das?"

„Ja. Ich habe es hinterher erfahren. Ja, Liebes, das ist eine schmutzige Geschichte. Man könnte ein Buch darüber schreiben. Und dann musste das arme Kind auch noch sterben. Gott habe sie selig."

„Warum muss das Leben immer so kompliziert sein?"

„Weißt du, Geld zu haben ist nicht immer leicht. Man hat dadurch wundervolle Möglichkeiten, aber es ist auch eine große Verantwortung. Die Menschen wollen das haben, was du hast. Man kann auf viele gute Arten helfen. Aber es gibt immer Leute, die vom Neid getrieben werden und nach Wegen suchen, sich deines Vermögens zu bemächtigen."

„So wie Irene Brown."

„Ja. Sie war eine verzweifelte Frau mit einem kranken Kind. Aber ihre …" Tante Josie suchte nach dem richtigen Wort. „… *Dienstherren* waren skrupellos. Ich glaube, sie hätten sie tatsächlich umgebracht." Tante Josie erschauderte.

„Ich glaube, Vater hat sich das alles nie vergeben können."

„Nein. Aber es war eben auch eine ganze Menge, die es zu vergeben galt. Billy traf in seiner Jugend einige sehr törichte Entscheidungen und sie brachten ihn leider mit ziemlich bösen Menschen zusammen."

„Aber hast du ihm vergeben?"

„Du meine Güte, natürlich. Oh, ich war wütend auf ihn. Aber ich liebe doch meinen kleinen Bruder." Sie stand auf und klopfte mir sanft auf die Schulter. „Ich lasse dich in Ruhe auspacken." Beim Herausgehen drehte sie sich noch einmal um. „Deinem Vater wird es ganz schön an die Nieren gehen, dass seine Tochter nicht gut auf ihn zu sprechen ist."

☙

Ich folgte Tante Josies Wink mit dem Zaunpfahl und schrieb Vater einen Brief, in dem ich mich für mein schreckliches Verhalten entschuldigte. Aber meine Zweifel blieben und meine Sorge um die arme Coobie auch. Am selben Tag, an dem ich den Brief einsteckte, bekam ich Post von Vater. Mir blieb kurz das Herz stehen. Vater schrieb nie Briefe; er war ein Mann des gesprochenen Worts. Seine Zeilen verfehlten ihre Wirkung nicht. Er entschuldigte sich noch einmal inbrünstig – wie Tante Josie gesagt hatte, geschah bei ihm immer alles mit Eifer und Leidenschaft – und versicherte mir, wie sehr er mich und seine ganze Familie liebte.

> *Meine liebe Mary Dobbs, du kannst Mutter und mir vertrauen, dass wir alles Nötige tun, damit Coobies Husten nicht schlimmer wird.*

Aber er wurde schlimmer.

Hank schrieb mir zwei Briefe pro Woche und neben seinen Gefühlsbekundungen und Ermutigungen konnte ich herauslesen, wie besorgt er um meine kleine Schwester war. Mutter schrieb in zwei Briefen von diversen Arztbesuchen.

Und dann rief mich Mutter aus Großmutters Haus an und erklärte mir, Coobie sei im Krankenhaus. Mir kam das alles wie ein einziges Déjà-vu vor und ich wollte Gott am liebsten dafür verfluchen, dass ich durch ihn diese Vorahnung hatte. Ich wollte das alles über Coobie nicht wissen.

Coobie war in den Händen der besten Ärzte in Chicago, aber bald darauf schrieb Mutter: *Alle Ärzte sind sich einig, dass Coobie in wärmeres Klima gehört, sobald sie stabil genug für die Reise ist.* Der letzte Halbsatz ließ mir das Blut in den Adern gefrieren und ich saß wie betäubt mit Mutters Brief in den Händen da.

Perri

Ohne Dobbs' Nörgelei ging ich meinem Leben nach, wie ich es wollte, verbrachte Zeit mit Spalding und ging unzählige Male zum Tanzen. Dobbs und ich waren freundlich zueinander, aber Zeit miteinander verbrachten wir keine. Obwohl meinen Freundinnen das nicht entging, wagte nur Mae Pearl, mich darauf anzusprechen.

„Hast du gemerkt, wie mürrisch Mary Dobbs in letzter Zeit ist? Sie beteiligt sich fast gar nicht mehr in der Schule oder an den Aktivitäten von Phi Pi. Und den Bibelkreis hat sie wegen ‚unvorhergesehener Ereignisse' nächsten Monat ausgesetzt. Was ist denn bloß mit ihr los?"

Ich zuckte die Achseln. „Vielleicht hat sie Vernunft angenommen und beschlossen, ihre Meinung künftig für sich zu behalten."

„Anne Perrin! Du hörst dich überhaupt nicht mehr an wie du selbst. Habt ihr euch gestritten, Mary Dobbs und du? Seht ihr euch nicht mehr?"

„Doch, ich sehe sie sogar oft. Immer, wenn ich zu den Chandlers in die Dunkelkammer fahre."

„So meine ich das nicht und das weißt du auch. Ihr geht euch aus dem Weg, kann das sein?"

„Sagen wir so, wir gönnen uns eine Pause."

„Eine Schande ist das, wenn du mich fragst. Dabei sieht man doch, wie sehr sie das bedrückt."

Ich hatte keine Lust auf Mae Pearls Gutmenschentum. „Du weißt überhaupt nicht, was passiert ist. Außerdem renkt sich das sicher wieder ein."

„Ach ja?", erwiderte sie beleidigt. „Eine schöne Freundin bist du."

☙

An einem stürmischen Samstagnachmittag waren Spalding und ich mit Mae Pearl und Sam Durand verabredet. Wir sahen uns im Buckhead Theatre einen Film an und gingen hinterher über die Straße zu Jacob's Drugstore, um eine heiße Schokolade zu trinken.

Mae Pearl hatte vom Wind rote Bäckchen bekommen und sie kicherte an Sams Arm. Im Laden nahm sie mich beiseite. „Sam kommt nachher noch mit ins Armenhaus. Er möchte Mr Ross und ein paar von den anderen kennenlernen. Du könntest deinen Fotoapparat mitnehmen und ein paar Bilder machen. Spalding kann ruhig auch mitkommen."

„Gute Idee! Frag ihn doch mal."

Spalding bestellte gerade noch unsere Getränke und Mae Pearl ging zu ihm hin und erklärte ihre Idee.

„Tut mir leid", antwortete Spalding, ohne überhaupt ernsthaft darüber nachzudenken. „Wir haben andere Pläne."

„Aber Spalding, Liebling", warf ich etwas peinlich berührt ein. „So wichtig ist das nun auch wieder nicht. Wir müssen ja nicht lange bleiben. Aber es würde den Bewohnern dort sicher viel bedeuten."

Spalding nahm meinen Arm und ich spürte seinen festen, besitzergreifenden Griff. Sein Lächeln blieb unverändert. Mit der anderen Hand hielt er den Autoschlüssel hoch. „Weißt du, Mae Pearl, Perri vergisst manchmal einfach, dass ich den Trumpf in der Hand habe. Immer."

Mae Pearl sah ihn verwirrt an. „Also, das macht ihr beide mal unter euch aus", sagte sie und setzte sich zu Sam.

Spaldings Griff wurde fester. „Süße, mir scheint, dein Gedächtnis ist heute nicht besonders gut."

Ich wand mich frei. „Spalding Smith! Was sind denn das für Manieren? Siehst du nicht, dass ich mit Mae Pearl zum Armenhaus will? Wenn das deine Pläne durchkreuzt, dann ist es eben so. Ich fahre bei Mae Pearl mit."

Spalding spielte mit der SAE-Nadel, die ich an einer Kette um den Hals trug. „Perri, wir fahren heute nicht ins Armenhaus. Das machen wir ein anderes Mal." Er schien sich zu beruhigen. „Also, wenn du unbedingt willst, dann geh, aber" – dabei legte er den Kopf schief und sah mich so missbilligend an, wie er konnte – „du hast versprochen, heute meine Mutter zu besuchen. Und sie freut sich sicher schon darauf."

Er hatte recht. Obwohl wir keine konkrete Zeit ausgemacht hatten, war seine Aussage, wir hätten andere Pläne, nicht gelogen gewesen. Ich fühlte mich etwas schuldig und gab klein bei. „Das stimmt. Also schön."

Wir nippten am Tisch mit Mae Pearl und Sam an unseren Gläsern und versuchten, die peinliche Stille auszuhalten. Aber dann begannen Sam und Spalding ein Gespräch über Football und Baseball und Mae Pearl und ich hörten zu und taten so, als würde uns das interessieren. Irgendwann schlenderten wir zurück zum Parkplatz.

Als Spalding den Motor anließ, kam Mae Pearl zu unserem Wagen geeilt. Obwohl ich versuchte, mir nichts anmerken zu lassen, entging ihr die Enttäuschung in meinem Gesicht sicher nicht. „Und wir können euch nicht doch noch umstimmen?", fragte sie.

„Ich fürchte nicht", entgegnete Spalding kühl.

Sie sah ihn mit gerunzelter Stirn an und strich sich die Haare hinters Ohr. „Okay. Dann viel Spaß euch."

Ich nickte steif und hölzern und fragte mich derweil, ob mein zukünftiges Leben daraus bestehen würde, mich immer wieder Spaldings Wünschen unterzuordnen.

Kapitel 23

Dobbs

Perri ignorierte mich in der Schule nach allen Regeln der Kunst. Ich saß mittags jetzt mit Lisa und Macon und einigen der jüngeren Phi-Pi-Mitglieder am Tisch. Aber in meinem Zustand machte ich mir sowieso nicht viel aus Essen. Ich konnte nicht beten; meine Bibel lag ungeöffnet herum. Ich hatte das Gefühl, jeglichen Glauben verloren zu haben.

„Du führst dich auf wie Billy, wenn er schlechte Nachrichten bekam." Tante Josies Satz ließ mich nicht los.

Jetzt verstand ich, warum Vater die Sünde so sehr hasste. Sie hatte sein Leben ruiniert. Und jetzt auch noch meins.

Onkel Robert und Tante Josie kannten den Grund für meine Angst und ich überstand diesen Monat nur, weil sie für mich da waren. Tante Josie gestattete mir jede Woche ein Ferngespräch mit Mutter und wir verfolgten Coobies Gesundheitszustand gebannt.

Die kleine Parthenia weihte ich auch ein und ab da zeigten ihre Mundwinkel bei der Arbeit oft nach unten. Manchmal hörte ich, wie sie mit sich selbst sprach. „Die soll'n Coobie lieber mal schnell herbringen, jawohl. Damit sie hier mal gesund wird, so!"

Meine Freundinnen merkten, wie schlecht es mir ging, und versuchten, mich aufzumuntern. Emily gab ihre Witze zum Besten und Lisa und Macon erzählten mir brühwarm, was sich auf den letzten Partys ereignet hatte. Ich hörte nur mit einem halben Ohr zu. Trotzdem war ich dankbar, zur Schule gehen und Hausaufgaben machen zu müssen. Dadurch hatte ich eine gewisse Routine.

Ich sah meine Mitschülerinnen inzwischen anders und verbrachte mehr Zeit mit ihnen, jetzt, wo Perri und ich getrennte Wege gingen. Es hatte fast ein ganzes Jahr gedauert, aber nun begriff ich, dass es in ihrem Umfeld mehr als genug zu tun gab.

Und die Mädchen drehten nicht Däumchen. Ich war blind gewesen. Ich hatte einfach nicht gesehen, wie viel sie taten.

Die Menschen in diesem Teil von Atlanta waren natürlich nicht so arm wie die auf den Straßen von Chicago, die in Oklahoma, deren Häuser von den Staubstürmen verwüstet worden waren, oder die im südlichen Georgia, die ihre eigenen Haustiere essen mussten.

Aber es gab viele Familien wie die Singletons, die sehr viel verloren hatten und nicht mehr genug Geld besaßen, um ihre Grundbedürfnisse zu stillen. Die Menschen in Atlanta besannen sich wie überall in diesem Land auf ihr gutes Herz und halfen einander. Das von Frances, Coobie, Parthenia und mir den Sommer über eingeweckte Obst und Gemüse ging an bedürftige Familien. Immer, wenn Landstreicher vor der Tür standen, was in diesem Winter ziemlich häufig vorkam, bat Tante Josie sie herein und gab ihnen zu essen.

Einmal hörte ich, wie meine Tante und mein Onkel über die vielen unbezahlten Rechnungen von Onkel Roberts Kunden sprachen. Einmal pro Monat oder spätestens alle zwei Monate verbrannte er sie. Er meinte, es würde nichts bringen, die Leute daran zu erinnern, weil sie sowieso nicht bezahlen konnten. Die Güte meiner Tante und meines Onkels beschämte mich. Ich merkte, wie falsch ich mit meinen Vorurteilen gelegen hatte und fiel immer tiefer in mein Loch.

Halbherzig besuchte ich die Treffen der Phi-Pi-Verbindung. Anfang Februar jagte Mae Pearl mir einen gehörigen Schrecken ein, als sie verkündete: „Mary Dobbs wird uns morgen im Bibelkreis eine ihrer Geschichten erzählen, also kommt alle!"

„Na endlich", jubelte Lisa. „Die letzte Geschichte ist über zwei Monate her."

„Warum musst du immer irgendwelche Geschichten erfinden?"

Ich ging sofort nach dem Treffen zu Mae Pearl. „Ich weiß aber keine Geschichten mehr."

„Also das stimmt sicher nicht! Du hast ihnen noch gar nicht von der Frau erzählt, deren Sohn starb, oder von dem räudigen Hund oder ..."

„Ich will aber keine Geschichten mehr erzählen."

„Du liebes bisschen, Mary Dobbs. Was ist denn los mit dir? Es ist wegen Perri, oder? Weil sie die ganze Zeit mit Spalding verbringt und sich bei dir nicht mehr blicken lässt."

„Nein, das ist es nicht. Jedenfalls nicht nur. Da sind noch mehr Dinge. Dinge, über die ich nicht sprechen kann. Aber danke der Nachfrage."

„Kann ich dir irgendwie helfen?"

Ich sah in Mae Pearls besorgte blaue Augen. „Du könntest die Geschichte morgen erzählen."

„Ich? Aber ich kenne überhaupt keine guten Geschichten."

„Dann erzähl ihnen doch eine aus der Bibel."

Ihr Gesicht hellte sich auf. „Das ist eine gute Idee! Ja. Ich werde ihnen eine biblische Geschichte erzählen und dann beten. Für dich, Mary Dobbs, weil du immer für uns gebetet hast."

„Danke", murmelte ich. Mae Pearl sah mich mit so viel Mitgefühl an, dass ich schnell hinzufügte: „Betet für Coobie. Sie ist ziemlich krank und ich mache mir Sorgen."

„Oh weh. Nicht Coobie!"

„Das wird schon wieder", erwiderte ich ohne jede Überzeugung und ging schnell davon.

Andrew Morrison kam zweimal bei den Chandlers vorbei, jedes Mal mit einem wunderschönen Blumenstrauß. Ich bat ihn, mich zum Valentinstanz der Verbindung zu begleiten und sagte mir, Hank würde mich sowieso nicht mehr wollen, wenn er wirklich wüsste, wie es in meinem Herzen aussah. Trotz seiner Zuneigungsbekundungen, trotz seiner zwei Briefe pro Woche kam ich zu der Überzeugung, seiner nicht mehr wert zu sein. Er brauchte eine starke, gläubige Frau und mein Glaube hatte sich in Luft aufgelöst.

Ich hatte ihm seit Weihnachten keinen einzigen Brief mehr geschrieben.

Mutter versuchte mir in ihren Briefen wegen Coobie Mut zu machen, aber ich hatte den Husten gehört und wusste genau, was Sache war. Ich konnte mich noch sehr gut daran erinnern, wie sich Jackie in ihren letzten Monaten angehört hatte.

Perri

Zu meiner großen Überraschung leitete Mae Pearl den Bibelkreis am Dienstag und Dobbs nahm noch nicht einmal daran teil. Mae Pearl flüsterte mir zu, sie habe sich die halbe Nacht lang darauf vorbereitet und als sie redete, glühten ihre Wangen und ich hörte etwas Neues in ihrer Stimme – Leidenschaft und Überzeugung.

Am Ende klappte sie ihre Bibel zu. „An einer Stelle erzählt Jesus den Menschen ein Gleichnis und dann sagt er: ‚Denn welchem viel gegeben ist, bei dem wird man viel suchen; und welchem viel befohlen ist, von dem wird man viel fordern.'

Überlegt doch einmal, was wir alles haben. Wir haben Familien und Essen und Kleidung, Kirchen und diese gute Schule, auf der wir eine erstklassige Bildung erhalten. Erinnert ihr euch noch, wie Dobbs uns im Dezember fragte, ob wir eher der Pharisäer oder der Zöllner sind? Wisst ihr das noch? Ich bin damals jedenfalls nach Hause gegangen und habe mir geschworen, ein besserer Mensch zu werden. Das habe ich Mary Dobbs erzählt und sie meinte: ‚Mae Pearl, wir können nicht einfach aus uns selbst besser werden. Jedenfalls nicht wirklich. Wir brauchen dafür Jesus in uns.'

Also habe ich auch darüber nachgedacht und dann fiel mir ein, wie viel wir haben, und trotzdem beschweren wir uns. Dabei geht es uns doch gut, auch wenn die Zeiten nicht rosig sind, und ich denke, wir müssen einfach weiter den Armen helfen, den Kindern Geschenke machen und zum Armenhaus fahren. Das ist vielleicht nicht viel, aber immerhin etwas, und wenn wir es mit der richtigen Einstellung tun, wie Mary Dobbs immer sagt, dann wird Gott sich bestimmt darüber freuen und …" Sie stockte und wurde rot. „Und das wollte ich euch sagen. Vielen Dank für eure Aufmerksamkeit."

Sie nahm neben mir Platz und ich konnte sehen, wie sehr ihre Hände zitterten.

Lisa stand auf. „Weiß irgendjemand, wo Mary Dobbs ist?" Dabei sah sie mich an.

Ich spürte, wie mir das Blut ins Gesicht schoss, zuckte aber nur mit den Schultern und verneinte mit dem Kopf.

„Ich glaube, es geht ihr nicht gut", meinte Mae Pearl. „Alle Gründe kenne ich auch nicht, aber ich habe ihr versprochen, dass wir für sie beten, so wie sie sonst am Ende immer mit uns betet."

Ich war erstaunt, als alle fünfzehn Mädchen ohne zu murren die Köpfe neigten und Mae Pearls Aufruf für „ein stilles Gebet für unsere liebe Mary Dobbs" folgten.

Am Ende schloss sie das Gebet ab. „Lieber Vater im Himmel, du hast uns Mary Dobbs geschickt, damit wir dich besser kennenlernen, und jetzt geht es ihr nicht gut, also bitten wir dich, sie zu trösten. Und bitte mach, dass ihre Schwester wieder gesund wird. Amen."

Beim Verlassen des Klassenraums nahm ich Mae Pearl beiseite. „Was ist denn mit Dobbs' Schwester? Welche überhaupt?"

„Das hat sie dir nicht gesagt? Coobie ist sehr krank und Mary Dobbs macht sich große Sorgen. Mehr weiß ich auch nicht."

Die Neuigkeit gefiel mir überhaupt nicht. Ich wusste, wie groß Dobbs' Beschützerinstinkt für ihre Schwestern war. Aber Mae Pearl gegenüber ließ ich mir nichts anmerken. „Hast du gut gemacht", sagte ich nur.

„Ich habe gezittert wie Espenlaub, aber es hat ganz gut geklappt. Mary Dobbs freut sich bestimmt, wenn ich ihr davon erzähle."

Als Mae Pearl ging, hatte ich das Gefühl, meine innere Linse stellte auf scharf. Das tat weh. Selbst wenn Dobbs' Geschichten erfunden waren, die Dinge, die sie uns in der Bibel gezeigt hatte, waren es nicht. Ich musste mir eingestehen, dass sie einen starken Eindruck auf einige meiner Freundinnen gemacht hatte. Es sah sogar ganz so aus, als wolle Mae Pearl genauso fromm werden wie Dobbs.

☙

Der Kontakt zu anderen Jungs fehlte mir. Ich sehnte mich nach den ausgedehnten Nachmittagen, an denen sie gleich gruppenweise zu einer Stippvisite vorbeikamen. Spaldings ständige Neckereien langweilten mich. Oft bekam ich es auch mit der Angst zu tun, wenn ich merkte, wie er mich besitzen wollte. Dann hörte ich sofort Dobbs' Stimme: *„Spalding ist nicht der Richtige für dich, Perri. Er wird dich nur unglücklich machen."*

Wenigstens hatte ich Dobbs in einer Sache die Wahrheit gesagt:

Ich liebte Spalding nicht. Und ich war auch nicht mehr davon überzeugt, dass er mich liebte. Er mochte mich vielleicht, aber er wollte, dass ich ganz genau nach seiner Pfeife tanzte, und ich wusste, dass ich dieses Marionettenspiel nicht mehr lange würde ertragen können.

Aber ich war zu stolz, um Dobbs davon zu erzählen. Also fotografierte ich weiter und entwickelte die Bilder ganz allein in der Dunkelkammer.

Abends dachte ich oft an Philip Hendrick und seine wöchentlichen Briefe, wie er sie unterschrieb und dass wir dieselben Interessen hatten. Kurz vorm Einschlafen las ich immer ein kurzes Stück aus *Hinter den Wolken ist der Himmel blau*. Wie könnte ich mich von Spalding lösen und Freiheit finden? Freiheit, die ich so dringend brauchte wie die Luft zum Atmen? Ich kam mir vor wie eine Ertrinkende. Irgendwann konnte ich mir endlich eingestehen, dass mir etwas noch wichtiger war als Geld, noch wichtiger als mein gesellschaftlicher Status und unser Überleben in der Wirtschaftskrise: Ich brauchte die Gewissheit, dass ich irgendwie, irgendwann und bei irgendwem wieder sicher sein würde.

Mehr wollte ich nicht. Einfach nur Sicherheit und Frieden.

Manchmal, wenn ich mich ins Bett gekuschelt hatte und unter der dicken Decke verschwunden war, bat ich Gott flüsternd, inbrünstig und verzweifelt um Hilfe. Und jedes Mal, wenn ich betete, fielen mir Dobbs' Worte ein, dass Gott Vertrauen belohnte und eingriff, und dass wir oft verzweifelt versuchten, uns mit irgendetwas vollzustopfen, damit die Leere und der Schmerz wenigstens für einen Augenblick verschwanden.

☙

An einem Freitag wollte ich gerade das Schulgebäude verlassen, als ich Lisas Stimme hörte. „Perri! Warte mal. Ich habe die alten Fotos von *Facts and Fancies* vom letzten Jahr durchsortiert und da habe ich die hier von dir gefunden." Sie gab mir einen Umschlag, auf dem mein Name stand.

„Danke."

Ich ging nach draußen, fröstelte wegen der Kälte und machte den

Umschlag auf. Darin waren drei Fotos, die ich ihr für die Rubrik *Als wir noch jung waren* geliehen hatte. Ein Fotograf hatte sie an Lisas sechstem oder siebtem Geburtstag gemacht. Auf dem ersten saßen wir mit kleinen Hütchen auf dem Kopf um unseren Wohnzimmertisch. Mama und Mrs Young waren auch dabei. Wir hatten Lisa angeboten, bei uns zu feiern, weil es in ihrem Haus gebrannt hatte.

Auf dem zweiten Bild schnitten Lisa und ich Grimassen.

Als ich das dritte Bild betrachtete, wurde mir plötzlich ganz heiß. Zu fünft drängten wir Mädchen uns um Daddys Schreibtisch. Wir hatten uns angeschlichen und ihn mit einem Stück Geburtstagstorte überrascht. Die anderen grinsten mit Zahnlücken in die Kamera, nur ich nicht. Ich hatte mich auf seinen Schoß gekuschelt.

Ich musste daran denken, wie ich vor Kurzem in Daddys Arbeitszimmer in unserem alten Haus auf dem Boden gesessen hatte.

Der Wind zerrte an den Fotos. Ich hielt sie noch fester, blieb stehen und starrte weiter auf das Foto von mir auf Daddys Schoß.

Niemand auf der ganzen Welt hatte mit angehört, wie ich mir in Daddys Zimmer genau das gewünscht hatte – noch einmal auf seinem Schoß sitzen zu dürfen. Es war mein innigster Wunsch gewesen und jetzt hatte er sich erfüllt, wenn auch auf eine seltsame Art und Weise.

Mir fiel mein Streit mit Dobbs ein. Ich hatte ihr vorgeworfen, dass ihr Gott niemals eingriff, und was hatte sie geantwortet? *„Ich wünsche dir, dass Gott dir irgendwann etwas schenkt, nur dir allein, und zwar so, dass du dir hundertprozentig sicher bist, dass es von ihm kommt."*

„Oh Daddy", seufzte ich. Die Gesichter der Männer in der dunklen Gasse kamen mir in den Sinn und wie ich meinen Namen gehört und das Gefühl gehabt hatte, mein Vater wäre bei mir.

Ein Windstoß fuhr mir sanft übers Gesicht. Was, wenn es nicht mein Vater gewesen war, sondern Gott? Der „Vater im Himmel", wie Dobbs immer sagte. Hatte er mir dieses Foto in die Hände gespielt? War er damals bei mir gewesen? War er vielleicht sogar jetzt bei mir?

Ich vergaß völlig, dass ich nach der Schule mit Barbara verabredet war und wir warten sollten, bis Jimmy uns abholte. Aufgeregt und mit klopfendem Herzen ging ich schnurstracks zur Straßenbahnhaltestelle, stieg ein und fuhr bis zur Ecke Peachtree und Wesley. Dort sprang ich aus dem Waggon und rannte die letzten wenigen hundert Meter zu unserem alten Haus, *unserem* Haus. Völlig außer Atem lief ich die steile Auffahrt hinauf. Neben unserer verglasten Veranda hatten sich zwei lilafarbene Krokusse aus der Erde gewagt und ein ganz leichter Frühlingsduft lag in der Luft. Ich ging hinters Haus in den Garten, breitete die Arme aus und drehte mich ganz nach Dobbs' Art im Kreis, bis ich vor Erleichterung lachen musste. Dann nahm ich noch einmal das Foto von mir auf Daddys Schoß in die Hand und setzte mich auf die Stufen am Hintereingang. Irgendwann sah ich zum Himmel und flüsterte: „Danke."

☙

Zwei Tage später saß ich wie jeden Sonntagvormittag neben Mama in der Kirche. Sie trug ihr zart rosafarbenes Kostüm und den gleichfarbigen Strohhut mit dem durchsichtigen Schleier, der ihr bis kurz unter die Augen reichte. Immer wieder führte sie mit ihrer Hand, die natürlich in einem weißen Handschuh steckte, ein Taschentuch zu den Augen und tupfte sich Tränen weg. Hin und wieder musste sie sich auch unter der Nase tupfen und ein kurzes, höfliches Schniefen von sich geben.

Der Pfarrer sprach über Freude nach einer Zeit der Tränen und als Mama meine Hand nahm und drückte, wurden meine Augen auch ganz wässrig.

Und plötzlich geschah es. Irgendetwas. Ich verstand nicht genau, was, und konnte es später auch niemandem erklären, aber ich spürte, wie sich in mir ein stiller Frieden ausbreitete.

Es erinnerte mich an eine Situation kurz nach Daddys Beerdigung. Erschöpft vor Trauer und von der Beerdigung war ich auf dem Sofa auf der Veranda eingeschlafen. Es war März und noch ziemlich frisch, aber ich war einfach zu müde, um aufzustehen und mir eine Decke zu holen. Mir war kalt und ich hatte eine Gänsehaut. Und plötzlich, als hätte sie meine Gedanken gelesen, kam Dellareen auf Zehenspitzen auf die Veranda geschlichen und deckte mich mit meiner gemütlichen, alten Patchworkdecke zu, die sie mir zur Geburt genäht hatte. An manchen Stellen konnte man schon fast hindurchsehen, aber sie roch nach Babypuder und Liebe. Sanft und zärtlich wickelte Dellareen mich darin ein – Dellareen konnte auch ganz anders – und flüsterte: „Schlaf weiter, Miz Perri. Ruh dich aus."

Ich blieb noch lange unter meiner Patchworkdecke liegen und fiel in einen friedlichen Schlaf ohne Albträume und ohne Tränen.

Genau so fühlte es sich an jenem Sonntag in der Kirche an. Ich fühlte mich geborgen, wohl und frei von Ängsten. Und noch etwas. Ich fühlte mich sicher. Ich verspürte die Gewissheit, dass wir das schreckliche Chaos in unserem Leben sortiert bekommen würden – aber das war nicht meine Aufgabe. Diese Erkenntnis verschlug mir den Atem und ließ zugleich alles in mir ganz warm werden. Die gewaltige Last der Verantwortung fiel mir von den Schultern, als hätte Mama die Trageseile durchgeschnitten.

Ich war frei. Ich ließ mich fallen. Endlich spürte ich, was Dobbs meinte. Ich vertraute Gott. Es gab ihn wirklich.

Gott würde uns beistehen und uns durch die Krise führen. Dobbs hatte recht. Ihre Geschichten stimmten.

Gott hatte mir den Beweis geliefert. Ja, einen Beweis. Das Foto, auf dem ich auf Daddys Schoß gekuschelt saß.

Ich fühlte mich geliebt, zufrieden, war beruhigt, aufgeregt und über alle Maßen erschöpft.

Frei.

Ich hatte mich nach der Gewissheit gesehnt, dass ich irgendwie, irgendwann und bei irgendwem wieder in Sicherheit sein würde.

Jetzt hatte ich sie.

Aber niemand wusste davon.

Eines Tages würde ich Dobbs davon erzählen. Noch hielt mich mein Stolz davon ab. Aber irgendwann würde der Zeitpunkt kommen.

Nur einer Person musste ich es unbedingt sagen. Und zwar sofort.

☙

Spalding war zum Mittagessen eingeladen und nachdem Mama, Irvin und Barbara hinterher zu einem Spaziergang aufgebrochen waren, versuchte ich ihm seine SAE-Nadel wiederzugeben. Er tat so, als würde er mir wirklich zuhören und mir echte Sympathie entgegenbringen. Dann zog er mich an sich und strich mir über den Kopf. „Jeder kriegt mal kalte Füße, das ist ganz normal."

„Ich habe keine kalten Füße, Spalding. Was wir da tun, ist nicht richtig, das weiß ich einfach. Wir passen nicht zueinander. Ich meine es ernst. Es ist vorbei."

Mit jedem Satz wurde sein Griff um meinen Arm stärker, bis seine Finger sich wie Schraubzwingen in mein Fleisch bohrten. Seine Augen wurden zu Schlitzen. „Aber das verwöhnte Prinzesschen kriegt nun mal nicht immer, was es will. Das solltest du mittlerweile begriffen haben. Du kannst dich nicht von mir trennen. Haben wir uns verstanden?"

Weil ich seinen Blick nicht erwiderte, hob er mit Gewalt mein Kinn. „Ob wir uns verstanden haben!"

Panik brach in mir aus. Mich überwältigten die gleichen Gefühle wie während des Raubüberfalls. Spaldings Blick war so eiskalt und berechnend. Wieso hatte ich das vorher nicht gesehen? Woher hatte Dobbs das gewusst?

Zum ersten Mal erlebte ich seinen unverhüllten Zorn. Sein Gesicht verfinsterte sich. Er packte noch fester zu und raunte: „Du gehörst mir und du gehst, wohin ich will und tust, was ich dir sage." Seine Finger spielten mit der Kette um meinen Hals. Dann zog er mich daran an sich und drückte mir seine Lippen auf.

Ich fing an zu zittern. „Spalding, hör auf! Du machst mir Angst."

„Es gibt keinen Grund, Angst zu haben, Perri, Darling." Sein Lächeln war zurück. „Solange du tust, was ich dir sage."

Dobbs' Warnung dröhnte mir durch den Kopf. *„Spalding ist nicht der Richtige für dich, Perri. Er ist ein Weiberheld. Ich habe ihn gesehen, wie er mit einem anderen Mädchen intim geworden ist. Er wird dich nur unglücklich machen. Bitte, Perri. Bitte hör auf mich. Es ist die Wahrheit, ehrlich."*

Ach Dobbs, warum habe ich nicht auf dich gehört?

Ich stampfte mit dem Fuß auf und wand mich aus seinem Griff. „Ich mache Schluss, Spalding! Du hast mir wehgetan und ich will dich nicht mehr sehen!"

Ich wollte gehen, aber er stellte sich mir in den Weg. „Wag es ja nicht, Anne Perrin Singleton. Wenn du jetzt gehst, wird deine ganze Familie das büßen."

„Drohst du mir? Wieso sagst du so etwas?"

„Nenn es, wie du willst. Aber ich rate dir, pass bloß auf, was du tust."

Da fiel es mir wie Schuppen von den Augen. Ich hatte gedacht, ich brauchte Spalding Smith, aber damit hatte ich falsch gelegen. Er brauchte mich, ich wusste nur noch nicht, wofür.

Mein Herz pochte und mir dröhnte der Kopf.

„Ist das klar?" Er ließ mich so plötzlich los, dass ich rückwärts taumelte, gegen einen Stuhl stieß und mich unweigerlich setzte. Er drohte mir mit dem ausgestreckten Zeigefinger, machte dann auf dem Absatz kehrt und verließ das Haus. Ich hörte die Tür seines Sportwagens zuschlagen und kurz darauf Reifenquietschen.

Alles, was ich denken konnte, war: *Ich muss zu Dobbs und es ihr erzählen. Jetzt gleich.*

☙

Ich rannte hinaus zum Buick und sprang hinein. Drei Mal würgte ich den Motor ab. Blind vor Angst und Tränen fuhr ich zu den Chandlers. Dort stürzte ich ins Haus, vorbei an Parthenia, die im Foyer stand.

„Du hast's aber eilig, Miz Perri. Dabei ist doch Sonntag."

Ich nahm zwei Stufen auf einmal und riss, ohne zu klopfen, die Tür zu Dobbs' Zimmer auf. Es war leer.

„Sie ist in der Dunkelkammer", rief Parthenia von unten. Ich rannte die Treppe wieder hinunter. „Endlich kommst du mal, Miz Perri", fügte sie hinzu. „Die arme Miz Dobbs ist so traurig, jawohl, und dabei hat sie dir doch so geholfen."

Ich ließ Parthenias Rüge unkommentiert und ging direkt in den Stall und an Dynamites Box vorbei. Dobbs saß auf dem einzigen Stuhl in der Dunkelkammer und hielt ein Foto in der Hand.

Sie sah mich an und die tiefe Traurigkeit in ihrem Blick brachte mich völlig aus dem Konzept. Langsam ging ich auf sie zu. Das Foto hatte ich im letzten Sommer geschossen – Dobbs, Frances und Coobie im Badeanzug. Wir waren gerade vom Club zurückgekommen. Sie hatten die Arme umeinandergelegt und in Coobies Augen blitzte der Schalk.

„Da war sie noch so gesund", flüsterte Dobbs, mehr zu sich selbst als zu mir. „Ich wusste es. Ich hasse es, wenn ich Dinge weiß. Ich wusste, dass sich der Husten dieses Mal anders anhörte."

Ich kniete mich vor sie. „Oh, Dobbs. Mae Pearl hat uns gesagt, dass irgendwas mit Coobie nicht stimmt. Was ist denn los?"

Auf Dobbs' Gesicht waren frische Tränenspuren. „Sie hat dieselbe Krankheit. Dieselbe wie Jackie. Ganz genau dieselbe."

„Was soll das heißen?"

„Weißt du nicht mehr? Ich habe dir doch von Jackie erzählt, von ihrer angeborenen Krankheit. An der sie gestorben ist. Und Coobie hat es auch."

„Aber wie kann das sein? Du hast doch gesagt, die Krankheit sei sehr selten."

„Das liegt in der Familie."

Ich starrte sie nur an.

„Jackie war meine Schwester. Meine Halbschwester, aus dem ‚anderen Leben' meines Vaters. Ich habe es herausgefunden, kurz bevor ich nach Chicago gefahren bin. Becca hat es mir gesagt."

Ich stand völlig neben mir. Dobbs war wochenlang mit dieser eiternden Wunde herumgelaufen und wo war ich gewesen? Auf einem selbstsüchtigen, albernen Abweg.

„Sie war drei Jahre und neun Monate älter als ich." Dobbs redete wieder mit sich selbst, als hätte sie vergessen, dass ich da war. „Wir waren allerbeste Freundinnen. Aber sie kam schon krank zu uns. Sie war immer krank. Ihre Mutter konnte ihr nicht helfen. Mutter und Vater brachten Jackie zu allen möglichen Ärzten. Ich hatte keine Ahnung, wie sehr sie sich ins Zeug legten, um ihr zu helfen. Aber am Ende konnten sie nichts mehr für sie tun. Sie starb zwei Wochen vor ihrem neunzehnten Geburtstag."

Dobbs sah mich an und ihr Gesicht war schmerzverzerrt. „Coobie hat dieselbe Krankheit und man kann nichts machen."

Ich weiß nicht, wie lange ich vor ihr kniete. Die Erde drückte Muster in meine Knie und ich verfluchte meinen Egoismus und versuchte, wenigstens einen winzigen Teil ihres Schmerzes mitzuempfinden. Nach einer Weile schaffte ich es zu sagen: „Es tut mir leid, Dobbs. Es tut mir furchtbar leid, dass ich so gemein zu dir war. Dabei hattest du recht. Die ganze Zeit hattest du recht."

Dobbs reagierte überhaupt nicht. „Ich kann nicht mehr glauben", sagte sie.

„Wie bitte?"

„Ich kann nicht mehr glauben."

Ich runzelte die Stirn. „Was meinst du damit? Was kannst du nicht mehr glauben? Das mit Spalding? Mit den gestohlenen Sachen?"

Sie schüttelte langsam den Kopf. „An Gott. Ich habe meinen Glauben verloren."

Nichts hätte mich mehr schockieren können, als diese Worte aus ihrem Mund zu hören. „Das ist unmöglich. Unmöglich."

Ich sank nach hinten und versuchte, ihre Beichte zu verarbeiten, aber es ging nicht. Und mehr noch: Ich wollte sie nicht verarbeiten. „Das kannst du nicht tun. Nicht jetzt, wo ich dich so brauche. Du kannst mich doch nicht allein lassen."

„Wieso allein?"

„Ich habe dir vertraut und dann habe ich ihm vertraut."

„Ihm?"

„Deinem Gott."

Ich hatte gehofft, ein Aufflackern in ihren Augen zu sehen, ein Lächeln oder sogar einen Funken Beifall oder Begeisterung. Aber sie sah nur tief betrübt aus.

„Du kannst mir doch jetzt nicht sagen, dass das alles nicht stimmt. Warum tust du das?"

„Ich weiß es nicht."

Ihre Lethargie machte mir Angst und für einen Augenblick vergaß ich ihren Schmerz und dachte wieder nur an mich. „Also hatte ich doch recht? Waren deine Geschichten also doch nur erfunden? Ist es so?"

Sie antwortete nicht. Ich betrachtete ihr Profil, ihren feinen Nasenrücken und wie ihr die kurzen Haare in die Stirn fielen.

„Warum hast du dir das alles ausgedacht? Nur damit du neue Schäfchen sammeln kannst?"

„Ich habe mir überhaupt nichts ausgedacht. Die Sachen sind wirklich passiert. Ich war dabei und ich habe es gesehen. Nichts davon war gelogen. Frag meine Eltern oder meine Geschwister, außerdem gibt es Hunderte von Zeugen. Das sind alles wahre Geschichten. Das kannst du mir glauben."

Ich kniff die Augen zusammen. „Du willst mir also sagen, dass du diese ganzen Wunder erlebt hast, dass Gott deine Familie und die armen Leute versorgt hat, und jetzt glaubst du auf einmal nicht mehr? Das geht doch nicht! Wie kannst du Wunder miterleben und dann vom Glauben abfallen?"

„Die Menschen ändern sich. Dinge geschehen. Man zweifelt; hat Fragen. Und wie das geht …"

Mir sank der Mut. „Wenn du schon nicht mehr glaubst, wer in Gottes Namen soll dann noch glauben? Ich meine, wenn dein Glaube nicht echt war, mit deinem ganzen Eifer und deiner Begeisterung, da können wir anderen es ja gleich sein lassen!"

Dobbs schüttelte traurig den Kopf. „Tut mir leid. Ich weiß nicht, was ich sagen soll. Aber so ist es nun mal. Es geht einfach nicht mehr. Ich habe es nicht darauf angelegt oder es absichtlich getan. Es passierte einfach, einfach so, auf der Zugfahrt nach Chicago. Mein Glaube flog einfach aus dem Fenster und ich konnte nichts dagegen tun."

Sie stand auf, legte das Foto zurück auf seinen Stapel und nahm ein anderes, auf dem Coobie und Parthenia zu sehen waren. „Ich werde nicht hier herumsitzen und zusehen, wie Coobie stirbt. Und ich werde nicht zulassen, dass Gott sie uns auch noch wegnimmt."

„Oh Dobbs. Wir sagen allen Mädchen aus der Verbindung, dass sie ganz fest für sie beten sollen. Ich mach das."

„Mach, was du willst. Vielleicht hilft es, vielleicht auch nicht. Die Wege des Herrn sind ja unergründlich." Ihre Stimme hatte einen sarkastischen Unterton.

„Aber er wird für euch sorgen. Das hast du doch hundertmal gesagt! Und du hast es mit eigenen Augen gesehen. Dobbs, du kannst nicht einfach deinen Glauben aus dem Fenster werfen. Das geht nicht! Du warst doch diejenige, die mich überhaupt erst überzeugt hat. Wegen dir hatte die Bibel plötzlich etwas mit dem Leben zu tun. Du hast uns diese aufregenden Geschichten erzählt und uns Mut gemacht, wenn wir ihn brauchten. Als Daddy fort war, hast du mir gezeigt, wie ich weiterleben kann. Du hast mir gesagt …"

„Hör auf!" Für einen kurzen Augenblick flammte etwas in ihren Augen auf. „Hör auf mir zu erzählen, was ich gesagt habe. Meinst du, ich weiß das nicht mehr? Meinst du, es zerreißt mich nicht, mir die Wahrheit einzugestehen? Ich bin die größte Heuchlerin auf der ganzen Welt; daran musst du mich nicht noch extra erinnern." Tränen rollten ihr über die Wangen. „Aber die Sache ist die, Perri: Wenn du gewusst hättest, dass dein Vater kurz davor war, sich das Leben zu nehmen, dann hättest du alles getan, um ihn davon abzuhalten. Und ich weiß, dass Coobie stirbt; ich habe es bei Jackie schon mit angesehen. Ich muss etwas tun. Ich habe nicht die Zeit, auf Gott zu warten."

Dobbs schwankte und stützte sich am Tisch ab. Sie sah dünn aus, fast schwach. „Sie wollen sie hierherbringen, falls sie das Fieber in den Griff bekommen."

Ich umarmte Dobbs so fest wie noch nie. „Es tut mir leid, Dobbs. So unendlich leid. Wir lassen uns etwas einfallen, ja? Uns fällt etwas ein."

Sie ließ sich umarmen, blieb aber einfach stehen und ließ Arme und Kopf hängen. „Tut mir leid, dass ich dich enttäuscht habe", murmelte sie.

Ich erzählte ihr an diesem Abend nichts über Spalding, davon, wie Gott auf meine Gebete reagiert hatte, oder darüber, wie es mir ging. Ich hielt sie einfach fest und nach einer langen Weile legte sie ihren Kopf an meine Schulter. Als ich ihre Stirn berührte, merkte ich, dass sie glühte.

Kapitel 24

Dobbs

Wie sich herausstellte, war Coobie nicht die Einzige mit Fieber. Mich hatte es auch erwischt. Perri rief nach Hosea und er kam genau in dem Moment, in dem sich die ganze Dunkelkammer zu drehen begann. Ich sank in seine Arme und er trug mich den weiten Weg bis zum Haus. Mein Kopf hing herunter. Kopfüber sah ich, dass die ersten Narzissen aus dem Boden lugten.

Hosea trug mich nach oben und legte mich sanft auf mein Bett. Tante Josie tauchte von irgendwoher auf und rief ganz nervös, sie hätte schon längst merken müssen, dass ich schwach sei und erhöhte Temperatur hätte. Ich bekam alles um mich wie durch einen dichten Nebel mit; meine ganze Kraft war verschwunden. Aus dem schweren Kummer war etwas anderes geworden.

Später brachte mir Tante Josie eine dünne Hühnerbrühe, die Parthenia extra für mich gekocht hatte, und Perri flößte sie mir Löffel für Löffel ein.

Trotz allem rang ich mir ein kleines Lächeln ab, weil ich mich freute, dass meine Freundin an meinem Bett saß. *Sie ist wieder da*, dachte ich immer wieder.

Parthenia kam nach oben geschlichen, um nach mir zu sehen, und setzte sich gleich neben der Tür mit angezogenen Knien auf den Boden. Ich döste immer wieder weg und als ich einmal wach wurde, sah ich Perri neben Parthenia knien. Ihre Köpfe waren gesenkt und ich hatte fast den Eindruck, sie würden beten. Irgendwann stand Parthenia auf, knickste und ging in Richtung Treppe. „Alles wird gut. Ganz bestimmt", flüsterte Perri ihr hinterher.

Später kam der Doktor und hörte meinen Brustkorb ab. Er nahm Tante Josie beiseite und sprach mit ihr auf dem Flur. Bevor er wieder ging, kam er noch einmal in mein Zimmer. „Miss Dillard,

Sie sollten sich jetzt wirklich ausruhen. Und Sie sollten essen. Es nützt Ihrer Familie nichts, wenn Sie krank im Bett liegen."

Irgendwann ging Perri. Aber vorher beugte sie sich zu mir herunter und flüsterte: „Du hast mal zu mir gesagt, dass man manchmal zu müde und verletzt ist, um zu beten. Man hat einfach keine Kraft dafür. Aber dann schickt Gott einem Menschen, die einen tragen, für einen beten und für einen glauben, bis man wieder auf festen Beinen steht. Du hast das für mich getan und es hat funktioniert. Und jetzt werde ich das für dich tun, weil du meine Freundin bist. Mae Pearl und ich, wir glauben jetzt für dich. Und Gott wird eingreifen, glaub mir."

Ich wusste nicht, was ich darauf erwidern sollte, also flüsterte ich einfach: „Danke."

Es wurde eine unruhige Nacht. Ich schlief nur phasenweise, hörte aber immer wieder Perri sagen: „Weil du meine Freundin bist." Daran hielt ich mich fest.

Perri

Noch am selben Abend fuhr ich zu Mae Pearl. Mrs McFadden öffnete mir im Schlafrock. „Es tut mir sehr leid, dass ich Sie zu dieser späten Stunde noch belästige", bat ich um Entschuldigung. „Aber es ist sehr wichtig. Ich müsste dringend Mae Pearl sprechen."

Mrs McFadden bat mich herein. „Ich hoffe, es sind keine schlechten Neuigkeiten."

Ich schüttelte den Kopf. „Es ist ein bisschen von allem, aber ich glaube, es wird alles gut."

„Geh ruhig nach oben."

Mae Pearl lag schon im Bett und las eine Zeitschrift. „Perri! Was machst du denn so spät hier?"

„Es geht um Dobbs. Sie braucht unsere Hilfe." Ich erzählte ihr, wie schlecht es um Coobie stand, dass Dobbs Fieber hatte und dass ihr ihr Gottvertrauen abhandengekommen war.

Mae Pearls Wangen färbten sich zartrosa und sie lächelte traurig. „Was sollen wir nur machen?"

„Wir tragen sie eben", antwortete ich und war selbst erstaunt über meinen Brustton der Überzeugung. „Irgendwie müssen wir ihr helfen."

„Aber wie?" Mae Pearl legte die Zeitschrift beiseite und machte mir auf dem Bett Platz.

Ich schaltete in meinen Organisationsmodus. „Am besten rufst du morgen alle Mädchen aus Phi Pi zusammen und erzählst ihnen, was mit Coobie ist. Wer kann, soll dafür beten, dass ihr Fieber weggeht und sie nach Atlanta kommen kann. Und dass Dobbs wieder zu Kräften kommt."

„Aber wie wollen die Dillards die Behandlung hier bezahlen?"

„Ich weiß es nicht. Ich werde Mrs Chandler fragen. Vielleicht können wir eine Spendenaktion für Coobie starten."

„Eine Spendenaktion? Jetzt, wo die Wirtschaftskrise am schlimmsten ist?"

„Wenn Gott den Leuten aus der Patsche geholfen hat, die ihre Haustiere essen wollten, dann wird er doch wohl das Geld für Coobie aufbringen."

„Aber wie?"

„Das ist nicht mein Problem. Sondern seins."

„Du hörst dich an wie Mary Dobbs."

☙

Es war schon nach elf, als ich wieder zu Hause ankam. Ich hatte Mama zwar gesagt, dass es später werden würde, aber sie sah ziemlich erleichtert aus, als sie mich sah. „Wo warst du denn? Wir haben uns Sorgen gemacht."

„Entschuldige, Mama. Coobie ist sehr krank und Dobbs ist vor lauter Sorgen auch krank geworden."

In meinem Zimmer schnappte ich mir *Hinter den Wolken ist der Himmel blau* und suchte vergeblich nach den Versen über Gottes Hilfe und Eingreifen, die Dobbs einst zitiert hatte. Gerade fing ich an, auf gut Glück Bücher aus unseren restlichen Umzugskisten zu ziehen, als Irvin hereinkam.

„Was machst du denn da?"

„Ich suche eine Bibel."

„Warum?"

„Ich brauche eben eine. Für Mary Dobbs. Für mich."

Mein kleiner Bruder, der schon längst im Bett hätte sein sollen, setzte sich neben mich auf die Erde, gähnte und grinste schuldbewusst. „Mama hatte solche Angst wegen dir, dass sie uns gar nicht ins Bett geschickt hat." Er klappte eine andere Kiste auf und holte Bücher heraus. Bei der vierten Kiste hielt er triumphierend ein schwarzes Buch hoch. „Hab sie!"

„Oh, danke!" Ich nahm die in Leder eingebundene Bibel mit Goldschnitt und blätterte in den Seiten. Das dünne Papier raschelte.

„Woher weißt du denn, wo du lesen willst?"

Ich schlug das Matthäusevangelium auf. „Das weiß ich ja gar nicht. Aber ich suche irgendeinen Vers, wo Jesus sagt, wir sollen uns keine Sorgen machen. Zum Glück ist in dieser Bibel alles, was Jesus sagt, rot."

Irvin sah mir über die Schulter, als Barbara hereinkam. „Was ist denn hier los? Mama kriegt einen Anfall, wenn sie das Chaos sieht."

„Wir suchen einen Vers für Mary Dobbs", erklärte Irvin.

Barbara sah so desinteressiert drein, wie nur eine Vierzehnjährige es konnte, setzte sich aber neben mich. „Ich dachte, du hast dich mit Mary Dobbs verkracht."

„Das habe ich nie gesagt."

„Nein, aber ihr habt euch auch nicht mehr getroffen."

„Nun, das ist jetzt vorbei. Sie braucht unsere Hilfe."

Ich war noch ziemlich am Anfang des Matthäusevangeliums, als mich die Verse geradezu ansprangen. „Hier! Ich hab's gefunden!" Irvin und Barbara drängten sich um mich und ich las: „Darum sage ich euch: Sorget nicht für euer Leben, was ihr essen und trinken werdet, auch nicht für euren Leib, was ihr anziehen werdet …'"

Ich las immer weiter. „Kenn ich schon", warf Barbara hin und wieder ein.

„Da seht ihr es. Gott kümmert sich um uns. Und das gilt auch für die kleine Coobie. Er passt auf sie auf."

Mama kam herein und sah uns ganz verzückt an, wie wir drei auf der Erde saßen und in der Bibel lasen. „Ihr müsstet längst im Bett sein", sagte sie schließlich. Als ich ihr die Bibel gab, legte sie den Finger in die Seite und ich bin mir sicher, dass sie den Vers auch noch einmal gelesen hat.

Dobbs

Ich blieb drei Tage zu Hause. Tante Josie zwang mich geradezu, im Bett zu bleiben, oder zumindest in meinem Zimmer. Die meiste Zeit saß ich auf einem Stuhl am Fenster und sah in den Garten. Immer mehr Krokusse sprossen auf der Wiese. Vater liebte den Frühling, weil er sich so gut für die geistlichen Metaphern zum Neuanfang und der Erneuerung eignete. Ich sah zu, wie die Februarsonne durch die kahlen Bäume fiel und dachte an den Schnee, der zu Weihnachten auf Vater und mich gefallen war. Mein Herz war ein einziger Eisklumpen.

Perris plötzlicher Glaubensschub beeindruckte mich, aber auf eine distanzierte, unbeteiligte Art. Sie kam am Montag nach der Schule vorbei und erzählte mir begeistert, dass Gott ihr auf so persönliche, geheime und konkrete Weise gezeigt habe, dass es ihn gebe, dass sie keinen Zweifel mehr habe. „Es war genau, wie du es dir damals gewünscht hast, Dobbs! Er hat es sogar auf die Art gemacht, die ich am besten verstehe – durch ein Foto."

Ich bekam eine Gänsehaut, die nichts mit meinem Fieber zu tun hatte, aber mir fehlten die Kraft und auch die Verbindung zu Gott, um meine übliche Begeisterung zu zeigen.

Wenigstens war unsere Freundschaft wiederhergestellt und wir konnten zusammen kichern und weinen – mal das eine, mal das andere, und wir erzählten einander, was wir verpasst hatten.

Irgendwann meinte Perri: „Ich plappere hier in einem fort, dabei möchte ich eigentlich mehr von dir hören. Erzähl mir das noch mal von Jackie. Und warum dir auf der Zugfahrt plötzlich der Glaube aus dem Fenster geflogen ist."

Über eine Stunde lang berichtete ich ihr haarklein, warum ich wütend auf meinen Vater war, was ich über Jackies Vergangenheit herausgefunden hatte und warum mich Coobies Husten so in Angst und Schrecken versetzte. Ich zeigte ihr die Haarspange von Andrew und erzählte von Hanks und meinem Besuch im Walnut Room. Es tat gut, alles herauszulassen.

„Und wie sieht es im Augenblick aus mit Hank? Weiß er, wie es dir geht?"

„Ich habe es ihm gesagt. Er schreibt mir fleißig Briefe, aber das wird nichts werden mit uns, Perri. Wir werden immer ein schweres Leben haben, Hank und ich. Und das schaffe ich nicht. Ich habe mich zu sehr an den Luxus gewöhnt. Ich weiß, wir machen alle eine schwere Zeit durch, aber hier ist es viel einfacher als in Chicago. Also werde ich ihm schreiben und die Sache beenden. Er hat ein viel besseres Mädchen verdient."

„Aber Dobbs, er liebt dich doch!"

„Du hast es selbst gesagt – Liebe genügt manchmal nicht." Mir schoss Mutters Kommentar durch den Kopf. *„Das ist der Unterschied zwischen guten und schlechten Beziehungen. Das ist der entscheidende Punkt. Man liebt sich. Und vergibt sich."* Ich verdrängte den Gedanken. „Außerdem hat Hank immer noch keine feste Arbeit und er braucht eine tiefgläubige Frau an seiner Seite."

„Das tut mir alles sehr leid zu hören, Dobbs." Wir schwiegen eine Weile, aber es war fast wieder das unbelastete Schweigen zwischen Freundinnen. Irgendwann brachte sie das Thema auf Spalding. „Du hattest die ganze Zeit recht. Er ist nicht der Richtige für mich. Weißt du, am Anfang war er ein echter Gentleman." Sie erzählte mir, wie sie ihn an Weihnachten in ihrem alten Haus getroffen hatte. „Manchmal ist er wirklich nett. Er hat uns schon oft ins Haus reingelassen."

Ich unterbrach sie. „Wieso war er denn an Weihnachten in eurem alten Haus? Und woher hatte er den Schlüssel?"

„Ich glaube, sein Vater hat ihm den gegeben. Er verkauft das Haus und Spalding sollte nach dem Rechten sehen, bevor ein potenzieller Käufer kam."

„Ich dachte, sein Vater sei ein wichtiger Mann bei Coca-Cola? Und jetzt verkauft er euer Haus? Macht er auch in Immobilien? Und Spalding musste ausgerechnet an Weihnachten dorthin? Das kommt mir alles etwas komisch vor."

„Wirklich?"

Ich zuckte mit den Achseln. „Vielleicht ist das nur meine blühende Fantasie, aber findest du es nicht auch eigenartig, dass er dort war?" Vorsichtig pirschte ich mich an das Thema heran. „Erinnerst du dich, wie ich das Diebesgut bei deinem Vater in der Werkzeugkiste gefunden habe? Und es dann weg war, als Tante Josie und deine Mutter nachgeguckt haben? Und Spalding hat einen Schlüssel fürs Haus …"

„Was willst du damit sagen?"

„Vielleicht ist Spalding irgendwie in den Diebstahl verwickelt." Ich erzählte ihr von Parthenias Reaktion auf das Foto von Spalding.

Perri wurde rot und vergrub ihr Gesicht in den Händen. „Dobbs, ich war ja so blind! Ich habe mich schlicht geweigert, es zu sehen, selbst als es mir fast ins Gesicht sprang." Sie sprang auf und lief im Zimmer herum. „Ja, das ergibt Sinn. Doch. Weißt du, am Sonntag, nachdem das mit dem Foto passiert war und ich Gott auch in der Kirche gespürt habe, da wusste ich auf einmal, dass Spalding und ich nicht zusammengehören. Ich habe versucht, es ihm zu sagen, aber er wurde wütend. Er hat mir richtig Angst gemacht. Dobbs, er hat mich sogar bedroht und meinte, ich könne ihn nicht verlassen. Was soll ich denn jetzt machen?"

Ich hatte nicht die leiseste Ahnung und sagte das Erste, was mir in den Sinn kam. „Frag doch Gott."

☙

Nachdem Perri gegangen war, schnitt ich bei Tante Josie das Thema Diebstahl noch ein letztes Mal an. Diesmal hatte ich das Gefühl, dass eine Diskussion mehr als gerechtfertigt war. „Bitte, Tante Josie, ich möchte dir nur eine Sache sagen. Ich glaube, der Dieb kommt aus deinem Bekanntenkreis."

Tante Josie machte sich an meinem Bett zu schaffen, fühlte meine Stirn, schüttelte Kissen auf. „Mary Dobbs, in Zeiten wie diesen gibt es viele verzweifelte Leute. Einst lebten sie im Überfluss und jetzt sind sie kurz davor, alles zu verlieren." Sie sah mich an. „Also stehlen sie."

„Soll das heißen, du weißt, wer die Sachen gestohlen hat? Parthenia weiß es auch!"

„Nicht so schnell, mein Kind. Ich habe gesehen, was Erpressung aus meinen Eltern gemacht hat. Und ich möchte das nicht noch einmal miterleben."

„Ihr werdet erpresst?"

„Bedroht. Wir haben Morddrohungen gegen unsere Diener bekommen und gegen uns selbst."

Ich musste sofort an Perris Bericht über Spaldings Wut denken.

„Parthenia hat gesagt, sie wurde auch bedroht. Sie hat gesehen, wer die Messer genommen hat und er hat sie sich geschnappt und ihr gedroht."

„Das glaube ich sofort."

„Aber sie hat Angst, es zu verraten."

„Das ist auch besser so."

„Aber Anna ist doch unschuldig!"

„Natürlich ist sie unschuldig. Das stand immer außer Frage." Tante Josie legte mir die Hand fest auf die Schulter. „Aber sie ist im Armenhaus absolut sicher. Und Hosea und Cornelius und Parthie sind sicher hier bei uns – wo wir ein Auge auf sie haben können. Hast du das verstanden?" Ihre Gesichtszüge waren entschlossen, fast verhärtet.

Endlich fiel bei mir der Groschen. „Also hat jemand die Sachen gestohlen, es Anna in die Schuhe geschoben und gedroht, ihrer Familie etwas anzutun, wenn ihn jemand verrät."

„Ganz genau. Und deswegen ist es das Beste, wenn Parthenia den Mund hält. Versuch ja nicht, es aus ihr herauszupressen."

„Anna wird nie aus dem Armenhaus herauskommen."

„Es geht ihr gut dort und niemand kommt an sie heran, um ihr wehzutun. Sie ist dort sicher. Mrs Clark weiß Bescheid."

„Aber Parthie weiß genau, wer es war!"

„Vielleicht, aber wir haben keine Beweise. Und ohne Beweise kann ihr Wissen sehr gut zum Todesurteil werden." Tante Josie rieb sich die Stirn und wirkte auf einmal alt. „Als du mir von der Werkzeugkiste erzählt hast, dachte ich, wir seien einen Schritt weiter, um den Dieb zu fassen und diesen ganzen Schlamassel zu beenden. Aber wie du weißt, waren die Sachen nicht mehr da." Wie sie „nicht mehr" betonte, beruhigte mich.

„Anna ist im Armenhaus nicht in Gefahr, glaub mir. Und unsere liebe Parthenia mag so viel über die Arbeit jammern, wie sie will, sie wird sie trotzdem weiter machen müssen, damit niemand Verdacht schöpft, dass wir noch immer auf der Suche nach Beweisen sind."

Ich schlang Tante Josie die Arme um den Hals, und sie tätschelte mir verlegen den Rücken. „Tut mir leid, Tante Josie, dass ich so ein Quälgeist war."

„Ist schon gut. Denk einfach daran, dass das hier kein Detektiv-

spiel ist. Die Sache ist sehr ernst und einige Erwachsene, die wissen, was sie tun, arbeiten daran. Auch wenn es nur langsam vorangeht."
„Ist denn noch in anderen Häusern gestohlen worden?"
„In vielen."
„Dann sind es bestimmt mehrere. Eine Verbrecherbande."
Tante Josie kam ganz nah an mein Gesicht. „Das geht dich nichts an, hörst du?"
„Ja, Ma'am."

☙

Am Dienstagnachmittag tauchte Perri mit einigen anderen von Phi Pi auf und überzeugte Tante Josie irgendwie, dass ich Gesellschaft brauchte. Zehn Mädchen saßen dicht gedrängt in meinem Zimmer auf der Erde und plapperten wild durcheinander. Es ging um den bevorstehenden Valentinstanz. Irgendwann legte sich Mae Pearl den Zeigefinger auf den Mund. „Ruhe! Wir haben uns gedacht, es wäre doch schön, den Bibelkreis hierher zu Mary Dobbs zu verlegen. Schließlich hat sie uns diese schöne Gewohnheit erst beigebracht."

Perri stand auf und lehnte sich an den Bettpfosten. „Ich möchte eine Geschichte erzählen." Mit unsicherer Stimme erzählte sie davon, wie sie überfallen worden war und das Gefühl gehabt hatte, ihr Vater hätte sie gerettet. Sie erklärte, dass ich immer wieder gemeint hätte, Gott würde sie nicht im Stich lassen, und ihr eine Gotteserfahrung aus erster Hand gewünscht hatte. Mit jeder Minute, die Perri sprach, änderte sich die Haltung der Mädchen. Zuerst saßen sie lässig auf der Erde, aber dann setzten sie sich nach und nach aufrecht hin und waren zum Schluss gespannt nach vorn gebeugt, um ja nichts zu verpassen. Als Perri das Foto von Lisa erwähnte und dass sie sich nichts auf der Welt sehnlicher gewünscht hatte, als noch einmal auf dem Schoß ihres Vaters zu sitzen, seufzte Lisa und Mae Pearl fing an zu schniefen und sogar Macon und Emily und Peggy mussten sich die Augen abtupfen.

Perri erzählte immer weiter, bis zu ihrem Erlebnis im Gottesdienst, und dann sagte sie: „Und eins steht fest: Ich war schrecklich egoistisch und stur und einfach nur dumm und Dobbs hat meine ganze Wut abbekommen. Und das tut mir sehr, sehr leid. Wirklich."

Ich nickte matt und sie las ein paar Verse aus Matthäus vor, diese schöne Stelle, wo Jesus von den Lilien auf dem Feld spricht. Es war mucksmäuschenstill im Raum.

Perri beendete ihre Rede mit einem Bericht über Coobies Krankheit und sagte, dass nun praktische Hilfe und Gebet nötig seien.

Ich war dankbar, dass sie mich für zu schwach hielten, um etwas beizutragen. Ich hatte nichts zu sagen. Ich hörte ihnen zu, als wäre dies ein Traum, und mir kam der Gedanke, wie unfair und ironisch das Leben doch war: ein Dutzend Mädchen, die ich für verzogene reiche Gören gehalten hatte, umgaben mich und sprachen ergriffen von ihren Erfahrungen mit Gott. Sogar Peggy hatte ein Leuchten in den Augen.

Aber meine Zweifel waren größer. So leicht würde Gott mich nicht wieder auf seine Seite ziehen. Da musste er sich schon etwas Besseres einfallen lassen als ein paar Freundinnen, die den Eindruck machten, als würde sie das alles unheimlich begeistern. Noch nicht einmal Perris Geschichte genügte mir.

Trotzdem musste ich an Vater denken und wie schwer er an der ganzen Situation trug. Er hatte zwei Töchtern tödliche Gene vermacht und zum zweiten Mal musste er nun zusehen, wie eine von ihnen starb. Wie sollte mein Vater das überstehen?

Eine Welle des Mitgefühls überrollte mich und ich war erstaunt.

☙

Nach zwei Tagen im Bett war meine Laune scheußlich und ich ließ es an meiner Tante aus. „Wann kommt Coobie endlich? Sie hätten das schon viel früher entdecken müssen. Dann hätte sie letzten Herbst hier in Atlanta bleiben können!"

„Deine Eltern hielten es für besser, sie bei sich zu Hause zu haben."

„Ach ja? Da lagen sie wohl falsch. Mit dem Winter in Chicago ist nicht zu spaßen. Guck, was sie angerichtet haben!"

Tante Josie sah genervt aus. „Mary Dobbs, du bist definitiv die Tochter deines Vaters. Immer willst du die Dinge überstürzen. Die Ärzte im Piedmont haben Coobie letzten Sommer untersucht. Die Testergebnisse wurden mit denen der Ärzte aus Chicago verglichen.

Und alle waren der Meinung, dass Coobie nicht in Atlanta bleiben müsse, sondern dass sie, sollte sich ihr Zustand verschlechtern, wieder zurückkommen könne. Deine Eltern haben das alles mit mir besprochen."

„Wann?"

„Als sie im Juni hier waren. Dein Vater und deine Mutter achten sehr genau auf Coobie." Sie ließ ihr berühmtes Seufzen ertönen. „Und jetzt verstehe ich auch, warum sie so vorgegangen sind. Sie wussten, dass du sofort anfängst, Mutmaßungen über Coobie anzustellen, sobald du das mit Jackie weißt. Du bist ja nicht auf den Kopf gefallen; du bekommst viele Dinge mit. Und manchmal, meine liebe Mary Dobbs, ziehst du voreilige Schlüsse. Genau das wollten dir deine Eltern ersparen. Sie haben gehofft, dass Coobie durch die verschiedenen Behandlungen wieder gesund werden würde."

Ich fühlte mich an diesem Abend sehr klein. Ohne wirklich alle Fakten zu kennen, hatte ich meinen Eltern misstraut und ihnen schreckliche Vorwürfe gemacht. Dabei hatten sie längst alles Menschenmögliche für Coobie getan. Sie hatten uns drei Mädchen beschützt, damit wir nicht mehr Last auf unseren Schultern tragen mussten, als in unserem Alter gut war. Ich konnte mich noch gut daran erinnern, wie Jackie in der letzten Zeit gelitten hatte. Meine Eltern hatten gesehen, wie sehr mich das mitgenommen hatte und dass die Wunden von damals nie richtig verheilt waren. Deswegen hatten sie mir ersparen wollen, dass ich für Coobie das Gleiche befürchtete. Sie hatten gewusst, wie ich darauf reagieren würde, dass Coobie dieselbe Krankheit hatte wie Jackie, und mein Benehmen in Chicago zeigte, dass sie recht gehabt hatten. Jetzt, wo ich es wusste, rechnete ich mit dem Schlimmsten.

Perri

Dass Dobbs plötzlich nicht mehr an Gott glaubte, ließ mir keine Ruhe. Ich wusste, was sie brauchte, auch wenn sie das Gegenteil behauptete – einen Besuch von Hank. Also fuhr ich direkt vom Bibelkreis am Dienstag zum Postamt und schickte ihm ein Telegramm.

> HANK STOP DOBBS GEHT ES NICHT GUT STOP SIE BRAUCHT DICH STOP BITTE UM ÜBERRASCHUNGSBESUCH STOP VIELLEICHT ZUM VALENTINSTANZ STOP DAS WÄRE TOLL STOP HERZLICH, PERRI

Am Mittwoch besuchte ich Dobbs, erwähnte das Telegramm aber mit keinem Sterbenswörtchen. Stattdessen sprachen wir über Spalding. Dobbs berichtete mir von ihrem Gespräch mit Tante Josie – dass jemand sie und Onkel Robert bedrohte, dass Anna zu ihrem eigenen Schutz im Armenhaus war und dass irgendwie alles auf Spalding hindeutete.

Mit jedem neuen Detail wurde ich wütender und wütender auf ihn. Am Ende sagte ich: „Wir machen es so: Ich bleibe bei Spalding. Ich rufe ihn an und entschuldige mich und gehe mit ihm zum Valentinstanz. Und dann tue ich so, als würde ich ihn noch lieben, und finde einen Weg, wie wir ihn überführen können! Und dann bin ich ihn für immer los. Oh ja, ich werde meine Rolle sehr gut spielen und irgendwann haben wir ihn, und vielleicht noch mehr Leute. Was meinst du, wie gerne ich das mache!"

Dobbs war nicht überzeugt. „Perri, nicht. Das ist zu gefährlich. Sogar Tante Josie hat Angst."

„Wir brauchen Beweise, um ihn aufzuhalten, und ich werde sie besorgen."

„Aber Perri, du hast doch selbst gesagt, wie viel Angst du hattest, als er wütend wurde. Und wenn er nun herausfindet, dass du das Ganze nur spielst? Nur Gott weiß, was dann passiert. Und ich wette, es stecken noch mehr Leute mit ihm unter einer Decke."

Aber irgendwie hatte ich keine Angst. Ich war fest entschlossen, es zu wagen. Schließlich hatte ich seit Neustem einen Vater im Himmel, der auf mich achtgab. Auch wenn ich das Dobbs gegenüber nicht erwähnte.

Dobbs

Am Samstagnachmittag kamen Mutter und Coobie mit dem Zug in Atlanta an und meine Tante und mein Onkel ließen sich von Hosea zum Bahnhof fahren, um die beiden dann direkt zum Krankenhaus zu bringen. Ich durfte meine kleine Schwester nicht sehen, weil ich noch nicht ganz gesund war. Parthenia und Cornelius mussten mich fast gewaltsam festhalten, damit ich mir nicht den alten Ford schnappte und selbst ins Krankenhaus fuhr. Ich lief im Haus auf und ab wie ein eingesperrter Tiger.

Als Mutter am Nachmittag endlich vorbeikam, fielen wir uns in die Arme.

„Oh, Dobbs, ich hab mir solche Sorgen um dich gemacht."

„Ach Mutter, ich war nur erkältet. Viel wichtiger ist, wie es Coobie geht. Was sagen die Ärzte?"

Mutter strich mir die Haare aus der Stirn und nahm mein Gesicht in beide Hände. „Du bist so blass, Kind."

„Mutter! Was ist mit Coobie?"

„Sie ist sehr schwach. Die Ärzte werden sie einige Tage beobachten und dann entscheiden, ob und wann sie die experimentelle Behandlung starten können."

„Das wird ein Vermögen kosten!"

„Gott wird für uns sorgen. Das hat er immer getan."

Sie machte sich wieder fertig, um ins Krankenhaus zurückzufahren. Auf dem Weg nach draußen zwinkerte sie mir zu. „Viel Spaß heute Abend!"

Ich rätselte, was sie damit meinen könnte. Von meiner Verabredung mit Andrew Morrison konnte sie unmöglich etwas wissen. Das hatte ich noch nicht einmal Perri gesagt. Eigentlich hatte ich ja sogar fest damit gerechnet, sie absagen zu müssen, aber jetzt freute ich mich umso mehr auf den Tanz. Endlich konnte ich das Haus verlassen, Leute sehen, mich schick machen.

Becca war in letzter Zeit freundlicher zu mir geworden – wahrscheinlich weil sie sich als Auslöser für mein depressives Loch sah. Sie bestand darauf, dass ich mich aus ihrem Kleiderschrank bediente. Ich wählte ein tiefviolettes Abendkleid, das die Taille betonte, vorn hochgeschlossen und am Rücken tief ausgeschnitten war. Ich steckte Andrews Haarklemme in mein Haar, schminkte mich sorgfältig und betrachtete mich dann im Spiegel. Was ich sah, gefiel mir.

Als es an der Tür klingelte, eilte ich die Treppe hinunter und war in Gedanken schon mit Andrew Morrison auf dem Tanzparkett.

Onkel Robert öffnete die Tür und ich hörte seine dröhnende Stimme. „Na, wenn das nicht Hank Wilson ist! Was für eine Überraschung. Damit haben wir nicht gerechnet. Kommen Sie rein!" Er klopfte Hank auf den Rücken und ging.

Ich blieb wie angewurzelt auf der untersten Stufe stehen. Hank hatte Holden Singletons erstklassig geschneiderten grauen Anzug an und einen großen Strauß roter Rosen in der Hand. Er hielt sie mir hin und grinste. „Alles Gute zum Valentinstag, meine liebe Dobbs! Ich hoffe, ich habe dich nicht zu sehr überfallen. Du bist ja ganz blass."

Wie in Trance nahm ich die Rosen. Er gab mir einen Kuss auf die Wange. „Du siehst wunderschön aus."

Ich starrte ihn sprachlos an. „Was machst du denn hier?"

Er trat einen Schritt zurück. „Perri hat das arrangiert. Sie hat dir nichts davon gesagt? Dann wollte sie wohl, dass es eine echte Überraschung wird." Er zuckte mit den Schultern. „Aber irgendetwas musst du geahnt haben. Du hast dich schließlich in Schale geworfen."

„Nein, sie hat mir nichts gesagt. Ich ... ich hatte keine Ahnung."

Hank begriff. „Du hast eine andere Verabredung, nicht wahr?"

Ich schluckte und sah auf den Rosenstrauß, der ihn einen ganzen Wochenlohn gekostet haben musste, den er nicht hatte. „Ja. Ja, habe ich."

Enttäuschung machte sich in seinem Gesicht breit und ich wäre ihm am liebsten um den Hals gefallen, aber stattdessen blieb ich stehen und umklammerte den Rosenstrauß. „Tut mir leid, Hank. Ich wusste wirklich nichts."

„Perri meinte, du könntest dringend etwas Aufmunterung vertragen. Aber wie ich sehe, hat sie die Situation völlig falsch eingeschätzt. Ich habe dich in Verlegenheit gebracht. Ich gehe lieber."

„Warte! Hank! Geh nicht!" Ich sah suchend in Richtung Küche. „Parthie! Parthie, kommst du bitte mal?"

Parthenia kam herbeigeeilt, sah Hank und schlug lächelnd die Augen nieder. „Hallo, Mister Hank." Sie machte einen Knicks.

„Hallo, Parthenia." Aber er beachtete sie nicht.

Ich gab ihr die Blumen. „Würdest du diese Rosen bitte in eine Vase stellen?"

„Oh, gern, Miz Mary Dobbs. Sind die schöön!" Parthenia verschwand.

„Hank, danke für die Rosen", setzte ich an. „Ich weiß nicht, was ich sagen soll." Mir war schwindlig, aber nicht vom Fieber. Hank schien meilenweit entfernt zu sein.

„Ich habe das alles falsch verstanden, oder? Du hast mich nicht vermisst. Du bist über mich hinweg, nicht wahr? Deswegen beantwortest du meine Briefe nicht mehr."

Mein Herz pochte wie wild. Trotz meiner Verwirrung war ich mir sicher, dass ich keineswegs über Hank Wilson hinweg war.

„Ich hab's dir damals gesagt. Dass ich Angst hatte, dich durch Atlanta zu verlieren", sagte Hank nach einer Weile.

Ich fasste mir an die Stirn, die voller Schweißperlen stand. „Warum hast du mich dann ermutigt, hierherzugehen? Warum hast du mich nicht angefleht, in Chicago zu bleiben? Ich hätte es getan. Für dich hätte ich es getan."

„Ich hatte kein Recht dazu. Mein Gefühl sagte mir, dass Gott noch etwas mit dir vorhat, und ich war mir sicher, wenn wir füreinander bestimmt sind, dann würde die Beziehung das überleben."

„Aber du lagst falsch! Ich bin so weit von Gott entfernt wie noch nie, und von dir auch. Das Ganze war ein riesengroßer Fehler und trotzdem will ich nicht zurück. Ich verstehe das alles nicht."

„Dobbs, noch ist nicht alles verloren."

Ich hörte eine Autotür und wusste, dass Andrew jeden Augenblick klingeln würde. „Ich kann dir nichts versprechen. Ich weiß nicht, was mit mir los ist. Ich verliere den Verstand, meinen Glauben. Das alles macht mir Angst. Aber weißt du, zugleich ist es auch aufregend, weil ich endlich über den Tellerrand schaue und merke, dass es da noch ein anderes Leben gibt, außerhalb meines Glaubenshorizonts! … Es tut mir leid, dass ich dir so ein schreckliches Geständnis machen muss."

„Mir nicht. Du bist ganz die alte Dobbs – sagst, was du denkst und bist mit deinen Träumen und Plänen schon meilenweit vorausgeeilt. Wenn der Herr möchte, dass ich dich einhole, wird er mir entweder Siebenmeilenstiefel geben oder dich abbremsen müssen. Aber eine Sache weiß ich – allein trete ich nicht zum Rennen an."

Er streckte seine Hand aus, nahm die meine und drückte sanft zu. Ich hatte das Gefühl, er würde auch mein Herz drücken. Ich wollte, dass er blieb, dass er mich schnappte, sich wie einen Sack Kartoffeln über die Schulter legte und nach Chicago trug. Aber Hank drängte sich niemals auf, egal, wie es in ihm aussah. Das hatte ich immer bewundert.

Und so sah ich tatenlos zu, wie er sich umdrehte und ging.

Kapitel 25

Perri

Obwohl ich keine Schauspielerin war, schaffte ich es, Spalding davon zu überzeugen, dass ich noch verrückt nach ihm war und mit ihm gehen würde, wohin er wollte. Also besuchten wir gemeinsam den Valentinstanz im Capitol City Country Club und gingen Hand in Hand in den Ballsaal, als wäre alles in bester Ordnung. Als Dobbs an Andrew Morrisons Arm eintrat, ließ ich Spalding erschrocken stehen und durchquerte den großen Saal. Andrew nahm ihr gerade den Mantel ab. „Ich bin gleich wieder da", meinte er und verschwand in Richtung Garderobe.

Ich hakte mich bei ihr ein und zog sie beiseite. „Was in Gottes Namen machst du mit Andrew hier?"

Sie war blass und sah aus, als kämpfte sie mit den Tränen. „Ich habe ihn schon vor Wochen gefragt."

Mein Griff wurde unweigerlich fester. „Oh Dobbs! Ich habe alles vermasselt! Ich habe Hank eingeladen und er ist auch hier. Der Arme, wer weiß, wo er jetzt steckt! Ich …"

„Er war als Erster am Haus. Mit einem Rosenstrauß. Die schönsten Rosen, die man sich vorstellen kann." Die erste Träne rann ihr die Wange hinunter.

„Oh nein! Das ist alles meine Schuld. Ich dachte, wenn er dich überraschen würde, würde es dir besser gehen. Ich dachte, du würdest dich sicher freuen, etwas Zeit mit ihm zu haben."

Dobbs kaute auf ihrer Lippe. „Ich habe ihm wehgetan und jetzt weiß ich nicht, was ich machen soll."

„Was ist passiert?"

„Ich war so perplex und er hat sehr schnell gemerkt, dass ich für heute schon vergeben bin. Und da … und da ist er gegangen. Es war schrecklich. Er lief die lange Einfahrt hinunter und Andrew kam ihm entgegen …"

Ich hatte Angst, sie würde gleich zusammenbrechen. „Dobbs, komm, setz dich. Du bist doch noch ganz schwach." Ich führte sie an einen der geschmückten Tische. Eine Sekunde später hatte ich meine Entscheidung getroffen. „Mach dir keinen Kopf, Dobbs. Genieß einfach den Abend mit Andrew."

Dobbs hatte ein Taschentuch aus ihrer Handtasche geangelt und tupfte sich die Augen ab.

Ich eilte zur Bar, wo Spalding gerade Getränke bestellte. Andrew stand neben ihm. „… und als ich zum Haus kam, ging gerade ihr Verehrer, dieser Hank Wilson. Das war vielleicht eine eigenartige Situation."

„Henry Wilson ist hier? Ja, das ist in der Tat eigenartig. Und sie wusste nichts davon?"

„Ich fürchte, ich bin die Schuldige", beichtete ich.

Spalding runzelte die Stirn. Andrew zuckte mit den Schultern.

„Also, ein Gentleman würde Henry jetzt suchen und ihn zum Tanz einladen", stellte Spalding fest.

„Ja, da hast du wohl recht", gab Andrew zu.

„Genau das habe ich auch gerade gedacht!", rief ich. „Hilfst du mir, ihn zu finden, Spalding? Ich weiß nicht, wo man am besten mit der Suche anfängt …"

Spaldings Augen wurden zu Schlitzen, aber dann zuckte auch er mit den Schultern. „Warum nicht? Andrew, du bleibst solange hier bei Mary Dobbs."

Es dauerte nicht lange, bis wir ihn ausfindig gemacht hatten. Wir gingen zuerst nach unten in den Speisesaal, wo, wie ich wusste, die Chandlers mit meiner Mutter zu Abend aßen. Ich hatte die Hoffnung, sie könnten uns einen Tipp geben, wo sich Hank aufhielt. Letzten Endes fanden wir Hank im Herrenzimmer bei einer Zigarre mit Mr Chandler.

Ich stürzte zu ihm und fing an, mich zu entschuldigen. Daraufhin stand Mr Chandler auf und geleitete mich nach draußen – Frauen sind im Herrenzimmer nicht erwünscht –, während Spalding sich zu Hank setzte.

Mr Chandler schmunzelte. „Ach, die Jugend und ihre Probleme. Mach dir keine Sorgen um Hank, Anne Perrin. Ich habe mir überlegt, wenn er schon den weiten Weg bis hierher gemacht hat, dann kann ich ihn doch auch ein paar von meinen Freunden hier im Club vorstellen. Wer weiß, vielleicht findet sich etwas für ihn bei Coca-Cola. Mach dir keine Sorgen."

„Aber Dobbs möchte gern, dass er zum Tanz kommt."

Mr Chandler schüttelte den Kopf. „Glaub mir, Hank verspürt nicht den geringsten Wunsch, dort hinzugehen."

„Und dann wird er auch noch das ganze Wochenende bei euch wohnen. Was für eine missliche Situation."

„Zerbrich dir mal nicht deinen hübschen Kopf darüber, meine liebe Anne Perrin. Wir Männer kriegen das schon in den Griff."

Spalding kam aus dem Herrenzimmer. „Bis morgen dann, Henry", rief er über die Schulter, nahm meine Hand und führte mich wieder nach oben in den Ballsaal.

Dobbs sah in ihrem violetten Abendkleid, das zweifellos aus Beccas Fundus stammte, wie immer wunderschön aus. Wir tanzten Seite an Seite und lächelten uns dabei sogar an, aber wir kannten uns zu gut. Beide waren wir todunglücklich und wollten eigentlich ganz woanders sein.

Dobbs

Als ich vom Tanzen nach Hause kam, war im Haus alles still. Ich verabschiedete mich unter der porte cochère von Andrew und er küsste mich kurz auf die Lippen und bedankte sich für einen wunderbaren Abend. Leise stieg ich die Treppe nach oben. Ich war völlig durcheinander. Parthenia hatte Hanks Rosen auf meine Kommode gestellt. Als ich den Rosenstrauß sah, ließ ich mich mit einem Stöhnen aufs Bett fallen. Natürlich hatte ich den Tanz mit Andrew und mit den vielen anderen Jungs genossen, aber heimlich hatte ich immer wieder zur Tür geschielt und gehofft, Hank würde auftauchen und mich mitnehmen.

Hank schlief in diesem Augenblick im Gästezimmer unter mir und ich war versucht, auf Zehenspitzen nach unten zu schleichen und ihm mein Herz auszuschütten. Aber was würde dabei zum Vorschein kommen? Nur Zweifel und Verwirrung und letzten Endes würde ich ihn wieder verletzen. Ich lag fast die ganze Nacht wach und ließ jeden einzelnen Augenblick, den ich in den letzten zweieinhalb Jahren mit Hank erlebt hatte, Revue passieren. Als es draußen dämmerte, schlief ich endlich ein.

„Mary Do-hobbs! Frühstück!" Tante Josies fröhliche Stimme weckte mich, aber mir war nicht nach Frühstück zumute. Wie sollte ich mit Hank an einem Tisch sitzen, der sich vor Rührei, Schinken, Biskuits und Soße fast bog, und vor der Familie so tun, als wäre alles in bester Ordnung?

„Ich bin noch nicht so weit, Tante Josie! Fangt schon mal ohne mich an. Ich bin gleich da."

Als ich nach unten kam, war Hank nicht da. Aber Mutter. „War es schön gestern Abend, Mary Dobbs?"

„Ja. Es war ganz nett." An Mutters Blick konnte ich sehen, dass meine Tante ihr alles erzählt hatte.

„Wo ist Hank?", wollte ich wissen.

„Er ist in seinem Zimmer und bereitet sich auf den Gottesdienst vor", antwortete Onkel Robert. „Er möchte den neuen Pastor der Westminster Presbyterian hören, Peter Marshall. Er wird mit dem Ford hinfahren."

Hank kam in die Küche. Er trug wieder Holden Singletons Anzug. „Guten Morgen, Mary Dobbs." Sein Ton war förmlich und reserviert.

„Hallo, Hank." Eine nicht enden wollende peinliche Stille folgte, während meine Mutter, meine Tante und mein Onkel zusahen. Schließlich sprang ich auf, warf dabei meinen Orangensaft um und sagte: „Darf ich dich vielleicht zum Gottesdienst begleiten?"

Tante Josie tupfte sich den Mund mit der Serviette ab, aber ich konnte sehen, wie ihre Mundwinkel nach oben wanderten.

Hank sah überrascht aus, zuckte aber mit den Schultern. „Gern, wenn du möchtest."

„Gib mir drei Minuten." Ich stürzte nach oben, ohne mich um meinen verschütteten Saft zu kümmern, aber ich glaube, die anderen störte das wenig.

„Es tut mir schrecklich leid wegen gestern", sagte ich, als wir im Auto saßen.

„Ist schon gut. War nicht deine Schuld."

„Ja, ich weiß, aber …"

„Du musst überhaupt nichts erklären. Lass nur." Hank wechselte das Thema und erklärte mir, wer Peter Marshall war.

Den ganzen Gottesdienst über saßen wir direkt nebeneinander, aber er berührte weder meine Hand noch streifte er meine Schulter. Wie gebannt beobachtete er den jungen Pastor, dessen Predigt kraftvoll und bewegend war. Er sprach darüber, wie man Zweifel überwindet. Ich bekam mehrere Male eine Gänsehaut. Mir war, als würde er direkt zu mir sprechen.

Ich konnte mir Hank genau vorstellen, wie er dort vorn stand und die Gemeinde mit seinen Worten fesselte. Ich wollte seine Hand drücken und ihm das ins Ohr flüstern, aber meine Hände blieben gefaltet auf meinem Schoß liegen und ich glaube, er hatte völlig vergessen, dass ich neben ihm saß.

„Gott möge mir eines Tages die Selbstsicherheit von Peter Marshall geben", sagte Hank hinterher. „Ich möchte Gottes Wort auch mit so viel Kraft verkünden. Das ist mein allergrößter Herzenswunsch."

Das war sein voller Ernst, das wusste ich. Ich hegte an Hank Wilsons Gefühlen für mich keinen Zweifel, aber seine wahre Liebe galt dem lebendigen Gott.

✦

Nach dem Mittagessen fuhr Mutter ins Piedmont Hospital zu Coobie. „Ich komme nachher wieder und wenn die Ärzte es erlauben, kannst du sie auch besuchen."

Mae Pearl, Peggy, Perri und ich fuhren derweil ins Armenhaus. Ich fragte Hank, ob er mitkommen wolle, aber er lehnte ab. „Fahrt ohne mich. Ich muss einige Dinge mit deinem Onkel besprechen. Aber ich finde es sehr löblich, was ihr da macht."

Mae Pearl nahm uns in ihrem Coupé mit. Hinter uns folgten Hosea, Cornelius und Parthenia im Ford.

Perri hatte ihren Fotoapparat dabei und verbrachte den Nachmittag auf der Suche nach den ersten Frühlingsboten. Sie hatte neue Filme von Philip dabei, die Hank mitgebracht hatte, und machte ein Naturfoto nach dem anderen. Die Wiesen waren von den ersten

Wildblumen gelb und weiß getupft und überall waren Knospen an den Bäumen.

Peggy und Mae Pearl gingen zu Mrs Clark, um ihr ein neues Projekt vorzustellen, das Mae Pearl im Kopf herumschwirrte. Ich hatte nichts zu tun und fühlte mich fehl am Platz.

Irgendwann schlenderte ich zu Annas Zimmer und sah von draußen zu, wie Parthenia sich auf ihren Schoß kuschelte. Hosea hatte Anna eine Hand auf die Schulter gelegt und strich ihr immer wieder zärtlich über die Wange. Cornelius reparierte derweil Annas Regal.

Irgendwann entdeckte mich Anna. „Kommen Sie doch rein, Miz Mary Dobbs."

„Anna ist im Armenhaus sicher", hatte Tante Josie mir eingeschärft. Ja, sie war sicher und wirkte sogar zufrieden. Parthenia sprudelte vor Erzähldrang über. Sie berichtete begeistert, wie Perri ihr das Fotografieren beibrachte, und dann von Hank, der mir die schönsten Rosen auf der ganzen Welt geschenkt habe.

Als die Zeit um war, legte Anna ihre schwielige Hand auf meine und sagte: „Machen Sie sich keine Sorgen um uns. Miz Chandler weiß, was sie tut, und ich vertraue ihr. Voll und ganz."

„Ja, Ma'am. Ich weiß."

☙

Am späten Nachmittag brachte Hosea Mutter und mich ins Piedmont Hospital.

Coobie sah in dem großen Krankenhausbett so klein aus. Ihr blasses Gesicht lugte unter der weißen Decke hervor. Die schwarzen Locken hingen schlaff herunter und ihre Haut hatte einen kränklichen Gelbstich. Trotzdem strahlte sie, als ich ins Zimmer kam. „Dobbsy!" Dann hatte sie einen schweren Hustenanfall.

Mutter ging zu ihr. „Flüstern, Liebling. Denk dran. Du sollst nur flüstern."

Ich blieb lange bei ihr. Mehrere Stunden. Wir spielten eine Partie Schwarzer Peter nach der anderen und ich versuchte krampfhaft, nicht Jackie an ihrer statt zu sehen. Manchmal musste ich sogar den Kopf schütteln, um das Bild loszuwerden. Wir sprachen nicht viel, aber auch das hätte Coobies tiefen, kehligen Husten nicht übertönen können.

Ich beobachtete, wie Mutter sanft und zärtlich Coobies Stirn mit einem feuchten Tuch abwischte oder ihr nach einem Hustenanfall die Mundwinkel abtupfte. Genauso hatte sie es auch bei Jackie gemacht. Wie hatte sie es wohl ertragen, auf einmal Vaters Kind aufnehmen zu müssen, es dann ins Herz zu schließen, es zu pflegen und schließlich mit ansehen zu müssen, wie es starb?

Am Abend saß ich bei ihr im Zimmer und sagte: „Es tut mir so leid, dass du das alles noch mal durchmachen musst."

Sie wusste genau, was ich meinte.

„Immer wieder frage ich Gott: Warum? Warum nur?"

Mutters Stimme war kaum lauter als ein Flüstern. „Das ist die falsche Frage, Mary Dobbs. Du verlierst den Verstand, wenn du dich daran festklammerst."

„Und was soll man bitte schön dann fragen?"

Mutter zuckte mit den Achseln. „Weißt du, Liebes, ich habe gelernt, *Was?* zu fragen und nicht *Warum?* ‚Herr, ich bin in einer unmöglichen Situation. Was soll ich tun?'"

„Und Gott sagt dir immer, was du als Nächstes tun sollst, ja?", fragte ich verbittert.

Mutter schmunzelte. „Wenn ich mir Zeit nehme, um hinzuhören, dann schon." Sie nahm mich wie früher als Kind auf dem alten Sofa in den Arm. „Stell ruhig deine Fragen, mein Kind. Du machst gerade eine schwere Zeit durch. Gott ist größer als deine Fragen, glaub mir."

Ich kuschelte mich an meine Mutter und dachte über Vater nach. Sein Leben war ein einziges Paradox aus Sünde und Vergebung, Glaube und unerbittlicher Reue, und obendrein geprägt von einem Eifer, der ihn auf direktem Weg in Schwierigkeiten und wieder heraus geführt hatte. Hinter ihm lag ein Schlachtfeld aus zerbrochenen Beziehungen.

Mein Vater war ein Mann der Extreme und Tante Josie hatte gesagt, ich sei so wie er.

Da war ich nun, ein Fähnchen im Wind. Auf der einen Seite ein übertriebener religiöser Eifer, auf der anderen eine zynische, verbitterte und wütende junge Frau.

Ich fragte mich, ob es möglich war, den Glauben als stabiles, festes Fundament zu haben, das nicht bei jedem Emotionssturm und jedem Ereignis ins Wanken geriet. Bei Mutter schien es zu funktionieren. Und bei Anna auch.

Nur bei mir nicht.

ぐ₃

Am Montag nach der Schule trafen Mutter und ich uns mit Coobies behandelndem Arzt. Er sprach mit freundlicher Stimme über Coobies Heilbehandlung, aber für mich klangen seine Worte kalt und steril.

„Mrs Dillard, wie Sie wissen, gibt es kein Heilmittel gegen das Leiden Ihrer Tochter. Das Heilverfahren, das wir vorschlagen, ist experimentell und es gibt es erst seit einem Jahr. Es dauert zwei Monate. Den ersten Monat wird Ihre Tochter in einem völlig sterilen Zimmer unter Quarantäne verbringen. Besuchsrecht gibt es nur für die Familie. Von den fünf Kindern, die letztes Jahr so behandelt wurden, geht es zweien schon deutlich besser. Sie zeigen fast keine Krankheitssymptome mehr." Er lächelte steif.

Mutter nickte.

„Und die drei anderen?", platzte es aus mir heraus. „Was ist mit den drei anderen Kindern passiert?"

Der Arzt räusperte sich zweimal. „Die anderen sind leider der Krankheit erlegen."

„Sie sind gestorben? So kurz nach der Behandlung?"

Er nickte.

„Und wenn die Behandlung für ihren Tod verantwortlich war?"

„Mary Dobbs", flüsterte Mutter mit Nachdruck. „Reiß dich zusammen."

Der Arzt lächelte gütig. „Ist schon in Ordnung. Ich kann verstehen, dass diese Neuigkeiten Sie wenig erfreuen. Aber die Sache ist die: Wir haben nur Kinder ausgewählt, bei denen die Krankheit bereits im letzten Stadium war. Also können wir nicht mit Bestimmtheit sagen, ob die Behandlung oder die Erkrankung letzten Endes für den Tod verantwortlich war."

„Und was kostet es?", fragte Mutter leise.

„Zweitausend Dollar für die erste Phase."

Mutter tastete erschrocken nach meiner Hand. Es hätte keinen Unterschied gemacht, wenn der Arzt von zwei Millionen gesprochen hätte. Niemand hatte so viel Geld, jetzt, mitten in der Wirtschaftskrise. Noch nicht einmal meine Tante und mein Onkel hatten so viel Bargeld, sondern sie hatten Land und Tiere, die Obstplantage und ein weites Herz.

Mutter hatte sich wieder halbwegs im Griff. „Und wann würden Sie mit der Behandlung anfangen?"

„Sofort."

Der Arzt nickte uns zu und verließ das Wartezimmer.

„Wir kriegen das Geld zusammen, Mutter. Irgendwie. Ich weiß es einfach."

„Ja, bestimmt." Aber ihre Stimme bebte. „Deine Tante und dein Onkel bezahlen schon jetzt den Krankenhausaufenthalt."

Hosea fuhr uns nach Hause. Im Auto herrschte verzweifeltes Schweigen. Mutters Gedanken konnte ich nicht lesen, aber ich für meinen Teil rechnete und rechnete, dachte an meine Phi-Pi-Schwestern und wie sie Coobie in ihre Gebete einschließen wollten. Ob ihr frischgeschlüpfter Glaube diesem Sturm standhalten konnte?

Perri

Hank und Dobbs kamen am späten Montagnachmittag vorbei. Dobbs war ganz blass und aufgelöst. Ich wusste sofort, dass sie keine guten Nachrichten brachte. Während sie mir um den Hals fiel, sah ich Hank fragend an. Er trug den Anzug meines Vaters und als ich das bemerkte, verschlug es mir den Atem.

„Sie kommt gerade aus dem Krankenhaus. Die Ärzte wollen so schnell wie möglich mit der Behandlung anfangen." Er wartete, dass Dobbs sich einklinkte, aber obwohl sie sich inzwischen aus der Umarmung gelöst hatte, stand sie nur wie eine taube Holzpuppe da. „Die Behandlung ist leider völlig unerschwinglich. Die Dillards müssten bis Ende März zweitausend Dollar aufbringen."

Ich dachte an Dobbs' Wundergeschichten. *„Gott kümmert sich. Er sorgt immer für uns."* In der vergangenen Woche hatte Dobbs ganz anders geklungen. *„Ich kann einfach nicht mehr. Jackie war Gott anscheinend egal und bei Coobie guckt er wieder tatenlos zu und wir dürfen leiden. Ich kann nicht mehr!"*

Hank kümmerte sich um Dobbs wie um eine kleine Schwester. Dabei wusste ich, wie sehr er sie eigentlich liebte. Ich hoffte, sie würde ihren Glauben wiederfinden, und ihren Hank auch.

Als sie gegangen waren, holte ich meine Pennybüchse hervor und stülpte sie um. Das Getöse ließ ich stoisch über mich ergehen und sah zu, wie Kupfer und Nickel und Silber durcheinanderpurzelten, sich drehten und rollten und schließlich zur Ruhe kamen. Hunderte und Aberhunderte Pennys, und inzwischen auch Nickel, Dimes und Vierteldollarmünzen lagen verstreut im Zimmer. Barbara, Irvin und Mama kamen erschrocken aus dem Wohnzimmer, wo sie Radio gehört hatten.

„Was zum …?", setzte Mama an, aber dann sah sie meinen entschlossenen Gesichtsausdruck. Sie lächelte und legte den Arm um meine Geschwister. „Kommt, wir hören uns den Rest von *Little Orphan Annie* an."

Ich fing mit den Pennys an, zählte dann die Fünfcentstücke, die Zehncentstücke und zum Schluss die Vierteldollarstücke. Ich wusste genau, was ich mit meinem Geld in der Büchse und dem, was ich noch von dem Lohn von Mr Saxton und vom Verkauf meiner eigenen Fotos übrig hatte, tun würde. So musste sich das anfühlen, wenn Dobbs ihr berühmtes Gespür hatte. Das ganze Geld würde ich für Coobies Behandlung spenden.

Ich zählte meine Münzstapel, schrieb die Zwischensummen in mein kleines Notizbuch und ließ die Münzen zurück in die Büchse rutschen. Als Barbara bettfertig ins Zimmer kam, war ich bei einhundertdreiundvierzig Dollar angekommen. Das war immerhin ein Anfang.

Im Dämmerlicht betrachtete ich die vier gerahmten Fotos von unserem Haus, die wir an die Wand gehängt hatten. Ich winkte ihm symbolisch zum Abschied und spürte, wie der Traum, das Haus meines Vaters und Großvaters irgendwann zurückzukaufen, leise starb. Aber irgendwie fühlte es sich richtig an.

☙

Am Dienstag erzählte ich den Mädchen aus unserer Klasse von der Zwickmühle, in der die Dillards steckten. Peggy berief sofort eine Phi-Pi-Sondersitzung nach der Schule ein. Wenn es darum ging, Schlachtpläne zu entwerfen, lief sie zur Höchstform auf. „Okay, Mädels. Ich schlage einen Benefiz-Tanzmarathon an einem der Märzsamstage vor, um Geld für Coobie zu sammeln."

„Ja, das ist eine tolle Idee! Das ist gerade sehr angesagt", stimmte Macon zu und fing sofort an, mit einem imaginären Tanzpartner durch den Raum zu schweben. Dabei wirbelten ihre roten Haare umher und ihre Hände flogen von links nach rechts und wieder zurück.

Eine nach der anderen ließ sich davon anstecken, bis wir alle kicherten und herumhüpften. Später sprudelten alle vor Ideen über, die uns im März zusätzliches Geld einbringen würden. Irgendwann beugte sich Mae Pearl zu mir herüber und flüsterte: „Perri, weißt du was? Ich glaube, das könnte wirklich funktionieren …"

Dobbs

Hank blieb die ganze Woche in Atlanta und suchte Arbeit. Jeden Morgen sahen wir uns beim Frühstück und hin und wieder unterhielten wir uns, aber es waren schrecklich künstliche Gespräche, als würden wir auf Zehenspitzen umeinander herumschleichen und versuchen, die Gedanken und Gefühle des anderen zu entschlüsseln. Es verging kein Tag, an dem Hank sich nicht mit Atlanta, Andrew Morrison, der Georgia Tech und dem Country Club messen musste.

Ich wollte am liebsten in beiden Welten leben und auf einmal sah es so aus, als könnte das tatsächlich funktionieren.

Es war der letzte Samstag im Februar – ein schöner, heller Tag, sonnig und ungewöhnlich warm. Leichter Frühlingsduft durchströmte das Anwesen. Ich half Parthenia gerade in der Küche, als Hank hereinkam. „Darf ich Mary Dobbs einen Augenblick entführen? Ich würde sie gern kurz sprechen."

Parthenia grinste bis über beide Ohren und machte einen Knicks. „Natürlich, Mista Hank. Sie leistet mir ja nur Gesellschaft. Kochen kann ich auch allein, jawohl."

Hank sah ziemlich ernst aus und ich bekam Angst und wurde zugleich aufgeregt. Wir spazierten in Richtung See, Seite an Seite, und als wir die Bank erreichten, auf der wir bei Hanks erstem Besuch in Atlanta gesessen hatten, bedeutete er mir, Platz zu nehmen. Dann stellte er sich vor mich. „Ich habe eine Stelle angeboten bekommen. Bei Coca-Cola. Hier in Atlanta."

Ich hielt die Luft an und meine Augen wurden riesengroß.

„Dein Onkel hat seine Beziehungen spielen lassen, hat mir lauter Bewerbungsgespräche besorgt, und es sieht so aus, als würden sie mich nehmen. Viel Geld ist es anfangs nicht, aber es gibt Aufstiegsmöglichkeiten."

„Oh Hank! Wie schön! Endlich einmal gute Nachrichten!" Fast wäre ich aufgesprungen und ihm um den Hals gefallen, aber dann merkte ich, dass er nicht lächelte. Er sah mich immer noch ernst an und ich war mir nicht sicher, ob er mich überhaupt gehört hatte.

„Also wollte ich dich fragen, wie du über uns denkst. Über dich und mich. Ich will dir nichts vormachen. Die Stelle ist nicht gerade das, wovon ich geträumt habe, aber es ist ein Anfang, und ich nehme sie an, wenn … wenn du hier in Atlanta bleiben willst. Ich habe gehört, dass du überlegst, aufs College zu gehen." Seine Stimme war leicht belegt. „Was ich damit sagen will, ist, dass ich immer noch ziemlich viel für dich empfinde, Dobbs, und ich habe gesagt, ich würde auf dich warten, und dabei bleibe ich. Aber falls du kein Interesse mehr an mir hast und nicht in Atlanta bleibst, nun, dann hält mich hier nichts."

Miss Emma hatte mich schon zwei Mal darauf angesprochen, ob ich nicht aufs Agnes Scott College hier in Atlanta gehen wollte. Und jetzt passte mein Puzzle endlich zusammen. Ich würde bei Tante Josie und Onkel Robert bleiben, aufs College gehen, und trotzdem Hank bei mir haben. „Oh, wie wundervoll. Einfach wundervoll! Ich hatte solche Angst, dass wir auf ewig arm bleiben würden, aber wenn du für Coca-Cola arbeitest und wir in Atlanta bleiben … das wird himmlisch!"

Hank lächelte steif und ich begriff, was ich gerade gesagt hatte. „Nicht himmlisch, Hank. Ich meine, das wird herrlich."

Er setzte sich neben mich und ich malte mir unser Leben mit Geld, mit Freunden, mit Perri in der Nähe aus. Hank in Atlanta.

Hank im Gottesdienst bei Reverend Marshall. Hank als guter Einfluss auf die Geschäftsmänner. Hank bei mir. Ich nahm seine Hand und drückte sie. Manchmal gab es also doch ein Happy End.

☙

„Ist das nicht zum Schreien schön, Perri? Hank hat tatsächlich bei Coca-Cola Arbeit gefunden. Er bleibt in Atlanta und wer weiß, was daraus noch Großes werden kann!"

„Hört sich gut an", meinte Perri, aber sie klang nicht im Geringsten so, als würde sie sich für mich freuen. „Ich dachte immer, Hank macht sich nicht viel aus Geld."

„Macht er auch nicht, aber er braucht eine Arbeit und er will in meiner Nähe sein. Und jetzt, wo ich vielleicht noch ein Jahr in Atlanta bleibe und aufs College gehe, da passt das doch hervorragend, oder?"

„Also ich finde, das passt überhaupt nicht."

Ich war schockiert. „Wie meinst du das?"

„Geht er nicht in Chicago aufs Bibelcollege? Schmeißt er das jetzt einfach hin oder wie?"

„Nein, er … er verschiebt das sicher nur." Daran hatte ich überhaupt nicht gedacht.

Perri war nicht überzeugt. „Also, ich weiß nicht viel über Religion und die Berufungen des Herrn oder wie du das nennst, aber ich habe Hank mit den Kindern im Gottesdienst erlebt und wie er predigt und seine Augen leuchten und wenn er nicht von Gott berufen ist, weiß ich auch nicht."

Ich zuckte zusammen. „Aber er kann doch am Wochenende predigen. Und er muss ja nicht ewig bei Coca-Cola bleiben. Nur ein bisschen."

„Aber er hat sich entschieden, in Atlanta zu bleiben. Für dich."

„Ja, das habe ich doch gesagt. Er hätte den Job nicht angenommen, wenn ich kein Interesse mehr an ihm hätte. Aber das habe ich. Ich liebe ihn. Das weißt du doch. Ich habe ihn immer geliebt."

„Ja." Perri verschränkte die Arme und legte den Kopf schief. „Außer, dass das hier nicht nach Liebe aussieht. Sondern nach etwas anderem. Es ist so, ich weiß nicht … berechnend. So wie ich früher."

Ihre Worte trafen mich. „Nein, Perri. So ist es nicht. Wirklich."
Der Blick aus ihren klaren grünen Augen war unerbittlich. „Ich will nur das Beste für dich und Hank. Mehr nicht."

Perri

Penny für Penny, Vierteldollar für Vierteldollar kamen in den nächsten Wochen zusammen. Die ganze Phi-Pi-Verbindung sammelte Geld für Coobie. Mr Saxton gab mir neue Filme und ich machte mehr Fotos, als ich je für möglich gehalten hätte. Meine Porträtbilder von den Schülerinnen des Washington Seminarys waren so beliebt, dass noch zwei weitere Schulen anfragten. Parthenia war immer dabei. Sie winkte die Mädchen zu unserem Stand he-ran und zeigte auf unser selbst geschriebenes Schild: „Helft Coobie!" Und dann erzählte sie und erzählte, was für ein tolles Mädchen Coobie sei, und bevor die Schülerinnen überhaupt richtig darüber nachdenken konnten, posierten sie schon für ein Foto und legten zehn Cent auf den Tisch.

Macon hatte die großartige Idee, den Jungs fünf Cent für jeden Cookie und jeden Brownie abzuknöpfen, den sie bei ihren Stippvisiten aßen. Andrew, Sam und sogar Spalding sagten es weiter und bald wimmelte es – sogar auf unserer kleinen Veranda – vor hungrigen Collegestudenten, die einem kranken Mädchen helfen wollten.

Hosea kam mit einem Beutel voller Geld von den Leuten in seiner Kirche und auch in St. Luke's wurde an einem Sonntag für Coobie gesammelt.

Bei einer Phi-Pi-Sitzung Mitte März meinte Peggy auf einmal: „Hast du nicht erzählt, dass Dobbs' Mutter so gut nähen kann? Wir könnten doch unsere Kleider für den Maifeiertag bei ihr in Auftrag geben, anstatt zu Rich's zu gehen. Das Geld kommt dann Coobie zugute."

Noch bevor Peggy mit ihren künstlichen Wimpern geklimpert hatte, gingen alle leitenden Phi-Pi-Mitglieder zu Mrs Dillard und bestellten ihre feinen Roben. Dobbs' Mutter saß fortan tagsüber im Krankenhaus bei Coobie und abends im Haus der Chandlers und nähte unsere Kleider.

Der Tanzmarathon Mitte März war ein voller Erfolg. Vom Oglethorpe College, der Georgia Tech, Emory und der Boys High kamen die Jungs, die Mädchen vom Washington Seminary, der North Avenue Presbyterian School for Girls, der Girls High und Agnes Scott. Der Eintritt betrug einen Dollar und Lisa hatte jede Menge Sponsoren organisiert. Mae Pearl und Sam tanzten geschlagene fünf Stunden, Spalding und ich hielten sechseinhalb Stunden durch. Andere Paare tanzten sogar den ganzen Tag bis spät in die Nacht. Außerdem versteigerten wir alle möglichen Tänze und zu meiner großen Überraschung wurde ich dreimal „gekauft". Spalding hatte nichts dagegen. Sein Vater spendete sogar dreihundert Dollar.

Ein gemeinsames Ziel schweißt zusammen. Während wir Brownies buken, den Tanzmarathon vorbereiteten und Geld während der Stippvisiten einsammelten, waren aller Neid, alle Konkurrenz und Kleinlichkeit plötzlich vergessen. Wir hatten nur eins vor Augen: zweitausend Dollar für Coobie.

In der letzten Märzwoche zählte Lisa das Geld. „Eintausendzweihunderteinundzwanzig Dollar und zweiundfünfzig Cent. Dazu kommt noch das Geld für die Kleider von Mrs Dillard, vierhundertsechzig Dollar. Und die Chandlers haben schon dreihundert Dollar angezahlt, damit die Behandlung losgehen konnte." Sie rechnete alles zusammen. „Es fehlen nur noch achtzehn Dollar und achtundvierzig Cent."

Die Mädchen brachen in Jubel aus und ich rannte sofort zu Mary Dobbs, um ihr die gute Nachricht zu bringen. Wir hatten es geschafft! Gott hatte das Unmögliche möglich gemacht.

Dobbs

Die Behandlung verschlimmerte Coobies Zustand so sehr, dass sie nicht einmal mehr reden konnte.

Ich ging zur Schule, konnte mich aber nicht auf den Unterricht konzentrieren. Mutter besuchte Coobie jeden Tag im Krankenhaus und ich löste sie nach der Schule ab, damit sie zu den Chandlers fahren und an den Kleidern weiternähen konnte. Ich wusste, dass nach und nach immer mehr Geld zusammenkam, aber ich war zu erschöpft, um mich darum zu kümmern.

Mich kümmerte nur eins: Meine kleine Schwester siechte dahin.

Hank fing bei Coca-Cola an und wohnte übergangsweise bei den Chandlers. Wir begegneten einander im Haus und aßen gemeinsam an einem Tisch, als wäre er mein großer Bruder. Keine verliebten Blicke, kein gegenseitiges Necken, nur die Sorge um Coobie, die auf uns allen lastete. Hank kam abends erschöpft und verschwitzt nach Hause und ging dann noch aufs Feld zu Hosea oder Tante Josie im Haus zur Hand. Er war überall und nirgends und kümmerte sich hinter den Kulissen um alles.

Becca bekam ihr nächstes Kind, ein Mädchen, und das hob die Laune von Tante Josie, Onkel Robert und Mama ein wenig. Mama machte sich gleich daran, aus dem übrig gebliebenen Stoff von Macons Kleid ein kleines Kleidchen zu nähen. In den darauffolgenden Tagen wechselten Mutter, Tante Josie und Onkel Robert im Piedmont Hospital zwischen der Entbindungsstation, in der das Leben beginnt, und der Station, wo unheilbar kranke Kinder auf den Tod warteten, hin und her.

Eines Tages saß ich gerade in der Dunkelkammer und starrte auf das Sommerfoto mit meinen Schwestern, als Parthenia hereinkam. Sie hatte die Hände hinterm Rücken, machte einen kleinen Knicks und kam langsam auf mich zu. „Weißtu, Miz Chandler hat gesagt, ich kann ein paar von den eingeweckten Pfirsichen und anderen Früchten und Marmelade nehmen, die wir im Sommer gemacht haben. Dellareen ist nach Johnson Town gefahren und hat sie für Coobie verkauft. Bist du jetzt böse? Die Gläser habe ich hingebracht und ein paar Frauen haben gebacken, jawohl, und wir sind fast alles losgeworden." Sie holte ein Stofftaschentuch hervor, das sie zu einem Säckchen gebunden hatte. „Ganz voll mit Münzen ist das, guck mal. Viel ist es nicht, aber alles für Miz Coobie."

„Oh, Parthie. Danke!" Mehr brachte ich nicht heraus. Ich umarmte sie und hielt sie lange fest.

„Besuchen darf ich Miz Coobie ja nicht, ich weiß, aber ich hab ihr einen Brief geschrieben. Kannstu ihr den mitnehmen? Sie fehlt mir so."

„Natürlich. Den bringe ich ihr gleich morgen."

☙

Die Behandlung wurde für fünf Tage unterbrochen und wir waren erleichtert, als Coobie so weit zu Kräften kam, dass sie wieder sprechen konnte. Eines Nachmittags saß ich gerade allein bei ihr, als sie plötzlich fragte: „Muss ich sterben, Dobbsy? Hat es schon angefangen?"

Ich war erschrocken und versuchte, so unbesorgt wie möglich zu klingen. „Natürlich nicht, Coobs. Du kriegst eine ganz spezielle Behandlung, damit du wieder gesund wirst."

„Aber die macht mich so krank. Ich denke immer, ich muss sterben."

„Das tut mir sehr leid. Manchmal muss es erst schlimmer werden, bevor es besser werden kann. Aber die Medizin soll dich gesund machen."

„Aber nur vielleicht."

„Warum sagst du das?"

„Na, weil es ja auch sein kann, dass es nicht funktioniert."

„Daran darfst du gar nicht denken, Coobs."

Sie tätschelte mir matt die Hand. „Brauchst nicht so tun, als ob es mir besser geht. Ich weiß, dass das nicht stimmt. Das fühle ich, ganz tief drin."

Ich schluckte und bekam den Mund nicht auf.

„Aber mach dir keine Sorgen, Dobbsy. Wenn ich sterbe, bin ich bei Jesus."

Meine Augen füllten sich mit Tränen, aber ich weigerte mich, sie kullern zu lassen. Stattdessen presste ich die Lippen aufeinander und drehte mich zur Wand. Aber in mir drin schrie alles: *Nein! Nein, nein, nein! Das lasse ich nicht zu!*

☙

Am 30. März war der Betrag für die Behandlung fällig. Tags zuvor hatte mich Perri in der Schule beiseitegenommen und mir berichtet, wie viel Geld in den vergangenen fünf Wochen gesammelt worden war. Ich war von der Großzügigkeit und dem Einfallsreichtum der Mädchen überwältigt. Und von ihrer Opferbereitschaft. Ich wusste, was für Opfer Perri gebracht hatte, auch wenn sie mir nie auch nur ein Sterbenswörtchen verraten hatte. Jahrelang hatte sie Pennys gesammelt und unzählige Fotos verkauft. Ich kannte ihre Büchse und ihren Traum, eines Tages das Haus ihrer Familie zurückzukaufen. Und nun hatte sie alles für meine kleine Schwester gegeben.

Meine kleine Schwester, bei der die Behandlung überhaupt nicht anschlug. Meine kleine Schwester, die hohläugig an die nackten weißen Wände starrte.

Ich nahm den Zettel von Perri mit in mein Zimmer und sah mir die sorgfältig untereinandergeschriebenen Zahlen genau an.

$1.221,52 – Tanzmarathon und andere Sammelprojekte
$ 460,00 – Kleider von Mrs Dillard
$ 300,00 – Vorschuss von den Chandlers
$1.981,52 – Gesamtsumme

Unter die letzte Zahl hatte Perri *Gott lässt dich nicht hängen!* geschrieben.

Mein Herz fing an zu pochen und mein Brustkorb schmerzte. Ich nahm Parthenias Taschentuch und schüttete es auf dem Bett aus. Langsam, gründlich, fast schicksalsergeben zählte ich die Münzen. Längst ahnte ich, wie viel Geld es sein würde, und ich behielt recht.

$18,48.

Gott ließ mich nicht hängen, und zwar bis zum letzten verdammten Penny.

Perri hatte er sich in Form eines Fotos offenbart.

Und mir mit einem Taschentuch voller Pennys.

Ich zerriss den Zettel mit den Zahlen in tausend kleine Stücke und ließ den ganzen aufgestauten Hass in meinem Herzen heraus. Nicht Liebe oder Dankbarkeit, sondern blanken Hass.

„Von wegen, du lässt mich nicht hängen!", schrie ich. „Alle anderen haben mich nicht hängen gelassen! Mutter hat sich die Finger wundgenäht, die anderen haben hart gearbeitet, Vater und Frances rufen jeden Tag an und weißt du, wofür das Geld am Ende draufgeht? Für nichts und wieder nichts!"

Ich schluchzte. „Für nichts, verstehst du? Weil Coobie stirbt! Warum? Warum lässt du das zu? Was soll ich mit der exakten Summe, wenn sie doch stirbt?"

„*Frag nicht* warum, *frag* was."

Mutter.

Ich sank auf die Knie und vergrub das Gesicht in den Händen. „Also schön", flüsterte ich. „Ich gebe auf. Du hast gewonnen. Du bist größer; du bist stärker; du darfst machen, was du willst. Dann sag mir doch wenigstens, was ich tun soll. Wenn du zweitausend Dollar für meine Schwester hinblättern kannst, kannst du mir doch sicher auch verraten, was du als Nächstes von mir willst."

Ich blieb lange so sitzen, bis aller Hass, die Enttäuschung und die Wut raus waren. Ich fühlte mich wie Jakob, der die ganze Nacht mit Gottes Engel gerungen hatte, und am Ende hörte ich von Gott nur einen einzigen Satz: *Vertrau mir.*

Kapitel 26

Perri

Wenn man frisch zum Glauben gefunden hat, erscheint einem alles irgendwie einfach. Nachdem Gott sich erst mir gezeigt und dann auch noch für Coobie die Welt aus den Angeln gehoben hatte, schwebte ich auf einer optimistischen Wolke in den April. Mit Coobie würde alles gut werden, mit Dobbs würde alles gut werden, Spalding würde irgendwann entlarvt und unser Haus würden wir auch noch auf wundersame Weise zurückbekommen.

So gingen jedenfalls Dobbs' Geschichten immer aus.

Ich schätze, Gott gibt einem anfangs einen naiven Glauben, damit man erst einmal fröhlich losmarschiert. Das Adrenalin, das uns durchströmte, nachdem wir die gewaltige Summe für Coobie gesammelt hatten, gab uns bei Phi Pi das Gefühl, stark und unzerstörbar zu sein.

Daher konnte ich kaum verstehen, warum Dobbs mir am zweiten April so blass und mitgenommen auf dem Schulflur entgegenkam. Gott hatte ihr doch durch das Wunder mit Parthenias Pennys gezeigt, dass alles gut werden würde.

„Coobie spürt, dass sie stirbt", sagte Dobbs leise nach der Englischstunde zu mir. „Sie spricht andauernd darüber. Zuerst habe ich ihr zu erklären versucht, dass es ihr wegen der Behandlungen erst einmal schlechter geht und dass sie letzten Endes davon gesund wird. Aber jetzt ..." Dobbs sah so erschöpft und mutlos aus, dass ich es kurz mit der Angst zu tun bekam.

„Nein, Dobbs. Gott macht sie wieder gesund. Das hat er dir doch gezeigt."

Dobbs nahm ihre Schulbücher und hielt sie fest umklammert. So gingen wir nach draußen in den hellen Sonnenschein. „Er hat mir nicht gezeigt, dass er Dobbs heilt, Perri. Sondern nur, dass er Gott ist, und ich nicht."

„Oh", erwiderte ich und ärgerte mich darüber, wie piepsig meine Stimme plötzlich klang.

„Ich schaffe das nicht, Perri. Ich kann nicht zusehen, wie sie dahinsiecht. Das halte ich nicht aus."

Mein Optimismus war wie weggeblasen. Kurz blitzte in meinem Kopf das Bild von Daddys baumelnden Beinen auf und Grauen packte mich. Als Dobbs plötzlich ihre Bücher auf den sauber getrimmten Rasen fallen ließ und an meiner Schulter in Tränen ausbrach, tat ich es ihr wenige Sekunden später gleich.

Dobbs

Es ist schrecklich, jemandem, den man liebt, beim Sterben zuzusehen und zu wissen, dass man nicht unschuldig daran ist. Atlanta brachte Hank Stück für Stück um. Er arbeitete erst einen knappen Monat bei Coca-Cola, als mir etwas an ihm auffiel. Er lächelte nicht mehr. Er alberte nicht mehr mit Parthenia herum oder neckte Barbara und Irvin, wenn wir bei den Singletons zu Besuch waren. Ich bekam von ihm zwar immer noch kleine Briefchen für Coobie, aber sie waren nicht mehr lustig geschrieben. Beim Abendbrot unterhielt er sich mit Onkel Robert über Coca-Cola, aber seiner Stimme fehlte die Leidenschaft, die Begeisterung. Wenn er mich ansah, sprach aus seinen Augen eine entsetzliche Sehnsucht, aber da war noch etwas anderes. Ein schleichender Tod.

Zuerst sagte ich mir, er müsse sich erst an seine neue Arbeit gewöhnen und daran, dass ich so viel Zeit mit Coobie verbrachte. Es war kein Wunder, dass er etwas müde aussah. Aber irgendwann musste ich mir die Wahrheit eingestehen. Ich war egoistisch und selbstsüchtig. Ich wollte glücklich sein und deswegen sollte Hank hier arbeiten. Ich hatte Pläne und in die sollte er sich einfügen. Ich, ich, ich. Als ich meinen Mut zusammennahm und ihn darauf ansprach, ging mir seine Ehrlichkeit durch und durch.

Wir machten Anfang April einen Nachmittagsspaziergang am See. Drei kleine Entenküken folgten piepsend ihrer Mutter und machten winzige Wellen. Eine Trauerweide mit dicken, knorrigen Wurzeln ließ ihre Zweige ins Wasser hängen, und unter ihrem grünen Blätterdach stand eine Bank. Ich blieb stehen und blinzelte Hank gegen das Sonnenlicht an, das durch die Blätter fiel.

„Du magst deinen Job nicht, oder?"

„Nein." Hank blieb vor der Steinbank stehen. „Aber ich will dich, Mary Dobbs, und dafür ertrage ich fast alles. Obwohl ich erst dachte, ich könnte ohne dich leben."

Wahrscheinlich hätten seine Worte meinem Herzen Flügel verleihen sollen. Aber anstatt zu fliegen, stürzte es ab, und als es auf den Boden krachte, wurde mir klar: „Du würdest deine Berufung für mich aufgeben? Selbst, wenn das gegen alles ginge, was Gott von dir will?"

„Die Liebe ist eine sehr starke Kraft, nicht wahr? Für die Liebe bringen Menschen die verrücktesten Opfer." Er zögerte. „Liebe ist stärker als der Tod", flüsterte er.

Ich musste schlucken. Hank liebte mich so sehr, dass er sich gegen Gottes Plan für sein Leben entschied. Und ich durfte haben, was ich wollte: ein gutes Leben und Hank. Den großen Missionsauftrag wollte ich nicht mehr. Aber war das richtig?

Mir fielen Perris Worte ein. *Das ist keine Liebe. Das ist so … berechnend.*

„Das kann ich nicht zulassen, Hank. Du darfst nicht aufgeben, was du wirklich liebst. Du liebst Gott; du liebst es, von ihm zu reden und Kindern zu zeigen, wer er ist."

„Aber ohne dich an meiner Seite kann ich mir nichts davon vorstellen. Das ist es ja. So ist es nun mal."

Ich dachte an das Foto von Perri auf dem Schoß ihres Vaters, an das Taschentuch voller Münzen und an Gottes Satz *Vertrau mir*. Und dann traf ich eine Entscheidung. Plötzlich hatte ich wieder dieses Gefühl von damals, als ich wusste, Atlanta würde mich verändern und Perri und ich würden beste Freundinnen werden.

„Du gehörst hier nicht her, Hank. Es war falsch von mir, dich zu diesem Job zu drängen. Ich war so schrecklich egoistisch."

Aus seinem Blick sprachen tiefe Traurigkeit und Erleichterung. „Das warst nicht nur du. Ich wollte schließlich bleiben. Ich wollte dich unbedingt zurück, darum habe ich meinen Verstand und Gottes Stimme einfach ausgeblendet."

„Du gehörst nach Chicago."

Er nickte langsam. „Ja. Du hast recht, Dobbs. Das hier ist der falsche Ort für mich. Ich muss zurück ans Moody Bible Institute, zurück in den Dienst."

Ich hatte einen dicken Kloß im Hals und konnte kaum schlucken. Mir war, als wäre das Feuer zwischen uns hier in Atlanta bis auf den letzten Funken erloschen.

„Schätze, es gibt genug junge Männer in Atlanta, die meinen Job wollen. Und dein Onkel sagt, ich kann im Mai auf der Weltausstellung in Chicago jederzeit wieder bei Coca-Cola anheuern."

„Du hast schon mit Onkel Robert gesprochen?"

„Er ist nicht blind, Mary Dobbs. Er weiß, dass das nicht der richtige Job für mich ist. Und jetzt, wo du das auch so siehst ..." Er zuckte mit den Schultern. „Ich habe mein Bestes gegeben, wenn du weißt, was ich meine."

Warte auf mich, Hank! Warte auf mich! Ich wollte losschreien. Mein Herz pochte wie verrückt. „Es ist wegen Coobie. Ach, wegen allem. Ich bin so durcheinander."

„Ich weiß. Deswegen ist es besser, wenn ich nicht mehr hier bin. Eine Sorge weniger für dich."

Trotz all seiner Liebeserklärungen ahnte ich, was das bedeuten sollte. Er gab mich frei und das war der richtige Schritt. Zum Heulen, aber richtig.

Wenige Tage später stieg Hank in den Zug nach Chicago und niemand versuchte es ihm auszureden. „Er war nicht mit dem Herzen bei der Arbeit", sagte Mutter. „Sein Platz ist in Chicago."

„Er hat das nur für mich gemacht", gab ich taub zurück.

„Ich weiß. Und dann hat er gesehen, dass du noch nicht so weit bist."

„Ich war so unfair ihm gegenüber, Mutter. Er sollte warten, während ich mir über so vieles klar werden wollte."

„Immer schön eins nach dem anderen, Mary Dobbs. Immer schön eins nach dem anderen."

༄

Wir bekamen fast jeden Tag Post von Vater. In den dicken Umschlägen steckten oft ein Brief für Mutter, einer für Coobie und einer für mich. Sogar Frances schrieb häufig. Vater war auf dem Papier irgendwie anders. Ich hatte erwartet, seine Briefe würden vor eindeutigen, klaren Aussagen über Gottes Allmacht und vor Ausrufezeichen nur so strotzen. Aber sie waren ganz anders. Er schrieb mir, wie Tante Josie ihn als Kind angezogen und in einem Kinderwagen herumgefahren hatte, was er als Junge für Dummheiten angestellt und wie hübsch er Mutter gefunden hatte – „wie eine Fata Morgana" –, als er sie zum ersten Mal gesehen hatte. Und er meinte, seine fünf Frauen – damit meinte er uns – hätten ihn zum glücklichsten und reichsten Mann der Welt gemacht.

Er hielt mir keine Predigt, beschwerte sich nicht darüber, wie ich ihn behandelt hatte, und bat auch nicht für seine Vergangenheit um Vergebung. Ehrlich gesagt schrieb er fast überhaupt nichts über Gott. Ich erkannte in seinen Briefen einen Mann, der über sein Leben und seine Familie nachdachte, aber nicht mitleidheischend oder übermäßig reuevoll. Und er klang auch nicht besorgt wegen Coobie. Das beschränkte er wohl auf die Briefe an Mutter. Aber er kündigte an, dass Frances und er sofort nach Atlanta kommen und auf unbestimmte Zeit bleiben würden, wenn Frances' Schuljahr vorbei war.

Bisher hatte *auf unbestimmte Zeit* nicht zu Vaters Wortschatz gehört. Er war ein Mann der Tat, hatte stets Ziele und Pläne und hielt sich unerbittlich an seinen Terminplan. Aber jetzt nicht. Er wollte endlich kommen, endlich Coobie sehen. Ich wusste, was dahintersteckte, auch wenn er das nie sagte. Er wollte seine Tochter noch einmal sehen, bevor sie starb.

○○

Coobies Fragen über den Tod brachen mir das Herz, aber sie holten mich auch aus meiner Starre. Ich brauchte dringend etwas zu tun, um nicht ständig an Hank und Andrew, das College, die gestohlenen Sachen und Coobies Schicksal zu denken. Meine kleine Schwester sollte nicht nur die nackten Krankenhauswände anstarren, und so ließ ich mir von Cornelius ein großes Brett machen, an das ich alle möglichen Fotos nagelte – aus unserem gemeinsamen Sommer, aktuelle von Parthenia, und auch das von Hank mit

Coobie auf dem Rücken, als sie in Atlanta angekommen waren. Ich konnte die Augen nicht davon lassen. Hank hatte den Rücken leicht gebeugt, die Hände in der Luft, und die kichernde Coobie schlang ihre Arme um seinen Hals. *Ach, Hank.*

Ich schrieb sogar ein paar fröhliche und hoffnungsvolle Bibelverse auf und klemmte sie ans Brett.

„Was für eine schöne Idee, Mary Dobbs", meinte Tante Josie beeindruckt, als sie mein Brett sah. „Das bringt mich gleich auf eine Idee." Sie ging in den Garten und machte sich an den Blumen zu schaffen. Coobie sollte anstelle der weißen Wände blaue, weiße und rosafarbene Gardenien, Rosen und Hortensien bewundern.

Die Krankenschwester stellte sich quer, als sie mich mit den Vasen und dem Fotobrett kommen sah. Sie ging zum Arzt und kam mit einem verstörten Gesichtsausdruck zurück. „Der Doktor sagt, die Blumen seien erlaubt."

„Das überrascht Sie?"

„Das ist bei dieser Art der Behandlung eigentlich nicht vorgesehen", erwiderte die Schwester, räusperte sich und zwang sich zu einem Lächeln. „Aber es ist ja eine experimentelle Behandlung. Gehen Sie ruhig mit den Blumen rein. Und den Fotos."

Ich stellte die Vasen auf das Fensterbrett und das Fotobrett auf einen Stuhl gleich neben dem Bett. Hätte ich doch nur eine Kamera gehabt, um Coobies Gesichtsausdruck festzuhalten. Für einen Augenblick war das schelmische Funkeln in ihren Augen zurück. Ein kleines Lächeln huschte über ihr Gesicht und sie holte ihre dünnen Ärmchen unter der Decke hervor und zeigte auf das Foto von sich und Hank. „Das beste Pferdchen der Welt."

Und dann sagte sie etwas, das mich mit Fred Astaire über die Bühne schweben lassen wollte. „Wann kann ich denn endlich mit Parthenia runter zum See gehen und die Glühwürmchen zählen, wenn es dunkel wird? Sie meinte, das sei fast noch besser als Eis."

„Das glaube ich gern. Ach, in Null komma nichts bist du schon draußen und kannst dir das Spektakel mit ihr ansehen."

Bevor ich ging, klemmte ich noch den Brief von Parthenia und drei Briefe von Vater ans Brett. Auf dem Weg nach draußen sah ich, wie selig Coobie zu den Fotos hinübersah – mit einer Mischung aus Glaube, Hoffnung und Liebe im Blick.

An diesem Abend kam Tante Josie in mein Zimmer. „Onkel Robert und ich möchten für dich eine Abschlussfeier organisieren", sagte sie in ihrer typischen Art ohne Umschweife.

Ich hatte gerade aus dem Fenster gestarrt, mit meinen Haaren gespielt – die dringend einen neuen Schnitt brauchten – und an Coobie gedacht. „Eine Feier? Für mich?"

„Ja. Das ist bei den Abgängern des Washington Seminary so üblich. Und mir würde das enorm viel Vergnügen bereiten."

„Aber das viele Geld! Ich meine, du und Onkel Robert habt schon so viel für mich getan. Ich darf hier wohnen, ihr habt mir Kleider gekauft, die Schule bezahlt. Und jetzt habt ihr euch auch noch an Coobies Krankenhauskosten beteiligt und fast die ganze Familie liegt euch auf der Tasche und …"

„Es wäre uns eine Ehre." Ihre Betonung brachte mich zum Nachdenken. Ihre Worte klangen, als wäre es ihr wirklich wichtig.

„Mary Dobbs, du bist für mich wie eine Tochter geworden. In dir steckt so viel Leben und Hoffnung und Freundlichkeit und du hast das ganze Haus damit erfüllt. Dein Onkel und ich sind der Meinung, eine schöne Feier könnte uns alle einmal auf andere Gedanken bringen. Wir haben schon mit deiner Mutter darüber gesprochen. Sie sieht das genauso." Tante Josies Mundwinkel wanderten nach oben. „Was ich auch nicht anders erwartet hätte."

„In Ordnung", lenkte ich ein. „Dann lasst uns feiern. Ich würde mich sehr darüber freuen."

Am nächsten Tag kam Parthenia auf mich zugehüpft, sobald ich von der Schule zurück war. Ihre kleinen dunklen Beinchen tänzelten unter ihrem Rock und sie hatte einen Strauß Wildblumen in der Hand. „Sie hat ihr Frühlingskleid an, jawohl", verkündete sie fröhlich.

„Wer?"

„Die Wiese unten am Fluss! Überall Veilchen! Das sieht soo schön aus."

Sie griff nach meiner Hand und ich konnte nicht anders, als mit ihr zu hüpfen, vorbei an der Scheune, der Unterkunft der Diener und bis hinunter zum See.

„Und jetzt umdrehen", befahl Parthenia.

Der Hügel war tatsächlich von winzigen violetten Blüten übersät und mit gelbem Löwenzahn und Wiesenlupinen getupft. Mit etwas Fantasie sah die Wiese wirklich aus wie ein riesiger, aufgeblähter Rock.

Parthenia wirbelte fröhlich herum. „So richtig rausgeputzt hat sie sich. Und wir machen eine große Feier, au ja! Es gab schon so lange keine mehr hier. Seit der Sache mit der armen Mama. Aber jetzt endlich! Und wir werden alles ganz doll schmücken. Und wie."

Ihr Blick wurde auf einmal ganz stolz. „Und Miz Perri hat gesagt, ich darf mit ihrem Apparat fotografieren. Hat sie gesagt. Ich darf sogar zu noch drei Abschlussfeiern fahren und knipsen. Also bin ich schon fast eine Expertin, wenn deine Feier kommt."

Mir fielen die Fotos an Coobies Fotobrett ein, die Parthenia kürzlich gemacht hatte. „Du hast wirklich ein Auge dafür. Schön, dass Perri dir das erlaubt."

Aber was ich wirklich und von ganzem Herzen wollte, war, dass Parthenia und Coobie Hand in Hand über die Wiese tanzten, und dass Mutter und Vater, Hosea und Anna ihnen dabei zusahen. So sollte Gott das machen, und nicht anders.

Perri

In der zweiten Aprilhälfte wurde ich nicht nur auf alle Abschlussfeiern meiner Klassenkameradinnen eingeladen – manche als Nachmittagstee, andere als Soirée –, ich wurde dank Mr Saxton oft auch als Fotografin gebucht. Spalding war immer meine Begleitung, aber ich ließ ihn oft stehen, um die Fotos zu machen. Ich übte, mich unauffällig zu bewegen, um ungestellte Bilder zu bekommen. Es gab aber noch einen Grund für mein Schleichen. In Wahrheit hielt ich die Kamera auch deshalb im Anschlag, damit ich jederzeit bereit war, Spalding oder sonst jemanden einzufangen, der eine silberne Gabel oder einen Löffel in der Tasche verschwinden ließ.

Mrs Chandler erlaubte Parthenia, mich zu begleiten, und sie lernte schnell und war mir bald eine echte Hilfe. Alles, was sie von mir durch ihre unzähligen Fragen in der Dunkelkammer gelernt und im Armenhaus beobachtet hatte, wandte sie jetzt an. Und sie sorgte für Unterhaltung und schwärmte den Mädchen von Cornelius' Bastelkünsten oder von meinen Fotos von ihr vor, damit ich sie in bester Laune ablichten konnte. Als schließlich sogar die schwarzen Diener mit Silbertabletts voller Petit Fours und kleinen Sandwiches bei ihr stehen blieben und sie ihr anboten, war Parthenia im siebten Himmel.

Auf dem Weg nach Hause sprühte sie jedes Mal vor Begeisterung und dann sagte sie Dinge wie: „Miz Perri, wart's nur ab. Die allerschönste Party, die allerallerschönste hat Miz Chandler für Miz Dobbs geplant. Du wirst schon sehen, jawohl!"

Eines Abends entwickelten Dobbs und ich die Fotos von Emilys Abschlussfeier. „Hier, guck dir mal die an", meinte ich und legte eine fertige Filmrolle beiseite. „Die hat Parthenia gemacht. Ich habe ihr meine Eastman Kodak geborgt. Für so ein kleines Mädchen hat sie erstaunlich viel Talent. Und sie ist genauso ein Schelm wie Coobie. Soll ich dir sagen, was sie gemacht hat? Sie hat sich heimlich an Emilys Bruder und seine Flamme rangeschlichen und hat die beiden beim Knutschen im Wald geknipst. Und die beiden haben nichts gemerkt."

„Überrascht mich kein bisschen", erwiderte Dobbs grinsend.

Zum Beweis hielt ich das fertige Foto hoch. Parthenia hatte sich auf dem Bauch vorgerobbt, unter einem Busch, wie sie mir danach stolz erzählte. Das Foto war direkt von der Erde aus geschossen. Das Pärchen sah in die Länge gezogen aus, hatte breite Beine, schmale Oberkörper und kleine Köpfe. Die Proportionen stimmten überhaupt nicht. Aber sie küssten sich die Seele aus dem Leib, und damit stimmte das Foto wieder.

༺༻

Ich bekam Post von Philip und seine Zeilen brachten eine leichte Röte in mein Gesicht.

Liebe Perri,
Mary Dobbs hat Luke und mich zu ihrer Abschlussfeier Anfang Mai bei den Chandlers eingeladen. Wir hoffen, dass wir kommen können. Wäre es zu vermessen, dich darum zu bitten, meine Begleitung zu sein? Wir könnten zusammen fotografieren und hin und wieder übers Tanzparkett fliegen.
Mit fotografischen Grüßen
Philip

Ich konnte mir nichts Schöneres vorstellen, als mit Philip zusammen auf die Abschlussfeier zu gehen. Aber da ich ja immer noch so tat, als würde ich fest zu Spalding gehören, schnappte ich mir eine Bildpostkarte, mit der Parthenia und ich für meine Dienste warben, und schrieb:

Lieber Kollege,
wie schön, dass du nach Atlanta kommst. Ich freue mich schon darauf, dich und Luke wiederzusehen. Deine Einladung bedeutet mir mehr, als ich in Worte fassen kann. Leider habe ich schon eine Verabredung für die Feier bei den Chandlers, aber falls ihr ein paar Tage bleibt, würde ich euch gern Atlanta zeigen. Vielleicht können wir auch in Jacob's Drugstore auf ein Eis vorbeischauen?
Auf viele gute Fotos
Perri

Dobbs

Der April war ein reines Paradox für mich. Ich pendelte zwischen Piedmont Hospital und Partys, dem Geruch von Desinfektionsmitteln und vollen Essensplatten hin und her. Als ich mit meinen Phi-Pi-Schwestern bei der Generationenfeier für uns, unsere Mütter und Großmütter war, tankte ich neuen Mut. Alle sprachen von der Zukunft, von Coobie, und waren fest davon überzeugt, dass die Behandlung anschlagen würde.

Zweimal begleitete Mutter mich zu einer Feier und sie fügte sich mit ihrem selbst genähten dunkelblauen Kostüm wunderbar ein. Tante Josie hatte darauf bestanden, dass Mutter und ich vorher in den Schönheitssalon gingen und Mutter ließ sich strahlend einen Bob verpassen, der dem meinen ganz ähnlich sah. Als der Friseur noch sagte: „Sie sehen aus wie Schwestern", lachte Mutter geschmeichelt und in meinen Ohren klang das wie Musik.

Andrew Morrison begleitete mich zu jeder Soirée. Es hatte etwas Berauschendes an sich, die hübschen Kleider anzuziehen – teilweise aus Beccas Schrank, teilweise von Mutter aus Stoff genäht, den Tante Josie besorgte. Ich genoss das Gefühl des kühlen Satinstoffs, der weichen Seide und der frisch gebügelten Baumwolle. Es gefiel mir, wie Andrews Augen aufleuchteten, wenn ich in einem neuen Kleid die Treppen im Haus der Chandlers herunterstieg, und ich kostete die Zeit mit ihm voll aus. Er hatte eine ernste Seite und wir sprachen viel über Gott und unsere Zukunftsträume, aber er konnte mich genauso meine Sorgen und Ängste wegen Coobie vergessen machen, wenn er mich beim Tanz in den Armen hielt oder mich mit seinem bübischen Grinsen anstrahlte.

Aber nicht lange.

Dann war ich wieder bei Coobie und jedes Mal, wenn ich in ihr Zimmer kam, hatte ich Mühe zu atmen. Es ging ihr einfach nicht besser.

Eines Tages lag sie auf der Seite, als Mutter und ich hereinkamen. Ich dachte, sie schliefe, aber sie hörte uns und flüsterte: „Ich bin wach." Sie hustete schwach. „Könnt ihr mir helfen" – wieder ein Husten und sie versuchte, sich aufzusetzen – „einen Brief an Parthie zu schreiben?"

Langsam und mit Pausen zwischen jedem Wort, manchmal auch zwischen den einzelnen Silben, diktierte sie. „Liebe Parthenia, du fehlst mir. Vielen Dank für deinen Brief. Ich lese ihn jeden Tag und bete dasselbe wie du. Die Glühwürmchen zu zählen und die Blumen auf dem Hügel zu sehen, darauf freue ich mich schon. Alles Liebe, Coobie."

Wie sehr hoffte ich, dass dieser Wunsch wahr werden würde! Mir kam der Gedanke, die Ärzte zu fragen, ob Coobie das Krankenhaus verlassen könnte, wenn auch nur für eine Stunde. Die Briefe und

Fotos munterten sie auf. Würden nicht die Sonne und die vielen Blumen ihr noch mehr Kraft geben?

☙

An jenem Abend waren Tante Josie und Onkel Robert bei Becca, um ihre kleine Enkelin zu sehen. Mutter und ich saßen auf der Veranda und ich fasste mir ein Herz. „Ich glaube, wenn Coobie etwas zustößt, dann werde ich Gott für immer hassen und nie wieder an ihn glauben", flüsterte ich. Ich saß auf meinen Händen und baumelte nervös mit den Beinen. „Du nicht auch?"

Kaum hatte ich meine Zweifel laut ausgesprochen, bereute ich es. Mit Argusaugen beobachtete ich Mutter. Sie ließ das blassblaue Kleid, das sie gerade säumte, sinken und sah hinaus in den Abend, wo die Grillen ihr unerbittliches Konzert gaben und Glühwürmchen blinkten. Dann rutschte sie ein Stück näher an mich heran.

„Meine liebe Mary Dobbs, so funktioniert das mit dem Glauben nicht. Du kannst nicht nur dann glauben, wenn du alles kriegst, was du dir wünschst. Das Leben ist anders. Aber wir schultern die Lasten gemeinsam, verstehst du? Wir helfen uns gegenseitig. Wir nehmen, was da kommt, und vertrauen auf Gott. Auf dieser Welt wird niemals alles gut und gerecht sein. Das kommt erst später. Der Herr hat uns vorausgesagt, dass wir hier manchmal mit Mühsal und Leid konfrontiert werden. Aber er hat uns auch versprochen, dass er uns nie verlässt. Er ist hier. Seine göttliche Gegenwart ist immer da. Und eines Tages wird er uns alle Tränen abwischen, das hat er uns zugesagt. Aber das kommt erst später."

Ich hasste Mutters Antwort, aber ich wusste auch, dass das die volle Wahrheit war. „Ich verstehe Gott einfach nicht!", platzte es aus mir heraus. „Er hat sich um die ganzen Armen in Georgia gekümmert, die mir eigentlich ziemlich egal waren, hat sie durch uns mit Essen versorgt, aber Coobie macht er nicht gesund. Ich verstehe ihn einfach nicht!"

Auf Mutters Lippen lag wieder dieses weise, geduldige und mitfühlende Lächeln. Sie legte mir eine Hand unters Kinn und sagte: „Mary Dobbs Dillard, ich glaube, du hast nie etwas Wahreres gesagt. Damit triffst du den Nagel direkt auf den Kopf. Wir können Gott immer besser kennenlernen, als unseren Vater, unseren Freund. Danach können wir streben. Aber ihn zu verstehen? Das wird uns nie gelingen. Die Wege des Herrn sind unergründlich und viel zu hoch für uns. Sie übersteigen unseren Verstand bei Weitem." Sie umarmte mich. „Wir vertrauen ihm, weil er uns liebt." Und mit leiser Stimme fügte sie hinzu: „Selbst dann, wenn wir ihn nicht verstehen."

☙

Kurz vor dem Schlafengehen schlug ich 1. Mose 22 auf und las, wie Gott Abraham auftrug, seinen Sohn Isaak zu opfern. Und Abraham hatte gehorcht, aber kurz bevor er seinen Sohn hatte töten wollen, hatte ihm ein Engel Einhalt geboten und einen Widder im Gestrüpp als Opfer gezeigt.

So hatte ich mir Gott immer vorgestellt. Er half, wenn es höchste Eisenbahn war. Wenn ich an ihn glaubte, hatte ich auch etwas davon: ein Wunder oder zumindest seine Hilfe. Gott war mir etwas schuldig.

Aber bei Coobie funktionierte das nicht. Das Geld war da, aber es ging ihr nicht besser. Allmählich dämmerte es mir. Ich versuchte, Gott in eine Formel zu pressen, damit man ihn erklären konnte, so wie Perri, wenn sie mir bei Mathematik half. Und das funktionierte bestens – schließlich hatte er schon so oft eingegriffen. Aber Mutter hatte recht. Gott zu verstehen war ein Ding der Unmöglichkeit und er verlangte von mir, ihm uneingeschränkt zu vertrauen, ohne dass ich den Widder sah.

Mutter, Anna und Vater waren felsenfest davon überzeugt, dass Gott immer da am Wirken war, wo sie waren – im Armenhaus, auf einem Fest, im Krankenhaus oder in einem Versammlungszelt. Und sie versteiften sich offensichtlich nicht darauf, dass alles nach ihrem Willen ging, weil sie darauf vertrauen konnten, dass Gott wusste, was er tat.

Mir fiel ein, was Anna mir gesagt hatte. Sie hatte alles probiert und schließlich begriffen, dass es einen Grund geben musste, warum sie im Armenhaus war.

Gott konnte eingreifen, ohne Zweifel. Aber würde er es auch tun?

Ich ging vor meinem Bett auf die Knie und legte meine Schwester in Gottes Hände. „Du weißt, was am besten ist, und deswegen werde ich dir ab jetzt wieder vertrauen."

Obwohl ich mich nicht von der Stelle gerührt hatte, hatte ich das Gefühl, einen Zentimeter näher an Gott herangekrochen zu sein.

„Sei bei mir, Jesus", flüsterte ich. „Bitte, lass mich nicht allein."

Kapitel 27

Perri

Neben den ganzen Abschlussfeiern ging es im April naturgemäß um die Vorbereitung des Maifests. Die ganze Schule war damit beschäftigt, Anspiele zu schreiben und Tänze einzustudieren. In diesem Jahr drehte sich alles um die Jahreszeiten und dafür hatten wir uns auch bei der griechischen Mythologie bedient. Ich rechnete damit, dass Dobbs mit der Bibel herumfuchteln und uns Vorwürfe machen würde, aber sie hatte sich wirklich verändert. Sie machte sogar als eine der jungen Frauen beim Tanz des Winters mit. Mae Pearl bekam die Hauptrolle und sie übte und übte und sah tatsächlich aus wie ein Filmstar oder eine Ballerina. Sie sprang umher, machte Pirouetten und verbreitete mit Händen voller Rosenblätter den Frühling auf der Bühne.

Natürlich wurde Mae Pearl auch in den Hofstaat der Schönheitskönigin gewählt. Hier ging es rein um Schönheit, so wie es in den Verbindungen immer um gutes Aussehen und ein einnehmendes Wesen ging. Diese Dinge waren mir stets wichtig gewesen und ich hatte früher oft davon geträumt, selbst einmal zum Hofstaat zu gehören. Also hätte ich völlig außer mir vor Freude und überglücklich sein sollen, als Peggy verkündete, dass ich sogar die Schönheitskönigin des diesjährigen Maifests sein würde. Aber auch ich hatte mich verändert. Das alles war mir nicht mehr wichtig.

Es wurde begeistert geklatscht und ich bedankte mich sehr herzlich bei allen, aber meine Wangen glühten und ich fragte mich, was Dobbs dazu sagen würde.

„Ist doch fabelhaft, Perri", sagte sie am nächsten Tag in der Pause zu mir. „Du bist nun mal die Hübscheste in der Klasse und du hast es verdient."

Als sie sah, wie ich die Stirn runzelte, fügte sie hinzu: „Ja, es gibt Wichtigeres im Leben, ich weiß. Aber du solltest diese Ehre genießen." Sie wickelte sich eine Haarsträhne um den Finger. Seit sie ihre lange Mähne los war, hatte sie sich das angewöhnt. „Du, ich habe letztens nachgelesen, was Jesus über das Lachen und das Weinen sagt. Und weißt du was? Für eine gute Feier war Jesus immer zu haben. Am liebsten natürlich Hochzeiten, aber ich glaube, er hätte auch nichts gegen den Maifeiertag einzuwenden. Trotz der griechischen Mythologie."

Zu meiner Erleichterung sagte sie nichts über Jesu Verhältnis zum Weinen. Ich wollte nicht, dass sie schon wieder an die arme Coobie dachte, die ihren Schilderungen zufolge nur noch aus Haut und Knochen und kraftlosen schwarzen Löckchen bestand.

Dobbs

Jeden Tag fragte mich Parthenia, wie lange es noch dauern würde, bis Coobie sich die Wildblumen angucken kommen würde und ich suchte jedes Mal nach einer positiven Ausrede. Aber irgendwann hatte sie genug. „Diese Doktors wissen überhaupt nicht, was gut für sie ist. Lassen sie zwei Monate eingepfercht im Bett. Ist doch klar, dass sie schwach und blass und mürrisch und müde wird. Haben die nicht *Der geheime Garten* gelesen? Miz Chandler hat das meiner Mama ausgeliehen, nämlich, und dann hat Mama es mir vorgelesen, als ich fünf war. Und ich hab's schon zweimal selbst gelesen, jawohl. Aus Büchern kann man viel lernen und ich verrate dir was. Dieser Dickon, der wilde Junge, wusste genau, wie er den kranken Colin wieder gesund macht. Der sollte nämlich nicht immer nur im Bett liegen und ganz frech und böse sein. Ja, genau. Er musste nach draußen. Und das braucht Miz Coobie auch, jawohl. Sonne und Luft und Blumen und sogar ... sogar Pferdemist!" Sie strahlte mich an. „Coobie riecht gern Pferdemist. Das hast du nicht gewusst, oder?"

Das war neu für mich, aber es überraschte mich nicht.

☙

Als ich den Arzt kurz darauf allein erwischte, hielt ich mich an Parthenias Rat. „Sir, ich weiß, dass das eigentlich nicht zur Behandlung gehört, aber Coobie geht es nun mal nicht besser, sondern immer schlechter, und da wollte ich fragen, ob ein paar Stunden Sonnenschein wirklich so schädlich wären? Sie haben gesagt, die Behandlung dauere zwei Monate. Die sind inzwischen um. Was passiert denn jetzt?"

„Miss Dillard", erwiderte der Arzt und seufzte. „Ihre Schwester ist ziemlich krank." Er rieb sich müde die Augen. „Und sehr schwach."

Aber dann, nach einer langen Denkpause, fügte er zu meiner großen Erleichterung hinzu: „Obwohl, Sie haben recht. Vielleicht tun ihr etwas Sonne und ein Tapetenwechsel gut. Ich weiß nur, dass wir hier im Augenblick mit unserem Latein am Ende sind."

Er sah sich um, als würde er mir gleich ein Geheimnis anvertrauen. „In fünf bis zehn Jahren werden wir ganz andere Behandlungsmethoden für diese Krankheit haben. Miss Dillard, wir machen Fortschritte. Es tut mir nur so leid, dass wir jetzt noch nicht so weit sind."

„Vielleicht hält sie die Liebe so lange am Leben."

Der Arzt zuckte mit den Schultern. „Den Versuch ist es wert."

„Also können wir sie für einen Tag mitnehmen?"

„Nein. Nicht für einen Tag. Ich werde sie entlassen. Morgen. Ich fürchte, wir haben alles getan, was wir können. Geben Sie ihr Sonne und Blumen." Er sah mich traurig an. „Und Liebe."

☙

Am Dienstagmittag brachten wir Coobie nach Hause. Hosea fuhr extra langsam, als befürchtete er, dass ein Schlagloch Coobie umbringen könnte. Coobie lag mit einer Decke zugedeckt auf Mutters Schoß. Als wir bei den Chandlers ankamen, standen Tante Josie, Onkel Robert, Cornelius und Parthenia winkend unter den Bäumen.

Und neben ihnen Vater und Frances.

Parthenia kam zum Auto gestürzt, beugte sich durchs Fenster und legte Coobie einen kleinen Wildblumenstrauß auf den Schoß.

Weder Coobie noch Parthenia sagten ein Wort, sie lächelten sich nur eine lange Zeit an.

Dann kam Vater und hob Coobie aus dem Auto und sie schlang die Arme um ihn.

„Ich habe dich so vermisst, meine kleine Prinzessin."

„Hab dich auch vermisst."

Ich hakte mich bei Vater unter und wir liefen zum Haus, als wäre es das Normalste auf der Welt.

ఆ

An die Prüfungen kann ich mich noch nicht einmal vage erinnern. Ich nahm daran teil, wie alle anderen, aber ich wollte nur schnell nach Hause und auf die Veranda, wo Coobie unter einer frischen Decke auf der Chaiselongue lag. Meistens saß Parthenia neben ihr auf dem Boden und die beiden alberten herum. Coobies Husten war nicht weg, aber er hörte sich immerhin nicht mehr wie ein Todesurteil an.

Vater saß oft unter einer Eiche und diskutierte mit Onkel Robert über Politik oder er und Mama liefen Hand in Hand über das Grundstück. Manchmal half er auch Tante Josie, Parthenia und Cornelius im Garten. Ich musste mich hin und wieder kneifen, weil ich es kaum glauben konnte – mein Vater, glücklich und zufrieden, zu Hause bei seiner Schwester in Atlanta.

„Was ist eigentlich aus Irene Brown geworden?", wollte ich eines Nachmittags von ihm wissen. „Hat sie mit dem Geld wirklich ihre Schulden bezahlt? Und ist sie woanders hingezogen und hat neu angefangen?"

Vater schüttelte den Kopf. „Sie hat ihre Schulden beglichen und ist etwas näher zu Jackie gezogen. Aber sie hat nie feste Arbeit gefunden und ist schließlich wieder in ihr altes Muster verfallen. Ihr Zustand wurde immer schlechter. Wann immer wir konnten, haben deine Mutter und ich sie besucht, aber sie kam über den Verlust von Jackie nie richtig hinweg. Ich glaube, sie hat sich irgendwann aufgegeben. Ein Jahr nach Jackie ist sie gestorben."

„Es tut mir leid. Ach, einfach alles."

„Mir auch."

Ich wartete, ob er noch etwas über die Sünde anfügen wollte, aber er legte mir nur einen Arm um die Schulter und schwieg.

ॐ

Ich merkte, dass Coobie stärker wurde, als sie mich eines Tages unvermittelt ansprach. „Warum ist Hank eigentlich zurück nach Chicago gefahren?" Sie saß in Beccas Bett und hatte fünf verschiedene Kissen um sich gestapelt. „Er hat mir doch geschrieben, dass er hier bei Coca-Cola eine gute Arbeit gefunden hatte."

„Das stimmt ja auch. Aber dann hat er beschlossen, dass das doch nicht das Richtige für ihn ist. Er wollte zurück ans Bibelcollege und auf die Kanzel."

„Du liebst ihn nicht mehr, oder, Dobbsy?"

„Oh, doch. Hank bedeutet mir sehr viel."

„Dass einem jemand etwas bedeutet, heißt aber noch lange nicht, dass man ihn liebt. Und Parthie meinte, du warst gemein zu ihm. Du hast ihn links liegen lassen, obwohl er nur für dich die Arbeit angenommen hat. Und jetzt bist du immer mit diesem anderen Jungen zusammen, der dir die schöne Haarspange gegeben hat."

„Coobie!"

„Das hat sie gesagt. Und ich glaube ihr."

Was sollte ich da noch erwidern?

Ich hatte Hank zu meiner Abschlussfeier eingeladen – alles andere wäre sehr unhöflich gewesen. Aber er schrieb, dass er es, kaum vier Wochen nach seiner Ankunft in Chicago, für keine gute Idee hielt, schon wieder nach Atlanta zu kommen, aus „vielerlei Gründen". Er hatte recht und ich war erleichtert, aber es tat auch weh, es schwarz auf weiß zu sehen.

Coobie war sehr wütend auf mich, als ich ihr die Neuigkeit eröffnete. „Wenn irgendeiner macht, dass es mir besser geht, dann Hank! Warum musstest du ihn nur vertreiben?"

Das ging mir an die Nieren.

Cornelius hatte einen alten Rollstuhl repariert, den meine Großmutter in ihrem letzten Lebensjahr benutzt hatte. Coobie setzte sich hinein und ließ sich von Parthenia in Richtung See schieben. Von ferne sahen sie aus wie Dickon und Colin, geradewegs aus *Der gehei-*

me Garten entsprungen, auf ihrer eigenen Suche nach Gesundheit und Leben. Bald waren sie in das Wildblumenmeer eingetaucht.

☙

Lisa Youngs Eltern veranstalteten am Abend vor dem ersten Mai eine Abschlussfeier für ihre Tochter – eine Heuwagenfahrt auf ihrer Farm. Perri hatte mich angefleht, sie und Spalding mit Andrew zu begleiten. Die beiden kamen pünktlich vorgefahren. „Hallo!", rief Perri. „Dobbs? Andrew? Wo seid ihr?"

Parthenia, Andrew und ich saßen bei Coobie auf der Veranda, tranken Eistee und spielten Schwarzer Peter.

„Hier drüben", rief ich.

Sie kamen auf die Veranda und Perri gab Coobie einen Kuss auf die Stirn. „Oh, hallo Parthenia", meinte sie dann.

Parthie machte ihren Knicks und strahlte. „Hallo, Miz Perri. Du siehst mächtig toll aus."

„Danke. Kennst du Spalding schon?"

Mir stockte der Atem. Parthenia und Spalding, würde das gut gehen? Aber sie blinzelte nur, setzte ihr kokettes Lächeln auf und machte einen Knicks. „Hab Sie manchmal auf den Partys gesehen, Sir. Aber gesprochen haben wir noch nie."

Spalding lachte. „Na, da wird es aber höchste Zeit. Hallo, ich bin Spalding. Hab schon viel Gutes über dich gehört."

Parthenia wurde ein bisschen rot und versteckte ihr breites Grinsen hinter ihrer Hand.

Perri verdrehte die Augen. „Wir müssen los."

„Okay, geht schon mal vor", befahl ich. „Ich bin gleich da." Als Andrew, Perri und Spalding weg waren, kniete ich mich vor Parthenia hin. „Du kennst ihn?"

„Oh, ja. Hab ihn schon oft gesehen. Er ist doch immer auf den Partys. Hab ihn sogar schon mal fotografiert. Weil er so hübsch ist, na und?" In ihrem Blick war keine Spur von Angst zu sehen.

Ich setzte mich neben Andrew hinten in Spaldings rotes Cabriolet und dachte nach. Wenn Parthenia nicht vor Spaldings Foto Angst gehabt hatte, vor wessen dann?

Perri

Spalding und ich fuhren mit Dobbs, Andrew und noch drei anderen Pärchen auf einem Wagen, der bis oben hin mit Heu beladen war und von zwei Eseln gezogen wurde. Wir lachten und alberten herum, während die Esel uns quer über die Farm kutschierten. Danach gab es ein Grillfest mit Fleisch und Maiskolben, gebackenen Bohnen und zum Nachtisch Pfirsichpastete mit selbst gemachtem Vanilleeis.

Vollgefuttert und zufrieden legten Dobbs, Lisa, Emily, Peggy und ich uns auf die Decken, die unter einem großen Zeltdach ausgebreitet waren, und plauderten über das bevorstehende Maifest, während die Jungs irgendein Spiel spielten.

Als die Kapelle einsetzte, kehrten sie zurück. Ich merkte an Spaldings Atem sofort, dass er Alkohol getrunken hatte. Seit im Dezember das Alkoholverbot aufgehoben worden war, wurden immer häufiger Bier oder andere Spirituosen auf die Partys geschmuggelt.

„Du hast getrunken."

Er lächelte. „Nicht viel. Lass uns tanzen."

Die Kapelle zeigte, was sie konnte, und eine halbe, vielleicht eine ganze Stunde lang tanzten wir zwischen all den anderen Paaren, und ich fühlte mich sicher in der Menge. Parthenia hatte mein Angebot, mich als Fotoassistentin zu begleiten, höflich abgelehnt, weil sie lieber bei Coobie hatte bleiben wollen. Dobbs schien den Kopf mit anderen Dingen voll zu haben und so hatte ich Mae Pearl gefragt und sie war einverstanden gewesen. Wir wechselten uns ab. Einmal tanzte sie mit Sam, während Spalding uns etwas zu trinken holte und ich fotografierte und dann tauschten wir. Mae Pearl fand es „schrecklich aufregend", Fotos zu machen, obwohl sie wenig Ahnung davon hatte.

Bei einem langsamen Tanz schielte ich zu ihr herüber. Sie hob gerade die Zeiss Contax, steckte eine Blitzbirne auf, visierte uns an und zack! Wir mussten beide lachen. Spalding zog mich näher an sich heran, aber ich stellte mir vor, er wäre Philip, der schon in drei Tagen nach Atlanta kommen wollte.

„Ist das heiß hier!", meinte Spalding. „Zu viele Leute in einem Zelt … Lass uns spazieren gehen."

„Ich bin müde, Spalding. Mir ist überhaupt nicht nach einem Spaziergang."

Er kam mit seinem Gesicht näher. „Na komm. Nur eine kleine Runde." Er grinste mich an und ich hatte den Eindruck, dass seine Augenlider etwas hingen. „Ich habe gehört, die haben das größte Schwein im ganzen County in der Scheune da", fügte er hinzu und mir war, als lallte er ein wenig.

Widerwillig folgte ich ihm aus der Menge. Die Musik war selbst in der Scheune noch deutlich zu hören. Die Pferde wieherten und ich hörte Hühnergegacker. Wir gingen weiter hinein und stießen tatsächlich auf das größte Schwein, das ich je gesehen hatte. „Irgendwie widerwärtig", sagte ich. „Und es stinkt. Komm, wir gehen zurück."

Spalding lachte lauter als normal und da begriff ich, dass er wirklich nicht mehr nüchtern war. „Oh, nein. Jetzt wird's doch erst lustig." Er legte mir einen Arm um die Taille und fing mit der anderen Hand an, meine Bluse aufzuknöpfen.

„Hör auf! Du bist betrunken!" Ich schob seine Hand weg.

„Aber ich weiß trotzdem, was ich will. Hier und jetzt." Er drückte mich an sich.

Ich versuchte mich freizuwinden. „Hör auf! Ich bin nicht dein Besitz, Spalding Smith. Und ich habe keine Angst vor dir!"

Sein Griff um mein Handgelenk wurde so fest, dass ich vor Schmerz aufschrie. „Solltest du aber."

„Warum tust du so etwas? Bist du nicht ganz bei Trost? Oder ist es der Alkohol?"

„Ich habe meine Gründe. Sehr gute Gründe."

Er schien alle Hemmungen verloren zu haben. Ob ich jetzt die Wahrheit aus ihm herausbekommen konnte? „Welche Gründe?"

„Gründe eben", lallte er. „Ich habe meine und du hast deine. Mach mir doch nichts vor. Unsere Zukunft ist ein einziger Kompromiss. Ein großer Tauschhandel."

„Ich bedeute dir gar nichts, oder?"

Spalding beugte sich vor und sein nach Alkohol stinkender Atem schlug mir entgegen. „Doch, natürlich." Seine Finger spielten an meiner Bluse herum. „Ich liebe dich."

„Ja, aber so wie dein Auto oder deine Golfausrüstung."

„Na und?"

„Warum hast du das getan?"

„Ach komm. Ich habe nur getan, was du wolltest."

„Nein. Das stimmt nicht. Ich bin nicht zu dir gekommen. Du bist zu mir gekommen, gleich nach Daddys Beerdigung. Warum? Sag's mir."

„Ich brauchte dich eben." Sein Gesichtsausdruck gefiel mir überhaupt nicht. „Wir brauchten dich. Wir brauchten euer Haus."

„Unser Haus!"

Spaldings Finger gingen wieder auf Wanderschaft.

Ich drückte ihn weg. „Was redest du da?"

Spalding schüttelte den Kopf, als wolle er irgendeinen Gedanken loswerden, und flüsterte mir dann ins Ohr: „Ein Geschäftsmann mit Spürnase sieht diese Dinge kommen."

„Was soll das heißen, ‚sieht diese Dinge kommen'?"

„Sage ich nicht."

„Ich weiß es. Du bist der Dieb! Du hast all die Dinge auf den Festen mitgehen lassen. Und dann hast du sie bei uns zu Hause versteckt! Das war gar nicht Anna, oder? Sondern du!"

Damit hatte Spalding nicht gerechnet. Er packte mich an den Schultern und schüttelte mich. „Halt den Mund! Sei still, du verwöhnte Göre."

Plötzlich blitzte es. Mae Pearl stand da, die Augen weit aufgerissen, und zitterte wie Espenlaub. Sie hielt die Kamera umklammert und versuchte, eine neue Blitzbirne aufzustecken.

Sie drückte auf den Auslöser und wieder erfüllte kurz helles Licht die Scheune. „Lass sie in Ruhe, Spalding!"

Spalding lachte lauthals. „Mae Pearl, leg das Ding weg."

„Niemals. Ich habe alles mit angehört. Du bist ein Scheusal!"

Er stieß mich weg und ging auf Mae Pearl los. Sie wich zurück. Spalding holte aus und schlug ihr so hart ins Gesicht, dass sie hinfiel. Meine Kamera landete neben ihr. „Nichts hast du gehört! Gar nichts!"

Ich schrie und stürzte zu ihr. „Mae Pearl!" Ihre Augen waren zu und ein kleines Blutrinnsal rann ihr über die linke Schläfe. „Was hast du getan, Spalding! Du hast sie verletzt!"

Spalding stockte. „Tut mir leid. Das wollte ich nicht."

Ich knöpfte mir schnell die Bluse zu. „Ich hole Hilfe."

Da tauchte Sam Durand auf. „Hey, habt ihr Mae Pearl gesehen? Sie ist einfach verschwunden und ich …" Sein Blick fiel auf Mae Pearl, die am Boden lag. „Was ist passiert?"

Spalding und ich waren noch über Mae Pearl gebeugt. Bei Spaldings stechendem Blick lief es mir kalt den Rücken hinunter. Dann wandte er sich an Sam. „Perri und ich waren spazieren und haben Mae Pearl schreien hören. Sie ist wohl im Dunkeln hingefallen. Hat eine ziemlich üble Beule am Kopf."

Ich war zu perplex, um zu reagieren.

Sam stürzte zu Mae Pearl, hob ihren Kopf und versuchte, sie wach zu bekommen. Ihre Augen flatterten auf.

„Geht's dir gut?", fragte Spalding besorgt. „Du lieber Himmel, hast du uns einen Schrecken eingejagt!" Er half ihr auf und ich wusste, dass er ihr gleich irgendeine Drohung zuflüstern würde.

Ich versuchte, mich von ihm loszureißen, aber er hielt meinen Arm fest. Sam stützte Mae Pearl und ging mit ihr zurück in Richtung Haus. „Halt bloß deinen Mund", raunte Spalding mir zu. „Sie ist hingefallen. Hast du verstanden? Sie ist gestolpert und hingefallen."

„Du bist ein Monster", zischte ich. „Lass mich los!"

„Überleg dir, was du tust." Er ließ meinen Arm los. „Wäre doch ein echter Jammer, wenn noch jemand einen Unfall hätte."

༺ ༻

Ich eilte zum Haus der Youngs. Mae Pearl lag auf einer Chaiselongue und hatte sich bereits ein wenig erholt. „Ich habe kein bisschen Angst vor ihm!", flüsterte sie. „Hol du die Fotos aus der Kamera und dann werden wir sehen, wer hier vor wem zittert."

Trotz der schrecklichen Situation musste ich grinsen.

Da Spalding alles andere als nüchtern war, brachte Andrew ihn nach Hause und Dobbs und ich fuhren bei Sam und Mae Pearl mit. Wir redeten nicht viel auf der Fahrt. „Bis morgen", rief Mae Pearl uns nach, als Sam uns bei den Chandlers absetzte. „Und bring die Fotos mit."

Ich hatte bei Mama angerufen und gesagt, dass ich bei Dobbs

übernachten würde. Schnurstracks lief ich zur Dunkelkammer. Dobbs folgte mir stehenden Fußes. „Was ist denn los mit dir?"

„Das wirst du gleich sehen."

Während wir die Fotos entwickelten, erzählte ich Dobbs, was passiert war. „Er hat quasi zugegeben, die Sachen gestohlen zu haben und ich glaube auch, dass er wusste, dass Daddy Selbstmord begehen würde. Es ist so schrecklich!" Eine Stunde später lagen die Fotos in der Schale und wurden Realität – und da war es, verschwommen, aber trotzdem deutlich zu erkennen. Spalding, der mich am Arm festhielt, schüttelte, und mein schmerzverzerrtes Gesicht.

Dobbs sah sich die Fotos an. „Das tut mir so leid, Perri. Und Mae Pearl war so mutig. Aber ich fürchte, das beweist nur eins: Spalding kriegt schlechte Laune, wenn er betrunken ist."

ଓଃ

Am nächsten Morgen kam Mae Pearl mit einem Pflaster auf der Schläfe zur Schule, erklärte aber, es gehe ihr ansonsten gut. Wegen der ganzen restlichen Vorbereitungen für die Feier am Nachmittag hatten wir keine Gelegenheit, unter vier Augen zu reden. Ich beobachtete sie aus dem Augenwinkel, aber sie schien keine Angst zu haben, sondern strahlte eher so etwas wie Entschlossenheit aus.

Sie spielte ihre Rolle auf dem Maifest tadellos und jedes Mal, wenn jemand sie auf ihr Pflaster ansprach, wiederholte sie dieselbe Geschichte. „Ich habe gesehen, wie Perri und Spalding verschwunden sind und wollte ihnen nachschleichen, um ein paar unbemerkte Aufnahmen zu machen. Aber als ich mit der schweren, alten Kamera so gelaufen bin, bin ich über diese eine Wurzel gestolpert und genau aufs Gesicht gefallen."

Und weil Mae Pearl eine hervorragende Schauspielerin war, glaubten ihr alle. Obwohl sie nur einmal hätten nachdenken müssen. Mae Pearl war noch nicht ein einziges Mal über irgendetwas gestolpert. Aber sie erzählte tapfer ihre Geschichte und trug ihren Teil zu den Feierlichkeiten am Washington Seminary bei, zu denen wieder alle möglichen Gäste gekommen waren.

Das Licht am Nachmittag war perfekt. Ich wurde zur Maikönigin gekrönt und der weibliche Hofstaat tanzte um mich herum und setzte mir einen Lorbeerkranz auf. Ich lächelte und alle applaudierten. Ich lächelte und schluckte und atmete und blinzelte die Tränen weg. Die einzige Person, die ich an diesem Nachmittag wirklich sah, war Spalding Smith, der jede meiner Bewegungen beobachtete. Aber sein Blick war weder finster noch kalt. Aus seinen Augen sprach pure Angst.

☙

Später begriff ich, dass Mae Pearls Rolle auf dem Maifest für sie nur ein Nebenschauplatz gewesen war. Ihren richtigen Auftritt hatte sie erst am Abend, als die Gäste gegangen und die Mädchen nach Hause gefahren waren. Wir beide blieben als Einzige übrig. „Hast du den Film entwickelt?"

„Ja, gestern Abend noch, mit Dobbs."

„Dann lass uns zur Polizei fahren. Ich habe mich entschieden. Ich sage denen jetzt, was ich gehört habe."

„Aber Spalding wird alles abstreiten. Und er hat mit noch mehr solchen Unfällen gedroht."

„Ich habe dir doch gesagt, dass ich keine Angst vor ihm habe."

„Mae Pearl, die Sache ist gefährlich, glaub mir. Wenn wir nicht vorsichtig sind, geht es am Ende für die Diener der Chandlers ganz übel aus."

„Aber Spalding weiß doch gar nichts davon! Er hat zigmal gehört, wie ich meine Geschichte zum Besten gegeben habe. Er schöpft überhaupt keinen Verdacht." Sie stemmte die Hände in die Hüften. „Außerdem hast du doch letztens gesagt, dass wir keine Angst zu haben brauchen, weil Gott auf uns aufpasst."

Ich wusste nicht, was ich darauf erwidern sollte.

Also fuhr ich mit Mae Pearl zur Polizei und Mae Pearl und ich erzählten dem wachhabenden Polizisten, Officer Withers, alles haarklein. Der Ausdruck auf seinem schmalen, langen Gesicht war schwer einzuschätzen, vor allem, weil er einen dicken Schnurrbart trug. Das machte mir Sorgen. Wir zeigten ihm die Fotos und erklärten, dass Spalding mich bedroht und Mae Pearl geschlagen hatte und dass er ganz bestimmt an den Diebstählen beteiligt gewesen war. Officer Withers nickte und hörte sich alles an und als Mae Pearl fertig war, sagte er: „Ich würde gern Miss Singleton ein paar Fragen unter vier Augen stellen."

Mae Pearl sah ihn verwirrt an. Ich zuckte mit den Schultern.

„Ich warte draußen auf dich", beruhigte mich Mae Pearl.

Officer Withers brachte mich in ein Büro, schloss die Tür und bot mir einen Kaffee an. Ich lehnte ab.

„Miss Singleton, Sie und Ihre Freundin Miss McFadden behaupten also, dass Mr Smith für die Diebstahlserie im letzten Jahr verantwortlich ist, bei der während verschiedentlicher Feierlichkeiten aus Familienhäusern Gegenstände gestohlen wurden. Ist das korrekt?"

„Ja, Sir."

Er zündete sich eine Zigarette an. „Ich möchte Ihnen ein paar Fragen stellen. Sind Sie damit einverstanden?"

„Ja, natürlich."

„Waren Sie im Februar 1933 auf dem Valentinstanz bei den Chandlers?"

„Ja."

„Und auch ein paar Wochen später ..." Er blätterte in einer Akte. „im Haus von Becca Chandler Fitten?"

„Ja."

„Ich weiß, dass Sie wegen des Todes Ihres Vaters im vergangenen Jahr eine schwere Zeit durchgemacht haben. Nach meinen Kenntnissen hatten Sie ein enges Verhältnis zu Ihrem Vater und er vertraute sich Ihnen auch in finanziellen Fragen an."

„Mein Vater und ich haben oft über unsere Finanzen gesprochen."

„Wie würden Sie den Gemütszustand Ihres Vaters in den Wochen vor seinem Tod beschreiben?"

Ich runzelte die Stirn. „Was meinen Sie?"

„War er wegen der Finanzen übermäßig besorgt? Betrübt? Verzweifelt?"

„*Verzweifelte Leute tun verzweifelte Dinge*", fielen mir Mr Robinsons Worte ein.

Ich dachte an Daddys trauriges Gesicht, an seinen bekümmerten Blick, der nicht mehr hatte weichen wollen. „Er war genauso besorgt wie jeder andere Amerikaner, würde ich sagen, Sir."

„Verzweifelt auf Geld aus, vielleicht?"

„Nein!" Mir kroch Panik den Rücken hinauf.

„Interessant. Sehr interessant." Officer Withers drückte die Zigarette aus und lehnte sich zurück. Dann legte er alle Fingerspitzen aneinander und formte eine Brücke. „Wissen Sie, Miss Singleton, ich hatte nämlich heute schon Besuch von Mr Spalding Smith."

Ich traute meinen Ohren nicht.

„Verrückt, nicht wahr? Seine Geschichte hörte sich ganz anders an als Ihre und die von Miss McFadden. Er hat mir auch von Ihrem Streit gestern Abend erzählt, wegen der gestohlenen Sachen. Mr Smith behauptet, Sie und Ihr Vater hätten wertvolle Gegenstände auf Partys gestohlen; Ihr Vater hätte diese in Ihrem Haus versteckt und Sie wüssten, wo. Ist das wahr, Miss Singleton?"

Ich hörte das Blut in meinen Ohren pochen und funkelte den Polizisten wütend an. „Das ist absurd! Die Sachen sind nie gefunden worden – vor allem nicht bei uns zu Hause."

Abgesehen davon, dass Dobbs sie in Daddys Werkzeugkiste gesehen haben will.

Der Polizist beugte sich herunter, holte einen Schuhkarton hervor und hob den Deckel ab. Darin lag augenscheinlich alles, was bei den Chandlers gestohlen worden war – die Messer mit Perlmuttgriff, der Schmuck, das Tafelsilber. Mir wurde schlecht.

„Ist es nicht so, dass Mr Smith von seinem Vater gebeten wurde, sich um Ihr altes Haus zu kümmern? Er sagte, er habe all das hier gefunden, als er Ihnen beim Ausräumen half, und habe nur deswegen nicht gleich die Polizei eingeschaltet, weil er Ihre Schande und Trauer nicht noch vergrößern wollte."

„Das ist eine Lüge! Er selbst hat das alles gestohlen. Nicht mein Vater."

„Miss Singleton, Mr Smith hat ein wasserdichtes Alibi. Er war noch nie im Haus von Becca Chandler Fitten. Mrs Fitten hat uns das bestätigt. Genauso wenig war er auf den drei anderen Festen, bei denen im vergangenen Februar Dinge verschwunden sind. Aber immer waren entweder Sie oder Ihr Vater vor Ort." Officer Withers sah in seine Notizen. „Spalding Smiths Aussage zufolge würden Sie alles tun, um Ihre Familienehre zu beschützen und Ihr Haus wiederzubekommen. Er hat den Verdacht, dass noch mehr Diebesgut dort versteckt ist, hat es aber noch nicht finden können."

Ich starrte auf die Perlmuttmesser.

„Mr Smith hatte die Hoffnung, dass Sie den Mut haben würden, die Verbrechen Ihres Vaters offenzulegen. Er meinte, er habe Ihnen Zeit gelassen und versucht, Sie davon zu überzeugen, das Diebesgut aus Ihrem Versteck zu holen – der Werkzeugkiste Ihres Vaters – und zurückzugeben. Und darum soll es auch bei Ihrem Streit gestern Abend gegangen sein."

„Das sind alles Lügen!" Mir wurde schwindlig. Ich konnte nicht fassen, dass dieser Mann bereit war, diese verrückte Geschichte zu glauben. *Weil sie nicht verrückter ist als deine.*

Aber Daddy hat nicht gestohlen!

War er verzweifelt gewesen? Ja. Hatte alles auf dem Spiel gestanden? Ja. Hätte er deswegen gestohlen? Niemals!

Ich stand auf. „Das reicht. Ich beantworte keine Ihrer Fragen mehr, bis ich einen Anwalt habe. Sie haben überhaupt keine Beweise!" Ich musste mit meiner Mutter reden.

„Noch nicht, Miss Singleton. Noch nicht."

ೞ

Draußen erzählte ich Mae Pearl vom Verhör und den Anschuldigungen.

„So eine Frechheit! Wir werden beweisen müssen, dass er lügt. Siehst du, wie verzweifelt er schon ist? Er lügt und lügt und versucht, seine Spuren zu verwischen. Aber wir schnappen ihn."

„So kenne ich dich ja überhaupt nicht. Du bist so … so … kämpferisch."

„Was meinst du, wie erstaunt ich über mich selbst bin! Aber wir müssen diesem Spalding nun mal das Handwerk legen."

Ich setzte Mae Pearl bei ihrem Haus ab. „Sag bitte Mary Dobbs nichts davon. Wir reden nach ihrer Feier mit ihr. Ich möchte nicht, dass sie sich Sorgen macht. Sie soll den morgigen Abend einfach nur genießen."

Zu Hause angekommen zog ich Mama nach draußen, lief aufgeregt hin und her und erzählte ihr alles, was Spalding in der Scheune gesagt und getan hatte, von unserem Gang zur Polizei und dass Spalding schon vor uns dort aufgetaucht war und schwere Anschuldigungen gegen mich und Daddy erhoben hatte.

Während ich redete, wurde Mama immer wütender. So kannte ich sie gar nicht. „Du liebe Güte, Perri! Und ich dachte, er wäre ein charmanter junger Mann. Warum erzählst du mir erst jetzt davon?"

„Na ja, du mochtest ihn und ich wollte ja auch, dass das mit uns was wird. Ich dachte, ich bedeute ihm wirklich etwas, und dass wir uns gut ergänzen."

Mama kniff die Augen zusammen. „Du dachtest, er hat viel Geld und würde für uns sorgen."

„Ja."

„Perri, niemand hat gesagt, dass du hier für alles verantwortlich bist. Wie kommst du nur darauf? Dein Vater wäre krank vor Sorge, wenn er wüsste, dass du die ganze Last auf deine Schultern nehmen willst. Wir machen das doch gemeinsam." Sie rüttelte mich leicht an den Schultern. „Habe ich dich je gebeten, unsere Probleme zu lösen?"

„Nein, Mama, aber ich dachte, das ist alles zu schwer für dich."

„Zu schwer? Natürlich ist es schwer, aber man tut eben, was getan werden muss! Hast du nicht gemerkt, wie dankbar ich für das Geld war, das du von deinem Job im Fotogeschäft mitgebracht hast? Und dass das genug war? Jeder von uns trägt etwas bei. Jeder von uns. Nicht nur du allein. Es hängt doch nicht alles an dir, mein Schatz."

Mir fielen meine ersten Gedanken nach Daddys Tod ein. *Nichts wird wieder gut, es sei denn, ich sorge dafür. Von nun an hängt alles an mir.*

„Es tut mir so leid, Mama."

Ich fiel ihr um den Hals. Der Mond schien, die Grillen zirpten, und mir war, als würde ich sogar eine Nachtigall singen hören.

Wir setzten uns in die Gartenstühle. „Und was sollen wir jetzt machen?", fragte ich irgendwann.

Allein dadurch, dass ich diese Frage stellte, fiel mir ein Stein vom Herzen. Ich hatte meine Mutter immer als schwach und nicht belastbar eingeschätzt, aber jetzt begriff ich, dass sie diejenige gewesen war, die Daddy jahraus, jahrein beisammengehalten hatte, und sie hatte die Zähne zusammengebissen und für Barbara, Irvin und mich gesorgt, als er nicht mehr da gewesen war.

„Wir haben einen Anwalt", erwiderte sie ruhig. „Und ich werde Bill Robinson anrufen. Er kann uns sicher erklären, was Spaldings Vater mit dem Haus zu schaffen hat. Wenn einer das kann, dann er. Nicht zu fassen, dass dieser Bengel herumgeschlichen ist und sich die Taschen vollgestopft hat. Das bedeutet wohl, dass Mary Dobbs die ganze Zeit die Wahrheit gesagt hat, oder?"

„Ich glaube schon."

Mutter umarmte mich. „Es tut mir leid, dass ich dir das alles aufgebürdet habe. Das war keine Absicht."

„Das war doch nicht dein Fehler, Mama. Sondern meiner. Ich dachte, ich schaffe das allein. Aber ich schaffe es nicht." Ich überlegte. „Bitte, rede noch nicht mit dem Anwalt und Mr Robinson. Lass uns bis nach Mary Dobbs' Abschlussfeier warten. Ich könnte es nicht ertragen, wenn das Fest dadurch ruiniert würde."

„Wird Spalding auch da sein?"

„Ja, aber nicht als meine Begleitung. So viel ist sicher. Und ich kann mir nicht vorstellen, dass er nach allem, was passiert ist, dort auftaucht. Aber mach dir keine Sorgen. Falls doch, habe ich schon ein paar Ideen, wie ich ihn in Schach halten kann."

„Anne Perrin Singleton, denk dran, was ich gesagt habe. Wir schaffen das nur gemeinsam, hörst du?"

„Ja, Mama."

Ich glaube, ich sah meine Mutter an diesem Abend zum ersten Mal richtig. Sie war eine sehr tapfere Frau, eine zähe Überlebenskünstlerin. Hin und wieder hatte ich das im vergangenen Jahr durchblitzen sehen, aber jetzt nahm ich es richtig wahr und es änderte mein Bild von ihr.

Daddy hatte mich als seine Vertraute gewählt und als er starb, hatte ich alles mit mir selbst ausgemacht. Ich hatte in Mama eine Dame der gehobenen Gesellschaft gesehen, die für das wahre Leben nicht gewappnet war. Von wegen! Sie war genauso fähig zu kämpfen wie wir alle und sie fand bei Mr und Mrs Chandler, den Robinsons und bei vielen anderen Unterstützung.

„Wir schaffen das nur gemeinsam."

Ich hatte alles nur noch schlimmer gemacht. Mein erbärmlicher Versuch, die Familie zu retten, hatte sie noch näher an den Ruin gebracht.

Kapitel 28

Dobbs

Ich verbrachte den Tag damit, mich für die Feier fertig zu machen und versuchte nicht an Hank zu denken. Ich hatte beschlossen, an diesem Tag alle Sorgen auszublenden. Das war ich meiner Tante und meinem Onkel schuldig. Ich wollte die Party genießen.

Parthenia war schon am Morgen ganz aufgeregt, huschte von hier nach da und war überhaupt nicht richtig bei der Sache. Zweimal kippte sie einen Dip um, den Tante Josie kreiert hatte, und beim zweiten Mal konnte ich sehen, wie sie mit den Tränen kämpfte.

„Was ist denn nur los mit dir?", wollte ich wissen. „Mach dir keinen Kopf. Es ist nur eine Party."

Parthenia nickte und kaute auf ihrer Lippe. „Weiß ich ja. Aber ich bin so schrecklich aufgeregt."

Coobie wollte auf keinen Fall abends reingehen müssen, also schmückte Cornelius ihren Rollstuhl mit Luftballons und bunten Kissen und dann trug er eine Chaiselongue bis nach unten an den See und fand einen schattigen Ort für sie, sodass Coobie sich hinlegen und trotzdem unter den Gästen bleiben konnte.

Mutter hatte für Frances, Coobie und sich selbst wunderschöne hellblaue Kleider genäht. Für mich hatte sie ein trägerloses Abendkleid aus schwarzem Satin gezaubert, das ein enges Mieder und einen ausgestellten Rock hatte. Oben war es perlenbesetzt und Tante Josie lieh mir passend dazu für diesen Abend eine echte Perlenkette und kleine Perlenohrringe.

Vater trug seinen besten Anzug und noch bevor die Feier begonnen hatte, war sein Hemd schon nass geschwitzt. Ich musste an die Zeltgottesdienste denken und schmunzelte. Kurz bevor die ersten Gäste kamen, brachte er mir ein hübsches Anstecksträußchen aus weißen Rosenknospen und winzigen violetten Blümchen. „Josie meinte, es sei Tradition, dass der Ehrengast so etwas bekommt, und ich wollte alles richtig machen."

Ich stellte mich auf die Zehenspitzen und gab Vater einen Kuss auf die Wange.

Hosea und Cornelius trugen Smoking und Parthenia hatte ihre Dienstmädchenuniform an. Jimmy und Dellareen kamen freiwillig zum Helfen und trugen ebenfalls frisch gestärkte Dienstuniformen. Andrew kam auch extra früher und half die Tische aufzustellen und einen Extratisch in dem kleinen Sommerhaus am See mit Essen und Trinken zu beladen.

ೞ

Es wurde eine wunderschöne Feier, wie im Traum. Alle meine Freundinnen waren da und hatten ihre Begleitung dabei. Als Perri mit Spalding im Schlepptau auftauchte, lief es mir kalt den Rücken hinunter. Aber Perri bedeutete mir mit den Händen, Ruhe zu bewahren. Und dann lächelte sie so herzlich und war in ihrem trägerlosen gelben Chiffonkleid so wunderschön, dass ich mir vornahm, Spalding einfach links liegen zu lassen und mich auf die anderen Gäste zu konzentrieren. Spalding hatte seine typische Madrashose und die weißen feinen Schuhe an, aber er sah weder selbstsicher aus noch versprühte er seinen sonst üblichen Charme. Irgendetwas lenkte ihn ab.

Becca kam mit ihrem Mann, den zwei Jungs und dem Baby und sie begrüßte mich freundlich und sagte tatsächlich: „Du siehst wundervoll aus, Mary Dobbs." Sie ging sogar zu meinem Vater, umarmte ihn und gab Mutter ein Begrüßungsküsschen. Zuerst redeten die vier nicht viel, aber später entdeckte ich Becca und ihren Mann mit meinen Eltern am selben Tisch. Vater hatte einen der kleinen Jungs auf dem Schoß, Mutter hielt Beccas Baby und das Gespräch schien erfreulicher Natur zu sein.

Mrs Singleton hatte einen Mann mitgebracht, den ich aus der Kirche kannte und sie wirkte an diesem Abend so, wie sie vor dem Tod ihres Mannes gewesen sein musste: hübsch, zierlich und mit funkelnden grünen Augen, die Perri von ihr geerbt hatte. Eine gewisse Leichtigkeit umgab sie, die der luftige Stoff ihres grünen Kleids unterstrich. Barbara sah in ihrem rosafarbenen Taft schon richtig erwachsen aus. Sie hatte sich ordentlich geschminkt, aber es passte zu ihr. Kaum war sie angekommen, schnappte sie sich Frances und die beiden schlenderten zu einer Gruppe Jungs von der Boys High.

Mr und Mrs Robinson sowie die McFaddens waren auch da, außerdem noch einige Paare aus der St. Luke's Kirchengemeinde und Eltern meiner Klassenkameradinnen. Insgesamt waren es bestimmt über hundert Leute, die sich auf der großen Wiese am See tummelten. Auf jedem Tisch standen Teelichter und das Essen schmeckte hervorragend.

Obwohl Andrew meine offizielle Begleitung war, verbrachte ich leider kaum Zeit mit ihm. Jedes Mal, wenn wir spazieren gehen, uns an einen der kleinen Tische setzen wollten oder auch nur bei Mae Pearl und Sam herumstanden, kam Tante Josie und stellte mich einer anderen Person vor. Andrew schien das zum Glück nichts auszumachen. Er begrüßte den Gast jedes Mal, hörte eine Weile höflich zu und verabschiedete sich dann mit einem leisen „Komme gleich wieder".

Philip und Luke Hendrick kamen erst gegen acht Uhr abends. Mit hochrotem Kopf überreichte mir Philip einen Blumenstrauß. „Tut mir leid, dass wir zu spät sind, Mary Dobbs. Wir haben unseren Anschlusszug verpasst. Aber das machen wir mit ein paar großartigen Fotos wieder wett, keine Sorge."

Ich zweifelte nicht im Geringsten daran.

Sehr oft sah ich Perri bei ihnen. Immer wieder tauchten sie auf, riefen mir „Bitte recht freundlich!" zu und fotografierten mich mit Coobie, Frances oder den anderen Gästen. Einmal kam Perri zu mir und wir steckten uns Wildblumen ins Haar. Philip ließ sich nicht zweimal bitten, das festzuhalten.

Coobie lag die meiste Zeit auf der Chaiselongue und Parthenia und Mutter ließen sie keinen Augenblick aus den Augen. Immer wieder blieben Leute bei ihr stehen und wünschten ihr eine baldige Genesung.

Das Abendessen wurde serviert und danach wechselte die Kapelle von klassischen Titeln zu Big-Band-Songs, und ein Paar nach dem anderen erhob sich und tanzte unter dem großen weißen Zelt, das auf der Wiese stand.

Andrew und ich waren gerade ebenfalls auf der Tanzfläche, als ich Coobie kreischen hörte. Sofort übermannte mich Panik, aber als ich mich umsah, entdeckte ich Hank, der Coobie Huckepack genommen hatte. Völlig verblüfft ließ ich Andrew stehen und eilte zu ihm. „Was machst du denn hier? Ich habe überhaupt nicht mit dir gerechnet."

Hank sah, wie durcheinander ich war. „Keine Sorge, Dobbs. Ich bin heute nur wegen Coobie hier. Sie ist mein Date. Das brauchte sie."

Mir fehlten die Worte.

„Sie hat mir einen Brief geschrieben", erklärte Hank. „Und wer kann Coobies Betteln schon widerstehen?"

Vater und Mutter waren sichtlich froh, Hank auf der Party zu sehen. Mit Coobie auf dem Rücken und Mutter, Vater, Frances und Parthenia an seiner Seite ging er von einem zum anderen und stellte sich den Gästen vor. Immer wieder hörte ich, wie eine meiner Schulkameradinnen ihren Eltern zuflüsterte: „Das ist übrigens das Mädchen, für das wir gesammelt haben."

Entweder spielte mir meine Fantasie einen Streich oder Gott hatte für einen Abend Erbarmen, jedenfalls erschien es mir, als hätte Coobies Gesicht seinen Gelbstich verloren und sie hustete nicht ein einziges Mal – zumindest hörte ich es nicht. Jedes Mal, wenn sie sagen konnte, dass Hank ihre offizielle Verabredung war, strahlte sie bis über beide Ohren. Das allein war es wert, fand ich.

C3

Der zauberhafte Abend näherte sich seinem Ende und der Nachthimmel war übersät mit Sternen. Ich hatte das Gefühl, als hörte ich von überall glückliches Seufzen, ob von den Tischen am See oder der Tanzfläche, wo sich die Paare zu den säuselnden Tönen des Sängers wiegten.

> „Love is the sweetest thing
> What else on earth could ever bring
> Such happiness to ev'rything
> As Love's old story ..."

Und dann, von einer Sekunde auf die andere, wurde der Frieden jäh gestört. Hosea kam mit schreckgeweiteten Augen zu meiner Tante gelaufen. „Miz Chandler. Oben am Haus steigt Rauch auf." Er und Cornelius rannten den Hügel hinauf und mehrere Männer folgten ihnen sofort. Tatsächlich, über den Bäumen wölbten sich Rauchwolken. Alle waren wie gelähmt und dann riefen Vater und Onkel Robert: „Feuer! Holt Wasser aus dem See! Es brennt!"

Ich sah, wie Funken aufstiegen, als würden Hunderte Glühwürmchen gleichzeitig ihr Licht einschalten. Als ich oben auf dem Hügel angekommen war, entdeckte ich, dass nicht das Haus, die Garage oder die Unterkunft der Diener in Flammen stand – sondern die Scheune. Ich hörte das verzweifelte Wiehern der Pferde und Hitze schlug mir entgegen.

Cornelius führte Dynamite aus der Scheune und versuchte, sie zu beruhigen, aber sie bäumte sich immer wieder auf. Hosea folgte mit den Ponys und Onkel Robert stürmte hinein, um das Schwein und die Kuh zu holen. Andrew hielt Red fest, aber der Hengst riss sich los und galoppierte in Richtung See.

Irgendjemand hatte Eimer, Töpfe, Pfannen und Bottiche geholt und die Männer zogen ihre Sakkos aus und bildeten eine Kette. Bald wurde vom See bis zur Scheune ein randvolles Gefäß nach dem anderen durchgereicht.

Plötzlich kamen Philip, Luke und noch zwei Männer hinter der Scheune hervor. Sie hielten Spalding fest. „Er hat das Feuer gelegt!", rief Luke. „Spalding Smith ist der Feuerteufel. Ich habe alles auf Film!"

Spaldings Gesicht war rot und verschwitzt. Sein Blick schnellte hin und her und er versuchte sich loszureißen. „Ich war das nicht. Ich doch nicht!"

Einen Augenblick sah es so aus, als würde sich die ganze Menge auf ihn stürzen.

„Bringt ihn ins Haus und holt die Polizei!", bellte Onkel Robert. „Und die Feuerwehr. Holt die Feuerwehr!" Er griff nach einem schwappenden Eimer und lief auf die Scheune zu und schlagartig waren alle wieder im Kampf gegen das Feuer vereint.

Plötzlich ließ Cornelius seinen Bottich fallen und stürzte an der Menschenkette entlang. Er packte mich an den Schultern und rüttelte mich mit flehendem Blick. Cornelius hatte zeit seines Lebens noch keine drei Worte gesagt und selbst diese waren unverständliche Laute gewesen. Jetzt gab er einen tiefen Grunzlaut von sich. „Wos P-Parthie?", quälte er sich Silbe für Silbe über die Lippen.

Es herrschte ein riesiges Durcheinander, überall ertönten Rufe und ich hatte keine Ahnung, wo seine Schwester steckte.

„Wos Parthie?", würgte er noch einmal gequält hervor. Tränen rannen ihm übers Gesicht.

„Parthenia!", schrie ich, so laut ich konnte. „Hat irgendjemand das kleine Dienstmädchen gesehen? Parthenia!" Bald riefen die Leute hier und dort nach ihr. Mae Pearl und Sam rannten zum Haus, um sie zu suchen. Hosea und Cornelius stürmten in ihre Unterkunft, die gleich neben der Scheune stand, und auf die die Flammen schon übergriffen.

Vater trug die wimmernde Coobie im Arm. „Das hätte sie nicht tun sollen. Warum nur?"

„Was hätte sie nicht tun sollen?", fragte ich aufgelöst.

Coobie wurde fast hysterisch, schnappte nach Luft und quiekte: „Parthie hat bei einer anderen Feier den Mann fotografiert. Den, der die Sachen gestohlen hat. Und das wollte sie dir heute zeigen. Aber dann kam sie vorhin und meinte: ‚Er ist hier! Er ist hier!' Sie war ganz verängstigt und dann ist sie verschwunden."

Plötzlich wusste ich, wo sie war. „Sie ist in der Dunkelkammer!", rief ich und stürzte auf die Scheune zu, die mittlerweile lichterloh brannte. Ich war noch gute vierzig Meter entfernt, als mich die Hitze zu Boden warf.

Mit einem Mal kniete Hank neben mir. „Du kannst nicht näher heran." Er zog sein Hemd aus, tauchte es ins Wasser, stülpte es sich wie eine Maske übers Gesicht und marschierte in Richtung Scheune, bevor ich auch nur ein Wort sagen konnte. Panische Sorge erfasste mich. Mein Verdacht, Parthenia könnte in der Scheune sein, schickte Hank in die Feuerhölle.

Da hörten wir es – Parthenias hohes Stimmchen. Ihre verzweifelten, panischen Schreie. Hosea und Cornelius kamen hustend aus der verrauchten Unterkunft und stolperten über die Wiese in Richtung Scheune.

Von überall her kamen die Leute mit ihren Wassereimern, in der

Ferne jaulte die Feuerwehrsirene und ich sah, wie die orangefarbenen und blauen Flammen gierig in den Himmel schlugen. Ich hatte größere Angst als jemals zuvor in meinem Leben.

Parthies schreckliche Schreie waren verstummt.

Und dann hörten wir es laut knacken und die Scheune brach in sich zusammen.

„Hank!" Ich rappelte mich auf und rannte auf das Feuer zu, aber Vater hielt mich fest und kurz bevor ich von der Hitze ohnmächtig wurde, sah ich wie in einer Fata Morgana Hank aus der einstürzenden Scheune laufen, das Feuer im Nacken, und in seinen Armen die leblose Parthenia.

Perri

Das Feuer zerstörte die Scheune, die Unterkunft der Diener und einen Großteil des Gartens, bevor die Feuerwehr es gegen zwei Uhr in der Nacht endlich gelöscht hatte. Aber da befand ich mich schon mit Mrs Chandler, Becca Fitten, Dobbs, Mae Pearl, Spalding, Philip und Luke auf der Polizeistation.

Officer Withers verhörte jeden von uns, also dauerte es die halbe Nacht. Aber wir konnten uns nicht auf seine Fragen konzentrieren, weil wir viel lieber ins Piedmont Hospital fahren wollten, um zu erfahren, wie es Parthenia, Hank und der kleinen Coobie ging, deren ängstliche Tränen zu einem ausgewachsenen Hustenanfall geführt hatten.

Mae Pearl und ich wiederholten, was auf Lisa Youngs Feier passiert war. Officer Withers hatte die Fotos von Mae Pearl behalten. Und dann überreichte Dobbs ihm ein angesengtes Stück von einem Foto, das Parthenia bei ihrer Rettung umklammert gehalten hatte. Dobbs erzählte, wie sie vor einem Jahr das Diebesgut in Daddys Werkzeugkiste gefunden habe, und dass es kurz darauf verschwunden gewesen sei. Officer Withers zeigte ihr die Perlmuttmesser und den Schmuck. „Ja!", rief sie erstaunt. „Genau die! Wo haben Sie die bloß her?"

Die ganze Zeit über machte Officer Withers sich Notizen. Philip und Luke berichteten, was sie gesehen hatten. Luke, der wieder einmal rot wurde, räusperte sich. „Nun, ich, also, ich habe gesehen, wie Spalding von den Gästen wegging, und bin ihm gefolgt. Er ging zur Scheune, steckte sich eine Zigarette an und ging hinein. Das haben wir alles fotografiert, Sir, es ist nur noch nicht entwickelt. Und dann kam er wieder raus, aber ohne Zigarette."

„Und was haben Sie getan, nachdem Mr Smith die Scheune verlassen hatte?"

„Ich habe meinen Bruder geholt, aber da hat es schon gequalmt und wir haben gehört, wie jemand ‚Feuer!' rief, also haben wir uns gedacht, wir suchen lieber schnell Spalding."

Luke warf seinem Bruder einen stolzen Blick zu und sah dann zu Boden. „Na ja, und wir haben ihn geschnappt. Er ist zwar sehr schnell und ein guter Footballspieler, aber wir haben ihn trotzdem erwischt."

„Und haben Sie das Kind gesehen?" Der Polizist sah in seine Notizen. „Haben Sie gesehen, wie Parthenia Jeffries in die Scheune gegangen ist?"

„Nein, Sir."

„Das wäre dann alles. Vielen Dank. Sie alle dürfen gehen."

„Und was ist mit Spalding?", wollte ich wissen.

„Mr Smith wird die Nacht hier in der Zelle verbringen. Ich höre mir seine Aussage morgen an. Wer weiß, was er mir dieses Mal erzählt. Jedenfalls geht er im Augenblick nirgendwohin."

Dobbs

Um kurz nach zwei kamen Tante Josie, Perri, Mae Pearl und ich endlich am Piedmont Hospital an. Hosea, Cornelius und meine Eltern waren noch da. Mrs Singleton hatte Barbara, Irvin und Frances vor einer Weile abgeholt. Onkel Robert war noch mit der Feuerwehr am Haus.

„Gibt's was Neues?", fragte ich.

„Coobie schläft", sagte Vater. „Sie haben den Husten gestoppt und sie ruht sich aus."

Mutter nahm meine Hand. „Parthenia hat ziemliche Verbrennungen davongetragen", flüsterte sie, sodass Hosea und Cornelius es nicht hörten. „Sie wissen noch nicht genau, wie schlimm es ist. Im Augenblick versuchen sie die Schmerzen zu stillen, mehr haben die Schwestern uns noch nicht gesagt."

„Und Hank? Wie geht es Hank?"

Ich konnte Vaters Miene nicht einordnen. „Zu Hank haben sie noch nicht viel gesagt. Tut mir leid, meine Kleine."

„Und was bedeutet das? Ich meine, er wird doch wieder, oder? Er hat sie schließlich aus dem Feuer rausgetragen. So schlimm kann es also nicht sein."

Mutter sah Vater an und legte mir einen Arm um die Schultern. „Sie sagen, er habe viel Rauch eingeatmet. Die Lungen wollen nicht mehr."

„Nein!" Ich lief zu Vater und vergrub mein Gesicht an seiner starken Brust.

„Sie versuchen, ihn zu stabilisieren. Aber Hank ist eine Kämpfernatur. Er schafft das."

Ich fing an, auf und ab zu laufen. Ohne Pause. Perri bat mich, mich doch hinzusetzen, aber als ich darauf nicht reagierte, stand sie auf und ging neben mir her.

Manchmal merkt man erst, wie sehr man jemanden liebt, wenn man im Begriff ist, ihn zu verlieren. Während ich die Flure auf und ab ging, wurde mir klar, wie mein Leben ohne Hank Wilson sein würde. Sinnlos. Diese stille Sehnsucht, die ich seit seiner ersten Rückkehr nach Chicago in mir gespürt hatte, war nicht mehr weggegangen. Nicht durch Partys, nicht durch Verabredungen mit Andrew, nicht durch das bevorstehende Studium am College oder den Ausblick auf finanzielle Unabhängigkeit. Es hatte ein ganzes Jahr gedauert, aber jetzt wurde es mir klar: Ich wollte Hank. Mehr als alles andere auf der Welt. *„Liebe ist stärker als der Tod"*, hatte er gesagt und er hatte damit recht gehabt. Ich hatte meine Lektion gelernt.

Nur womöglich zu spät.

Ich spürte, dass sich der Kreis schloss – aus Glaubenseifer waren Zweifel und Verzweiflung geworden und dann wieder Glaube. Aber es war ein anderer Glaube. Er war reifer. Das Warten war die reinste Qual, aber irgendwie hatte ich auch inneren Frieden. Ich kann es nicht erklären, aber ich wurde dort im Krankenhaus nicht nur schlagartig müde, sondern spürte mit einem Mal auch, wie mich dieser Frieden umfing, und so legte ich irgendwann meinen Kopf auf den Schoß meines Vaters und schlief ein.

Später hatte ich den Gedanken, dass diese Haltung – ein Kind schläft auf dem Schoß seines Vaters – ein ziemlich gutes Bild für das Vertrauen war, das Gott sich wohl von mir wünschte.

Während ich streckenweise schlief, steckten Vater und Tante Josie die Köpfe zusammen und unterhielten sich. Ich bekam nur Fetzen mit. Vater erzählte von Jackie und Irene, und dass er nicht mehr nach Atlanta hatte kommen wollen, weil er sich so geschämt hatte. Als ich einige Stunden später wieder aufwachte, redeten die beiden immer noch miteinander.

Ich stand auf und streckte mich. Tante Josie hatte Tränen in den Augen und ich hatte das Gefühl, dass Vater endlich akzeptierte, dass ihm hier niemand mehr böse war. Und im Himmel erst recht nicht.

Die Schwester kam ins Wartezimmer. „Sie kommen durch. Alle drei." Vor Erleichterung umarmte Vater Tante Josie, hob sie hoch – und sie war kein Fliegengewicht – und wirbelte sie durch die Luft. „Gott sei Dank, gelobt sei der Herr", sagte er immer wieder.

☙

Ich ging auf leisen Sohlen in Hanks Krankenzimmer. Er war an eine Maschine angeschlossen, die das Atmen für ihn zu übernehmen schien. Seine Augen waren geschlossen. Ich setzte mich neben das Bett und nahm seine Hand. „Hank, ich bin's", flüsterte ich. „Nicht die Augen öffnen. Hör einfach zu. Kannst du mich hören?"

Er drückte schwach meine Hand.

„Es tut mir so leid. Ich weiß nicht, was in den letzten Monaten mit mir los war. Vielleicht brauchte ich dieses schreckliche Feuer, um endlich erwachsen zu werden und zu merken, dass ich überhaupt nicht in Atlanta bleiben will. Ich möchte bei dir sein. Jeden Augenblick … ob unser Herz gerade aufgeht, weil junge Leute mit Jesus einen Neuanfang machen, oder unser Vorratsschrank leer ist und wir im Vertrauen auf Gott auf die Knie gehen. Es ist mir egal. Ich möchte nur bei dir sein."

Seine Augen gingen nicht auf, aber er drückte wieder meine Hand und ein kleines Lächeln umspielte seine Lippen.

☙

Ich glaube, es tat Coobie gut, dass sich einmal nicht alles nur um sie drehte. Die Tatsache, dass zwei ihrer liebsten Menschen im selben Krankenhaus lagen wie sie und dass es ihnen schlechter ging als ihr, gab ihr die perfekte Ausrede, Dummheiten zu machen. Schon am zweiten Tag im Krankenhaus schlich sie aus ihrem Zimmer und tappte durch die Gänge, bis sie Hanks Zimmer gefunden hatte.

Ich saß gerade bei ihm, als die Tür aufging.

„Sag mal, was machst du denn hier?" Ich klang wie unser Nachbar in Chicago, wenn er seinen Hund ausschimpfte.

Coobie kam in ihren Hausschuhen zu mir herübergeschlurft und kletterte auf meinen Schoß. „Mir ist langweilig. Es ist so öde allein. Außerdem musste ich doch gucken, ob es meiner Verabredung gut geht."

Ich kitzelte sie ein bisschen und sie quiekte und da machte Hank kurz die Augen auf, drehte seinen Kopf zu uns und streckte seine große Hand aus. Coobie ergriff sie sofort.

Später schlüpfte Coobie tatsächlich auch noch in Parthenias Zimmer – na gut, ich half ihr, die Station für die Schwarzen zu finden – und kletterte vorsichtig auf Parthies Bett. Tante Josie und Hosea schimpften nicht einmal. Parthenia war noch mit Schmerzmitteln vollgepumpt und nur selten wach, aber als Coobie munter draufloserzählte und in ihrer Schilderung des Feuers kein Detail ausließ, auch nicht, wie tapfer und mutig Parthenia gewesen war, öffnete auch Parthenia ihre Augen. „Nochmal das mit mir", raunte sie.

Die schlimmsten Verbrennungen hatte Parthenia an den Händen, weil sie sich unerbittlich durch die Flammen gekämpft hatte, um ihre Fotos zu finden, die ihr dann zusätzlich noch die Haut versengt hatten. Dieser kleine Dickkopf! Ihre Arme und ihr Oberkörper waren auch ziemlich verbrannt, aber das Gesicht glücklicherweise nicht. Sie hatte oft große Schmerzen, aber sie schrie nicht, sondern kniff die Augen zu und biss sich auf die Lippen. „Es tut so weh, so schrecklich weh", stöhnte sie.

Coobie wurde bald wieder entlassen. Trotzdem verbrachte sie Stunde um Stunde in Parthenias Zimmer, saß am Bett und las ihr aus *Der geheime Garten* vor. Als wir Parthenia erzählten, dass Officer Withers sie noch sprechen wollte, brachte sie sich unter Schmerzen in eine aufrechte Position und sagte: „Kann losgehen."

Der Gedanke, mit dem Polizisten zu sprechen, schien in ihr noch mehr Energie freizusetzen als Coobies Besuche. Also kam Officer Withers wenige Tage später ins Krankenhaus. Hosea, Tante Josie, Coobie und ich waren auch zugegen.

„Hallo, Miss", sagte der Polizist und zog sich einen Stuhl heran. Parthenia saß in ihrem Bett, die Hände und Arme mit weißem Verbandszeug umwickelt.

„Hallo, Officer", piepste sie und versuchte zu lächeln.

„Ich werde dir jetzt einige Fotos zeigen und du musst nur nicken oder den Kopf schütteln. Hast du das verstanden?"

Parthenia nickte.

Er hielt ein Foto von Spalding hoch. „Ist das der Mann, den du auf dem Valentinstanz bei den Chandlers beim Stehlen erwischt hast?"

Parthenias Augen wurden riesig und sie sah zu Tante Josie herüber. „Ist schon gut, Parthenia", meinte diese. „Sag einfach nur die Wahrheit."

Parthenia schüttelte heftig den Kopf. „Nein, Sir, der doch nicht. Das ist doch bloß Miz Perris Freund. Den find ich hübsch. Aber die Messer hat er nicht gestohlen. Hat er wirklich das Feuer gelegt? Das ist ja so ein gemeiner, fieser …!"

Hosea strich seiner Tochter über den Kopf. „Parthie, beruhig dich, sonst muss Officer Withers wieder gehen."

Parthenia zog einen Flunsch und nickte.

„Auf dem Foto, das du mit aus der Scheune gebracht hast, war leider nicht mehr viel zu erkennen. Es war schon zu verbrannt."

„Was? Kannnich sein!"

„Aber ich habe hier ein anderes Foto, auf dem derselbe Mann abgebildet ist, wenn ich mich nicht täusche."

Parthenia sah nur kurz auf das Foto und nickte dann ängstlich. „Das ist er. Der war's."

Auf dem Foto war kein anderer als Bill Robinson.

„Bill!", rief Tante Josie, die am Fenster stand. „Gott, steh uns bei. Es war Bill." Sie wurde kreidebleich. Genau so hatte sie ausgesehen, als der Anruf wegen Holden Singleton gekommen war. Schnell ging Hosea zu ihr und stützte sie. Sie sah neben ihm fast klein aus.

„Jetzt wird alles gut, Miz Chandler", sagte er. „Alles wird gut." Tante Josie sank auf einen Stuhl.

Obwohl Officer Withers Parthenias Nicken als Aussage ausreichte, wurde sie ganz aufgeregt und plapperte drauflos, ohne dass sie jemand beruhigen konnte. „Er hat alles gestohlen, jawohl. Ich habe ihn auf dem Valentinstanz erwischt und er war ganz gemein zu mir. Meine Beine waren ganz zittrig, so gemein. Und ich hab nichts verraten, ganz bestimmt nicht, weil er gesagt hat, dann hängt er uns alle. Mich und Mama und Papa und Cornelius. Gleich draußen am Hickorybaum, hat er gesagt. Dürr sieht er aus, na und, aber in Wirklichkeit ist er ganz böse. Ganz doll böse ist der. Aber ich musste warten und warten, weil Miz Chandler gesagt hat, wir brauchen einen Beweis.

Und dann hat Miz Perri mir gezeigt, wie man Fotos macht, und ich bin immer extra mit ihr mitgegangen. Weil nämlich, wenn man einmal ein böses Unkraut in sich drin hat, dann wächst das immer wieder hoch, es sei denn, der liebe Gott rupft es ganz raus. Und Mista Robinson ist bestimmt ganz voller Unkraut, jawohl."

Parthenia schien ihre Schmerzen vergessen zu haben.

„Und letzte Woche war ich wieder mit und da hab ich ihn gesehen, aber er mich nicht. Und ich bin die ganze Zeit hinter ihm her. Aber er hat mich nicht gesehen, gar nicht hat er das. Und dann hat er sich wieder Sachen in die Taschen gesteckt. Aber dann habe ich das fotografiert und das hat er gehört. Wie es Klick machte, das hat er gehört, und da hat er mich gesehen. Aber er hat mich nicht verfolgt, weil Miz Perri zum Glück auch da war."

Ich konnte mir gut vorstellen, wie Parthenia mutig im Gebüsch hockte und wartete, bis der richtige Augenblick kam und sie Bill Robinson beim Stehlen erwischen konnte, wie damals im Februar 1933 auf dem Valentinstanz bei den Chandlers.

„Solche Angst hatte ich, dass er auch zu Miz Mary Dobbs' Feier kommt. Aber ich hatte noch viel mehr Angst, dass meinen Fotos was passiert. Miz Perri und Miz Dobbs und ich, wir hatten die nämlich alle entwickelt. Aber sie waren so nervös wegen der anderen Fotos von Mista Smith, da haben sie meine gar nicht angeguckt. Kein Wort habe ich verraten, aber ich wollte es Miz Chandler sagen, gleich nach der Feier, und deswegen war ich so doll aufgeregt."

Ihre Stimme war ganz heiser geworden. Hosea hielt ihr ein Glas hin und sie trank einen Schluck.

„Endlich hatte ich nämlich, was alle wollten. Den Beweis, dass Mista Robinson der böse Mann ist, der immerzu stiehlt. Und dann kam er zu der Feier und da habe ich nur gedacht, jetzt tut er mir weh. Ganz doll. Oder ich krieg einen Strick um den Hals. Aber hat er gar nicht. Noch nicht mal angeguckt hat er mich. Sondern einfach ignoriert. Und dann kam Papa gerannt und hat gesagt, es brennt. Wusste ich sofort, was der gemacht hat. Die Dunkelkammer angezündet. Da musste ich doch was tun, oder? Das Foto, das musste ich doch einfach holen. Ich musste. Für meine Mama."

Die mutige kleine Parthenia war also in die brennende Scheune gerannt und hatte ihr Foto retten wollen. Und das hatte sie fast mit ihrem Leben bezahlt.

Wunder gibt es jeden Tag. Ganz im Ernst. Sie sehen nur ganz unterschiedlich aus: Eine reiche Lady hat das Bedürfnis, eine ganze Schar hungriger Mäuler zu stopfen; ein altes Foto taucht genau im richtigen Augenblick auf; ein Vater kann sich nach Jahren des Schweigens endlich entschuldigen; ein kleines Mädchen gibt mir einen Beutel voller Geld, damit ich wieder an Gottes Güte glauben kann.

Auch am Abend meiner Abschlussfeier ereignete sich ein Wunder: Ein stummer Junge rettete seiner Schwester das Leben, indem er drei Worte über die Lippen brachte. Ob er jemals danach noch einmal geredet hat, weiß ich nicht. Aber das ist mir auch egal. Es war ein Wunder, so viel steht fest.

Perri

Zum Glück waren Mr und Mrs Chandler dabei, als Mama das mit Bill Robinson erfuhr. Mr Chandler war sogar derjenige, der es ihr beibrachte. Mama wurde leichenblass und saß eine lange Zeit einfach nur teilnahmslos da. Dann griff sie nach Mrs Chandlers Hand und weinte. „Er war doch Holdens Freund", sagte sie. „Wir haben ihm vertraut. Blind vertraut."

Sowohl Spalding als auch Bill Robinson legten ein Geständnis ab. Bill Robinson brach bei seiner Festnahme vor Onkel Robert, Tante Josie und Officer Withers in Tränen aus. Wie herauskam, hatte er meinen Vater seit Jahren systematisch bestohlen. Stück für Stück hatte er Daddys Bücher frisiert. Und weil Daddy ihm vertraute und nur hier und da kleine Summen fehlten, dachte Daddy, er habe sich irgendwie verrechnet.

Daddy hatte im Zuge der Wirtschaftskrise sein gesamtes Aktiendepot eingebüßt, aber den Rest – sein Erspartes, die Geldanlagen und schließlich auch das Haus – hatte sich Mr Robinson unter den Nagel gerissen. Bill hatte abgezweigt und abgezweigt, bis Daddy auf dem Trockenen gesessen hatte. Und dann hatte er es so gedreht, dass mein armer Daddy dachte, er verliere den Verstand.

Sicher hatte Mr Robinson nicht gewollt, dass Daddy sich den Strick nahm. Mr Robinson war krank, gefangen in seiner Sucht, und hatte verzweifelt einen Ausweg gesucht.

„*Verzweifelte Leute tun verzweifelte Dinge*", hatte er selbst gesagt. Und hatte damit sich selbst gemeint.

☙

Noch am selben Tag, an dem Bill Robinson ins Gefängnis kam – mit Reportern vor Ort und seinem Foto vorn auf dem *Atlanta Journal* –, fuhren Mr Chandler und Hosea ins Armenhaus und holten Anna nach Hause. Sie wollte keinen Zwischenstopp bei sich zu Hause machen, sondern ließ sich direkt ins Piedmont Hospital zu ihrer kleinen Tochter bringen.

Dobbs, Coobie und ich waren gerade bei Parthenia, als die Tür aufging und ihre Mutter hereinkam. Parthenia schrie vor Freude auf. „Mama! Mama, du bist da! Du bist da!"

Bevor wir hinausgingen, machte ich schnell ein Foto davon, wie Anna neben Parthenia saß, ihre schwielige Hand auf der Stirn der Kleinen, und Freudentränen über ihr faltiges Gesicht kullerten. Parthenia strahlte wie ein Honigkuchenpferd.

Anna summte eine Melodie und Parthenia drehte ihr zufrieden lächelnd den Kopf zu. „Hab den Beweis gefunden für dich, Mama", sagte sie. „Damit du wieder nach Hause kannst."

Anna strich ihr über die Wange. Mit der anderen Hand hielt sie mit Hosea Händchen. „Dem Herrn sei Dank", erwiderte sie.

Dass Anna sich nicht so schnell unterkriegen ließ, hatte ich bei meinem ersten Besuch im Armenhaus sofort gemerkt. Aber erst nach und nach hatte ich begriffen, wie groß ihr Gottvertrauen war. Sie hatte dort im Armenhaus auf der Farm schuften müssen und trotzdem fest damit gerechnet, dass Gott ihre Gebete zu seiner Zeit und auf seine Art erhören würde.

Und er hatte sie nicht im Stich gelassen.

Kapitel 29

Dobbs

Am 16. Mai war die offizielle Abschlussfeier unseres Jahrgangs. Eigentlich hätte das der Höhepunkt des Jahres sein sollen, aber wir hatten in der Woche davor solch ein Wechselbad der Gefühle erlebt, dass niemand ihr sonderlich viel Beachtung schenkte. Die ganze Stadt sprach nur vom Feuer, Parthenia, Spalding und Bill Robinson. Es dauerte nicht lange, da waren die ersten Gerüchte im Umlauf.

Perri kam mit einer Idee zu mir. „Weißt du was, Dobbs? Der beste Weg, gegen die Gerüchte vorzugehen, ist, wenn du die ganze Geschichte erzählst. Du kannst doch so gut erzählen!"

Also luden wir eine Woche später Mae Pearl, Lisa, Peggy, Emily und Macon zu den Chandlers ein und wir setzten uns mit ihnen, Tante Josie und Mrs Singleton, Mutter, Barbara, Coobie und Frances auf die Veranda. Als ich gerade anfangen wollte, brachten uns Anna und Dellareen selbst gemachtes Pfirsicheis. Tante Josie bat die beiden zu bleiben. Parthenia, deren Hände noch immer verbunden waren, kletterte auf Annas Schoß.

Die Männer waren damit beschäftigt, die Scheune und die Unterkunft der Diener wieder aufzubauen. Außerdem sollte Perri eine neue Dunkelkammer bekommen. Die ganzen Trümmer waren beseitigt worden und wir hörten helle Hammerschläge und sirrende Sägen, und irgendwie war das die perfekte Hintergrundmusik für meine Geschichte.

„Bill Robinson war ein erfolgreicher Buchhalter in Atlanta, der nicht nur einen guten Ruf hatte, sondern auch rege am gesellschaftlichen Leben der Stadt teilnahm. Er und seine Frau waren eng befreundet mit den Singletons und den McFaddens." Dabei sah ich erst Perri und dann Mae Pearl an.

„Aber er war heimlich dem Glücksspiel verfallen. Wie so viele erreichte auch ihn eines Morgens die bittere Nachricht, dass sein Vermögen sich im Zuge der Wirtschaftskrise in Luft aufgelöst hatte. Aber Mr Robinson beschloss, dass noch nicht aller Tage Abend war. Es fing ganz klein an: Er verbuchte eine Ausgabe für einen Klienten, änderte eine Zahl und steckte sich das Geld in die Tasche. Es folgte eine weitere Korrektur, klein und unbedeutend, und dann noch eine. Nach und nach änderte er die Abrechnungen sämtlicher seiner Kunden und veruntreute kleine Beträge.

Dummerweise konnte Mr Robinson aber nicht vom Glücksspiel lassen. Er hatte immer höhere Spielschulden und so ging er schließlich einen Schritt weiter. Auf den Festen und Feiern, zu denen er eingeladen war, ließ er Tafelsilber und Schmuck in die eigene Tasche wandern und verkaufte ihn an Kontaktleute, die gutes Geld dafür bezahlten. Sein Plan schien aufzugehen.

Aber Mr Robinson hatte nicht mit den scharfen Augen von Parthenia Jeffries gerechnet. Als Parthenia ihn auf dem Valentinstanz bei den Chandlers dabei erwischte, wie er die Messer einsteckte, drohte er ihr damit, dass er ihre ganze Familie aufknüpfen lassen würde, wenn sie auch nur ein Sterbenswörtchen sagte."

Tante Josie hielt die gestohlenen Messer hoch.

„Der hinterlistige Mr Robinson schob den Diebstahl Anna, der Dienerin der Chandlers, in die Schuhe, indem er einen Servierlöffel bei ihr versteckte. Bei der Suche nach dem Diebesgut stieß Becca Fitten darauf und beschuldigte Anna, die daraufhin ins Armenhaus verbannt wurde.

Natürlich waren Josie und Robert Chandler von Annas Unschuld überzeugt und das wusste Bill Robinson auch. Also schrieb er anonyme Drohbriefe gegen die Familie Jeffries, und später auch die Chandlers selbst.

Als Becca bald darauf ihren eigenen Schmuck vermisste, fiel ihr Verdacht natürlich sofort auf Anna. Aber dann zeigte Tante Josie ihr die Drohbriefe. Die Chandlers suchten die ganze Zeit über nach dem Dieb, mussten aber nach außen hin so tun, als wären sie von Annas Schuld überzeugt. Dabei versuchten Tante Josie und Onkel Robert Anna in Wirklichkeit durch das Armenhaus sogar zu beschützen.

Bill Robinson hatte schon vieles verkauft, aber für die überaus wertvollen Messer brauchte er den richtigen Käufer. Also versteckte er das Tafelsilber und den Schmuck in der Werkzeugkiste seines guten Freundes Holden Singleton. So fiele der Verdacht nicht auf ihn, falls die Sachen gefunden würden, bevor er einen Käufer hatte.

Bill Robinson rechnete nicht damit, dass Holden Singleton an einem kalten Februarabend in seine Garage gehen, die Werkzeugkiste herausholen und das Diebesgut finden würde. Das war der Tropfen, der das Fass zum Überlaufen brachte.

Als Holden Singleton seinem guten Freund und Buchhalter anvertraute, was er in seiner Werkzeugkiste gefunden hatte, sagte Mr Robinson die Worte, die er für den Rest seines Lebens bereuen wird. Er hat sie Wort für Wort gestanden: ‚Holden, vielleicht solltest du einen Psychiater aufsuchen? Ich will dir nur helfen. Du solltest dich lieber einweisen lassen.'

Der arme Holden Singleton, der ohnehin schon an einer Depression litt und dessen Besitztümer sich in Luft aufgelöst hatten, sah sich plötzlich zudem in ein Verbrechen verwickelt, das er überhaupt nicht begangen hatte. Wir dachten immer, er hätte sich aus freien Stücken das Leben genommen, aber ich sage, er wurde dazu getrieben. Von seinem besten Freund."

Ich sah Perri an und wusste, dass sie gerade an den Abschiedsbrief ihres Vaters dachte. *Ich habe es nicht getan*, hatte er geschrieben. Nein, er hatte die Sachen nicht gestohlen, und er hatte auch nicht sein ganzes Vermögen verspielt.

Mae Pearl tupfte sich die Augen, Tante Josie hatte Mrs Singletons Hand genommen und alle Mädchen waren enger zusammengerückt. Perri stand auf und setzte sich neben mich.

„Niemand war mehr erschrocken über den Freitod von Holden Singleton als Bill Robinson. Tag für Tag ging er zu den Singletons und versuchte zu retten, was zu retten war. Zugleich wusste er aber auch, dass er Holdens Werkzeug finden musste. Aber er war nie allein im Haus und konnte nicht in Ruhe suchen. Daher warb er Spalding Smith als seinen Komplizen an. Mr Robinson kannte Spaldings Ruf, charmant und gerissen zu sein. Aber er wusste auch, dass Spalding heimliche Liebeleien hatte und Alkohol trank, und er drohte, das den Behörden und den Trainern an der Georgia Tech zu verraten, die ihn ohne Zweifel aus der Footballmannschaft werfen würden, was seinen Ruf ruiniert hätte. Also trafen die beiden eine Abmachung. Spalding sollte sich an Perri heranmachen, das Haus durchsuchen und das Diebesgut holen. Mr Robinson wollte es dann verkaufen und sich den Gewinn mit Spalding teilen.

Natürlich machte Spalding mit. Für ihn stand viel auf dem Spiel. Er verbrachte Zeit mit Perri, konnte die Werkzeugkiste aber nicht finden. Irgendwann begriff Mr Robinson, dass er das Haus nur dann gründlich durchsuchen könnte, wenn es zum Verkauf stand. Also frisierte er die Bücher der Singletons weiterhin, schöpfte immer mehr Geld ab und erfand die Spielsucht von Holden Singleton. Schließlich traf Mrs Singleton die Entscheidung, auf die Mr Robinson hingearbeitet hatte: Sie beschloss das Haus zu verkaufen.

Ich half Perri damals vor dem Umzug, die Sachen ihres Vaters durchzusehen und zu sortieren und stieß dabei auf die Werkzeugkiste mit den gestohlenen Sachen. Völlig verblüfft und ratlos ließ ich sie erst einmal stehen. Irgendwann erzählte ich Tante Josie von meinem Fund. In der Zwischenzeit hatte jedoch Spalding Mrs Singleton beim Packen geholfen, immer mit dem Ziel, die Werkzeugkiste zu finden. Als er sie endlich gefunden hatte, nahm er die Messer, den Schmuck und das Tafelsilber heraus, und als Tante Josie sie untersuchte, war nur noch das Werkzeug darin.

Mr Robinson und Spalding beschlossen, die Sachen noch eine Weile aufzuheben, falls sie noch einmal den Verdacht von sich ablenken mussten."

„Das ist ja furchtbar!", rief Peggy.

„Wie konnte Mr Robinson nur so etwas Schlimmes tun?", schluchzte Mae Pearl.

Ich dachte an Vaters Worte. „Das macht die Sünde aus uns. Man verstrickt sich immer mehr, bis man keinen Ausweg mehr sieht. Aber zum Glück haben nicht nur die Chandlers, sondern auch Parthenia nie aufgegeben, einen Beweis zu finden, und irgendwann machte Bill Robinson einen Fehler. Parthenia fotografierte ihn beim Stehlen auf Emilys privater Abschlussfeier und er bekam Panik. Spalding sollte ein Feuer in Perris Dunkelkammer legen, damit die Fotos zerstört wurden.

Als Spalding die vielen Diebstähle angelastet wurden, war er sofort bereit, den wahren Dieb zu nennen, um dadurch seine Strafe zu mindern. Mr Robinson wurde verhaftet und gestand noch vor Ort. Die Schuldgefühle hatten ihn so sehr zerfressen, dass er sich alles von der Seele redete."

„Das ist die traurigste Geschichte, die du je erzählt hast", sagte Mae Pearl.

Ich nickte. „Das Gute ist, dass Mr Robinson und Spalding jetzt beide im Gefängnis sitzen, Anna frei ist und Parthenias Hände jeden Tag besser werden. Und …" Ich zögerte. „Und wir können nun ein bisschen besser verstehen, warum der arme Mr Singleton keinen Ausweg mehr sah."

Nach einer kurzen Pause gab ich Coobie ein Zeichen und sie kam zu mir. „Und Coobies Husten ist weg. Ich weiß, das klingt verrückt, aber es ist so."

Jetzt hatten alle feuchte Augen. Ich sagte nicht, dass der Husten für immer weg sei, schließlich kennt niemand von uns die Zukunft. Aber in diesem Augenblick ging es ihr wirklich gut.

Hank kam von der Baustelle auf die Veranda und sah zwischen all den Frauen und Mädchen etwas verloren aus. „Könnten wir bitte etwas Wasser zum Trinken haben?", fragte er Anna leise. „Wir vertrocknen bald in dieser Hitze."

Das war der perfekte Augenblick, um das Ende meiner Geschichte zu erzählen. Unsere Blicke trafen sich und in seinen sanften Augen lag wieder dieses verrückte, verliebte Leuchten. „Ich habe in Atlanta so viel über mich selbst und andere lernen dürfen", erklärte ich. „Ich habe hier gute Zeiten und schwere Zeiten erlebt, aber ich glaube, es ist so, wie meine Mutter mal gesagt hat: Wenn einem etwas Schlimmes widerfährt, ist es besser, nicht nach dem Warum zu fragen, sondern danach, was man jetzt tun soll. Und als die Scheune brannte, nun, da wusste ich plötzlich, was ich tun soll.

Eigentlich wollte ich hier in Atlanta aufs Agnes Scott College gehen, aber das ist nicht der richtige Ort für mich. Ich gehe zurück nach Chicago. Ich werde euch alle schrecklich vermissen, aber ich möchte ans Moody Bible Institute gehen und in der ersten Reihe sitzen, wenn Hank Kinderaugen mit Geschichten über Gott zum Leuchten bringt."

Hank wurde ein bisschen rot, kam zu mir und griff nach meiner Hand.

Die anderen standen auf und streckten sich. Anna und Dellareen gingen in die Küche, um Wasser zu holen, und Mae Pearl sagte: „Na wenigstens hat deine Geschichte ein Happy End, Mary Dobbs."

☙

Ich glaube, die Liebe war die beste Medizin für Coobie. Die experimentelle Behandlung hatte sie nicht geheilt, aber zum Glück auch nicht umgebracht. Als der Arzt sie Ende Mai untersuchte, hatte Coobie noch nicht einmal mehr ein Kratzen im Hals. Natürlich konnte der Husten jederzeit wiederkommen – bei Jackie war es so gewesen. Aber im Moment war sie gesund.

Hanks Lunge erholte sich recht gut, wobei die Ärzte sagten, es könne durchaus sein, dass er hin und wieder unter Kurzatmigkeit leiden würde.

Wir Dillards und Hank beschlossen, in der Woche darauf nach Chicago zurückzufahren. Kaum hatten wir die Neuigkeit verkündet, fing Parthenia an zu heulen.

„Komm, hör auf", schalt Coobie sie. „Vater hat gesagt, Frances und ich dürfen im Herbst wiederkommen und aufs Washington Seminary gehen."

Parthenia stieß einen Freudenschrei aus und sprang Vater förmlich in die Arme. „Danke!" Dann schlug sie sich erschrocken die einbandagierte Hand vor den Mund. „Tschuldigung, Sir. Sowas soll ich nich machen." Aber Vater störte es kein bisschen.

Andrew Morrison kam vorbei, um sich von mir zu verabschieden. „Ich werde dich nie vergessen", sagte er und griff nach meiner Hand. „Ehrlich. Aber ich weiß dich in guten Händen."

„Danke, Andrew." Mehr konnte ich nicht sagen.

Als es so weit war, von meiner Tante und meinem Onkel Abschied zu nehmen, bekam ich einen dicken Kloß im Hals. Sogar Tante Josie hatte Tränen in den Augen. Sie hielt sich an Onkel Robert fest. „Mary Dobbs, pass ja gut auf meinen kleinen Bruder auf, hörst du?"

Ich glaube, Vater hatte nie wirklich das Gefühl gehabt, seiner Berufung würdig zu sein. Aber nachdem er endlich mit seiner Vergangenheit Frieden geschlossen hatte, änderte sich so einiges. Er veranstaltete eine Zeltevangelisation mit einem seiner Studienkameraden vom Moody Bible Institute, dessen Gesicht in Chicago an jeder Plakatwand klebte. Oh, aber natürlich fuhren er und Mutter trotzdem auch wieder nach Oklahoma und Texas. Sie fühlten sich immer den Ärmsten der Armen verpflichtet, aber mein Vater konnte nun auch vor großen Menschenmengen predigen – wie an einem späten Juniabend 1934 in Chicago, an dem sich über eintausend Menschen einfanden. Er machte seine Sache sehr gut. Woher ich das weiß? Nun, natürlich waren Hank, Mutter, Frances, Coobie und ich dabei.

Perri

Nach Daddys Tod hatte ich lange Zeit nur Augen für all das, was wir verloren hatten. Aber dann, nach und nach, änderte sich meine Sicht. Ich hatte Gott gefunden, meinen Beschützer, der, wie Dobbs immer sagte, für mich sorgte, und all das Schwere und Unfaire nahm und trotz allem noch etwas Gutes daraus machte. Kopfschmuck statt Asche, oder wie es heißt.

Ich wollte mich bei meiner Freundin noch einmal dafür bedanken.

Am Tag vor ihrer Abreise fuhr ich zu den Chandlers und parkte den Buick vor dem Haus.

„Sie ist unten am See, Miz Perri", sagte Parthenia.

Ich rannte an der neuen Scheune und der neuen Dienerunterkunft vorbei über die Wiese und den Hügel hinab. Dabei musste ich daran denken, wie Dobbs und ich am ersten Tag unserer Freundschaft mit den Pferden ebenfalls an diesem See gewesen waren. Dobbs lag mit ausgestreckten Armen auf dem Rücken und starrte zum blauen Himmel hinauf, als wartete sie darauf, dass der Allmächtige sie hochnahm und entführte.

Es roch nach saftigem Gras und im Hintergrund schwappte leise das Wasser ans Ufer. Ich ging zu Dobbs hinüber und setzte mich neben sie ins Gras. „Ich werde dich schrecklich vermissen."

Dobbs drehte mir das Gesicht zu. „Ich weiß. Es tut jetzt schon weh. Aber du kommst im Sommer doch nach Chicago zur Weltausstellung. Philip freut sich jetzt schon darauf, mit dir zusammenzuarbeiten. Und ich besuche dich hier, wann immer ich kann. Schließlich sind Frances und Coobie dann ja auch hier." Ich gab ihr *Hinter den Wolken ist der Himmel blau* zurück. "Hier, gib das Hank. Es hat mir sehr geholfen, aber jetzt habe ich einen direkten Draht nach oben, und ich glaube, von hier aus komme ich allein weiter. Also, das heißt, mit ihm natürlich." Ich merkte, dass ich einen Kloß im Hals bekam. "Ohne dich hätte ich Gott nie gefunden", sagte ich schnell.

"Dann hätte er eben dich gefunden, Perri. Er findet seine Schafe immer."

Ich nickte. "Ich kann dir gar nicht sagen, wie froh ich bin, dass wir Freundinnen geworden sind", flüsterte ich.

"Und ich erst."

Dobbs legte das Buch ins Gras, sprang auf und fing an, sich zu drehen. Plötzlich griff sie nach meiner Hand und zog mich zum Ufer hinunter, bis sie mit den Füßen im Wasser stand. Erst dann ließ sie mich wieder los, bückte sich und spritzte mir eine Ladung Wasser direkt ins Gesicht. Ich quiekte und revanchierte mich und dann planschten und schwammen wir vergnügt im See herum, einfach so, in Sommerkleidern.

☙

Dobbs hatte einmal zu mir gesagt: "Stell dir vor, du wärst ein Teil von etwas Großem und Wundervollem, Perri. Stell dir vor, du würdest allen armen Menschen in Atlanta etwas zu essen geben."

Wahrscheinlich hatte sie dasselbe zu ihrer Tante gesagt, denn in diesem Jahr öffneten die Chandlers an jedem Sonntagabend von Juni bis Oktober ihr Haus für die Armen. Anna bereitete die besten Speisen zu, natürlich mit Parthenias Hilfe, und Dellareen und Mama, Mae Pearl und ich halfen nach Kräften mit. Dobbs hatte uns mit ihren Geschichten angesteckt. Mrs Clark brachte einige Menschen aus dem Armenhaus vorbei und von den Straßen Atlantas kamen die Obdachlosen. Cornelius baute lange Tische und Bänke und wir saßen unter den Bäumen am See, aßen gemeinsam und ich machte Fotos vom wahren Leben.

Unser Haus bekamen wir nicht zurück. Irgendwann merkte ich, dass ich es auch gar nicht mehr wollte. Es war zu viel Schlimmes dort passiert. Zum Glück kauften es nette Leute, und hin und wieder, wenn abends die Glühwürmchen leuchteten, schlichen Irvin und ich uns auf die Wiese vor dem Haus und zählten die Sterne.

Epilog

Perri – 1939

Wenn ich Dobbs in dieser schweren Phase meines Lebens nicht kennengelernt hätte, wäre das Fotografieren für mich wohl ein Hobby unter vielen geblieben. Aber dank ihr wagte ich den Schritt in eine neue Welt und stieg in die Fußstapfen meines Idols Dorothea Lange. Philip half mir dabei und ermutigte mich, meinen Traum in die Tat umzusetzen. Von April 1936 bis Mai 1937 lebte ich unter den Ärmsten der Armen und begleitete Menschen, denen die Staubstürme alles genommen hatte.

Als im Sommer 1939 mein erster Fotoband veröffentlicht wurde, wusste ich sofort, wem ich das erste Exemplar schenken wollte. Also schnappte ich mir das Buch, meine Kamera und ließ unser Fotogeschäft und unseren kleinen Sohn Dobbson in Philips Händen zurück.

In einer kleinen, staubigen Stadt, auf die die Julisonne unerbittlich niederbrannte, fand ich sie schließlich. Unter Tausenden hätte ich sie erkannt. Das lange, schwarze Haar fiel ihr in sanften Locken bis zur Taille. Zwei kleine Kinder spielten um sie herum und Hank redete gerade mit einem Farmer, der mit Sack und Pack unterwegs war. Ich zückte meine Kamera und lichtete sie von ferne ab. Das wird immer eins meiner Lieblingsfotos bleiben.

Als hätte sie den Auslöser gehört, drehte sich Dobbs um. Ihre Augen wurden riesengroß und sie rannte auf mich zu.

Schnell legte ich das Buch und die Kamera beiseite und wir fielen uns in die Arme.

„Ich habe dich gefunden."

„Ja, das hast du."

„Oh Dobbs, und wir tun beide das, wozu wir geschaffen wurden, nicht wahr?"

Sie strahlte mich an. „Ja. Ja, da hast du recht. Komm, wir gehen zu Hank. Ich möchte dir meine beiden Jungs vorstellen."

Ich reichte ihr den Fotoband. „Hier, das ist für dich."
„*Aus erster Hand*", las sie den Titel vor. Ihre Finger strichen über das Foto auf dem Einband, das ich Jahre zuvor vor dem Armenhaus gemacht hatte ... das von den Händen von Mae Pearl und Mr Ross.
„Oh Perri, wie schön."
Sie klappte das Buch auf und las die Widmung.

Für Dobbs,
die mir als Erste gezeigt hat: Das Auge ist das Fenster zur Seele.

Danksagungen

Als meine geliebte Großmutter im Alter von 97 Jahren von ihrem Appartement in einem Altersheim in Atlanta auf eine Intensivpflegestation verlegt werden musste, fanden meine Eltern ihre Tagebücher aus den Jahren 1928-1932. Ich wollte sie natürlich sofort lesen. Mein Bruder Jere scannte sie dankenswerterweise ein, und so kam ich auch hier in Frankreich in ihren Genuss.

Nachdem ich die Tagebücher gelesen hatte, stand fest: Mein nächster Roman spielt im Atlanta der Dreißigerjahre und handelt von zwei Mädchen, die aufs Washington Seminary gehen (genau auf diese Schule ging meine Großmutter, bevor sie in die Westminster Schools integriert wurde – meine Schule).

Während ich mich in diese Zeit einlas und viel darüber erfuhr, wie die Reichen und die Armen die Wirtschaftskrise, die sogenannte Große Depression, überlebten, stand für meine Figuren immer wieder dieselbe Frage im Vordergrund, die auch mir selbst nicht fremd ist: Sorgt Gott auch in schweren Zeiten für einen?

Nach zwanzig Jahren im Missionsdienst im säkularen Frankreich und unzähligen Erfahrungen, wie Gott meine Familie immer wieder auf erstaunliche, kreative Weise versorgt hat, kann ich laut „Ja!" sagen. Aber ich habe gelernt, dass die Art und Weise, wie er für uns sorgt, genauso wichtig ist wie die Tatsache, dass er eingreift. Gott regelt die Dinge auf *seine* Weise, nicht auf meine.

Die Gnade des Herrn nimmt kein Ende! Sein Erbarmen hört nie auf, jeden Morgen ist es neu. Groß ist seine Treue. Meine Seele spricht: „Der Herr ist mein Anteil, auf ihn will ich hoffen."
(Klagelieder 3, 22-24)

Besonders geholfen, das Atlanta der Dreißigerjahre zu verstehen, haben mir:

Die Frauen, die aufs Washington Seminary gegangen sind: Beverly Dobbs Mitchell, Nan Pendergrast und natürlich meine Großmutter Allene Massey Goldsmith; außerdem Pat Ham, die damals auf die Girls High ging.

Irvin McDowell Massey: Mein Großonkel, der mir einiges über meine Oma verraten hat und zweifelsfrei bestätigte: Sie war das „Mädchen mit den tausend Verabredungen"!

Cathy Kelley, die Assistentin der Archivarin der Westminster Schools, die für mich mehr als nur einmal die Archive öffnete und eine Vielzahl an hilfreichen Informationen zur Verfügung stellte.

Zwei Bücher über Atlanta waren für mich unentbehrlich:
The Poor Houses von Henry M. Hope – dank eines Tipps von Jim Hughes
Buckhead von Susan Kessler Barnard

Wie immer bin ich meiner Familie sehr dankbar für ihre Unterstützung: Jere und Barbara Goldsmith; Jere und Mary, Katie, Chip und Chandler Goldsmith; Glenn und Kim, Will, Peter und Jonathan Goldsmith; Alan und Jay, Elise und Kate Goldsmith und natürlich dem ganzen Musser-Clan.

Bei einem Roman über Freundschaft dürfen natürlich nicht die Freundinnen unerwähnt bleiben, die in meinem Leben und meinem Werdegang als Autorin eine so wichtige Rolle gespielt haben: Val, Marmar, Kimmie und La – was meint ihr, wie viele kleine Winks mit dem Zaunpfahl ich für euch in diesem Buch versteckt habe! Ich danke auch von Herzen all meinen anderen Freundinnen: Heather Myers, Trudy Owens, Odette Beauregard, Cathy Carmeni, Cheryl Stauffer, Lori Varak, Marlyse Francais, Michele Philit, Dominique Cottet, Marcia Smartt, LB Norton, und ich könnte noch viel mehr Namen nennen. Bin ich froh, euch zu haben!

Meinen lieben Lesern – Ich kann Ihnen gar nicht genug dafür danken, dass Sie sich in einer Zeit, wo alles immer *schneller* wird, diesen Roman – in welcher Form auch immer – ausgesucht und gelesen haben. Ich hoffe, Sie bereuen es nicht!

Meinem Mann Paul – Ich bin so froh, dass wir unser neues Abenteuer gemeinsam angehen! Deine Liebe, Unterstützung und vor allem dein Humor und deine Lebensfreude sind mein Motor. Du füllst meinen Liebestank bis über den Rand. Du bist das Geschenk meines Lebens.

Unseren Söhnen Andrew und Chris – Wie habe ich euch nur so groß gekriegt? Ich bin unglaublich stolz auf euch und dankbar für euren Mut, selbstständigen Glauben und Sinn fürs Abenteuer. Danke, dass ihr mich liebt und ermutigt. Andrew, du hast dir eine tolle Frau ausgesucht. Willkommen im Musser-Clan, Lacy!

Und schließlich: Mein größter Dank gilt meinem Herrn, der mich täglich führt und begeistert. Je länger meine Reise mit dir dauert, desto mehr verstehe ich, dass nur eins auf dieser Erde das Nonplusultra ist: deine Liebe.

Zum Hintergrund

Das Armenhaus von Atlanta existiert bis heute. Es liegt im Chastain Park und wird noch immer genutzt. Das Haus für die Weißen ist zur Galloway School geworden, im Armenhaus der Schwarzen befindet sich das Chastain Arts Center. Auf dem Gelände des Washington Seminary befindet sich heute die Savannah School of Art and Design. Die Schülerinnen des Washington Seminary mussten damals keine Schuluniform tragen.

Das Buch *Hinter den Wolken ist der Himmel blau* gibt es in Wirklichkeit nicht. Ich besitze jedoch ein kleines, hellblaues Büchlein mit Hardcovereinband, das *Hinter den Wolken ist der Himmel blau* heißt und in das meine Urgroßmutter Elizabeth Fitten Goldsmith Gedichte geschrieben hat. Als Kind war dieses Büchlein lange Zeit meine Inspiration, selbst auch Gedichte zu verfassen.

Die Singletons, Dillards, Chandlers und alle anderen Figuren (abgesehen von denen mit historischer Bedeutung) sind frei erfunden, auch wenn in Perri natürlich viel von meiner Großmutter steckt, und jede Ähnlichkeit mit toten oder lebenden Personen ist rein zufällig.

Wer aber durch Buckhead fährt, könnte entdecken, wo die Chandlers und Singletons damals gewohnt haben (natürlich nur in meiner Vorstellung!).

Merci!

Weitere Romane von FRANCKE

Elizabeth Musser
Der Garten meiner Großmutter
ISBN 978-3-86827-390-8
448 Seiten, Paperback

„Das Leben beantwortet dir nicht jede Frage. Manche Antworten bekommst du nie. Aber solange du die wichtigste Frage geklärt hast, kannst du damit leben, dass andere unbeantwortet bleiben."

An dieser Aussage seiner Großmutter beißt sich Emile fast ein Leben lang die Zähne aus. Soll er wirklich einfach so hinnehmen, dass sein Vater einst auf mysteriöse Weise aus seinem Leben verschwand? Dass er sein Zuhause in Frankreich Hals über Kopf verlassen und mit seiner Mutter in die USA ziehen musste?
Gerade als Emile meint, damit leben zu können, dass er manche Antworten wohl tatsächlich nie bekommen wird, wirbelt ein hochaktueller Fernsehbeitrag die alten Fragen wieder auf. Und mit ihnen meldet sich eine Frau in seinem Leben zurück, die ihm einst alles bedeutete, die aber nie wirklich die seine war …